中国古典文学观止丛书

ZHONGGUO GUDIAN WENXUE GUANZHI CONGSHU

唐宋八大家文观止

TANG-SONGBADAJIA WEN GUANZHI

丛书主编　尚永亮

本书主编　张学忠

陕西新华出版传媒集团

陕西人民教育出版社

·西安·

总　序

物华天宝,人杰地灵。在中华文明古国五千年的历史进程中,数不清的文人才士,经过代复一代顽强持续的努力,创作出了难以数计的各种体裁的文学精品,宛如取之不竭、用之不尽的昆山邓林。这些文学精品不仅极大地丰富了中华民族的文化宝库,而且以其超越时空的永恒魅力,在世界范围内发生着越来越深远的影响。作为当代的文化人,我们无比珍视这笔财富,为了做到既对得起昨日的历史,又无愧于今日的时代,使古典文学从高雅的殿堂走向千家万户,我们特在全国范围内约请数百位专家学者,共同编纂了这套大型《中国古典文学观止》丛书。

《中国古典文学观止》丛书分诗骚、先秦两汉文、历代小赋、历代小品文、汉魏六朝乐府、唐诗、唐宋八大家文、宋词、元曲、明清小说十册,收录作品2000余篇,总计约500万字。在编写体例上,它不同于时下流行的各类文学选本和鉴赏辞典,除传统的作者简介、注释外,另辟【今译】【点评】【集说】诸栏目。【今译】力求信、达、雅,便于读者对原作的阅读理解;【点评】避免了长篇赏析的空泛,抓住要点难点,既单刀直入、抽笋剥蕉,又提纲挈领、点到为止,给读者留下了广阔的思考空间;【集说】则荟萃了历代对每一作品的具体评说,便于人们从多角度、多层面理解原作,并具有较强的资料性。总之,通过这些方法,我们力争做到探幽抉隐,快人耳目,画龙点睛,开启思维,使得一册在手,专业读者不觉其浅,一般读者不嫌其深,雅俗共赏,老少咸宜。

丛书的顺利完成和出版,得力于各分册主编和作者的协作努力,也得力于陕西人民教育出版社的领导和综合编辑室诸位编辑的无私帮助。值此丛书修订、再版之际,我们谨对参与其事的各位同仁一并致以真诚的感谢! 并希望广大读者能在这套丛书数千篇文学精品的游弋中,获得"观止"的感受。

尚永亮

2017 年岁首于珞珈山麓

目　录

前　言 ……………………… （1）

韩　愈 ……………………… （3）

　原　毁 …………………… （4）

　杂说一 …………………… （9）

　杂说四 …………………… （11）

　获麟解 …………………… （13）

　师　说 …………………… （16）

　进学解 …………………… （20）

　圬者王承福传 …………… （25）

　蓝田县丞厅壁记 ………… （28）

　答李翊书 ………………… （31）

　答陈商书 ………………… （35）

　送孟东野序 ……………… （37）

　送李愿归盘谷序 ………… （43）

　送董邵南序 ……………… （48）

　祭十二郎文 ……………… （49）

　柳子厚墓志铭 …………… （56）

　毛颖传 …………………… （63）

　送穷文 …………………… （68）

　祭鳄鱼文 ………………… （73）

　宫　市 …………………… （77）

柳宗元 ……………………… （79）

　谪龙说 …………………… （79）

　种树郭橐驼传 …………… （81）

　童区寄传 ………………… （84）

　蝜蝂传 …………………… （87）

　临江之麋 ………………… （89）

　黔之驴 …………………… （90）

　永某氏之鼠 ……………… （92）

　送薛存义之任序 ………… （94）

　愚溪诗序 ………………… （96）

　始得西山宴游记 ………… （99）

　钴鉧潭记 ………………… （102）

　钴鉧潭西小丘记 ………… （104）

　至小丘西小石潭记 ……… （106）

　袁家渴记 ………………… （108）

　小石城山记 ……………… （111）

　贺进士王参元失火书 … （113）

欧阳修 ……………………… （118）

　杂　说 …………………… （119）

　朋党论 …………………… （120）

　夷陵县至喜堂记 ………… （125）

　丰乐亭记 ………………… （128）

　醉翁亭记 ………………… （131）

　樊侯庙灾记 ……………… （134）

　伐树记 …………………… （136）

1

牋竹记 …………… （139）

六一居士传 ………… （142）

梅圣俞诗集序 ……… （145）

读李翱文 …………… （149）

祭尹师鲁文 ………… （152）

祭石曼卿文 ………… （156）

答吴充秀才书 ……… （159）

与高司谏书 ………… （162）

卖油翁 ……………… （170）

伶官传论 …………… （172）

苏 洵 ……………… （177）

心 术 ……………… （177）

六国论 ……………… （182）

项 籍 ……………… （186）

上欧阳内翰第一书 …… （190）

辨奸论 ……………… （199）

木假山记 …………… （203）

送石昌言使北引 …… （206）

曾 巩 ……………… （210）

战国策目录序 ……… （210）

赠黎安二生序 ……… （216）

寄欧阳舍人书 ……… （218）

墨池记 ……………… （224）

越州赵公救灾记 …… （227）

洪渥传 ……………… （233）

王安石 ……………… （237）

答司马谏议书 ……… （237）

原 过 ……………… （241）

龙 赋 ……………… （244）

读孟尝君传 ………… （246）

伤仲永 ……………… （247）

游褒禅山记 ………… （249）

送胡叔才序 ………… （252）

苏 轼 ……………… （256）

留侯论 ……………… （256）

南行前集序 ………… （262）

稼 说 ……………… （264）

喜雨亭记 …………… （266）

凌虚台记 …………… （270）

超然台记 …………… （273）

放鹤亭记 …………… （277）

文与可画《篔筜谷偃竹》记

…………… （281）

石钟山记 …………… （285）

方山子传 …………… （288）

亡妻王氏墓志铭 …… （291）

潮州韩文公庙碑 …… （293）

答谢民师书 ………… （300）

日 喻 ……………… （306）

书《孟德传》后 …… （309）

书《六一居士传》后 … （311）

记游定惠院 ………… （313）

记承天寺夜游 ……… （315）

苏 辙 ……………… （317）

上枢密韩太尉书 …… （317）

武昌九曲亭记 ……… （321）

黄州快哉亭记 ……… （325）

六国论 ……………… （328）

孟德传 ……………… （331）

前　言

　　唐宋古文运动是中国散文发展的转折点。自汉末以来,骈体盛行,讲究音律对偶,追求辞藻典故,文章多空洞无物,徒具开式。中唐韩愈、柳宗元高张复古革新的旗帜,提倡自由散体的古文,反对崇尚浮华的骈体,强调内容重于形式,易排偶为单行,变平俗为奇古,务去陈言,辞必己出,一时应者云集,形成影响深远的古文运动,文坛为之大变,浮艳之风扫地并尽,散文取代了骈体,古文运动取得初步胜利。晚唐时期,骈文复起,古文又渐衰微。至北宋中叶欧阳修、苏轼等出,继承韩、柳以复古为革新的传统,重新张扬古文革新的大旗,大力宣传,努力创作,形成平易自然,婉转流畅的宋代散文风格,终于取得了古文运动的完全胜利。从此,散文的发展犹如长江出三峡,黄河越龙门,走上了一条平坦开阔的道路,骈文也终于日渐消亡。

　　唐宋散文以唐代韩愈、柳宗元,宋代欧阳修、苏洵、苏轼、苏辙、曾巩、王安石为代表,号称“唐宋八大家”。明初朱祐编《八先生文集》,八家之名始出。其后唐顺之编《文编》,于唐宋亦专取八家,茅坤又据《文编》编成《唐宋八大家文钞》,由于此书流传甚广,影响极大,“唐宋八大家”的名称也随之广泛传播。

　　历代选唐宋八大家散文者颇多,然时代不同,标准各异,所选篇章亦互有异同。本书所选唐宋八大家散文共95篇,其中韩愈19篇,柳宗元16篇,欧阳修17篇,苏洵7篇,苏轼18篇,苏辙5篇,曾巩6篇,王安石7篇。

　　编选体例包括六个方面:作者小传、原作、注释、今译、点评、集说。

　　作者小传概括介绍作者生平、著述及散文风格。原作多选既短小精悍又能代表各家散文风格之作。注释力求简明扼要。点评则不拘形式,灵活多样,力求要点准确突出,评论精当初实。集说选择前人精要评说数条,以资参照。或无前人成说者,即付阙如。编选前人名作,仁智互见,识论不一,难为尽美,或有讹误疏漏之处,敬请专家同仁赐正。

张学忠

海闊
玉立光輝
龍舞鳳城白
海安陽園
眾裏尋他
闌珊暮然回
立碧田

韩愈

韩愈(768—824),字退之,河南河阳(今河南孟县)人。郡望昌黎,世称韩昌黎。贞元八年(792)进士。始入仕,曾先后为宣武、徐州节度使观察推官。入朝任四门博士、监察御史等,因事贬阳山令。宪宗时随裴度平淮西乱,迁升刑部侍郎。因谏迎佛骨触宪宗怒,贬潮州刺史。穆宗时召为兵部侍郎,转京兆尹兼御史大夫。后官至吏部侍郎,世称韩吏部。卒谥文,世称韩文公。

韩愈与柳宗元同为中唐古文运动倡导者,他强调文以载道,高张复古旗帜,反对六朝以来骈偶文风,主张继承先秦两汉散文传统,提出"大凡物不平则鸣"的创作原则,反对模拟因袭,强调学古文应"师其意不师其辞""辞必己出",力主务去陈言,而又要文从字顺。传世散文300余篇,题材多样,内容丰富,或议论,或叙事,或抒情,皆能各具特色。韩愈开创一代文风,旧时列为八大家之首。刘熙载曾云:"韩文起八代之衰,实集八代之成。"其文风格气势磅礴,雄奇奔放,汪洋恣肆,变化多端,于后世散文发展影响深远。然其论文亦有过分追求奇险的一面,"搜奇抉怪,雕镂文字",流于艰涩拗硬。传世有《昌黎先生集》40卷,外集10卷。

原　毁⁽¹⁾

古之君子⁽²⁾，其责己也重以周，其待人也轻以约。重以周，故不怠；轻以约，故人乐为善⁽³⁾。闻古之人有舜者，其为人也，仁义人也⁽⁴⁾。求其所以为舜者，责于己曰："彼，人也；予，人也。彼能是，而我乃不能是⁽⁵⁾！"早夜以思，去其不如舜者，就其如舜者。闻古之人有周公者，其为人也，多才与艺人也⁽⁶⁾。求其所以为周公者，责于己曰："彼，人也；予，人也。彼能是，而我乃不能是！"早夜以思，去其不如周公者，就其如周公者。舜，大圣人也，后世无及焉；周公，大圣人也，后世无及焉。是人也⁽⁷⁾，乃曰："不如舜，不如周公，吾之病也。"是不亦责于己者重以周乎！其于人也，曰："彼人也，能有是，是足为良人矣；能善是，是足为艺人矣⁽⁸⁾。"取其一，不责其二；即其新，不究其旧，恐恐然惟惧其人之不得为善之利。一善易修也，一艺易能也，其于人也，乃曰："能有是，是亦足矣。"曰："能善是，是亦足矣。"不亦待于人者轻以约乎！

今之君子则不然，其责人也详，其待己也廉。详，故人难于为善；廉，故自取也少。己未有善，曰："我善是，是亦足矣。"己未有能，曰："我能是，是亦足矣。"外以欺于人，内以欺于心，未少有得而止矣。不亦待其身者已廉乎！其于人也，曰："彼虽能是，其人不足称也；彼虽善是，其用不足称也。"举其一，不计其十；究其旧，不图其新，恐恐然惟惧其人之有闻也。是不亦责于人者已详乎！夫是之谓不以众人待其身，而以圣人望于人，吾未见其尊己也！

虽然，为是者有本有原，怠与忌之谓也。怠者不能修，而忌者畏人修。吾尝试之矣，尝试语于众曰："某良士，某良士。"其应者，必其人之与也；不然，则其所疏远，不与同其利者也；不然，则其畏也。不若是，强者必怒于言，懦者必怒于色矣。又尝语于众曰："某非良士，某非良士。"其不应者，必其人之与也；不然，则其所疏远不与同其利者也;不然,则其畏也。不若是,强者必说于言,懦者必说于色矣⁽⁹⁾。是故事修而谤兴,德高而毁来。呜呼! 士之处此世,而望名誉之光,道德之行,难已!

将有作于上者,得吾说而存之,其国家可几而理欤⁽¹⁰⁾!

【注释】(1)原毁:推论、探讨毁谤的根源。 (2)君子:此指符合儒家伦理规范的士大夫。 (3)轻以约:语本《论语·卫灵公》:"子曰:'躬自厚而薄责于人。'"意为宽容而简要。 (4)舜:我国古代传说中的帝王。仁义人:语本《孟子·离娄下》:"舜明于庶物,察于人伦,由仁义行,非行仁义也。"仁义,儒家的伦理规范。 (5)彼:他,指舜。此四句句法出自《孟子·离娄下》:"舜,人也;我,亦人也。舜为法于天下,可传于后世,我由未免为乡人也。" (6)周公:即姬旦,西周初年大政治家,周文王之子,周武王之弟。多才与艺:即多才多艺。语出《尚书·金縢》所载周公言:"予仁若考,能多才多艺,能事鬼神。" (7)是人:这个人,指古之君子。 (8)艺人:有技能的人。(9)说:同"悦"。 (10)几:庶几;差不多。

【今译】古代的君子,要求自己严格而全面,对待别人宽容而简约。要求自己严格而全面,因而立身行事能不松懈怠慢;对待别人宽容而简约,因而人人都乐于为善。听说古代有位圣人舜,他的为人,道德高尚、仁义两全。探求舜之所以能成为舜的原因,并要求自己说:"他,是人;我,也是人。他能做到这样,我难道不能做到这样!"日夜思考反省,去掉那些不如舜的缺点,追求那些合于舜的优点。听说古代还有一位圣人周公,他的为人,多才多艺。探求周公之所以能成为周公的原因,并要求自己说:"他,是人;我,也是人。他能做到这样,我难道不能这样做!"日夜思考自省,去掉那些不如周公的缺点,追求那些合于周公的优点。舜,是大圣人,后代没有人能赶得上他的;周公,是大圣人,后代也没有人能赶得上他。古代的君子,则说:"做人不像舜,不像周公,是我的缺陷。"这不就是要求自己严格而全面吗! 他们对待别人,是说:"那个人,能有这样的长处,就足以称得上好人了;能做到这样,就足以称得上是有技能的人了。"只肯定他的一点,而不计较苛求他的另一点;只看他现在的表现,而不追究他的过去,提心吊胆地只怕他得不到做了

好事应得的益处。一件好事，容易做到；一技之长，容易学会掌握。君子对于别人，总是说："能有这样的优点，就足够了。"又说："能会干这样的事，也就足够了。"这不就是对待别人宽容而简约吗！

现在的君子就不是这样了，他们要求别人很全面苛刻，要求自己却不高。要求别人全面严格，因而别人都难以学好为善；对自己要求不高，因此收获也就不多。自己还没有做什么好事，就说："我有这样的优点，也就足够了。"自己并没有什么技能，却说："我能干这种事，也就足够了。"这在外是欺骗别人，在内是欺骗自己，没有一点点收获就停步不前了。这难道不是对自己的要求过于低了吗！他们对于别人，总是说："他虽然有那样的优点，但此人不值得称道表扬；他虽然会干那样的事，但他的才能也不值得称道赞美。"只注意他有一点不足，却不考虑他有十种长处；只追究他过去的不良行为，却不考虑他现在好的表现，处心积虑地生怕别人有了名望。这难道不是对别人的要求过于全面苛刻吗！这就叫不用要求普通人的标准来要求自己，而拿要求圣人的标准去要求别人，我不明白这种人怎么能自尊！

虽然如此，形成这种情况是有根源的，那就是怠惰和妒忌的缘故。怠惰的人不能学好求上进，而好妒忌的人则怕别人学好求上进。我曾经试验过，有一次我试着对众人说："某人是贤人，某人是贤人。"那些随声附和的，必定是他的亲朋故旧；不附和而沉默的，便是与他并不亲近又没有共同利害关系的人；另一些不附和而沉默的，就是害怕他的人。如果不是这样，胆大者必定用言语表示他的愤怒，弱小者必然在表情上显示出他的不平。又有一次我试着对众人说："某人不是贤人，某人不是贤人。"那些沉默不语的，必定是他的亲朋故旧；而随声附和的，便是与他并不亲近又没有共同利害关系的人，不然，就是害怕他的人。如果不是这样，胆大者必定用言语表示他的兴奋，弱小者在表情上流露出喜悦。所以事情办好了，毁谤就随之产生了；品德高了，诬蔑也随之而来。哎呀！士大夫生活在这种时代，要想名誉显著光大，伦理道德推行贯彻，实在是困难啊！

居高位而想有所作为的人，了解了我说的情况并随时留意，那么，国家大概就可以治理好吧！

【点评】韩愈的散文，往往切中时弊，富于现实性、战斗性和批判精神。

中唐之世，社会矛盾重重。朝官士大夫之间，往往党同伐异，相互排斥，相互诽谤，一时成风。《原毁》即对此种时弊，痛加针砭。

士大夫动辄毁谤他人，其心理根源在于懒惰与妒忌。自己只图因循苟且，不思作为，亦不愿他人有所作为，否则会失去自己已据有的权势和地位，故见他人进取奋发，则予诽谤，背后动刀，设置重重障碍。那些自己无德无才者，更容不得多才多艺、道德高尚之人。见他人的才德超过自己，便横生妒忌之心。不是公开竞争，迎头赶上，而是百般掣肘，使能人与庸才同列甚或屈居下位。而这又并非中唐之世士大夫所独具的心态，而是长期潜存渗透在中华民族某些"正人君子"心灵深处的劣根性。故韩愈此文所痛斥的，不是一时之弊，而是绵延千古的民族弊端。优秀作品，总是万古常新。韩愈此文，即具此种特质。当历史的车轮滚动了若干世纪后，文中所痛斥的"今之君子"仍然不乏其人，故"今之君子"之"今"，实乃超越时空之"今"。此文也就在不同的时空中不断地展示其历史价值与现实意义。

"怠"与"忌"，是毁谤的根源，亦为全文立论的主旨。论说文的常规结构，一般是将全文主旨在篇首点明，如李斯之《谏逐客书》、欧阳修之《五代史伶官传序》和《朋党论》等；或在文末揭示，如贾谊之《过秦论》等。而韩愈此文，则在篇中第三段提出，打破了常规的艺术结构，收到陌生化的审美效应。

文章运用对比手法，层层论证，环环相扣，步步紧逼。一段之内有对比，"责己"与"待人"相映照，使论点突出鲜明。段与段之间相互对比，以"古之君子""责己也重以周""待人也轻以约"与"今之君子""责人也详，待己也廉"相映衬，突现出世风之颓败、人心之裂变、道德之沦丧。此既痛斥了"今之君子"的劣行弊端，又破中有立——赞美"古之君子"，实为根除"今之"弊端下药，为今人提出行为之准则、立身之典范。首二段之说理论证，又紧扣全文主旨"怠"与"忌"。首段反复申说"责己重以周""待人轻以约"，是论"古之君子"之"不忌"与"不怠"；次段论证"责人也详""待己也廉"，是证"今之君子"之"怠"与"忌"。至第三段点明题旨，便水到渠成，一正一反，丝丝入扣。

论辩说理，易流于板着面孔说教，使文气呆板枯槁。而此篇论辩中间夹着对话，时以第一人称陈述，时用第三人称指点，作者在文中扮演着陈述人、说理人的不同身份，文笔变化多姿、文气生动摇曳。文章说理中又饱含着激

唐宋八大家文观止

情，"士之处此世"三问，是作者在畸形的时代、坎坷的人生中的切身体验，他久受压抑的不平之气，借此喷薄而出，读罢使人掩卷长叹。再联系末段一读，不难把握到作者对"国家"，对当世有德有才却备受压抑之士的焦虑、关切的火热灵魂！

【集说】此篇巧处妙处在假托他人之言辞模写世俗之情状。熟于此必能作论。（谢枋得《文章轨范》卷一）

《原毁》，乃始于责己者。其责己则怠，怠则忌，忌则毁。故原之必于此焉始，并非宽套之论也。此文段段成扇，又宽转，又紧峭，又平易，又古劲，最是学不到之笔，而不知者乃谓易学。（金圣叹《天下才子必读书》卷十）

全用重周、轻约、详廉、怠忌八字立说。然其中只以一"忌"字，原出毁者之情，局法亦奇。若他人作此，则不免露爪张牙，多作仇愤语矣。（吴楚材等《古文观止》卷七）

体则两扇，笔则曲折，意则刻露，波澜壮阔，词意和平。结归到君上，见所关之大，不徒为一己原也。然篇中不明露己，泛泛说来，何等含蓄。（李扶九《古文笔法百篇》卷一）

昌黎为文，往往通篇排比而下，似毫不着力，《原毁》一篇是也。中用古今分柱，古人责己重以周，待人轻以约，是铲毁人之根株；今人责人周，责己廉，即伏毁人之张本。前半举古人，是极意望人为善；后半说今人，是极意望人为不善。即从今人性情中，描出一种偏衷狭量，由不能容物，故生诋毁。此方是"原"字真面。古人惟不责人为圣人，故轻且约；今人必责人为圣人，故详。详，即是求备一人之意。且如此责望，皆是忌心，忌斯毁耳。不宁此也，己既怠矣，往往妒人之勤。合此两证，则万无不毁之理。真可谓探源之论。文气至此，似可以收束矣，尤推进一层，寻出确证。凡举一人之品行，而人不毁者，非极亲，即极疏。至亲不忍毁，至疏不消毁。非是，则未有不毁者，然只说得一半。再将"毁"字做主，试验之人。则人之闻毁，未有不乐听者。此即为"怠"字、"忌"字补义。大凡忌人之人，人有好处，即是形己之不好，故闻即不悦；自怠之人，深知此身毛病百出，今闻有人与己同病，则略放心，不必有仇，但毁言到耳，自乐听耳。以上种种，写"毁"字极妙。难在开场一段，陈义至高，始是说理之文。不然，人将指为有为而作矣。（林纾选评

《古文辞类纂》卷一）

（王兆鹏）

杂说一⁽¹⁾

龙嘘气成云，云固弗灵于龙也。然龙乘是气，茫洋穷乎玄间⁽²⁾，薄日月⁽³⁾，伏光景⁽⁴⁾，感震电⁽⁵⁾，神变化⁽⁶⁾，水下土，汩陵谷⁽⁷⁾，云亦灵怪矣哉！

云，龙之所能使为灵也。若龙之灵，则非云之所能使为灵也。然龙弗得云，无以神其灵矣。失其所凭依，信不可欤⁽⁸⁾！异哉！其所凭依，乃其所自为也。

《易》曰："云从龙⁽⁹⁾。"既曰龙，云从之矣。

【注释】(1)杂说：论说体的一种，随感而发，不拘一格。韩愈《杂说》共四篇，这是第一篇，似作于贞元初求仕不成之时。　(2)茫洋：浩渺无际的样子。玄间：天间。《易·坤卦》："天玄而地黄。"　(3)薄：接近。　(4)伏：掩盖。光景：日月的光辉。　(5)感：感生。震：雷。　(6)神变化：变化神奇。(7)汩(gǔ)：淹没。陵：山。　(8)信：确实。　(9)云从龙：见《易·乾卦·文言》。

【今译】龙呼出气形成云，云固然比不上龙的灵异。然而龙乘着它呼出的云气，上升到浩渺的天际，接近日月，掩其光辉，感生雷电，变化神奇，化为雨水降落大地，淹没山谷，云也是很灵异的了！

云是龙使它变为灵异的，那么龙的灵异，就似乎不是云使它成为灵异的了。但是龙离开云，却无法使自己的灵异变化神奇。看来失去它所凭依的东西，的确是不行的呀！奇怪呀！它所凭依的东西，竟是它自己所造成的呢！

《易经》上说："云从龙。"只要说到龙，就必然有云随从它了。

【点评】本文从云龙关系切入，托意深广，联系《杂说》各篇及龙、云的传

统象征意义细推之，当以象征君臣遇合最近作旨。这个比喻虽不新鲜，但作者将谈论的重心放在龙之待云亦即君不能离臣下，立意深刻。既为天下穷士出了口闷气，又讽国家待士之道，杂中见精，言小而含大道。首段从"龙嘘气成云"落笔生想，先说云之于龙为从，不及龙灵，接着用一个"然"字急转直下，铺写龙云相济之神威，然后又打转到"云亦灵怪矣哉"，见出其写龙之意不在龙。次段起处又旋上一层，转回到云之灵从属于龙之灵上，亦欲扬先抑；接着又用一个"然"字隑突折入"龙弗得云无以神其灵"的论说重点，回应首段末句。然后顺势推出"失其所凭依，信不可欤"之说，点明全文论旨，又以"异哉"唱起，将文意拓展一步，既不离主体，又合情合理。末段援引"云从龙"之重言，似又回到重龙一面，但却接以"既曰龙，云从之矣"之语，言外之意是言龙若无云相从，就不成其为真龙。正话反说，余音袅袅，且遥应开篇首句，首尾回环。文章于短章中含数重曲折，似断未断，似复不复，盘旋而上，翻空出奇，驰突自如，控纵合度，结构确是精妙。语言生动活泼，妙趣横生，尤其写龙乘云气一节，连用六个三字句，硬语排空，音节铿锵，笔力矫健，气势浩然，十八字写出了满纸烟波。其匠心用意，谋篇造语，不能不令人叹为奇绝。

【集说】此篇寄托至深，取类至广，精而言之，则如道义之生气，德行之发为事业文章皆是也。大而言之，则如君臣之遇合，朋友之应求，圣人之风兴起于百世之下，皆是也。（乾隆编《唐宋文醇》卷一引李光地语）

有龙斯有云，犹有贤斯有位也。却将龙必得云说得闪烁尽变，而以"异哉"一转正结之。公于遇合之际，感慨深而自信笃如此。（储欣《昌黎先生全集录》卷首）

龙是主，云是宾。层层转换，每下一转，令人骇绝。（沈德潜《唐宋八家文读本》卷一）

此篇以龙喻圣君，云喻贤臣。言贤臣固不可无圣君，而圣君尤不可无贤臣。写得婉委曲折，作六节转换，一句一转，一转一意，若无而又有，若绝而又生，变变奇奇，可谓笔端有神。（吴楚材、吴调侯《古文观止》卷七）

有圣君，必有贤臣，盖君择臣，臣亦择君也。文凡五转，亦如游龙天矫，变化莫测。（林云铭《韩文起》卷八）

按此篇以"灵"字为骨,龙云相依,亦犹圣君得臣,相得益彰也。运笔之妙,如转辘轳。既云龙弗灵,又云云弗灵;既云云不能使龙灵,又云龙不得云无以灵;既云龙依云,又云云从龙,语语矫变,令人心迷目眩。(蔡铸《蔡氏古文评注补正全集》卷六)

纯从空际转运翔舞。又:其神妙尤在中间奇宕处与转换变化无迹可寻处。(高步瀛《唐宋文举要》甲编卷二引张廉卿评语)

(刘生良)

杂说四⁽¹⁾

世有伯乐⁽²⁾,然后有千里马。千里马常有,而伯乐不常有。故虽有名马,祗辱于奴隶人之手,骈死于槽枥之间⁽³⁾,不以千里称也。

马之千里者,一食或尽粟一石⁽⁴⁾。食马者⁽⁵⁾,不知其能千里而食也。是马也,虽有千里之能,食不饱,力不足,才美不外见⁽⁶⁾,且欲与常马等不可得,安求其能千里也?

策之不以其道⁽⁷⁾,食之不能尽其材⁽⁸⁾,鸣之而不能通其意,执策而临之曰:"天下无马。"呜呼!其真无马邪?其真不知马也⁽⁹⁾!

【注释】(1)本篇为《杂说》的第四篇,当作于贞元初韩愈三上宰相书干仕期间。 (2)伯乐:春秋时人,以善相马著称。据《汉书·司马相如传》引张揖云:"阳子,伯乐也,秦穆公臣,姓孙名阳。" (3)骈死:相比连而死。枥(lì):马厩。 (4)一食:一顿食。 (5)食(sì):同"饲"。 (6)见(xiàn):同"现"。 (7)策:马鞭。这里是鞭策、驾驭之意。 (8)材:同"才",本能,这里指千里马的食量。 (9)知:识。也:通"邪(耶)"。

【今译】世上有了伯乐,然后才有千里马。千里马经常有,但是伯乐却不经常有。所以即使有名马,也只能受辱于奴仆们之手,和凡马一同死于马厩之间,不会被人称为千里马的。

日行千里的马,一顿差不多要吃完一石粮食,然而饲养马的人,却不知道它能日行千里,而按凡马进行饲养。那么这马虽有日行千里的本领,却因

吃不饱,力量不足,才能和优点表现不出来,即使想与凡马等同都不可能,哪能使它日行千里呢?

驾驭着千里马而不用正确方法,饲养着千里马而不能让马吃饱,千里马嘶鸣起来也不懂得它的意思,却手执马鞭面对它说:"天下没有千里马。"唉!难道是真的没有千里马吗?还是真的不识千里马啊!

【点评】本文借用《战国策》所记伯乐与千里马的故事,从反面生发议论,采用托物寓意的手法,寄托了作者对于人生的感慨,既一泻自己胸中怀才不遇的悲愤,又为天下受压抑被埋没的有才之士鸣不平。文章起笔即以"世有伯乐,然后有千里马"的警语发唱,从正面提出论旨,在貌似不经的逻辑推论中蕴含着发人深省的真理,郁愤不平溢于言表。接着由正入反,强调"伯乐不常有",亦短语拗峭,大气盘旋。又顺势涌出一个二十六字长句将首段收拢,倾诉千里马未遇伯乐的悲哀,暗寓名士未遇知音的不幸。次段深入一层,从千里马不得其养亦即有才之士未受善遇展开议论。同样先以"马之千里者"与"食马者"正反对举,然后引出三十六字的长句,痛陈抑郁之悲苦,其势如大河奔流,不可阻遏,情感更加愤激。末段起首又用排比句抒泄对统治者折磨人才的无比愤慨,将感情推向高潮。然后转而用冷峻的笔调描写"执策者"的有眼无珠,宛如一幅讽刺漫画。最后用选择句式,在愤怒的反诘和呵斥声中收笔,余音缭绕,发人深思。文章通篇比喻象征,深入浅出,生动形象,而且层次分明,步步深化,说理透辟,又拗峭多变,波澜起伏,文字明畅,笔力劲健,特别是充满浓烈的激情和"不平则鸣"的逼人气势,读来很有感染力,不愧是历来传诵的名篇。

【集说】淋漓顿挫,言之慨然。(储欣《唐宋八大家类选》卷三)

寥寥短章,写尽庸耳俗目。连龙说一篇,六义中比体。(沈德潜《唐宋八家文读本》卷一)

此篇皆借喻,格力遒迈。结语咏叹含蓄,正意到底不露。高乎!(蔡铸《蔡氏古文评注补正全集》卷六)

全注意伯乐对短驭者摅愤。只起句正说,通身是慨,气骜自然。(浦起龙《古文眉诠》卷四十七)

《说马》篇入手伯乐与千里马对举成文,似千里马已得倚赖,可以自酬其知。一跌落"伯乐不常有",则一天欢喜,都凄然化为冰冷。且说到"骈死槽枥之间",行文至此,几无余地可以转旋矣,忽叫起"马之千里者"五字,似从甚败之中,挺出一生力之军,怒骑犯阵,神威凛然。既而折入"不知其能"句,则仍是奴隶人作主,虽有才美,一无所用,兴致仍复索然。至云"安求其能千里也","安求"二字,犹有斯须生机,似主者尚有欲得千里马之心,弊在不知而已;苟有道以御马,则才尚可以尽,意尚可以通。若但抹煞一言曰:"天下无马",则一朝握权,怀才者何能与抗?故结穴以叹息出之,以"真无""真不知"相质问,既不自失身份,复以冷隽语折服其人,使之生愧。文心之妙,千古殆无其匹。(林纾选评《韩柳文研究法·韩文研究法》)

通篇两用"不知"字,有千钧之力。"不知其能千里而食"句,是糟蹋国士之爱书。"其真不知马也"句,是国士辩冤之诉词。语愈冷,而意愈深,声愈悲。通篇都无火色,而言下却含无尽悲凉,真绝调也!(林纾选评《古文辞类纂》卷一)

(刘生良)

13

获麟解⁽¹⁾

麟之为灵⁽²⁾,昭昭也⁽³⁾。咏于《诗》⁽⁴⁾,书于《春秋》,杂出于传记百家之书⁽⁵⁾,虽妇人小子,皆知其为祥也⁽⁶⁾。然麟之为物,不畜于家,不恒⁽⁷⁾有于天下,其为形也不类⁽⁸⁾,非若马牛犬豕豺狼麋鹿然。然则,虽有麟,不可知其为麟也。角者吾知其为牛,鬣者吾知其为马⁽⁹⁾,犬豕豺狼麋鹿,吾知其为犬豕豺狼麋鹿,惟麟也,不可知。不可知,则其谓之不祥也亦宜⁽¹⁰⁾。虽然,麟之出,必有圣人在乎位,麟为圣人出也⁽¹¹⁾。圣人者,必知麟。麟之果不为不祥也?又曰:麟之所以为麟者,以德不以形⁽¹²⁾。若麟之出不待圣人,则其谓之不祥也亦宜。

【注释】(1)《获麟解》:《春秋》鲁哀公十四年有一条纪事:"春西狩获麟。"冬猎曰"狩","西"指鲁都曲阜西面的大野,获麟的地点。麟,当时鲁国

从未出现过的一种野兽。《春秋左传》对获麟过程和这条纪事的原委有较详细的叙述，大意是：哀公十四年春，叔孙氏家的一名车夫到大野打柴，无意中捕获一只从未见过的怪兽，认为不吉利，便把它送给管理大野山泽的官员。孔子听到了这消息，前往考察，说："这是麟。""然后取之"即把这件事记入了鲁史《春秋》。解，是古代的一种文体，属论说文类。　　(2)灵：灵兽。旧说麟、凤、龟、龙有神灵，和其他鸟兽不同，故尊为"四灵"。见《礼记·礼运》。　　(3)昭昭：明亮、显著。此处言一清二楚。　　(4)咏于《诗》：《诗经·周南》有《麟之趾》篇，三章，分别用"麟之趾""麟之定(额)""麟之角"起兴，歌咏公族之子仁厚守礼的品德。　　(5)杂出于传记百家之书：《春秋公羊传》《春秋穀梁传》《孝经》京房《易传》《孔子家语》等书对麟都有夸饰性的描写。(6)祥：善，吉祥。　　(7)恒：常，时间和空间上普遍。《周南》有咏麟之诗，说明麟在岐周、江沱汝汉之间出现过。至于中原，鲁哀公十四年才第一次发现麟。《春秋公羊传》说："'西狩获麟'，何以书？记异也。何异尔？非中国(即中原地区)之兽也。"　　(8)不类：不能归类。京房《易传》："麟，麕身，牛尾，狼额，马蹄，有五采，腹下黄，高丈二。"京房的描写如果可信，则被称作麟的野兽似即长颈鹿。　　(9)鬣(liè)：马鬃。　　(10)谓之不祥：《春秋左氏传》哀公十四年："叔孙氏之车子(驾车人)鉏商(人名)获麟，以为不祥(不吉利)，以赐虞人(管山泽的官名)。"　　(11)麟为圣人出：《春秋公羊传》哀公十四年传："麟者，仁兽也。有王者则至，无王者则不至。"　　(12)以德不以形：何休《春秋公羊传解诂》哀公十四年："(麟)一角而戴肉，设武备而不为害，所以为仁也。"《广雅》：麟"含仁怀义""游必择土，翔必后处，不履生(活着的)虫，不折生草"。

【今译】麟作为灵兽，是一清二楚的。《诗经》咏过麟，《春秋》记载过麟，传记百家著作也有关于麟的众多描写，即便是妇女儿童，都知道麟是吉祥物。但是，麟作为一种兽类，不是家养的，不是天下任何地方都有的。麟的形状也不好归类，不像马牛狗猪豺狼麋鹿那样。如果是这样，那么尽管麟出现了，也不能知道它是麟。凭角我们知道有角的是牛，凭鬃我们知道有鬃的是马。狗猪豺狼麋鹿，我们知道它们是狗猪豺狼麋鹿。只有麟，不能知道。不能知道(它是啥东西)，那么那个第一次见到麟的车夫认为麟是不吉祥的野兽也是合适的。尽管这样，但（仍有人说）麟的出现，一定是因为有圣人在位（将天下引向大治）。麟是因为圣人在位才出现的。圣人一定知道这兽是麟，麟真的不是不吉祥物了么？（他们）又说：麟这种兽被称作麟的原因，不是由于它（奇怪的）形体而是由于它（仁厚的）德性，似乎麟的出现并不以圣人在位与否作条件，那么那个车夫认为麟是不吉祥的野兽也是合适的。

【点评】《获麟解》短小精悍，全旨是廓清陋儒在"获麟"一事上渲染的迷信说法。全文分四层，作者牢牢地站在实践经验的基础上，逐层推论，步步紧逼，从容不迫地剥去陋儒给"获麟"蒙罩的神秘外衣。作者先点明麟崇拜的观念源远流长，是逐渐堆积而成的。接着，作者揭出历史真相"获麟"之时不仅不存在麟崇拜，反而把麟视作不吉祥的怪物。并用人尽可解的常识——少见多怪，轻松自如地推出把麟视作不吉祥的怪物是理所当然的。作者笔锋一转，进入第三层：麟崇拜的起因，在陋儒"麟为圣人出"的说法。"麟为圣人出"是一个超验的信仰，信仰是难于较量是非的，作者对这种信仰表示出宽宏的尊重。但在第四层，作者敏锐地抓住这种信仰传播中的漏洞："麟之所以为麟，以德不以形"，以子之矛，攻子之盾，置这种信仰的坚持者于可笑的境地：若坚持前者，后者将是谎言；若坚持后者，前者将是谎言。从容不迫地引出结论：陋儒的苦心经营，掩盖不了历史事实，在"获麟"之时并不存在麟崇拜。并给读者留下一个悠长的回味：既然"获麟"之时并不存在麟崇拜，那么，陋儒在"获麟"一事上的大肆渲染，是对孔子的弘扬呢，还是对孔子的歪曲？

韩愈是古文运动的开创人，他认为古文最高的文章境界和最美的文章风格有两种："昭晰者无疑""优游者有余"（《答尉迟生书》），《获麟解》这篇短文可谓双美兼之。韩愈是重振儒学的倡导者，《获麟解》虽然短小，却体现了孔子"不语怪力乱神"的理性风范。

【集说】文凡四转，而结思圆转，如游龙，如辘轳，愈变化而愈劲厉，此奇兵也。（茅坤编《唐宋八大家文钞》）

唐荆川曰：以祥、不祥二字作眼目。（同上）

字少意多，文字立节，所以甚佳。其抑扬开合，只主"祥"字，反覆作五

唐宋八大家文观止

段。(吕祖谦《古文关键》)

(梁道礼)

师 说

古之学者必有师。师者,所以传道受业解惑也[1]。人非生而知之者,孰能无惑[2]?惑而不从师,其为惑也,终不解矣。

生乎吾前,其闻道也固先乎吾[3],吾从而师之;生乎吾后,其闻道也亦先乎吾,吾从而师之。吾师道也,夫庸知其年之先后生于吾乎?是故无贵无贱,无长无少,道之所存,师之所存也。

嗟乎!师道之不传也久矣!欲人之无惑也难矣!古之圣人,其出人也远矣,犹且从师而问焉;今之众人,其下圣人也亦远矣,而耻学于师。是故圣益圣,愚益愚。圣人之所以为圣,愚人之所以为愚,其皆出于此乎!

爱其子,择师而教之,于其身也,则耻师焉,惑矣!彼童子之师,授之书而习其句读者[4],非吾所谓传其道解其惑者也。句读之不知,惑之不解,或师焉,或不焉,小学而大遗,吾未见其明也。

巫医乐师百工之人[5],不耻相师。士大夫之族,曰师、曰弟子云者,则群聚而笑之。问之,则曰:"彼与彼,年相若也,道相似也。位卑则足羞,官盛则近谀。"呜呼!师道之不复可知矣。巫医乐师百工之人,君子不齿[6],今其智乃反不能及,其可怪也欤!

圣人无常师。孔子师郯子、苌弘、师襄、老聃[7]。郯子之徒,其贤不及孔子。孔子曰:"三人行,则必有我师[8]。"是故弟子不必不如师,师不必贤于弟子,闻道有先后,术业有专攻,如是而已。

李氏子蟠[9],年十七,好古文,六艺经传[10],皆通习之,不拘于时,学于余。余嘉其能行古道,作《师说》以贻之。

【注释】(1)道:指儒家以仁、义、道、德为中心的修身、齐家、治国、平天下的道理。受:同"授"。业:指儒家的经典,包括《尚书》《诗经》《礼记》《乐记》

《周易》《春秋》等，即文末所说的"六艺经传"。　　（2）人非句：《论语·季氏》："生而知之者，上也；学而知之者，次也。"此处反用其意。　　（3）闻道：懂得、掌握了道。　　（4）句读（dòu）：指文句诵读。古人读书，凡语意已尽处称"句"，语意未尽而诵读时需作停顿处称"读"。读：通"逗"。句、读，现代汉语分别用句号、逗号表示。　　（5）巫医：巫师与医生。巫师降神祈福，医生治病救人，但古代巫医不分，巫师往往兼医职，故连举。百工：泛指各种工匠。（6）不齿：不屑与之同列并称。　　（7）郯（tán）子：春秋时郯国国君，孔子曾向他请教少皞氏时代以鸟名官的文献。事见《左传》昭公十七年。苌弘：周敬王时大夫，孔子曾向他问乐。事见《孔子家语·观周》。师襄：鲁国太师（乐官），孔子曾向他学琴。事见《史记·孔子世家》和《淮南子·主术训》。老聃：即老子李耳，孔子曾向他问礼。事见《史记·老庄申韩列传》和《孔子家语·观周》。　　（8）"三人行"二句：语出《论语·述而》："子曰：'三人行，必有我师焉，择其善者而从之，其不善者而改之。'"　　（9）李氏子蟠（pán）：韩愈弟子，后于贞元十九年（803）登进士第。　　（10）六艺：即六经（《书》《诗》《礼》《乐》《易》《春秋》）。经：经书的本文。传：注释的文字。

【今译】古时候求学问的必定有老师。老师，是传授道理、讲授学业、解释疑难的。人不是一生下来就懂得道理有知识的，谁能没有疑惑难题？有疑难问题而不去向老师请教，他的疑难始终是不能解决的。

　　出生在我之前的人，他懂得道理本来就比我早，我拜他为师向他学习；出生在我之后的人，他懂得道理也比我早，我也拜他为师向他学习。我向他学习的是道理，哪管他的出生年月是在我之前还是在我之后呢？所以无论地位高低，也不管年龄大小，道理为谁所掌握了解，老师就在谁那里。

　　唉！尊师从师的风尚已断绝很久了！要想人们没有疑惑迷误也就困难了！古代的圣人，他们的才智超过一般人已很远了，尚且向老师求教；现在的平凡人，他们不及圣人也够远的了，却认为向老师请教是耻辱丢面子。所以圣人更加圣明，平凡人就更加愚笨。圣人之所以能够成为圣人，平凡人之所以成为平凡人，都是由于这种缘故吧！

　　人们爱自己的孩子，往往选择好的老师教育他们，而对于自己呢，却以为向老师学习是耻辱，真是太糊涂了！那些小孩子的老师，不过是给孩子们

讲授课文,教他们学习文句读法而已,并不是我所说的给人传授道理解释疑难的老师。断句、诵读不知道,疑难问题不解决,前一方面向老师学习,后一方面却不问老师,简易的知识去学习,重要的道理却抛开不学,我看不出这种人是聪明的。

巫师医生、音乐师和各种手工匠,都不以相互学习请教为羞耻。而文人官员之流,一遇到有谁称老师,谁自称学生的,就群起合伙来嘲笑讥讽。问他为什么这样,就说:"他与他年龄相仿,知识学问也不差上下。向地位比自己低的学习,实在觉得羞愧难为情;拜官位比自己高的为师,又近似于溜须拍马屁。"唉!尊师、从师的传统不能恢复由此就可以明白了。巫师、医生、音乐师和各种手工工匠,文士官员们平时看不起,现在他们的认识见解却反而赶不上这些人,这真是好生奇怪哟!

圣人没有固定的老师。孔子就曾经向郯子、苌弘、师襄、老聃等人学习请教过。郯子这类人,他们的贤明才智比不上孔子。孔子曾说:"与三个人同行,其中必有一个可以做我的老师。"所以学生不一定事事比老师差,老师也不一定处处比学生强,因为懂得道理掌握知识总是有先有后,技能学问也各有各的专门研究,仅此罢了。

李家的孩子叫蟠的,今年十七岁,喜爱古文,六经和传注,他都全面学习过,他不受时俗的影响,跟从我学习。我赞赏他能实行古人从师的正道,于是写这篇《师说》赠送给他。

【点评】柳宗元曾说:"今之世,不闻有师,有辄哗笑之,以为狂人。独韩愈奋不顾流俗,犯笑侮,收召后学,作《师说》,因抗颜而为师。"(《答韦中立论师道书》)此篇《师说》,实可视作韩愈抗颜为师、提倡师道的严正宣言书。在世风堕落、文风颓败之世,韩愈如中流砥柱,力复师道、力倡古文,这需要无畏的勇气和非凡的胆识。此篇《师说》,正体现出韩愈一往无前的浩然正气。自韩愈横空出世,树起师道大纛,当世文士,在《师说》的感召鼓动下,争趋其门下,文统道统和师道,遂正脉不绝。晚唐孙樵即自谓:"尝得为文真诀于来无择来无择得之于皇甫持正,皇甫持正得之于韩吏部退之。"(《与王霖秀才书》)此即韩愈此篇《师说》在当代之效应。降至两宋,师道大盛。文人相师,遂以为常。文坛宗师,辈出代兴。称扬师德、从服师长,蔚然成风。始而王禹偁主盟诗坛，既而杨亿、钱惟演执诗界牛耳。稍后欧阳修广收门生、网罗后进，为文坛领袖。东坡继起，执掌文柄。门下山谷，又自为宗师，别开江西诗派。师道不绝，源远流长。此则《师说》一文，在异代之回响。韩愈不独"文起八代之衰"，亦弘扬振起久已不传之师道，自此中国文学史、文化史翻过新的一页。从中国文化的视野中来认识韩愈其人、评价《师说》此文，实大有玩索处。

《师说》力论从师的重要性。开篇正面立论，以古论今，言师之作用。从师，不仅影响人的知识的多少，也关系到人的道德修养、精神素质。又从反面论证，一谓圣人尚且从师，而凡人却耻于从师；二谓对小孩尚延师教育，而自身却耻于从师；三谓巫医百业工匠，自来为士大夫所不齿，尚且相师互学，而自视聪明、高人一等的士大夫却耻于从师。多角度的对比论证，使立论坚确无移，亦见耻于从师者之错谬迷误。文章既证不从师之误，接着破释从师者之惑。年相仿、道相仿，欲从师，是否有失自尊，韩愈指出："弟子不必不如师，师不必贤于弟子，闻道有先后，术业有专攻。"以确立欲从师者的信心。全文说理明白晓畅、论证周详，富于说服力和感召力。

此文所举是人生至理，所言却是人之常情。用平常事、日常语来谈人生至理，使人惊醒彻悟，是韩愈散文的一大特质。

【集说】昌黎当时抗师道，以号召后辈，故为此以倡赤帜云。（茅坤《唐宋八大家文钞》卷三）

从眼前事指点化诲，使人易知，颇与《讳辨》一例。（储欣《昌黎先生全集》卷首）

师道之不传，由于无从师之人；间有一人，未有不聚笑；既笑，则从师者亦未有不自以为耻。此习俗固然，牢不可破。柳子厚《答韦中立》一书，已言之详矣。公以道自任，故以师自处。是篇以"耻"字作关纽，而以古今之不同，与"传道""授业""解惑"等字面，前后布置穿插，细玩当作六段：开首点出师道，人不可不从师，为古道之不易；第二段，言以道为师，其长少贵贱，皆可勿论；第三段，言古有师而今无师，所以有圣愚之别；第四段，言有长少之见存，则昧于大小之数，是爱己反不如爱子，不可谓之明；第五段，言有贵贱之见存，则夺于聚笑之口，是士大夫之族，反不如巫医、乐师、百工之人，不可

谓之智;第六段,言圣人之从师,欲合众长以取益,原不求其人必胜于己,未尝引为耻,亦未尝阻于笑,方是古道。此一篇大意也。但其行文错综变化,反复引证,似无段落可寻,一气读之,只觉意味无穷。(林云铭《韩文起》卷一)

唐时士大夫之风,耻于相师。柳子厚《答韦中立书》亦言及矣。文公此说为李子作,实为当世发也,此为切人切世以立言。夫李氏之师文公,不过师其古文耳,公乃以传道授业解惑大处立论,所谓高处立、阔处行也。此文于劈首即提明,下只发明道与惑,或只单言道,至篇末又以道与业言,又不言惑,此变化错综处。至畅发"师"字,前虚后实,反正互用,波澜层出,此韩文之所以如潮也。若入庸手,理学腐语满篇,能生一波、纵一笔哉!然惟能作古文者,方知古文也。此乃下首为"正大"之目,以题固正大,文亦正大也。正大之文,岂必语语端庄,专事笔情丽句乎?看《师说》则笔势纵横,《正气歌》则词华古藻,益信文之为文,无奇不传也。(李扶九《古文笔法百篇》卷十九《正大》)

(王兆鹏)

进学解

国子先生晨入太学[1],招诸生立馆下,诲之曰:"业精于勤,荒于嬉;行成于思,毁于随[2]。方今圣贤相逢[3],治具毕张。拔去凶邪,登崇畯良。占小善者率以录,名一艺者无不庸[4]。爬罗剔抉,刮垢磨光。盖有幸而获选,孰云多而不扬?诸生业患不能精,无患有司之不明[5];行患不能成,无患有司之不公。"

言未既,有笑于列者曰:"先生欺余哉!弟子事先生,于兹有年矣。先生口不绝吟于六艺之文[6],手不停披于百家之编[7]。记事者必提其要,纂言者必钩其玄;贪多务得,细大不捐。焚膏油以继晷[8]。恒兀兀以穷年[9]。先生之业,可谓勤矣。抵排异端,攘斥佛老,补苴罅漏[10],张皇幽眇。寻坠绪之茫茫,独旁搜而远绍。障百川而东之,回狂澜于既倒。先生之于儒,可谓有劳矣。沉浸醲郁⁽¹¹⁾，含英咀华，作为文章，其书满家。上规姚姒⁽¹²⁾，浑浑无涯。《周诰》《殷盘》⁽¹³⁾，佶屈聱牙⁽¹⁴⁾，《春秋》谨严⁽¹⁵⁾，《左氏》浮夸⁽¹⁶⁾，《易》奇而法⁽¹⁷⁾，《诗》正而葩⁽¹⁸⁾。下逮《庄》《骚》⁽¹⁹⁾，太史所录⁽²⁰⁾。子云、相如⁽²¹⁾，同工异曲。先生之于文，可谓闳其中而肆其外矣。少始知学，勇于敢为。长通于方，左右具宜。先生之于为人，可谓成矣。然而公不见信于人，私不见助于友，跋前踬后⁽²²⁾，动辄得咎。暂为御史⁽²³⁾，遂窜南夷⁽²⁴⁾。三年博士，冗不见治。命与仇谋，取败几时！冬暖而儿号寒，年丰而妻啼饥。头童齿豁，竟死何裨！不知虑此，而反教人为！"

先生曰："吁！子来前！夫大木为杗⁽²⁵⁾，细木为桷⁽²⁶⁾，欂栌侏儒⁽²⁷⁾，椳闑扂楔⁽²⁸⁾，各得其宜，施以成室者，匠氏之工也。玉札丹砂⁽²⁹⁾，赤箭青芝⁽³⁰⁾，牛溲马勃⁽³¹⁾，败鼓之皮⁽³²⁾，俱收并蓄，待用无遗者，医师之良也。登明选公，杂进巧拙，纡余为妍，卓荦为杰，校短量长，唯器是适者，宰相之方也。昔者孟轲好辩⁽³³⁾，孔道以明；辙环天下，卒老于行；荀卿守正⁽³⁴⁾，大论是弘，逃谗于楚⁽³⁵⁾，废死兰陵⁽³⁶⁾。是二儒者，吐辞为经，举足为法，绝类离伦，优入圣域，其遇于世何如也？今先生学虽勤而不由其统，言虽多而不要其中，文虽奇而不济于用，行虽修而不显于众。犹且月费俸钱，岁靡廪粟⁽³⁷⁾；子不知耕，妇不知织；乘马从徒，安坐而食；踵常途之促促⁽³⁸⁾，窥陈编以盗窃。然而圣主不加诛，宰臣不见斥，兹非其幸欤？动而得谤，名亦随之，投闲置散，乃分之宜。若夫商财贿之有亡，计班资之崇庳⁽³⁹⁾，忘己量之所称，指前人之瑕疵，是所谓诘匠氏之不以杙为楹⁽⁴⁰⁾，而訾医师以昌阳引年⁽⁴¹⁾，欲进其狶苓也⁽⁴²⁾。"

【注释】(1)国子先生：作者自称，当时韩愈任国子学博士。太学：指国子监，是唐代中央设置的主管教育兼最高学府性质的官署。　(2)随：不加思考。(3)圣：指皇上。贤：指执政大臣。　(4)名：号称，占有。庸：同"用"。(5)有司：主管部门。　(6)六艺：即六经，儒家经典。　(7)百家：指先秦诸子

唐宋八大家文观止

学派。 (8)晷(guǐ):日影。 (9)兀兀:劳苦的样子。 (10)苴(jū):衬垫。这里是填塞虚空的意思。罅(xià):缝隙。 (11)醲(nóng):味浓厚。 (12)姚姒(sì):姚是虞舜的姓氏,姒是夏禹的姓氏,这里用来代指《尚书》中的《虞书》《夏书》。 (13)周诰:指《尚书·商书》中的《盘庚》等。 (14)佶屈:曲折。聱(áo)牙:语言不平易。 (15)春秋,书名,相传为孔子所作。 (16)左氏:书名,是《春秋左氏传》的简称,相传为鲁国史官左丘明所作。 (17)易:即《周易》,古时讲占卜算卦的书。 (18)诗:即《诗经》,古代最早一部诗歌总集。葩(pā):花,指文辞华丽。 (19)庄、骚:即《庄子》《离骚》。《庄子》是战国时期道家代表人物庄周及其门徒的著作。《离骚》是战国末年伟大诗人屈原的代表作品。 (20)太史:指西汉文学家司马迁。 (21)子云:西汉文学家扬雄字子云。相如:西汉文学家司马相如。 (22)踬(zhì):跌倒。 (23)御史:指监察御史,主管监察弹劾官吏过失的事务。韩愈曾短暂的任监察御史之职。(24)南夷:南方少数民族居住地区,这里指连州阳山县(今广东阳山)。韩愈曾贬官阳山县令。 (25)宋(máng):屋的正梁。 (26)桷(jué):方形椽子。 (27)欂栌(bó lú):即斗拱,柱首承梁的短木。侏儒:梁上短柱。 (28)椳(wēi):门枢。闑(niè):门中央所竖立的短木。扂(diàn):门闩。楔:门两旁的木柱。 (29)玉札丹砂:两种名贵药名。 (30)赤箭青芝:两种名贵药名。(31)牛溲马勃:两种一般药名。 (32)败鼓之皮:陈旧的破鼓皮,可以入药。

(33)孟轲:即孟子,战国时期继承孔子衣钵的儒家大师。 (34)荀卿:即荀子,战国时期思想家。 (35)逃谗于楚:指荀子在齐国受谗,就逃到楚国,春申君任命他为兰陵令。 (36)废死兰陵:指指荀子在春申君死后被免职,并住在兰陵而死去。 (37)糜(mí):费。廪(lǐn):米仓。 (38)踵(zhǒng):追随。(39)庳:同"卑",低。 (40)杙(yì):小木桩。 (41)訾(zǐ):诋毁。昌阳:即菖蒲,传说久服可以延年益寿。 (42)豨(xī)苓:即猪苓,泻药,多食有损身体。

【今译】国子先生早晨进了太学,召集学生们站在学馆台阶下边,教导他们说:"学业的精通在于勤奋,荒废在于游戏;德行的完善在于反省,败坏在于随便。如今圣君贤臣相逢,法令制度健全,除去邪恶的官吏,任用杰出的人才。占有一点善行的人大都录用,具有一技之长的无不任用,好像从泥沙中挑选珍珠那样细心搜罗，好像从污垢中打磨宝器那样辛苦培养。只有无真才实学的人侥幸被选拔的，谁说有才学的人不被选用？大家的学业怕不精，不要担心主管当局的不贤明；要担心不能完善德行，不要担心主管当局的不公平。"

话未说完，有位在队列中发笑的学生说："先生蒙骗我们呀！弟子随先生学习，到现在有些年头了。先生口中不停地吟诵六经文章，手下不停地翻阅诸子著作，读记载史实的书一定抓住它的要点，编纂言论的书一定探求它的深义；贪求多读必取心得，大小问题都不放过，点燃灯油而延续日光，常常辛苦而全年到头。先生的学业，可说是勤奋用功了。抨击异端邪说，排斥佛教道教，为孔孟之道弥补缺漏，阐发隐微，寻求很久以来衰落的儒道，独自广泛搜集而继承它，使儒家学说就像筑起堤防让江河向东去，就像在巨浪倾倒时挽回它。先生对于儒学，可说是有功劳的了。沉浸在儒学经典深厚的意味中，吸收精华，写成文章，书稿堆满家中。向上效法《虞书》《夏书》，深广无边，《周诰》《殷盘》，艰涩难读，《春秋》谨严，《左氏》铺张，《周易》玄妙有法则，《诗经》纯正文辞美；向下达到《庄子》《离骚》，司马迁的《史记》，扬雄、司马相如的辞赋，异曲同工。先生的文章，可说是内容深博而文辞奔放了。先生小时刚知学习，就敢作敢为；长大通晓礼法，能得心应手。先生的为人，可说是完善了。但是在公事上不被人家信任，在私事上没有朋友帮助，进退两难，动不动就得罪。任监察御史时间不长，就被贬逐到荒远的南方。担任三年国子博士，闲职不能表现治理的才能。命中注定总遇仇敌，一次次贬官降职！冬季天气温暖儿女却冻得啼哭，年成丰收妻子却挨饿流泪。头秃顶牙齿落，一直到死有什么补益！不知道考虑这些，却反而教训别人！"

先生说："咳！您到前边来！大木头做屋梁，小木头做椽子，斗拱短柱，门枢门闩，各得其所，使用来做成房屋，是工匠的技巧。玉札丹砂，赤箭青芝，牛溲马勃，破旧鼓皮，都收集储藏，预备使用没有遗弃，是医师的高明。提升选用明白公正，灵巧愚笨的都任用，做人稳重的恭谨君子，性格豪放的豁达丈夫，衡量他们的长处短处，只以才能来适当安排，是宰相的方略。从前的孟子喜欢辩论，孔子儒学因而显明，车辙环绕天下，终于在周游中衰老；荀子坚持正道，儒学大理因此弘扬，受谗言逃到楚国，罢职死在兰陵。这二位儒家学者，言论成为经典，行动成为准则，成就超出同类学者，进入圣人的

领域,他们在当世的境遇怎样呢?如今先生本人的学业虽然勤奋却不能遵循儒家的正统,言论虽然很多却不能把握儒学的中心,文章虽然新奇却不能在世上应用,德行虽然修明却不能在众人中显露。而且还每月耗费俸钱,每年耗费粮食;儿子不懂耕种,妻子不懂纺织;骑马而徒仆随从,稳坐而吃食现成;谨慎小心地按照常规行动,偷窃旧书言论进行写作。然而皇上不加责罚,宰相不加贬斥,这不是幸运吗?一举动就受到诽谤,名声也随着受损,投放在闲散地位,即分内应该的。至于思量俸禄的有无,计较品位的高低,忘记衡量自己的才能与地位相称,指责当政要人的缺点毛病,就是所说的质问工匠不把小木桩当作柱子用,却责骂医师用昌阳药来延年益寿,打算进献他的豨苓药。"

【点评】本文分为劝学、质问、解答三个自具中心意思的段落,同时又连贯紧密,一气呵成。文章采取主客问难的赋体形式,运用借客伸主的表现方法,幽默含蓄,妙趣横生。在语言结构上以排偶为主,骈散相间,阐述事理,气势充沛,抒发情怀,酣畅淋漓,增强了文章的逻辑性,又有许多语句不仅用韵,而且时常变换,密疏交错,突显出简练谐美的音节,跌宕有致的气韵,增强了文章的感染力。

【集说】此韩公正正之旗,堂堂之阵也。其主意专在宰相。盖大才小用,不能无憾,而以怨怼无聊之辞托之人,自咎自责之辞托之己,最得体。(茅坤《唐宋八大家文钞》)

多用韵语,扬子云《解嘲》已然。盖用韵语,则铿锵作金石声也。(沈德潜《唐宋八家文读本》)

首段以进学发端,中段句句是驳,末段句句是解,前呼后应,最为绵密。其格调虽本《客难》《解嘲》《答宾戏》诸篇,但诸篇都是自疏己长,此则把自家许多伎俩、许多抑郁,尽数借他人口中说出,而自家却以平心和气处之。看来无叹老嗟卑之迹,其实叹老嗟卑之心,无有甚于此者,乃《送穷》之变体也。至其文,语语作金石声,尤不易及。(林云铭《古文析义》)

公文不以雕饰为工,而此篇极修词之妙,尤具排山倒海之势。(蔡铸《蔡氏古文评注补正全集》)

（张新科）

圬者王承福传⁽¹⁾

圬之为技，贱且劳者也。有业之，其色若自得者。听其言，约而尽。

问之，王其姓，承福其名。世为京兆长安农夫⁽²⁾。天宝之乱⁽³⁾，发人为兵，持弓矢十三年。有官勋，弃之来归，丧其土田，手镘衣食⁽⁴⁾，余三十年。舍于市之主人⁽⁵⁾，而归其屋食之当焉，视时屋食之贵贱，而上下其圬之佣以偿之；有余，则以与道路之废疾饿者焉。

又曰：粟，稼而生者也；若布与帛⁽⁶⁾，必蚕绩而后成者也⁽⁷⁾；其他所以养生之具，皆待人力而后完也；吾皆赖之。然人不可遍为，宜乎各致其能以相生也。故君者，理我所以生者也；而百官者，承君之化者也。任有小大，惟其所能，若器皿焉。食焉而怠其事，必有天殃⁽⁸⁾，故吾不敢一日舍镘以嬉。夫镘，易能，可力焉，又诚有功，取其直，虽劳无愧，吾心安焉。夫力，易强而有功也，心，难强而有智也，用力者使于人，用心者使人，亦其宜也。吾特择其易为而无愧者取焉。嘻⁽⁹⁾！吾操镘以入富贵之家有年矣。有一至者焉，又往过之，则为墟矣。有再至、三至者焉，而往过之，则为墟矣。问之其邻，或曰："噫！刑戮也⁽¹⁰⁾。"或曰："身既死，而其子孙不能有也。"或曰："死而归之官也。"吾以是观之，非所谓食焉怠其事，而得天殃者邪？非强心以智而不足，不择其才之称否而冒之者邪？非多行可愧，知其不可而强为之者邪？将贵富难守，薄功而厚飨之者邪⁽¹¹⁾？抑丰悴有时，一去一来而不可常者邪？吾之心悯焉，是故择其力之可能者行焉。乐富贵而悲贫贱，我岂异于人哉？

又曰：功大者，其所以自奉也博。妻与子，皆养于我者也，吾能薄而功小，不有之可也。又吾所谓劳力者，若立吾家而力不足，则

心又劳也。一身而二任焉,虽圣者不可为也。

愈始闻而惑之,又从而思之,盖贤者也?盖所谓"独善其身"者也?然吾有讥焉(12),谓其自为也过多,其为人也过少,其学杨朱之道者邪?杨之道,不肯拔我一毛而利天下。而夫人以有家为劳心,不肯一动其心以畜其妻子(13),其肯劳其心以为人乎哉?虽然,其贤于世之患不得之而患失之者,以济其生之欲、贪邪而亡道以丧其身者(14),其亦远矣!又其言,有可以警余者,故余为之传而自鉴焉。

【注释】(1)圬(wū)者:泥水工匠。圬,涂墙的工具。 (2)京兆:唐京兆府,以西京长安为中心包括周围二十多个县。长安:唐长安城直属两县之一。 (3)天宝之乱:天宝是唐玄宗的年号,天宝十四年(755)安禄山发动叛乱,史思明继之为首脑,到代宗广德元年(763)才平定,史称"安史之乱"。 (4)镘(màn):涂墙的工具,即现在俗称的"瓦刀"。 (5)市:长安城里法定的商业区东市、西市。主人:供应食宿以收费取利的人。 (6)帛:丝织物的总称,在唐代一般指绢。 (7)绩:缉麻线,用来织布。 (8)天殃:天是天理,"天殃"是理应受到灾殃。 (9)唉:感叹词。 (10)戮(lù):杀死。 (11)飨(xiǎng):赏赐。 (12)讥:批评。 (13)畜:养。 (14)亡(wú):通"无"。

【今译】粉刷墙壁作为一门技艺,是卑贱而且辛苦的。有人以此为职业,却表现出满足的神色。听他讲其中的道理,简单而透彻。

问他,王是他的姓,承福是他的名。世代是京兆府长安县的农民。天宝年间发生战乱,征发百姓当兵,他也被征入伍,拿了十三年的弓箭。立有官勋,抛弃官勋回家,失去了土地,于是拿着镘谋取衣食,过了三十年。住在市里提供食宿的人家,付给相当的房饭钱。按照平时房饭钱的贵贱,增加或减少粉刷墙壁的工钱来偿付,有了剩余,就送给流落在道路上的残废、疾病和饥饿的人。

他说:粟,要种植才能生长;像布和帛,必须养蚕和织麻而能制成;其他维护生活的物品,都需要人力而后才能完成;我都依赖它们。然而人们不可能什么都亲手去做,应该各尽其能互相帮助来生存。因此做君主的人,治理我是要使我生存;而百官,是奉行君主教化的人。责任有小有大,只根据你的能力,就像器皿一样各有各的用途。吃了饭却不努力干自己的事,一定会受到惩罚,所以我不敢有一天放弃镘而游荡。镘这种工具容易掌握,可以凭气力做到,并且又真有功用,取得这种工钱,虽然劳累却没有羞愧,我很心安。力,不难强求就能使出而且有功效,心,难于强求使用但能生出智慧。用力气的人被别人支使,用心智的人支使别人,也是应该的。我专门选择那容易做而没有惭愧的工作取得报酬。唉!我拿着镘进入富贵人家已经有多年了。有的到过一次,又经过,就成为废墟了。有的到过二次三次,而再经过,也已成为废墟了。问他们的邻居,有的说:"唉!遭刑狱被杀死了。"有的说:"本人已死,他的子孙不能保有了。"有的说:"人死后被官府没收了。"我根据这些来观察,不就是所说的吃了饭却不努力干自己的事,而得到惩罚的吗?不就是强求用心来生出智慧却不足,不考虑自己的才能是否适用却非要做的吗?不就是做了许多有愧的事,明知不对却硬要做的吗?或是贵富难以保持,功劳少而享受太多的吗?还是盛衰有时机,一去一来,不可能长久的吗?我的心很伤感,所以挑选力所能及的事情来做。其实喜欢富贵而悲悯贫贱,我难道与别人不同吗?

他又说:功劳大的,所以奉养自己的东西也多。妻子和子女都是靠我养活的,我能力低并且功劳小,没有他们完全可以。加上我是所说的劳力的人,如果成家却力量不够,就又要操心,一身却兼两任,即使圣人也办不到。

我听了他的话,开始还不理解,再进一步想想,这大概是一位贤人吧?大概就是所谓的"独善其身"的人吧!然而对他我有一点批评,认为他为自己考虑得太多,为别人考虑得太少,难道是学了杨朱的学说吗?杨朱的学说,是不肯拔掉我一根毫毛而使天下得利的。而这个人把有家当成操心事,不能动一点心思养活妻子和儿女,他肯操心为别人吗?虽然如此,但比世上那些担心得不到而且担心失去的,为满足生活的欲望、贪邪无道而丢掉性命的人,他要好得多!加上他的话有可以警戒我的地方,所以我为他写了传,作为自己的借鉴。

【点评】本文通过对一位从事体力劳动者的事迹和言谈的记述,突出量

唐宋八大家文观止

才而行、自食其力的质朴形象。全文将叙述行踪与记录言论有机地结合起来，因叙述而见议论，以议论而代叙事，夹叙夹议，新颖生动。文章起首略作叙事，末尾论断数语，中间波澜层叠，感慨淋漓。托借圬者之言，暗寓劝世之意，构思巧妙，匠心独运。

【集说】借圬者之口为醒世榜文，中间说得凛凛可畏，令富贵人一时猛醒。后幅赞其独善，又讥其不能为人，正是立论无弊处。通篇分作五段，第一段写出圬者弃官归乡，手镘衣食，画出高士风味。第二段言不敢素餐。第三段言亦不为人。第四段承第二段来，赞其不素餐，是独善。第五段又承第三段来，讥其不能为人，是杨朱之教。机致一片，脉络分明。（孙琮《山晓阁选评古文十六种·唐大家韩昌黎全集》）

前略叙一段，后略断数语，中间都是借他自家说话，点成无限烟波，机局绝高，而规世之意，已极切至。（吴楚材等《古文观止》）

（佳　木）

蓝田县丞厅壁记[1]

丞之职所以贰令，于一邑无所不当问。其下主簿、尉[2]，主簿、尉乃有分职。丞位高而偪，例以嫌不可否事。文书行，吏抱成案诣丞，卷其前，钳以左手[3]，右手摘纸尾，雁鹜行以进[4]，平立睨丞曰[5]："当署。"丞涉笔占位署惟谨[6]，目吏问可不可，吏曰："得"，则退，不敢略省，漫不知何事。官虽尊，力势反出主簿、尉下。谚数慢[7]，必曰丞，至以相訾謷[8]。丞之设，岂端使然哉！

博陵崔斯立[9]，种学绩文，以蓄其有，泓涵演迤[10]，日大以肆[11]。贞元初，挟其能，战艺于京师，再进，再屈千人。元和初，以前大理评事言得失黜官，再转而为丞兹邑。始至，喟曰[12]："官无卑，顾材不足塞职。"即喋不得施用[13]，又喟曰："丞哉！丞哉！余不负丞，而丞负余。"则尽枿去牙角[14]，一蹑故迹，破崖岸而为之[15]。丞厅故有记，坏漏污不可读。斯立易桷与瓦[16]，墁治壁⁽¹⁷⁾，悉书前任人名氏。庭有老槐四行，南墙巨竹千梃⁽¹⁸⁾，儼立若相持，水瀄瀄循除鸣⁽¹⁹⁾。斯立痛扫溉，对树二松，日哦其间⁽²⁰⁾。有问者，辄对曰："余方有公事，子姑去。"

考功郎中知制诰韩愈记。

【注释】(1)蓝田县：今陕西蓝田。 (2)主簿：管文书簿籍的官吏。尉：管治安的官吏。 (3)钳(qián)：本意"夹住"，这里是"握住"的意思。 (4)雁鹜(wù)行以进：依次排行而进。雁飞翔时排有行列，所以称"雁行"。鹜是鸭子，是韩愈随手添进的。 (5)睨(nì)：斜视。 (6)占位署：在空着让署名的地方署上。 (7)谚：谚语，俗语。谩：无关紧要。 (8)訾謷(zǐ aó)：诋毁，这里是取笑打骂。 (9)博陵：今河北定县。崔斯立：即崔立之，斯立是他的字。 (10)泓：水深。涵：包容。演：长流。迆(yǐ)：延伸。 (11)肆：显露。 (12)喟(kuì)：叹息。 (13)噤(jìn)：闭口不敢说话。 (14)枿(niè)：嫩枝。 (15)崖岸：严峻不可侵犯。 (16)桷(jué)：方形椽子。(17)墁(màn)：同"镘"，本是涂墙的工具，这里是涂墙的意思。 (18)梃(tǐng)：植物的梗子，这里作"竿"讲。 (19)瀄瀄(guó guó)：水流声。除：台阶。(20)哦：吟哦，指吟诗。

【今译】县丞的职责是做县令的副手，对一县的事情没有不该过问的。它下面有主簿、尉。主簿、尉有分工。县丞的地位高容易侵犯县令的权力，照例因避嫌对任何事不置可否。行文书时，县吏抱着已办好的案卷送到县丞那里，卷起前面的正文，左手握着，右手拉着卷尾，依次上前，随随便便地站着，斜视着县丞说："你要签个名。"县丞蘸了笔恭恭敬敬地在规定的地方签名，看着县吏问可不可以，县吏说"可以"，就退出了，县丞不敢大致查看一下，茫然不知什么事情。官位虽尊，权势反在主簿、尉下面。俗话说到无关紧要的人时，一定会提到县丞，甚至互相取笑打骂。县丞设立的本意难道是这样的吗？

博陵人崔斯立，致力于学问，积累知识，博大贯通，日渐头角显露。贞元初年，凭借他的才能，到京城与他人较量文学技艺，再次应选，再次出人头地。元和初年，因为任大理评事时议论政治得失被贬官，又转到这里任县

唐宋八大家文观止

丞。刚到时，他叹息说："官没有卑贱之分，只是我的才能尽不了职。"随即被迫不敢开口讲话，无法施展，又叹息说："县丞啊！县丞啊！我不辜负你，是你辜负我。"于是收敛锋芒，遵循旧规，以严正的态度做官。丞厅里原有壁记，因房屋损坏漏雨污损而无法认读。崔斯立换了橡和瓦，涂刷墙壁，将前任县丞的人名都写在上面。庭院里有四排老槐树，南墙下有上千竿大竹，俨然对立好像互不相下，水声汩汩绕台阶流过。崔斯立彻底清除灌溉，相对种上两棵松树，每天在这里吟诗。有人问事，就对他说："我正有公事，你暂且回去。"

考功郎中知制诰韩愈撰写。

【点评】本文描绘逼真，比喻生动，富有讽刺小品的味道。文章采用曲笔暗示的写法，细针密缕的描摹，针对县丞被欺凌而低声下气的情状做了入木三分的刻画，既有若隐若现、旁敲侧击之妙，又有淋漓尽致、感慨无穷之力，充分揭示了当时社会生活中人情势利、官场积弊的矛盾。而"丞涉笔占位署，惟谨"以下数句的描写，尤其传神，如见其人，如闻其声。

【集说】愤当世之丞不得尽其职，故借壁记以点缀之，而词气多谵宕奇诡。（茅坤《唐宋八大家文钞》）。

自我作祖，写得入神。章、句、字、色、香、味，无不精绝。（储欣《唐宋八大家类选》）。

极意摹写，见其流失非一日。既为斯立发其愤懑，亦望为政者闻之，使无失其官守也。"钳以左手"三句，细琐如画。"丞濡笔占位"，更细。"濡"从苑本改。"谤数慢必曰丞"，又着此语优后"故"字。"丞之设岂端使然哉"，应"于邑无不当问"，即反呼"故"字。"一蹑故迹"，书名之意喟于"蹑故迹"。故一篇皆从此感慨，非恐其名氏之将湮也。"悉书前任人名氏"，皆不得施用者也。"余方有公事，子姑去"，以不问一事反结，跌宕，殊有简今诗人之意。（何焯《义门读书记》）

此文则纯用戏谑，而怜才共命之意，沉痛处自在言外。（曾国藩《求阙斋读书录》）

（佳　木）

答李翊书⁽¹⁾

六月二十六日，愈白。李生足下⁽²⁾：

生之书辞甚高，而其问何下而恭也⁽³⁾！能如是，谁不欲告生以其道⁽⁴⁾？道德之归也有日矣，况其外之文乎⁽⁵⁾？抑愈所谓望孔子之门墙而不入于其宫者，焉足以知是且非邪⁽⁶⁾？虽然⁽⁷⁾，不可不为生言之。

生所谓"立言"者是也⁽⁸⁾，生所为者与所期者，甚似而几矣⁽⁹⁾。抑不知生之志，蕲胜于人而取于人邪⁽¹⁰⁾？将蕲至于古之立言者耶⁽¹¹⁾？蕲胜于人而取于人，则固胜于人而可取于人矣⁽¹²⁾；将蕲至于古之立言者，则无望其速成，无诱于势利⁽¹³⁾，养其根而俟其实⁽¹⁴⁾，加其膏而希其光，根之茂者其实遂⁽¹⁵⁾，膏之沃者其光晔⁽¹⁶⁾，仁义之人，其言蔼如也⁽¹⁷⁾。

抑又有难者，愈之所为，不自知其至犹未也⁽¹⁸⁾，虽然，学之二十余年矣！始者，非三代、两汉之书不敢观⁽¹⁹⁾，非圣人之志不敢存，处若忘，行若遗，俨乎其若思，茫乎其若迷⁽²⁰⁾。当其取于心而注于手也⁽²¹⁾，惟陈言之务去⁽²²⁾，戛戛乎其难哉⁽²³⁾。其观于人，不知其非笑之为非笑也⁽²⁴⁾。如是者亦有年，犹不改，然后识古书之正伪，与虽正而不至焉者⁽²⁵⁾，昭昭然白黑分矣，而务去之⁽²⁶⁾，乃徐有得也。当其取于心而注于手也，汩汩然来矣⁽²⁷⁾。其观于人也，笑之则以为喜，誉之则以为忧，以其犹有人之说者存也⁽²⁸⁾。如是者亦有年，然后浩乎其沛然矣⁽²⁹⁾。吾又惧其杂也，迎而距之⁽³⁰⁾，平心而察之⁽³¹⁾，其皆醇也⁽³²⁾，然后肆焉⁽³³⁾。虽然，不可以不养也⁽³⁴⁾，行之乎仁义之途，游之乎《诗》《书》之源，无迷其途，无绝其源，终吾身而已矣。气，水也；言，浮物也⁽³⁵⁾；水大而物之浮者大小毕浮⁽³⁶⁾。气之与言犹是也，气盛则言之短长与声之高下者皆宜⁽³⁷⁾。

虽如是，其敢自谓几于成乎？虽几于成，其用于人也奚取焉⁽³⁸⁾？虽然，待用于人者，其肖于器邪？用与舍属诸人⁽³⁹⁾。君子则不然，处心有道，行己有方⁽⁴⁰⁾，用则施诸人，舍则传诸其徒，垂诸文而为后世法⁽⁴¹⁾。如是者，其亦足乐乎？其无足乐也⁽⁴²⁾？

有志乎古者希矣⁽⁴³⁾。志乎古必遗乎今，吾诚乐而悲之⁽⁴⁴⁾。亟称其人，所以劝之⁽⁴⁵⁾，非敢褒其可褒，而贬其可贬也。问于愈者多矣，念生之言，不志乎利，聊相为言之。愈白。

【注释】（1）李翊（yì）：字习之，成纪（今甘肃秦安）人，唐德宗贞元十八年（802）进士，"古文"的坚定拥护者和不倦实践人。 （2）六月二十六日：贞元十七年（801）六月二十六日。时韩愈任四门博士。 （3）生：对读书人的通称，此指李翊。书：书礼。问：求学问道。下：谦退。 （4）其道：指修身、作文的途径和原则。 （5）道德：儒家思想体系。归：复归。其：指代道德。韩愈坚信孔子所谓"有德者必有言"，认为思想修养提高了，写作水平必然要随之提高。 （6）抑：不过。宫：室，住室。焉：哪里，怎么。 （7）虽然：虽是这样，但仍…… （8）生所谓"立言"：李翊关于著书立说的见解。是：正确。（9）几：接近。 （10）蕲（qí）：同"祈"。希望。 （11）古之立言者：古代"立言"的水平。儒家把"立言"视作改良社会的工具，把思想修养视作"立言"的基础。 （12）取于人：被人所取用。指博取利禄。 （13）势利：权势利禄。 （14）俟：等待。实：结实。 （15）遂：果实饱满成熟。 （16）晔（yè）：光芒四射。 （17）仁义之人：行仁蹈义的君子。蔼如：和顺的样子。"仁义之人其言蔼如"是从"有德者必有言"中推导出来的结论，除《论语》外，并不具备多少真实性。孟子、荀子、扬雄、王通、韩愈之文，皆锋芒毕露，一点都不和顺。 （18）至：和"未"都指是否达到"古之立言者"。 （19）三代两汉之书：指夏商周三代的六经和两汉对六经的阐释。 （20）处：静居。忘：忘记周围环境、忘记自身。行：行走。遗：与"忘"同。俨：庄重。四句描写聚精会神的状态。 （21）注于手：用文字去表现。注：水往下流。（22）陈言：陈旧的思想，陈旧的语言。 （23）戛戛（jiá jiá）：困难、吃力的样子。（24）非笑：批评、嘲笑。 （25）识：区分。正：思想纯正、文采斐然之作。伪：蹈袭旧说，摹拟语言之作。至：极境。 （26）去之："之"指代"伪"和"不至"。 （27）汩汩（gǔ gǔ）：水自然奔流的声音。 （28）说：同"悦"。"有人之说者存"说明文章里还有曲从时俗之处，故"誉之则以为忧"。陆游后来把韩愈这个思想正面表述为"诗到无人爱处工"。 （29）浩乎其沛然：指胸中浩然笔下充沛。 （30）距：同"拒"。 （31）平心：静下心。 （32）醇：纯正。（33）肆：纵恣。指敞开心灵纵笔挥写。作文的最高境界，类似儒家"从心所欲不逾矩"、道家"猖狂妄行乃蹈乎大记"、佛家"横说竖说，头头是道"。是合乎规律的自由。 （34）养：养护。 （35）气：作者的思想情感灌注在文章里而产生的气势。 （36）水大则物之浮者大小毕浮：《庄子·逍遥游》："水之积也不厚，则其负大舟也无力。复杯水于坳堂之上，则芥为之舟。置杯焉则胶，水浅而舟大也。"物之浮者：能在水上漂浮的东西。 （37）言之短长：文章句子的长短。声之高下：每个句子音声的搭配。皆宜：句子无论长无论短，音声无论高无论低都合适。这是和骈体文相比较而言的。骈文讲对偶、用典、声律，外在形式束缚住了意旨的抒发，常是典故牵着文思走，意旨随着音韵转。古文把被骈文颠倒了的文、意关系重新颠倒过来，以达意为主，能达意就是合适。 （38）其敢：岂敢。用于人：即前言之"取于人"。（39）其：大约。器：物件。诸：之于。 （40）处心：对待自己的思想、信念。行己：能行自己的思想、信念。方：规矩、原则。 （41）垂：流传。法：立法树则。 （42）乐：精神上的愉悦。与下文"乐而悲之"之"乐"不同。前者是精神境界，后者是一种行为。 （43）希：通"稀"。 （44）乐而悲之：以之为乐又以之为悲。 （45）亟：多次。称：夸赞。其人：有志于古者。所以：用来……的方法。劝：鼓励。之：指代"志于古"。

【今译】六月二十六日，愈白。李生足下：

你的来信词意很超迈，求学问道却又那么谦虚恭敬！能这样，谁不想把修身作文的途径和原则告诉你？道德复归的日子很快到来了，何况作为道德外在表现的文章呢？不过，韩愈我是人们所说的粗得孔子大概而未得孔子精髓的人，怎么能足以知晓正确还是不正确呢？虽然如此，仍不能不对你谈一谈修身作文之道。

你关于著书立说的见解是正确的，你写的和你期望的，很相似又很接近。不过（我）不了解你的志向，是希望超过一般人呢，还是希望达到古代著

33
唐宋八大家文观止

书立说的水平？希望超过一般人又希望被人取用，那你本来就超过了一般人也被人取用了；假如希望达到古代著书立说的水平，那就不要希望很快成功，不要受权势利禄的诱惑，养护根本来等待结实，给灯添油来求光亮，根本茂盛就果实饱满，灯油盛多就光芒四射，行仁蹈义的人，言辞文章是和顺的。

不过还有困难的事情，韩愈我写的文章，自己不清楚达未达到古代著书立说的水平，虽是这样，学习古代著书立说也有二十多年了！开始的时候，除了夏、商、周三代的六经、两汉对六经注疏，其他书不敢阅读，不是圣人的思想不敢存心，静居、行走，似乎忘记了周围，忘记了自身，时而庄重思考，时而茫然迷惘。当提取心中意旨用文字表现时，一定摒弃陈旧的思想、陈旧的语言，这是多么吃力、困难呀！对待别人，不清楚别人的批评、嘲笑，其实是批评和嘲笑。像这样有年头了，还是不改变，然后区分古书的正、伪，与古书里虽然纯正却未达到极境的，清清楚楚，黑白分明。又一定摒弃古书中"伪"与"不至"的成分，这才慢慢有收获。当提取心中意旨用文字表现时，文思像奔流的溪水滚滚而来。对待别人，别人嘲笑就认为是值得高兴的事，别人夸奖就认为是值得忧虑的事，因为文章中还存在着一般人喜欢的俗意陈言。像这样也有一段时间，然后胸中浩然笔下充沛。我又害怕思想不纯正，语言不纯净，迎着拒斥"杂"的成分，静下心仔细审视，思想、语言都纯正了，然后才敞开心灵纵笔挥写。虽然如此，但仍然不可以不养心，按儒家思想原则实践，到《诗》《书》的源泉中汲取营养，不迷方向，不绝源泉，到生命最后一息。文章的气势像水，文章的语言像水上漂浮的东西；水势大，那么能在水上漂浮的东西无论大小都能浮起来。文章的气势与文章语言的关系也是这样，气势盛大，文章的句子无论长无论短，声调无论高无论低，就都恰当合适。

即使达到这种程度，难道敢自称接近成功了吗？即使接近成功，从中又能拿出什么被人们使用？虽是这样，但人就像物件一样等待着被使用么？用和舍取决于别人。君子却不是这样，对待自己的思想信念有原则，施行自己的思想信念有规矩，为社会用就施于人，为社会舍就传授给学生，流传在文章中为后代立法树则。像这样的追求足够使精神得到愉悦吗？还是不足以使精神得到愉悦呢？

有志于恢复古代仁义之道的人是稀少的。有志于古代仁义之道者，一定会被当代遗弃，我的确为"志乎古"的人感到高兴，也为"遗乎今"的事感到悲伤。我多次夸赞期望达到古代仁义之道的人,是用来鼓励有志于古代仁义之道的方法,而不敢表扬他应该表扬、批评他应该批评的。向韩愈我问学的人多了,考虑到你的话,不是想获得利禄,姑且对你讲上面这些话。愈白。

【点评】这是一篇著名的谈艺论文的书札,从此,书信成了中国文学思想史上展示自己文学认识,进行文学批评的重要形式。

信中谈的是古文写作,古文已随产生古文的封建时代一去不返,但信中所含的许多见解并未成为过去。例如,关于文学应发挥改良社会的功能,作家应有独立不倚的人格和信念;关于不倦地提高精神境界是提高写作水平中的可靠途径的认识;关于独创性是文章的生命,写文章的第一要务是力去陈言的见解;关于写作是一个长期磨炼的艰苦过程,无望其速成,无诱于势利的看法等,对于今天从事文学创作的人说来,仍有教益。

这篇文章写作技巧也很高明,论述透彻,比喻生动,语言婉曲,逻辑严谨,气势充沛,波澜起伏,皆是这篇文章的特色。

【集说】昌黎《与李习之书》纡余淡折,便与习之同一意度。

昌黎接孟子知言养气之传,观《答李翊书》学养并言可见。(刘熙载《艺概·文概》)

陈言者,非宿昔之语,缘饰之词,而吾所自有之言也。凡吾沾沾自喜、毅然自是者,皆陈言也。(钱秉灯《田间文集·毛会侯文集序》)

(梁道礼)

答陈商书⁽¹⁾

愈白:辱惠书⁽²⁾,语高而旨深,三四读尚不能通晓,茫然增愧赧⁽³⁾。又不以其浅弊无过人知识⁽⁴⁾,且喻以所守⁽⁵⁾。幸甚!

愈敢不吐情实,然自识其不足补吾子之所须也⁽⁶⁾。齐王好竽⁽⁷⁾,有求仕于齐者,操瑟而往⁽⁸⁾。立王之门,三年不得入。叱曰:"吾瑟鼓之,能使鬼神上下。吾鼓瑟,合轩辕氏之律吕⁽⁹⁾。"客骂之曰:"王好竽而子鼓瑟,虽工⁽¹⁰⁾,如王不好何?"是所谓工于瑟而不

唐宋八大家文观止

工于求齐也⁽¹¹⁾。

　　今举进士于此世,求禄利行道于此世⁽¹²⁾,而为文必使一世人不好,得无与操瑟立齐门者比欤⁽¹³⁾?文虽工不利于求,求不得则怒且怨,不知君子必尔为不也⁽¹⁴⁾!故区区之心⁽¹⁵⁾,每有来访者,皆有意于不肖者也⁽¹⁶⁾。略不辞让⁽¹⁷⁾,遂尽言之,惟吾子谅察!愈白。

　　【注释】(1)这是韩愈写与陈商的一封信。陈商:字述圣,南朝陈宣帝五世孙。元和九年(814)登进士,官终秘书监。写此信时,韩愈为国子博士,而陈商尚未及第。　(2)辱:谦词,承蒙之意。惠:敬重之词,赐给之意。　(3)愧赧(nǎn):惭愧而脸红。　(4)浅弊:浅陋、浅薄。　(5)喻:告诉。　(6)吾子:第二人称的亲昵称呼。所须:所求。　(7)齐王:齐宣王。竽:古代一种簧管乐器,形似笙但大些。　(8)瑟:古代一种弦乐器,有二十五根弦。　(9)轩辕氏:黄帝。见《史记·五帝本纪》:黄帝者,少典之子,姓公孙,名轩辕。律吕:咸池之乐,相传为黄帝轩辕氏所造。　(10)工:长于、擅长。　(11)求齐:向齐王求仕。　(12)行道:行施自己的政治主张。　(13)得无:是不是。　(14)不知君子必尔为不也:不知有贤德的人是否一定要这样做。　(15)区区:自己的谦称。　(16)不肖者:不贤的,没成就的,自谦之意。　(17)略不:一点也不。

　　【今译】韩愈禀陈:承蒙你写信给我,话语高而含义深,我读了三四遍还不能明白是什么意思,茫然之余,只觉得惭愧脸红。你却不嫌弃我的浅薄和不才,反而来信告诉我,让我回答。真是幸运之至!

　　我韩愈哪敢不将真情实话告诉你,但是,我自知它是不能满足你的所求的。相传齐宣王喜欢听吹竽,有一个想在齐国求官的人,带瑟去到齐国,站在齐王的门外,三年没允许入内,于是怒嚷道:"我的瑟弹奏起来,能感动鬼神,使它们从天上下来,从地里出来。我奏瑟,合乎轩辕黄帝的旋律(音乐)。"齐王的门客骂他说:"齐王喜欢竽而你弹奏瑟,虽然瑟弹得很精湛,但是齐王不喜欢怎么办?"这就是所谓长于弹瑟而不长于求得齐王的赏识了。

　　现今,你在社会上考进士,在社会上求功名利禄,实行自己的政治主张,但是你写的文章却是决心使全社会的人不喜欢,这不是同带着瑟立在齐王门前的那人相类似吗？文章虽然确有功力，但是不利于达到你的要求，要求达不到就愤怒、埋怨，不知有贤德的人是否一定要这样。所以，依我看来，凡是有来访者，都是看得起我的。我就一点也不应推辞谦让，尽量把自己的话说完，请你鉴谅！韩愈禀陈。

【点评】陈商在考中进士前，曾写信向韩愈求教。陈文究竟如何？韩愈认为是"虽语高而旨深"，但不合时宜，"三四读尚不能通晓"。于是复此信借鼓瑟者求仕于齐王的故事来开导陈商，企望他吸取鼓瑟者的教训，舍弃晦涩难懂之文风，以便使自己的政治主张平易地为他人所接受。全文简练，分为三段：首段开宗明义指出读陈商文章后迷惑不解，于是表明自己要说真话。次段，借鼓瑟者求仕于齐的故事启发陈商，起到话在外、意在其中的作用。末段，总括首、次两段的内容，语重心长地指出，如要举进士、求功名、行道于天下，就得练就通晓的文风，切莫犯鼓瑟者立于齐门之外，三年不得入内的错误。本文简练清晰，利用比喻手法，贴切自然，说理透彻，语言新颖，富于机趣。整篇文章写法似有战国议论、游说文章的特色。

【集说】似"国策"，得其机趣，而无剑拔弩张之态。修辞亦文事之最要，如此等文，固是意奇，其辞尤足以副之也。（马其昶《韩昌黎文集校注》引张裕钊语）

昌黎书诸短篇，道古而波折，自然简峻，而规模自宏，最有法度，转换变化处更多。学韩者宜从此等入。（同上）

（朱　曦）

送孟东野序⁽¹⁾

大凡物不得其平则鸣。草木之无声，风挠之鸣⁽²⁾；水之无声，风荡之鸣。其跃也，或激之；其趋也，或梗之⁽³⁾；其沸也，或炙之⁽⁴⁾。金石之无声⁽⁵⁾，或击之鸣。人之于言也亦然，有不得已者而后言。其歌也有思，其哭也有怀，凡出乎口而为声者，其皆有弗平者乎⁽⁶⁾！

乐也者⁽⁷⁾，郁于中而泄于外者也⁽⁸⁾，择其善鸣者而假之鸣⁽⁹⁾。

金、石、丝、竹、匏、土、革、木八者[10]，物之善鸣者也。维天之于时也亦然[11]，择其善鸣者而假之鸣。是故以鸟鸣春，以雷鸣夏，以虫鸣秋，以风鸣冬。四时之相推敚[12]，其必有不得其平者乎！

其于人也亦然，人声之精者为言，文辞之于言，又其精也，尤择其善鸣者而假之鸣。其在唐虞[13]，咎陶、禹[14]，其善鸣者也，而假以鸣。夔弗能以文辞鸣[15]，又自假于《韶》以鸣[16]。夏之时，五子以其歌鸣[17]。伊尹鸣殷[18]，周公鸣周[19]。凡载于《诗》《书》六艺[20]，皆鸣之善者也。周之衰，孔子之徒鸣之，其声大而远。《传》曰[21]："天将以夫子为木铎[22]。"其弗信矣乎？其末也，庄周以其荒唐之辞鸣[23]。楚，大国也，其亡也，以屈原鸣。臧孙辰、孟轲、荀卿[24]，以道鸣者也[25]。杨朱、墨翟、管夷吾、晏婴、老聃、申不害、韩非、慎到、田骈、邹衍、尸佼、孙武、张仪、苏秦之属[26]，皆以其术鸣[27]。秦之兴，李斯鸣之[28]。汉之时，司马迁、相如、扬雄[29]，最其善鸣者也。其下魏晋氏，鸣者不及于古，然亦未尝绝也。就其善者，其声清以浮，其节数以急[30]，其辞淫以哀[31]，其志弛以肆[32]，其为言也，乱杂而无章。将天丑其德莫之顾邪[33]？何为乎不鸣其善鸣者也？

唐之有天下，陈子昂、苏源明、元结、李白、杜甫、李观[34]，皆以其所能鸣。其存而在下者[35]，孟郊东野始以其诗鸣。其高出魏晋，不懈而及于古，其他浸淫乎汉氏矣[36]。从吾游者[37]，李翱、张籍其尤也[38]，三子者之鸣信善矣[39]，抑不知天将和其声，而使鸣国家之盛邪？抑将穷饿其身，思愁其心肠，而使自鸣其不幸邪？三子者之命，则悬乎天矣[40]。其在上也，奚以喜？其在下也，奚以悲？东野之役于江南也[41]，有若不释然者[42]，故吾道其命于天者以解之。

【注释】(1)孟东野：即孟郊，湖州武康（今浙江德清）人，唐代著名诗人，韩愈好友。他仕途很不得志，五十岁才得到溧阳（今江苏溧阳）县尉的小官职,赴任时心情很不愉快,故韩愈写此文以送之。 （2）挠：吹动。 （3）梗：阻塞。 （4）炙：煮,烧。 （5）金石：指金制的钟和石制的磬一类乐器。（6）弗平：不平。 （7）乐：音乐。 （8）郁：积。 （9）假：借。 （10）丝：指琴瑟。竹：指箫管。匏（páo）：指笙竽。土：指埙（xūn）,陶制的吹奏的乐器。革：指鼓。木：指柷（zhù）敔（yǔ）,打击乐器。 （11）维：发语词,无义。（12）推敚（duó）：推移变化。敚,同"夺"。 （13）唐：唐尧。虞：虞舜。（14）咎（gāo）陶（yáo）：即皋陶,舜之臣,曾制定法律等典章制度。禹：夏代始祖,曾奉舜之命治理洪水。 （15）夔（kuí）：舜时乐官。 （16）《韶》：相传是夔所制的乐曲。 （17）五子：据《史记·夏本纪》为夏王太康的五个弟弟,曾作歌讽刺太康的荒淫无度。一说为夏启的少子武观。 （18）伊尹：名挚,商之贤臣,曾助汤伐桀,汤死,又辅佐汤的孙子帝太甲。相传他曾作《伊训》《汝鸠》《太甲》诸篇,皆亡佚。 （19）周公：姬旦,武王之弟。曾作《大诰》《康诰》等文。 （20）六艺：指六经,即《诗经》《书经》《礼经》《乐经》《易经》《春秋经》。 （21）《传》：指《论语》。 （22）此句出自《论语·八佾》。木铎（duó）：铜质木舌铃,古代宣布政令时摇之以晓喻百姓。 （23）庄周：即庄子,战国哲学家。 （24）臧孙辰：即臧文仲,春秋时鲁国大夫。 （25）道：指儒家的学说。 （26）杨朱：战国哲学家,魏国人,其学说散见于《孟子》《庄子》《韩非子》《吕氏春秋》诸书。墨翟（dí）：即墨子。管夷吾：即管仲。晏婴：即晏子。老聃（dān）：即老子。申不害：战国时韩人,曾任韩相,法家。眘到：即慎到,战国时赵人,法家。田骈：战国时齐人,道家,著有《田子》,已亡佚。邹衍：战国时齐人,阴阳家。尸佼（jiǎo）：战国时鲁人,法家,著有《尸子》,已佚。孙武：即孙子,春秋时齐人,兵家。张仪、苏秦：纵横家。 （27）术：指诸子百家的学说。 （28）李斯：秦代丞相,散文作家。 （29）相如：司马相如。 （30）数（shuò）：频繁。 （31）淫：淫靡。 （32）弛：松懈。肆：放纵。（33）将：大概,也许。丑：憎恶。 （34）陈子昂等均为唐代文学家。 （35）存：活在世上。在下：指在那些人之后。 （36）浸淫：渗入,这里是接近的意思。 （37）游：交往。 （38）李翱（áo）：唐代散文家。张籍：唐代诗人。尤：杰出。 （39）信善：真好。 （40）悬：系。 （41）役：服役,这里是就职的意思。役于江南：去江南赴任。孟郊任溧阳县尉,属江南道。 （42）不释然：心情不愉快。

【今译】大凡一切事物得不到平静、平衡就会发出鸣声。草木无声，风吹动摇就会发出鸣声；水无声，风吹动荡就会发出鸣声。它跃起而发声，大概是由于受激；它奔泻而发声，大概是由于受阻；它沸腾而发声，大概是由于煮烧。钟磬一类乐器本来也无声，有人敲击就会发出鸣声。人们发表言论也是这样，有不得不说的原因而后才说。他们有所思而歌，有所怀而哭，凡出于口而发为声音的，大概都有感受不平的原因吧！

音乐是宣泄人心中的郁积之情的，选择那些善于发声的东西借它们来发出鸣声。钟、磬、琴瑟、箫管、笙、埙、鼓、柷敔这些乐器，就是最善发声的东西。天于时令变化也是这样，选择那些善于鸣叫的东西借它们来发出鸣声，所以用鸟发出春天的鸣声，用雷发出夏天的鸣声，用虫发出秋天的鸣声，用风发出冬天的鸣声。四时的推移变化，必定是有不得其平的原因吧！

它对于人也是这样，人声的精华是言语，文辞对言语来说，又是精华中的精华，更要选择那些善鸣的人借他们来鸣。在唐尧虞舜的时代，皋陶、禹是善鸣的人，就借他们来鸣。夔不能用文辞鸣，又自借《韶》乐来鸣。在夏代，五子以他们的歌鸣。伊尹鸣于殷，周公鸣于周。凡记载于《诗》《书》等六经的，都是鸣声中最美好的。到了周的衰世，孔子等人发出鸣声，他们的声音大，传得远。《论语》上说："天将要用夫子作木铎。"这不就很真实吗？到后来，庄周用他的荒唐之言鸣。楚是个大国，它灭亡的时候，用屈原来鸣。臧孙辰、孟轲、荀卿，是用儒道来鸣的。杨朱、墨翟、管仲、晏婴、老聃、申不害、韩非、慎到、田骈、邹衍、尸佼、孙武、张仪、苏秦等人，都用他们的学说鸣。秦统一天下，李斯来鸣。到汉代，司马迁、司马相如、扬雄，是最善鸣的人。下至魏晋，鸣者不如以前，但也未曾断绝。就其中好的而言，其声韵清丽而轻浮，其节拍频繁而急促，其文辞淫靡而哀伤，其心志懈怠而放纵，他们作的文章，杂乱而没有章法。大概是上天憎恶他们的德行而不肯顾念他们吧？为什么不让那些善鸣的人来鸣呢？

唐代开国以来，陈子昂、苏源明、元结、李白、杜甫、李观，都以他们的特长鸣。在他们之后还活着的人中，孟东野首先用他的诗鸣。其诗高出魏晋，有的因为努力不懈从而赶上上古，其余的也已接近汉人的水平了。和我交往的人中，还有李翱、张籍最为杰出。他们三个人的鸣声确实好，不知是上天要调谐他们的声调，而使他们歌颂国家的昌盛呢？还是要使他们处境穷困、心肠愁苦，因而自鸣不幸呢？他们三人的命运，就取决于上天了。因此，身居高位又有什么可喜？身处下位又有什么可悲？东野将去江南赴任，心情好像不愉快，所以我说他的命运取决于天来劝解他。

【点评】这是韩愈为宽慰和勉励孟东野、送他去江南赴任而作的一篇著名赠序。作者一开始即脱口冲出"大凡物不得其平则鸣"这一洪钟般的巨鸣，作为全文主脑，先声夺人，震响全篇。接着紧扣论旨展开论述，"从物声说到人声，从人声说到文辞；从上古之文辞，历数以下说到有唐；然后转落东野"（沈德潜《唐宋八家文读本》），由远而近，由彼及此，列举大量事例，节节申说，总不出"不平则鸣"之意，又都是"择其善鸣者而假之鸣"。这不仅"位置秩然""法律谨严"（同上），而且感情充沛，气势浩瀚，如长河秋水，滚滚灌注，层波叠浪，滔滔汩汩。然后以不知天将使孟东野"鸣国家之盛"，还是"使自鸣其不幸"的选择式反诘，暗讽统治者对人才的摧残。最后说明写作缘由，关照题目，名为释愁，实为泄愤。既为孟东野鸣不平，又一泻自己抑郁之块垒。作者论述"不平则鸣"，其本身就是绝好的"不平之鸣"。文章立论精警，见解卓绝。"不平则鸣"的观点上承司马迁的"发愤著书"说，下启欧阳修的"穷而后工"说，成为重要的文学原理，卓立千古，影响巨大。又于论述中指点历代著作，于文学评论不无价值。尤其是将庄子与孔子、屈原并列，推司马迁为汉人第一，独具慧眼，颇有卓见。只是将孟郊抬得过高，是其弊病。语言上散排间用，变化多样，节奏感强，明快流畅，气盛言宜，雄辩有力。本文横绝古今，读之不能不令人折服，令人感叹，令人慷慨！

【集说】此篇凡六百二十余字，"鸣"字四十，读者不觉其累，何也？句法变化凡二十九样，有顿挫，有升降，有起伏，有抑扬，如层峰叠峦，如惊涛怒浪，无一句急慢，无一字尘埃，愈读愈可喜。（谢枋得《文章轨范》卷七）

一"鸣"字成文，乃独倡机杼，命世笔力也。前此唯《汉书》叙萧何追韩信，用数十"亡"字。又：此篇将牵合入天成，乃是笔力神巧，与《毛颖传》同，而雄迈过之。（茅坤《唐宋八大家文钞·韩文公文钞》卷七）

直是论说古今诗文，写得如许灵变。通篇数十"鸣"字，如回风舞雪。后人仿之，辄纤俗可憎。其灵蠢异也。（储欣《唐宋八大家类选》）

唐宋八大家文观止

通篇表其文辞，未以所性分定，解其中怀抑郁。此竿头更进，非余波游衍可比。外间但赏其连用四十"鸣"字，犹皮相也。（沈德潜《唐宋八家文读本》卷四）

是篇为最得意之文也。其大意以为千古文章，虽出于人，却都是天之现身，不过借人声口发出，犹人之作乐，借乐器而传，非乐器自能传也。故凡人之有言，皆非无故而言，其胸中必有不能已者。这不能已，便有不得其平，为天所假处。篇中从物声说到人言，从人言说到文辞，从历代说到唐朝，总以天假善鸣一语作骨，把个千古能文的才人，看得异样郑重，然后落入东野身上，盛称其诗，与历代相较一番，知其为天所假，自当听天所命。又扯李翱、张籍二人伴说，用"从吾游"三字连自己插入其中，自命不小，以此视人世之得失升沉，宜不足以入其胸次也，语语悲壮。俗眼错认"不平"二字为不得用扼腕，何啻千里？独不思篇中言皋陶，言禹，言夔，言伊尹，言周公，皆称其鸣之善，其不平处岂亦为不得用而然乎？即末段说入东野身上，亦以鸣国家之盛与自鸣不幸两意双敲，原未尝料定东野一生，必不得用到底也，安得以"不平"二字为疑？（林云铭《古文析义》卷十二）

此文得之悲歌慷慨者为多。谓凡形之声者，皆不得已，于不得已中，又有善不善，所谓善者，又有幸不幸之分。只是从一"鸣"中，发出许多议论。句法变换，凡二十九样。如龙之变化，屈伸于天，更不能逐鳞逐爪观之。（吴楚材、吴调侯《古文观止》卷八）

凭空结撰，除其存而在下及东野之役于江南一二语外，未尝粘定东野。究之言物、言人、言乐、言天时、言历代、言本朝善鸣者，及言李言张，无非为东野发议。自首至尾，不肯使一直笔。顿挫抑扬，离合缓急，无法不备，而又变化诡谲，不可端倪，那得不横绝古今！（余诚《重订古文释义新编》卷七）

以一"鸣"字作骨，以一"善"字作低昂，其手法变化在"鸣"字，其线素抽牵，却在"善"字。（浦起龙《古文眉诠》卷四十九）

人但见以"鸣"字驱驾全篇，不知中间只人物分疏而已。入手是说物，由物递转及人，由人而寓感于物，因思天不能鸣，亦假气假物以鸣，犹之人耳，故由天复归到人之本位。自"唐虞"句起，直至于"唐之有天下，陈子昂、苏源明、元结、李白、杜甫、李观，皆以所能鸣"，作一停蓄，然后振起，"存而在下者，孟郊东野始以其诗鸣"，似有千斤力量，用一语力支以上无数之陪客，读者无不夺气结舌，以为得未曾有。不知亦少有弊病，猝读之不能即觉。须知以上所鸣者，或以道，或以术，或以文，初未及诗，陈子昂诸人，正以诗鸣者也。此数人既以诗名，则说到东野，不应用一"始"字。虽昌黎狡狯，将陈子昂诸人所鸣者，抹去"诗"字，代以"能"字，是急救之法，终竟好奇者不能有圆足之道理，必思出"能"字，固费心血不少。然工夫则在用一"存"字，见得死者皆能诗之徒，今存而在下者，能诗只有一东野，"始"字对在下说，亦可敷衍得去。（林纾《春觉斋论文·述旨》）

（刘生良）

送李愿归盘谷序⁽¹⁾

太行之阳有盘谷⁽²⁾。盘谷之间，泉甘而土肥，草木藂茂⁽³⁾，居民鲜少。或曰，谓其环两山之间⁽⁴⁾，故曰"盘⁽⁵⁾"。或曰，是谷也，宅幽而势阻⁽⁶⁾，隐者之所盘旋⁽⁷⁾。友人李愿居之⁽⁸⁾。

愿之言曰："人之称大丈夫者⁽⁹⁾，我知之矣。利泽施于人⁽¹⁰⁾，名声昭于时⁽¹¹⁾。坐于庙朝⁽¹²⁾，进退百官，而佐天子出令。其在外⁽¹³⁾，则树旗旄⁽¹⁴⁾，罗弓矢，武夫前呵⁽¹⁵⁾，从者塞途⁽¹⁶⁾，供给之人⁽¹⁷⁾，各执其物，夹道而疾驰。喜有赏，怒有刑⁽¹⁸⁾。才畯满前⁽¹⁹⁾，道古今而誉盛德⁽²⁰⁾，入耳而不烦。曲眉丰颊⁽²¹⁾，清声而便体⁽²²⁾，秀外而惠中⁽²³⁾，飘轻裾，翳长袖⁽²⁴⁾，粉白黛绿者⁽²⁵⁾，列屋而闲居⁽²⁶⁾，妒宠而负恃⁽²⁷⁾，争妍而取怜。大丈夫之遇知于天子⁽²⁸⁾，用力于当世者之所为也。吾非恶此而逃之⁽²⁹⁾，是有命焉⁽³⁰⁾，不可幸而致也⁽³¹⁾。穷居而野处⁽³²⁾，升高而望远，坐茂树以终日，濯清泉以自洁。采于山，美可茹⁽³³⁾；钓于水，鲜可食⁽³⁴⁾。起居无时，惟适之安。与其有誉于前，孰若无毁于其后⁽³⁵⁾；与其有乐于身，孰若无忧于其心。车服不维⁽³⁶⁾，刀锯不加；理乱不知⁽³⁷⁾，黜陟不闻⁽³⁸⁾。大丈夫不遇于时者之所为也，我则行之。伺候于公卿之门，奔走于形势之途⁽³⁹⁾，足将进而趑趄⁽⁴⁰⁾，口将言而嗫嚅⁽⁴¹⁾，处污秽而不羞，触刑辟而诛戮，侥幸于万一，老死而后止者，其于为人贤不肖何

如也⁽⁴²⁾?"

　　昌黎韩愈闻其言而壮之⁽⁴³⁾。与之酒而为之歌曰:"盘之中,维子之宫⁽⁴⁴⁾。盘之土,可以稼⁽⁴⁵⁾;盘之泉,可濯可沿⁽⁴⁶⁾。盘之阻,谁争子所⁽⁴⁷⁾?窈而深,廓其有容⁽⁴⁸⁾;缭而曲⁽⁴⁹⁾,如往而复。嗟盘之乐兮,乐且无央⁽⁵⁰⁾;虎豹远迹兮,蛟龙遁藏;鬼神守护兮,呵禁不祥⁽⁵¹⁾。饮则食兮寿而康⁽⁵²⁾,无不足兮奚所望?膏吾车兮秣吾马⁽⁵³⁾,从子于盘兮,终吾生以徜徉⁽⁵⁴⁾。"

　　【注释】(1)《送李愿归盘谷序》:作于唐德宗贞元十七年(801)。时韩愈刚从徐州叛乱中脱险,失掉幕职,在京城听候调选。　(2)阳:山之南坡,水之北岸。盘谷:在河南省济源市。　(3)蘩(cóng):同"丛",众多。　(4)谓:因为。　(5)盘:平底圆形器皿。俗名曰"盘",突出这片山谷的地形特征。　(6)宅:位置。幽:深邃。势:地形。阻:隔绝,与外界隔绝。　(7)盘旋:同"盘桓",逗留。　(8)李愿:唐名将李晟之子、李愬之弟名愿,唐宪宗元和初领银夏绥宥节度使,后移镇宣武,以罪去职,终于河中节度使。史称其在镇军政惫驰,颇堕家声。清人因其行止与序中所言李愿难合,故疑与韩愈同时有两个李愿,序中所送李愿和李晟之子、李愬之弟的李愿不是一个人。　(9)人:与"我"对言。别人。大丈夫:《孟子·滕文公下》:"居天下之广居,立天下之正位,行天下之大道,得志,与民由之;不得志,独行其道,富贵不能淫,贫贱不能移,威武不能屈,此之谓大丈夫。"　(10)利泽:利益恩惠。(11)昭:彰显。　(12)庙朝:议处军国大事的宗庙、朝廷。"坐于庙朝"即在朝为官。朝官最贵者为相。相的职权即"进退百官而佐天子出令"。(13)外:与"朝"对言,指任外官。中唐外官以节度使为最贵,下文描写的正是节度使的气派。　(14)旗旄:唐制,节度使出镇,朝廷赐以双旌双节,旌以专赏,节以志杀。"旗旄"即旌节。"旄"是旌与节上装饰的牦牛尾。"旗"指旌。　(15)呵:喝道。　(16)从者:随从的人。　(17)供给之人:供役使的仆从。　(18)喜有赏怒有刑:刑赏所辖州县官吏是唐节度使的权限之一。(19)才畯:畯,同"俊"。指节度使的幕僚。唐代进士及第者在未争取到朝廷的正式委任前,多到各镇做幕僚。有的终生为幕职,如李商隐。　(20)道古今而誉盛德:"古今"与"盛德"互文见义。　(21)丰颊:丰满的面庞。

(22)便体:轻盈的体态。便(pián),安适。　　(23)惠:通"慧"。　　(24)翳:遮掩。"翳长袖",长袖遮地。　　(25)黛:青黑色颜料,古时女子用来画眉。(26)列屋:众屋罗布。　　(27)恃:自负。　　(28)遇:碰到机会。知:了解。(29)恶(wù):厌恶。　　(30)命:命运,天命。　　(31)幸:侥幸。致:达到。《孟子·尽心下》:"堂高数仞,榱题数尺,我得志,弗为也。食前方丈,侍妾数百人,我得志,弗为也。般乐饮酒,驱骋田猎,后车千乘,我得志,弗为也。"(32)穷:地方偏僻。处:居住。　　(33)茹:含,食。　　(34)鲜:活鱼。　　(35)前:生前。后:死后。　　(36)车服:标识官位高低的车马服饰,此代官位。维:系,缚。　　(37)理乱:理,同"治"。天下政治的清明或昏乱。　　(38)黜:降职。陟:升官。　　(39)形势:此指权势。势因形立,官高者权大,位卑者势小。　　(40)趑(zí)趄(jú):犹豫不进。　　(41)嗫(niè)嚅(rú):吞吞吐吐。(42)不肖:人品低劣。　　(43)昌黎:韩愈自称的郡望。　　(44)宫:住室。(45)稼:播种五谷。"稼"在这里读作(gǔ)。　　(46)沿:沿水边散步,观赏风景。　　(47)所:处所。　　(48)廓有其容:广阔能容身。　　(49)缭:回旋。(50)央:尽。"央"一本作"殃"。　　(51)呵禁:喝止。不祥:不吉利的东西。(52)饮食:酌泉而饮,采山而食。　　(53)膏车:给车轴上涂油。秣马:喂饱马。　　(54)从子于盘:韩愈曾对盘谷作过短暂的访问。

【今译】太行山南坡有个山谷叫盘谷。盘谷里面,泉水甘甜,土地肥美,草木繁茂,居民稀少。有的人说,因为这个山谷被环绕在两座山中间,所以叫它做"盘"。有的人说,这个山谷,位置深远,地形隔阻,是隐居人逗留的地方。我的朋友李愿住在那里。

李愿说过:"一般人认为的大丈夫,我是了解的。他们将利益恩惠给予百姓,他们的名声显赫于当代。他们在朝为相,掌握进退百官,辅佐天子发号施令的重任。他们出朝为将,分镇一方,堂前树立着天子颁赐的旌节,罗列着弓箭兵器,外出,武士在前面喝道,跟随的人挤满了道路,仆役们各人拿着伺候他使用的东西,夹道拱卫着,飞快地奔跑。他们高兴,就赏赐将士,发怒,就处罚官员。眼前尽是才能出众的幕僚,向他们论说称扬古往今来立大功、建大业的人和事,句句中听,让人不觉得厌烦。眉毛弯弯、面庞丰满、声音清脆、体态轻盈、外貌秀丽、内心聪慧的姬妾们,身穿轻软的衣裙,拖着长

长的袖子，搽着粉，描着眉，悠闲地住在星罗棋布的屋子里。嫉妒得宠者却又自负美貌，藐视他人，比赛美丽来取得爱怜。这种大丈夫是碰上机会、被天子了解，能为当代出力的人做事。我不是厌恶它或逃避它，这里面有命运，不能侥幸达到。住在远离城市的偏僻地方，登上高山眺望远方，在繁茂的树下整天坐着，在清泉中洗脚，濯除尘垢。山上有味美的菜、果，采来可食；水中有鲜活的鱼虾，钓来可食。起床就寝没有固定时间，只以安逸为合适。与其生前获得好名声，不如死后不受人攻击；与其让身体快乐，不如使精神无忧无虑。没有官位的束缚，刑罚也就加不到头上；政治清明还是昏乱不去理会，谁升官谁降职也就不闻于耳。这种大丈夫是没碰上机会不被时代了解的人做的，我就是这样做的。在公卿的大门外乞求接见，在仕宦道路上，竞争钻营，想进不敢进，想说不敢说，身处污秽之地却不感到羞耻，触犯刑律，便送了性命，极个别侥幸的，不到老死不知道停止，这种人的行止在人格上是高尚呢，还是低劣呢？"

昌黎韩愈听到他的说法，认为他志气雄壮，请他喝酒，并写一首歌给他。歌道："盘谷之中，是你的家。盘谷的土地，可以耕种；盘谷的泉水，可以洗濯，可以游览。盘谷与世隔绝，谁能和你争这地方。盘谷幽深广阔，可以容身；道路弯曲缠绕，可以自由往返。呵，盘谷的快乐，没有尽头。虎豹远离这里，蛟龙逃遁躲藏，鬼神守护着这方净土，呵斥禁绝不祥。采山而食、酌泉而饮，长寿又安康，无不自足还有什么企望？给我的车膏上油，喂饱我的马，我要随你到盘谷中，在那里自由自在度过一生。"

【点评】韩愈倡导古文的实际功绩之一，是把一些僵硬的文体改造成可以自由抒情、叙事、说理的艺术性散文。"送序"是韩愈以前就有的文体，多少还有些应景性质。韩愈以前的"送序"之作，多似套板文字：千篇一律地用夸张的描写将送别场面戏剧化，借隶事运典表达惜别之情、祝愿之意。《送李愿归盘谷序》一扫陈言，把"送序"这种文体引入一个新的文学境界。

文章第一段，韩愈摒弃以往"送序"惯用的渲染夸张，代之以惊人的朴素与清新。以游记的明快手法，对李愿归去的目的地做了概要交代，细节清晰而不琐细。"或曰""或曰"，不露声色地激发着读者对盘谷的悠然神往之情。

对李愿归去动机的描写，是全文的核心。怎样才能歌颂对方而不陷于恶俗的恭维,称扬对方而不违背自己的本心,是古今"送序"作者皆须留意的艺术难题。韩愈解决这一难题的方法是很独特,他采用戏剧性的独白,让李愿自己表白自己。而这独白,正因为与韩愈尊奉的孟子思想有息息相通处,才被剪裁入文的。

文章的第三部分,是韩愈独自的感叹。他赞颂了李愿的选择,但韩愈并不想在选择本身上着笔墨——韩愈自己的生活理想表明:"山林"固然是"独善自养"之士的圣地,但以他那样的"忧天下之心"的人只能立身朝堂(《后廿九日复上宰相书》),"闻而壮之"之后,随即以优雅古朴的歌辞转入对盘谷田园风光的赞颂——这对韩愈来说似乎比李愿那略带无可奈何意味的选择更有吸引力。歌辞的高潮放在"归"上,这也是全文的主题,在一片诗情画意中归结于韩愈的送别之情:他提出或许有一天他要到那充满情趣的地方去寻找他这位朋友。

《送李愿归盘谷序》体现出韩愈化"凡"为"奇"的努力:如何用独创的风格令僵硬的文体产生出惹人注目的效果,给人以文学享受。《送李愿归盘谷序》代表了韩愈早期古文的创作成就。但与韩愈后期风格成熟的作品——例如《伯夷颂》相比,《送李愿归盘谷序》对人生美学趣味上的触发感染多于心灵上的净化提升,对田园风光的描写冲淡甚至阻断了对"归盘谷"道德意义上的开掘。陶渊明的《归去来辞》正是以后一方面的内容,净化和提升着一代又一代人的心灵。苏轼《东坡题跋》把《送李愿归盘谷序》与陶渊明《归去来辞》相提并论,假如《东坡题跋》果是苏轼手笔,我们可以不无遗憾地说:苏公这次是看走了眼。

【集说】欧阳文忠公尝谓晋无文章,惟陶渊明《归去来》一篇而已。余亦以谓唐无文章,惟韩退之《送李愿归盘谷》一篇而已。平生愿效此作一篇,每执笔辄罢,因自笑曰:不若且放教退之独步。(苏轼《跋退之送李愿序》)

通篇全举李愿说话,自说只数语,此又别是一格,而其造语形容处,则又铸六代之长技矣。(茅坤《唐宋八大家文钞》)

(梁道礼)

唐宋八大家文观止

送董邵南序⁽¹⁾

　　燕、赵古称多感慨悲歌之士⁽²⁾。董生举进士⁽³⁾，连不得志于有司⁽⁴⁾，怀抱利器⁽⁵⁾，郁郁适兹土⁽⁶⁾，吾知其必有合也⁽⁷⁾。董生勉乎哉！

　　夫以子之不遇时，苟慕义彊仁者皆爱惜焉⁽⁸⁾，矧燕、赵之士出乎其性者哉⁽⁹⁾！然吾尝闻风俗与化移易，吾恶知其今不异于古所云耶⁽¹⁰⁾？聊以吾子之行卜之也⁽¹¹⁾。董生勉乎哉！

　　吾因子有所感矣。为我吊望诸君之墓⁽¹²⁾，而观于其市，复有昔时屠狗者乎⁽¹³⁾？为我谢曰⁽¹⁴⁾：“明天子在上⁽¹⁵⁾，可以出而仕矣。”

【注释】(1)董邵南：韩愈好友。寿州安丰(今安徽寿县)人。因举进士不第，欲往河北藩镇谋求出路，韩愈作此文以相规勉。　(2)燕赵：今河北省一带，战国时属燕国和赵国。慷慨悲歌之士：指如荆轲、高渐离一流的豪侠之士。　(3)举进士：指由乡里贡举，到长安应进士科考试。　(4)连不得志于有司：多次参加考试都未考中。有司，指主管考试的官员。　(5)利器：锐利的兵器，比喻卓越的才干。　(6)郁郁适兹土：郁郁，心情郁闷。适，往。兹土，指燕赵，即河北。　(7)有合：有所遇合。合，投契，融洽。　(8)慕义彊仁：倾慕仁义，并能勉力实行。彊，同“强”，勉强，勉力。　(9)矧(shěn)：况且，何况。　(10)恶(wū)知：岂知，哪知。恶，岂。邪，同“耶”。　(11)聊：姑且。子：指董生。卜：占卜，推测。　(12)望诸君：即乐毅，战国时赵人，曾为燕国大将，辅佐燕昭王打败齐国。后受谗回赵，封于观津，号望诸君。　(13)屠狗者：以屠狗为业的人，指隐居于民间的豪侠之士。　(14)谢：致谢，致意。　(15)明天子：贤明的君主。指唐宪宗。

【今译】燕、赵一带，自古就以多慷慨悲歌的豪侠之士著称。如今董生因参加进士科的考试接连遭到失败，无法从主考官那里获取功名。于是怀着非凡的才干，带着郁郁不得志的苦闷情绪，往燕赵这地方去。我知道，你这一去肯定能够遇到赏识自己才干的知己。董生,你要努力自勉啊!

像你这样怀才不遇的人,只要是仰慕仁义而又愿意尽力施行的人,都会关心同情你的。何况燕、赵一带的人施行仁义,本来就像出自于他的天性一样,可是,我也曾听说过这样的道理:一个地方的社会风气,会随着教化的不同而发生改变,所以,我又怎能知道燕赵一带现在的风气,是不是和自古相传的仍然一样呢? 姑且用你这次的旅行,来验证一下这种说法是否正确吧。董生,你一定要努力自勉啊!

因为你这次去燕赵,我忽然也觉得有所感触。请你替我凭吊乐毅的坟墓,再到那里的街市上走走,看是否还有像从前荆轲所结交的那种以屠狗为业的豪侠之士。如果有,请代我向他们致意,就说:"如今是圣明天子在位,可以不必隐居,出来做官为国效力了。"

【点评】董生怀抱利器,连举不第,欲赴河北以求遇合,而当时河北为对抗中央之藩镇,故韩愈并不赞成董生此行。题与文中虽皆明言送之,实欲留之。首段称颂燕赵古风,实用欲抑先扬之法,暗讽河北今日之跋扈。次段先就董生之"必有合"更深入一层,后用"然"字陡转,揭示今之河北异于燕赵古风,暗喻董生不可与之苟合。末段令董生吊望诸君,访屠狗者,则不欲其去河北之意全出。文章虽篇幅短小,而极尽曲折反复,其间波澜起伏,层次井然,苦心用意,尽在言外,令人回味无穷。

【集说】陈景云云:"董生北游,正幕府需才,王室多事之日。文中立言,尚欲招燕赵之士,则郁郁适兹土者,亦可以息驾矣。送之所以留之,其辞绞而婉矣。"(《韩集点勘》)

刘大櫆曰:"退之以雄奇胜,独此篇及《送王含序》深微屈曲,读之觉高情远韵,可望不可即。"(《韩昌黎文集校注》引)

(张学忠)

祭十二郎文[1]

年月日[2],季父愈闻汝丧之七日[3],乃能衔哀致诚,使建中远

唐宋八大家文观止

具时羞之奠⁽⁴⁾，告汝十二郎之灵：

呜呼！吾少孤，及长，不省所怙，惟兄嫂是依⁽⁵⁾；中年，兄殁南方⁽⁶⁾，吾与汝俱幼，从嫂归葬河阳⁽⁷⁾；既又与汝就食江南⁽⁸⁾，零丁孤苦，未尝一日相离也。吾上有三兄，皆不幸早世，承先人后者，在孙惟汝，在子惟吾，两世一身⁽⁹⁾，形单影只。嫂尝抚汝指吾而言曰："韩氏两世，惟此而已！"汝时尤小，当不复记忆；吾时虽能记忆，亦未知其言之悲也。

吾年十九，始来京城。其后四年，而归视汝。又四年，吾往河阳省坟墓，遇汝从嫂丧来葬⁽¹⁰⁾。又二年，吾佐董丞相于汴州⁽¹¹⁾，汝来省吾，止一岁，请归取其孥⁽¹²⁾。明年，丞相薨⁽¹³⁾，吾去汴州，汝不果来。是年，吾佐戎徐州⁽¹⁴⁾，使取汝者始行，吾又罢去⁽¹⁵⁾，汝又不果来。吾念汝从于东，东亦客也，不可以久；图久远者，莫如西归，将成家而致汝⁽¹⁶⁾。呜呼！孰谓汝遽去吾而殁乎！吾与汝俱少年，以为虽暂相别，终当久相与处，故舍汝而旅食京师，以求斗斛之禄⁽¹⁷⁾；诚知其如此，虽万乘之公相，吾不以一日辍汝而就也⁽¹⁸⁾！

去年，孟东野往⁽¹⁹⁾，吾书与汝曰："吾年未四十，而视茫茫，而发苍苍，而齿牙动摇。念诸父与诸兄，皆康强而早世，如吾之衰者，其能久存乎？吾不可去，汝不肯来，恐旦暮死，而汝抱无涯之戚也⁽²⁰⁾。"孰谓少者殁而长者存，强者夭而病者全乎？呜呼！其信然邪⁽²¹⁾？其梦邪？其传之非其真邪？信也，吾兄之盛德而夭其嗣乎？汝之纯明而不克蒙其泽乎⁽²²⁾？少者强者而夭殁，长者衰者而存全乎？未可以为信也，梦也，传之非其真也，东野之书，耿兰之报⁽²³⁾，何为而在吾侧也？呜呼！其信然矣！吾兄之盛德而夭其嗣矣！汝之纯明宜业其家者⁽²⁴⁾，不克蒙其泽矣！所谓天者诚难测，而神者诚难明矣！所谓理者不可推，而寿者不可知矣！虽然，吾自今年来，苍苍者或化而为白矣，动摇者或脱而落矣，毛血日益衰，志气日益微，几何不从汝而死也！死而有知，其几何离⁽²⁵⁾！其无知，悲不几时，而不悲者无穷期矣！汝之子始十岁，吾之子始五岁⁽²⁶⁾，少而强者不可保，如此孩提者,又可冀其成立邪?呜呼哀哉!呜呼哀哉!

汝去年书云:"比得软脚病(27),往往而剧。"吾曰:"是疾也,江南之人,常常有之。"未始以为忧也。呜呼!其竟以此而殒其生乎(28)?抑别有疾而至斯极乎?汝之书,六月十七日也。东野云:汝殁以六月二日,耿兰之报无月日。盖东野之使者(29),不知问家人以月日,如耿兰之报,不知当言月日,东野与吾书,乃问使者,使者妄称以应之耳(30)。其然乎?其不然乎?

今吾使建中祭汝,吊汝之孤与汝之乳母,彼有食可守以待终丧(31),则待终丧而取以来(32);如不能守以终丧,则遂取以来。其余奴婢,并令守汝丧。吾力能改葬,终葬汝于先人之兆(33),然后惟其所愿(34)。

呜呼!汝病吾不知时,汝殁吾不知日,生不能相养以共居,殁不得抚汝以尽哀,敛不凭其棺,窆不临其穴(35)。吾行负神明而使汝夭(36),不孝不慈,而不得与汝相养以生、相守以死;一在天之涯,一在地之角,生而影不与吾形相依,死而魂不与吾梦相接,吾实为之,其又何尤(37)!彼苍者天,曷其有极(38)!自今已往,吾其无意于人世矣!当求数顷之田于伊、颍之上(39),以待余年,教吾子与汝子,幸其成;长吾女与汝女,待其嫁,如此而已!呜呼!言有穷而情不可终,汝其知也邪?其不知也邪?呜呼哀哉!尚飨(40)!

【注释】(1)十二郎:即韩愈的侄子韩老成,原为韩愈仲兄(二哥)韩介所生,因伯兄(大哥)韩会无子,遂出继给韩会作子嗣;他在族中排行第十二,故称十二郎。此文写于唐德宗贞元十九年(803),时作者三十六岁,在京师长安任监察御史。 (2)年月日:这里的具体时间在拟稿时做了省略。 (3)季父:叔父。古时兄弟间以伯、仲、叔、季排行,季是最小的。 (4)建中:当是韩愈的家人。时羞:应时的鲜美食品。奠:此指祭品。 (5)"吾少孤"四句:韩愈幼年丧父故曰"少孤"。所怙(hù):指父亲。怙:依靠。兄嫂:韩愈的大哥韩会和大嫂郑氏。 (6)兄殁(mò)南方:大历十二年(777)五月,韩会由起居舍人贬为韶州(今广东曲江)刺史,不久死于任所,时年四十二岁。韩愈当时十岁,也在韶

唐宋八大家文观止

州。 （7）河阳：在今河南省孟州西，是韩氏祖坟所在地。 （8）既：后来，不久。就食江南：到江南谋生。建中二年（781），中原战乱，韩愈全家移居宣州（今安徽宣城）。 （9）两世一身：两代都只剩下一个人。 （10）"又四年"三句：又四年：贞元十一年（795）。韩愈嫂郑氏死于贞元九年，至贞元十一年，韩愈至河阳扫墓，恰遇十二郎奉其母灵柩归葬。 （11）董丞相：董晋。汴州：今河南省开封市。贞元十二年七月，董晋以检校尚书左仆射、同中书门下平章事任宣武节度使，邀韩愈为观察推官。 （12）孥：妻子儿女，即家眷。 （13）薨（hōng）：唐代二品以上的官员死去谓之薨。 （14）佐戎徐州：在徐州辅佐军务。韩愈从汴州到徐州后，武宁军节度使张建封邀他做节度推官。徐州：武宁军治所，在今江苏省徐州市。 （15）又罢去：贞元十六年（800）五月，张建封卒，韩愈赴洛阳。 （16）"我念汝从于东"六句：东：指汴州、徐州。西：指河南的老家。成家致汝：成家后接你来。 （17）斗斛（hú）之禄：很少的俸禄。斛：十斗。 （18）辍（chuò）：中途离去。 （19）孟东野：即孟郊，著名诗人，与韩愈齐名，世称"韩孟"。贞元十八年，孟郊由长安出任溧阳（今江苏溧阳）尉，溧阳距宣州不远，故托他带信给十二郎。 （20）旦暮：早晚。戚：悲伤。 （21）信然：确实。 （22）纯明：纯洁聪明。克：能。蒙其泽：承受他的恩泽。 （23）"东野之书"二句：十二郎死后孟郊在溧阳闻知，信告韩愈。韩愈的家人耿兰也有报丧的信。 （24）业其家：继承他的家业。 （25）其几何离：那还会分离多久呢？意谓死后即可相见，不会分离多久了。 （26）"汝之子"二句：十二郎有二子，即韩湘、韩滂，滂出嗣于人，此指韩湘。韩愈长子韩昶贞元十五年生，是年始五岁。 （27）比（bì）：近来。软脚病：脚气病。 （28）殒（yǔn）：丧，死亡。（29）东野之使者：指孟郊派到宣州去的使者。 （30）妄称以应：随口胡乱应答。 （31）彼：指上文的孤儿、乳母。有食：有食品。终丧：守满丧期。古制，父死，子应守丧三年。 （32）取：接来。 （33）兆：坟地。 （34）然后惟其所愿：意谓安葬了十二郎后，其余奴婢，或去或留，听其自便。 （35）窆（biǎn）：下葬，即下棺材于墓穴。 （36）行负神明：行为对不住神灵。 （37）尤：怨恨。（38）苍：青色。曷：何。极：穷尽。《诗经·秦风·黄鸟》："彼苍者天，歼我良人。"（39）伊、颍：伊河、颍河，皆在今河南省境内。 （40）尚飨（xiǎng）：希望死者的灵魂来享受祭品。

【今译】某年某月某日，叔父韩愈在听到你的死讯后的第七天，才能含着悲哀表达诚意，让建中从远方备齐应时的鲜美祭品，祭告你十二郎的魂灵：

呜呼！我幼年丧父，长大些以后，已不记得父亲，全依靠哥嫂生活。大哥刚至中年，就死于南方，我和你都小，为埋葬大哥跟随嫂嫂返回河阳。不久又和你到江南谋生，我俩孤苦伶仃，没有一天离开过。我上面有三个哥哥，都不幸早亡，继承先人宗脉的，在孙子辈的只有你，在儿子辈的只有我，两代都只剩下一个人，形单影只。嫂嫂经常抚摸着你指着我说："韩家两氏，只有你们两个人了。"你那时很小，怕已记不得了；我那时虽能记得，也不理解这话中包含的悲伤。

我十九岁，初至京城。过了四年，回去看你。又过了四年，我到河阳祭扫祖坟，遇到你送母亲灵柩回老家安葬。又过了两年，我在汴州辅佐董丞相，你来看我，住了一年，就要回宣州接取家眷。到了第二年，董丞相逝世，我离开汴州，你没来成。这一年，我到徐州辅佐军务，让接你的人刚走，我又罢职离开，你又没来成。我想你跟着我住在东边的汴州、徐州，也是客居异地，不能长久下去；从长远考虑，不如回到西边的老家，我在那儿把家安置好，再来接你。呜呼！谁能想到你突然离开我就去世了呢！我和你都年轻，以为虽然暂时分别，日后还会长期生活在一起，所以就离开你到京城谋生，寻求一点点俸禄；假如真的知道会发生这种事，那么就算是有国公宰相的位子，我也不会离开你一天而去赴任的呵！

去年，孟东野前往溧阳赴任，我托他带信给你，信中说："我年龄没到四十，就视觉不清，头发灰白，牙齿动摇了。想到伯父、叔父和哥哥他们，都在健康强壮的年龄早早离开了人世，那么像我这样衰弱的人，还能活得长久吗？我不能离开职守前往，你不肯到我这里来，说不定哪天我会死去，使你感受到无穷的悲伤。"可谁能想到年轻者死而年长者存，身强者早逝而多病者保全呢？呜呼！这是真的呢？还是梦呢？还是传来的消息可靠呢？如果是真的，那么以我哥哥的大德而会使他的儿子早死吗？以你的纯洁聪明不能承受他的恩泽吗？年轻者、身强者竟至早逝，而年长者、体衰者反倒能保全吗？所以不可把这事当成真的。如果是梦，是传来的消息不可靠，那么孟东野的信、家中耿兰来的报丧信，为什么会在我身边呢？呜呼！这是真的了！我哥哥有大德而他的儿子竟然早死！你纯洁聪明应承继家业，竟不能

蒙受他的恩泽！所谓的天道真难揣测，神灵的旨意实在难弄明白呵！所说的天理不可推究，人的寿命长短也不可预知呵！虽然如此，我从今年以来，头上的灰发有的已经变白了，动摇的牙齿有的已经脱落了，体质日益衰弱，志气日益低微，恐怕过不了多久就跟随着你而死去了！死后假若有知觉，那我们分离的日子也不多了！假若没有知觉，那么，我悲伤的日子便不会多，而不悲伤的日子却无穷无尽了！你的儿子刚十岁，我的儿子才五岁，现在年轻而强壮的人都难以保全，像这样的幼儿，又哪里能期望他们长成自立呢？呜呼哀哉！呜呼哀哉！

你去年来信说："近来得了脚气病，常常痛得厉害。"我说："这种病，江南人常有。"未曾挂在心上。呜呼！难道竟因此病而使你丧生了吗？还是也受到其他病的侵袭呢？你的信，是六月十七日写的；东野信上说：你死在六月二日，耿兰的报丧信上没写日期。大概东野派到宣州去的使者，不知道向家人问明日期，耿兰的报丧信，又不懂得应写明日期，而东野给我的信是问了使者后写的，使者随便说了个日子，才发生了日期的错误。是这样呢，还是不是这样呢？

现在我让建中祭奠你，慰问你的儿子和你的乳母，如果他们能维持生活以等到守丧期满，那就等到守丧期满后把他们接来；如果不能坚持到守丧期满，那就马上把他们接来。其余的仆人婢女，都让他们为你守丧。我将来有力量改葬时，一定把你的灵柩迁回来，最终葬在先人的坟地旁，然后，仆人婢女们或去或留，听其自便。

呜呼！你得病我不知道时间，你去世我不知道日期，生前不能住在一起养护你，死后不能抚摸着你的遗体尽抒哀痛，收敛尸体时不能凭靠棺木，落葬棺材时不能亲临墓穴，我的行为对不住神明以致使你早逝，我不孝不慈，而不能与你生时相养、死后相宁；你我二人一个在天涯，一个在地角，生前你的影不与我的形相依，死后你的魂也不出现在我的梦中，这些都是我造成的，又去怨恨谁呢？青苍的天呵，无穷无尽，我的痛苦又哪有尽头！从今以后，我不想再在人世奔走了！准备在伊河、颍河岸边寻求几项田地，度过剩下的年岁，教导我和你的儿子，希望他们成才；养大我和你的女儿，等着把她们嫁出去，这样就算完成了我的使命！呜呼！话说完了但情意无尽，你知道了吗？还是不知道呢？呜呼哀哉！希望你的魂灵享用祭品！

【点评】"情之至者，自然流为至文"。韩愈三岁而孤，由兄嫂抚养，与十二郎"未尝一日相离也"；故名为叔侄，实同兄弟。且"承先人后者，在孙惟汝，在子惟吾，两世一身，形单影只"，特殊的家境，自然使他们拧结成异于常人的感情纽带。故十二郎死讯传来，韩愈不能不悲痛，乃至痛不欲生！其所写之祭文，直从肺腑中滔滔涌出，以血泪汇成情的海洋，虽无意于精心结撰，但如风行水上，自然成纹；虽未歌功颂德，但缕述其生平琐事，而如甘泉浸心，感人倍深。祭文伊始，即以"呜呼"领起，造成悲怆氛围，此后由幼时到成年，从去年到今年，顺序写来，将二人之一别二别三别直至永别穿插其中，层层作转，步步推进，感情活动或平缓或激烈，或哀愤或疑虑，或悔恨或期望，而借以表现此多种情感之文字，无不浸满悲绪，力透纸背，令人始而感怀，继而悲叹，终而至于流涕！诸如"嫂尝抚汝指吾而言"之情之形，"诚知其如此，虽万乘之公相，吾不以一日辍汝而就也"之诚之悔，"孰谓少者殁而长者存，强者夭而病者全乎"之剖肝露胆、悲愤欲绝，"汝病吾不知时，汝殁吾不知日……彼苍者天，曷其有极"之痛加自责，放声长号，皆天地间至深切至精美文字，故得以独步古今。惟其有之，是以似之；惟其情真，是以文明。全文既皆以情为统领，则其字法、句法乃至章法自与入窠臼者不同，通篇采用与死者对话的方式，且一扫传统祭文用韵旧习。诸如此类，最能见出韩文特点，读者当细味之。

唐宋八大家文观止

【集说】文用助字，柳子厚论当否，不论重复。《檀弓》曰："南宫绦之妻子姑之丧。"退之迹曰："吾年未四十，而视茫茫，而发苍苍，而齿牙动摇。"（邵博《邵氏闻见后录》）

文中字用语助太多，或令文气卑弱。……然后之文人，往往因难以见巧。退之《祭十二郎文》一篇，大率皆用助语。其最妙处，自"其信然耶"以下，至"几何不从汝而死也"一段，仅三十句，凡句尾连用"耶"字者三，连用"呼"字者三，连用"也"字者四，连用"矣"字者七，几于句句用助辞矣！而反复出没，如怒涛惊湍，变化不测，非妙于文章者，安能及此！（费衮《梁溪漫志》）

通篇情意刺骨，无限凄切，祭文中千年绝调。（茅坤《唐宋八大家文钞·韩文》评语）

以痛哭为文章,有泣,有呼,有踊,有絮语,有放声长号。此文而外,惟柳河东《太夫人墓表》,同其惨烈。(储欣《唐宋八大家类选》)

祭文中出以情至之语,以兹为最。盖以其一身承世之单传,可哀一;年少且强而早世,可哀二;子女俱幼无以为自立计,可哀三;就死者论之,已不堪道如此,而韩公以不料其死遽死,可哀四;相依日久,以求禄远离不能送终,可哀五;报者年月不符,不知是何病亡,何日殁,可哀六。在祭者处此,更难为情矣。故自首至尾,句句俱以自己插入伴讲;始相依,继相离,琐琐叙出;复以已衰当死,少而强者不当死,作一疑一信波澜;然后以不知何病,不知何日慨叹一番;末归罪于己,不当求禄远离,而以教、嫁子女作结。安死者之心,亦把自家子女,平平叙入。总见自生至死,无不一体关情,悱恻无极,所以为绝世奇文。(林云铭《韩文起》)

情之至者,自然流为至文。读此等文,须想其一面哭,一面写,字字是血,字字是泪。未尝有意为文,而文无不工,祭文中千年绝调。(吴楚材、吴调侯《古文观止》评语)

(尚永亮)

柳子厚墓志铭⁽¹⁾

子厚讳宗元⁽²⁾。七世祖庆,为拓跋魏侍中,封济阴公⁽³⁾。曾伯祖奭,为唐宰相,与褚遂良、韩瑗俱得罪武后,死高宗朝⁽⁴⁾。皇考讳镇⁽⁵⁾,以事母弃太常博士,求为县令江南⁽⁶⁾。其后以不能媚权贵,失御史⁽⁷⁾,权贵人死,乃复拜侍御史,号为刚直。所与游皆当世名人。

子厚少精敏,无不通达。逮其父时⁽⁸⁾,虽少年,已自成人,能取进士第,崭然见头角⁽⁹⁾。众谓柳氏有子矣。其后以博学宏词,授集贤殿正字⁽¹⁰⁾。俊杰廉悍⁽¹¹⁾,议论证据今古,出入经史百子,踔厉风发⁽¹²⁾,率常屈其座人。名声大振,一时皆慕与之交。诸公要人争欲令出我门下,交口荐誉之。

贞元十九年,由蓝田尉拜监察御史⁽¹³⁾。顺宗即位,拜礼部员外郎⁽¹⁴⁾。遇用事者得罪⁽¹⁵⁾，例出为刺史⁽¹⁶⁾。未至，又例贬永州司马⁽¹⁷⁾。居闲，益自刻苦⁽¹⁸⁾，务记览⁽¹⁹⁾。为词章泛滥停蓄⁽²⁰⁾，为深博无涯涘⁽²¹⁾，而自肆于山水间。元和中，尝例召至京师，又偕出为刺史，而子厚得柳州⁽²²⁾。既至，叹曰："是岂不足为政邪⁽²³⁾？"因其土俗，为设教禁⁽²⁴⁾，州人顺赖。其俗以男女质钱⁽²⁵⁾，约不时赎，子本相侔⁽²⁶⁾，则没为奴婢。子厚与设方计⁽²⁷⁾，悉令赎归。其尤贫力不能者，令书其佣⁽²⁸⁾，足相当，则使归其质。观察使下其法于他州⁽²⁹⁾，比一岁⁽³⁰⁾，免而归者且千人。衡湘以南为进士者⁽³¹⁾，皆以子厚为师。其经承子厚口讲指画为文词者，悉有法度可观⁽³²⁾。

其召至京师而复为刺史也，中山刘梦得禹锡亦在遣中⁽³³⁾，当诣播州⁽³⁴⁾。子厚泣曰："播州非人所居，而梦得亲在堂⁽³⁵⁾。吾不忍梦得之穷，无辞以白其大人⁽³⁶⁾；且万无母子俱往理。"请于朝，将拜疏⁽³⁷⁾，愿以柳易播，虽重得罪，死不恨。遇有以梦得事白上者，梦得于是改刺连州⁽³⁸⁾。呜呼！士穷乃见节义。今夫平居里巷相慕悦⁽³⁹⁾，酒食游戏相征逐⁽⁴⁰⁾，诩诩强笑语以相取下⁽⁴¹⁾，握手出肺肝相示，指天日涕泣，誓生死不相背负，真若可信。一旦临小利害，仅如毛发比，反眼若不相识；落陷阱，不一引手救，反挤之，又下石焉者，皆是也。此宜禽兽夷狄所不忍为⁽⁴²⁾，而其人自视以为得计。闻子厚之风，亦可以少愧矣！

子厚前时少年，勇于为人，不自贵重顾藉⁽⁴³⁾，谓功业可立就，故坐废退⁽⁴⁴⁾。既退，又不相知有气力得位者推挽，故卒死于穷裔⁽⁴⁵⁾，材不为世用，道不行于时也。使子厚在台省时⁽⁴⁶⁾，自持其身，已能如司马、刺史时，亦自不斥⁽⁴⁷⁾；斥时，有人力能举之，且必复用不穷。然子厚斥不久，穷不极，虽有出于人⁽⁴⁸⁾，其文学辞章，必不能自力，以致必传于后如今，无疑也。虽使子厚得所愿，为将相于一时，以彼易此，孰得孰失，必有能辨之者。

子厚以元和十四年十一月八日卒，年四十七。以十五年七月十日，归葬万年先人墓侧⁽⁴⁹⁾。子厚有子男二人，长曰周六，始四

唐宋八大家文观止

岁;季曰周七,子厚卒乃生。女子二人,皆幼。其得归葬也,费皆出自观察使河东裴君行立⁽⁵⁰⁾。行立有节概,重然诺⁽⁵¹⁾,与子厚结交,子厚亦为之尽,竟赖其力。葬子厚于万年之墓者,舅弟卢遵。遵,涿人⁽⁵²⁾,性谨慎,学问不厌。自子厚之斥,遵从而家焉,逮其死不去。既往葬子厚,又将经纪其家,庶几有始终者⁽⁵³⁾。

铭曰:是惟子厚之室⁽⁵⁴⁾,既固既安,以利其嗣人⁽⁵⁵⁾。

【注释】(1)墓志铭:古代一种文体,志:叙述死者生平。铭:对死者的悼念和赞颂。　(2)讳:避讳。古时对尊者、长者、死者忌讳直呼其名。在其名字之前加讳字,表示尊敬。　(3)七世祖庆,柳庆,字更兴,曾任北魏侍中,为柳宗元的七世祖。拓跋魏:南北朝时期的北魏,因国君姓拓跋,所以称为拓跋魏,以同三国时的曹魏相区别。侍中:官名。北魏时的侍中位同宰相。济阴公:柳宗元《先侍御史府君神道表》载:"六代祖讳庆,后魏侍中平齐公;五代祖讳旦,周中书侍郎济阴公。"故封济阴公的是柳宗元五代祖柳旦。济阴:今山东省菏泽市。　(4)奭(shì):柳奭,字子燕,先为中书舍人,后因外孙女王氏为高宗皇后,升中书令。王皇后废,柳奭贬为爱州(今越南北境)刺史。后来许敬宗、李义府诬告他谋害皇帝,与褚遂良等朋比为奸,被杀。褚遂良,字登善,官至尚书右仆射,因劝阻高宗立武则天为皇后,被贬黜,忧卒。韩瑗,字伯玉,官至侍中,高宗废王皇后,韩瑗泣谏,后又极力援救褚遂良,被贬为振州(今广东崖县)刺史,卒。　(5)皇考:对死去的父亲的称呼。　(6)事:侍奉。江南:江南道,道为当时的行政区域。　(7)德宗时,柳镇为殿中侍御史,因不肯与御史中丞卢佋、宰相窦参一同诬陷侍御史穆赞,并为穆赞平反,便被窦参以他事诬陷,贬为夔州(今重庆奉节县)司马。　(8)逮:及。

(9)德宗贞元九年(793),柳宗元21岁时考中进士。崭然:高峻的样子。见头角:超群。　(10)博学宏词:唐科举考试科目的一种。集贤殿:掌管刊辑经籍的机构。正字:担任校勘典籍文字的官。　(11)廉悍:行为端正,强劲。　(12)踔(zhuō)厉:精神振奋的样子。　(13)贞元:唐德宗(李适)年号。蓝田:今陕西蓝田县。　(14)顺宗:德宗子,名诵,年号永贞,在位一年。礼部员外郎:礼部尚书的属官。　(15)用事者:当权者,指王叔文与韦执谊。顺宗时,王叔文任户部侍郎,深得顺宗信任,想革新政治,提升韦执谊为尚书左丞、同中书门下平章事，更引用柳宗元、刘禹锡等新进士，推行新政，史称"永贞革新"。宪宗即位，杀王叔文，韦执谊、刘、柳等均遭贬谪。

(16)例出：循例贬出朝外。　(17)永州：今属湖南。司马：刺史的属官。(18)居闲：处在闲散的地位。　(19)记览：记诵和阅览。词章：诗文作品。

(20)泛滥停蓄：形容文章既汪洋恣肆，又雄厚凝练。　(21)涯涘(sì)：水岸，作"边际"讲。(22)柳州：今广西柳州市。(23)为政：进行治理，做出成绩。邪：通"耶"。(24)教禁：教令和禁令。　(25)质：典押。(26)侔(móu)：相等。　(27)方计：方法。　(28)书其佣：写明他们的工钱。即把被质者改为受雇，用工钱来抵债。(29)观察使：官名。唐分全国为十道，道设观察使，考察州县的政绩。　(30)比：及。　(31)衡：衡山。湘：湘水。(32)指画：指点，指教。法度：规范。　(33)中山：今河北定县。

(34)播州：今贵州遵义县。　(35)亲：父母，此处指母亲。　(36)白：告诉。　(37)拜疏：给皇帝上奏章。(38)白上：告知皇上。连州：今广东连州。　(39)平居里巷：平日家居的时候。(40)征逐：指朋友间相互邀请过从宴饮。　(41)诩诩：媚好，讨好人的样子。　(42)夷狄：指异族。　(43)顾藉：顾惜。　(44)故坐废退：所以受到牵连而被贬谪。　(45)穷裔：贫穷边远之地。　(46)台：御史台。省：中书省。　(47)斥：斥逐，即贬官。(48)出于人：出人头地，超出别人。　(49)万年：今西安市长安区。　(50)河东：今山西永济。　(51)重然诺：讲信用，看重许下的诺言。　(52)涿：今河北省涿州市。　(53)庶几：算得上。　(54)室：指墓穴。　(55)嗣人：后代子孙。

【今译】子厚，名宗元。他的七世祖柳庆，做过北魏王朝的侍中，封为济阴公。他的曾伯祖柳奭，任过唐朝的宰相，和褚遂良、韩瑗都因得罪了武则天，在高宗时被杀。父亲名叫柳镇，因为侍奉老母，抛弃了太常博士的职位，请求去做江南道的县令。后来因为不能讨好有权势的人，失去了御史的官职，直等到那位当权者死了，才又担任侍御史，很有刚强正直的名望，与他往来的都是当代有名的人物。

　　子厚在少年时候就很精明灵敏，在学问上无所不通。当他父亲还在世的时候，他虽然年轻，却已经有了成人的样子，能够考取进士，超常地显露出

才华来。大家都说柳家有个好儿子。后来考取了博学宏词科,担任集贤殿正字的职务。他为人才能出众,勇于作为,和别人讨论问题常用古今事实为证据,引用经、史和诸子百家,见识高远,精神振奋,常常屈服在座的人。因此,他的名声大振,一时间的读书人都尊重他,并与他交朋友。那些达官显贵也都争着想让他成为自己的门生,异口同声地推荐、称赞他。

贞元十九年,他从蓝田尉提升为监察御史。顺宗即位,任他为礼部员外郎。碰到当权的王叔文等人得罪了宪宗皇帝,被贬逐,子厚也按例(规定)被派往外地去做刺史。他还没有到任,又被贬为永州司马。处在空闲的时候,他更加刻苦学习,更加注意背诵和阅读。写起文章来,宏泛渊深,雄厚精炼,学问达到了深广的地步,没有边际。同时他还任意在山水中间游览,排遣内心的郁闷。元和年间,曾经按惯例把他召回京师(长安),又同别人一道去外面做刺史,子厚被派往柳州。到了那里,他叹道:"这地方难道就不能推行教化吗?"于是,按照当地的习惯,设立了教令和禁令,柳州人都服从、信任他。当地的风俗,有拿儿女作人质借钱的,到了约定的时期不来赎,等到利息与本金相等时,债主就把人质做奴仆和婢女。子厚为此给替借债人想办法,让他们把儿女赎回。那些最贫穷而无力赎回的,子厚就叫债主记下子女当佣的工钱,等到这数目与抵押本利相等了,就叫债主放回被抵押的人质。观察使将这办法推广到其他州,过了一年后,被免除奴隶身份而放回家的人几乎有一千人。衡山、湘水以南一带考中进士的人,都拜子厚为老师。那些曾经受到子厚口授指点写文章的人,其文章都写得合乎规范,值得欣赏。

他被召到京师再度出来做刺史的时候,中山人刘梦得也在被贬谪之列,应当去播州。子厚哭着说:"播州不是士大夫所居住的地方,况且梦得的老母还健在,我不忍心看到梦得就这样走到绝路上,没有办法禀告他的母亲,再则,绝没有母子同去的道理。"请求朝廷,准备送奏本,愿意用柳州来换播州,即便因此受到处分,就是死了也不顾惜。恰好这时有人把梦得老母不能去播州的事向皇上奏明,梦得于是就被改派连州刺史。唉!读书人碰到了极度贫困的情况才能表现出他的节操和义气。现在那些平时住在家中的人,总是互相仰慕讨好,常常互相邀请赴宴,交往甚密,媚俗讨好总显得卑躬屈膝,握手言欢就好像要掏出心肝给对方看似的,指着天上的太阳痛哭流涕,并发誓说无论生死存亡,绝不会背约负心,那诚恳状好像真的可以相信。

但是一旦碰到一点小的利害，哪怕只有一根汗毛、一根头发那样大，他就反眼好像不认识你似的；当你落在陷阱里时，他绝不肯伸一下手来救，反而挤你下去，又丢下石头，这一类人到处都是。这种事情是连禽兽和野蛮人都不忍心做的，可是这种人还自认为得意。听到子厚这样的高风亮节，他们也该多少感到羞愧了吧！

子厚从前年轻时，勇于帮助别人，不看重自己，不多为自己考虑，认为凭这个样子，功业是可以很快就会成功建立的，所以受到牵连而被贬谪。已经处在边远之地，又没有知心而又有势力的人来提拔、推荐他，所以，终于死在穷乡僻壤，他的才能不能被世人使用，政治抱负也不能在现实社会下施展。假使子厚在御史台、中书省做官时，自己能慎重行事，保重自身，像做司马、刺史时那样稳健，也就不会被贬官了。被贬以后，如果有人竭力提拔举用他，也一定会再被朝廷取用，不至于如此穷困。但是子厚被贬的时间不长，穷困没到极点，虽然在功名方面可以超出别人，而在文学创作方面，绝不能自己努力达到必然流传后世像今天这样，这是无疑的了。即使子厚达到了自己的目的，在一段时间内做了将军和宰相，拿那升官的事来换这留名的事，哪方面值得，哪方面不值得，一定有人能够辨明它的。

子厚在元和十四年十一月八日逝世，四十七岁。在十五年七月十日归葬在万年县祖墓旁。子厚有两个儿子，大的叫周六，才四岁，小的叫周七，子厚死后才出生。女儿有两个，都还幼小。子厚能够归葬，一切费用都是观察使河东人裴行立君所承担。行立有气节，讲信用，他和子厚结交朋友，子厚也很替他出力，结果竟依靠行立的帮助。安葬子厚在万年县墓地上的人，是子厚的舅弟卢遵。卢遵是涿县人，性情谨慎，好学上进，从不自满。自从子厚被贬官以后，卢遵就带着自己一家同他一起住，直到子厚死了仍然不愿离开。已经去万年县安葬了子厚，又还要准备料理他的家事。这个人算得上是对别人有始有终的。柳宗元的墓志铭上写的是：

这是子厚的墓穴，既坚固，又安稳，以利于他的子孙。

【点评】这是一篇颇负盛名的碑文。作者侧重记述柳宗元的家世、生平、人格和政绩，称赞他体察民苦，关心朋友，不顾个人安危的情操，同时也赞扬了他的文学成就和求学精神，字里行间，充满了对柳氏坎坷一生的深切同情和惋

唐宋八大家文观止

惜。在写法上,采用叙事议论相交的手法,层层铺垫,环环相扣,全文结构严谨;又能巧妙运用比衬手法,烘托人物性格,更是文章机巧之处。再则,本文出自大家之手,其文笔之精练,文采之飞扬更使人叹为观止。全文共分七段。

第一段介绍柳宗元的家世,是墓志铭的基本写法,作者对柳家显赫祖辈的描述,其意在于证实柳家向来的刚正、有地位,以便突出柳宗元的形象。第二段陈述柳宗元的少年得意,抓住其才智超群、气度不凡来写,意在承接上段对柳家祖世的描写并为介绍柳氏的功业、遭遇做铺垫。第三段,行文陡转,叙述柳氏仕途由顺利到失意的变化。顺宗即位时,柳宗元身为礼部员外郎。其政绩如何,作者只字未提,其中有缘由:韩柳虽为好友,但政治见解不同,故而省去赘语。接下就写"遇用事者得罪,例出为刺史"。又遭贬为永州司马。几笔带过后,便将笔力集中在柳氏遭贬后事业的成就上。重点有二:一则写柳氏的文学成就。闲暇时,他没放弃对学问的追求,文章更添文采,学问更加深广,也常寄情于山水之间,排遣内心的忧闷。二则写柳氏为政的成绩。作者只是抓住柳氏在柳州解救"奴婢"这一突出事例来写,以显示其爱民为民的情操。两则实录,巧妙交叠,使柳氏形象深刻感人,细心品味,又可以看出,写柳氏的文学成就是照应第二段之意;写柳氏施政为公又是为后段"以柳易播"事做铺垫。第四段为全文精妙之处。作者抓住柳氏愿"以柳易播"救朋友于危难之中一事来写,以显出其高风亮节。接下,便借题泼洒,痛斥官场上、世俗中的忘义恶习,以柳氏之崇高比衬小人之渺小,议论有力,首肯"士穷乃见节义"的精神。写法上一褒一贬,即对柳氏解救朋友是"褒",对忘义小人、世俗恶习的激烈痛斥、嘲讽是"贬"。对后者的"讨伐",也是对前者形象的补充。最后一句"闻子厚之风,亦可以少愧矣",这是全段的点睛之笔,给人留下难忘印象。第五段是总束前几段的内容,进而指出柳氏生平得失。作者认为柳氏"失落"原因有二:一是他年轻时不懂自重,"勇于为人",不多为自己考虑,以为"功业可立就",因此受贬。二是被贬后没有有地位和权势的人相助,于是穷死他乡。这是作者对柳氏的惋惜。痛惜之余,作者也认为,柳氏的长期受贬,反促成其文学成就日进,提出警句:有如"为将相于一时",何如"其文学辞章""必传于后"!这是精辟之语,也是对柳氏一生遭遇不幸中之大幸的卓见。第六段以简洁之笔叙写对柳氏的归葬及其后嗣的情况,尤其对裴行立、卢遵两人对柳氏的鼎力相助给予称颂。第七段是铭文,写法上简明扼要,不用韵语,也不作空泛的赞颂,三句话,言短意赅,既表达了对死者的吊慰,也深藏着作者诚挚的朋友之情。

【集说】子厚之丧,昌黎韩退之志其墓,且以书来吊,曰:"哀哉,若人之不淑!吾尝评其文,雄深雅健似司马子长,崔蔡不足多也。"(刘梦得《河东先生集序》)

韩、柳至交,此文以全力发明子厚之文学风义,其酣恣淋漓、顿挫盘郁处,乃韩公真实本领。而视所为墓铭以雕琢奇诡胜者,仅为别调。盖至性至情之所发而文字之变格也。(高步瀛《唐宋文举要》甲编卷三)

(朱　曦)

毛颖传[1]

毛颖者,中山人也[2]。其先明眎[3],佐禹治东方土,养万物有功,因封于卯地[4],死为十二神[5]。尝曰:"吾子孙神明之后,不可与物同,当吐而生[6]。"已而果然。明眎八世孙䝏[7],世传当殷时居中山,得神仙之术,能匿光使物,窃姮娥骑蟾蜍入月[8],其后代遂隐不仕云。居东郭者曰𪁪,狡而善走,与韩卢争能,卢不及,卢怒,与宋鹊谋而杀之,醢其家[9]。

秦始皇时,蒙将军恬南伐楚[10],次中山,将大猎以惧楚。召左右庶长与军尉[11],以《连山》筮之[12],得天与人文之兆。筮者贺曰[13]:"今日之获,不角不牙,衣褐之徒[14],缺口而长须,八窍而趺居[15],独取其髦[16],简牍是资[17],天下其同书,秦其遂兼诸侯乎!"遂猎,围毛氏之族,拔其豪[18],载颖而归,献俘于章台宫[19],聚其族而加束缚焉[20]。秦皇帝使恬赐之汤沐[21],而封诸管城,号曰管城子[22],日见亲宠任事。

颖为人,强记而便敏,自结绳之代以及秦事,无不纂录,阴阳、卜筮、占相、医方、族氏、山经、地志、字书、图画、九流、百家天人之书[23],及至浮图、老子、外国之说[24],皆所详悉。又通于当代之务,

官府簿书,市井货钱注记⁽²⁵⁾,惟上所使。自秦皇帝及太子扶苏、胡亥、丞相斯、中车府令高⁽²⁶⁾,下及国人⁽²⁷⁾,无不爱重。又善随人意,正直、邪曲、巧拙,一随其人。虽后见废弃,终默不泄。惟不喜武士,然见请,亦时往。累拜中书令⁽²⁸⁾,与上益狎,上尝呼为"中书君"。上亲决事,以衡石自程⁽²⁹⁾,虽宫人不得立左右,独颖与执烛者常侍,上休乃罢。颖与绛人陈玄、弘农陶泓及会稽褚先生友善⁽³⁰⁾,相推致,其出处必偕。上召颖,三人者不待诏,辄俱往,上未尝怪焉。

后因进见,上将有任使,拂拭之⁽³¹⁾,因免冠谢⁽³²⁾上见其发秃,又所摹画不能称上意,上嘻笑曰:"中书君老而秃,不任吾用,吾尝谓君中书,君今不中书耶?"对曰:"臣所谓尽心者⁽³³⁾。"因不复召,归封邑,终于管城⁽³⁴⁾。其子孙甚多,散处中国、夷狄⁽³⁵⁾,皆冒管城,惟居中山者,能继父祖业。

太史公曰⁽³⁶⁾:毛氏有两族。其一姬姓,文王之子,封于毛⁽³⁷⁾,所谓鲁、卫、毛、聃者也⁽³⁸⁾。战国时有毛公、毛遂⁽³⁹⁾。独中山之族,不知其本所出,子孙最为蕃昌。《春秋》之成,见绝于孔子,而非其罪⁽⁴⁰⁾。及蒙将军拔中山之豪,始皇封诸管城,世遂有名,而姬姓之毛无闻。颖始以俘见,卒见任使,秦之灭诸侯,颖与有功。赏不酬劳,以老见疏,秦真少恩哉!

【注释】(1)毛颖:即笔。我国早时毛笔用兔毛做笔头,笔头呈圆锥形,有锋颖,所以韩愈让它姓毛名颖。 (2)中山:战国时有中山国,都城在今河北定县,又迁今河北平山东北,后被赵国吞并。史载赵地兔毫最适用。 (3)明眡(shì):兔子的另一称呼。 (4)卯:古代用十二种动物配十二地支,卯为兔。卯的方位在东方,生育万物的春也在东方。 (5)十二神:唐代把十二地支人化成为"十二神",形象是人的身子动物的头。 (6)吐而生:古代传说小兔子是由母兔嘴中生出来的。 (7)鵉(nōu):小兔。 (8)姮娥:即嫦娥。蟾蜍:俗谓"癞蛤蟆"。 (9)䶂(jùn):狡兔名字。卢:韩国的狗。鹊:宋国的狗。《战国策·齐策》记有䶂和韩卢争能的故事。醢(hǎi):剁成肉酱。(10)蒙将军恬:即蒙恬,秦始皇时的大将。　(11)左右庶长:秦爵,左庶长是第十级,右庶长十一级。军尉:尉是战国时武官名称,在将军之下。(12)《连山》:传说是《周易》之前的占卦书。　(13)筮(shì):指占卜。(14)褐:用兽毛或粗麻织成的短衣,多为黄黑色,与兔的颜色相似。　(15)八窍:人和牛、羊、猫、狗有所谓九窍,据说兔子只有八窍。趺(fū):脚背。(16)髦(máo):毛中的长毫,喻为杰出人物。　(17)简牍:竹木简。　(18)豪:通"毫"。　(19)献俘:把俘虏献给君王,这是古代一种礼仪。　(20)聚其族而加束缚焉:毛笔笔头需用很多兔毛束缚而成。　(21)汤沐:古代封建领主的封地叫"汤沐邑"。这里指笔头用热水清洗。　(22)管城:笔头插入笔管。子:公侯伯子男等爵中的一等。　(23)阴阳:讲天文、术数。卜筮:用龟甲和蓍(shī)草占卜。占:测候阴阳风雨。相:相面。医方:医书药方。族氏:氏族家谱。山经:记载大山名岳的书。地志:地方志。字书:识字用的书。九流:儒、道、阴阳、法、名、墨、纵横、杂、农为九流。百家:诸子百家。(24)浮图:即指佛教。　(25)市井:商业区。　(26)扶苏:秦始皇长子,被秦二世矫诏赐死。胡亥:秦始皇小儿子,后即位为秦二世。斯:即李斯,辅佐秦始皇统一天下,后被赵高诬陷致死。中车府令:掌皇帝乘车的官。高:指秦朝大宦官赵高。　(27)国人:春秋时专指住在城里的人,这里指秦国人。

　(28)中书令:官名。　(29)石(dàn):衡量单位,当时一百二十斤为一石。自程:指皇帝自定的每日审阅公文的限量。　(30)绛人陈玄:指墨。唐代绛州进贡墨,而墨越陈旧越好,玄是黑色,故叫陈玄。弘农陶泓(hóng):指砚。唐代弘农郡进贡砚,而砚用陶土烧成,上面有小池盛水,水深为泓,故叫陶泓。会稽褚先生:指纸。唐代会稽郡进贡纸,而纸用楮木捣烂浸水制成,"楮"与"褚"音同形近,故叫褚先生。　(31)拂拭:器重、提拔的意思。(32)免冠:冠是帽子,毛笔有笔帽,书写时要脱去笔帽,故形象地说成"免冠"。　(33)尽心:笔心长毫的锋芒磨尽,毛笔就秃了,故形象地说成"尽心"。　(34)终于管城:笔头坏了不能再用,但仍安在笔管里不会脱落,故形象地说成"终于管城"。　(35)夷狄:我国古代对少数民族的通称。　(36)太史公曰:司马迁写《史记》,每篇后都有一段"太史公曰",或发议论或补充正文,韩愈在此模仿《史记》的写法。　(37)文王:即周文王。毛:文王子毛伯郑的封地。　(38)鲁:文王子周公旦的封地。卫:文王子康叔的封地。

聃：文王子聃季载的封地。　　（39）毛公：战国时赵国人，魏国信陵君门客。毛遂：战国时赵国平原君门客，曾自荐随平原君出使，立功而还。　　（40）《春秋》之成，见绝于孔子，而非其罪：相传孔子作《春秋》，写到鲁哀公十年（前481）就绝笔不写，原因是这一年狩猎捉到一头麟，孔子以为"吾道穷矣"而绝笔。

　　【今译】毛颖，是中山人。他的祖先叫明眡，辅佐大禹治理东方土地，养育万物有功，因而被封在卯地，死后被列为十二神。他曾经说："我的子孙是神明的后代，不可与一般生物相同，出生时应当从嘴里吐出。"以后果然这样。明眡八世孙䨥，世传在殷商时住在中山，学得神仙之术，能在阳光下隐藏身体并驱使鬼物，窃取嫦娥骑上蟾蜍到了月亮上，他的后代于是就隐居不做官。住在东外城的叫䨥，狡猾并且跑得快，与韩卢争能，韩卢不如它，恼怒，与宋鹊合谋杀死䨥，将他全家剁成肉酱吃掉。

　　秦始皇时，将军蒙恬南伐楚国，途经中山停留，准备大规模地狩猎来吓唬楚国。招来左右庶长和军尉，用《连山》占卜，得到天和人文的征兆。占卜者祝贺说："今天的收获，没有角没有獠牙，穿黄黑色衣裳，嘴有缺口而且有长须，只有八窍并且盘足蹲踞，只要得到它的长毫，写简片就依靠它。天下将要同书，秦将要兼并诸侯了啊！"于是狩猎，包围了毛氏家族，拔取它们的长毫，用车载着毛颖回来，在章台宫向皇帝献俘，把它们的家族聚集到一起加以束缚。皇帝让蒙恬赐给毛颖汤沐，并且分封到管城，号称管城子，一天接一天地受到宠信并行使权力。

　　毛颖为人，记闻广博而且机灵敏捷，从结绳记事的时代到秦朝的事情，没有不编集篡录的，诸子百家、谈天记人之书，以及浮图、老子、外国的学说，都是他所详细熟知的。又通晓当代的事务，官府簿籍文书，商业上财物价钱的记录，一切听皇上使唤。自秦始皇帝及太子扶苏、胡亥、丞相李斯、中车府令赵高，下及秦国人，无不喜爱重视。加上善随人意，或正直、或邪曲、或精巧、或笨拙，都因人而异。虽然后来被废弃，也始终沉默而不埋怨。只是不喜欢武士，然而一旦被邀请，也按时前往。连续做官到中书令，与皇上更亲密，皇上曾称呼他为"中书君"。皇上亲自决事，规定要看完一石重的文书，即使宫人也不能立在身边，只有毛颖和拿火炬的人经常服侍，直到皇上休息才结束。毛颖和绛州人陈玄、弘农郡人陶泓以及会稽郡人褚先生关系密切，互相推重，行动休息必在一起。皇上召见毛颖，那三人不等诏令就一同前往，皇上也不怪罪。

后来因为进见，皇上将要对他有所任用，拂拭他，于是摘下帽子谢恩。皇上见他头发脱光，又因为书写不能使皇上满意，皇上笑嘻嘻地说："中书君老了而且秃头，不能担负我的使命，我曾经说君中书，君现在不中书了吗？"回答说："臣是所谓尽了心的。"于是不再召见他，回到封邑，死在管城。他的子孙很多，散处在中原、夷狄地区，都自称管城郡望，只有住在中山的，能继承祖辈的事业。

太史公说："毛氏有两族，其中一个是姬姓，文王的儿子封在毛，就是所说的鲁、卫、毛、聃等地，战国时有毛公、毛遂。只有中山之族，不知祖先出自哪里，子孙最繁多昌盛。《春秋》写成，被孔子摈弃，并不是他们的过错。等到蒙恬将军拔取中山毛氏的长毫，秦始皇将他封在管城，才在世上有了名望，然而姬姓的毛氏却默默无闻。毛颖开始以俘虏的身份进见，最终被信任使用，秦国灭诸侯，毛颖有功劳。赏赐的不够报偿他的功劳，老了就被抛弃，秦真是缺少恩情啊！

【点评】本文运用拟人的手法，采取诙谐的格调，对毛笔的发明、应用和传播作了生动形象、酣畅淋漓、精彩而又精确的描写。古代的笔用兔毛制成，圆锥形，有尖锋，故为它起名毛颖。文中先叙毛颖家族世系，再叙被俘入宫服务，深得帝王信任，高升中书令，后因年老而被疏远。全文都在叙写人物，却事事与毛笔关联，幽默奇妙，寓意深刻。描绘毛颖的形象，即毛笔的制作形状，贴切生动，如"豪""汤沐""管城"等都是双关语，既有表面意思上的热热闹闹，又有本质意思上的实实在在。描写毛颖的性格，即毛笔的性能功用，淋漓酣畅，极尽辅排张皇之能事，凡古今用文字笔画勾写的事物，都一一点到。同时又在铺张之中宕开一笔："唯不喜武士，然见请，亦时往。"使文章具有变幻莫测，情趣盎然的艺术感染力。

【集说】借游戏小题，撰结一篇奇文。妙在写家世，便有兴衰之感；写遇合，便有出处之奇；写才学，便见学富五车；写性情，便见超俗不群；写宠幸，便见信任无两;写朋友,便见出处必偕;写退休,便见衰老投闲;写子孙,便见族姓蕃衍。色色写到,色色如生,色色点染,色色涉趣,所谓一茎草化丈六金身,一盂水结百尺屋楼,在此异观。(孙琮《山晓阁选评古文十六种·唐大家韩昌黎全集》)

通体全是寓言。主意在不任吾用而犹自谓尽心,则颖之无负于秦,秦之少恩于颖,自在言外。故前半数段,只就任用不任用互说,以预为末段数语作势,是以仅一点睛,而全篇文字俱欲飞去。此在韩集中另是一种,与公《送穷篇》同一手笔,读此可以知古人之写真手段,诚绝妙千古也。至其结构细密,笔情轩爽,尤不得仅目为游戏文字。(李扶九、黄仁黼《古文笔法百篇》)

张裕钊曰:游戏之文,借以抒其胸中之奇,洸洋自恣,而部勒一丝不乱,后人无从追步。(马其昶《韩昌黎文集校注》引)

(佳 木)

送穷文[1]

元和六年正月乙丑晦[2],主人使奴星结柳作车,缚草为船,载糗舆粮[3],牛系轭下[4],引帆上樯。三揖穷鬼而告之曰:"闻子行有日矣,鄙人不敢问所涂[5],窃具船与车,备载糗粮,日吉时良,利行四方[6],子饭一盂[7],子啜一觞[8],携朋挚俦[9],去故就新,驾尘驱风[10],与电争先。子无底滞之尤[11],我有资送之恩[12],子等有意于行乎?"

屏息潜听[13],如闻音声,若啸若啼,砉欻嚘嘤[14],毛发尽竖,竦肩缩颈,疑有而无,久乃可明,若有言者曰:"吾与子居,四十年余:子在孩提,吾不子愚,子学子耕,求官与名,惟子是从,不变于初。门神户灵[15],我叱我呵,包羞诡随[16],志不在他。子迁南荒[17],热烁湿蒸[18],我非其乡,百鬼欺陵。太学四年[19],朝齑暮盐[20],惟我保汝,人皆汝嫌。自初及终,未始背汝,心无异谋,口绝行语,于何听闻,云我当去?是必夫子听谗,有间于予也。我鬼非人,安用车船,鼻齆臭香[21],糗粮可捐[22]。单独一身,谁为朋俦?子苟备知,可数已不⁽²³⁾？子能尽言，可谓圣智，情状既露，敢不回避？"

主人应之曰："子以吾为真不知也耶！子之朋俦，非六非四，在十去五，满七除二⁽²⁴⁾，各有主张，私立名字，掉手覆羹⁽²⁵⁾，转喉触讳⁽²⁶⁾，凡所以使吾面目可憎、语言无味者，皆子之志也。其名曰智穷：矫矫亢亢，恶圆喜方，羞为奸欺，不忍害伤；其次名曰学穷：傲数与名⁽²⁷⁾，摘抉杳微⁽²⁸⁾，高挹群言⁽²⁹⁾，执神之机⁽³⁰⁾；又其次曰文穷：不专一能，怪怪奇奇，不可时施⁽³¹⁾，只以自嬉⁽³²⁾；又其次曰命穷：影与形殊，面丑心妍，利居众后，责在人先；又其次曰交穷：磨肌戛骨⁽³³⁾，吐出心肝，企足以待⁽³⁴⁾，置我仇冤。凡此五鬼，为吾五患，饥我寒我，兴讹造讪⁽³⁵⁾，能使我迷，人莫能间，朝悔其行，暮已复然，蝇营狗苟⁽³⁶⁾，驱去复还。"

言未毕，五鬼相与张眼吐舌，跳踉偃仆⁽³⁷⁾，抵掌顿脚⁽³⁸⁾，失笑相顾。徐谓主人曰："子知我名，凡我所为，驱我令去，小黠大痴⁽³⁹⁾。人生一世，其久几何？吾立子名，百世不磨。小人君子，其心不同，惟乖于时，乃与天通。携持琬琰⁽⁴⁰⁾，易一羊皮，饫于肥甘⁽⁴¹⁾，慕彼糠糜⁽⁴²⁾。天下知子，谁过于予，虽遭斥逐，不忍子疏，谓予不信，请质《诗》《书》⁽⁴³⁾。"

主人于是垂头丧气，上手称谢⁽⁴⁴⁾，烧车与船，延之上座。

【注释】（1）送穷：相传高辛氏（一说高阳氏）有一个儿子，不欢喜穿好的衣服、吃好的食物，宫中号为穷子。死于正月晦日（月末的最后一天）。后人在那一天把稀饭和破衣服陈列门外祭他，号为送穷。　（2）元和六年：公元811年，是年韩愈任河南令，年四十四岁。　（3）载糗（qiǔ）舆粮（zhāng）：用车运载干粮。糗：炒米面，炒麦面。粮：干粮。　（4）轭：扼在牛马颈上的用具。　（5）塗：同途。　（6）日吉时良，利行四方：古代阴阳家的迷信说法，选择好的日子，利于出行。　（7）饭：动词。　（8）啜（chuò）：饮。　（9）俦：伴侣。　（10）驾尘：指牛车行驶扬起尘土。弸（kuò）风：指风鼓船帆，顺势而行。弸：张满。　（11）底滞：停止留滞。尤：怨恨。　（12）资送：资助，供给。　（13）屏（bǐng）息：抑制呼吸，不敢高声

唐宋八大家文观止

出气。　　(14)书(huò)欨(xū):细小的蟋蟀声。嘎(shà)嘤:低小若断若续的声音。　　(15)门神户灵:古人认为门户都有神灵呵护。　　(16)包羞:包含容忍羞耻的事。诡随:诡谲善变。　　(17)子迁南荒:指韩愈贬为阳山令事。(18)热烁:为热所伤。烁,同"铄",消损。　　(19)太学:古代的大学,西周已有太学。　　(20)齑(jī):切碎的腌菜或酱菜。　　(21)鼷(xiù):同"嗅"。臭(xiù):气味。　　(22)捐:弃。　　(23)已不:同"以否"。(24)"非六非四"三句均言"五",因是游戏文字,故意作累句,增强诙谐的效果。　　(25)掟(liè)手:转手。掟:扭转。　　(26)转喉:指说话。　　(27)傲数与名:认为数和名这些有形迹可求的事物,容易研究,不加重视。数:术数,历数。名:典章制度等。　　(28)摘抉杳微:专门喜欢把杳远微妙的道理揭示出来。摘抉:发明、揭示。　　(29)挹:取。　　(30)执神之机:掌握了自然规律的关键。神:这里指自然规律。机:枢机,比喻事物运动的关键。　　(31)不可时施:不可施用于当时。　　(32)只:仅仅,只。　　(33)磨肌戛骨:抚摩着肌肉,敲击着骨头。形容对待朋友至诚,不做表面上的敷衍文。　　(34)企足:踮起脚跟,表示盼望。　　(35)讹:谣言。讪:谤毁。(36)蝇营狗苟:像苍蝇一样营营往来,像狗一样苟且为生。营营:蝇飞的声音。　　(37)跳踉(liáng):腾跃跳动。　　(38)抵掌:击掌,鼓掌。(39)小黠大痴:意为有一些小聪明,其实是大大的呆子。　　(40)琬(wǎn)琰(yǎn):泛指美玉。　　(41)饫:饱。肥甘:指美好的食物。　　(42)糠糜:糠煮成的稀粥。　　(43)质:问。　　(44)上手:举手。

【今译】元和六年正月三十,乙丑,主人吩咐仆人星用柳枝搭成车子,用草扎成船,运载干粮,把车的辕头套在牛脖子上,把帆拉上船的桅杆。向穷鬼行了三次礼,对他说:"听说你要走了,我不敢问你要走哪一条路,私下准备了船只和牛车,装上了足够的干粮。现在日子也好,时辰也吉利,有利于四方行走。请你吃一碗饭,喝一杯酒,带上你的那些伙伴,离开旧主人到新主人那里去吧。驾起牛车,扬起飞尘;张满船帆,顺风远航;可与雷电争先。这样,你就不会因为老是停留在我这里而产生怨恨,我对你也有了资助供给的恩情,你与你的伙伴有远行的打算吗?"

抑制呼吸潜心静听,仿佛听到了如啸如啼的声音,若断若续的细小声音使人听了毛发竖立,肩竦颈缩。怀疑是否有声音的存在。时间长久了才听清楚了,好像有人说:"我和你住在一起四十多年了。你在幼儿时代,我没有嫌你愚钝,你读书学习耕种,你求官求名,我只听从你的,不改变初衷。门户的神灵训斥我骂我,我包羞含辱,随机应变,也没有别的打算。你被贬到南方荒远的地方,烈日烤炙,湿气蒸重,不是我在那里,百鬼都要来欺凌你。你在太学学习四年,早上吃咸菜,晚上就盐粒下饭,别人都嫌弃你,只有我保护你。从始到终,我从没背弃你。心中没有另外的打算,嘴里也从没说过要走的话,你从哪里听见了什么,竟说我应该离开你? 这一定是你听信了谗言,有了和我疏远的想法。我是鬼不是人,哪里要用车船,用鼻子闻闻食物的香味就够了,干粮可以捐弃。我孤单一个,有谁是我的伙伴? 你如果都知道的话,能否把它们都列举出来? 你能完全说出来,就可以称得上是最有智慧的人。我的情况全部暴露了,还敢不避开你?"

主人回答道:"你以为我真的不知道吗? 你的伙伴不是六个也不是四个,在十个中间去掉五个,七个中间除去二个。它们对事物各自有自己的主张,私下给自己取了名字。你们使我一转手就打翻了肉汤,一开口说话就触犯人的忌讳,凡是能使我面目令人憎恨,语言乏味,便都是你们的愿望。其中的一个名叫智穷,它使我刚强高尚正直,厌恶圆滑喜爱方正,把奸诈欺骗的行为,看作可耻,不忍心伤害别人;第二个名叫学穷,它使我不重视研究数和名这些有形迹可求的事物,而去专门发明和揭示杳远微妙的道理,听取各种意见,掌握自然规律的关键;第三个名叫文穷,它使我不能专门擅长一种文体,写的文章奇奇怪怪,不可施用于当时,只能聊以自娱;第四个名叫命穷,它使得影子和身形不一样,面目丑陋而内心美好。得利在众人的后面,受责罚在别人的前面;第五个名叫交穷,它使我真诚待人,不做表面上的敷衍文章,以致吐出心肝。我踮起脚跟盼望能交个好朋友,别人却把我当成仇敌冤家。一共是这五个鬼,给我带来五种祸患,使我饥饿,使我寒冷;造谣谤毁,使我迷惑,没有人能使我和你们间隔。我早晨后悔自己的言行,晚上又已经恢复原样。你们像苍蝇一样营营往来,像狗一样苟且偷生,驱赶走了又复还到原来的地方。"

话还未说完,五个穷鬼相互睁大了眼睛,吐出了舌头,腾跃跳动,前翻后倒,击掌踩脚,相互看着,不觉笑出声来。慢慢地对主人说:"你知道我们的

唐宋八大家文观止

名字,也知道我们所做的事情,驱逐我们命令我们离开你,不过是有点儿小聪明,其实是大大的呆子罢了。人生在世,能有多么长久呢? 我们为你建立名声,百世不会磨灭。君子和小人,他们的心思不同,只是不合时代,却与天相通。你已经手拿着琬琰美玉,何必去换一张羊皮? 你已经吃饱了肥美的食物,何必去羡慕那糠煮成的稀粥?(还是和穷鬼做朋友吧!)天下了解你的,还有谁能超过我们? 虽然遭到你的驱逐,我们还是不忍心疏远你。如果认为我们的话不可相信,请你去问问《诗经》《书经》。"

于是,主人垂头丧气,举手称谢,烧掉了车船,把穷鬼请入上席就座。

【点评】文章从民俗"送穷"入手,直切题意,展开主客问答式的行文结构,笔法上明显受扬雄《逐贫赋》影响,但别开生面,读来饶有情趣。文章开头竭力渲染送神祭奠场面的庄严肃穆,因为是送神,故言辞委婉,"我有资送之恩,子等有意于行乎?"穷鬼不乐,责备主人不念四十余年相伴之恩,听信谗言。其中"屏息潜听,如闻音声,若啸若啼,砉敫嘤嘤",毕尽情态,既突出了鬼的恐怖,又写出了鬼对主人的依依不舍。主人在穷鬼"情状既露,敢不迴避"之语的启发下,开始用层层剥笋的手法道出穷鬼的五个秘密。此段文字妙语连珠,表面上说智鬼、学鬼、文鬼、命鬼、交鬼给主人带来不幸,骨子里却是在借五鬼塑造一个积极进取、不苟且偷安、鲠直刚正,不随波逐流的艺术形象。所以,与其说此为揭露五鬼之辞,倒不如说是借五鬼之事自誉之辞。作者有意的疏漏,给穷鬼留下了反击的空隙。最后,在穷鬼一击之下,主人颓然而倒,只得把穷鬼"延之上座"。全文戛然而止,令人回味无穷。纵观全篇,"穷"为文眼,其诙谐的风格则体现在"送"上。文章有意学习辞赋,极尽铺排之能事,然不矫揉造作,感情充沛,自然流畅。

【集说】《容斋随笔》曰:"韩文公《送穷文》,柳子厚《乞巧文》,皆拟扬子云《逐贫赋》,……"《送穷文》虽祖《逐贫赋》,然亦与王延寿《梦赋》相类,疑亦出此。(王楙《野客丛谈》)

韩退之、段成式皆有《送穷文》。退之之作固不下成式,姚铉编《文粹》,录成式而不取退之。……铉自谓所编掇菁撷华,及唐人文率之精粹。举此一端,则谓及唐文之精粹,可乎?(张淏《玄谷杂记》)

扬子云《逐贫赋》曰："人皆文绣，予褐不完；人皆稻粱，我独藜飧。贫无宝玩，予何为欢。"此作辞虽古老，意则鄙俗，其心急于富贵所以终仕新莽，见笑于穷鬼多矣。韩昌黎作《送穷文》，其文势变化，辞意平婉，虽言送而复留。段成式所作，效韩之题，反扬之意，虽流于奇涩，而不失典雅。较之扬子笔力不同。扬乃尺有所短，段乃寸有所长。惟韩子无得而议焉。（谢榛《四溟诗话》）

昌黎《送穷文》，送高辛氏穷子也。盖源本于扬子云《逐贫赋》。《逐贫赋》，扬子与贫，但一问一答。《送穷文》则再问再答，文气似厚，而所以描写穷之真相，亦较扬文为刻深，真神技也。扬之恨贫曰："人皆文绣，余褐不完；人皆稻粱，我独藜飧；贫无宝玩，何以接欢？宗宝之燕，为乐不槃。"语气凡近，似小家子。而昌黎则定其罪状，曰五穷，言衣食燕乐处寡，叙愤时嫉俗处多，故晁无咎取公此文《续楚辞》中，似较扬子所言为高亢。（林纾《韩柳文研究法》）

（张　强）

祭鳄鱼文⁽¹⁾

维年月日⁽²⁾，潮州刺史韩愈⁽³⁾，使军事衙推⁽⁴⁾秦济，以羊一，猪一，投恶溪之潭水⁽⁵⁾，以与鳄鱼食⁽⁶⁾，而告之曰：昔先王既有天下⁽⁷⁾，列山泽⁽⁸⁾，网绳擉刃⁽⁹⁾，以除虫蛇恶物为民害者⁽¹⁰⁾，驱而出之四海之外。及后王德薄，不能远有，则江、汉之间⁽¹¹⁾，尚皆弃之以与蛮夷楚越⁽¹²⁾。况潮岭海之间⁽¹³⁾，去京师万里哉？鳄鱼之涵淹卵育于此⁽¹⁴⁾，亦固其所。今天子嗣唐位，神圣慈武，四海之外，六合之内⁽¹⁵⁾，皆抚而有之，况禹迹所揜⁽¹⁶⁾，扬州之近地⁽¹⁷⁾，刺史、县令之所治⁽¹⁸⁾，出贡赋以供天地宗庙百神之祀之壤者哉⁽¹⁹⁾？鳄鱼其不可与刺史杂处此土也⁽²⁰⁾！

刺史受天子命，守此土，治此民，而鳄鱼睅然不安溪潭⁽²¹⁾，据处食民畜、熊、豕、鹿、獐⁽²²⁾，以肥其身，以种其子孙⁽²³⁾；与刺史亢拒⁽²⁴⁾，争为长雄。刺史虽驽弱，亦安肯为鳄鱼低首下心⁽²⁵⁾，伈伈睍

覡⁽²⁶⁾，为民吏羞，以偷活于此邪⁽²⁷⁾？且承天子命以来为吏，固其势不得不与鳄鱼辩。

鳄鱼有知，其听刺史言：潮之州，大海在其南。鲸鹏之大，虾蟹之细，无不容归，以生以食⁽²⁸⁾，鳄鱼则朝发而夕至也。今与鳄鱼约，尽三日，其率丑类南徙于海，以避天子之命吏。三日不能，至五日；五日不能，至七日；七日不能，是终不肯徙也，是不有刺史听从其言也。不然，则是鳄鱼冥顽不灵，刺史虽有言，不闻不知也。夫傲天子之命吏，不听其言，不徙以避之，与冥顽不灵而为民物害者，皆可杀。刺史则选材技吏民⁽²⁹⁾，操强弓毒矢，以与鳄鱼从事⁽³⁰⁾，必尽杀乃止。其无悔！

【注释】(1)唐宪宗元和十四年(819)三月，韩愈因谏迎佛骨被贬到潮州任刺史。到任后广泛询问民间疾苦，百姓都说恶溪中鳄鱼危害极大。韩愈便令属下抬了一羊、一猪作祭品，自己亲自写了这篇祭文，一同投入水中，以示祭祀，将其驱逐。(2)维：句首语气词，祭文篇首常用此词，以便引出年月日。年月日，指唐宪宗元和十四年四月二十四日，韩愈到任一个月后。(3)潮州：地名，旧治在今潮州市潮安区，今属广东。(4)军事衙推：官名，唐时节度、观察、团练诸使的下属官吏。(5)恶溪：水名，指今广东韩江及其上游梅江。(6)鳄鱼：这里指湾鳄，长约七八米，鳄类中最大一种，性凶猛，常袭击人畜，生活于热带，广东偶有发现。(7)先王：古代对前代帝王的称呼。(8)列(liè)：遮挡，阻遏。(9)网：名词用作动词，结网。擉(chuō)：同"戳"，刺。(10)虫蛇恶物为民害者："为……者"，定语后置。(11)江：长江。汉：汉水，长江最大的支流。(12)蛮：古时对南方少数民族的贬称。夷：古代对东方少数民族的蔑称。楚、越：皆古国名，在今长江中下游流域。(13)岭：指五岭。海：指南海。潮州地处五岭以南，南海以北，故说"岭海之间"。(14)涵淹：意为潜伏。

(15)六合：古代称天、地、四方为六合，意谓普天之下。(16)撆(yǎn)：覆盖，这里指履践。(17)扬州：古代分天下为九州，扬州是其中之一。潮州属古扬州。(18)所治：所管辖、治理的地方。(19)宗庙：祭祀祖先的地方。(20)其：语气词，这里表示命令的语气。(21)睅

（hàn）：瞪起眼睛，形容凶狠的样子。不安：不老实。　（22）豕：这里指野猪。獐：野兽名，像鹿、比鹿小。　（23）种：用作动词，繁衍。　（24）亢：通"抗"。　（25）下心：指甘心屈服。　（26）伈伈（xǐn xǐn）：恐惧的样子。睍睍（xiàn xiàn）：不敢正视的样子。　（27）以：意同"而"。　（28）以生以食："以"后宾语省略，意为"以之生，以之食"。　（29）材技：等于才能和技艺。　（30）从事：本来是管理、处置的意思，这里有"见个高低"的意思。

【今译】某年某月某日，潮州刺史韩愈，派军事衙推秦济，把一只羊、一头猪作为祭品，投进恶溪的深水中给鳄鱼吃，并警告鳄鱼说：过去，先王据有天下时，封禁山林湖泽，用罗网利刃来清除那些成为百姓祸害的毒蛇猛兽，把它们赶到四海之外。等到后世，帝王的德行浅薄，没有能力统辖远方的领土，就连江、汉一带都抛弃了，把它让给了楚越这类蛮夷之国，更何况潮州这样地处五岭与南海之间、远离京城万里的地方呢？鳄鱼在这里潜伏繁衍，自然这里也成了它生息的地方。如今天子继承了唐朝的皇位，神圣仁慈而又威武，四海之外，六合之内，全都在他的统辖之下，何况潮州是大禹亲自来过，属于古扬州境内，刺史、县令所治理，贡奉赋税来祭祀天地、祖先、百神的地方呢？鳄鱼绝不能与刺史在这块土地上共处！

刺史受天子之命，来守卫这块疆土，治理这里的人民，然而鳄鱼却凶狠作恶，不老老实实地在溪中生活，盘踞此处，吞食百姓的家畜以及熊、豕、鹿、獐，以此来养肥自己的身体，繁衍它的后代，与刺史抗衡争雄。刺史即使再软弱无能，又怎能在鳄鱼面前低头屈服，战战兢兢，不敢抬头正视，受到百姓和同僚的耻笑，在这里苟且偷生呢？况且，受天子之命而来为一方之官，在情理上，不能不与鳄鱼分个高低。

鳄鱼如果能通人意，请听刺史说：潮州，大海位于它的南面。在大海中，鲸鱼、鹍鹏这样大的动物，鱼、虾、螃蟹这样小的东西，都能容纳，它们依靠大海生存，依靠大海获取食物。鳄鱼早上从这里出发，晚上就可以到达大海了。现在与鳄鱼约定：三天之内，你要率领你们一伙丑恶的东西南迁到大海中去，以便回避天子派来的官吏。三天不能，宽限至五天；五天不够，再宽限到七天。七天还不行，这就是最终也不肯迁徙了，这就是眼里没有刺史，不听从刺史的忠告了。如果不是这样，那么就是鳄鱼愚顽不通人性，刺史虽然

有忠告在先,却既不会听,也不懂得。那些傲慢地对待天子的官吏,不听他的忠告,不肯迁徙到别处来回避他,与那些愚顽不通人性的家伙一齐成为百姓和万物之害的东西,都应该杀掉。而刺史就要挑选那些有才干、有技能的官吏和百姓,带上强弓毒箭,跟鳄鱼见个高低,一定要把你们杀尽才罢休。到那时不要后悔!

【点评】本文给人最深刻的感觉是以气盛见长。一是气势宏阔,作者自古及今,由远而近,先从大处着笔,指出鳄鱼不能立足的理由,便首先在气势上胜了一筹;且处处以天子命吏身份说话,又自然透露出一种不可侵犯的堂堂正气;对鳄鱼的痛斥,又时时扣住它不安本分、危害生灵的罪行予以抨击,更显得理直气壮。二是气脉贯通。先正面说理、明辨是非;再从反面叙其害,以显出驱逐之必要。然后又从正面为其指出归途,将其逐出,最后再从反面假设,如执迷不悟,则"尽杀乃止"。正反相映,跌宕起伏,行文曲折而又自然明快,层层推进却又紧凑流畅。全文一气呵成,如百丈飞瀑,直泻而下。作者无罪而贬,体现在文中的旺盛气势,正是根源于作者对人民疾苦的深切关注和对恶势力的无比愤慨。对鳄鱼痛快淋漓的指斥痛陈,正抒发了作者内心深处久久压抑的梗概不平之气和绝不向黑暗腐朽势力屈服的坚强决心。此外,文章结构亦精巧周密。作者思路细致缜密,对鳄鱼既喻之以义,也动之以情;既导之以路,又振之以威;既宽之以期,更束之以法。段段有理有节,句句师出有名,不容鳄鱼不胆战心惊。且文章多处前后照应,使之更紧凑连贯,语句长短相间,节奏感强,刚健有力。这些都体现了作者驾驭文章和语言的非凡才华。

【集说】词严义正,看之便足动鬼神。(茅坤《唐宋八大家文钞·韩文》)

浩然正气,悚惕百灵,诚能动物,非其刚猛之谓。此文曲折次第,曲尽情理,所以近于六经……。辞旨之妙,两汉以来未有。(何焯《义门读书记》)

向与及门高生论《鳄鱼文》,最有功夫在能用两"况"字。"况潮岭海之间,去京师万里哉!"是为鳄鱼出脱,归罪后王弃地,故不管鳄鱼之涵淹卵育。"况禹迹所揜,扬州之近地",从牛女分野,潮阳亦属扬州。且天子有命,刺史有责,其势万不足以容鳄鱼。两"况"字,一纵一收,却用得十分有力。(林纾

（马淮滨）

宫 市⁽¹⁾

旧事⁽²⁾：宫中有要市外物⁽³⁾，令官吏主之，与人为市，随给其直⁽⁴⁾。贞元末，以宦者为使，抑买人物⁽⁵⁾，稍不如本估⁽⁶⁾。末年不复行文书，置白望数百人于两市并要闹坊⁽⁷⁾，阅人所卖物，但称"宫市"，即敛手付与，真伪不复可辨，无敢问所从来，其论价之高下者⁽⁸⁾。率用百钱物，买人直数千钱物，仍索进奉门户并脚价钱⁽⁹⁾。将物诣市⁽¹⁰⁾，至有空手而归者。名为宫市，而实夺之。

尝有农夫以驴负柴至城卖，遇宦者称宫市取之，才与绢数尺，又就索门户，仍邀以驴送至内⁽¹¹⁾。农夫涕泣，以所得绢付之，不肯受，曰："须汝驴送柴至内。"农夫曰："我有父母妻子，待此然后食⁽¹²⁾。今以柴与汝，不取直而归，汝尚不肯，我有死而已！"遂殴宦者。街吏擒以闻，诏黜此宦者⁽¹³⁾，而赐农夫绢十匹。然宫市亦不为之改易。谏官御史数奏疏谏⁽¹⁴⁾，不听。上初登位⁽¹⁵⁾，禁之；至大赦，又明禁。

【注释】(1)此文原载《顺宗实录》卷二，题目为编者所加。 (2)旧事：旧例。 (3)要市外物：需要到宫外购买东西。市：购买。 (4)给其直：付给如数的价钱。直：价值。 (5)抑买：压低价钱买。 (6)本估：原价值。(7)白望：在市场上到处张望、白拿别人东西的人。两市：唐代长安的东市和西市。 (8)其：当为"与"或"及"之误。 (9)进奉门户：送货进宫，每过一门都要给守门人钱，叫作进奉门户钱。脚价钱：指托言另雇人运货入宫的费用。 (10)将：携带、运载。诣：到。 (11)内：宫内。 (12)此：指驴。(13)诏黜：皇帝下诏贬黜。 (14)数(shuò)奏：多次呈递。疏谏：劝谏君主的奏章。 (15)上：指顺宗李诵。

唐宋八大家文观止

【今译】旧例:宫中需要到外面市场购买东西,命官吏主持其事,与人交易,随即付给如数的价钱。贞元末年,改用宦官为购买使,压低价钱强买人家的物品,付的钱渐渐抵不上原物价值。也不再颁发宫中购物的公文,而是安排"白望"数百人到东市西市和繁闹的街坊,看见人家卖的物品,只声称"宫市",别人就须拱手交物,对他们身份的真假很难辨清,也不敢问他们从哪里来,和他们讨价还价。这些宦官经常用值百钱的东西,买人家值数千钱的物品,还要索取"进奉门户钱"和"脚价钱"。百姓们带着货物到市场,竟至有两手空空回去的。名义上叫"宫市",实质上是强取豪夺。

曾有一个农夫用驴驮着柴进城去卖,遇到宦官口称"宫市",把柴要去,只给了他几尺绢,又向他索取"门户钱",还让他用驴把柴送到宫内。农夫流着眼泪,把得到的绢交出去作为抵偿,宦官不肯接受,说:"必须用你的驴把柴送到宫内。"农夫说:"我有父母妻子儿女,全靠这头驴运载东西生活。现在我把柴给了你,不要钱物回去,你还不肯答应,那我只有以死相拼了!"于是殴打了宦官。街上的吏役抓住农夫,向上报告,皇帝下诏贬黜了这个宦官,赏赐农夫十匹绢。然而宫市也并未因此而变动。谏官和御史多次递呈劝谏的奏章,皇帝也不理睬。顺宗皇帝刚登位,就禁止宫市;到大赦天下时,又明令禁止。

【点评】韩愈撰写《顺宗实录》,如实地记载了唐德宗贞元末年的一些弊政,"宫市"就是其中较为突出的一件。文中有叙事,有评判,虽文简意洁,而宦官仗势欺人、为乱市场的罪恶却昭然若揭。"名为宫市,而实夺之",寥寥八字,力透纸背,见出史家严正笔法。后更以农夫卖柴为例深化题旨,在揭露宦官为恶的同时,也展示了最高统治者以小惩罚、小恩惠减缓矛盾而不肯改易的虚伪面目,令人读来,不禁掩卷长思。篇末数语,以顺宗登位后的作为与德宗之行事巧作比照,不作评说,而向背之意不言自明。

(尚永亮)

柳宗元

柳宗元(773—819),字子厚。河东(今山西永济)人。世称柳河东。贞元九年(793)进士。26 岁入仕途,经校书郎、蓝田尉至监察御史里行。顺宗时,36 岁擢礼部员外郎。他与刘禹锡等参与王叔文为首进行的永贞革新,失败后被贬为永州司马,后徙柳州刺史,死于任上。故亦称柳柳州。

柳宗元是唐代杰出的文学家和哲学家,与韩愈同为唐代古文运动的倡导者,并称"韩柳"。他终身抱救时济世之志为人为文,不畏权贵敢于直言。他提倡"文者以明道",以"辅时及物"为目的,认为文章的作用在于"辞令褒贬""导物讽谕"。他强调为文需有自己的独见,重事实,富文采,反对"无乎内而饰乎外""有乎内而不饰乎外"。他的文章笔锋锐利,爱憎分明,且体裁多样,精练畅达,以其平实淳朴的特点一扫前人的骈靡之风。山水游记,刻画入微,寄托深远,尤为后世所传诵。韩愈评柳宗元文章时,以为"雄深雅健,似司马子长"。著作有《柳河东集》45 卷、《外集》2 卷。

谪龙说

扶风马孺子言⁽¹⁾:年十五六时,在泽州⁽²⁾,与群儿戏郊亭上⁽³⁾。

顷然⁽⁴⁾，有奇女坠地⁽⁵⁾，有光晔然⁽⁶⁾，被缌裘，白纹之里⁽⁷⁾，首步摇之冠⁽⁸⁾。贵游少年骇且悦之⁽⁹⁾，稍狎焉⁽¹⁰⁾。奇女颍尔怒曰⁽¹¹⁾："不可。吾故居钧天帝宫⁽¹²⁾，下上星辰，呼嘘阴阳⁽¹³⁾，薄蓬莱⁽¹⁴⁾，羞昆仑⁽¹⁵⁾而不即者。帝以吾心侈大⁽¹⁶⁾，怒而谪来⁽¹⁷⁾，七日当复。今吾虽辱尘土中，非若俪也⁽¹⁸⁾。吾复且害若。"⁽¹⁹⁾众恐而退。遂入居佛寺讲室焉。及期，进取杯水饮之，嘘成云气，⁽²⁰⁾五色翛翛也⁽²¹⁾。因取裘反之，化为白龙，徊翔登天⁽²²⁾，莫知其所终，亦怪甚矣。

　　呜呼！非其类而狎其谪不可哉。孺子不妄人也⁽²³⁾，故记其说。

【注释】(1)扶风：唐代地名，今属陕西省。马孺子：人名，其事不详。(2)泽州：唐代地名，故治在山西省晋城县。　(3)戏：游戏，玩耍。　(4)顷然：片刻，短时间。　(5)坠：落下，掉下。　(6)晔(yè)：同"烨"，光辉灿烂。(7)缌(zōu)：深青透红的颜色。裘(qiú)：皮衣。　(8)步摇：妇女首饰的一种。　(9)骇：害怕。悦：高兴。　(10)狎(xiá)：亲近而不庄重。　(11)颍(pīng)：美貌。一曰敛容貌。　(12)钧(jūn)天：宫名，传说为上帝所居。(13)阴阳：古代以阴阳解万物化生，凡天地、日月、昼夜、男女皆分属阴阳。(14)薄(bó)：轻视、鄙薄。　(15)羞：耻辱。　(16)侈(chǐ)：过分、夸大。(17)谪(zhé)：降职。　(18)俪(lì)：配偶。　(19)若：你，你的。　(20)嘘(xū)：呵气。　(21)翛翛(xiāo xiāo)：交杂貌。　(22)徊：徘徊。翔：飞行。(23)妄人：无知妄为的人。

【今译】挟风马孺子说：他年纪十五六岁时，在泽州与一群儿童在亭子里玩耍。突然有一奇女子从天上落下来，她光彩照人，身披一件有白纹之里、深青透红颜色的皮衣。头戴步摇之冠。在一起游玩的少年又是害怕又是高兴，开始有些不庄重地接近她。奇女收敛笑容生气地说："你们不能这样。我原来居住在天帝宫中，能左右星辰，支配阴阳，对蓬莱、昆仑这样的仙境是鄙视和感到耻辱的，而不去接近它。天帝认为我的想法有些过分，一生气就把我贬谪下来，七天之后，我将返回天宫。现在我虽辱没于凡俗的尘世中，但不是你们的配偶。我如果奏明天帝，将对你们是有害的。"大家很害怕，都退了下来。奇女于是进入居佛寺的讲室。到了第七天时，奇女进入居室取了一杯水喝下，然后呵成五彩交杂的云气。于是她化成白龙，徘徊飞翔返回天上，大家也不知道她到哪里去了。都感到非常的奇怪。

唉！知道她不是我们的同类，而趁其遭贬谪时对人家不尊重，这是不可以的。马孺子不是那种无知妄为的人。所以，我把这个传说记录了下来。

【点评】此虽作奇之文，但写形绘神清秀朗畅，纯然绝尘。先写奇女天坠，光彩动人，其细处则历历在目，无虚妄之感。其斥贵游少年，则情貌俱现，庄重脱俗，神气飞动。其去，则飘逸洒脱。为异事立传，有如此清新之气，此文绝妙处正在此。

（李寅生）

种树郭橐驼传⁽¹⁾

郭橐驼，不知始何名。病瘘⁽²⁾，隆然伏行，有类橐驼者，故乡人号之"驼"。驼闻之，曰："甚善，名我固当。"因舍其名，亦自谓橐驼云。其乡曰丰乐乡，在长安西⁽³⁾。

驼业种树，凡长安豪富人为观游及卖果者，皆争迎取养。视驼所种树，或移徙⁽⁴⁾，无不活，且硕茂早实以蕃⁽⁵⁾。他植者虽窥伺效慕，莫能如也。

有问之，对曰："橐驼非能使木寿且孳也⁽⁶⁾，能顺木之天⁽⁷⁾，以致其性焉尔。凡植木之性，其本欲舒，其培欲平，其土欲故⁽⁸⁾，其筑欲密。既然已，勿动勿虑，去不复顾。其莳也若子⁽⁹⁾，其置也若弃，则其天者全而其性得矣。故吾不害其长而已，非有能硕茂之也；不抑耗其实而已，非有能早而蕃之也。他植者则不然。根拳而土易⁽¹⁰⁾，其培之也，若不过焉则不及。苟有能反是者，则又爱之太殷，忧之太勤，旦视而暮抚，已去而复顾。甚者爪其肤以验其生枯，摇其本以观其疏密，而木之性日以离矣。虽曰爱之，其实害之；虽

日忧之，其实雠之⁽¹¹⁾，故不我若也⁽¹²⁾。吾又何能为哉！"

问者曰："以子之道，移之官理⁽¹³⁾，可乎？"驼曰："我知种树而已，理，非吾业也。然吾居乡，见长人者好烦其令⁽¹⁴⁾，若甚怜焉⁽¹⁵⁾，而卒以祸。旦暮吏来而呼曰：'官命促尔耕，勖尔植⁽¹⁶⁾，督尔获；早缫而绪⁽¹⁷⁾，早织而缕⁽¹⁸⁾，字而幼孩⁽¹⁹⁾，遂而鸡豚⁽²⁰⁾。'鸣鼓而聚之⁽²¹⁾，击木而召之⁽²²⁾。吾小人辍飧饔以劳吏者⁽²³⁾，且不得暇，又何以蕃吾生而安吾性耶？故病且怠⁽²⁴⁾，若是，则与吾业者其亦有类乎？"

问者嘻曰："不亦善夫！吾问养树，得养人术。"传其事以为官戒也⁽²⁵⁾。

【注释】（1）橐（tuó）驼：骆驼。本篇为寓言体人物传记，旨在揭露时弊，论述为官治民之理。 （2）瘘（lòu）：同"偻"，驼背。 （3）长安：唐代都城，今陕西西安市。 （4）徙（xǐ）：移。 （5）蕃：繁多。 （6）孳（zī）：繁殖。（7）天：天性，自然生长规律。 （8）故：旧。指原来的陈土。 （9）莳（shì）：栽种。 （10）拳：屈曲，不舒展。易：改换。 （11）雠：同"仇"，恨。（12）不我若：不及我。 （13）官理：为官之道。 （14）长（zhǎng）人者：为民之长者，即官吏。 （15）怜：爱。 （16）勖（xù）：勉励。 （17）缫（sāo）：抽丝。而：通"尔"，你。绪：丝头。 （18）缕（lǚ）：纱，线。 （19）字：养育。 （20）遂：成长。指喂养好。豚（tún）：猪。 （21）聚之：把他们召集起来。 （22）击木：敲打着木梆。 （23）辍（chuò）：停止。飧（sūn）：晚饭。饔（yōng）：早饭。 （24）病：困苦。怠：疲劳。 （25）传（zhuàn）：记载。

【今译】郭橐驼，不知当初叫什么名字。因为他得伛偻病，脊背高高隆起，走路弯腰俯身，有点像骆驼的样子，所以乡里人给他起了个绰号叫"骆驼"。他听到这种称呼说："很好，这样叫我确实恰当。"因此便舍弃了原来的名字，也自称"骆驼"了。他的家乡在丰乐乡，在长安城西。

橐驼以种树为职业，凡是长安的豪门富人建造观赏游乐的园林以及此地经营水果买卖的人，都争着把他请到家里供养起来。看一下他所栽种的树，或移植的树，没有不成活的，而且长得高大茂盛，果实结得早而且繁多。其他种树的人即使偷看模仿，也不能和他相比。

有人向他请教种树的技艺，他回答说："我并不能使树木活得长久而且繁殖茂盛，只不过能顺着树木生长的自然规律，让它的本性得到充分的发展罢了。一般而言，植树的规律是，树根要舒展，培土要均匀，要用熟土，土还要捣结实。这样做了之后，不要去动它，也不要担心它，离开它就不要再照管了。栽种时要像爱护子女一样认真，栽好后就像抛弃了它们，这样就完全适应了它的生长规律，它的本性就能得到充分发展。所以，我只是不妨害它的自然生长罢了，并不能使它高大茂盛；只是不抑制和减损它的果实罢了，并不能使它结实早而且多。其他人却不是这样。栽树时树根卷曲，把熟土换成生土，培土时，不是过多就是过少。如果与此相反的人，却又对树爱得过分，担心太多，早晨看看，晚上摸摸，已经离开又返回去再看看，更有甚者用手指抠破树皮来验证它的死活，摇动树根看它栽得松紧，因此树木的本性一天天地丧失了。虽说本意是爱它，其实是害它；虽说是关心它，其实是折磨它，所以他们种树都不如我。我又有什么特殊的本领呢？"

向他请教的人说："把你栽树的道理，用到为官治民方面来，可以吗？"橐驼说："我只知道种树罢了，当官治民，不是我的职业。不过我居住在乡，看到当官的喜欢发布繁杂的政令，看似爱护百姓，结果给百姓造成灾难。从早到晚官吏都来喊叫：'长官有令，催促你们耕田，勉励你们种植，督促你们收获；快点抽好你们的丝，快点儿织好你们的布；养育好你们的小孩，饲养好你们的鸡和猪！'一会儿擂鼓让人们集合，一会儿又敲打着木梆把大家招来。我们这些小小百姓整天顾不上吃饭，专门去慰劳官吏们还忙不过来，又用什么来使我们的子孙兴旺、安居乐业呢？因此，人们被折腾得困苦疲劳。像这样的情况，大概和我的那些同行们有类似之处吧？"

向他请教的人笑着说："这不也很好吗！我问怎样种树，却获得了怎样使人民休养生息的道理。"于是我把他的事迹记载下来，用以作为官吏们的鉴戒。

【点评】此篇乃借传立说之文，阐明作者的吏治思想，即不要骚扰百姓，要让他们安居乐业。文章上半篇写郭橐驼种树的诀窍，突出"顺木之天，以

唐宋八大家文观止

致其性"八个字,而"其本欲舒,其培欲平,其土欲故,其筑欲密"几句就是木之天性。他植者或马马虎虎,或殷勤太甚。尤其是后者,由于过分殷勤,反而造成了"虽曰爱之,其实害之"的后果。上半篇的种树实乃隐喻,妙在将下半篇要论述的事理,笔笔暗伏。下半篇谈治民之理,乃是实说,妙在将上半篇已铺叙的事情句句点合。"好烦其令"的"长人者"专爱瞎指挥,骚扰百乱,以致造成了"病且怠"的后果,其形象,其语言,其行为,与殷勤的植树者何其相似乃尔!文章前宾后主,上下照应,叙议契合,事理相生,而以"问者"的问句为过渡,完成文意的转折,最后再通过问者之口,说出"吾问养树,得养人术",点明全文主旨。一番大道理,却由一个极普通的人说出,既自然,又贴切。论述繁简得体,语言平易亲切,具有强烈的感人效果。

【集说】前写橐驼种树之法,琐琐述来,涉笔成趣。纯是上圣至理,不得看为山家种树方。末入官理一段,发出绝大议论,以规讽世道。守官者当深体此文。(吴楚材、吴调侯《古文观止》卷九)

特为良吏作官箴,谆谆讲惠政。不持大体,病往往类此。重在"既然""反是"两转笔也。叙事不多,通述橐驼言,并官理亦不作传者语,脱甚。(浦起龙《古文眉诠》卷五十四)

借种树之法,发出居官理政绝大议论,与《捕蛇者说》《梓人传》皆为有功世道之文。而是篇文势,大类子书,说者谓从"牧马童子"及"扬子问铸金得铸人术"化出,或有然也。(李扶九选编、黄仁黼纂定《古文笔法百篇》引王存念语)

(张新科)

童区寄传[1]

　　柳先生曰:越人少恩,生男女,必货视之。自毁齿以上[2],父兄鬻卖[3],以觊其利[4]。不足,则盗取他室,束缚钳梏之[5]。至有须鬣者[6],力不胜,皆屈为僮。当道相贼杀以为俗。幸得壮大,则缚取幺弱者[7]。汉官因以为己利,苟得僮[8],恣所为,不问。以是越中户口滋耗[9]。少得自脱,惟童区寄以十一岁胜[10],斯亦奇矣。

桂部从事杜周士为余言之⁽¹¹⁾。

童寄者，柳州荛牧儿也⁽¹²⁾。行牧且荛，二豪贼劫持，反接⁽¹³⁾，布囊其口⁽¹⁴⁾，去逾四十里之墟所卖之⁽¹⁵⁾。寄伪儿啼，恐栗为儿恒状。贼易之⁽¹⁶⁾，对饮，酒醉。一人去为市⁽¹⁷⁾，一人卧，植刃道上。童微伺其睡，以缚背刃，力下上，得绝，因取刃杀之。逃未及远，市者还，得童，大骇，将杀童。遽曰："为两郎僮，孰若为一郎僮耶⁽¹⁸⁾？彼不我恩也⁽¹⁹⁾。郎诚见完与恩⁽²⁰⁾，无所不可。"市者良久计，曰："与其杀是僮，孰若卖之？与其卖而分，孰若吾得专焉？幸而杀彼，甚善。"即藏其尸，持童抵主人所，愈束缚牢甚。夜半，童自转，以缚即炉火烧绝之，虽疮手勿惮⁽²¹⁾，复取刃杀市者。因大号，一墟皆惊。童曰："我区氏儿也，不当为僮。贼二人得我，我幸皆杀之矣！愿以闻于官⁽²²⁾。"

墟吏白州，州白大府⁽²³⁾大府召视儿，幼愿耳⁽²⁴⁾。刺史颜证奇之⁽²⁵⁾，留为小吏，不肯。与衣裳，吏护还之乡。乡之行劫缚者，侧目莫敢过其门，皆曰："是儿少秦武阳二岁⁽²⁶⁾，而计杀二豪，岂可近耶！"

唐宋八大家文观止

【注释】(1)童区(ōu)寄：牧童姓区名寄。本篇通过区寄智杀二贼的故事，揭露了当时官吏纵容豪强掠夺人口的罪恶行径。　(2)毁齿以上：换牙以后，指小儿七八岁到十岁。　(3)鬻(yù)：卖。　(4)觊(jì)：贪图。　(5)束缚钳梏：捆绑或套上枷锁。　(6)须鬣(liè)：胡须。　(7)幺弱：弱小。(8)苟：如果。　(9)滋耗：日益减少。　(10)胜：指战胜强盗。　(11)桂部从事：桂州都督府属下的官吏。　(12)荛(ráo)牧：打柴放牧。　(13)反接：把双手反扭在背后捆绑起来。　(14)布囊其口：用布堵住嘴。　(15)墟所：集市所在地。　(16)易：轻视。　(17)为市：去谈卖(童区寄)的事。(18)为两郎僮，孰若为一郎僮耶：作两个人的奴隶哪如作一个人的奴隶呢？(19)不我恩：即不恩我，对我没有恩情。　(20)见完：肯于不杀我。　(21)疮：即"创"，烧伤。　(22)闻：报告。　(23)大府：州的上一级，指桂管经略使衙门。　(24)愿：老实。　(25)刺史：州的行政长官。颜证：人名，贞元二

十年（804）任桂州刺史、桂管观察使。　　（26）秦武阳：战国时燕人，十三岁能杀人，为荆轲助手往秦国行刺秦始皇，未成。事见《战国策》。

【今译】柳先生说：东南沿海一带的人缺少恩爱之情，生了儿女，一定把他们都看作货物一样。从七八岁换牙以后的孩子开始，父兄们就卖掉他们，以此贪图钱财。这还不满足，就盗取别人家的孩子，把他们捆绑起来，套上枷锁。甚至有些长胡须的成年人，因力气敌不过别人，也被强行劫持，做了奴仆。强盗们拦路掠夺甚至互相残杀成为风俗。侥幸长大的孩子，到身体强壮时就去绑架那些年幼体弱之人。当地的汉族官吏利用这种情况为自己谋利，只要能得到奴仆，就放纵这种行为而不加追究。因此东南沿海的人口日益减少。很少有人逃脱这种不幸遭遇，只有一个十一岁的牧童区寄战胜了强盗，这也是很稀奇的事了。这件事是桂部从事杜周士给我讲的。

　　幼童区寄，是柳州一个砍柴放牛的孩子。一天，他一边放牛一边砍柴，两个强盗绑架了他，反绑双手，用布堵住他的嘴，带到四十里以外的集市上去卖。区寄假装小孩似的啼哭，害怕得发抖，做出小孩子常有的那种样子。两个强盗因而很轻视他，相对饮起酒来，喝得大醉。喝完后，一个强盗去谈买卖孩子的交易，另一个强盗躺下睡觉，把刀竖插在路上。区寄暗中偷偷看着，等他睡着了，就把捆手的绳子靠在刀刃上，用力上下磨擦，绳子割断了，就拿起刀杀死了熟睡的强盗。区寄逃走没多远，那个去找买主的强盗回来了，抓住区寄，大吃一惊，要杀死区寄。区寄急忙说："做两个人的奴仆，哪里比得上做一个人的奴仆呢？那个人对我不好，所以杀了他。你如果真能保全我的性命，好好待我，我怎么都行。"这个强盗盘算了很久，心里想："与其杀了这个奴仆，哪如卖掉他？与其卖了钱两个人平分，哪如我一个人独得？幸亏这孩子杀了那家伙，好极了！"就掩藏了那个强盗的尸体，抓着区寄到买主的住处，捆绑得更结实了。半夜，区寄自己挪动着身体，把捆绑的绳子靠近火炉烧断，虽烧伤了手也不怕，又拿起刀杀死了这个强盗。接着大声呼叫，把全集市的人都惊动了。区寄说："我是区家的孩子，不该做奴仆。两个强盗绑架了我，幸好我把他们都杀了。我希望把这件事报告官府。"

　　集镇的官吏报告了州官，州官又报告了大府。大府长官召见小孩，原来不过是个幼小老实的孩子罢了。刺史颜证认为他了不起，想留他做个小吏，区寄不愿意。刺史就送给他一些衣服，派人护送他回家。乡里那些干抢劫绑架勾当的人，见了区寄都不敢正眼看他，连他家的大门口也不敢经过，他们都说："这孩子比战国时代的秦武阳还小两岁，却用计谋杀了两个强盗，怎么可以靠近他呢？"

【点评】唐朝中期以后，南方边远地区常有绑架儿童、贩卖人口之事发生。本文即是对这一问题的真实揭露。

传记一开始，先介绍了当时掠卖人口、致使东南一带人口日益减少的险恶政治环境，为人物的出场做了有力铺垫，并以一"奇"字领起全篇。接着，着力塑造机智勇敢、不畏强暴的少年英雄形象。遇盗、杀盗、骗盗、再杀盗，情节波澜起伏，故事惊险紧张。最后以"刺史奇之"、众盗"侧目莫敢过其门"断之，更衬出少年英雄的凛然可畏。其间伪装啼哭的细节和讨好对方的对话以及盗贼的内心活动，亦都真实生动，符合人物身份。事奇、人奇、文奇，叙事简练明快，颇得太史公传记之神韵。

【集说】子厚未尝为史，此文绝似《后汉书》，固子厚之史也。（《唐宋文醇》卷十一）

此即事传事，与《梓人》《宋清》《郭橐驼》诸传别有寄托者异也。简练明快，字字飞鸣。词令亦复工妙。假令其持地图藏匕首上殿，必不至变色失步，同秦阳之怯矣。我爱之、畏之。（沈德潜《唐宋八大家文读本》卷九）

柳州莞牧儿童区寄，以十一岁杀二豪，至乡之行缚劫者，莫敢过其门，抑何壮哉！吾以为非独其器与识之异乎人，亦其势之所值有以激之也。（章士钊《柳文指要》上卷十七引凌药洲语）

（张新科）

蝜蝂传(1)

蝜蝂者，善负小虫也。行遇物，辄持取，卬其首负之(2)。背愈重，虽困剧不止也(3)，其背甚涩(4)，物积因不散，卒踬仆不能起(5)。人或怜之，为去其负。苟能行(6)，又持取如故。又好上高，极其力

不已，至坠地死。

　　今世之嗜取者⁽⁷⁾，遇货不避，以厚其室，不知为己累也，唯恐其不积。及其怠而踬也⁽⁸⁾，黜弃之⁽⁸⁾，迁徙之⁽¹⁰⁾，亦以病矣。苟能起，又不艾⁽¹¹⁾。日思高其位，大其禄，而贪取滋甚，以近于危坠，观前之死亡不知戒。虽其形魁然大者也⁽¹²⁾，其名人也，而智则小虫也。亦足哀夫！

　　【注释】(1)蝜蝂(fù bǎn)：一种黑色小虫，背部有隆起的部分，善于背东西。本篇是寓言小品，旨在讽刺利欲熏心、目光短浅之人。　(2)卬(áng)：同"昂"，抬起，抬高。　(3)困剧：困乏到极点。　(4)涩(sè)：不光滑。　(5)踬仆：跌倒。　(6)苟：如果。　(7)嗜(shì)：爱好，喜欢。　(8)怠：疲劳。(9)黜弃：罢免。　(10)迁徙：迁移，此处指流放到外地。　(11)艾：停止。(12)魁然：高大的样子。

　　【今译】蝜蝂，是一种擅长背东西的小虫子。它爬行时遇到东西，总要抓过来，抬起头使劲地背上它。背的东西愈来愈重，即使它困乏到极点，还是不停地往背上加东西。它的脊背很不光滑，因此东西堆上去也不散落，最终跌倒在地爬不起来。有的人可怜它，替它去掉背上的东西。它如果还能爬行，就又把东西抓来背上，像原来一样。这小虫还喜欢爬高，用尽力气而不停止，直到掉在地上摔死为止。

　　现在社会上那些贪得无厌的人，遇到财物就不放过，以增加他们的家产，他们不知道这会成为自己的累赘，反而唯恐财物积蓄不多。等到他们疲劳不堪，摔了跟头，被罢官，流放到外地，也算很痛苦了吧。如果一旦重新得势，又不肯停止罢休。整天谋划着如何爬上更高的官位，捞到更多的俸禄，贪取财物愈来愈厉害了，以至于走到了从高处摔下来的边缘，看到前人贪财丧命的教训，却仍然不知引以为戒。这些人的样子虽然高大，名义上叫作人，但他们的智慧却同小虫子一般。这种人也真够可悲啊！

　　【点评】本文为寓言小品。前半篇着力刻画蝜蝂小虫善背东西、好向上爬、贪婪成性、至死不悟的可恶、可笑、可悲的形象，描摹精细，生动诙谐。句句写小虫，句句是暗喻。下半篇写人的贪婪，有声有色，极为传神，而结尾则以"智则小虫也"一转，点明前篇之暗喻，小虫者，乃嗜取之人化身也。而嗜取之人的结局，不用说，亦将是可悲的结局。文章生动传神，笔锋犀利，议论警策，发人深思。短短篇幅，辛辣地讽刺了达官贵人追名逐利而不顾死活的丑恶本质，真乃绝妙文字。

【集说】颇峭洁，而无甚高之论。（何焯《义门读书记》）

余意后半篇不说出，止作此体，更蕴藉。（常安《古文披金》卷十四）

（张新科）

临江之麋

临江之人(1)，畋得麋麑(2)，畜之(3)。入门，群犬垂涎(4)，扬尾皆来。其人怒，怛之(5)。自是日抱就犬，习示之，使勿动，稍使与之戏(6)。积久，犬皆如人意。麋麑稍大，忘己之麋也，以为犬良我友(7)，抵触偃仆(8)，益狎(9)。犬畏主人，与之俯仰甚善，然时啖其舌(10)。

三年，麋出门，见外犬在道甚众，走欲与为戏。外犬见而喜且怒，共杀食之，狼藉道上(11)。麋至死不悟。

【注释】(1)临江：今江西樟树市。 (2)畋(tián)：打猎。麋麑(ní)小鹿。 (3)畜：养。 (4)垂涎(xián)：流口水。嘴馋的样子。 (5)怛(dá)：本义惊愕。使动用法，吓唬。 (6)稍：逐渐。 (7)良：真正是。(8)抵触：互相碰撞。偃(yǎn)仆(pù)：仰卧，俯伏。 (9)狎(xiá)：亲昵。(10)啖(dàn)：嚼，这里作"舔"解。 (11)狼藉(jí)：散乱的样子。

【今译】临江有个人，打猎时捉住一只小鹿，就把它饲养起来。刚进入家门，一群狗就流着口水，翘起尾巴，都向小鹿跑来。猎人很生气，吓唬退了那群狗。从此之后，猎人每天抱着小鹿同狗接近，让狗来熟悉小鹿，使它们不敢伤害小鹿，渐渐地又让狗同小鹿一起玩耍。时间长了，狗也就完全顺从主

唐宋八大家文观止

人的意志了。小鹿渐渐长大以后，忘记了自己是鹿，以为狗确实是自己的朋友，时常和狗在一起顶撞翻滚，越来越亲昵。狗因为害怕主人，只得与鹿周旋玩得很好，可是狗却不时地舔着舌头，露出想吃鹿的馋劲儿。

过了三年，鹿走出家门，看见在路上有许多野狗，便跑过去想同它们一同玩耍。野狗见鹿主动跑过来，既高兴又恼火，一拥而上扑过去把鹿咬死吃掉了，尸骨散乱地丢在路上。鹿到死也不明白这是怎么一回事。

【点评】篇牍一展，则见群犬垂涎，扬尾而奔幼鹿，狰狞之相已具，杀机已伏，可令人森然而颤矣！而此等小鹿，恃主人一时之娇宠，与犬为友，抵触偃仆，奔走狎戏，其忘形之情态毕露无遗。但作者盘写弯弓，终惜最后一箭，只写犬"时唉其舌"之馋态，为后文蓄势。最终，此鹿自奔恶犬之群，尸骨狼藉，事理世情于此无隐矣。文以"不悟"二字作结，不言而千言万语自蕴其中。此虽短牍，描物摹态，谋篇蓄势，皆匠心独运，非深于世理、精于文章的大手笔不能为也。

【集说】子厚《三戒》……《临江之麋》则序所作，依势以干非类也。（《四部备要·柳河东全集》）

只叙不断而意自远。（李元春《唐宋八家文选》）

（李寅生）

黔之驴

黔无驴[(1)]，有好事者船载以入。至，则无可用，放之山下。虎见之，庞然大物也[(2)]，以为神。蔽林间窥之，稍出近之，慭慭然莫相知[(3)]。

他日，驴一鸣，虎大骇，远遁[(4)]，以为且噬己也[(5)]，甚恐。然往来视之，觉无异能者。益习其声，又近出前后，终不敢搏。稍近，益狎[(6)]，荡倚冲冒[(7)]。驴不胜怒，蹄之。虎因喜，计之曰："技止此耳！"因跳踉大㘎[(8)]，断其喉，尽其肉，乃去。

噫！形之庞也类有德，声之宏也类有能。向不出其技[(9)]，虎虽猛，疑畏，卒不敢取[(10)]。今若是焉，悲夫[(11)]！

【注释】(1)黔(qián)：唐代一个行政区的名称，又叫黔中道，包括今天湖南西部、四川东南部、湖北西南部和贵州北部一带。 (2)庞然：庞大的样子。 (3)慭慭(yìn yìn)然：小心谨慎的样子。 (4)遁(dùn)：逃走。 (5)噬(shì)：咬。 (6)益狎(xiá)：越来越轻佻。狎，亲近而态度不庄重。 (7)荡倚：碰撞，靠近。冲冒：冲击，触犯。 (8)跳踉(liáng)：跳跃。大㘎(hǎn)：大声吼叫。㘎，虎怒吼声。 (9)向：如果，假设连词。 (10)卒：始终，副词。 (11)夫：语气词，表示感叹。

【今译】贵州一带本来没有驴子，有个喜欢多事的人用船运来一头驴子。运到后却没有什么用场，就把它放到山脚下。老虎看见驴子，长得又高又大，以为它是一种很神奇的东西。先是藏在树林里偷偷看，后来才慢慢地走出来接近它，显出一副小心翼翼的样子，摸不清驴子到底是什么东西。

有一天，驴子吼叫了一声，老虎吓了一大跳，赶紧跑得远远的，以为驴子要咬自己了，非常害怕。可是老虎来回观察驴子，觉得它并没有什么特殊的本领。渐渐听惯了它的吼声，又在它前后转来转去，但始终不敢上前去抓住它。后来老虎逐渐靠近驴子，对它越来越轻佻了，时而撞它一下，时而蹭它一下，时而冲击它一下，时而挑逗它一下。驴子非常愤怒，扬起蹄子去踢老虎。老虎见它这般模样很是高兴，暗暗盘算道："它的本领不过如此罢了！"于是，老虎猛地跳起来，大吼一声，扑过去咬断了驴子的喉咙，吃光了它的肉，才走开。

啊，驴子身材高大，好像很有德行；声音洪亮，好像很有本领。当初如果不亮出它那一点本事，老虎虽然很凶猛，但是因为心怀疑惧，终究不敢吃掉它。如今却落到了这样的下场，实在可悲啊！

【点评】寓言之要，当于透观诸物特性之中直探该物所寓之哲理，此文精妙之处，正在于此。黔地无驴，好事之人以船载入，闲笔写来，实为铺垫之文，亦为虎驴作戏搭台布景。细观此驴，于一鸣一蹄之中，愚妄之形昭然若揭。而此虎于林间窥察，继而近之，狎之，终而尽食驴肉。虎之机警，和盘托出，可谓穷其形而尽其相矣。落幕之余，形大声宏而忘形无检者之悲，

唐宋八大家文观止

何不令仁人君子千古警戒哉？结语点破事理，如洪钟律吕，经千古而余响犹在。

【集说】子厚《三戒》……《黔之驴》则出技以怒强也。（《四部备要·柳河东全集》）

比喻无才德而自用者。（李元春《唐宋八家文选》）

（李寅生）

永某氏之鼠

永有某氏者[1]，畏日[2]，拘忌异甚。以为己生岁直子[3]；鼠，子神也。因爱鼠，不畜猫犬，禁僮勿击鼠。仓廪庖厨悉以恣鼠[4]，不问。由是鼠相告，皆来某氏，饱食而无祸。某氏室无完器，椸无完衣[5]，饮食大率鼠之余也[6]。昼累累与人兼行，夜则窃啮斗暴[7]，其声万状，不可以寝，终不厌。

数岁，某氏徙居他州[8]。后人来居，鼠为态如故。其人曰："是阴类恶物也[9]，盗暴尤甚，且何以至是乎哉？"假五六猫[10]，阖门[11]，撤瓦，灌穴，购僮罗捕之[12]。杀鼠如丘[13]，弃之隐处，臭数月乃已[14]。

呜呼！彼以其饱食无祸为可恒也哉！

【注释】(1)永：永州，今属湖南。某氏：寓言中假托的某人。　(2)畏日：怕触犯忌日。旧社会迷信的人认为日子有好坏，在坏日子里禁忌做某些事情，做了会对人不吉利。　(3)己生岁直子：自己正生在农历子年。直：同"值"，正当。古人以十二生肖(鼠、牛、虎、兔、龙、蛇、马、羊、猴、鸡、狗、猪)配十二地支(子、丑、寅、卯、辰、巳、午、未、申、酉、戌、亥)。生于子年属鼠，所以说，"鼠，子神也"。　(4)仓廪(lǐn)：仓库。谷仓为仓，米仓为廪。庖(páo)厨：厨房。悉(xī)：全部。恣(zì)鼠：任凭老鼠横行。　(5)椸(yí)：衣架。(6)大率：大都。　(7)窃啮(niè)：偷咬东西。斗暴：争斗打闹。　(8)徙

(xǐ):迁移。　　(9)阴类恶物:躲在阴暗角落里活动的坏东西　　(10)假:借。　　(11)阖(hé):关闭。　　(12)购:奖励。　　(13)丘:小山。(14)乃:才。已:止。

【今译】永州有个人,怕犯忌日,讲究禁忌特别厉害。他认为自己出生的那一年正当子年,而老鼠,就是子年的生灵。因此很爱鼠,不养猫狗,禁止僮仆打老鼠。仓库和厨房里都任凭老鼠去糟蹋,也不加过问。于是老鼠奔走相告,都来到这个人的家里,饮食终日却平安无事。结果弄得这个人的家里没有一件完好的家具,衣架上没有一件完好的衣服,喝的、吃的大都是老鼠吃剩下的东西。老鼠在白天成群结队地与人一道行走,到了晚上就偷咬东西,打架吵闹,发出各种各样的声音,吵得人不能入睡。可是这个人却始终不感到厌烦。

几年后,这个人迁移到了别的地方。后来另有人搬到这里居住,老鼠还是照样地胡作非为。新搬来的人说:"这是一些钻在阴暗角落里害人的东西,偷吃东西,捣乱逞凶尤其厉害。可是为什么会猖狂到这种程度呢?"于是借来五六只猫,关住门,揭开房上的瓦片,用水灌老鼠洞,并且把钱赏给仆人,让他们四面搜索捕鼠。打死的老鼠堆得像一座小山,扔到偏僻的地方,臭味过了好几个月才消散。

哎!那些老鼠还以为饱食终日,平安无事的好日子,能够保持长久呢!

【点评】鼠本贱物,因某氏怕犯忌日,致使其肆虐狂暴之盛,几令主人家毁屋倾。其"累累与人兼行""窃啮斗暴"之势,可谓让人触目惊心。而后来者阖门、撒瓦、灌穴、罗捕之举,雷厉风行,观者何能不拍手称快!此文虽短,其写物之确,造势之精,纵洋洋万言亦不足以过之。行文前后对比,以反诘终篇,开阖自如,起伏跌宕,笔法之娴熟精到,堪称千古精品。

【集说】子厚《三戒》,……《永某氏之鼠》则窃时以肆暴。(《四部备要·柳河东全集》)

东坡云:予读柳子厚《三戒》而爱之,乃拟作《河豚鱼》《乌贼鱼》二说,并序以自警。(《增广注释音辨唐柳先生集》)

唐宋八大家文观止

小人恃宠无忌者可以戒矣。(李元春《唐宋八家文选》)

(李寅生)

送薛存义之任序

河东薛存义将行⁽¹⁾，柳子载肉于俎⁽²⁾，崇酒于觞⁽³⁾，追而送之江之浒，饮食之⁽⁴⁾，且告曰："凡吏于土者⁽⁵⁾，若知其职乎⁽⁶⁾？盖民之役⁽⁷⁾，非以役民而已也。凡民之食于土者⁽⁸⁾，出其十一佣乎吏⁽⁹⁾，使司平于我也⁽¹⁰⁾。今我受其直，怠其事者⁽¹¹⁾，天下皆然。岂惟怠之，又从而盗之⁽¹²⁾。向使佣一夫于家⁽¹³⁾，受若直，怠若事，又盗若货器，则必甚怒而黜罚之矣⁽¹⁴⁾。以今天下多类此，而民莫敢肆其怒与黜罚者，何哉？势不同也。势不同而理同，如吾民何？有达于理者，得不恐而畏乎？"

存义假令零陵二年矣⁽¹⁵⁾。早作而夜思，勤力而劳心，讼者平，赋者均，老弱无怀诈暴憎⁽¹⁶⁾，其为不虚取直也的矣⁽¹⁷⁾，其知恐而畏也审矣。

吾贱且辱，不得与考绩幽明之说⁽¹⁸⁾，于其往也，故赏以酒肉而重之以辞。

【注释】(1)薛存义：河东(今山西永济)人，与作者同乡。将行：将离开零陵。 (2)载：承。俎：古代盛肉的器物。 (3)崇：充满。觞：古代酒器。 (4)浒：水边。饮食之：请他喝，请他吃。 (5)凡吏于土者：所有在地方上做官的人。 (6)若：你。 (7)民之役：百姓的仆人。下文"役民"的役作动词，意为驱使、奴役。 (8)食于土者：靠土地生活的人。 (9)十一：十分之一。佣乎吏：雇佣官吏。 (10)司：管理。平：治理。 (11)直：同"值"，价值。这里指俸钱。 (12)盗：窃取。指贪污和敲诈。 (13)向使：假使。 (14)黜(chù)罚：贬斥，废免。这里指赶走、逐出。 (15)假令：代理县令。 (16)无怀诈暴憎：没有内怀欺诈或外露憎恨的。 (17)的(dí)：确实。 (18)考绩：考核官吏的政绩。幽明：善恶。这里指政绩的优劣。

【今译】河东人薛存义就要离开这里了，我盛好肉，斟满酒，赶到江边去送他，请他吃肉喝酒，为他饯行。并且告诉他说："所有在地方上为官的，你知道他们的职责吗？他们是百姓的仆役，而不是让他们奴役百姓。凡是靠土地生活的人，用他们收入的十分之一雇佣官吏，为的是让他们给百姓办事。而现在的官吏接受了百姓的报酬，却不认真给百姓办事，天底下都是如此。岂止是不努力办事，还从中贪污盗窃、敲诈勒索。假若家里雇了一个仆人，他拿着你的工钱，却不努力地给你干活，还要偷你家的财物，那么主人一定会十分愤怒地处罚他、赶走他。现在的官吏大都类似这种情况，而百姓却不敢像对待怠工又偷东西的仆人那样，尽情发泄自己的愤怒，驱逐责罚他们，这是为什么呢？这是因为民与官同主与仆的情况和地位不同啊。情势虽然不同，道理却是一样的，那么我们怎样对待百姓呢？如有懂得此理的人，能不感到恐慌不安而有所警觉吗？"

存义代理零陵县令两年了。他每天一早就办公，晚上还考虑问题，勤奋努力，呕心沥血。使打官司的都得到公正的处理，纳税的人得到了合理的负担，无论老少都没有内怀欺诈外露憎恨的，这证明他确实不愿白拿俸禄，他的确明晓这个道理而惊恐不安，有所警觉啊！

我是一个官位低下又被贬谪的人，对考核官吏们的政绩之优劣及如何赏罚之事，不能发表什么意见，所以只能在薛存义临走之时，用酒肉与他饯行，再写下这些赠言。

【点评】这篇赠序体的议论文，是柳宗元最富于民主性色彩的作品之一。在这里作者十分明显地提出了"官为民役"的进步观点，用"民之役非以役民"的句子，阐明了正常的官民关系，用"早作而夜思，勤力而劳心"，使"讼者平，赋者均，老弱无怀诈暴憎"的字样，表述了他所设计的理想的封建社会的统治秩序。在文中还对现世中贪官污吏鱼肉百姓、残害人民的行径进行了猛烈的抨击，"天下皆然"四个字便道出了社会的黑暗，他暗示人民有黜罚这些官吏的权力，所以不能使用这种权力是因为形势不同，他告诫官吏要有所警觉。这表明他已看到人民的力量，也在某种程度上反映了人民的愿望和要求。文章从送别始，以送别终，中间借送别论吏治，首尾呼应，紧扣主题，

唐宋八大家文观止

前抑后褒,尽规劝警戒之意,且见解卓越,民主味浓,非一般作者所能企及。他的"吏者人役"的观点,更是那个时代极其难能可贵的思想。

【集说】此篇文势圆转,如珠走盘,略无滞碍。(钟惺《山晓阁选唐大家柳柳州全集》卷一评柳文)

此序词稍偏激,《孟子》虽发露,犹自得其平也。(何焯《义门读书记》)

柳州《送薛存义之任序》,可谓精能之至。(刘熙载《艺概·文概》)

(马志平)

愚溪诗序⁽¹⁾

灌水之阳有溪焉⁽²⁾,东流入潇水⁽³⁾。或曰:"冉氏尝居也,故姓是溪为冉溪。"或曰:"可以染也,名之以其能,故谓之染溪。"余以愚触罪⁽⁴⁾,谪潇水上,爱是溪,入二三里,得其尤绝者家焉⁽⁵⁾。古有愚公谷⁽⁶⁾,今余家是溪,而名莫定,土之居者犹龂龂然⁽⁷⁾,不可以不更也,故更之为愚溪。

愚溪之上,买小丘,为愚丘。自愚丘东北行六十步,得泉焉,又买居之,为愚泉。愚泉凡六穴,皆出山下平地,盖上出也,合流屈曲而南,为愚沟。遂负土累石⁽⁸⁾,塞其隘为愚池⁽⁹⁾。愚池之东为愚堂。其南为愚亭。池之中为愚岛。嘉木异石错置,皆山水之奇者,以余故,咸以愚辱焉。

夫水,智者乐也。今是溪独见辱于愚,何哉?盖其流甚下,不可以灌溉;又峻急,多坻石⁽¹⁰⁾,大舟不可入也;幽邃浅狭⁽¹¹⁾,蛟龙不屑⁽¹²⁾,不能兴云雨,无以利世;而适类于余,然则虽辱而愚之,可也。

宁武子"邦无道则愚",智而为愚者也⁽¹³⁾;颜子"终日不违如愚",睿而为愚者也⁽¹⁴⁾。皆不得为真愚。今余遭有道⁽¹⁵⁾,而违于理,悖于事⁽¹⁶⁾,故凡为愚者,莫我若也⁽¹⁷⁾。夫然,则天下莫能争是溪,余专得而名焉。

溪虽莫利于世,而善鉴万类[18];清莹秀澈[19],锵鸣金石;能使愚者喜笑眷慕,乐而不能去也。余虽不合于俗,亦颇以文墨自慰,漱涤万物[20],牢笼百态[21],而无所避之。以愚辞歌愚溪,则茫然而不违[22],昏然而同归,超鸿蒙[23],混希夷[24],寂寥而莫我知也。于是作《八愚诗》,纪于溪石上。

【注释】(1)柳宗元贬永州司马后,将自己居处旁八处景物溪、丘、泉、沟、池、堂、亭、岛总称八愚,作《八愚诗》,已佚。本文为《八愚诗》序文,以愚溪最典型,故以《愚溪诗序》为题。 (2)灌水之阳:灌水,发源于广西灌阳西南,经湖南永州流入湘江。阳,水北山南为阳。 (3)潇水:发源于湖南道县萧山,经零陵流入湘江。 (4)余以愚触罪:指作者参与王叔文政治革新失败后被贬永州司马事。 (5)家焉:居住在这里。 (6)愚公谷:在山东淄(zī)博市北。刘向《说苑·政理》载,齐桓公出猎,入一山谷,见一老人,问此谷何名,老翁回答曰:"愚公之谷。"桓公问其故,老翁答道:"以臣名之。"(7)土之居者犹龂龂(yín yín)然:土之居者,本地居民。龂龂然,争辩的样子。 (8)负土累石:指依地势填土叠石。 (9)隘:狭窄的地方。 (10)坻(chí):水中高地。 (11)幽邃(suì):幽深。 (12)不屑:不值得,看不起。 (13)宁武子三句:宁武子,名俞,春秋时卫国大夫。《论语·公冶长》:"宁武子,邦有道则智,邦无道则愚。其智可及也,其愚不可及也。" (14)"颜子"二句:颜子,颜回,字子渊,孔丘弟子。《论语·为政》载孔子语:"吾与回言终日,不违如愚。退而省其私,亦足以发,回也不愚。"违,言语相违,指提出疑难。睿(ruì),聪明,明智。 (15)有道:指政治清明。 (16)悖(bèi):逆,违反。 (17)莫我若也:莫若我也,没有比得上我的。 (18)鉴:照。 (19)秀澈:特别清澈。 (20)漱涤:洗濯。 (21)牢笼:包罗。(22)违:离违。 (23)鸿蒙:宇宙形成前的混沌状态。此指自然之气。(24)希夷:《老子·第十四章》:"视之不见名曰夷,听之不闻名曰希。"形容神志虚寂幻变得有种形态俱忘的感觉。

【今译】灌水的北面有一条小溪,向东流入潇水。有人说:"姓冉的人曾在这里住过,所以称这条溪为冉溪。"又有人说:"溪水可以染色,根据它的性

唐宋八大家文观止

能来命名，所以称它为染溪。"我因为愚笨犯了罪，被贬到潇水边上，我喜爱这溪水，沿着溪走二三里，找到一个风景绝妙的地方居住下来。古时有个愚公谷，现在我在这条溪水旁安了家，但它的名字却没能定下来，本地的居民还为它的定名而争辩呢，看来溪名不能不改了，所以把它改名为愚溪。

在愚溪上游，买了个小山丘，叫它作愚丘。从愚丘东北走出六十步，发现一处泉水，又买下来居住，起名为愚泉。愚泉共有六个泉眼，都暴露在山丘下面的平地上，因为泉水是从山上浸涌出来的，几股泉水汇合在一起弯弯曲曲地向南流去，形成一条水沟，于是称它为愚沟。于是便依着地形，填土叠石，把溪流狭窄处堵塞起来，积水成池，称它为愚池。愚池东面的房子称作愚堂，南面的亭子称作愚亭。池中的小岛称作愚岛。珍美的树木和奇异的石头错落有致，都是山水中极奇特的，因为我的缘故，都加上个"愚"字玷污了它们。

水，是聪明人所喜爱的。现在这条小溪却偏偏被"愚"字所辱，是什么原因呢？因为它的水位很低，不能用来灌溉；又险峻湍急，有很多滩石，大船开不进去；水道幽深浅狭，蛟龙看不上眼，不能兴云布雨，对社会没有什么用处。却恰好与我类似，那么，即使我用愚字辱没了它，也是可以的。

宁武子在国家政治不清明时显得很愚笨，那是聪明人在装糊涂。颜回听孔子讲话，一整天也不提一个疑难问题，好像很愚笨，那也是聪明通达而貌似愚笨罢了。这些人都不能认为是真正的愚笨。现在我赶上政治清明的时代，却违背了事理，逆乱行事，所以在所有的愚人中没有比我更愚笨的了。既然这样，那么天下所有的人都不能和我争夺这条小溪了，我得以独自享有它并给它起个愚溪的名字。

溪虽然对社会没有什么用处，却能够鉴照万物。它清净明亮，异常澄澈，溪流铿锵悦耳，发出金玉般的声音；能使愚笨的人喜笑颜开，留恋爱慕，快乐得不愿离去。我虽然与世俗不相谐，也还稍稍能用文章来自我宽慰，洗涤万物，包罗大自然的千姿百态，而对它不必有什么避讳隐晦。我用愚拙的诗来歌咏那愚溪，就感到渺渺茫茫与万物融为一体，朦朦胧胧回归于自然之中。大有超凡入圣，身处天地元气之上，神志虚寂空幻，形态俱忘之感，身处寂寥清幽的境界之中，忘记了自身的存在。于是我作了《八愚诗》，记在溪边石头上。

【点评】通篇以“愚”字为眼，点次成文。题前先借影二层，将“冉溪”“染溪”拈出，以尚无定论，自己便好乘虚而入，引出“愚”字正题。更名之前，捎带出一“愚公谷”，看似漫不经心，但若熟知此典背景者，则知作者用意深刻处，正在承前“以愚触罪”四字讥刺时政不明，借愚公来吐满腔怨愤不平。自己鞠躬为国，却横遭打击迫害，远谪南荒，怨怀难平，故次段写丘、泉、沟、池、堂、亭、岛，一路“愚”去，叙出八愚来，作者满腹块垒，充盈于字里行间。“嘉木异石错置，皆山水之奇者”，而皆辱愚，岂非混淆黑白，错乱阴阳？正话反说，耐人寻味。下段接着点明溪之为愚的三点原因，其实意在揭出其与己相同的“无以利世”、遭世所弃的悲怆命运。宁武子、颜回二例，引古作陪，反证自己之愚。“遭有道”，实愤激之语也。末段“溪虽莫利于世”诸语，乃在借写溪以自写照。“善鉴万类”而“莫利于世”，此世为何世？“清莹秀澈，锵鸣金石”，品行如此高洁，却遭世委弃，公理何存？此处与上段抑扬对照，行文跌宕起伏，错落有致。“余虽不合于俗”，正面点出自己愚之所在。“而无所避之”，表明心迹，矢志不渝，可钦可佩！结句又收转八愚，与前文关合照应，文理细密。全文写溪，亦是写人，愚溪之风景宛然，作者之行事亦宛然，借景寄意，情景交融，真切感人，发人深思，堪称抒情言志之绝唱。

【集说】行变化于整齐之中，结构精绝。（储欣《唐宋八大家类选》）

以愚辱溪，柳子肮脏语也。反善鉴万类，隐言其识；清莹秀澈，隐言其清；锵鸣金石，隐言其文，又何等自负。写景而两面俱到，古人用意，往往如此。（同上）

（胥　云）

始得西山宴游记⁽¹⁾

自余为僇人⁽²⁾，居是州，恒惴慄⁽³⁾。其隙也⁽⁴⁾，则施施而行⁽⁵⁾，漫漫而游⁽⁶⁾。日与其徒上高山⁽⁷⁾，入深林，穷回溪⁽⁸⁾，幽泉怪石，无远不到。到则披草而坐，倾壶而醉，醉则更相枕以卧，卧而梦⁽⁹⁾。意有所极，梦亦同趣⁽¹⁰⁾。觉而起，起而归。以为凡是州之山水有异态者⁽¹¹⁾，皆我有也，而未始知西山之怪特。

唐宋八大家文观止

今年九月二十八日，因坐法华西亭(12)，望西山，始指异之(13)。遂命仆人，过湘江，缘染溪(14)，斫榛莽(15)，焚茅茷(16)，穷山之高而止。攀援而登，箕踞而遨(17)，则凡数州之土壤，皆在衽席之下(18)。其高下之势，岈然(19)洼然(20)若垤(21)若穴。尺寸千里(22)，攒蹙累积(23)，莫得遁隐(24)，萦青缭白，外与天际(25)，四望如一。然后知是山之特立(26)，不与培塿为类(27)。悠悠乎与颢气俱(28)，而莫得其涯；洋洋乎与造物者游，而不知其所穷(29)。引觞满酌(30)，颓然就醉，不知日之入。苍然暮色，自远而至，至无所见，而犹不欲归。心凝形释，与万化冥合(31)。然后知吾向之未始游(32)，游于是乎始。

故为之文以志(33)。是岁，元和四年也。

【注释】(1)此文是柳宗元被贬永州时所写的"永州八记"中的第一篇，作者于文中借景抒情，在描绘西山的怪特风光的同时，流露出不满于远贬僻处的思想感情。西山，在今湖南永州西。　(2)僇(lù)人：罪人，指遭贬谪。僇，同"戮"，刑辱之意。　(3)惴(zhuì)慄：忧惧的样子。　(4)隙：闲暇。(5)施施(yí yí)：缓行的样子。　(6)漫漫：舒散无拘束的样子，指随意的、没有目的地的。　(7)徒：指同游的人。　(8)回溪(xī)：萦回曲折的溪水。(9)卧而梦：一本无此三字。　(10)极：至。趣：通"趋"，往、赴的意思。(11)态：形态。　(12)法华：寺名，在永州城内东山上。　(13)指异：指点称异。　(14)染溪：潇水之流，一名冉溪。　(15)斫榛莽：砍伐丛生的树木杂草。斫，砍。榛，丛木。莽，丛草。　(16)茅茷(fèi)：茅草之类。茷，草叶多的样子。　(17)箕踞：席地而坐，两脚伸直岔开成簸箕状。遨：游。(18)衽(rèn)席：席子。　(19)岈(xiá)然：山谷空阔的样子。　(20)洼然：山谷低下的样子。　(21)垤(dié)：蚁穴外的土堆。　(22)尺寸千里：指登高望远，尺寸之间，指顾千里。　(23)攒(cuán)蹙(cù)：聚集收拢。　(24)遁隐：隐藏。　(25)萦：绕。缭：围绕。际：连接。　(26)特立：一本作"特出"。　(27)培(péi)塿(lóu)：小土堆。　(28)悠悠乎：渺远的样子。颢(hào)气：即浩气，天地间的大气。俱：同在一起。　(29)洋洋乎：舒缓自在的样子。造物者：即天地、自然。　(30)觞(shāng)：酒杯。　(31)心凝形释：心如凝结住了一样，形体如消散了一样。释，消溶。万化：万物。冥合：

暗谷,意指浑然一体。　　(32)向:从前。　　(33)志:记。

【今译】自从我遭到贬谪,住在永州,一直忧惧不安。闲暇时我就出去徐缓地散步,漫无目的地各处游转。白天与同游的人爬高山,钻深林,走到曲折的山间溪水的尽头。凡是隐幽的泉水、怪异的山石,无论多远都走到了。到了以后就拨开野草坐下来,从壶中倒出酒来痛饮,醉了后就更是相互枕靠着睡在地上,进入梦乡。心中所能想到的,梦里也能得到同样的意趣。醒后便起身回家。我以为凡是永州山水中形态奇异的,都被我领略了,然而却没有了解到西山有这样奇怪特殊的风光。

今年九月二十八日,由于我坐在法华寺的西亭里,远望西山,才初次发现这个奇景而称异。于是便叫仆人相随越过湘江,沿着染溪,砍去丛生的树林杂草,烧掉繁多杂乱的茅草,一直爬到山顶才停下来。攀援着树枝登上了山,席地而坐,随意地伸展开双腿,居高望远,那么几个州的土地都在座席之下了。西山高下悬殊的形势,山谷空阔、溪谷低下的样子,像是蚂蚁做窝时堆的土,又像蚂蚁的洞穴,登高望远,千里外的景物如在尺寸之间,聚集收拢于眼前,没有什么能逃出我的视线。山顶外空围绕着青白色的光彩,与蓝天相接,四望浑然一体。看到这些,才知道西山高出一般地独立着,与一般的小土丘不同类。辽远广阔的心情与天地间的大气融合在一起,无边无际;舒缓自在地与大自然交游,不知道哪里是尽头。我将酒斟满杯子,喝得醉倒在地,不知道太阳已经落山。苍茫的暮色,从远处逐渐降临,什么都看不见了,却仍不想回家。心灵如同凝结住了,身体就像消融了,大自然的万物与我融合为一、浑然一体。从此我才晓得从前等于没有出来游过,真正的游览是从这次游西山开始的。

因而我写了这篇文章记载下来。这年,是元和四年。

唐宋八大家文观止

【点评】文章从"始得"二字着意,描绘西山的"怪特"风光和初次游西山的特殊心情。首段以实录之笔叙写贬官永州之后,"未始知"西山之前游览山水、排遣苦闷的情况,为下文做了铺垫。次段正面描写"始得西山宴游"的正题,用"始指异之""然后知吾向之未始游,游于是乎始",突出发现、游赏西山的兴奋之情。连用两个"始"字作结,以反复强调文章之眼。运用对比和

衬托手法组织文章，以"始"为界，描绘出前后不同的游玩心情；着力渲染登高望远的四周景色，烘托出西山之怪特，独出于众。而纪实与寄兴的巧妙结合，更使文章的内涵愈加丰富，言此及彼，发人深思。

【集说】公之探奇，所响若神助。（茅坤《唐宋八大家文钞·唐大家柳柳州文钞》卷七）

前后将"始得"二字，极力翻剔。盖不尔，则为"西山宴游记"五字题也。可见作文，凡题中虚处，必不可轻易放过。其笔力矫拔，故是河东本来能事。（储欣《唐宋八大家类选》）

全是描写山水，点眼处在"悄怆""其深"四字。此虽鄙人臆断，然不能无似。（林纾选评《古文辞类纂》）

（姚　辉）

钴鉧潭记[(1)]

钴鉧潭在西山西。其始盖冉水自南奔注，抵山石，屈折东流；其颠委势峻[(2)]，荡击益暴，啮其涯[(3)]，故旁广而中深，毕至石乃止。流沫成轮[(4)]，然后徐行。其清而平者且十亩余[(5)]，有树环焉，有泉悬焉。

其上有居者，以予之亟游也[(6)]，一旦款门来告曰："不胜官租私券之委积，既芟山而更居，愿以潭上田贸财以缓祸[(7)]。"予乐而如其言。则崇其台[(8)]，延其槛[(9)]，行其泉，于高者而坠之潭[(10)]，有声潨然[(11)]，尤与中秋观月为宜。于以见天之高，气之迥[(12)]。孰使予乐居夷而忘故土者[(13)]，非兹潭也欤？

【注释】(1)本篇是柳宗元"永州八记"之一。钴（gǔ）鉧（mǔ）潭：在今湖南永州市零陵区西。钴鉧即熨斗，因此潭形似熨斗而得名。　(2)颠委：首尾，指上游和下游。　(3)啮（niè）：咬。此为侵蚀之义。　(4)沫：泡沫。轮：指急流遇阻形成的漩涡。　(5)且：将近。　(6)亟（qì）：多次。　(7)一旦：犹他日。款门：敲门。私券：私人借据，指债务。委积：积累。芟

(shān):除草。此指开荒。更居:迁居。贸财:换钱。缓:缓解。 (8)崇:加高。 (9)槛(jiàn):栏杆。 (10)行:疏导、导引。 (11)潨(zhōng)然:小水汇入大水之响声。 (12)迥(jiǒng):辽远。 (13)孰:谁,哪个。夷:古代统治者对少数民族的称呼,此泛指少数民族地区。

【今译】钻鉧潭在西山西边,它的源头是自南奔流而来的冉溪,水碰到山石后,又曲折东流;水的上游和下游流势湍急,经山石激荡而更加凶猛,不断地侵蚀着边沿,因而潭的边上宽广而中间很深,溪水流到潭石岸边才停下来。水流在石上受阻形成漩涡,溅起泡沫然后缓缓向前流去。潭水清洌平静,有十亩多,潭四周有绿树环绕,有清泉悬挂。

岸上有一户人家,因我多次去那里游玩,有一天便来敲门告诉我说:"忍受不了官府的租税和私人的债务的积累,已经开荒搬到了深山里居住,愿意将潭边的田地换成钱来缓解灾难。"我高兴地按照他的话买下了他的田地。于是便加高了岸上的台子,延长了岸边的栏杆,疏导高处的泉水使其落入潭中,发出了悦耳的声响。这里的景色尤其是在中秋之夜观月时最好。在这里可以见出天空的高阔,大气的渺远。是什么使我乐于居住在这边远的少数民族地区而忘记了故乡的,不就是这一湾潭水吗?

【点评】此篇游记寓情于景,于清幽寂冷而又热烈高亢的色调和基调中,抒发出作者被贬谪的孤寂幽独、抑郁悲愤之情。文章从大处落墨,先以飞动的笔势描画出潭之源头奔泻喧腾之状,以示潭之开阔;然后则以平缓的笔势勾勒出潭之宁谧、平和之景。以流水之动衬清潭之静,一动一静,各自成趣,给人以空阔疏朗、和谐优美之感。作者不落俗套,避实就虚,粗写主景之潭,细写衬景之溪流,虚实相生,生动有趣。接下来叙事,于文中录下"居者"之言、"缓祸"云云,客观上透露了当时农民生活凄苦,于苛捐杂税中不能安居的现实。又借"修潭"之事展开联想,绘出一幅意境高远的"中秋观月"之景。文末引发无限的感慨,情意隽永,回味无穷。全文语简言健、骨气凛凛,其句式奇偶相间,长短叠用,参差错落;音韵夹杂,高低起伏,朗朗上口。

【集说】再览《钻鉧潭记》诸记,杳然神游沅湘之上,若将凌虚御风也已,

唐宋八大家文观止

奇矣哉！（茅坤《唐宋八大家文钞》）

结处极幽冷之趣，而情甚凄楚。（林纾选评《古文辞类纂》引刘大櫆语）

结语哀怨之音，反用一"乐"字托出，在诸记中，尤令人泪随声下。（高步瀛《唐宋文举要》引徐幼铮语）

（姚　辉）

钴鉧潭西小丘记⁽¹⁾

得西山后八日，寻山口西北道二百步，又得钴鉧潭⁽²⁾。潭西二十五步，当湍而浚者为鱼梁⁽³⁾。梁之上有丘焉，生竹树。其石之突怒偃蹇⁽⁴⁾，负土而出，争为奇状者，殆不可数⁽⁵⁾；其嵚然相累而下者⁽⁶⁾，若牛马之饮于溪；其冲然角列而上者，若熊罴之登于山⁽⁷⁾。

丘之小不能一亩⁽⁸⁾，可以笼而有之⁽⁹⁾。问其主，曰："唐氏之弃地，货而不售⁽¹⁰⁾。"问其价，曰："止四百。"余怜而售之⁽¹¹⁾。李深源、元克己时同游，皆大喜，出自意外⁽¹²⁾。即更取器用，铲刈秽草，伐去恶木，烈火而焚之⁽¹³⁾。嘉木立⁽¹⁴⁾，美竹露，奇石显。由其中以望，则山之高，云之浮，溪之流，鸟兽之遨游，举熙熙然回巧献技，以效兹丘之下⁽¹⁵⁾。枕席而卧，则清泠之状与目谋，瀯瀯之声与耳谋，悠然而虚者与神谋，渊然而静者与心谋⁽¹⁶⁾。不匝旬而得异地者二，虽古好事之士，或未能至焉⁽¹⁷⁾。

噫！以兹丘之胜，致之沣、镐、鄠、杜，则贵游之士争买者，日增千金而愈不可得⁽¹⁸⁾。今弃是州也，农夫渔父过而陋之⁽¹⁹⁾；贾四百，连岁不能售⁽²⁰⁾。而我与深源、克己独喜得之，是其果有遭乎！书于石，所以贺兹丘之遭也⁽²¹⁾。

【注释】(1)此篇是柳宗元"永州八记"中的第三篇。　(2)寻：沿着。道：行走。　(3)湍(tuān)：急流。浚：深水。鱼梁：用石块砌成的石栏水堰，中间留有孔道，以便安置竹制的捕鱼器具。　(4)突怒：突起挺立的样子。偃(yǎn)蹇(jiǎn)：形容石头高耸的样子。　(5)殆：几乎。　(6)嵚(qīn)

然:歪斜的样子。相累:相互连缀。 （7）冲然:突起向前的样子。角列:像兽角般并列着。罴(pí):熊之一种,亦称人熊。 （8）不能:不足。 （9）笼而有之:包笼起来全部占有它。笼:包举。 （10）货:出卖。不售:卖不出去。 （11）怜:爱。售:买。 （12）李深源、元克己:皆为柳宗元之友,当时同被贬至永州。 （13）更:轮换。器用:器具、工具。刈(yì):割。秽草:杂草。恶木:不成材的杂树。 （14）嘉木:好的树木。 （15）遨游:嬉游。举:全都。熙熙然:和乐的样子。回巧献技:运其灵巧,献出长技。回:运,运转,此为施展之义。效:呈献。 （16）清泠(líng):明净清凉。谋:合,此有和谐之义。潆潆(yíng yíng):水流声。悠然:悠闲、邈远的样子。虚:空灵的境界。神:神志。渊然:深沉静穆的样子。 （17）匝旬:周旬,满十天。好事之士:指爱好访求山水的人。 （18）胜:指优美的景色。沣:水名,在陕西西安市长安区。镐:地名,在今陕西西安市南。鄠(hù):地名,在今陕西户县北。杜:地名,在今西安长安区东南。贵:崇尚。 （19）陋之:看不上它。陋:鄙视、轻视。 （20）贾:同"价"。 （21）其:岂,难道。遭遇:遇合,运气。所以:用来。遭:幸遇。

【今译】发现西山后的第八天,沿着山口西北方走了约二百步,又找到了钴鉧潭。潭的西边约二十五步,正当流急水深之处有一道鱼梁。鱼梁上面有个小土丘,生长着竹子和树木。小土丘上的岩石突起挺立、傲然高耸,背负着泥土钻出来,争相显现出奇特的形状,几乎数不过来;那些歪斜着互相连缀重叠在一起而向下的石头,像是牛马在溪边喝水;那些突起前倾如兽角般并列的石头,像是熊罴向山上攀登。

小土丘很小,不足一亩,可以包笼起来占有它。询问它的主人,答复说:"这是姓唐的人废弃了的土地,出卖过却没有卖出去。"问这块地的价钱,说:"只四百文。"我喜欢这块地,便买下了它。李深源、元克己当时与我一同游玩,都非常高兴,感到出于意料之外。随即轮换着使用工具,铲除杂草,砍去丛乱不成材的树木,点火烧掉。于是好树木就站出来了,美丽的竹子显露出来,奇怪的石头也现了出来。从小土丘的当中四下眺望,山的高峻,云的漂浮,溪水的流动,鸟兽的游戏,全都和乐地施展出各种各样的巧技,呈献在这小丘之下。铺上枕席躺在小丘上,那明净清凉的景色就很养眼、悦目,潆潆的

水流声便也顺耳、动听,邈无空灵的境界使人心旷神怡,深沉静穆的气氛让人心净谐和。不满十天就发现了景色奇异之地两处,即使古时爱好访求山水的人,恐怕也没有能做到吧。

唉!将这小丘的美好景致搬到沣、镐、鄠、杜等地方,那么崇尚游览山水的人,一定要去争着买它,即便每天加价一千金也会更加买不到手。如今小丘被废弃于这个州里,农夫、渔父路过时都看不上它;价钱四百文,连续几年没有能卖出去。而我与李深源、元克己却偏偏高兴地买到了它,这小丘岂不是果真有运气么!把这件事书刻在石头上,用来祝贺这小丘的幸遇。

【点评】着力描绘出小丘群石的奇状异态和游丘时所领会的佳趣,而深深致慨于小丘连岁"货而不售"的命运,实际隐含着作者对自己怀才受谤、久贬不迁的感叹,情挚意深,动人心弦。第一段细致描绘出小丘的位置和风姿。以得钴鉧潭起笔,继而又发现小丘,与后文"不匝旬而得异地者二"呼应,写小丘"生竹树",为"铲刈秽草,伐去恶木"而后"嘉木立、美竹露"做好铺垫,文章逻辑紧密。并赋予静物以动态,奇山异石,形神俱在。第二段叙写小丘的被弃和幸遇,层层推进而富有变化。渲染得小丘后之喜悦心情,情景交融,更反衬出内心之苦闷,聊以"虽古好事之士,或未能至焉"自慰。第三段乃借题发挥,直抒心中之慨。贺小丘之终于遭逢识者,也正暗寓着流落不遇的心情。全文笔致幽冷,而寄慨遥深。写景与抒情相结合,托景抒怀,物我皆融,诗意盎然,引人遐想,耐人寻味。

【集说】寓意至远,令人殊难为怀。(沈德潜《唐宋八大家文读本》)

前幅平平写来,意只寻常。而立名造语,自有别趣。至末从小丘上发出一段感慨,为兹丘致贺。贺兹丘,所以自吊也。(吴楚材等《古文观止》)

前写小丘之胜,后写弃掷之感,转折独见幽冷。(高步瀛《唐宋文举要》)

(姚 辉)

至小丘西小石潭记[1]

从小丘西行百二十步,隔篁竹[2],闻水声,如鸣珮环[3],心乐之。伐竹取道，下见小潭，水尤清冽(4)。全石以为底(5)，近岸卷石底以出，为坻，为屿，为嵁，为岩(6)。青树翠蔓(7)，蒙络摇缀(8)，参差披拂(9)。潭中鱼可百许头(10)，皆若空游无所依(11)。日光下澈，影布石上(12)，怡然不动(13)；俶尔远逝(14)，往来翕忽(15)，似与游者相乐。

潭西南而望，斗折蛇行，明灭可见(16)。其岸势犬牙差互(17)，不可知其源。坐潭上，四面竹树环合，寂寥无人，凄神寒骨，悄怆幽邃(18)。以其境过清(19)，不可久居，乃记之而去。

同游者吴武陵、龚古，余弟宗玄；隶而从者，崔氏二小生(20)，曰恕己，曰奉壹。

【注释】(1)本篇作于唐宪宗元和四年(809)，是《永州八记》中名篇。(2)篁竹：竹林。 (3)珮环：即佩玉，古人佩戴在腰带上的玉制装饰品，行走时互相碰撞发出响声。 (4)清冽：清澄。 (5)全石以为底：以整块石头为底。 (6)卷石底以出：石底边沿上卷而露出水面。为坻(chí)，为屿(yǔ)，为嵁(kān)，为岩：成为坻、屿、嵁、岩各种不同形状。坻：水中高地。屿：小岛。嵁：不平的岩石。 (7)翠蔓：翠绿的茎蔓。 (8)蒙络摇缀：蒙盖缠绕，摇动连缀。 (9)披拂：飘动。 (10)可：大约。 (11)空游：在空中游动，此指水的清澈。 (12)日光下澈，影布石上：阳光直照到水底，鱼的影子映在石头上。 (13)怡(yǐ)然：呆愣的样子。此为静止不动之义。 (14)俶(chù)尔远逝：忽然向远处游去。俶：忽然。 (15)翕(xī)忽：迅速的样子。(16)斗折：像北斗星般曲折。 (17)犬牙差互：像狗的牙齿那样互相交错。(18)悄(qiǎo)怆(chuàng)：寂静凄怆，有寒冷之义。邃(suì)：深。 (19)过清：太凄清，太冷静。 (20)隶：附属，跟随。

【今译】从小丘往西走约一百二十步，隔着一片竹林，听到的流水声，就像是佩戴的玉环相碰撞的声音，心里很高兴。砍去竹子辟出路来，走过去看见下边是一个小潭，水特别清澄。水底是一整块的石头，靠近岸边，石底边沿往上卷而露出水面，有的成为水中的高地，有的成为小岛，有的高低不平，有的是一般的岩石。那潭边翠绿的树枝和藤蔓，互相蒙盖缠绕，摇动连缀，

参差不齐,随风飘动。潭里的鱼约有百来条,都好像在空中游动,没有什么依靠似的。阳光一直照进水底,鱼的影子映在石头上,它们有时静止在那不动,有时又忽然向远处游去,来往很是迅速,像是在与游人逗乐。

向潭的西南方向望去,小溪如北斗星般曲折,像蛇爬行般蜿蜒,或隐或现,都能够看得清楚。溪流的岸的形状像狗的牙齿那样互相交错,不知道它的源头在哪里。坐在潭边上,四面竹树环绕,落寞无人,使人冷静寂寞得心神凄凉,寒气透骨,寂静凄怆而又幽深。因为这样的环境过于冷清,不能长久地停留,便记下上述的情景就离开了。

同游的人有吴武陵、龚古,我的弟弟宗玄。跟随一起来的有姓崔的两个年轻人,一个名叫恕己,一个名叫奉壹。

【点评】全篇状物生动,摹景真切,体现出"文有诗境"的特点。前文以移步换景之法,由形象到声音,引人入胜。尔后集中写小石潭的清幽美妙,而"日光下澈"时鱼影游弋的描述,更使全文皆活,生机盎然。动与静,心与物相辅相成,于水之清澈空明中流露出心的开朗明静。由"潭西南而望"笔锋转至潭之源头,由近及远,使源与潭相映照,突出潭之多姿多彩。后文增摇曳不尽之致,着力渲染石潭境地的幽邃凄清,不可久居。从中隐约可见作者贬居中羁旅孤寂之心境。文章诗意洋溢,融情于景,魅力无穷。文辞清丽秀美,音节和谐,邻韵通押,参差错落,往复回环。

【集说】宗元《永州八记》,虽非一时所成,而若断若续,令读者如陆务观诗云:"山重水复疑无路,柳暗花明又一村"也。绝似《水经注》文字。读者当合观之。(乾隆编《唐宋文醇》)

记潭中鱼数语,动定俱妙。后全在不尽,故意境弥深。(沈德潜《唐宋八大家文读本》)

白石底潭,正宜品以清字。题脉题像,郟郟映眼。(浦起龙《古今眉诠》)

(姚　辉)

袁家渴记[1]

由冉溪西南水行十里[2],山水之可取者五[3],莫若钴鉧潭[4];

由溪口而西陆行,可取者八九,莫若西山⁽⁵⁾;由朝阳岩东南水行,至芜江,可取者三,莫若袁家渴。皆永中幽丽奇处也⁽⁶⁾。

楚、越之间方言⁽⁷⁾,谓水之反流者为渴⁽⁸⁾,音若衣褐之褐。渴上与南馆高障合⁽⁹⁾,下与百家濑合⁽¹⁰⁾。其中重洲小溪⁽¹¹⁾,澄潭浅渚⁽¹²⁾,间厕曲折⁽¹³⁾,平者深墨,峻者沸白⁽¹⁴⁾,舟行若穷⁽¹⁵⁾,忽又无际。

有小山出水中,山皆美石,上生青丛,冬夏常蔚然⁽¹⁶⁾。其旁多岩洞,其下多白砾⁽¹⁷⁾。其树多枫、柟、石楠、梗、槠、樟、柚,草则兰芷,又有异卉⁽¹⁸⁾,类合欢而蔓生⁽¹⁹⁾,缪辘水石⁽²⁰⁾。每风自四山而下,振动大木,掩苒众草⁽²¹⁾,纷红骇绿,蓊葧香气⁽²²⁾,冲涛旋濑⁽²³⁾,退贮溪谷,摇扬葳蕤⁽²⁴⁾,与时推移。其大都如此,余无以穷其状。

永之人未尝游焉。余得之,不敢专也⁽²⁵⁾,出而传于世。其地主袁氏,故以名焉。

【注释】(1)袁家渴(hè):这篇游记是"永州八记"的第五篇。　(2)冉溪:在今湖南永州零陵区西南,是潇水的支流。　(3)可取者:值得观赏的。取:采选。　(4)钴鉧潭:在今湖南零陵城郊。古时称熨斗为钴鉧,潭的形状与熨斗相似。　(5)西山:在今零陵城西南,自朝阳岩起,至黄茅岭北上,长数里。(6)幽丽奇处:幽雅秀丽的少有的地方。　(7)楚、越:古时的两个国名,包括现在长江中下游一带。　(8)反流:向相反的方向流。　(9)上与南馆高障合:水的上游连接南馆(地名)的高山。　(10)百家濑(lài):水名,在永州零陵区南,后又称百家渡或柏家渡。濑,水在沙石流的地方。　(11)重(chóng)洲:一个个的沙洲。重,重复。　(12)澄潭浅渚:清澈的水潭,浮出水面的小洲。渚,水中小块的陆地。　(13)间厕(cì):夹杂。厕:杂。(14)峻者沸白:水势湍急的地方,涌起白色的浪花。　(15)若穷:好像没有路了。穷,尽。　(16)蔚然:草木茂盛的样子。　(17)白砾(lì):白色的小石子。　(18)异卉:奇异的草。　(19)类:像。蔓生:攀附缠绕于其他东西生长。　(20)缪(jiāo)辘(gé)水石:交错纠缠在水中石上。　(21)掩苒(rǎn):形容众草被风吹伏的样子。　(22)纷红骇绿,蓊(wěng)葧(bó)香气:使红花纷动,绿叶惊骇,散出了浓烈的香气。纷,杂乱。骇,惊动。蓊葧,

盛。 (23)濑:湍急的水。 (24)葳(wēi)蕤(ruí):草木茂盛枝叶下垂的样子。 (25)专:独自享受。

【今译】从冉溪坐船向西南方向行驶十里水路,其间值得观赏的山水之景有五处,但没有比得上钻鉧潭的;由溪口向西走陆地,值得观赏的景致有八九处,但都没有比得上西山的;从朝阳向东南方向坐船到芜江,一路上有三处风景值得观赏,但都比不上袁家渴。它们都是永州少有的幽雅秀丽的地方。

楚、越这一带的方言,将河水的反流现象称为"渴",发音像衣褐的褐。袁家渴的上游与南馆的重山相连接,下游与百家濑汇合。水中有重重小洲,洲上有水溪,深处成清澈的水潭,浅处小块陆地露出水面,深浅夹杂,蜿蜒曲折,河水平静的地方,水呈深黑色;水势湍急处,激流在石上翻起白色的浪花。行船至此好像没了道路,而一转弯,水域又变得十分宽阔。

水中每每有小山露出水面,都是些美丽的山石,山石上生长着青绿茂密的草木,无论冬夏都浓密茂盛。山的侧面有许多岩洞,洞下又有许多白色的小石子。山上生长的树大多是枫树、楠树、石楠、楩树、楮树、樟树和柚树,生长的草则多为兰草和白芷,还有一些奇异的花草,它们像合欢花一样蔓延生长,交错缠绕在水中石上。每当风从四面的山上刮下,大树摇曳,丛草翻动起伏,红花纷飞,绿叶骇动,四外散发浓郁的香气,波涛激荡,溪水回旋,流入溪谷,茂盛的草木在风中飘荡,这种景象随着四季的推移而变化。大概如此,我无法将其景致全部描写出来。

永州的人未曾游览至此。我得到了这一美景,不敢独自享受,离开袁家渴便传告于世人。其土地的主人姓袁,所以用袁姓为它命名。

【点评】本篇游记首用钻鉧潭、西山为陪衬,从永州的全景着笔,从大到小,以宾陪主突出显示袁家渴的幽丽奇处。而后分两层去写袁家渴,先以全景式写其总的形势,其中"舟行若穷,忽又无际"句与陆游的"山重水复疑无路,柳暗花明又一村"有异曲同工之妙。后重点取静态和动态两个角度写其最胜处水中的小山,并以"纷红骇绿"的拟人化手法,更突出景致的奇异光彩。文章布局层次分明,描景状物形象逼真,出神入化,文字优美典雅。

（靖　辉）

小石城山记[1]

自西山道口径北[2]，逾黄茅岭而下[3]，有二道。其一西出，寻之无所得；其一少北而东[4]，不过四十丈，土断而川分，有积石横当其垠[5]。其上，为睥睨梁栅之形[6]；其旁，出堡坞[7]，有若门焉。窥之正黑[8]，投以小石，洞然有水声[9]，其响之激越[10]，良久乃已[11]。环之可上，望甚远，无土壤而生嘉树美箭[12]，益奇而坚，其疏数偃仰，类智者所施设也[13]。

噫！吾疑造物者之有无久矣[14]。及是，愈以为诚有。又怪其不为之中州[15]，而列是夷狄[16]，更千百年不得一售其伎[17]，是固劳而无用。神者傥不宜如是，则其果无乎[18]！或曰："以慰夫贤而辱于此者。"或曰："其气之灵[19]，不为伟人，而独为是物，故楚之南少人而多石[20]。"是二者，余未信之。

【注释】(1)此文乃《永州八记》最后一篇。小石城山：故址在今湖南永州城西北。　(2)径北：一直往北。　(3)逾：越过。黄茅岭：在今湖南永州城西。　(4)少北：稍北。　(5)垠(yín)：边际，尽头。　(6)睥(pì)睨(nì)：通"埤堄"，城上的矮墙。梁栅(lì)：屋的正梁。此处用以形容地势。　(7)堡坞(wū)：小城堡。　(8)窥(kuī)：看。正黑：浓黑。　(9)洞然：深远之意。　(10)激越：声音高昂而嘹亮。　(11)良久：很久。已：止。　(12)箭：小竹子。　(13)数(cù)：密。偃：倒伏。仰：挺拔。　(14)造物者：指创造万物的上帝。　(15)中州：中原，指今黄河中、下游一带。　(16)列：陈设，安排。夷狄：泛指少数民族。这里指偏远地区。　(17)更：经历。售：卖，这里指显示，表露之意。伎：通"技"，技巧，此指小石城山的奇景。

唐宋八大家文观止

(18)傥(tǎng)：通"倘"，假使，或许。　（19）其气：指天地之气。　（20）楚之南：古代楚国的南部，今湖南一带。

【今译】从西山路口一直往北，越过黄茅岭下来，有两条路：其中一条向西走，沿途寻觅风景，一无所获；另一条稍微偏北又向东伸展，在不到四十丈的地方，山土断截，河水分流，有堆积的石块横挡在山路的尽头。积石上面，呈现出矮墙和栋梁一般的形状。它的旁边，耸出一座天然的小城堡，有个像门一样的地方，朝里看，黑洞洞的，将小石子投入，从幽深处发出咚咚的水声，声音高昂激越，很久才消失。环绕积石可以上去，站在高处望得很远。这里虽然没有土壤，但却从石隙中生长出嘉树秀竹。它们格外奇特、坚实，疏密相间，高低参差，仿佛是聪慧之人精心巧置而成。

唉！我怀疑造物主是否存在已经很久了。到此欣赏奇景，越发以为似乎有造物主。但奇怪的是造物主不把这样的美景设置在中原地区，却为什么将其安排在这偏僻之地，即使经历了千百年也不能向世人显示出它的奇丽，此实乃劳而无功。神明的造物主倘若不该如此，那么上帝大概果真没有吧！有人说："小石城山是上帝用来安慰那些贤明而遭贬到此的人。"有人说："这里的天地之灵光，不是孕育伟人而只是造就如此美景的，所以楚国南部一带人才少而奇石多。"这两种观点，我是不相信的。

【点评】本文分前后两段，前一段主要记述小石城山奇异的自然景物，语言异常简洁，采用白描手法，交代方位，突出动感。描写景物，捕捉特征且充满丰富的想象，将小石城山之神奇刻画得淋漓尽致，为后段议论做铺垫。后段议论抒情采用欲擒故纵、欲无先有的方法，作者本不相信上天有意志，但因前段景物之奇妙，故意说有，然后展开疑问，对假设进行反驳，造成陪衬，生出波澜。反复抑扬的议论，有力地表达了作者心中的愤懑和对上天的否定，文章"借石之瑰玮以吐胸中之气"（茅坤《唐大家柳柳州文钞》）充满感情且富于哲理思辨。

【集说】境固幽峭，旁出议论，更奇。（蒋之翘辑注《柳河东全集》）
景奇兴亦奇。（茅坤《唐大家柳柳州文钞》）

贺进士王参元失火书

得杨八书⁽¹⁾，知足下遇火灾⁽²⁾，家无余储。仆始闻而骇⁽³⁾，中而疑，终乃大喜，盖将吊而更以贺也⁽⁴⁾。道远言略，犹未能究知其状，若果荡焉泯焉而悉无有⁽⁵⁾，乃吾所以尤贺者也。

足下勤奉养，宁朝夕，惟恬安无事是望也⁽⁶⁾。乃今有焚炀赫烈之虞⁽⁷⁾，以震骇左右⁽⁸⁾，而脂膏滫瀡之具⁽⁹⁾，或以不给，吾是以始而骇也。

凡人之言，皆曰："盈虚倚伏⁽¹⁰⁾，去来之不可常。"或将大有为也，乃始厄困震悸⁽¹¹⁾，于是有水火之孽⁽¹²⁾，有群小之愠⁽¹³⁾。劳苦变动，而后能光明，古之人皆然。斯道辽阔诞漫⁽¹⁴⁾，虽圣人不能以是必信，是故中而疑也⁽¹⁵⁾。

以足下读古人书，为文章，善小学⁽¹⁶⁾，其为多能若是，而进不能出群士之上，以取显贵者，无他故焉。京城人多言足下家有积货⁽¹⁷⁾，士之好廉名者，皆畏忌，不敢道足下之善⁽¹⁸⁾，独自得之，心蓄之，衔忍而不出诸口，以公道之难明，而世之多嫌也。一出口，则嗤嗤者⁽¹⁹⁾，以为得重赂。仆自贞元十五年见足下之文章⁽²⁰⁾，蓄之者盖六七年未尝言。是仆私一身而负公道久矣⁽²¹⁾，非特负足下也⁽²²⁾！及为御史尚书郎⁽²³⁾，自以幸为天子近臣，得奋其舌⁽²⁴⁾，思以发明天下之郁塞。然时称道于行列⁽²⁵⁾，犹有顾视而窃笑者。仆良恨修己之不亮⁽²⁶⁾，素誉之不立⁽²⁷⁾，而为世嫌之所加，常与孟几道言而痛之⁽²⁸⁾。乃今幸为天火之所涤荡⁽²⁹⁾，凡众之疑虑，举为灰埃⁽³⁰⁾。黔其庐⁽³¹⁾，赭其垣⁽³²⁾，以示其无有。而足下之才能乃可显白而不污，其实出矣，是祝融、回禄之相吾子也⁽³³⁾！则仆与几道十年之相知，不若兹火一夕之为足下誉也。宥而彰之⁽³⁴⁾，使夫蓄于心者⁽³⁵⁾，咸得开其喙⁽³⁶⁾，发策决科者⁽³⁷⁾，授子而不栗⁽³⁸⁾。虽欲如向

之蓄缩受侮⁽³⁹⁾，其可得乎⁽⁴⁰⁾？于兹吾有望乎尔！是以终乃大喜也。

古者列国有灾，同位者皆相吊。许不吊灾⁽⁴¹⁾，君子恶之。今吾之所陈若是⁽⁴²⁾，有以异乎古，故将吊而更以贺也。颜、曾之养⁽⁴³⁾，其为乐也大矣，又何阙焉⁽⁴⁴⁾？

足下前要仆文章古书，极不忘，候得数十幅乃并往耳。吴二十一武陵来⁽⁴⁵⁾，言足下为《醉赋》及《对问》，大善，可寄一本。仆近亦好作文，与在京城时颇异。思与足下辈言之，桎梏甚固⁽⁴⁶⁾，未可得也。因人南来，致书访死生，不悉。宗元白⁽⁴⁷⁾。

【注释】(1)杨八：名敬之，排行第八。是柳宗元、王参元的朋友。　(2)足下：对人敬称的用词，一般用于平辈。　(3)仆：我，自己的谦称。骇：惊慌。　(4)吊：慰问。更：改。　(5)荡：毁坏。泯：消灭。悉：尽。　(6)勤奉养：勤谨地奉养父母。宁朝夕：早晚都很安宁。恬安：平安宁静。　(7)炀(yáng)：焚烧。赫烈：火光通红。　(8)左右：本指身旁亲随，这里是泛指亲朋的谦称。　(9)潃(xiū)瀡(suǐ)：淀粉类烹调佐料。　(10)倚伏：《老子》"祸兮福之所依，福兮祸之所伏"。意为祸中有福，福中有祸，二者可以相互转化。　(11)厄困：穷困。震悸：震惊。　(12)孽(niè)：灾祸。　(13)群小：小人。愠：怨恨。　(14)斯道：这个道理。诞漫：荒诞散漫。　(15)中而疑：经过思考中间产生了怀疑。　(16)小学：指研究文字、音韵、训诂的学问。　(17)积货：富有财货。　(18)畏忌：惧怕忌讳。善：好处。　(19)嗤(chī)：讥笑。　(20)贞元十五年：贞元是唐德宗年号，即公元799年。(21)私一身：私于自己个人。　(22)特：仅仅。　(23)御史：御史台长官，掌管监察、执法等事。尚书郎：管理国家图书的官。柳宗元曾先后担任过这两个官职。　(24)奋其舌：鼓动舌头，指畅所欲言。　(25)行列：同品级职位，即同事，同僚。　(26)良：深。不亮：不够光亮感人。　(27)素誉：向来的声誉。　(28)孟几道：名简，字几道。　(29)天火：本是自然界引起的火灾，这里暗指"上天降灾"。涤荡：洗涤荡净。　(30)举：全。灰埃：灰尘。(31)黔(qián)：黑色，作动词用，烧黑。　(32)赭(zhě)：红色，作动词用，烧红。(33)祝融、回禄：传说中的火神名。　(34)宥(yòu)：原谅，引申为帮助。彰:赞誉。 (35)蓄于心:藏在心里。 (36)喙(huì):鸟兽的嘴,借指人嘴。(37)策:策问,唐代科举考试科目之一。科:科举取士。 (38)授:授官。慄:害怕。 (39)蓄缩:办事不出力。这里指才能无法施展。受侮:被诬陷受重略的侮辱。 (40)其:用法同"岂",表示反诘。 (41)许不吊灾:《左传》鲁昭公二十二年(前520),宋、卫、陈、郑四国发生火灾,许国不慰问,当时有识之士据此推测许国将要亡国。许:春秋国名,今河南许昌一带。(42)陈:陈述。若是:如此。 (43)颜、曾:颜回、曾参(sēn),孔子弟子,贫而奉养父母。 (44)阙:音义同"缺"。 (45)吴二十一武陵:名侃,字武陵。排行第二十一,唐宪宗元和二年(807)进士。 (46)桎(zhì)梏(gù):脚镣和手铐,意为束缚,压制。 (47)白:报告,陈述。

【译文】收到杨八的信,知道您遭了火灾,家里没有什么积蓄了。我刚听时大吃了一惊,接着又产生了一些疑问,最后却改成祝贺您了。由于我们相隔很远,书信言辞简略,还不能详尽知道你受灾的情况,如果真的烧得精光,一无所存,那我更要因此向你祝贺了。

您殷勤地奉养父母,日子过得很安宁,只希望恬静舒适,平安无事。现在却遭逢烈焰毁家的灾祸,以致震惊了你的亲友,甚至连油脂、淀粉这些做饭的东西,也许都供应不上了,我起初因此而大吃了一惊。

人们平常都这样说:"圆满与空缺,灾难与幸福,相互依存相互转化,祸福的来去不固定。"一个人将要大有作为的时候,起先总会有一个困苦动荡、担惊受怕的阶段,于是就会遭到水火的灾难,受到小人们的怨恨。经历了许多劳苦变动,然后才获得光明,古人都是这样的。但是这个道理迂阔又荒诞无稽,即使是圣人也不能说这是可相信的,所以我接着又对它产生了怀疑。

凭您读了不少圣贤书,能写一手好文章,又精通文字、音韵、训诂,如此多才多艺,做官却不能超出众人之上,以取得显赫富贵,这并没有其他原因。京城里的人都说您家道富足,积蓄甚丰,喜好廉洁名声的人都怀有顾虑不敢称道您的好处,只能自己明白,把话藏在心里,衔口忍着,不敢说出去。这是因为公道难以显扬,而世人又多猜忌的原因啊!赞誉的话一开口,人家就嗤嗤冷笑,以为是受了巨大的贿赂而为您说话。我从贞元十五年看到您的文章以后,隐藏在心里应该讲的话,已经五六年没有说出来。这是我个人只顾

唐宋八大家文观止

自己而长久地违背了公道，不仅是对不起您一个人啊！直到我当上了御史尚书郎时，自以为有幸做了天子的近臣，能够畅所欲言了，便想借此机会挑开天下人心中的郁闷。然而，当我常常在同僚中称道您的时候，却仍然有人相顾暗笑。我深恨自己的道德修养还不突出，清白的名声还没有树立，因而遭到世人强加于我的种种猜忌，我常同孟几道谈起这事，觉得十分痛心。现在您家里幸而被天火洗涤荡净，众人所有的猜疑和顾虑，全部化成了灰烬。房屋烧黑了，墙壁烧红了，借以显示您的家财已经一无所有。然而，您的才学却可以显露而不受污秽，您的实际情况也就完全表露出来了，这真是祝融、回禄二位火神帮助您了。这样，我与孟几道十年来对您的相知赞誉，还不如这把火一个晚上给您带来的声誉。这场大火帮助了您，您的才学从此可以显露由来，使那些有话藏在心里的人，都能够开口为您说话了。出题考试、决定录取的主考官们，也都敢任命您官职不再胆战心惊了。这样一来，即使想要像过去那样无所作为而受人侮辱，难道还能办得到吗？现在我对您抱有很大希望，因此，我最后才特别高兴起来。

古代各国发生了灾害，同等地位的国家都要向受灾国表示慰问。春秋时期许国不去慰问受灾国，有识之士都憎恶它。现在我说的这种情况，是与古代有所不同的，所以在打算慰问您的时候又改成了祝贺。颜回、曾参虽然贫穷，却能孝养父母，您从中感到的快乐将是很大的，还有什么遗憾的呢？

您前次要我的文章和古书，我是很在心的。等我写上几十篇以后，再一起寄去。最近吴武陵来到永州，说您写了《醉赋》和《对问》，文章写得很好，请给我寄一本。我近来也很喜欢写文章，与在京城写的文章很不相同。很想和您这一类人谈谈写文章的事，但是因为受到当局的压制，办不到呀！趁有人来南方，捎一封信问问您的身体健康状况。其余的事不再一一细说了。宗元禀告。

【点评】好友家遭火灾，不恤之以财货，而恤之以义理，不致以哀，而致以贺，君子之胸怀，卓越之识见，于此尽显。开篇单刀直入，以"始闻而骇，中而疑，终乃大喜，盖将吊而更以贺"直陈胸臆，树立文章主干。继而层层剥笋，渐次铺展。始以关切，故骇；次以常情与至理而难断，故疑；再则证之以仕途中阻之故，故因其灾而大喜且贺之。由常情出发而导以至理，不慰其常情而慰之以大志,情与理相行,层层深入,条理井然,立意超卓,此文妙绝之处正在于此。

【集说】辞尽工,意亦宛转,但其蹊径太露。罗大经曰:"东坡眼空一世,独喜陶、柳,虽迁海外,亦以二集自随。尝指子厚《贺失火书》谓山谷曰:'此人奇奇怪怪,亦三端中得一好处也。'"茅坤曰:"昔晋公藏宝台,烧公子,晏子独束帛而贺。王参元失火,子厚亦以吊更贺,且曰是祝融、回禄之相吾子也。两事可为骇人,然均有卓见处。"(《四部备要·柳河东全集》)

语奇理正,读此与昌黎《送齐皞序》,知唐以通榜取士,而当时主司,犹顾惜名节如此,亦近今所难。(储欣《唐宋八大家类选》)

(李寅生)

唐宋八大家文观止

欧阳修

欧阳修（1007—1072），字永叔，号醉翁、六一居士等。庐陵（今江西吉安）人。家境贫寒，出身低微。24 岁中进士，历任西京留守推官、馆阁校勘、枢密副使、刑部尚书、参知政事等职。提倡"务农节用"，要求革除积弊，因参与"庆历新政"两次被贬。熙宁四年（1071）退居颍州，次年卒，谥号"文忠"，世称欧阳文忠公。

欧阳修是北宋古文运动的领袖，他在理论上，上承韩愈、柳宗元的积极主张，并把文与道与生活中的"百事"联系起来，认为"道胜者文不难而自至"，但若"弃百事而不关心"也不可能写出佳作来。在实践中，他以自己丰富多彩的作品及政治影响，从根本上确立了古文在中国古典文学中的统治地位，结束了骈文独霸文坛二百年的历史。他的议论文切中时弊、宣扬改革，以古鉴今、深刻透辟；他的记叙文言简而精、构思巧妙，情景交融、流丽顺畅；他的抒情文感情真挚、内涵丰富，声韵铿锵、和谐优美。他鄙弃华丽骈文，反对尚奇趋险，提倡"取其自然""平淡典要"。欧阳修的文章风格正是如此，"行徐委备，往复百折，而条达疏畅，无所间断，气尽语极，急言竭论，而容与闲易，无艰难劳苦之态"（苏洵）。其主要著作有《欧阳文忠公集》《居士集》《新五代史》等。

杂 说⁽¹⁾

星殒于地⁽²⁾,腥矿顽丑⁽³⁾,化为恶石。其昭然在上而万物仰之者⁽⁴⁾,精气之聚尔⁽⁵⁾;及其毙也⁽⁶⁾,瓦砾之不若也⁽⁷⁾。人之死,骨肉臭腐,蝼蚁之食尔⁽⁸⁾。其贵乎万物者⁽⁹⁾,亦精气也。其精气不夺于物⁽¹⁰⁾,则蕴而为思虑⁽¹¹⁾,发而为事业⁽¹²⁾,著而为文章,昭乎百世之上而仰乎百世之下,非如星之精气,随其毙而灭也。可不贵哉?而生也利欲以昏耗之⁽¹³⁾,死也臭腐而弃之。而惑者方曰⁽¹⁴⁾:足乎利欲,所以厚吾身⁽¹⁵⁾。吾于是乎有感⁽¹⁶⁾。

【注释】(1)欧阳修的《杂说》共有三篇,原作有小序,声称:夏夜雨后,作者坐在室外林木中,仰见星殒,闻声蚯蚓。"其感于耳目者,有动乎其中",为此作《杂说》。　(2)星:指流星。殒:从高空下坠。于:在。　(3)腥:腥臭,指陨石的异样气息。矿:未雕琢成器的石璞,指陨石的粗糙外貌。　(4)昭然:光明夺目的样子。仰之:仰视它。　(5)精气之聚:精气的聚结。精气,古人指生成万物的天地元气。古人认为:精气聚结则物生,精气散尽则物灭。《庄子·知北游》:"人之生,气之聚也。聚则为生,散则为死。"　(6)及:到,等到。　(7)瓦砾:碎瓦片,指没用的东西。　(8)蝼(lóu)蚁:蝼,蝼蛄,俗称"土狗子"。蚁,蚂蚁。　(9)贵:珍贵,可贵。　(10)不夺于物:不为外物所夺失。指不被利欲诱惑、蒙蔽。夺:剥夺,丧失。物:外物,指身外的世俗利欲等东西。　(11)蕴:蓄积,指含藏于体内。　(12)发:发露,发作;指表现在体外。　(13)而:然而。昏耗:昏昏沉沉地耗费。　(14)惑者:受迷惑不能自拔的人。指糊涂的人。　(15)厚吾身:厚养自身,满足自身的物质享受。　(16)于是:对此。

【今译】流星坠落在大地上,腥气粗糙,顽钝丑陋,化成了恶石。那个光明夺目高悬天上、被地上万物仰视之的星辰,只是精气的聚结而已;等到它坠落死灭时,连碎瓦片也不如。人死后,骨肉发臭,腐烂,只是蝼蛄蚂蚁的食物罢了。他那比万物更可贵的东西,也是精气。如果精气不被外物蚀失,那

唐宋八大家文观止

么就会蕴蓄在内心而变为思想，发露出外面而成事业，著述在纸帛上而形成文章，光明夺目于百世之上而令后人仰视于百世之下，不像星辰的精气那样随着星辰的坠亡而消失。这岂不珍贵吗？然而世上俗人，活着沉溺在利欲中，昏昏沉沉地空耗精气；死了腐烂发臭而被弃绝。而且糊涂的人还正在说什么：利益欲望的满足是厚养自身的途径。我对此有感于内心。

【点评】这篇短文从星辰坠地化为恶石的自然现象入笔，根据天地精气化生万物、精气聚则生、精气散则灭的古代哲学思想，引出"人之精气贵乎万物"的观点。认为人之精气与星辰不同，只要不为外物所夺，就可以化为思想、事业、文章，照耀于百代而永存天地；不至于如星辰之精气"随其毙而灭"。所谓"不夺于物"，就是不要沉溺于利欲之中昏沉沉地耗费精气。这是对当时士大夫热衷利禄的庸俗心态的不满与抨击，也披露了欧阳修高远的抱负与追求。

文章从容道来，文气纡徐；层层深入，剖理分明。于流星陨落中，悟人生立身行世之道，信手落墨，翻出高论，此即"事近而意远，小言含大道"。文章所寓含的机锋意趣，似浅而深、实堪寻味。至其论说"人之精气贵乎万物"时，一气呵成"蕴而为思虑"以下四个排比句，又于平和中见激情，气势充沛，热情洋溢，讴歌声后可闻渴望建功立业、昭名百世的男儿心跳。它与结尾对世俗之人"利欲以昏耗"的一段描述构成强烈的对比，不作厉声，取舍分明，其劈头棒喝的潜劲暗力，足以警醒千古后人。

（王　涤　周少雄）

朋党论⁽¹⁾

臣闻朋党之说，自古有之，惟幸人君辨其君子小人而已⁽²⁾。大凡君子与君子⁽³⁾，以同道为朋⁽⁴⁾；小人与小人，以同利为朋。此自然之理也。

然臣谓小人无朋⁽⁵⁾，惟君子则有之。其故何哉？小人所好者禄利也⁽⁶⁾，所贪者货财也。当其同利之时，暂相党引以为朋者⁽⁷⁾，伪也；及其见利而争先，或利尽而交疏⁽⁸⁾，则反相贼害⁽⁹⁾；虽其兄弟亲戚,不能相保。故臣谓小人无朋,其暂为朋者,伪也。君子则不然,所守者道义⁽¹⁰⁾,所行者忠信,所惜者名节⁽¹¹⁾。以之修身,则同道而相益;以之事国,则同心而共济⁽¹²⁾,终始如一,此君子之朋也。

故为人君者,但当退小人之伪朋⁽¹³⁾,用君子之真朋,则天下治矣。

尧之时⁽¹⁴⁾,小人共工、驩兜等四人为一朋⁽¹⁵⁾,君子八元⁽¹⁶⁾、八恺十六人为一朋⁽¹⁷⁾。舜佐尧,退四凶小人之朋,而进元、恺君子之朋,尧之天下大治。及舜自为天子,而皋、夔、稷、契等二十二人,并列于朝,更相称美,更相推让,凡二十二人为一朋,而舜皆用之,天下亦大治⁽¹⁸⁾。

《书》曰⁽¹⁹⁾:"纣有臣亿万,惟亿万心;周有臣三千,惟一心。"纣之时,亿万人各异心,可谓不为朋矣,然纣以亡国⁽²⁰⁾。周武王之臣,三千人为一大朋,而周用以兴⁽²¹⁾。

后汉献帝时,尽取天下名士囚禁之,目为党人⁽²²⁾。及黄巾贼起,汉室大乱,后方悔悟,尽解党人而释之,然已无救矣⁽²³⁾。

唐之晚年,渐起朋党之论⁽²⁴⁾。及昭宗时,尽杀朝之名士,或投之黄河,曰:"此辈清流,可投浊流⁽²⁵⁾。"而唐遂亡矣。

夫前世之主,能使人人异心不为朋,莫如纣;能禁绝善人为朋,莫如汉献帝;能诛戮清流之朋,莫如唐昭宗之世,然皆昏乱亡其国。更相称美推让而不自疑,莫如舜之二十二臣,舜亦不疑而皆用之,然而后世不诮舜为二十二朋党所欺⁽²⁶⁾,而称舜为聪明之圣者⁽²⁷⁾,以能辨君子与小人也⁽²⁸⁾。周武之世,举其国之臣三千人共为一朋,自古为朋之多且大,莫如周,然周用此以兴者,善人虽多而不厌也⁽²⁹⁾。

夫兴亡治乱之迹⁽³⁰⁾,为人君者,可以鉴矣!

【注释】(1)本文写于宋仁宗庆历四年(1044),是欧阳修写给仁宗皇帝的一封奏章。当时范仲淹、杜衍、韩琦等革新派执政,保守派就诬蔑他们是

唐宋八大家文观止

"朋党"，把欧阳修也牵连进去。于是，欧阳修就写了这封奏章进行辩解，给保守派以有力的回击。本文是一篇著名的政论，论点鲜明，论据充分有力。文中连用排比和对比，增强了文章的气势和说服力。　（2）幸：此为"希望"。

（3）大凡：大约、大体上。　（4）同道为朋：志同道合结为朋党。道：道义。

（5）谓：以为、认为。　（6）好（hào）：喜爱。　（7）党引：勾结、纠集。

（8）交疏：交情疏远。　（9）贼害：暗害，残杀。　（10）守：坚守，信奉。

（11）名节：名声节操。　（12）济：有益。　（13）但：只要。退：斥退，不用。

（14）尧：和下文的舜、周武王都是古时的圣王。　（15）共工、驩（huān）兜（dōu）：古代传说称为"四凶"中的两个恶人。另二人是三苗、鲧。"四凶"，另一种说法，是指浑敦、穷奇、梼（táo）杌（wù）、饕（tāo）餮（tiè）。（16）八元：古帝喾（kù）即高辛氏的八个贤臣（一说是高辛氏的八个儿子），名叫伯奋、仲堪、叔献、季仲、伯虎、仲熊、叔豹、季狸。尧称"八元"。元：贤良。

（17）八恺（kǎi）：上古颛顼（zhuān xū），即高阳氏的八位贤臣（一说是高阳氏的八个儿子），名叫苍舒、隤（tuí）敳（ái）、梼戭（yǎn）、大临、龙（páng）降（hóng）、庭坚、仲容、叔达。尧称为"八恺"。恺：和乐、善良。　（18）及舜句：及：等到。皋（gāo）：皋陶（yáo），舜时贤臣，掌管刑狱。夔（kuí）：舜时贤臣。稷（jì）：后稷，舜时农官，相传为周朝的始祖。契（xiè）：舜时贤臣，相传为商朝的始祖。并列于朝：同时在朝廷。更相称善：互相赞美。（19）《书》：《尚书》，引文见《尚书·周书·泰誓》，此篇是武王伐纣，会师孟津（河南省孟津县）时发表的誓师词。纣，帝辛，商朝亡国之君。　（20）以：因此。

（21）用：同"以"，因此。　（22）后汉句：献帝，刘协，东汉（即后汉）的亡国之君，公元190—220年在位，汉桓帝（刘志，公元147—167年在位）时，朝廷官员李膺、陈蕃、范滂（pāng）等联合太学生首领郭泰、贾彪等反对宦官专权，但被诬结党营私，视为"党人"，下狱治罪。灵帝（刘宏，公元168—184年在位）即位，又杀了李、范等百余人、株连千余人，造成"朋党大冤案"。以上事件都发生在献帝之前。文中说"献帝时"，系作者误记。　（23）及黄巾句：黄巾，东汉末年张角领导的农民起义军，以黄巾为标志，史称"黄巾起义"。贼：封建统治者对农民起义军的污蔑称谓。　（24）唐之句：指唐穆宗（李恒，公元821—840年在位）、武宗（李炎，公元841—859年在位）时代，历时近四十年之久。　（25）及昭宗句：昭宗李晔（yè），公元889—904年在位。唐哀帝天祐二年（905），李振唆使朱温（即朱全忠）杀死朝臣裴枢等三十多人。李振说："此辈常自谓清流，宜投入黄河，使为浊流！"本文中说"昭宗时"，是作者误记。　（26）诮（qiào）：责备。　（27）聪明：听得清楚，看得明白。　（28）以：因为。　（29）不厌：不满足。　（30）迹：迹象，事物发展变化的线索。

　　【今译】 我听说关于朋党的说法，从古就有，只是希望君主能够辨别君子的朋党还是小人的朋党罢了。大抵君子和君子，因为志同道合结为朋党；小人和小人，因为私利相同结为朋党。这是自然的道理啊。

　　但我认为小人没有朋党，只有君子才有朋党。这是什么原因呢？小人爱的是私利和禄位，贪的是财物。他们私利相同的时候，暂且勾结起来作为朋党，这种朋党是虚假的；等见到利益时便争相抢夺，或者利益完了时便交情疏远，甚至反而互相残害；即使是他们的兄弟亲戚，也不能彼此照顾。所以我说小人没有朋党，他们暂时结为朋党，是虚假的。君子却不是这样，他们信奉的是道德和义理，实行的是忠诚和信用，珍惜的是名誉和气节。他们用这些来修养自己的品德，就志同道合，互相促进；他们用这些来服务国家，就能团结一致，同舟共济，始终如一。这就是君子的朋党。所以做君主的，应当斥退小人的假朋党，重用君子的真朋党。那么，天下也就治理得好了。

　　唐尧时候，小人共工、驩兜等四个人结成一个朋党；君子八元、八恺十六人结成一个朋党。虞舜辅佐唐尧，斥退四凶结成的小人朋党，引进八元、八恺结成的君子朋党，唐尧的天下治理得非常好。等到虞舜自己做了天子，皋、夔、稷、契等二十二人，一同在朝做官，互相称赞，互相推让，共二十二个人结成了一个朋党，虞舜都任用他们，天下也治理得非常好。

　　《尚书》上说："纣王有亿万个臣子，有亿万条心；周王有三千个臣子，只有一条心。"商纣的时候，亿万个人各有不同的心思，可以说不结朋党了，然而商纣却因此亡了国。周武王的臣，三千个人结成一个大朋党，然而周朝却因此兴盛起来。

　　后汉献帝时，把天下的名士全都拘禁起来，认作"党人"。等到黄巾军起事，汉朝大乱，后来才悔悟，释放全部在押的党人，但是局势已经无法挽救了。

　　唐朝末年，逐渐兴起朋党的争议。到唐昭宗时，全部杀害了朝廷的名

唐宋八大家文观止

士，把一些人抛到黄河里，说："这些自称为清流的人，可以把他们抛到浊流里去。"唐朝也就灭亡了。

那从前的君主，能够使人人各怀异心，不结成朋党的，没有谁比得上纣王；能够禁绝好人结成朋党的，没有谁比得上汉献帝；能够杀戮清流朋党的，没有比得上唐昭宗的。然而，他们都因此使国家混乱灭亡了。彼此互相称赞，互相推让，没有一点疑心，没有谁比得上虞舜的二十二个臣子，虞舜也不疑心并且都任用他们，可是后来的人不责备虞舜被二十二个人结成的朋党所欺蒙，反而称赞虞舜是智慧超群的圣人，因为他能够辨别君子和小人啊。周武王时候，他全国所有的三千个臣子，全部结成一个朋党，自古以来朋党人数之多、范围之广，没有比得上周朝的，然而周朝因此兴盛起来，这是因为好人虽多却并不嫌多啊！

唉，这些治乱兴亡的历史事迹，做君主的，可以作为借鉴啊！

【点评】文章针对政敌的作为贬义使用的"朋党"，加以新的说明，指出朋党有邪正之分，君子"以同道为朋"，小人"以同利为朋"，并进一步据出小人不可能结成真正的朋党的论点，肯定了只有君子才能结为朋党，并有利于社会、有利于国家。在反复论证，正反两方面的对比中，总结了历史经验教训，告诫为人君者，只有"退小人之伪朋""用君子之真朋"，才能使"天下大治矣"，很有进步意义。文章运用历代兴亡的事例作为论证，并以正反两方面对比手法加以说明，论点鲜明，论据充分，论证剀切，条理清晰，说服力较强。同时通过正反史事的鲜明对比和排比、反复句式的运用，增强了文章的气势。

【集说】破千古人君之疑。（茅坤《唐宋八大家文钞》）

小人无朋一语，开凿鸿蒙，自公而前未之闻也。格颇仿刘子政，而奇警过之。（储欣《唐宋八大家类选》）

反反复复，说小人无朋，君子有朋，末归到人君能辨君子小人。见人君能辨，但问其君子小人，不问其党不党也。因谏院所进文，故格近于方严。（沈德潜《唐宋八大家读本》）。

公此论为杜、范、韩、富诸人发也。时王拱辰、章得象辈欲倾之，公即疏救,复上此论,盖破蓝元震朋党之说,意在释君之疑。援古事以证辩,反复曲畅,婉切近人,宜乎仁宗为之感悟也。(吴楚材等《古文观止》)

(高世华)

夷陵县至喜堂记

峡州治夷陵[1],地滨大江,虽有椒、漆、纸以通商贾,而民俗俭陋,常自足,无所仰于四方。贩夫所售,不过鲥鱼腐鲍[2],民所嗜而已,富商大贾,皆无为而至。地僻而贫,故夷陵为下县,而峡为小州。州居无郭郛[3],通衢不能容车马[4]。市无百货之列,而鲍鱼之肆不可入[5],虽邦君之过市[6],必常下乘[7],掩鼻以疾趋[8]。而民之列处,灶、廪[9]、匽[10]、井无异位。一室之间,上父子下畜豕[11],其覆皆用茅竹,故岁常火灾,而俗信鬼神,其相传曰:作瓦屋者不利。夷陵者楚之西境,昔《春秋》书以狄之[12],而诗人亦曰蛮荆,岂其陋俗自古然欤[13]!

景祐二年[14],尚书驾部员外郎朱公治是州[15],始树木增城栅[16],辟南北之街[17],作市门市区。又教民为瓦屋,别灶、廪、异人畜,以变其俗。既又命夷陵令刘光裔治其县,起敕书楼[18],饰厅事[19],新吏舍,三年夏,县功毕。

某有罪来是邦[20],朱公与某有旧,且哀其以罪而来,为至县舍,择其厅事之东以作斯堂,度为疏、洁、高、明,而日居之[21],以休其心。堂成,又与宾客偕至而落之。夫罪戾之人,宜弃恶地,处穷险;使其憔悴忧思,而知自悔咎。今乃赖朱公而得善地以偷宴安[22],顽然使忘其有罪之忧,是皆异其所以来之意。然夷陵之僻,陆走荆门、襄阳至京师[23],二十有八驿;水道大江,绝淮抵汴东水门[24],五千五百有九十里。故为吏者多不欲远来,而居者往往不得代[25],至岁满,或自罢去。然不知夷陵风俗朴野[26],少盗争。而令之日食,有稻与鱼,又有桔、柚、茶、笋四时之味。江山美秀,而邑

唐宋八大家文观止

居缮完，无不可爱。是非惟有罪者之可以忘其忧，而凡为吏者，莫不始来而不乐，既至而后喜也。作至喜堂记，藏其壁⁽²⁷⁾。

夫令虽卑而有土与民，宜志其风俗变化之善恶，使后来者有考焉尔⁽²⁸⁾。

【注释】(1)峡州：今湖北宜昌西北，至长江西陵峡地区。治：指地方长官所驻地。夷陵：县名，故城在今湖北宜昌东。　(2)鱐(sòu)鱼：干鱼。腐鲍：泛指腐臭的鱼虾。　(3)郭郛(fú)：护城的城郭。　(4)通衢(qú)：四通八达的交通要道。　(5)肆：店铺。　(6)邦君：指州郡长官。　(7)乘：车。(8)疾趋：急急地过。　(9)廪(lǐn)：米仓。　(10)匽(yàn)：厕所。　(11)豕(shǐ)：猪。　(12)春秋：书名，孔子以鲁国历史为线索撰写的历史大事记。荆：楚国。以狄：用夷狄称呼它。　(13)欤：语尾助词。　(14)景祐：宋仁宗年号。景祐二年即公元1035年。　(15)尚书驾部员外郎：官员名，为尚书省驾部郎的副手。　(16)城栅：泛指城墙。栅，短墙。　(17)甓(pì)：砖。　(18)敕(chì)：理也。　(19)厅事：官署。　(20)是邦：这个地区。(21)度：指至喜堂的规模尺度。　(22)宴安：安逸。　(23)荆门：地名，在今湖北荆门市南，上合下开，其形状像门。襄阳：地名，属湖北。　(24)绝淮：极尽淮河。汴：河南开封简称。　(25)居者：在任内的官。　(26)朴野：淳厚朴实。野：少文采。　(27)藏其壁：把文章刻在碑石上嵌藏在墙壁里。其，指碑石。　(28)考：考究。尔：语气词，即而已，罢了。

【今译】峡州治所夷陵县，地近长江，虽然盛产的花椒、漆料、纸张等物产可以沟通商贾的往来，但是当地人民的生活习俗却十分俭约简陋，长期以来自给自足，没有任何需要仰求于外地。买卖人所卖的不过是些个鱼或腐烂的鱼虾，这些都是老百姓所喜爱的罢了，做大买卖的富商都不到这儿来做买卖。夷陵僻远贫瘠，所以被列为下等县，峡州亦是小州。州治所在地连护城的城郭都没有，交通要道不能通行车马。街市没有百货陈列，贩卖鱼虾的小店铺腥臭难闻，使人不能进入。虽然是州郡长官经过街市，必定经常走下车马，掩着鼻子，急匆匆地走过。而当地居民聚居的地方，往往是炉灶、米仓、厕所、水井同处一个方位。一户房屋，上层父子同居，下层畜养猪仔。房屋

126

都是用茅竹覆盖的，因此，每年常发生火灾。民间风俗迷信鬼神，当地的居民一直相传：盖瓦屋居住是不吉利的。夷陵原是楚国西部的边境地区，从前《春秋》记载楚国时写用"荆"，称它为夷狄，而诗人则叫它"蛮荆"，岂不是说它的鄙陋习俗自古就是这样的么！

宋仁宗景祐二年，任尚书部员外郎的朱公来主管峡州，开始种植树木，增建护城的矮墙，用砖铺了南北的街道，设立门市和划分集市区域。又教居民们建造瓦屋，分别炉灶、仓廪，分开人畜的居住，以此来改变当地落后的习俗。继而又命夷陵县令刘光裔治理他所管辖的夷陵县，建造修理书案，粉饰官署，更新官吏使用的房舍。景祐三年的夏季，夷陵县应兴办的事办理完毕。

我因为有罪被贬谪到这个地区，朱公与我旧有交情，并且同情我因罪受贬而来的遭遇。因此，选择官署的东边为我建造这座至喜堂，房屋营造得疏敞、雅洁、高大、明亮，使我获得了日常居住的处所，使我沉重的心灵可以得到宽怀赦宥。至喜堂建成时，朱公又亲自带领宾客前来庆贺落成。有罪的人，本应该弃置到恶劣地区，置身于穷困艰险的境地，使他容颜憔悴，心绪忧伤，从而认识到自己的罪过。现在依赖朱公获得了优裕的环境，使我得以偷安，愚顽地忘记了有罪的忧愁，这些都违背了所以到这儿来的本意。然而夷陵偏僻荒远，从陆路经湖北荆门、襄阳到达京师，共有二十八驿站；从水路经长江，极尽淮河抵达汴京东面水门，也有五千五百九十里。所以当官的大都不愿远道而来，而在任的官员也往往得不到替代，至任期满，有的自己罢官而去。然而，人们不了解夷陵，它的风俗淳厚朴实，很少有盗贼、争讼之事。县官每天食用有米饭、鲜鱼，又有橘子、柚子、香茶、嫩笋等四时的美味。夷陵山川秀美，县境地域治理完善，一切都十分可爱。在这里，不仅有罪的人可忘掉忧愁，而且凡是到这里做官的，初来时没有一个不感到不快，但是到达的日子一长便感到这儿可喜了。因此，我作《至喜堂记》，刻石嵌藏在墙壁里。

那县令职位虽然卑微，但有土地和百姓，应该记下当地风俗的善恶变化，以便让后世的人有所考查。

【点评】 起笔平易疏朗，记叙也纡徐委曲，然而，平淡中见奇崛，史笔意味

唐宋八大家文观止

极浓。对夷陵经济交通贫困落后的勾勒,意在突出朱公对峡州、夷陵进行教化的政绩;对夷陵风土淳厚的发现,则又高标出欧阳公处居夷陵有别于其他官吏的态度。笔墨收放自如,是了解古夷陵风土民情的佳作。

【集说】以叙事行议论。荆川曰:"前段言风不美而太守能变其俗。后段议论仕宦得善地。前后不用照应,是一格。"(茅坤《唐宋八大家文钞》)

(张 强)

丰乐亭记

修既治滁之明年[1],夏,始饮滁水而甘。问诸滁人,得于州南百步之近,其上则丰山,耸然而特立[2];下则幽谷,窈然而深藏[3];中有清泉,滃然而仰出[4]。俯仰左右,顾而乐之。于是疏泉凿石,辟地以为亭,而与滁人往游其间。

滁于五代干戈之际,用武之地也。昔太祖皇帝,尝以周师破李景兵十五万于清流山下,生擒其将皇甫晖、姚凤于滁东门之外,遂以平滁[5]。修尝考其山川,按其图记,升高以望清流之关[6],欲求晖、凤就擒之所,而故老皆无在者,盖天下之平久矣。自唐失其政,海内分裂,豪杰并起而争,所在为敌国者,何可胜数!及宋受天命,圣人出而四海一[7]。向之凭恃险阻,划削消磨[8],百年之间,漠然徒见山高而水清[9]。欲问其事,而遗老尽矣。

今滁介于江淮之间,舟车商贾、四方宾客之所不至。民生不见外事,而安于畎亩衣食[10],以乐生送死[11]。而孰知上之功德,休养生息,涵煦百年之深也[12]。

修之来此,乐其地僻而事简,又爱其俗之安闲。既得斯泉于山谷之间,乃日与滁人仰而望山,俯而听泉。掇幽芳而荫乔木,风霜冰雪,刻露清秀[13],四时之景,无不可爱。又幸其民乐其岁物之丰成,而喜与予游也。因为本其山川,道其风俗之美,使民知所以安此丰年之乐者,幸生无事之时也。

夫宣上恩德,以与民共乐,刺史之事也(14)。遂书以名其亭焉。

庆历丙戌六月日(15),右正言知制。诰知滁州军州事欧阳修记(16)。

【注释】本文庆历六年(1064)作于滁州(今安徽滁州)。(1)明年:即庆历六年。 (2)耸然:高高矗立。特立:独立。 (3)窈(yǎo)然:深远、幽静。 (4)滃(wěng)然:水势盛大的样子。仰出:由地面向上涌出。 (5)"昔太祖皇帝"三句:太祖即宋太祖赵匡胤。据《资治通鉴》后周纪三,世宗显德三年载:"上命太祖皇帝倍道袭清流关,皇甫晖等陈于山下,方与前锋战。太祖皇帝引兵出山后,晖等大惊,走滁州,欲断桥自守。太祖皇帝跃马麾兵涉水,直抵城下。……晖整众而出,太祖皇帝拥马颈突陈而入,大呼曰:'吾止取皇甫晖,他人非吾敌也。'手剑击晖,中脑,生擒之,并擒姚凤,遂克滁州。"李景:南唐皇帝。 (6)清流关:在滁州西北清流山上,是江淮地区的重要关隘。宋太祖大破南唐兵的地方,宋时在此设清流县。 (7)圣人:此指宋太祖。四海一,统一了天下。 (8)划(chǎn):同"铲"。划削:拆除削平。(9)漠然:寂静无声。 (10)畎(quǎn)亩:田地。畎:田间水沟。亩:土地。(11)乐生送死:即养生送死,过太平日子。 (12)涵煦(xù):滋润教化、抚育。 (13)刻露:秋冬草枯叶落,山势巉岩毕露。 (14)刺史:唐代州的主管官称。宋时知州(州的主管长官)与其地位相当,所以用来作为代称。(15)庆历丙戌:庆历六年(1046)的干支。 (16)右正言知制诰知州事:作者官衔。右正言:谏议官员。知制诰:掌管草拟诏书。宋代知州称为知某州军州事。

【今译】我担任滁州太守的第二年夏天,才喝到了这里一种甘甜的泉水。向几位当地人打听水的源头,才知来自滁州城南的不远处。这眼清泉的上边是丰山,巍然高耸,雄伟挺拔;下边是幽谷,深远静谧,悄然隐藏;泉水从中间不断地向上涌出,水势颇大。环顾这四方景色,让人感到十分惬意。于是疏通泉水,凿开石头,拓出一块地方,建造了一小亭,与当地的朋友一起到这里游玩。

滁州在五代战乱时期,经常打仗。从前太祖皇帝,曾率领后周的军队,

在清流山下打败了李景的十五万大军,在滁州东门外活捉了他的大将皇甫晖、姚凤,终于平定了滁州。我曾经考察过这里的山川,查阅过有关的地图,登上高处眺望清流关,想寻找皇甫晖、姚凤当年被抓住的地方,然而当时亲身经历过战乱的人全都不在人世了。天下已经太平很久了。自从唐政治不修,天下就开始分裂,各路英雄同时起来,争夺天下,到处都是彼此敌对的国家,哪里数得清!直到宋朝尊奉天命,圣人太祖皇帝出世,才将天下统一起来。以前的那些雄关险阻,有的已经拆毁削平了,有的因年久风化而逐渐磨灭了,百年之间,这里寂静安宁,眼前所见的只是挺拔的高山和清清的流水。想要打听过去的事情,然而曾经历过的人都已去世了。

现在的滁州介于长江、淮河之间,是过往车船贸易商贩、四方宾客都不到的地方。这里的百姓一生也看不到外面发生的事情,只是安心种田地、谋衣食,过着太平的日子。又有谁知道这是圣上的功劳恩德,给百姓以休养生息之机,滋润抚育长达百年之久呢!

我来到这里,为这里地方僻静、事务简便而高兴,又喜欢这里风俗人情的安静悠闲。现在既然找到这眼藏于山谷之间的清泉,便每天与当地友人一起前往游玩,抬头观赏山的美景,低头倾听泉水叮咚。春天摘下芬芳的花草,夏天小憩在繁茂的树下,秋季风起霜降,冬日冰雪茫茫,使这景色透出一片清秀,这里一年四季的景色没有不可爱之时。又庆幸这里的百姓因年岁丰收而愉悦快乐,因而很高兴与我一同游玩。我为他们考察这里山川的变化,称颂这里淳美的风土人情,使百姓们知晓他们之所以能够平安的享受丰年的快乐,是因为幸运地生活在这太平的年代啊!

宣扬皇上的恩德,与百姓共同欢乐,是我作为知州的本职之事。于是写了这篇文章以说明此亭命名的缘由。

庆历六年(1064)六月某日,右正言知制诰知滁州军州事欧阳修记。

【点评】本文看似写景抒情,实则议论感叹,以"丰乐"二字为主题,从人与自然,人与社会两个方面拓展丰乐亭外延,用抚今思昔,借景咏事的手法深化丰乐亭的内涵,使文章曲折开合又自然晓畅,顿挫有致而不落旧窠。首段纯是自然美景及造亭缘由之描写,次段却笔锋陡转,从自然转入社会,由现实转向历史。这里不仅用环境之优美烘托社会稳定,人民"乐生送死",还用历史上的屡次战乱反衬现今的太平盛世,歌颂宣扬宋太祖的功德、"涵煦百年之深也"。最后一段先与首段相接,再叙滁州自然景致四季均美且秀。转而又连次段,进一步点化"丰乐亭"的修建与命名,是包蕴了客观环境的美妙、圣上的英明、社会的稳定、人民的安宁等诸多意义的,也从侧面褒扬了自己治滁的政绩。

【集说】和平深雅。……"风霜冰雪,刻露清秀""南山逼冬转清瘦,刻露圭角出崖窾",公二语从韩诗出也。"乐其岁物之丰成",破题。(何焯《义门读书记》)

(马志平)

醉翁亭记

环滁皆山也[1]。其西南诸峰,林壑尤美[2]。望之蔚然而深秀者[3],琅邪也[4]。山行六七里,渐闻水声潺潺,而泻出于两峰之间者,酿泉也[5]。峰回路转,有亭翼然临于泉上者[6],醉翁亭也。作亭者谁? 山之僧曰智仙也。名之者谁? 太守自谓也。太守与客来饮于此,饮少辄醉,而年又最高,故自号曰醉翁也。醉翁之意不在酒,在乎山水之间也。山水之乐,得之心而寓之酒也[7]。

若夫日出而林霏开[8],云归而岩穴暝[9],晦明变化者[10],山间之朝暮也。野芳发而幽香,佳木秀而繁阴[11],风霜高洁[12],水落而石出者,山间之四时也。朝而往,暮而归,四时之景不同,而乐亦无穷也。

至于负者歌于途,行者休于树,前者呼,后者应,伛偻提携[13],往来而不绝者,滁人游也。临溪而渔,溪深而鱼肥;酿泉为酒,泉香而酒洌[14];山肴野蔌[15],杂然而前陈者,太守宴也。宴酣之乐,非丝非竹[16],射者中[17],弈者胜[18],觥筹交错[19],起坐而喧哗者,众宾欢也。苍颜白发,颓然乎其间者,太守醉也。

已而夕阳在山,人影散乱,太守归而宾客从也。树林阴翳[20],

唐宋八大家文观止

鸣声上下⁽²¹⁾，游人去而禽鸟乐也。然而禽鸟知山林之乐，而不知人之乐；人知从太守游而乐，而不知太守之乐其乐也。醉能同其乐，醒能述以文者，太守也。太守谓谁？庐陵欧阳修也⁽²²⁾。

【注释】(1)环：环绕，围绕。滁：即滁州（今安徽滁州）。　(2)壑(hè)：山沟。　(3)蔚然：草木茂盛的样子。　(4)琅邪(yá)：山名。(5)潺潺：水声。酿泉：泉水名，在琅邪山内。　(6)翼然：形容亭子四角翘起，像鸟展翅的样子。　(7)"山水之乐"二句：谓游赏山水的乐趣，领会在心里，寄托在酒中。　(8)林霏(fēi)：树林里的雾气。开：散开，消散。(9)云归：云气聚拢到山中。暝：昏暗。　(10)晦明变化：谓天气阴晴明暗的变化。　(11)佳木：树的美称。秀：茂盛。繁阴：一片浓密的树荫。(12)风霜高洁：天高气爽，霜色洁白。　(13)伛(yǔ)偻(lǚ)：弯腰曲背的样子，指老年人。提携：指携扶着走的小孩。　(14)洌(liè)：清，凉。(15)山肴：山中的野味。蔌(sù)：菜蔬。　(16)丝、竹：泛指管弦乐器。

(17)射者中(zhòng)：投壶的人投中了。射，指投壶，古代饮宴时的一种游戏，用箭投向壶中，投中者为胜。　(18)弈(yì)：下棋。　(19)觥(gōng)：酒杯。筹：指行酒令的筹码。　(20)阴翳(yì)：树木遮蔽成荫。

(21)鸣声上下：鸟鸣的声音上上下下到处都是。　(22)庐陵：地名，今江西吉安。

【今译】滁州城的四周尽是山峦。西南方向的各个山峰，树林和山谷显得尤其优美。看上去林木茂盛、幽深秀丽的，便是琅邪山。沿着山路走上六七里，渐渐听到潺潺的流水声，一股溪流从两峰之间奔泻而出，这便是酿泉。再走过一段屈曲转折的山路，便见一座亭子耸立于酿泉的上方，亭子的四角翘起，犹如飞鸟展翅一般，这就是醉翁亭。谁建造的亭子？是山里的智仙和尚。又是谁给它取名的呢？是太守用自己的名号来给它命名的。太守同宾客来这里饮酒，稍微饮一点就醉了，而年龄又最大，所以给自己取个名号叫"醉翁"。醉翁的本意并不在于酒，而在于山水之间。游赏山水的乐趣，领会在心里，饮酒只不过是一种寄托罢了。

且说早晨太阳出来，金光四射，树林里的雾气就散开了；傍晚云气聚拢，归于山中，山石洞穴又显得昏暗；这种或明或暗而变化的情形，就是山里的早晨和傍晚。野花开放，幽香四溢；树木茂盛，河床里的石头露出；这种有规律地变化着的景象，就是山里的四季。早晨去游山，傍晚再回来，四季的景色各不相同，其中的乐趣也是没有穷尽的。

至于那些背着东西的人在路上唱着歌，行路的人在大树下休息，前面的人大声呼唤，后面的人随声应和，弯腰的老人和稚小的孩童互相搀扶，来来往往络绎不绝的，那都是滁州当地的人前来游山了。到溪边去钓鱼，溪水深，鱼也肥美；用泉水酿酒，泉水香甜，酒色清纯；山肴野菜，摆满于面前，这便是太守的宴席。沉浸于宴席中的乐趣，并不在于席前的音乐，投壶的人投中了，下棋的人下赢了，酒杯与酒筹相交错，宾客们或起或坐，尽情欢乐。那容颜苍老、头发斑白，醉醺醺倒卧于人们之间的，便是酣醉了的太守。

到了傍晚，夕阳西下，晚霞的余晖映照在山头上，人影幢幢，那是太守回家而宾客们随从着。树林遮蔽成荫，上上下下一片鸟鸣之声，那是游人离去之后百鸟在欢乐地歌唱。可是鸟儿只知道居于山林之中的快乐，却不知道游人的快乐；游人只知道跟随太守游山的快乐，却不知道太守心中的快乐。醉了能与众人一同快乐，醒了又能用文章记述这一切的，便是太守。太守是谁？便是庐陵的欧阳修啊。

【点评】文章以一"乐"字统摄全篇，写山水之乐，人情之乐，禽鸟之乐，反复渲染而又层次分明、环环紧扣。从整篇来说，对"乐"的层层描绘是如此；即以局部章节而论也是如此，如醉翁亭的出现，先写环滁之山，次写西南诸峰，再写琅邪山，再写两峰间之酿泉，而后才推出泉上之亭，角度从广到面再到点，有如现代电影之推拉摇移，可谓峰回路转，摇曳多姿。与此相联系，全文呼应有方结构完整。如首段写出醉翁亭之后，曰："名之者谁，太守自谓也"，末了又写"太守谓谁，庐陵欧阳修也"，照应十分紧密。

文章突出地运用了对比映照之手法，给读者绘出一幅幅极美极妙之景之境。语言概括精练而形象，多采用对偶的句式，而又骈散结合，显得错落有致。在这些句式之间，又嵌缀以二十一个"也"字，不仅不显累赘，反而更显活泼，一个"也"字一层意思。这些"也"字与骈散交错的句式相结合，造成一种回环往复、一唱三叹之语调，更使得文章节奏鲜明、音节响亮。

133

【集说】欧公文亦多是修改到妙处。顷有人买得他《醉翁亭记》稿，初说滁州四面有山，凡数十字。末后改定，只曰'环滁皆山也'五字而已。"（朱熹《朱子语类》卷一二九）

欧阳公记醉翁亭用"也"字，……盖本于《易》之《杂卦》。（王应麟《困学纪闻·杂识》)

（刘峰涛）

樊侯庙灾记[1]

郑之盗[2]，有入樊侯本庙刳神像之腹者[3]。既而大风雨雹，近郑之田，麦苗皆死，人咸骇曰："侯怒而为之也。"

余谓樊侯本以屠狗立军功，佐沛公至成皇帝[4]，位为列侯[5]，食邑舞阳[6]，剖符传封[7]，与汉长久，《礼》所谓有功德于民则祀之者欤[8]？舞阳距郑既不远，又汉、楚常苦战荥阳、京、索间[9]，亦侯平生提戈斩级所立功处[10]，故庙而食之[11]。宜矣。

方侯之参乘沛公[12]，事危鸿门[13]，振目一顾，使羽失气。其勇力足有过人者，故后世言雄武称樊将军，宜其聪明正直，有遗灵矣[14]。然当盗之刳刃腹中[15]，独不能保其心腹肾肠，而反贻怒于无罪之民[16]，以骋其恣睢[17]，何哉？岂生能万人敌，而死不能庇一躬邪[18]？岂其灵不神于御盗，而反神于平民，以骇其耳目邪？风霆雨雹，天之所以震耀威罚[19]有司者[20]，而侯又得以滥用之邪？盖闻阴阳之气[21]，怒则薄而为风霆。其不和之甚者，凝结而为雹，方今岁且久旱，伏阴不兴[22]，壮阳刚燥[23]，疑有不和而凝结者，岂其适会民之自灾也邪[24]，不然，则喑呜叱咤[25]，使风驰霆击，则侯之威灵暴矣哉[26]！

【注释】(1)樊侯庙：为祭祀汉舞阳侯樊哙而建的庙宇。 （2）郑：指春秋郑国的故土，大约在河南省中间，黄河以南，今河南新郑一带。 （3）刳(kù)：剖开，挖空。 （4）沛公：汉高祖刘邦起兵反秦于沛，故称沛公。

(5)列侯:汉制,刘姓封王,异姓功臣封侯。　　(6)食邑:世禄田邑。舞阳:河南方城。　　(7)剖符:汉高祖刘邦分封功臣,剖符作誓,把符节的一半交功臣以为信守。传封:把符节封藏于太庙,传子孙以兹信守。　　(8)礼:指《礼记》一书。　　(9)荥(xíng)阳:河南成皋西南。京:春秋时郑邑。索:大索城,今河南荥阳。　　(10)级:首级。　　(11)食之:供奉他。　　(12)参乘(cān shèng):御者坐在车中间,主人坐在御者左边的座位,坐在右边担任警卫者叫参乘。　　(13)鸿门:即鸿门宴。言项羽采纳谋士范增之计,在鸿门准备杀沛公刘邦之事。　　(14)灵:精神意志。　　(15)剚(zì)刃:把刀剑刺入。(16)贻怒:迁怒。　　(17)恣睢:纵恣暴戾。　　(18)躬:身。　　(19)震耀:显耀。威罚:尊严权力。　　(20)司:主管其事。　　(21)阴阳之气:古人认为一切物质都是由阴阳二气构成。(22)伏阴:暗藏阴气。　　(23)壮阳:阳气强盛。　　(24)适会:恰巧碰着。(25)喑呜:怀着怒气。叱咤:发怒声。　　(26)矣哉:语气词。

【今译】郑地的盗贼进入了汉舞阳侯樊哙庙,剖开了神像的腹腔。很快,天刮起了大风雨,降下了冰雹。靠近郑地的田野里,麦苗被风雨冰雹毁掉。人们惊骇地说:"樊侯发怒,刮风雨降冰雹了。"

我说,樊哙本是个以杀狗为职业出身寒微的人,立了军功,辅佐沛公刘邦成为皇帝,才得以封侯的。樊哙以舞阳为食邑,有分剖的符节封藏于太庙,传子传孙,可以同汉朝共存长久。这就是《礼记》所说的,有功德于老百姓的,老百姓就祭祀他吗?舞阳距离郑地很近,又在当年汉楚争天下经常相持的荥阳、京和索地之间,也是樊侯平生执戈斩取敌人首级立功的地方。因此,建庙供奉他,是应该的。

当樊侯为沛公参乘时,鸿门宴沛公生命遭到危险,樊哙怒目项羽,使项羽丧失了杀掉沛公的勇气。樊哙的勇气、力气都有过人之处,因此,后人谈论雄武,都交口称赞樊将军。应该说他的聪明正直、他的精神意志还是留存下来了。然而,当盗贼把刀剑插入他(神像)腹中,他偏偏不能保全自己的心肝肾肠,反而迁怒于无罪的百姓,以此来放纵自己的暴戾,这是为什么呢?莫不是生时能敌万人,而死后不能庇护一己之身吗?莫不是他的神灵不灵于抵御盗贼,反而灵于暴戾百姓,惊吓他们的耳目吗?风雷雨雹是上天用来

唐宋八大家文观止

显耀天威、责罚下界的,这些惩罚自有主管其事的天官,然而樊侯又何得滥用天威呢?所说的天地阴阳二气,气势充盈不可遏抑,迫而成为风雷。当它不能调和达到极度时,凝结而成为冰雹。今年正是久旱,暗藏的阴气不能兴起,强盛的阳气刚烈火燥,恐怕冰雹是阴阳二气不调和而凝结的。这岂不是人恰巧碰上自然灾害吗?如果不是的话,怀着愤怒之气,发出怒声,使风暴疾驰、电闪雷鸣,那么,樊侯的威灵够残暴的了!

【点评】文章紧扣"灾"字,先写郑地盗贼剖挖樊哙神像引起"近郑之地"之灾。然后,宕开一笔,补叙樊哙生前事迹,认为建庙祭礼樊哙是应该的。表面看是闲笔,其实不然,它既道出樊侯庙的来由,也在为下文批判樊侯神灵滥用天威暴戾百姓之"灾"蓄势。"方侯之参乘沛公"以下连用反问句式,加强语势,读之令人回肠荡气,严正地表达出作者对樊侯神灵降"灾"无辜的态度。纵观整个文章,叙事从容不迫,条畅自如。然寓意深长,内涵极其丰富,是一篇文情并茂的佳作。

【集说】议归于正,分明是诮嚷樊将军之旨。荆川曰:文不过三百字,而十余转折。愈出愈奇。文之最妙者也。(茅坤《唐宋八大家文钞》)

(张　强)

伐树记

署之东园,久芜不治[1]。修至,始辟之,粪瘠溉枯[2],为蔬圃十数畦,又植花果桐竹凡百本[3]。春阳既浮,萌者将动[4]。园之守启曰:"园有樗焉[5],其根壮而叶大。根壮则梗地脉[6],耗阳气,而新植者不得滋;叶大则阴翳蒙碍[7],而新植者不得畅以茂。又其材拳曲臃肿,疏轻而不坚[8],不足养,是宜伐。"因尽薪之[9]。明日,圃之守又曰:"圃之南有杏焉,凡其根庇之广可六七尺,其下之地最壤腴[10],以杏故,特不得蔬[11],是亦宜薪。"修曰:"噫,今杏方春且华[12],将待其实,若独不能损数畦之广为杏地邪[13]?"因勿伐。

既而悟且叹曰:"吁!庄周之说曰:'樗、栎以不材终其天年⁽¹⁴⁾，桂、漆以有用而见伤夭⁽¹⁵⁾。'今樗诚不材矣，然一旦悉翦弃；杏之体最坚密，美泽可用，反见存。岂才不才各遭其时之可否邪？"

他日，客有过修者⁽¹⁶⁾。仆夫曳薪过堂下⁽¹⁷⁾，因指而语客以所疑。客曰："是何怪邪⁽¹⁸⁾？夫以无用处无用，庄周之贵也⁽¹⁹⁾。以无用而贼有用，乌能免哉⁽²⁰⁾？彼杏之有华实也，以有生之具而庇其根，幸矣⁽²¹⁾。若桂漆之不能逃乎斤斧者，盖有利之者在死，势不得以生也。与乎杏实异矣。今樗之臃肿不材，而以壮大害物，其见伐诚宜尔。与夫才者死不才者生之说，又异矣。凡物幸之与不幸，视其处之而已⁽²²⁾。"客既去，修然其言而记之⁽²³⁾。

【注释】(1)署：官署。这里指西京河南府衙门。莆(fú)：杂草丛生。(2)粪瘠：把肥料施给贫瘠的土地。溉枯：把水灌溉给干枯的作物。 (3)本：株。 (4)浮：现。萌者：草木萌发的芽。 (5)园之守：主管菜园的人。樗(chū)：臭椿，落叶乔木。 (6)梗：阻塞。地脉：水在土壤里浸润移动，像人体内的血管。 (7)阴翳(yì)：遮蔽。蒙：受。 (8)疏轻：木质疏松而轻飘。 (9)薪之：砍来当柴。 (10)壤腴：肥沃。 (11)特：独。 (12)方春：正发枝。华：花。 (13)若：你。 (14)庄周：庄子。栎(lì)：落叶乔木，即柞树。樗栎：比喻无用之才。天年：尽自然生长的时间。 (15)桂：玉桂，名贵药材。漆：漆树，树脂是漆器的主要原料。 (16)他日：有一天。过：探访。 (17)曳薪：拖着柴。曳，牵引。 (18)怪：奇怪，惊异。 (19)贵：看重。 (20)贼：侵害。乌能免哉：怎么能避免被砍伐掉呢？具：条件，才能。庇：庇护、保护。根：生命、命根。 (22)处：时势环境。(23)然其言：认为他的话对。

【今译】官署东边的园子，杂草丛生，很久没有整治了。我到任以后，才开辟它，给贫瘠干涸的土地施肥灌水，把土地分成十多畦，将荒园变成菜园，又种植了花木，果树、梧桐、竹子约百株。春天阳气上升，温暖浮现，草木的萌芽就要显露出去。管理菜园的人报告说："园里有株臭椿树，它根粗叶大。根粗就阻塞了地下的水分通道，消耗阳气，阻碍雨露，使新植的花木不能充分享受雨露阳光，伸展繁茂。而且它材质弯曲臃肿，疏松轻飘，不坚实，它不

唐宋八大家文观止

值得养,应该砍掉。"于是把臭椿树全部劈成柴薪。第二天,管理菜园的人又说:"菜园南边有棵杏树,它的根和枝叶所占据与遮盖的面积方圆约六七尺,树下的土地十分肥沃,因为有杏树的缘故,独不能种菜,也应该砍掉作柴薪。"我回答说:"唉,现在杏树正逢春发枝,将要开花,可以等待它结果,你难道不能少种几畦蔬菜,把那块地方作为杏树的用地吗?"因而杏树没有砍掉。

随后我有所醒悟,并感叹道:"唉!庄子曾经说:'臭椿树与柞树因为不成材而保全下来,享尽了它们的自然年限;桂树、漆树因为有用而遭到伤害夭折。'现今,这棵臭椿树确实不成材,却一下子被全部砍掉,杏树的木质坚硬细密,光泽美观,可以用,反而被保存下来。难道说有才与无才的事物,是由于各自碰上的时势不同而确定有幸与不幸吗?"

有一天,有位客人来我家,仆人拖着柴薪从客堂下经过,我顺便指着烧柴把心中的疑惑对客人讲了。客人说:"这有什么奇怪呢?自身无用又处在无用的地方(即与世无争),这才是庄子所崇尚和看重的,如果自身无用又侵害有用之才,又怎么能够幸免呢?那杏树能开花结果,凭着这有益于生的条件来保护住自己的命根,真是幸运呢!至于桂树、漆树不能逃脱斤斧砍伐的原因,是因为得利处正在于它的死,所以它们势必不能生存。它同杏树实在不同。现在臭椿树臃肿不成材,又因根壮叶大妨害了其他作物,它被砍伐的确很合适。这与有才能的反而死掉、没才能的反而生存的说法又有不同啊。总之,事物的幸与不幸,看它所处的环境,时势罢了。"客人离开后,我认为他的话很对,就把它记了下来。

【点评】欧阳修深受庄子的影响,他的许多文章都有融《庄子》于其中的痕迹,但他却能不囿于庄子思想的束缚,这篇寓言性的哲理文章,便是通过园丁要求伐树一事,对庄子"才者死,不才者生"的看法提出了疑问,驳正了庄子以"无用"来保全自身的虚无逃世、消极出世的人生态度,反映了作者初入仕途,准备积极参与社会,有所作为的思想。认为凡物的各种遭遇,幸与不幸的命运,均因环境、时势来决定,不是一成不变的。强调事物的生存与消亡都应以对社会有益无害为准绳。无用之才如若长于无用之处,尚可尽享天年,但若妨害了有用之才,就应砍伐,否则就不是无用而是有害了。有用之才的生死亦是如此,杏树得生,是因为它有花可赏,有果可食,于人有益。而桂漆所以不能逃避斤斧，躲开厄运，只因它们"有利之者在死"。文章用问答形式，层层递进，条疏理通，反映作者对"才与不才""幸与不幸"有一个逐渐深化的认识过程和思辨过程，也使文章有了鲜明的形象性和生动的感染力。

【集说】借庄周之言，而参之以客对，发其感慨。（茅坤《唐宋八大家文钞》）

（马志平）

戕竹记⁽¹⁾

洛最多竹，樊圃棋错⁽²⁾，包箨榯笋之赢⁽³⁾，岁尚十数万缗⁽⁴⁾，坐安侯利，宁肯为渭川下⁽⁵⁾。然其治水庸⁽⁶⁾，任土物⁽⁷⁾，简历芟养⁽⁸⁾，率须谨严。家必有小斋闲馆在亏蔽间⁽⁹⁾，宾欲赏，辄腰舆以入⁽¹⁰⁾，不问辟疆⁽¹¹⁾，恬无怪让也⁽¹²⁾。以是名其俗，为好事。

壬申之秋⁽¹³⁾，人吏率持镰斧，亡公私谁何⁽¹⁴⁾，且戕且桴⁽¹⁵⁾，不竭不止。守都⁽¹⁶⁾出令：有敢隐一毫为私，不与公上急病⁽¹⁷⁾，服王官为慢⁽¹⁸⁾，齿王民为悖⁽¹⁹⁾。如是累日，地榛园秃⁽²⁰⁾，下亡有啬色少见于颜间者⁽²¹⁾，由是知其民之急上。

噫⁽²²⁾，古者伐山林，纳材苇，惟是地物之美，必登王府，以经于用。不供，谓之畔废⁽²³⁾，不时，谓之暴殄⁽²⁴⁾。今土宇广斥⁽²⁵⁾，赋入委叠⁽²⁶⁾；上益笃俭，非有广居盛囿之侈⁽²⁷⁾。县官材用⁽²⁸⁾，顾不衍溢朽蠹⁽²⁹⁾。而一有非常⁽³⁰⁾，敛取无艺⁽³¹⁾，意者营饰像庙过差乎⁽³²⁾！书不云："不作无益害有益⁽³³⁾"。又曰："君子节用而爱人⁽³⁴⁾"。天子有司所当朝夕谋虑，守官与道⁽³⁵⁾，不可以忽也。推类而广之，则竹事犹末。

【注释】(1)本篇作于明道元年(1032)，是时，作者在洛阳任西京留守推官。是年八月，开封内廷火灾，烧毁了崇德、长春、滋福等八殿。宰相吕夷简

负责修葺工作,下令各地供给建筑用材,洛阳茂密竹林,为之砍伐一空。欧阳修对这种不问实际需要而横征暴敛的做法,十分不满,写了这篇记。

(2)樊圃:竹园。棋错:星罗棋布,多的意思。 (3)箨(tuò):笋壳。楛(shí):树木直竖的样子,这里指竹竿。 (4)尚:超出。缗(mín):成串的铜钱,每缗一千文。 (5)渭川:指渭水流域。《史记·货殖列传》:"渭川千亩竹,……此其人皆与千户侯等。" (6)庸:通"墉",水堰。 (7)任:保养。

(8)简历:选择。芟(shān):删除,修剪。 (9)亏蔽间:指竹林深处的空地。

(10)腰舆(yú):古代的一种便轿。 (11)辟疆:顾辟疆。《晋书·王献之传》:"尝经吴郡,闻顾辟疆有名园,先不相识,乘平肩舆径入。时辟疆方集宾友,而献之游历既毕,旁若无人。辟疆勃然数之曰:'傲主人,非礼也;而贵骄士,非道也。失是二者,不足齿之伧耳。'便驱出门。"这里代指竹园所有者。

(12)恬:坦然,不在乎。让:责难。 (13)壬申:即明道元年。 (14)亡:通"无",不论。 (15)桴(fú):鼓槌,这里作动词用,指砍伐。 (16)守都:这里指河南府治洛阳的主管官,即西京留守。 (17)急病:急需。(18)服王官:指做官的。慢:怠惰,傲慢不敬。 (19)齿王民:指做百姓的。悖:叛逆。

(20)榛:荒芜。 (21)下:此指老百姓。少:通"稍",稍微。 (22)噫:叹词。 (23)畔:同"叛"。 (24)暴殄(tiǎn):随意糟蹋。(25)土宇:土地和屋宅。广斥:广阔的盐碱地。此句意为宋朝疆域广大。(26)委叠:积聚众多。 (27)"非有"句:意为皇上并没有大建宫室、盛设园囿的奢侈之心。

(28)县官:指政府、朝廷。古称天子所居之地为县,即王畿。 (29)顾不:无不。 (30)非常:意外之事,此指宫廷火灾。 (31)无艺:没有限度。

(32)意者:推测之词。营饰:营造修建。征用材料的目的是修复宫殿。作者这里说营饰像庙,是委婉之词。过差:超过限度。 (33)"不作"句:语出《尚书·旅獒》:"不作无益害有益,功乃成;不贵异物贱用物,民乃足。" (34)"君子"句:语出《论语·学而》:"道千乘之国,敬事而信;节用而爱人,使民以时。" (35)守官与道:《左传》昭公二十二年:"齐侯田于沛,招虞人以弓,不进。公使执之,辞曰:'昔我先君之田也,旃以招大夫,弓以招士,皮冠以招虞人。臣不见皮冠,故不敢进。'乃舍之。仲尼曰:'守道不如守官。'君子韪之。"这里意谓坚守职责和道义。

【今译】洛阳最多的是竹子,竹园星罗棋布。光是竹笋、竹竿的赢利,每年就不下十余万缗钱,等于坐得千户侯的利禄,其收入不在富庶的渭川流域之下。但是,竹园里打堰灌水,养土施肥,育苗选材,修剪培养等工作,都必须严谨细致,认真从事。在竹林深处的空地上,家家有精巧雅致的亭舍,客人要想游赏,都可以坐小轿,径直而入,不必事先征得主人的同意,主人亦不在意,对此不会感到奇怪和发出责难。因此,洛阳种竹赏竹的风俗也出名了,都把它当作一件好事。

明道元年(1032)的秋天,官府纷纷率人拿着镰刀斧头,不论是公家的,还是私人的,竹林的主人是谁,一律砍伐,不伐尽不止。西京留守发出严令:敢隐瞒丝毫的即为私藏,将按照不服从官家急需治罪,当官的被看作是对朝廷的怠惰不敬,当百姓的则被看作是叛逆不道。这样一来,数日以后,土地荒芜了,竹园光秃了,老百姓的脸上却看不到一点吝惜的神情,由此可知,洛阳的百姓是急供朝廷所需的。

唉,古时砍伐山木,交纳木材芦苇,只是把地产的好东西,送到官府,以准备充当一定的用途。不供给就叫作叛逆犯上,不按时令砍伐征收,就叫作随意糟蹋。现在大宋王朝疆域广大,赋税收入积聚众多;皇上更是一心一意地节俭,并没有大兴宫室、盛设园囿的奢侈之心。官府中积累的材料物资,无不是余裕漫溢,甚至于都被蠹蚀腐朽了。可是,一遇到意外之事,却又没有限度的搜敛刮取,也许是修建像庙超过了限度吧!古书上不是说过:"不要做无益的事来损害有益的事。"还说过:"君子应当节约用度,爱惜人民。"皇上和各部门的官吏们应当每天早晚都要考虑到这些,坚守职责和道义,千万不可忽视。以此类推而扩展开来,伐竹则如同是一桩小事了。

【点评】戕者,杀也。本文题目用此惨烈之词,是颇耐人寻味的,而文章也正围绕这一"戕"字展开。

全文借事说理,以实论虚,叙事议论相映生辉,结构亦精致独特,虽属一事一议,却不囿于陈规,叙事析理,层层推进,洄曲湍直,而又条达舒畅。语言也精练简洁,自然含蓄,词锋尖锐犀利却又极尽委婉曲折之能事,确是文中佳品。

(马淮滨)

141

唐宋八大家文观止

六一居士传

六一居士初谪滁山⁽¹⁾，自号醉翁。既老而衰且病，将退休于颍水之上⁽²⁾，则又更号六一居士。

客有问曰："六一，何谓也？"居士曰："吾家藏书一万卷，集录三代以来金石遗文一千卷⁽³⁾，有琴一张，有棋一局，而常置酒一壶。"客曰："是为五一尔，奈何？"居士曰："以吾一翁，老于此五物之间，是岂不为六一乎？"客笑曰："子欲逃名者乎⁽⁴⁾？而屡易其号。此庄生所诮畏影而走乎日中者也⁽⁵⁾；余将见子疾走大喘渴死，而名不得逃也。"居士曰："吾固知名之不可逃，然亦知夫不必逃也⁽⁶⁾；吾为此名，聊以志吾之乐尔。"客曰："其乐如何？"居士曰："吾之乐可胜道哉！方其得意于五物也⁽⁷⁾，泰山在前而不见，疾雷破柱而不惊；虽响九奏于洞庭之野⁽⁸⁾，阅大战于涿鹿之原⁽⁹⁾，未足喻其乐且适也。然常患不得极吾乐于其间者，世事之为吾累者众也。其大者有二焉，轩裳珪组劳吾形于外，忧患思虑劳吾心于内⁽¹⁰⁾，使吾形不病而已悴，心未老而先衰，尚何暇于五物哉？虽然，吾自乞其身于朝者三年矣，一日天子恻然哀之，赐其骸骨⁽¹¹⁾，使得与此五物偕返于田庐，庶几偿其夙愿焉。此吾之所以志也⁽¹²⁾。"客复笑曰："子知轩裳珪组之累其形，而不知五物之累其心乎？"居士曰："不然，累于彼者已劳矣，又多忧；累于此者既佚矣，幸无患。吾其何择哉？"于是与客俱起，握手大笑曰："置之，区区不足较也⁽¹³⁾。"

已而叹曰："夫士少而仕，老而休，盖有不待七十者矣⁽¹⁴⁾。吾素慕之，宜去一也⁽¹⁵⁾。吾尝用于时矣⁽¹⁶⁾，而讫无称焉⁽¹⁷⁾，宜去二也。壮犹如此，今既老且病矣，乃以难强之筋骸，贪过分之荣禄，是将违其素志而自食其言，宜去三也。吾负三宜去，虽无五物，其去宜矣，复何道哉！"

熙宁三年九月七日，六一居士自传。

【注释】（1）滁山：指滁州。滁州州治滁县四面环山。庆历五年（1045），欧阳修因为积极支持范仲淹革新，遭政敌诬陷，由右正言、知制造贬官知滁州。　（2）颖水之上：指颖水之滨的汝阴。　（3）金石遗文：金石文字拓片。欧阳修据此撰成十卷金石考释专著《集古录》。　（4）逃名：躲避名声带来的不必要的烦恼。　（5）"庄生"句：《庄子·渔父》："人有畏影"（影子）恶迹（脚印）而走（逃跑）者，举足愈数（频凡）而迹愈多，走愈疾而影不离身。自以为尚迟（慢），疾走不休，绝力而死。"《吕氏春秋·有始览》："建木（竖在地上测日影的木柱）之下日中（正午时）无影。"欧阳修把两个典故弄混淆了。（6）不必逃：苏轼《太息一首送秦少章》："士如精金美玉，市有定价。"　（7）得意：体味到语言无法言说的精髓。《庄子·秋水》渭："意，物之精也。"王弼《周易例略》："忘言得象""忘象得意"。　（8）"响九奏"句：《庄子·至乐》："咸池九韶之乐，张之洞庭之野。……人卒闻之，相与还而观之。"九韶，舜乐曲名。九奏即"九韶"。《论语·述而》"子在齐闻韶，三月不知肉味。曰：'不图为乐之至于斯也。'"欧阳修反用其意。　（9）"阅大战"句：《太平御览》卷一五引晋虞喜《志林》："黄帝与蚩尤战于涿鹿之野，蚩尤作大雾弥三日，军人皆惑。黄帝乃令风后法斗机以别四方，遂擒蚩尤。"　（10）轩裳珪组：标识官员品级、职务的车马、服式、印信等。此指做官为宦，仕途奔波。劳吾心，使吾心劳。　（11）赐其骸骨：准许退休的委婉说法。　（12）志：记。指上文"吾以此名，聊以志我之乐尔"。　（13）区区：细微，细枝末节。（14）"老而休"句：《礼记·内则》："七十不俟朝。"后朝廷规定官员退休年龄为七十。一般人难舍富贵，年过七十仍恋栈不去。故"有不待七十"而致仁者，就显得品德高尚。七十曰老。　（15）去：致仕离朝。　（16）时：机遇。欧阳修曾两度遭贬，最近又由于参与"濮议"（尊仁宗为皇，还是尊英宗本生父濮安懿王为皇）成为众矢之的。神宗即位，欧阳修又为言官攻击，罢参知政事，出知亳州。亳州任上，又因执行青苗法不力受到攻击，便决意退休。坚持了三年，始蒙恩准。　（17）旋：终，止，至今。

【今译】六一居士当年贬官滁州，自己给自己取了个别号"醉翁"。到了年老体衰又疲惫，就要退休到颖水之滨，就又改别号称"六一居士"。

客人问道:"六一,意思说什么?"居士说:"我家藏书一万卷,集录商周以来金石拓片一千卷,一张琴,一局棋,又常备一壶酒。"客人说:"这才五个一呀,对您自号'六一'怎么解释?"居士说:"让我一个老翁,在这五件东西中安度晚年,难道不就成了'六一'了吗?"客人笑了,说:"您先生是想躲避称作'名声'的东西吧?才几次更改别号。您这做法是庄子挖苦的因为害怕自己的影子就想奔跑着追上太阳、永处在正午时;我将要看到先生您飞跑、喘不过气、渴死,名还是躲避不了。"居士说:"我本来就了解名不能躲避;但也了解那个名不一定要躲避。我用'六一'作别号,权用它来记录我的欢悦罢了"。客人说:"那个欢悦是什么样的?"居士说:"我的欢悦哪里能一一陈说呀!在我体会到那五种东西无法言说的精髓时,泰山在眼前也视而不见,迅雷击破房柱也安然不动;即使在洞庭演奏舜时的乐曲《九韶》,在涿鹿观看黄帝和蚩尤的厮杀,也不足以喻示那种欢悦和满足。但经常害得我不能在这五种东西中尽享欢悦的,是世事成为我的负担的太多。最主要的有二种,仕途奔波使我的身体疲惫不堪,忧患思虑使我的精神疲惫不堪,使我的身体没有病却已经憔悴,使我的精神未老先衰,还有什么空余时间享受那五件东西的乐趣呢?尽管这样,我向朝廷自动请求放我退休有三年了,一天天子心动,同情我,恩准我退休,使我能和这五件东西一起回到乡间草庐,多少偿还了多年的心愿。这是用'六一'来纪念的原因。"客人又笑着说:"先生了解仕宦奔波是身体的负担,却不了解那五种东西也是精神的负担吗?"居士说:"不是这样。奔波于仕途使人劳累,又多愁苦;沉迷于这五种东西中结果使人放松,庆幸的是没什么可担心的。我该选择哪种呢?"于是和客人一同站起来,握手大笑,说:"放下计较心,细枝末节不足来计较!"

事后又感慨道:"士年轻时入仕,七十就退休,有不等到七十岁就退休的。我一向向往这种做法,这是我应该致仕离朝的一个理由;我曾经被机遇困扰,至今没有值得说的政绩,这是我应该致仕离朝的第二个理由;壮年还这样,现在年老又疲惫,却凭无法强壮起来的身体,贪恋过分的荣禄,这是违背我平日志向又自己违背我过去说过的话,这是应该致仕离朝的第三个理由。我背着三条应该致仕离朝的理由,即使没有这五件东西,致仕离朝也是理所应当的,还有什么说的呢?"

熙宁三年九月七日,六一居士自撰传记。

【点评】自撰传记有两种形态,其一是自我肯定,如陶渊明《五柳先生传》者是也;其二是自我调侃,欧阳修《六一居士传》是也。自我肯定型的自撰传记,多是传主实际生活的素朴写照;自我调侃型的自撰传记,多是传主理想生活的夸张描写。自我调侃型的传记,常是传主无法实现的理想生活的替代。欧阳修退休颍水之上,是形势所迫,并非性分所致,故高谈"五物"之乐背后,隐藏着另一段难以言说的忧,这忧或许淡淡的,但却是难以拂去的。主客论辩的设计,淡化或者说掩藏了乐后之忧,但"淡化",不过是把忧寄于言外而已。正如《醉翁亭记》中高谈酒之乐、山水之乐,最后依然留下一个悠长的回味:"太守之乐,岂在山水之间哉"一样,《六一居士传》中主人侃侃论辩,也留下了一个悠长的回味:"吾负三宜去,虽无五物,其去宜也,复何道哉""去"是心安理得呢,还是略有遗恨? 真的"复何道哉"吗? 还是另有难言之隐? 读《六一居士传》,假如真以为欧阳修以此就沉浸在"五物"之乐中,悠然度岁,那是看走了眼。

(梁道礼)

梅圣俞诗集序

予闻世谓诗人少达而多穷[1]。夫岂然哉? 盖世所传诗者,多出于古穷人之辞也[2]。凡士之蕴其所有,而不得施于世者,多喜自放于山巅水涯之外,见虫鱼草木风云鸟兽之状类[3],往往探其奇怪;内有忧思感愤之郁积,其兴于怨刺[4],以道羁臣寡妇之所叹,而写人情之难言[5];盖愈穷则愈工[6]。然则非诗之能穷人[7],殆穷者而后工也。

予友梅圣俞[8],少以荫补为吏,累举进士,辄抑于有司,困于州县,凡十余年[9]。年今五十,犹从辟书,为人之佐[10],郁其所蓄,不得奋见于事业。其家宛陵,幼习于诗,自为童子,出语已惊其长老[11]。既长,学乎六经仁义之说,其为文章,简古纯粹,不求苟说于世[12]。世之人徒知其诗而已。然时无贤愚[13],语诗者必求之圣俞;圣俞亦自以其不得志者,乐于诗而发之,故其生平所作,于诗尤

唐宋八大家文观止

多。世既知之矣，而未有荐于上者⁽¹⁴⁾。昔王文康公尝见而叹曰："二百年无此作矣⁽¹⁵⁾！"虽知之深，亦不果荐也。若使其幸得用于朝廷，作为雅颂⁽¹⁶⁾，以歌咏大宋之功德，荐之清庙⁽¹⁷⁾，而追商、周、鲁颂之作者，岂不伟欤？奈何使其老不得志，而为穷者之诗，乃徒发于虫鱼物类、羁愁感叹之言。世徒喜其工，不知其穷之久而将老也。可不惜哉？

圣俞诗既多，不自收拾。其妻之兄子谢景初，惧其多而易失也，取其自洛阳至于吴兴已来所作，次为十卷⁽¹⁸⁾。予尝嗜圣俞诗，而患不能尽得之，遽喜谢氏之能类次也，辄序而藏之。其后十五年，圣俞以疾卒于京师，余既哭而铭之，因索于其家，得其遗稿千余篇，并旧所藏，掇其尤者六百七十七篇，为一十五卷。呜呼！吾于圣俞诗，论之详矣⁽¹⁹⁾，故不复云。庐陵欧阳修序。

【注释】（1）穷达：抑郁不得志曰穷，得时行道曰达。 （2）穷人：抑郁不得志的人。 （3）自放：自我纵逸。荀爽《贻李膺书》："直道不容于时，悦山乐水。"外见：见，同"现"，表现。王逸《离骚经序》："屈原执履忠贞，而被谗邪，忧心烦乱，不知所诉，乃作《离骚经》。……《离骚》之文，依诗取兴，引类譬喻。故善鸟香草，以配忠贞；恶禽臭物，以比谗臣……虬龙鸾凤，以托君子，飘风云霓，以为小人。" （4）兴：诗歌创作方法之一。在表现方法上是"先言他物以引起所咏之辞"，在构思上是"触物起情"。 （5）难言：难于用语言来表达。 （6）工：善其事曰工，精巧曰工。 （7）穷人：使人穷。（8）梅圣俞：梅尧臣，字圣俞。宋代著名诗人。 （9）荫：封建时代子孙因父祖功勋而得推恩赐官爵。梅尧臣以父荫为河南主簿。抑：贬退。困：艰难、窘迫。 （10）辟书：有资格"开府"的官员征召掾属的聘书。汉时司徒、司马、司空及刺史，唐时节度使，可征聘属吏。宋时连县令（知县）都须中央委派，并无"征辟"之制。欧阳修所谓"从辟书"，指梅尧臣任镇安军宣抚司判官事。 （11）宛陵：梅圣俞，宣城人。宋之宣州宣城郡，汉时为宛陵县。长老：年长者的通称。 （12）苟：随随便便。说：同"悦"，取悦。 （13）时：当时。（14）荐：荐举。上：朝廷。 （15）王文康公：宋仁宗时枢密使、同中书门下平章事王曙,卒谥"文康"。二百年:指韩愈、柳宗元以后,宋仁宗之前。在宋人眼里,这二百年是文章凋敝的二百年。　（16）雅颂:《诗经》诗体。《毛诗大序》云:"雅者,正也,言王政之所由废兴也。政有大小,故有小雅焉,有大雅焉。颂者,美盛德之形容,以其成功告于神明者也。"从理论上说,雅、颂皆是适用于写大题材的诗体,不同于风,仅抒个人情感。　（17）荐:献。清庙:《毛诗疏》:"祭有清德者之宫也。"《诗经·周颂》有《清庙》之诗,歌颂周文王功德。　（18）自洛阳至于吴兴,指梅尧臣自宋仁宗天圣(1023—1032)间任河南主簿(治洛阳)至庆历(1041—1048)间任湖州(治吴兴)州佐这段时间。次:编次。　（19）吾于圣俞诗论之详矣:在梅尧臣生前死后,欧阳修写了许多关于梅尧臣诗的诗文,如《书梅圣俞诗稿后》《水谷夜行寄子美、圣俞》《答梅圣俞丞见寄》《感二子》等,对梅尧臣诗揄扬备至。

【今译】我听到世人常说,诗人很少有事业上一帆风顺的,多数是不得志的人。难道真是这样吗？大概是世代流传下来的诗作,多数是出自古代不得志的人的手笔。一般说来,士大夫积蓄了道德才识,却不能运用到社会上,在多数情况下喜欢到山水中自我放逸,通过虫鱼草木风云鸟兽这些形象加以表现,往往从这里获得奇思怪想;心中郁积着忧世之思、感时之愤,怨刺之情触物而起,借描写羁旅之臣、寡居之妇感叹的事,抒发个人情感中难以用语言表达的思绪。越不得志写得越精巧。如果是这样,那么不是作诗能陷人于抑郁不得志的境地,完全是抑郁不得志之后才最善于从事诗歌创作活动的。

　　我的朋友梅圣俞,年轻时因叔父功勋推恩补为吏员,多次应进士科考试,每次都被主管考试的部门贬退,在州、县任上奔波困顿共十几年。现在年纪五十岁了,还应聘召去当别人僚属,积蓄的道德才识蕴结着,不能在事业上得到表现。圣俞祖籍宛陵,自小学诗,从未成年起,说出的话写出的诗就让年高的长者感到惊叹。成人之后,学习六经仁义思想,他写文章,简淡古雅纯正精粹,不求随随便便迎合社会。社会上的人只了解他的诗而已。然而当时无论贤愚,说到诗的人一定向圣俞求教;圣俞也乐于把他那不得志的道德才识,用诗来表现,所以梅圣俞平生写的作品,诗特别多。社会已经了解到梅圣俞善写诗,却没有把他荐举给朝廷的。当年文康公王曙看了他

唐宋八大家文观止

的作品感叹说："二百年没有这样的作品了！"尽管对梅圣俞理解很深刻，也没有荐举成。假如让梅圣俞有幸被朝廷起用，提笔写的就是雅颂一类的大文章，来歌咏大宋的功德，进献于清庙，追赶商、周、鲁颂的作者，难道不更伟大吗？为什么让他一直不得志，去写不得志的人的诗，仅通过虫鱼物类发抒羁愁感叹？社会上的人仅仅喜爱他诗的精巧，却不知道梅圣俞抑郁困顿时间已久将要老死了。能不为圣俞惋惜吗？

圣俞诗写得多了，自己也不整理。圣俞的内侄谢景初害怕多反容易散失，取圣俞官洛阳至官吴兴这段时间里的作品，编成十卷。我深爱圣俞的诗，常担心不能全部得到他的作品，谢氏能编辑梅圣俞的诗，使我释然而喜，就为它作序并收藏起它。这以后十五年，圣俞病逝在京师。我哭着写完圣俞墓铭，就向他家搜求圣俞遗稿，得到一千多篇，和过去收藏的放在一起，选出特别优秀的六百七十七篇，编成十五卷。呜呼！对梅圣俞的诗，我评论得已经很详尽了，所以不再重复。庐陵欧阳修序。

【点评】"少达而多穷"，是中国文人很普遍的命运，"穷者而后工"，是中国文论中很牢固的观念。《易·系辞》的作者曾用猜测的口吻说起："忧患"是《易经》诞生的酵母；孔子在《论语·阳货》里用平实的笔调写道：诗是抒怨尤的工具；司马迁《史记·自序》把古往今来从事精神创造活动的人的命运，精炼地概括为"发愤著书"，刘勰《文心雕龙·才略》把"雅好辞说而坎壈盛世"人的精神产品，形象地比喻作"蚌病成珠"；钟嵘《诗品》欣慰地指出，李陵"生命不谐，声颓身丧"是福而非祸："使陵不遭辛苦，其文亦何能至此"；韩愈《荆谭唱和诗序》惊诧地发现，竟有人能将"欢愉之辞"写得似"穷苦之言"样动人；李白充满牢骚地写过《行路难》；杜甫略带自嘲地说过："诗人憎命达""穷"像影子一样追逐着诗人，在文学活动的各个领域都打上了自己的印记。在《梅圣俞诗集序》中，欧阳修又给"穷"在文学活动中的价值增补了两条新的见解："穷"使人更深入地品尝生活的滋味；"穷"刺激人更丰富奇特的想象。

"穷"是文学创作的动力，文学是人与"穷"搏斗的工具。"穷"确实给文学创作带来了取之不尽的源泉，文学却很少能使人摆脱"穷"的命运。欧阳修的挚友梅尧臣就是众多例证之一。所以，欧阳修虽然相信"穷"在文学活动中的价值,却一点也不对"穷"盲目崇拜。在《梅圣俞诗集序》中,欧阳修呼吁社会对诗人多几分理解,多几分尊重,扭转"诗人少达而多穷"的命运。在其他地方,欧阳修要求诗人在"穷"境中勿以"工"自溺,应挺起胸膛,迎击"穷"的挑战,向更高的精神境界攀登。这是欧阳修的高明处。

应该说,"穷"并非中国诗人独有的命运,"穷者而后工"也不是中国人独有的认识。恩格斯也说过"愤怒出诗人",弗洛伊德也说过,文学是生活中不能满足的欲望的替代。但"穷"和中国诗人形影不离,"穷"在中国文学思想里根深蒂固,也是举世公认的事实,一般规律——例如一个阶级内部从事精神生产和从事物质生产的两部分人之间的矛盾——可以为理解这个事实提供一条指导线索,但不能替代理解这个事实过程中的具体分析。具体分析恐怕还得从中华民族的"忧患"意识入手。

【集说】只"穷工"二字,往复议论悲慨,古今绝调。(储欣《唐宋八大家类选》)

穷而后工,与作为雅颂以歌咏功德云云,后人袭之,已成熟径矣。及读欧公文,弥见其新,往复容与,一片神行,袭者徒得其貌也。(沈德潜《唐宋八大家读本》)

"穷而后工"四字,是欧公独创之言,实为千古不易之论。通篇写来,低昂顿挫,一往情深。"若使其幸得用于朝廷"一段,尤突兀争奇。(吴楚材等《古文观止》)

王念存曰:于世所云者独翻进一解。穷者而后工,即夫子少贱多能,史公穷愁著书意也。中间悲其穷,言其工,一往情深,淋漓尽致,而后结出作序缘由,见表彰之意。此篇是欧公最作意文字。

切人,切事,中复有波澜,议论亦超。余尤爱一起引言便驳,独抒所见,目无一切,真大手眼也。(李扶九《古文笔法百篇》)

(梁道礼)

读李翱文[1]

予始读翱《复性书》三篇[2],曰:此《中庸》之义疏尔[3]。智者

诚其性⁽⁴⁾，当读《中庸》；愚者虽读此，不晓也，不作可焉。又读《与韩侍郎荐贤书》⁽⁵⁾，以谓翱特穷时愤世无荐己者，故丁宁如此，使其得志，亦未必。然以韩为"秦汉间好侠行义之一豪俊"，亦善论人者也。最后读《幽怀赋》，然后置书而叹，叹已复读不自休。恨翱不生于今⁽⁶⁾，不得与之交；又恨予不得生翱时，与翱上下其论也⁽⁷⁾。

凡昔翱一时人，有道而能文者，莫若韩愈。愈尝有赋矣，不过羡"二鸟"之光荣⁽⁸⁾，叹一饱之无时尔，推是心，使光荣而饱，则不复云矣。若翱独不然，其赋曰："众嚣嚣而杂处兮，咸叹老而嗟卑；视予心之不然兮，虑行道之犹非⁽⁹⁾。"又怪神尧以一旅取天下⁽¹⁰⁾，后世子孙不能以天下取河北⁽¹¹⁾，以为忧。呜呼！使当时君子皆易其叹老嗟卑之心为翱所忧之心，则唐之天下，岂有乱与亡哉！

然翱幸不生今时，见今之事，则其忧又甚矣！奈何今之人不忧也？余行天下，见人多矣，脱有一人能如翱忧者，又皆贱远⁽¹²⁾，与翱无异。其余光荣而饱者，一闻忧世之言，不以为狂人，则以为病痴子，不怒则笑之矣。呜呼！在位而不肯自忧，又禁他人使皆不得忧，可叹也夫！景祐三年十月十七日欧阳修书⁽¹³⁾。

【注释】(1)李翱：字习之，成纪（今甘肃秦安）人。唐宪宗贞元十四年（798）进士。曾从韩愈学古文，辞致深厚，为世所重。 (2)《复性书》：李翱论修身养性的著作，分上、中、下三篇。宋代理学家据《复性书》称李翱思想比韩愈纯粹。 (3)《中庸》：《礼记》中的一篇，讲修身养性的。义疏：经典的注释文字。 (4)诚其性：使其性诚。 (5)韩侍郎：韩愈曾任兵部、吏部侍郎。侍郎，六部副长官。 (6)恨：遗憾。 (7)上下：凡相对的两方面如古今、左右、人我、尊卑皆可泛称"上下"。 (8)二鸟：韩愈有《感二鸟赋》，借描写二鸟荣耀显赫，寓不逢时之慨。 (9)嚣嚣：吵吵嚷嚷。杂处：杂坐在一起。行道：行道救世。非：行道不积极、不坚决，对"道"理解不深刻、不全面。 (10)神尧：唐高祖李渊谥号"神尧大圣光孝皇帝"。一旅：一支小部队。五百人为旅。李渊是凭太原兵与群雄争天下的。 (11)河北：唐德宗以后被节度使拥兵割据的黄河以北地区。 (12)贱远：官职低微又远离朝廷。史称李翱性耿直,曾面折宰相李逢吉之过。逢吉怒,出李翱为庐州刺史。 (13)景祐三年:公元1036年。本年天章阁待制、权知开封府范仲淹言事切直,为宰相吕夷简所恨,乃以"荐引朋党"贬知饶州。欧阳修因支持范仲淹,被贬知夷陵县。

【今译】我起初读李翱的《复性书》三篇,说这三篇文章不过是《中庸》的注释。智者修身养性,自然会去读《中庸》;愚者即使读了这三篇文章,仍不清楚《中庸》所讲的修养之道,认为不写它完全可以。又读《与韩侍郎荐贤书》,认为李翱不过是不得志时愤慨社会没有荐举自己的人,所以才反复申说荐贤,假如他得志,也不一定这样。但他把韩愈看作是秦汉间好侠行义的豪俊之士,也算是善于品评人物的了。最后读到《幽怀赋》,读了之后放下书感叹,感叹了又读,不能自止。遗憾的是李翱不生活在今天,不能与他结交;又遗憾我不能生在李翱时代,与他纵论古今人物。

大概过去李翱同时代的人里道德水准高又能写文章的,没有一个比得上韩愈。韩愈曾写过赋,韩愈的赋不过是羡慕"二鸟"荣耀显赫,哀叹自己连一饱的机遇也没有罢了,这是韩愈赋的中心,假如荣耀显赫又得一饱了,那就不再说这些了。像李翱却不这样,那篇《幽怀赋》说:"众嚣嚣而杂处兮,感叹老而嗟卑;视予心之不然兮,虑行道之犹非。"(大家杂坐在一起吵吵嚷嚷,嗟叹的都是个人的衰老又官卑职微;审视我的心就不这样,我思虑的是行道救世、行道救世的不全面、不坚决、不彻底。)李翱又奇怪于高祖神尧大圣光孝皇帝凭一支小部队夺取了天下,高祖后世子孙不能用天下之兵收回被藩镇割据的河北一隅,以这些为应该忧虑的事。啊!假如当时君子都把他们叹一己之老、嗟一己之卑的心换成李翱忧天下之心,那么唐朝的江山,难道还会有战乱和灭亡吗?

但是,李翱幸亏没生活在今天这个时代。他看到今天的世事,他忧虑得就更厉害了!为什么这个时代的人没有忧患感呢?我奔走天下,见到的人很多了,即便有一个两个像李翱那样忧天下的,又都官职低微,远离朝廷,与李翱的际遇没有差别。其余荣耀显赫,饱食终日的人,一听到忧世的说法,不是把他看成狂妄的人,就是把他看成痴傻病的患者;不是迁怒忧世之言狂,就是嘲笑忧世之言傻。啊!当权负责的人却不去忧虑他分内应该忧虑的

天下事，又禁止别人，让人都不忧虑天下事，可叹呀！可叹呀！景祐三年十月十七日欧阳修书。

【点评】这是一篇抨世刺时的杂文，写于宋仁宗景祐三年（1036）。当时的情势是：北方旧患（辽国）未除，西北劲敌（西夏）又起，北宋国家危机不亚于唐之中、晚。而宋朝廷却文恬武嬉，沉浸在歌舞升平的梦乡，压制言路，不思振起。谁若提到危机，不是被诬作别有用心，就是被斥为有意生事。欧阳修因忧天下事，提请朝廷关心边境安全、国家稳定，先被宰相吕夷简贬逐，后受到枢密使晏殊的责骂。写这篇文章时，欧阳修第一次尝到忧天下要付出的代价——贬斥。

以行道救世为己任的士大夫，拔心不死。欧阳修借题发挥，写下了这篇抨击朝廷腐败风气的锐利杂文。这篇文章艺术上颇多独到之处。其一，选材上攻其一点。李翱是唐代的程、朱。"立功"上不及同辈的裴度，"立言"远逊于同辈的韩愈，"立德"上难比前代的王通。李翱让欧阳修看入眼的，就是他《幽怀赋》中的两句：众"咸叹老而嗟卑"，余"虑行道之犹非"。这只"酒杯"恰好能浇欧阳修自己心中的块垒。欧阳修就紧紧抓住这点，组织文章。其二，行文上欲扬先抑。为突出李翱《幽怀赋》，先写李翱《复性书》《与韩侍郎荐贤书》留下的不佳印象，使文章中心的出现有一种"柳暗花明"的惊喜感。对比韩愈《感二鸟赋》与李翱《幽怀赋》，用意也是如此。其三，风格上从容纡徐。用平和的语气写令人愤慨的事，不求以势夺人，而求以理服人。这是欧阳修散文的一贯风格。"不以势夺人"，是作家自信心强的表现；"以理服人"，是作家成熟和高尚的标志。

【集说】其结胎全在感当时事上，归重于愤世。（茅坤《唐宋八大家文钞》）

（梁道礼）

祭尹师鲁文[(1)]

维年月日[(2)]，具官欧阳修[(3)]，谨以清酌庶羞之奠[(4)]，祭于亡友师鲁十二兄之灵曰[5]："嗟乎，师鲁！辩足以穷万物[6]，而不能当一狱吏[7]；志可以挟四海[8]，而无所措其一身[9]。穷山之崖[10]、野水之滨、猿猱之窟、麋鹿之群，犹不容于其间兮[11]，遂即万鬼而为邻[12]。嗟乎，师鲁！世之恶子之多[13]，未必若爱子者之众，何其穷而至此兮[14]，得非命在乎天[15]，而不在乎人？方其奔颠斥逐，困厄艰屯，举世皆冤[16]，而语言未尝以自及[17]；以穷至死，而妻子不见其悲忻[18]。用舍进退[19]，屈伸语默[20]，夫何能然[21]？乃学之力[22]。至其握手为诀[23]，隐几待终[24]，颜色不变，笑言从容。死生之间，既已能通于性命[25]；忧患之至[26]，宜其不累于心胸[27]。自子云逝[28]，善人宜哀。子能自达，予又何悲！惟其师友之益[29]，平生之旧，情之难忘，言不可究[30]。嗟乎，师鲁！自古有死，皆归无物，惟圣与贤，虽埋不没[31]。尤于文章，焯若星日[32]。子之所为[33]，后世师法。虽嗣子尚幼[34]，未足以付予，而世人藏之，庶可无于坠失[35]。子于众人，最爱予文，寓辞千里[36]，侑此一尊[37]，冀以慰子[38]，闻乎不闻？尚飨[39]。

【注释】（1）本文写于庆历八年（1048）。尹师鲁（1101—1047），名洙，河南（今河南洛阳）人，是北宋著名的文学家，也是欧阳修的亲密好友。 （2）维年月日：某年某月某日的意思。维：发语词。 （3）具官：文稿上个人具体官衔的省写，祭时要书填职衔全称。 （4）清酌：清酒。庶羞：众多的菜肴。羞：食物，此指菜肴。 （5）十二兄：尹洙排行十二，故称。灵：神灵、英灵。（6）辩：有口才，善辩。穷：穷尽，指辩清。意辩才无碍。 （7）而：转折连词。当一狱吏：面对一狱吏（质询）。意辩明自己无罪。当：面对，此指对案。据《尹师鲁墓志铭》记载："初，师鲁在渭州，将吏有违其节度者，欲按军法斩之而不果。其后，吏至京师，上书讼师鲁以公使钱贷部将。贬崇信军节度副使，徙监均州酒税。" （8）挟四海：挟携四海（而行）。 （9）无所：没有……的办法。措身：置身，安身。 （10）穷山：僻远山谷。崖：边际。 （11）容：容身，寄身。 （12）即：就近，靠近。 （13）恶（wù）：憎恨。 （14）穷：困顿，窘厄。 （15）得非：莫非，该不会。 （16）冤：称冤。指为尹洙冤。

(17)语言:语指谈论话语;言指书信文字。　(18)悲忻:悲欢。忻,同"欣"。(19)用舍:被任用和遭贬谪。与下文"进退""屈伸"意同。　(20)语默句:语,畅怀开言。默,沉默无语。　(21)然:这样,如此。　(22)学之力:饱学的力量功效。　(23)为诀:作诀别。　(24)隐几:凭几而坐。几,小桌子。(25)通:通达,悟通。　(26)至:极端,顶点。　(27)宜:应该,应当。累:牵累,妨碍。　(28)云:语助。　(29)惟:只是。同"唯"。师友:古人凡可以求教请益的人。　(30)究:穷,尽。　(31)没:湮没,埋没。　(32)焯若星日:光明灿烂有如星日。意文章以垂照千古。焯,即"灼",鲜明,显明。(33)所为:指所写的诗文。　(34)嗣子尚幼:尹洙死时,其子尹朴才三岁,故云。　(35)庶可:也许可以。　(36)寓辞千里:千里寄祭文。尹洙葬在家乡洛阳,欧阳修写本文时在知扬州任上,所以说相去千里。寓:寓寄,托人寄送。　(37)侑(yòu):劝,助。　(38)冀:希望。　(39)尚飨:祭文结束时的惯语,意希望死者的神灵前来享用祭品。

【今译】某年某月某日,某某官欧阳修,谨用清酒众菜作奠物,供祭在亡友师鲁十二兄的神灵前,说:"伤心啊,师鲁!辩才以穷尽世上万物,却不能当对一名狱吏;志量可以挟携四海,却没有办法安置您自己的一身。穷山的崖际,野水的滨岸,猿猱的洞窟,麋鹿的集群,犹且不能在其中容身啊,于是只好走向万鬼和他们作邻居。可叹啊,师鲁!世上厌恨您的人不少,但未必有爱您的人那么多,怎么就穷厄到这种境遇啊?莫非命运在于老天,而不在人吗?当他奔走颠沛遭斥受逐,困顿穷厄、艰辛苦难时,举世都为他抱冤不平,然而师鲁话语文字中未尝有自己言及处;因穷厄而至于死,然而妻子儿女没有见到他流露出悲伤或欢欣。任用或被弃、进身或斥退,屈曲或伸展、畅语或缄默,怎么能做到这样呢?是饱学圣贤书的力效!至于他握手作诀别,靠着小几坐待死亡的降临时,脸上颜色不变,笑语从容。死与生之间,既然已经能悟通性命之理;忧患的极端,自然也不会使他有什么牵累于心了。自从您逝世后,善良的人们都很哀伤。您能如此豁达,我又悲伤什么呢!只是那师友的深谊,平生的交好,那深挚的情意啊难以忘怀,不是语言所可以表达尽的。伤心啊,师鲁!自古来人都有一死,最后都要回归到空空无物的世界,只有圣人和贤人,虽然黄土埋身也不会湮没无闻。尤其对文章来说,就像日月星辰一样将永远光辉明亮，您作的那些诗文，最后为世人所效法。虽然您儿子还年幼，不足以把它交付给他，然而世人收藏了这一切，或许可以不至于坠失。您在众人中，最喜爱我的文章，特意从千里外寄上篇祭文，助此一杯，希望能对您有所慰藉，您到底能听到呢还是听不到？请神灵来享用祭品吧。

【点评】这篇祭文是欧阳修的力作。全篇用韵，足见精心结撰，句句深情，字字如从肺腑中流出，文情并美，千古来传诵齿牙，是古代祭文中的名篇佳制。

起笔随着对老朋友一声悲唤，激越的感情便如大海怒涛，奔涌而至。"辩足以穷万物，而不能当一狱吏；志可以挟四海，而无所措其一身"。奇伟的才、志，竟是如此凄凉的结局，作者内心的悲愤、不平，倾泻而出。语势劈空砸落，言辞夸张，对比鲜明，感染力极强。"穷山"以下四个排比句极写荒凉地段，跟上一句"犹不容于其间兮"，于是，形象地坐实了"无所措身"之语，"即万鬼为邻"便成必然结局。言至此，真是欲哭无泪。第二声悲唤，又提出一个疑问：命在于天吧？这是作者心头的疑虑。与其说是为友人作宽解，不如说是作者更深的悲愤：天不相容。对世道、对社会的责问，尽寓其中。这里，又分头伏下友人爱师鲁和通于性命的语根，为下文张目。第二段转写尹师鲁的通达。先叙其贬斥困厄，犹不动心；次写从容待终，颜色不变。其过人处，源于学殖深厚，通达性命。对友人品行的敬佩中，又披示了其人生的艰难。赞颂、理解、同情、悲伤，几多情感交织一团。接下过渡到友朋怀念之情，由"子能自达"引出自己"情之难忘"，句句心声，哀从中来。第三声唤友的悲呼勾生出第三段，赞扬尹师鲁文章传世，虽埋不没，推崇备至，表现了欧阳修一贯的敬重态度。结束以寓辞千里致祭为语，无意地流露出深厚无尽的情意。"冀以慰子，闻乎不闻？"生死相隔，阴阳不通，友人的永诀，随着这一声痴问齐涌笔底，文情浓至，不忍卒读。

【集说】一起如风雨波涛之骤至，为一篇之胜。汪（武曹）曰："首一段言师鲁被贬至死，将辩与志之奇伟，俱收入此中，不用呆疏。""叙贬谪亦用驾过，即滚出死来，不是呆疏。""贬犹不已，而至于死，正无可措身处。""归之于

天,为之宽解而愈悲愤。""此一段(指'方其奔颠斥逐'至'乃学之力')将其贬斥而死,俱收入学力中。""若只顺叙忧患不累于死生,能通于性命,便是凡笔。此妙在就死生逆打转忧患,则其叙死时之从容,亦不是呆疏。""先透出宜哀"。"顶上段翻起下意。""叙事全用议论驾过,笔笔凌空,不是呆疏。"(高步瀛《唐宋文举要》甲编卷六)

(王　涤　周少雄)

祭石曼卿文[1]

　　维治平四年[2]七月日,具官欧阳修[3],谨遣尚书都省令史李歇[4],至于太清[5],以清酌庶羞之奠[6],致祭于亡友曼卿之墓下,而吊之以文曰:

　　呜呼曼卿!生而为英,死而为灵。其同乎万物生死,而复归于无物者,暂聚之形[7];不与万物共尽,而卓然其不朽者[8],后世之名。此自古圣贤,莫不皆然,而著在简策者[9],昭如日星[10]。

　　呜呼曼卿!吾不见子久矣,犹能仿佛子之平生。其轩昂磊落[11],突兀峥嵘[12]而埋藏于地下者,意其不化为朽壤,而为金玉之精;不然,生长松之千尺,产灵芝而九茎[13]。奈何荒烟野蔓,荆棘纵横,风凄露下,走燐飞萤[14]?但见牧童樵叟,歌吟而上下,与夫惊禽骇兽,悲鸣踯躅而咿嘤[15]。今固如此,更千秋而万岁兮,安知其不穴藏狐貉与鼯鼪[16]?此自古圣贤亦皆然兮,独不见夫累累乎旷野与荒城[17]!

　　呜呼曼卿!盛衰之理[18],吾固知其如此,而感念畴昔[19],悲凉凄怆,不觉临风而陨涕者[20],有愧乎太上之忘情[21]。尚飨[22]!

【注释】(1)《祭石曼卿文》,一作《吊石曼卿文》。石曼卿(994—1041):名延年,河南商丘人,北宋诗人。他一生遭遇冷落,很不得志。与欧阳修友善,欧阳修之文中多次提到他,除本文外,欧阳修还专门写过《石曼卿墓表》,较详。　(2)维:发语词。治平四年:公元1067年。治平,北宋英宗(赵曙)

的年号。　　(3)具官:唐宋以来,在公文函牍或其他应酬文字的底稿上,常常把应写明的官爵品级简写为"具官"。当时欧阳修住亳州,官衔是观文殿学士、刑部尚书。　　(4)尚书都省:即尚书省。令史:管理文书工作的官。歘音yáng。　　(5)太清:地名,石曼卿的故乡,在今河南商丘东南。　　(6)清酌:酒。庶羞:各种美味食物。奠:祭品。　　(7)形:指身体。　　(8)卓然:超群出众的样子。　　(9)著:写。简册:即史书。简,古代用来写字的木板。　　(10)昭:明亮。　　(11)轩昂:仪表英俊。磊落:心地坦率光明。　　(12)突兀:高而不平。峥嵘:高峻的样子。突兀峥嵘,这里指石曼卿的精神气质杰出优秀。

(13)灵芝:菌类,一种罕见的药用植物,古人把它视为瑞物。　　(14)走燐:飘动的磷火,迷信的人称之为鬼火。　　(15)踟蹰:徘徊不前。咿嘤(yí yīng):象声词,指禽兽悲鸣的声音。　　(16)貉(hé):一种像狐狸的野兽,也叫狸。鼯(wú):飞鼠。鼪(shēng):即黄鼠狼。　　(17)累累:重叠相连的样子。荒城:此处指荒凉的坟墓。　　(18)盛衰:这里指人的生存和死亡。(19)畴(chóu)昔:从前。　　(20)陨(yǔn)涕:掉眼泪。　　(21)太上之忘情:晋朝人王衍死了儿子,山简去慰问,见他悲痛欲绝,就劝他不要过于哀伤。王衍回答说:"圣人忘情,最下不及情,情之所钟,正在我辈。"(见《世说新语·伤逝》)所以用"太上"指圣人。　　(22)尚飨(xiǎng):祭文的习惯结语。是希望死者来享用祭品的意思。

【今译】治平四年七日某日,具官欧阳修,谨派尚书省令史李敭,来到太清,用清酒和各色食物作祭品,在亡友曼卿的墓前祭奠,并且用祭文悼念他,祭文如下:

啊,曼卿!你生前是个英俊不凡的人,死了一定变成神灵。那同万物一样有生有死,周而再回到虚无的是暂时聚结起来的外形;不与万物一同消亡,而超然出众,永远不朽的是流传后世的名声。从古以来的圣人贤士,没有一个不是这种情形;他们写在史书上的名字,明亮得像日月星辰。

啊,曼卿!我好久没有见到你了,但还能大致记得你一生的情景。仪表英俊,心地光明,才能出众,气质超群,因而那埋藏在地下的形体,想来不会化为腐朽的泥土,而会变成金玉的精英;如果不是这样,也应当生长出千尺高的松树,培育出九茎的灵芝草。为什么荒原里烟雾迷漫,墓地上蔓草丛

唐宋八大家文观止

生,荆棘纵横,风声凄厉,露水雾云,燐火飘忽,萤火飞行? 只看到放牛的童子,砍柴的老人,在墓前上上下下唱歌吟咏,还有受惊的飞禽,胆小的野兽,徘徊悲鸣,咿咿嘤嘤。现在已经是这样,再过千年万载啊,又怎么知道狐、貉、鼯、鼪不在坟墓里打洞藏身? 从古以来的圣人贤士,也都是这样啊,难道没看见那相连不断的旷野和荒坟!

啊,曼卿! 衰的道理,我本来就知道它是这样,可是追念往日的情谊,悲苦凄凉,迎着旷野的风不觉眼泪流淌,我还不能像圣人那样做到忘情! 请享用祭品吧!

【点评】石曼卿愤世嫉俗,一肚皮的不合时宜,"跌宕任气节,读书通大略,为文遒劲,于诗最工而善书"(《宋史》本传),才华横溢,却以四十八岁壮年郁郁不得志而终。他的经历在封建社会里有相当的代表性,他的死也具有一定的批判性和悲剧性。欧阳修这篇理实兼具,文情并茂的短文,就集中笔墨渲染突出这一点。它通过"应然"与"未然",理想与现实的矛盾,揭示"形"与"名""灵"与"肉"的分裂和冲突,而贯之以哀愤。肉体不过是躯壳,跟一切生物一样,人死之后就变成无机物,但是伟大的精神和声名,却不能而且应该因其对社会的贡献而万世不朽,"不与万物共尽"。这是人生的"公理",是历史的"必然",是逻辑的"应然"。但实际情况却是"荒烟野蔓,荆棘纵横,风凄露下,走燐飞萤……"千秋万古之后,野坟荒冢之间更能出没卑鄙而狡猾的狐貉与黄鼠狼——这些见不得阳光的丑类,不但玷污了圣贤英雄的肉体与灵魂,而且可能假借诗人的伟大与不朽来自抬身价,信口雌黄! 这就构成了应然与未然,理想与现实的冲突,不仅仅限于个人的情谊与哀悼了。

作者对石曼卿理解得透彻,感受得深沉,所以全文上下充满了思念哀伤之情。但作者并没有完全沉湎于伤痛之中,而是纵观历史,横眄四域,发出了"大江东去,浪淘尽千古风流人物"式的感叹,控诉了封建社会扼杀人才、毁灭理想的罪恶,具有历史的规模和悲剧的深度。

文中三呼曼卿,称赞他声名不朽,哀悼他死后凄凉,以抒发作者的深切哀思。全文感情浓挚;音节悲切,特别是对墓地的描摹更显得凄清哀婉,仿佛能使人听到作者呜咽的哭声。除前面的序言外,基本上一韵到底,但不是严整的骈文,其特点主要是语句流畅,结构严谨,情深语痛,感染力和批判性都较强。所以,这是一篇情中有理,理中见情,以情带理,寓理于情的好文章。

【集说】陈善曰:"吊石曼卿文,似韩祭田横墓文,其步骤驰骋,亦无不似,非但效其句语而已。"(乾隆编《唐宋文醇》)

运长短句,一气旋转。(储欣《唐宋八大家类选》)

篇中三提曼卿,一叹其声名卓然不朽,一悲其坟墓满目凄凉,一叙己交情伤感不置。文亦轩昂磊落,突兀峥嵘之甚。(吴楚材等《古文观止》)。

欧公此等文,最为世俗所喜,然不善学之,易流于俗艳。故何义门颇讥之,然竟斥为无味,则太过矣。(高步瀛《唐宋文举要》)

(高世华)

答吴充秀才书[1]

修顿首白,先辈吴君足下:前辱示书及文三篇,发而读之,浩乎若千万言之多,及少定而视焉,才数百言尔。非夫辞丰意雄[2],霈然有不可御之势[3],何以至此!然犹自患怅怅莫有开之使前者,此好学之谦言也。

修材不足用于时,仕不足荣于世,其毁誉不足轻重,气力不足动人。世之欲假誉以为重[4],借力而后进者,奚取于修焉?先辈学精文雄,其施于时,又非待修誉而为重,借力而后进者也。然而惠然见临,若有所责[5],得非急于谋道,不择其人而问焉者欤?

夫学者,未始不为道,而至者鲜焉[6]。非道之于人远也,学者有所溺焉尔[7]。盖文之为言,难工而可喜,易悦而自足。世之学者往往溺之,一有工焉,则曰:吾学足矣;甚者至弃百事不关于心,曰:吾文士也,职于文而已。此其所以至之鲜也。

昔孔子老而归鲁,六经之作,数年之顷尔。然读《易》者如无《春秋》,读《书》者如无《诗》[8],何其用功少而至于至也[9]?圣人

之文虽不可及，然大抵道胜者，文不难而自至也。故孟子皇皇不暇著书，荀卿盖亦晚而有作[10]。若子云、仲淹[11]，方勉焉以模言语，此道未足而强言者也。后之惑者，徒见前世之文传，以为学者文而已，故愈力愈勤而愈不至。此足下所谓"终日不出于轩序[12]，不能纵横高下皆如意"者，道未足也。若道之充焉，虽行乎天地，入于渊泉，无不之也。

先辈文字浩乎霈然，可谓善矣[13]。而又志于为道，犹自以为未广，若不止焉，孟荀可至而不难也。修学道而不至者，然幸不甘于所悦而溺于所止，因吾子之能不自止，又以励修之少进焉。幸甚幸甚。修白[14]。

【注释】(1)吴充：字冲卿，建州浦城（今福建建安）人。青年时即举进士，熙宁末年王安石为同中书门下平章事。秀才：优秀人才。《国史补·叙进士科举》："进士为时所尚久矣……通称谓之秀才。"文中称吴充为"先辈"，是士大夫间的尊称，不是行辈的先后。吴充少欧阳修十四岁。 (2)辞丰意雄：辞雄意丰。欧阳修提倡"文简而意深""简"指有剪裁，使辞以一当十。"深"指耐寻味，有言外之意。"雄"是剪裁后的效果，"丰"是耐寻味的基础。 (3)霈然：霈，同"沛"。盛大之貌。 (4)假：借助。 (5)责：求。(6)未始：未尝。为道：领会、实践道。"道"在这里指儒家思想体系。鲜：少。(7)溺：沉浸不能自拔。 (8)读《易》者如无《春秋》：二句描写"圣人之文""不可及"处。按古文家的看法，最优秀的文章应是"创意造言，皆不相师"，应是"为道则同，言语文章，未尝相似"。 (9)至于至：至，到、达。至，竟，最高境界。 (10)荀卿：《史记·孟子荀卿列传》："春申君死而荀卿废，因家兰陵。……于是推儒墨道德之行事兴坏，序列著数万言而卒。" (11)子云：扬雄，字子云。扬雄《太玄》模仿《易》，《法言》模仿《论语》。仲淹：王通，字仲淹，隋末人。模仿《春秋》作《元经》，模仿《论语》作《中说》。 (12)轩序：有窗栏的长廊或小室曰"轩"，东西厢房曰序。"不出轩序"是个比喻，说的是写文章只能在"长廊、厢房"中徘徊，从未"登堂入室"。 (13)善：完美。(14)修曰：和开头"修顿首白先辈吴君足下"都是古代书信体抬头及落款的格式。信中以姓称吴充而称己不用第一人称"余""吾"，用第三人称名字称己,是古代书信体表尊重对方的习惯。

【今译】欧阳修顿首说,先辈吴君足下:前些日子,劳您来信及文章三篇,打开拜读信及文章,觉得博大似有千言万语,等定下神细看,每篇才不过几百字。不是辞力雄健意旨丰富,有难以抗拒的盛大气势,哪能达到这种效果!然而,您仍然担忧没有拓展使您的文章更进一层境界的途径而感到茫然不知所措,这是好学的人的谦虚话。

欧阳修的天赋资质不值得被时代利用,仕历政绩不值得在社会上夸耀,他的批评不能使被批评的人减成色,他的表扬不能让受表扬的人增荣誉,他的精神不足以打动别人,他的力量不足以改变别人。社会上想借助表扬来增加分量、借助力量使自己前进的人,从欧阳修那里能取得什么呢!先生学问精纯,文章雄健,在今天这个时代运用,又不是等欧阳修表扬之后才为社会看重,等欧阳修出力之后才前进的。但您却赐信与文章,似有问的问题,莫非是求道急切,不看对方是否合适就问他的吗?

那些从事学问的人,未尝不是为了领悟和实践儒家之道,但达到目的很少。不是儒道离人远,是学习的人有沉浸不能自拔的地方罢了。文章这个东西,很难做到精巧却能带给人欢欣,很容易就能讨人喜欢让人自我满足。社会上从事学问的人往往沉浸在自我满足中不能自拔,一旦达到文字精巧,就说我学到头了;厉害得以致丢开天下事不闻不问,说我是文士呀,文字是我的职业。这就是达到目的的人很少的原因。

当年孔子年纪大了才回到故乡鲁国,六经的编写,不过几年的工夫。但是读孔子的《易》时就感到不像是编过《春秋》的孔子写的,读孔子编写的《尚书》就感到不像是编写过《诗经》的孔子写的,孔子用时间多么少而达到的又是多么高的境界呵。圣人的文章境界尽管无法达到,但大体上思想修养高明了,文字很容易就自然而然达到高明。所以,孟子急急匆匆顾不上写书,荀卿也是到晚年才写东西。像扬雄、王通,才尽力在文章里来模仿圣人语言,这是思想修养不够却要勉强写文章的例证。后来的糊涂人,只看到前代的文章流传下来,认为学就是学文章而已,所以越是下工夫越是勤奋越达不到目的。这是您所谓整天在"廊下、厢房"里转,登不了"堂"入不了"室",文章不能纵横高下像心里设想得那样,原因在思想修养不到家。假如道德

唐宋八大家文观止

充盈于胸,就是上天入地,也没有达不到的。

先生的文字,博大充沛,可以说完善了。进而又立志领会实践儒家之道,还自认为不够开阔,如果不停止在文字的博大充沛,孟子荀子的水平是能达到又不困难的。欧阳修是有心学道却未达到目的的,但庆幸的是他不甘心于文章写得有讨人喜欢的地方就沉浸在文字中不再进取,由于先生您的进取不止,又激励了欧阳修略微有了进步。这是很荣幸的,很荣幸的。

欧阳修白。

【点评】这是一篇切磋道艺的书札,小篇幅里讨论的是一个大问题:不倦地在"百事"中锤炼思想,是提高写作水平的可靠基础和有效途径。道艺关系,是韩愈、柳宗元之后古文理论中反复讨论的主题。这个题目最能容忍大话、套话、废话、空话。欧阳修一扫陈言,独辟蹊径,抓住作家"学者未始不为道,而至者鲜焉"的普遍苦恼,从分析写作中"难工而可喜,易悦而自足"的常见现象入手,引而不发,层层剥笋,自然而然地逼出"大抵道胜者文不难而自至"的结论。欧阳修倡导作家到"百事"中去求"道",也一扫昔日讨论道艺关系时论及"道"非空即玄的习气,使人入门有道,切实可行,把古文理论提高到一个新水平。

【集说】论为文本乎学道,道胜者文不难而自至,最是确论。(茅坤《唐宋八大家文钞》)

韩柳而后,人推欧阳在李孙之上,今三人论文之语具在,若出一口。韩之言曰:"根之茂者其实遂,膏之沃者其光晔,仁义之人,其言蔼如。"柳之言曰:"大都文以行为本,在先诚其中。"与此文所云"大抵道胜者文不难而自至"真如一堂而两琴,鼓此而彼应者矣。学文者不以三人者为归,则奚归?如以此三人为准的,则所以用其心者当不在文辞之末矣。(乾隆编《唐宋文醇》)

(梁道礼)

与高司谏书[1]

修顿首再拜,白司谏足下:某年十七时,家随州[2],见天圣二年进士及第榜[3]，始识足下姓名。是时予年少，未与人接[4]，又居远方，但闻今宋舍人兄弟，与叶道卿、郑天休数人者[5]，以文学大有名，号称得人[6]。而足下厕其间，独无卓卓可道说者，予固疑足下不知何如人也[7]。其后更十一年[8]，予再至京师，足下已为御史里行[9]，然犹未暇一识足下之面。但时时于予友尹师鲁问足下之贤否[10]，而师鲁说足下正直有学问，君子人也。予犹疑之。夫正直者，不可屈曲；有学问者，必能辨是非。以不可屈之节，有能辨是非之明，又为言事之官[11]，而俯仰默默，无异众人，是果贤者耶？此不得使予之不疑也。自足下为谏官来，始得相识。侃然正色[12]，论前世事，历历可听，褒贬是非，无一谬说。噫！持此辩以示人[13]，孰不爱之？虽予亦疑足下真君子也[14]。是予自闻足下之名及相识，凡十有四年而三疑之。今者推其实迹而较之，然后决知足下非君子也[15]。

前日范希文贬官后[16]，与足下相见于安道家[17]，足下诋诮希文为人。予始闻之，疑是戏言。及见师鲁，亦说足下深非希文所为，然后其疑遂决。希文平生刚正、好学、通古今，其立朝有本末[18]，天下所共知。今又以言事触宰相得罪[19]，足下既不能为辨其非辜[20]，又畏有识者之责己，遂随而诋之，以为当黜。是可怪也。夫人之性，刚果懦软禀之于天[21]，不可勉强。虽圣人亦不以不能责人之必能[22]。今足下家有老母，身惜官位，惧饥寒而顾利禄，不敢一忤宰相而近刑祸[23]，此乃庸人之常情，不过作一不才谏官尔[24]。虽朝廷君子，亦将悯足下之不能，而不责以必能也。今乃不然，反昂然自得，了无愧畏[25]，便毁其贤，以为当黜，庶乎饰己不言之过[26]。夫力所不敢为，乃愚者之不逮[27]，以智文其过，此君子之贼也[28]。

且希文果不贤耶？自三四年来，从大理寺丞至前行员外郎[29]，作待制日，日备顾问[30]，今班行中无与比者[31]，是天子骤用不贤之人[32]？夫使天子待不贤以为贤，是聪明有所未尽[33]。足下

身为司谏,乃耳目之官(34),当其骤用时,何不一为天子辨其不贤,反默默然无一语,待其自败(35),然后随而非之?若果贤耶,则今日天子与宰相以忤意逐贤人(36),足下不得不言。是则足下以希文为贤,亦不免责;以为不贤,亦不免责,大抵罪在默默尔(37)。

昔汉杀萧望之与王章(38),计其当时之议(39),必不肯明言杀贤者也。必以石显,王凤为忠臣,望之与章为不贤而被罪也。今足下视石显、王凤果忠耶?望之与章果不贤耶?当时亦有谏臣,必不肯自言畏祸而不谏,亦必曰当诛而不足谏也。今足下视之,果当诛耶?是直可欺当时之人(40),而不可欺后世也。今足下又欲欺今人而不惧后世之不可欺耶?况今之人,未可欺也!

伏以今皇帝即位以来(41),进用谏臣(42),容纳言论,如曹修古、刘越虽殁,犹被褒称(43)。今希文与孔道辅(44)皆自谏诤擢用。足下幸生此时,遇纳谏之圣主如此,犹不敢一言,何也?前日又闻御史台榜朝堂(45),戒百官不得越职言事(46),是可言者,惟谏臣尔。若足下又遂不言,是天下无得言者也。足下在其位而不言,便当去之(47)。无妨他人之堪其任者也。

昨日安道贬官,师鲁待罪,足下犹能以面目见士大夫,出入朝中称谏官,是足下不复知人间有羞耻事尔!所可惜者,圣朝有事,谏官不言,而使他人言之。书在史册(48),他日为朝廷羞者(49),足下也。《春秋》之法,责贤者备(50)。今某区区犹望足下之能一言者(51),不忍便绝足下(52),而不以贤者责也。若犹以为希文不贤而当逐,则予今所言如此,乃是朋邪之人尔(53)。愿足下直携此书于朝,使正予罪而诛之,使天下皆释然知希文之当逐,亦谏臣之一效也(54)。

前日足下在安道家,召予往论希文之事。时坐有他客,不能尽所怀,故辄布区区,伏惟幸察,不宣。修再拜。

【注释】(1)高司谏:高若讷,时官右司谏。唐有左、右补阙,掌议论规讽,即就行政缺欠不当向皇帝进谏。宋改左、右补阙为左、右司谏。宋仁宗景祐三年（1036），尚书吏部员外郎（京官官衔）天章阁待制（皇帝的顾问，散职）权知开封府（宋京畿地区行政长官，实职）范仲淹上《百官图》，揭露宰相吕夷简任意进退官员，扶植党羽，吕夷简以"越职言事，离间群臣"（范仲淹时官权知开封府，无权议论政府事）为由贬范仲淹知饶州。朝官交章论救，论救者也遭申斥或贬官。身在谏职的高若讷，不仅不履行议论规讽的职权，反而阿谀吕夷简，对范仲淹进行公开或背后的恶意攻击。御史台为平息事态，明令禁止百官越职言事。在此情况下，时任史馆编修的欧阳修便通过移书高若讷的方式，既严斥了高若讷的卑劣，又表明了支持范仲淹的立场。欧阳修因此贬官夷陵令。高若讷：字敏之，榆次（今属山西）人，天圣二年（1024）进士，精天文，工医学，后官至参知政事（副宰相），枢密使，史称其"畏惕少过"。

（2）家随：欧阳修江西庐陵（今吉安）人。四岁丧父，叔欧阳晔时任随州（今湖北随州市）推官，欧阳修母子前往投靠，即落户随州。　（3）进士及第榜：考中进士人的名单。录取完毕，由礼部通报各州府。天圣，宋仁宗年号，凡10年（1023—1032）。二年，当为公元1024年。　（4）未与人接：人，社会上的人。接，交往。　（5）宋舍人兄弟：宋庠、宋祁兄弟。庠字公序，官至宰相，曾任起居舍人之职。祁字子京，官至工部尚书。欧阳修《归田录》称他们"自布衣时，名动天下，号称二宋"。叶道卿：叶清臣，道卿是字。史称其"善属文"，官至翰林学士。郑天休：名戬，天休其字。史称其"以属辞知名"。四人皆天圣二年进士。　（6）得人：（由于考官有眼力和考生有水平）录取了很多优秀人才。　（7）厕：置身。独：却。卓卓：突出，卓越。固：本来。　（8）更：经过。（9）御史里行：官名。宋负责京官监察的是殿中侍御史，负责外官监察的是监察御史，资历浅者任此职加"里行"字样。高若讷曾任监察御史里行、殿中侍御史里行。　（10）尹师鲁：名洙，字师鲁，河南（今洛阳）人，天圣中进士。范仲淹贬时，师鲁官太子中允，上表称"仲淹忠亮有素，臣与之义兼师友，则是仲淹之党也。今仲淹以朋党被罪，臣不可苟免"。（《宋史·尹洙传》）贬监唐州酒税。下文"待罪"指此。师鲁与欧阳修同倡复兴韩、柳古文。

（11）言事之官：秦至清末，中央职官分三大系列：中枢（制定政策）、行政（管理）、监察（监督政策执行和检察政策制定）。司谏属监察系列，职是"言事"即检察政策制定和监督政策执行。　（12）侃然：刚直的样子。正色：严

唐宋八大家文观止

肃。(13)辩:辩才。　　(14)疑:估量,猜测。　　(15)决知:果断了解。

(16)范希文:范仲淹,希文是其字。吴县(今江苏苏州)人,大中祥符中进士,北宋著名政治家。官至参知政事、枢密副使。曾以龙图阁直学士经略陕西,号令严明,羌人、西夏人不敢犯边,称"龙图老子""胸中有百万甲兵"。

(17)安道:余靖的字。靖,曲江(今属广东)人,天圣进士。时任集贤校理,因论救范仲淹遭贬。后官至工部尚书。　　(18)立朝有本末:在朝做官(对朝中事)能分清大小主次。　　(19)言事:论朝廷(用人)事。触:触犯。宰相:指吕夷简。(20)非辜:无辜。辜,罪。　　(21)禀:承受。天:自然。　　(22)不能:(普通人天性)做不到。责:要求。必能:一定做到。　　(23)一忤:略微冒犯。　　(24)不才:不称职,没才能。　　(25)愧畏:愧对良心,害怕(公议)。

(26)不言之过:应当言却不言的错误。　　(27)愚者之不逮:愚笨人行赶不上言。不逮,《论语·里仁》:"古者言之不言也,耻躬之不逮也。"逮,及也。

(28)文:美化。贼:败类。　　(29)前行员外郎:唐宋制,六部分前行、中行、后行三等,以兵部吏部及郎中、员外郎为前行,刑部户部为中行,工部礼部为后行。范仲淹时任吏部员外郎。　　(30)待制:宋代把收藏图书、编修国史的机构合为馆阁。阁有秘阁(收藏真本图书)、龙图阁、天章阁(分藏宋太宗、真宗诸帝的"御书"和"御制文集")等。龙图、天章等阁各设学士、直学士和待制,职责是备皇帝咨询、议论政事或校订图书。范仲淹时任天章阁待制。

(31)班行:朝参时朝臣的位次。此指满朝大臣。　　(32)是天子骤用不贤之人:这是从高若讷诬范仲淹"当黜"中逻辑推导出的结论。骤用,重用。骤,快。指范仲淹三四年内由大理丞骤迁吏部员外郎、天章阁待制、权知开封府。大理丞是司法官。吏部员外郎在六部中属"前行"(重要的职位之一)。阁职是皇帝对有才能人特殊的荣宠。北宋皇太子例兼开封府尹,权知开封府名义上是代理皇太子处理开封府事。故曰"骤用"。　　(33)聪明:耳曰聪,目曰明。(34)耳目之官:司谏在唐代称"补阙",设此官的目的在及时发现皇帝耳闻目睹所未及,进行规谏,以补救缺误。　　(35)自败:自我暴露。

(36)逐:贬斥。　　(37)罪在默默:宋制,台谏官员上任三个月,若提不出弹劾(台)规讽(谏)意见,即被认为是失职。　　(38)汉杀萧望之与王章:萧望之,字长倩,山东兰陵人。汉宣帝时为太子太傅,受宣帝遗诏辅元帝,有政声。后因反对宦官擅权,遭弘恭、石显之诬,下狱论死。王章:字仲卿,钜平(今山东宁阳)人。汉成帝时为谏议大夫、京兆尹,刚直敢言,因反对外戚擅权,被王凤陷害,死狱中。 (39)计:推测。议:(朝中)舆论。 (40)直:仅仅。

(41)今皇帝:指宋仁宗。伏以:我认为。敬语。 (42)进用谏臣:破格任用谏官。 (43)曹修古:字述之。曾任监察御史、殿中侍御史。刘太后临朝,因劾刘太后遭贬。仁宗亲政,"思修古忠,特赠右谏议大夫,赐其家钱二十万"。刘越:字子长,直言敢谏,以奏请刘太后还政仁宗遭贬。仁宗亲政,追赠右司谏,赐其家钱十万。此"进用谏臣"之例。 (44)孔道辅,字原鲁,曲阜人。在御史中丞任上曾与范仲淹一起谏废郭皇后被贬。后被任命为龙图阁直学士。 (45)御史台:中央负责监察内外官员的官署。榜:通告。 (46)戒:警告。 (47)去之:指辞去谏官职务。 (48)书:记录。 (49)为朝廷羞:给朝廷带来耻辱。 (50)《春秋》之法:按孔子撰《春秋》的原则。《新唐书·唐太宗纪赞》:"《春秋》之法,常责备于贤者。"法,原则,准则。责,要求。备,完善。(51)一言:(对范仲淹遭贬事)说几句(分内应说的)话。(52)绝:断交。(53)朋邪:与奸邪结为朋党。 (54)一效:一功。效,功也。

【今译】欧阳修顿首再拜,白司谏足下:我十七岁那年,住在随州,看到天圣二年进士及第的榜文,才知道足下的姓名。那时我年纪还小,没有与社会上的人交往,又住在远离京师的地方,只听说如今宋舍人兄弟俩和叶道卿、郑天休等人,因文章学术很有名,号称天圣二年考试录取了很多人才。但足下置身在他们中间,却没有突出才行让人称说的,我本来就判断不定足下,不了解足下是怎样一个人。那以后过了十一年,我又回到京师,足下已经作了御史里行,但还是没有机会认识足下。只是时时向我的朋友尹师鲁打听足下贤能还是不贤能。师鲁说足下正直、有学问,是个君子。我还是犹豫不定。所谓"正直",是不能委屈士操,曲容错误;所谓"有学问",是一定能分清是非。凭着不能委屈的士操,能分清是非的眼光,又担任监察官员的职务,却俯仰随人,默默无建树,与一般人没有区别,这个人真是贤者吗? 这不能不使我犹豫不定。从足下担任谏官以来,才有机会相识。足下一本正经,分析前代事,清清楚楚,褒贬是非,没有一点错误。噫! 凭着这样的口才显示于人,谁不珍惜? 就连我也犹犹豫豫地相信足下是真君子了。这是我从听到足下姓名到认识足下一共十四年里却三次犹豫不定。现在用你的实际行

唐宋八大家文观止

动来比较，这样才果断了解足下不是一个君子了。

前几天范希文被贬官后，和足下相见在安道家，足下攻击讽刺希文的为人。我开始听了，猜测是玩笑话。等见到师鲁，师鲁也说足下十分责备希文上《百官图》的行为，然后猜测立即消解。希文一辈子刚强正直，好学贯通古今。在朝为官，分得清朝廷的大小主次，是天下人都了解的。现在又因议论朝事触犯了宰相获罪，足下既不能做为他辩诬的事，又害怕有识见的人责备自己，于是就随波逐流地攻击他，认为应该贬黜，这是令人诧异的。人的性情，刚断弱软，承受于自然，不能勉强。就是圣人也不把普通人天性做不到的要求他一定做到。当今足下家有年高的母亲，自己顾惜官位，害怕饥寒就眷恋利禄，不敢稍微冒犯宰相去近刑祸，这是庸人的常情，不过成为一个不相称的谏官罢了。就是朝廷的君子，也会同情足下不能做的原因，而不要求你一定替希文辩诬。现在却不是这样，你反倒气势昂昂，得意扬扬，一点也不觉得惭愧，一点也不怕公论，轻松地毁谤贤者，认为应该贬黜，希望掩盖自己应当为贤者辩诬却不作为的错误。有能力做而不去做，是愚笨人做的赶不上说的；用智巧美化过失，这是君子中的败类呵！

再说希文真的不贤吗？三四年间，从大理丞升到吏部员外郎，担任天章阁待制的日子，每天准备接受皇帝的咨询，当今满朝文武没有比得上的，那就是天子重用不贤之人？假如天子把不贤的人当贤者对待，这是耳闻目睹有不足的地方。足下身为司谏，是天子的耳目官，当重用希文的时候，为什么不稍微给天子分析一下他不贤，反而默默地一句话不说；等他自我暴露，然后跟着去责备他？如果希文真是贤者呢，那当今天子和宰相因冒犯自己的旨意贬逐贤人，足下就不应该不进谏。这样，足下认为希文贤，推卸不了责任；认为希文不贤，也推卸不了责任，大致罪在默默而已。

过去汉代杀戮萧望之和王章，推测当时朝中舆论，一定不肯明说是杀戮贤者。也会认为石显、王凤是忠臣，认为萧望之和王章不贤又有罪。现在足下看石显、王凤，真是忠臣吗？萧望之、王章真不贤吗？当时也有谏臣，一定不肯自己明说自己害怕刑祸就不进谏阻止，也会说应当诛戮又不值得进诛。现在足下看他真应受杀戮吗？那仅仅能哄当时的人，却不能骗后世的人。现在足下又打算哄今人，就不害怕后世的人是不能欺骗的吗？何况今天的人，也是欺骗不了的！

我认为今皇帝即位以来,破格使用谏臣,容纳直言诤论,像曹修古、刘越虽已逝世,还受到褒扬夸赞。当今的希文和孔道辅,都因谏诤被提拔使用。足下有幸生在这个时代,逢上纳谏到如此程度的圣主,还不敢有一句进谏的话,这是为什么呢?前几天又听说御史台在朝堂出了通告,警告百官不能超越职权范围议论朝事。这样,能议朝事的,只有谏臣了。假如足下又终于不谏议朝事,那天下就没有能议论朝事的了。足下在谏官任上却不规谏,就应该辞职,不要妨碍其他胜任谏官之职的人。

昨天安道被贬官,师鲁等待治罪,足下还有脸见士大夫,出入朝堂称作谏官,这是足下不再知道人间有羞耻事!可惜的是,圣朝有事,谏官不规谏,却让别人规谏。记录在历史上,后日给朝廷带来耻辱的,是足下呀!孔子作《春秋》的原则,是对贤人才要求完善。现在我诚恳地还希望足下能略尽规谏的责任,是不忍心就与足下断交,又不用贤者标准要求呵。假如你还认为希文不贤而应贬斥,那么我今天说的这些,就是与奸邪结党的小人。希望足下直接带这封信到朝堂,让他们核准我的罪名杀了我。让天下人都清楚了解希文应当贬斥,也是谏官的一功呵。

前几天足下在安道家,召我去议论希文被贬的事。当时座中有其他客人,不能畅所欲言,所以就陈述微不足道的意见,恭敬地希望你明察,意思不尽。欧阳修再拜。

【点评】这是一篇激于义愤而一挥而就的文章,但结构上却匠心独具。作者从知高若讷之名到识高若讷之人"十有四年而三疑之"远远写来,以见作者择人谨慎,论人持重。推迹求实,无形中加重了作者对高若讷所下考语的分量。不仅读者读之,会"决知"若讷"非君子也",就是高若讷读了,也会在恼怒之余,反省自己的前言往行,谛视今天的所作所为的。如何对待范仲淹遭贬窜,是这封信议论的中心。作者没有过多指责高若讷在对待范仲淹遭贬事上不能"取义""成仁"的懦弱,反而通情达理地理解高若讷"身惜官位"的隐曲,而集中斥责其"了无愧畏"、落井下石的卑劣。斥责之余,仍然设身处地替高若讷着想,"卑劣"只能使人处于更卑劣的处境。这一段文字如回肠九曲,读之由不得不动情。接着,作者以古代的教训,今人的榜样,同仁的义举,与高若讷进行心灵的交锋,文章境界也随之升至历史、责任、节操的

高度。不动声色地逼出作者不愿说又不能不说、高若讷不愿接受而不得不接受的事实:"足下不复知人间有羞耻事!"这封信的结尾余味深长,以"《春秋》之法,责贤者备"远远宕开,显示了作者宽于待人的胸怀;"不忍便绝足下"款款写入,流露着作者对其改过自新的期待;"若犹以希文不贤""直携此书入朝"掷地有声,表现出作者"舍身饲虎"的气概。高若讷何去何从?读者在想,高若讷也在想。

这篇文章结构上的特点是,不动声色地十面埋伏,不给对方留任何躲闪的余地;通情达理地层层分析,逼迫对方进行心灵交锋;和和缓缓之语寓堂堂正正之气,不求挫人之势,务求服人之心。故这篇文章情理交融,波澜层生,无令人畏摄之势,有令人心折之理。势仅能惊众人,理才能适独坐。无怪黄庭坚云:"《与高司谏书》语气,可折冲万里!"史称,高若讷后来做到参知政事,枢密使,已近人臣极品,但"畏惕少过"。虽未有多大建树,但再未做过"以智文过"之事,应该说与欧阳修此信不无关系。

《与高司谏书》使欧阳修贬官夷陵。贬官之后,欧阳修又写了与《与高司谏书》堪称姊妹篇的《读李翱文》。那一篇思想更深沉,语气更和缓。两篇对读,可见欧阳修散文风格的重要一面。

【集说】欧公恶恶有过处,使在今日,恐不免国武子之祸也。(茅坤《唐宋八大家文钞》)

愤其诋诮范公,而移出责之,非冀其尚能一言以救也。故出词激直无款曲,然欧公因此窜斥,而其文亦遂与日月争光。愤以义动,亦何负于人哉!(储欣《唐宋八大家类选》)

此石守道四贤一不肖之诗所由作也。棱角峭厉,略无委曲,愤激于中,有不能遏抑者耶!而欧公亦贬斥矣。公是年只三十岁,气盛,故言言愤激,不暇含蓄。(沈德潜《唐宋八大家文读本》)

(梁道礼)

卖油翁

陈康肃公尧咨善射[1],当世无双,公亦以此自矜[2]。尝射于家圃⁽³⁾，有卖油翁释担⁽⁴⁾而立，睨之⁽⁵⁾，久而不去。见其发矢十中八九，但微颔之⁽⁶⁾。

康肃问曰："汝亦知射乎？吾射不亦精乎？"翁曰："无他⁽⁷⁾，但手熟尔⁽⁸⁾。"康肃忿然⁽⁹⁾，曰："尔安敢轻吾射⁽¹⁰⁾！"翁曰："以我酌油知之⁽¹¹⁾。"乃取一葫芦置于地，以钱覆其口⁽¹²⁾，徐以杓酌油沥之⁽¹³⁾，自钱孔入而钱不湿。因曰："我亦无他，惟手熟尔⁽¹⁴⁾。"康肃笑而遣之⁽¹⁵⁾。

【注释】(1)陈康肃公：陈尧咨，北宋人，谥号康肃。善射：擅长射箭。(2)自矜(jīn)：自夸。　(3)家圃(pǔ)：家里(射箭)的场地。圃，园子，这里指场地。　(4)释担：放下担子。　(5)睨(nì)：斜着眼看。　(6)但：只，不过。颔：点头。　(7)无他：没有别的(奥妙)。　(8)但手熟尔：不过手熟罢了。熟，熟练。　(9)忿(fèn)然：气愤的样子。　(10)安：怎么。轻吾射：看轻我射箭(的本领)。轻：作动词用。　(11)酌：斟酒，这里指舀油。之：指射箭也是凭手熟的道理。　(12)覆：盖。　(13)徐：慢慢地。沥：注。之：指葫芦。　(14)惟：只、不过。　(15)遣之：让他走。遣：打发。

【今译】陈尧咨擅长射箭，在当时是独一无二的，他也以此而自高自大。有一天他正在自家场地上练习箭法，一个卖油老头儿经过这里便放下担子站在旁边，摆出一副不在意的样子观看，许久没有离去。当看到陈尧咨射箭十中八九之后，也不过是稍微点了点头，略表赞许。

看到卖油老头儿这副样子，陈尧咨便问道："你也懂得射箭的方法吗？我的箭法不好吗？"老头儿回答说："没有别的奥妙，不过练的手法熟罢了。"陈尧咨气愤地责问道："你怎么竟敢轻视我的箭法！"老头儿回答说："我是凭我酌油的经验，知道你的箭法好也是手熟的道理。"随后便取出一只葫芦放在地上，用一枚硬钱币盖住葫芦口，舀起一勺油，慢慢地往葫芦里灌，只见细长清亮的油全部顺着钱币的方孔注入了葫芦，而钱币上却没有沾上一点油。于是老头儿说："我这本领也没有什么了不起，不过是手熟练罢了。"陈尧咨无言以对，只好强装笑脸打发老头儿走了。

【点评】"笑"字用得妙,"笑"既是有所领悟,也是自我解嘲,自是"传神之笔"。文章并不直接说明奥妙的大道理,只说了一段小故事,却发人深省,清清楚楚地让人们明白了一个"说起来容易做起来难"的道理,写来毫不费力,简单晓畅,富于哲理。

本文用对比、对话的方法来记叙故事,情节安排得曲折有致,富有戏剧性的矛盾冲突。

【集说】为文天才自然,丰约中度。其言简而明,信而通,引物连类,折之于至理,以服人心。(《宋史·欧阳修传》)

(高世华)

伶官传论⁽¹⁾

呜呼!盛衰之理,虽曰天命,岂非人事⁽²⁾哉?原庄宗⁽³⁾之所以得天下,与其所以失之者,可以知之矣。

世言⁽⁴⁾晋王⁽⁵⁾之将终也,以三矢赐庄宗,而告之曰:"梁⁽⁶⁾,吾仇也;燕王⁽⁷⁾,吾所立,契丹⁽⁸⁾,与吾约为兄弟,而皆背晋以归梁,此三者,吾遗恨⁽⁹⁾也。与尔三矢,尔其无忘乃父之志!"庄宗受而藏之于庙⁽¹⁰⁾。其后用兵,则遣从事⁽¹¹⁾以一少牢⁽¹²⁾告⁽¹³⁾庙,请⁽¹⁴⁾其矢,盛以锦囊,负而前驱⁽¹⁵⁾,及凯旋而纳之⁽¹⁶⁾。

方其系燕父子以组⁽¹⁷⁾,函梁君臣之首⁽¹⁸⁾,入于太庙,还矢先王⁽¹⁹⁾,而告以成功⁽²⁰⁾,其意气之盛,可谓壮哉!及仇雠已灭,天下已定,一夫夜呼⁽²¹⁾,乱者四应,仓皇东出⁽²²⁾,未及见贼而士卒离散,君臣相顾,不知所归。至于誓天断发⁽²³⁾,泣下沾襟何其衰也!岂得之难而失之易欤?抑本⁽²⁴⁾其成败之迹,而皆自于人欤?

《书》曰:"满招损,谦受益⁽²⁵⁾。"忧劳可以兴国,逸豫可以亡身,自然之理⁽²⁶⁾也。故及其盛也,举⁽²⁷⁾天下之豪杰,莫能与之争;及其衰也,数十伶人⁽²⁸⁾困之,而身死国灭⁽²⁹⁾,为天下笑。夫祸患常积于忽微⁽³⁰⁾,而智勇多困于所溺⁽³¹⁾,岂独伶人也哉!作《伶官传》。

【注释】(1)《伶官传论》：《新五代史·伶官传》中"论"的部分。《新五代史》本名《五代史记》，是欧阳修在薛居正《五代史》基础上重新编纂的梁、唐、晋、汉、周五代的断代史。因为《五代史记》和《五代史》并行于世，为示区别，世遂称欧史为《新五代史》，薛史为《旧五代史》。《伶官传》是欧阳修在《五代史记》中特辟的栏目，主要记述庄宗宠幸的几个伶官在后唐政治中所起的消极作用。"论"是史官对所记事实做出的评论。此论置《伶官传》篇首，实为《伶官传》序。　(2)人事：和"天命"对言，人的作为。　(3)庄宗：后唐李存勖的庙号。李氏原姓朱邪，沙陀族人，唐懿宗时有功于唐，赐姓李氏，拥兵镇河东，为唐末最有势力的军阀之一。梁灭唐，河东仍奉唐正朔。923 年，存勖灭梁，即帝位，国号唐，改元同光，史称后唐。存勖枭悍、嗜乐，能度曲，善弹奏。即帝位后骄矜懈怠，宠信伶人，自言"吾于十指上(靠音乐天才)得天下"。又以伶人景进为耳目，滥杀大将。终于 926 年激起大规模的兵乱，存勖在兵乱中被流矢射杀。　(4)世言：社会上传说。　(5)晋王：李存勖之父李克用。克用初为沙陀副兵马使，唐僖宗乾符五年(878)仗父李国昌(本名朱邪赤心，懿宗时赐姓名"李国昌"，时为振武节度使)势杀大同防御使段文楚，自立为留后。后以平黄巢功，任检校司空、同中书门下平章事、河东节度使。唐昭宗乾宁二年(895)，进封晋王。　(6)梁：指朱温。朱温原为黄巢部将，唐僖宗中和二年(882)降唐，朝廷赐名"全忠"，任为右金吾大将军，河中行营招讨副使、宣武节度使。昭宗天复三年(903)，加封梁王。907年，灭唐自立，国号梁。僖宗中和四年(884)六月，朱温在汴州谋杀克用，克用逃脱。此后，朱、李两军连年征伐，朝廷多次下诏调停，均无效。故曰"吾仇"。　(7)燕王：指刘仁恭。仁恭原是卢龙节度使(驻幽州)李匡威的部将。昭宗景福二年(893)，匡威为其弟李匡筹所逐，仁恭投李克用。乾宁二年(897)，克用攻占幽州，封仁恭为卢龙节度使，刘氏割据幽燕自此始，故曰"吾所立"。后仁恭不听克用调遣，克用伐之，仁恭遂加盟朱温。按，仁恭并无"燕王"封号。开平三年(909)，梁太祖朱温封仁恭子刘守光为燕王，时李克用已死。称仁恭为"燕王"，以其割据幽燕、子封燕王统言之也。　(8)契丹：指契丹族首领耶律阿保机(汉名耶律亿)。昭宗天复四年(904)，朱温杀昭宗立辉王柷。李克用与阿保机会于云州东城，约为兄弟，共讨朱温。后阿保机

背约,与朱温通好。 (9)遗恨:遗憾。恨,憾恨。 (10)庙:与下文"太庙"皆指李氏宗庙。 (11)从事:属官。 (12)少牢:古时祭祀用的猪、羊二牲。(13)告:祭祀祷告。 (14)请:敬语,取过来。 (15)前驱:前导。 (16)纳之:把矢奉回宗庙。 (17)方:当。燕父子:刘仁恭及其子刘守光。组:丝带。此指绳索。开平元年(907)刘守光降梁,开平三年(909)受封燕王。亦与晋通。开平五年(911),刘守光欲为河朔盟主,李存勖佯为推尊,守光乃称燕帝。次年,存勖遣周德威率兵攻燕,破幽州、沧州,生擒刘仁恭、刘守光,械送太原。"系以组练,献于太庙"。 (18)函:木匣。这里用作动词,用木匣装。梁君臣,指梁末帝朱友贞及其部将皇甫麟。后唐同光元年(923),李存勖兵围大梁。梁末帝恐为存勖俘辱,令部将皇甫麟断其首。麟亦自杀。存勖命"漆其首而函之,藏于太社(太庙)。" (19)先王:指李克用。 (20)告以成功:以破燕灭梁的成功祭告。 (21)一夫夜呼:指同光四年(926)魏博军士皇甫晖煽动兵变事。同光三年,中原大饥,魏、博、徐、宿地震,诸军乏食,谣言四起。同光四年二月,皇甫晖煽动魏博兵在贝州起事,推指挥使赵在礼为帅,攻占邺都。邢、沧等州相继兵变,后唐大乱。 (22)仓皇东出:贝州兵变,存勖命李嗣源(李克用的养子)率军前往平乱,并决定由洛阳移驾汴梁。扈从路多逃亡,从驾兵从二万五千骑锐减至万余骑。 (23)誓天断发:李嗣源入邺即叛,南下取汴梁。存勖不得已重返洛阳。至石桥(洛阳城东),置酒,泣曰:"卿辈事吾以来,急难富贵靡不共之。今致吾至此,皆无一策相救乎?"诸将百余人皆泣,"乞申后效,以报国恩",皆援刀截发,置髻于地,以断首自誓,上下无不悲号。 (24)本:推究。 (25)《书》:《尚书》。引文见《尚书·大禹谟》。 (26)自然之理:"忧劳可以兴国,逸豫可以亡身",最初是由春秋时鲁国大夫公父文伯之母敬姜提出来的。这个认识的基础建立在对人好逸恶劳的自然本性的发现上:"昔圣王之处民也,择瘠土而处之,劳其民而用之,故长王天下。夫民劳则思,思则善心生;逸则淫,淫则忘善,忘善则恶心生。沃土之民不材,淫也;瘠土之民莫不向义,劳也。"(《国语·鲁语》)秦汉以前,这条原则适应于天子以至庶民以下的一切人,秦汉以后,逐渐倾向于专指君主一人的劳逸,决定一国的兴亡。"国""身"二字互文。(27)举:举凡,一切。豪杰:指唐末以来拥兵割据的各镇军阀。史称:存勖灭梁,吴越的钱俶,巴蜀的王建皆惧,凤翔李茂贞向后唐称臣,楚地的马殷、荆南的高季兴入朝,甘州回鹘可汗、河西曹议金遣使入朝。 (28)数十伶人:指存勖宠幸的周匝、景进、史彦琼、郭门高等伶人。景进最得宠,曾谗杀存勖心腹大将郭崇韬和朱友谦。 (29)身死国灭:同光四年四月,存勖被迫折回洛阳,乐官郭从谦作乱,存勖被乱军流矢射杀。李嗣源入洛阳,始称监国,随即即帝位,是为唐明宗。 (30)忽微:古时最小的计量单位。此言细枝末节。(31)溺:沉湎其中难以自拔。

【今译】唉! 国家盛衰的规律,虽然说有天命成分,难道不关人为吗? 推究后唐庄宗得天下的经验和失天下的教训,可以明白这一点。

社会上传说晋王临死时,把三枝箭赐给庄宗,并对他说:"朱温,是我的死对头;刘仁恭,是我一手扶植起来的,契丹首领阿保机和我结盟为兄弟,却背叛了我又归附朱温。这三个人未灭,是我的遗憾。给你三枝箭,希望你不要忘记你父亲的心愿。"庄宗接受了箭并把它们供藏在宗庙里。以后发兵征讨,就派一名属官用猪、羊二牲祭告宗庙,取出那箭,用锦囊盛着,背上它作前导。到胜利归来,就把它送回宗庙供藏。

当庄宗用绳索捆绑着刘仁恭父子,用木匣子装着梁末帝君臣的人头,进入宗庙,把那三枝箭敬还先王神主,并以破燕灭梁的成功来告祭先王时,他意气的饱满,可以称得上壮伟了! 等到仇敌消灭、天下平定了,一个人倡导,作乱的四面八方响应,庄宗急迫匆忙地东奔汴梁,还没见到乱兵从驾士卒就四散逃离,君臣你看我,我看你,谁也不知道落脚的地方。到了割下发髻,指天发誓,痛哭流涕的地步,是多么软弱无力呀! 难道是得天下艰难失天下却很容易吗? 还是推原他成功失败的往事,都是由于人为呢?

《尚书》说:"满招损,谦受益。"忧患勤劳能让国家、个人强盛,舒适安乐能让国家、个人衰亡,这是自然而然的道理。所以,当庄宗强盛时,天下一切豪杰,没有一个能和他争天下;到他衰亡时,十来个伶人就使他受困,身死国灭,被天下人耻笑。祸患常是由细枝末节积累起来的,智勇常被沉湎其中难以自拔的东西困扰,难道仅仅伶人才能使人受困吗? 所以我作《伶官传》。

【点评】史论一向被认为是对史官史德、史才、史识的全面考验。史官的德、才、识在史论中可以在两个方面得到淋漓的展现:一是从繁纷复杂的历

史事实中抽绎出简练精警的历史经验;二是将人们习焉不察的历史教训论述得骇目惊心,回味悠长。《伶官传论》属后者。唐庄宗李存勖的一生,为被历史一再验证的"忧劳可以兴国,逸豫可以亡身"之理提供了一个最新的典型事例。篇中以盛衰二字为线索,精选"举天下豪杰,莫能与之争"与"数十伶人困之,而身死国灭",通过鲜明对比,引出"祸患常积于忽微,而智勇多困于所溺"的历史新认识。在对盛衰的处理上,作者笔力放在对"盛"的渲染上。唯其"盛"得火爆,"衰"才令人痛惜,才启人回味咀嚼。此篇的语言,风格独到,言简而意深,辞冷而味长,深得太史公的风致。篇中进行盛衰对比使用的素材是"临终授矢"和"断发誓天",这两件事都是见诸口头、本传不取的逸事。(引《旧五代史·庄宗论》有"誓天断发"之文。欧史不取。)用历史逸事作史论,或许有不严谨之嫌,但能增添史论的趣味性,缩短历史和现实的距离感,促进历史经验的回味咀嚼之功。司马迁《史记》"太史公曰"中也常用此法。

【集说】写庄宗之盛,以形其衰,允堪垂戒。(储欣《唐宋八大家类选》)

抑扬顿挫,得《史记》神髓。《五代史》中第一篇文字。(沈德潜《唐宋八大家读本》)

起手一提,已括全篇之意。次一段叙事中、后只是两扬两抑。低昂反复,感慨淋漓,直可与史迁相为颉颃。(吴楚材等《古文观止》)

(梁道礼)

苏洵

苏洵（1009—1066），字明允，号老泉，眉州眉山（今四川眉山）人。年二十七始发愤为学。仁宗庆历七年（1047）举进士、茂才，皆不中，悉焚旧作，闭户攻读，遂通六经、百家之说，下笔顷刻数千言。仁宗至和（1054—1055）嘉祐（1056—1063）年间到京师，欧阳修上其所著文章二十二篇，宰相韩琦奏于朝，任秘书省校书郎。后参加修礼书，成《太常因革礼》一百卷，书成而卒。

苏洵深于《孟子》《战国策》，长于策论。论文主张兴会与灵感，提倡自然。《权书》《衡论》诸作，纵谈古今，议论圆转，纵横恣肆，雄放峭劲，老辣简奥。传闻时人争传，竞效其文，有"苏文熟，吃羊肉；苏文生，吃菜羹"之说。与其子轼、辙合称"三苏"，均在"唐宋八大家"之列。有《嘉祐集》。

心　术

为将之道，当先治心[1]。泰山崩于前而色不变，麋鹿兴于左而目不瞬[2]，然后可以制利害[3]，可以待敌。

凡兵上义[4]，不义，虽利勿动。非一动之为害，而他日将有所

不可措手足也。夫惟义可以怒士⁽⁵⁾，士以义怒，可与百战。

凡战之道，未战养其财，将战养其力，既战养其气，既胜养其心。谨烽燧⁽⁶⁾，严斥堠⁽⁷⁾，使耕者无所顾忌，所以养其财；丰犒而优游之⁽⁸⁾，所以养其力；小胜益急⁽⁹⁾，小挫益厉，所以养其气⁽¹⁰⁾；用人不尽其所欲为，所以养其心⁽¹¹⁾。故士常蓄其怒，怀其欲而不尽。怒不尽则有余勇，欲不尽则有余贪。故虽并天下⁽¹²⁾，而士不厌兵⁽¹³⁾，此黄帝之所以七十战而兵不殆也⁽¹⁴⁾。不养其心，一战而胜，不可用矣。

凡将欲智而严，凡士欲愚。智则不可测，严则不可犯，故士皆委己而听命，夫安得不愚？夫惟士愚，而后可与之皆死。

凡兵之动，知敌之主，知敌之将，而后可以动于险。邓艾缒兵于蜀中⁽¹⁵⁾，非刘禅之庸⁽¹⁶⁾，则百万之师可以坐缚，彼固有所侮而动也⁽¹⁷⁾。故古之贤将，能以兵尝敌⁽¹⁸⁾，而又以敌自尝⁽¹⁹⁾，故去就可以决。

凡主将之道，知理而后可以举兵，知势而后可以加兵，知节而后可以用兵。知理则不屈，知势则不沮，知节则不穷。见小利不动，见小患不避，小利小患，不足以辱吾技也⁽²⁰⁾，夫然后可以支大利大患⁽²¹⁾。夫惟养技而自爱者，无敌于天下。故一忍可以支百勇，一静可以制百动。

兵有短长，敌我一也。敢问："吾之所长，吾出而用之，彼将不与吾校⁽²²⁾；吾之所短，吾蔽而置之，彼将强与吾角⁽²³⁾，奈何？"曰："吾之所短，吾抗而暴之⁽²⁴⁾，使之疑而却；吾之所长，吾阴而养之，使之狎而堕其中⁽²⁵⁾，此用长短之术也。"

善用兵者，使之无所顾⁽²⁶⁾，有所恃。无所顾，则知死之不足惜；有所恃，则知不至于必败。尺棰当猛虎⁽²⁷⁾，奋呼而操击；徒手遇蜥蜴⁽²⁸⁾，变色而却步，人之情也。知此者，可以将⁽²⁹⁾矣。袒裼而按剑⁽³⁰⁾，则乌获⁽³¹⁾不敢逼；冠胄衣甲⁽³²⁾，据兵⁽³³⁾而寝，则童子弯弓杀之矣。故善用兵者以形固⁽³⁴⁾。夫能以形固，则力有余矣。

【注释】(1)治心:指锻炼和培养军事上的镇静和忍耐等心理素质。(2)麋(mí):鹿属动物。兴:起。瞬:眨眼。 (3)制利害:掌握利弊得失。(4)上义:重视正义。上,崇尚。 (5)怒:激发。 (6)谨烽燧(suì):指认真地做好报警。烽燧,古代告警用的烽火。 (7)严斥堠(hòu):指严格地做好放哨瞭望。斥堠,士兵居住、守望的亭堡。 (8)丰犒:丰厚的犒赏。优游之:让士兵得到空闲、休息。 (9)小胜益急:打了小胜仗,越发要抓紧不放松。 (10)小挫益厉:打了小败仗,更加要给予激励。 (11)这两句话是说,用人时不要全部满足他们的欲望,这是为了使他们心中永远保持着欲望。 (12)并天下:打遍整个天下。 (13)士不厌兵:士兵们不厌恶打仗。(14)殆:懈怠。殆,通"怠"。 (15)邓艾缒兵于蜀中:三国时,魏将邓艾秘密地从一条艰险的山路,进军攻打蜀国。士兵们被用绳子拴住送下山去,邓艾自己也用毡布包住身体,从山顶滑下。 (16)刘禅:蜀国后主。他在邓艾大军抄过险路来袭击时仓皇出降。 (17)侮:轻视。 (18)以兵尝敌:(作战前)以一部分兵力去试探敌人的虚实。 (19)以敌自尝:利用敌人的试探性进攻来发现自己兵力的强弱、配置是否得当等问题。 (20)这两句说,小的利害得失,我的技能不值得去对付它。 (21)支:经得起。 (22)校:较量。 (23)角:角斗。 (24)抗而暴之:故意做出抗击的姿态。 (25)狎(xiá):意为使敌方因轻视而麻痹。 (26)顾:顾虑。 (27)尺捶(chuí):尺把长的棍子。 (28)蜥(xī)蜴(yì):俗称"四脚蛇"。 (29)将:带兵。(30)袒(tǎn)裼(tì):露着手臂。 (31)乌获:古代著名大力士。 (32)冠胄(zhòu):戴了盔。衣甲:穿着铠甲。 (33)据兵:依靠着武器。 (34)以形固:凭形势来固守。

【今译】作为大将的方法,首先应当修身养性,培养忍耐和镇定。做到泰山在面前崩塌但面不改色,麋鹿从身旁窜出而眼睛不眨。能如此然后才能够掌握利弊得失,才能够从容对敌。

凡用兵,必须崇尚正义。不义之事,尽管有利可图也不可轻举妄动。其危害不在于一次不义之举,而在于将来因失却了是非标准,遇事会手足无措。只有正义,才能激励士气,士兵被正义所激励,就能够百战而不败。

唐宋八大家文观止

大凡作战的方法是，未曾开战时，应积累军用物资；将要作战时，应积蓄部队的力量；已经开战时，应鼓舞士兵的勇气；战胜之后，应锻炼培养部队的思想和情感。谨慎烽火，及时报警，严密放哨，警惕瞭望，要使老百姓无所顾忌，安心耕种，这就是积聚军用物资的方法；重赏犒劳士兵，使他们得到空闲和修整，这就是积蓄士兵力量的方法；取得一次小的胜利，更要抓紧教育士兵，遭到一次小的挫折，更要激励他们，这是鼓舞士气的方法；用人时不要全部满足他们的愿望，才能够培养其进取心。所以士兵常常蕴蓄着激动的情绪，满怀着未能满足的欲望。情绪不能完全宣泄就存有勇气，欲望不能满足就常有欲求。因此，就是打遍天下，士兵也不会厌战，这就是黄帝打了七十次仗但士兵情绪没有松懈的原因。不加强部队的思想感情训练，一次战斗可能侥幸取胜，但这种做法不可取。

凡是大将，要机智而且威严，凡是士兵要听话老实。机智，使人不可测度；威严，使人不可冒犯。所以士兵都不得不放弃自己的意志而听从大将的命令，怎能不老实听话呢？只有士兵听话老实，才能够指挥他们一道去拼死作战。

凡有军事行动，必须首先了解敌方主帅，了解敌方大将，而后才可以采取险要的军事行动。邓艾在攻打蜀国时，用绳子拴住士兵，从山顶送下去，如果不是刘禅的昏庸，那么纵然有百万之师，也可以使他们束手就缚；邓艾本来是了解了敌情后才敢轻视他们而采取军事行动的。所以，古代有本领的大将，能够用一部分兵力试探敌情，而且又能够利用敌人的进攻来发现自己的情况，所以撤退还是进攻，能够当机立断。

做好主将的方法是，只有明白了事理，才可以发兵；了解了形势，才可以统领军队；懂得调遣，才可以指挥军队。因为明事理就不会走弯路；晓形势，就不会丧失信心；懂调遣，就不会穷于应付。看见小的利益不为之动心，遇见小的困难而不退缩，因为小的利益和小的困难，不值得我的本事去对付。这样，才有能力应付、承受大的利益和大的困难。只有善于练就本领而又懂得自爱的人，才能在天下没有敌手。所以唯有忍耐才可以抵挡对手的多次猛攻，唯有镇静可以制服对手的多次行动。

每个军队都有他的长处和短处，敌我双方是一样的。请问："我们所擅长的，我们发挥它，使用它，可是他们将会不同我们较量；我们所短缺的，我们就遮掩它,不用它,可是他们会硬要同我们比试,怎么办?"我说:"我们所短缺的,我们就将它径直地暴露出来,做出勇猛之势,使他们产生怀疑因而退却;我们所擅长的,就把它隐蔽起来积蓄它的力量,使敌人产生轻慢心理因而落入我们的圈套,这就是使用长处和短处的方法。"

善于用兵的人,能够使士兵无所顾忌,而有所依仗。没有了顾忌,就会晓得打仗牺牲在所不惜;如果有了依仗,就会明白不达目的就必然失败。手里拿着一根尺把长的棍子一旦遇上猛虎,也会发奋高呼,操棍打虎;一个人空着手突然遇到四脚蛇,却会吓得面色惊慌,向后退却,这是人之常情。明白这个道理的人,就可以统率军队了。假若赤膊上阵高举宝剑,那么即使古代大力士乌获也不敢逼近;假若披盔戴甲,靠着武器睡觉,那么就是小孩也敢拉开弓射杀他。所以,善于用兵的人会利用有利形势来固守。能够利用有利形势固守,他的力量就会无穷无尽了。

【点评】本文逐节自成段落,而又围绕一个中心,似断似续,像是一个研究军事的提纲,且具军事心理学之特征。从主将的自我修养说起,分析了将与兵的关系,研究了战役的具体过程,并提出了"知理、知势、知节"和有备无患的战略思想。杨慎评曰:"篇中凡七段各不相属,然后先不紊,由治心而养士,由养士而审势,由审势而出奇,由出奇而守备,段落鲜明,井井有条,文之善变化者。"文章思路宽广,论述严谨缜密,文采横溢。然而,这篇文章同时带有明显的封建统治阶级玩弄权术的色彩,"将欲智,士欲愚"正是这种"愚民"思想的流露。

【集说】此文绝似孙子谋攻篇,而文采过之,老泉自谓孙吴之简切,无不加意,非夸词也。(杨慎)

老子、孙武子一句一理,如串八宝珍瑰,间错而不断,文字极难学,惟苏老泉数篇近之,心术之类是也。(李塗)

此文中多名言,但一段段自为文节,益按古兵法与传记而杂出之者,非通篇起伏开阖之文也。(茅坤)(以上集说均选自《三苏文范》)

(靖　辉)

唐宋八大家文观止

六国论⁽¹⁾

六国破灭，非兵不利⁽²⁾，战不善，弊在赂秦⁽³⁾。赂秦而力亏，破灭之道也。或曰："六国互丧，率赂秦耶⁽⁴⁾？"曰："不赂者以赂者丧，盖失强援，不能独完⁽⁵⁾。故曰：'弊在赂秦也。'"

秦以攻取之外⁽⁶⁾，小则获邑⁽⁷⁾，大则得城，较秦之所得⁽⁸⁾，与战胜而得者，其实百倍；诸侯之所亡⁽⁹⁾，与战败而亡者，其实亦百倍。则秦之所大欲，诸侯之所大患，固不在战矣。

思厥先祖父⁽¹⁰⁾，暴霜露⁽¹¹⁾，斩荆棘，以有尺寸之地。子孙视之不甚惜，举以予人，如弃草芥⁽¹²⁾。今日割五城，明日割十城，然后得一夕安寝，起视四境，而秦兵又至矣。然则诸侯之地有限，暴秦之欲无厌⁽¹³⁾，奉之弥繁⁽¹⁴⁾，侵之愈急，故不战而强弱胜负已判矣⁽¹⁵⁾。至于颠覆，理固宜然。古人云⁽¹⁶⁾："以地事秦，犹抱薪救火，薪不尽，火不灭。"此言得之。

齐人未尝赂秦，终继五国迁灭⁽¹⁷⁾，何哉？与嬴而不助五国也⁽¹⁸⁾。五国既丧，齐亦不免矣。燕、赵之君，始有远略⁽¹⁹⁾，能守其土，义不赂秦。是故燕虽小国而后亡，斯用兵之效也⁽²⁰⁾。至丹以荆卿为计⁽²¹⁾，始速祸焉。赵尝五战于秦⁽²²⁾，二败而三胜。后秦击赵者再⁽²³⁾，李牧连却之。洎牧以谗诛⁽²⁴⁾，邯郸为郡，惜其用武而不终也。且燕、赵处秦革灭殆尽之际⁽²⁵⁾，可谓智力孤危，战败而亡，诚不得已。向使三国各爱其地⁽²⁶⁾，齐人勿附于秦，刺客不行，良将犹在，则胜负之数⁽²⁷⁾，存亡之理，当与秦相较⁽²⁸⁾，或未易量⁽²⁹⁾。

呜呼！以赂秦之地，封天下之谋臣，以事秦之心，礼天下之奇才，并力西向，则吾恐秦人食之不得下咽也。悲夫！有如此之势，而为秦人积威之所劫⁽³⁰⁾，日削月割，以趋于亡。为国者⁽³¹⁾，无使为积威之所劫哉！

夫六国与秦皆诸侯，其势弱于秦，而犹有可以不赂而胜之之势。苟以天下之大,下而从六国破亡之故事⁽³²⁾,是又在六国下矣。

【注释】(1)本文是作者《权书》中的一篇,原题为《六国》,一般选本为《六国论》。宋自真宗景德元年(1004)与辽订立"澶渊之盟"后,每年送给辽银十万两,绢二十万匹,仁宗庆历三年(1043)西夏请和,宋又每年给西夏银十万两,绢十万匹。这篇文章通过论述战国时六国割地赂秦,终致灭亡的史实,说明宋统治者对辽和西夏所采取的妥协政策,乃是下策。 (2)兵:兵器、武器。 (3)弊:弊端,弊病。赂秦:指割地来讨好秦。赂:贿赂。 (4)率(shuài):全是。 (5)完:保全。 (6)以攻取:指用战争攻占夺取。(7)邑:指小城镇。 (8)所得:指秦用威诈手段得到的土地。 (9)所亡:指六国赂秦失掉的土地。 (10)厥:其,他们。 (11)暴(pù):显露,此乃取"冒"之意。 (12)草芥:比喻轻微而没有价值的东西。芥,小草。(13)厌:通"餍",满足。 (14)弥:愈,更加。 (15)判:决定。 (16)"古人云"以下四句:《史记·魏世家》记载:魏安釐王四年(前273),秦败魏,魏请予秦南阳以和,苏代谓魏王曰:"以地事秦,譬犹抱薪救火,薪不尽,火不灭。"此即引语所本。 (17)迁灭:灭亡。迁:变迁。 (18)与嬴:来附秦国。嬴(yíng),秦王的姓。 (19)远略:远大的谋略。 (20)斯:此。 (21)丹:即燕太子丹。丹自秦逃归后,见秦蚕食诸侯,祸将至燕,乃与荆轲等谋对秦之策。秦始皇二十年(前227)使荆轲以樊於期(秦将,因得罪秦王避难于燕)首及燕督亢地图献于秦,因袭刺秦王。荆轲刺秦王不中,被杀。秦使王翦击燕、拔燕都,燕杀太子丹以献。后五年(前222),燕亡。 (22)"赵尝"两句:七国时,赵、秦之间多次交战,互有胜负。这里所谓五战三胜,没有指明起讫时间,当系大概言之,非明指史实。燕文公二十八年(前334),苏秦说燕文公有"秦赵五战,秦再胜而赵三胜"之说,也是泛言,非实指,或为本文所本。 (23)"后秦"两句:赵王迁三年(前233),赵以李牧为大将军。秦攻赵赤丽、宜安,与李牧战,大破秦军,赵封李牧为武安君;赵王迁四年(前232)秦攻番(pó)吾,李牧又却之。再:两次。 (24)"洎牧"两句:李牧为赵国良将,曾大破匈奴,使之十多年未敢犯赵,又胜燕军,却秦军。赵王迁七年(前229),秦使王翦攻赵,赵使李牧、司马尚御之。秦买通赵王宠臣郭开,使反间计,言李牧、司马尚欲反。赵王捕杀李牧,废司马尚。王翦遂得破赵军,虏赵

王迁。赵国都城降为秦郡。洎(jì):及,到。诛:杀。 (25)"且燕"以下四句:赵王迁降后,赵大夫又拥立赵公子嘉到代(今河北蔚县)为王,联燕抗秦。居六岁(前222),与燕同亡,故如此说。革:除。殆:几乎。 (26)向使:假使。三国:指韩、魏、齐。 (27)数:气数,命运。 (28)当:借作"倘",倘若,倘使。 (29)量:估量。 (30)积威:积久的威势。劫:威迫、胁迫。 (31)为国者:治理国家的人。 (32)故事:旧事,前例。

【今译】六国的灭亡,并不是因为武器不锋利,作战没本领,弊病在于用土地贿赂秦国。贿赂秦国而国力亏损,这是其灭亡的原因。有人说:"六国相继丧亡,都是由于贿赂秦国吗?"回答说:"不贿赂秦的国家因为贿赂秦的国家而丧亡,原因是他们失却了强大的外援,而不能独自保全。所以说:'弊病在于贿赂秦国。'"

秦国用战争攻占夺取土地以外,还受到诸侯的贿赂,小的得到小邑镇,大的得到城市,秦国因受贿赂得到的土地,比用战争得到的土地,实际上要多百倍;六国贿赂秦国丧失的土地,比战败而丧失的土地,实际上也要多百倍。那么,秦国最大的贪欲,六国最大的弊患,当然不在于战争上。

想想六国的先人祖辈,冒着严霜寒露,披荆斩棘,才有一块很小的土地,后代子孙却不甚珍视,像丢弃草芥一样,拱手献让于他人。今天割让五座城池,明天割让十座城池,而后苟得一夕安睡,而醒来再看四境,秦国军队又到了。然而,六国的土地有限,强暴的秦国则贪得无厌,奉送的越多,侵吞的就越快,因而用不着交战,谁胜谁负谁强谁弱就已见分晓。至于终而亡国,道理本在于此。古人说:"用土地侍奉秦国,犹如抱薪救火,薪不燃尽,火就不会熄灭。"这话说对了。

齐国并没有贿赂秦国,可是最终也继五国之后而灭亡,为什么呢?这是因为它依附于秦国而不援助五国。五国已经灭亡了,齐国也就在劫难逃了。燕国和赵国的国君,当初具有远大的谋略,能够保卫国土,坚持正义不去贿赂秦国。所以燕国虽是小国而灭亡在后,此乃用兵抗秦的效果。等到后来燕太子丹用荆轲刺杀秦王作为对付秦国的计策,这才迅速招来大祸。赵国曾经与秦国五次交战,三胜二负。后来秦国两次攻打赵国,都被赵国大将李牧打败了。等到李牧因受诬陷被赵王错杀,赵国的都城邯郸才很快变成秦国的一个郡，可惜赵国用武力抗秦但未能坚持到底。而且，燕国和赵国当时正处在秦才把其他诸侯国消灭得差不多了的时候，可说是智慧和力量孤弱危机，战败而灭亡，实在是不得已之事。假使韩、魏、齐三国均爱惜其领土，齐国不依附秦国，燕国不派荆轲行刺秦王，赵国良将李牧还活着，那么胜败存亡的命运，倘若与秦国较量，或许未必容易估量。

唉！如果用贿赂秦国的土地，来重封天下的谋臣，用侍奉秦国的心思，来礼贤天下的奇才，合力向西对付秦国，那么，我想，恐怕秦国人连饭都难以下咽。真可悲呵！六国有如此强大而有利的形势，却反被秦国长期养成的威势所胁迫。土地日削月割，以至于走向灭亡，治理国家的人，千万不要被积威所胁迫啊！

六国和秦国都是诸侯国，分而论之，他们的势力虽然比秦国弱，可是还有可以不用贿赂秦国而战胜秦国的态势。如果以现今统一的天下之大，再取下策屈辱于故人走六国灭亡的路，这就又在六国之下了。

【点评】文章劈头提出"六国破灭""弊在赂秦"的论点，而后提出两个分论点："赂秦而力亏，破灭之道也"和"不赂者以赂者丧"。进而就分论点层层深入，反复论证。最后提出警示，呼吁为国者，勿蹈六国之覆辙。文章脉络清晰，段段相生，句句有根，议论有序，言之成理，持之有故，前后呼应，雄辩滔滔。用词和修辞也颇为讲究，以"今日""明日"极言割地之频，"五城""十城"极言献地之多，"一夕"则言苟安时间之短，"起视""又至"却言侵食速度之快，并为下文"奉之弥繁，侵之愈急"蓄势，"抱薪救火"之喻颇具形象生动。

【集说】此篇论六国之所以亡，乃六国之成案，按其考证处、开阖处、为六国筹划处，皆确然正议。末影宋事，尤妙。（袁宏道）

一篇议论，由战国策纵人之说来，却能与战国策相伯仲。（茅坤）

识高句健，前后段落，井井有条。（钱毅）

主意总在一结，如百川之归海，令一篇精神俱振。（钟惺）（以上集说均选自《三苏文汇》）

（靖　辉）

185

唐宋八大家文观止

项　籍[1]

　　吾尝论项籍有取天下之才,而无取天下之虑[2];曹操有取天下之虑,而无取天下之量[3];刘备有取天下之量,而无取天下之才。故三人者,终其身无成焉。且夫不有所弃,不可以得天下之势[4];不有所忍,不可以尽天下之利。是故地有所不取,城有所不攻,胜有所不就,败有所不避,其来不喜,其去不怒,肆天下之所为[5],而徐制其后[6],乃克有济[7]。

　　呜呼!项籍有百战百胜之才,而死于垓下[8],无惑也[9]。吾观其战于钜鹿也[10],见其虑之不长,量之不大,未尝不怪其死于垓下之晚也。方籍之渡河,沛公始整兵向关。籍于此时,若急引军趋秦,及其锋而用之[11],可以据咸阳,制天下。不知如此,而区区与秦将争一旦之命[12]。既全钜鹿而犹徘徊河南[13]、新安间,至函谷[14],则沛公入咸阳数月矣[15]。夫秦人既已安沛公而雠籍[16],则其势不得强而臣[17]。故籍虽迁沛公汉中[18],而卒都彭城[19],使沛公得还定三秦[20],则天下之势在汉不在楚。楚虽百战百胜,尚何益哉?故曰:兆垓下之死者[21],钜鹿之战也。

　　或曰:"虽然,籍必能入秦乎?"曰:"项梁死[22],章邯谓楚不足虑[23],故移兵伐赵,有轻楚心,而良将劲兵,尽于钜鹿。籍诚能以必死之士[24],击其轻敌寡弱之师,入之易耳。且亡秦之守关,与沛公之守,善否可知也。沛公之攻关,与籍之攻,善否又可知也。以秦之守,而沛公攻入之,沛公之守,而籍攻入之,然则亡秦之守,籍不能入哉?"

　　或曰:"秦可入矣,如救赵何?"曰:"虎方捕鹿,罴据其穴[25],搏其子,虎安得不置鹿而返,返则碎于罴[26],明矣。军志所谓攻其必救也。使籍入关,王离、涉间必释赵自救,籍据关逆击其前,赵与诸侯救者十余壁蹑其后[27],覆之必矣。是籍一举解赵之围,而收功

186

于秦也。战国时，魏伐赵，齐救之，田忌引兵疾走大梁⁽²⁸⁾，因存赵而破魏。彼宋义号知兵，殊不达此⁽²⁹⁾，屯安阳不进⁽³⁰⁾，而曰待秦敝⁽³¹⁾。吾恐秦未敝，而沛公先据关矣。籍与义俱失焉。"

是故，古之取天下者，常先图所守⁽³²⁾。诸葛孔明弃荆州而就西蜀，吾知其无能为也。且彼未尝见大险也，彼以为剑门者⁽³³⁾，可以不亡也。吾尝观蜀之险，其守不可出，其出不可继⁽³⁴⁾，兢兢而自完⁽³⁵⁾，犹且不给⁽³⁶⁾，而何足以制中原哉？若夫秦、汉之故都，沃土千里，洪河大山，真可以控天下，又乌事夫不可以措足如剑门者⁽³⁷⁾，而后曰险哉？今夫富人，必居四通五达之都，使其财布出于天下⁽³⁸⁾，然后可以收天下之利。有小丈夫者，得一金，椟而藏诸家⁽³⁹⁾，拒户而守之。呜呼，是求不失也，非求富也。大盗至，劫而取之，又焉知其果不失也⁽⁴⁰⁾？

【注释】(1)项籍（前232—前202）：即项羽。名籍，字羽。下相（今江苏宿迁西南）人。楚国贵族，秦二世元年（前209），从叔父项梁在吴（今江苏苏州）起义。秦亡后，自立为西楚霸王。后为刘邦击败于垓下，自杀于乌江边上（今安徽和县东北）。本文是苏洵《权书》第九篇。　(2)虑：思考，谋划、策略。(3)量：指人的器量、度量、胸怀。　(4)势：势头，力量的趋向。引申为趋势。(5)伺：通"伺"。等候，候望。(6)制：控制，掌握。　(7)济：成功。(8)垓（gāi）下：今安徽灵璧东南。　(9)惑：疑惑。　(10)钜鹿：今河北平乡西南。(11)及其锋而用之：及：赶上，趁着。锋：锋利。趁着士气高涨的时候用兵。(12)旦：明天，早晨。　(13)河南：今河南洛阳西郊涧水东岸。(14)函谷：今河南灵宝东北。战国时秦国设置。(15)沛公：指刘邦。(16)雠（chóu）：同"仇"。仇恨。(17)强：强迫。(18)汉中：今陕西汉中东。(19)彭城：今江苏徐州。(20)三秦：项羽入关，裂旧秦地为三，分封秦降将章邯为雍王，司马欣为塞王，董翳为翟王。(21)兆：预兆，征兆。(22)项梁：（？—前208）项羽的叔父，楚将项燕的儿子。(23)章邯（？—前208）：秦将领，楚汉战争中，被刘邦打败而自杀。(24)必死之士：抱定决一死战决心的兵士。(25)罴（pí）：一种熊，也叫马熊或棕熊。

唐宋八大家文观止

（26）碎：撕碎。（27）十余壁蹑其后：壁，壁垒。蹑，跟在后面。 （28）大梁：战国魏都城，今河南开封。 （29）殊：极，很。 （30）安阳：今河南安阳东南。 （31）敝：疲惫，衰败。 （32）图：反复考虑，谋取。 （33）剑门：今四川剑阁东北。它有"一夫当关，万夫莫开"之称。 （34）继：连续，紧跟着。 （35）兢兢：小心谨慎的样子。 （36）给（jǐ）：供给，丰足。 （37）措足：放置，安放。 （38）布：铺开，分布。 （39）椟（dú）：木柜，木匣。用椟装。诸："之于"的合音字。古汉语中的兼词，既作代词"之"用，又作介词"于"用。
（40）焉知：如何知道。焉，如何，怎么。

【今译】我曾经评论项籍有夺取天下的才能，却没有夺取天下的策略；曹操有夺取天下的策略，却没有夺取天下的胸怀；刘备有夺取天下的胸怀，却没有夺取天下的才能。所以这三个人，一辈子都没有成功。再说不舍弃一些东西，就不能得到天下的有利形势；不忍耐一些事情，就不能全部获得天下的利益。所以有的领地可以不去夺取，有的城池可以不去进攻，有的胜利可以不去获得，有的失败可以不必回避。对于它的来临不兴奋，对于它的离去不恼怒，等着看天下会发生些什么，然后慢慢在后面控制它，才能有所成就。

唉！项籍有百战百胜的才能，却死于垓下，是不容疑惑的。我从他的巨鹿之战中，发现他不从长远考虑问题，胸怀也不宽广，未尝不对他很晚于才死于垓下而感到奇怪。当项籍渡过黄河的时候，沛公才开始纠集队伍奔向函谷关。项籍在这个时候，如果立即率领军队打向秦国，趁着士气高涨的时候用兵，就可以占据咸阳，控制天下。项籍不知道这样做，却小里小气地与秦将争不足挂齿的输赢。在保全钜鹿后，又在河南与新安间徘徊，等到他到了函谷关，而沛公进入咸阳已有好几个月了。秦国人既然已经接受沛公就敌视项籍，那么在这种情况下就不能强迫他们驯服。所以项籍虽然谪封沛公于汉中，自己却最终建都彭城，使沛公得以收回平定三秦，那天下的大势，就在汉不在楚。楚国虽然百战百胜，又有什么好处呢？所以说：预示着项籍将死于垓下的，正是钜鹿之战。

有人说："即使这样，项籍就一定能进入秦国吗？"回答说："项梁一死，章邯认为楚国不足以构成威胁，所以移兵讨伐赵国，有轻视楚国的心理，从而将良将精兵都派到钜鹿。项籍果真能以决一死战的士兵，袭击秦国既轻敌又本身弱小的军队，是很容易攻入的。而且将亡的秦国把守函谷关，与沛公把守函谷关，谁成功谁失败是可以知道的。沛公进攻函谷关，与项籍进攻函谷关，谁成功谁失败又是可以知道的。秦国把守函谷关，沛公攻下了它；沛公把守函谷关，项籍攻下了它，那么将亡的秦国把守函谷关，项籍难道不能攻入吗？"

有人说："秦国可以攻入了，救赵这件事又怎样看呢？"回答说："老虎正在捕鹿的时候，棕熊占据它的洞穴，捉住它的儿子，老虎怎么能不放弃鹿而回来呢？回来就被棕熊撕碎吃掉，这是很明显的。这就是兵书所说的要攻击敌人一定会救援的地方。假如项籍进入了函谷关，王离、涉间一定会放弃赵国回来救自己，项籍凭借函谷关反过来在前面攻击它，赵国和援救赵国的诸侯像十几道壁垒跟在后面，那么定能消灭它。这样项籍一下子就解了赵国之围，而攻击秦国又成功了。战国时候，魏国讨伐赵国，齐国去救援赵国，田忌率兵急行攻打魏国国都大梁，因而破了魏国对赵国的包围而救了赵国。那个宋义号称懂得军事，却一点儿也不明白这个道理，他在安阳驻扎军队不出击，还说是等待秦兵疲惫。恐怕秦兵还没疲惫，沛公就先占据函谷关了。项籍和宋义都错了啊。"

所以，古时候夺取天下的人，常常先仔细考虑防守的地方。诸葛孔明放弃荆州到西蜀，我就知道他已不能有所作为了。而且他不曾发现多大的危险，他认为凭借剑门关，可以不被消灭。我曾经观察蜀国地势的险要，守在那里就不能出来，出来就不能补充后援，小心谨慎地自我完善，尚且不能自给，怎么能以此来控制中原呢？像秦、汉这样过去的国都，有广阔的肥沃土地，高山大河，确实可以凭借这些条件来控制天下，又有什么不可以插手控制像剑门这样所谓的险要的地方呢？现在的有钱人，一定住在交通方便的城市，让他的财富分布于天下，然后可以收取天下的利益。有那种气度狭小的男人，得到一块金子就用木匣装起来，藏在家里，关着门守护着它。唉，他这样只是要求不失去金子，并不是希求富贵起来啊！一旦大盗来了，威逼他夺取了那木匣，又怎么知道他一定不失去呢？

【点评】文章开头先立论，根据"百战百胜，非善之善者也"（《孙子·谋攻篇》），认为"不有所弃，不可以得天下之势；不有所忍，不可以尽天下之

利"，指出项籍"有取天下之才，而无取天下之虑"，故此失败。然后引用史实、典故，具体分析导致失败的原因。项籍不整兵入秦却与秦兵大战于钜鹿，结果让沛公抢先入关称王，而他自己后来虽然凭借实力而自立为西楚霸王，但民心已失，所以最终落得个自杀于乌江边的结局。接着文章通过设问，指出项籍不仅完全可以攻入关中，而且只要放弃钜鹿之战，就能像历史上"围魏救赵"那样"攻秦救赵"，一举两得，使议论更进一步。最后，文章用诸葛亮入川不能控制中原的史实，说明项籍没有夺取天下的谋略，使得文章前后照应。本文虽是根据前人见解（如诸葛亮入川不能有所作为的说法，是根据《北史·毛修之传》中崔浩的观点），论述也并不全面，但却能引经据典，逐层深入，言之成理，特别是使用设问和比喻，使得文章结构谨严，语言犀利，论辩宏伟，颇具战国纵横家的风格。

【集说】只就客设譬喻结案，不说客，正意不更归到主，作法奇变。苏氏父子往往按事后成败立说，而非其至，然其文特雄，近《战国策》。浩之轻诋前贤如此，盖自负而不自量，卒致族灭取祸，非无由也。视诸葛之一生谨慎何如哉？苏老泉《权书》谓孔明弃荆州而就西蜀，吾知其无能为，成败论人，所见略与崔浩同。（高步瀛《唐宋文举要》）

（范奎山）

上欧阳内翰第一书[1]

内翰执事[2]：洵布衣穷居[3]，常窃有叹[4]，以为天下之人，不能皆贤，不能皆不肖。故贤人君子之处于世，合必离，离必合[5]。往者天子方有意于治[6]，而范公在相府[7]，富公为枢密副使[8]，执事与余公、蔡公为谏官[9]，尹公驰骋上下，用力于兵革之地[10]。方是之时，天下之人，毛发丝粟之才[11]，纷纷然而起，合而为一。而洵也自度其愚鲁无用之身，不足以自奋于其间，退而养其心[12]，幸其道之将成，而可复见于当世之贤人君子[13]。不幸道未成，而范公西[14]，富公北[15]，执事与余公、蔡公分散四出[16]，而尹公亦失势，奔走于小官[17]。洵时在京师，亲见其事，忽忽仰天叹息[18]，以为斯人之去，而道虽成，不复足以为荣也⁽¹⁹⁾。既复自思念，往者众君子之进于朝，其始也必有善人焉推之，今也亦必有小人焉间之⁽²⁰⁾。今之世无复有善人也则已矣，如其不然也，吾何忧焉？姑养其心，使其道大有成而待之，何伤？退而处十年⁽²¹⁾，虽未敢自谓其道有成矣，然浩浩乎其胸中⁽²²⁾，若与曩者异⁽²³⁾。而余公适亦有成功于南方⁽²⁴⁾，执事与蔡公复相继登于朝⁽²⁵⁾，富公复自外入为宰相⁽²⁶⁾，其势将复合为一。喜且自贺，以为道既已粗成⁽²⁷⁾，而果将有以发之也。既又反而思，其向之所慕望爱悦之而不得见之者⁽²⁸⁾，盖有六人焉，今将往见之矣。而六人者，已有范公、尹公二人亡焉，则又为之潸然出涕以悲⁽²⁹⁾。呜呼！二人者不可复见矣。而所恃以慰此心者，犹有四人也，则又以自解。思其止于四人也，则又汲汲欲一识其面，以发其心之所欲言。而富公又为天子之宰相，远方寒士，未可遽以言通于其前⁽³⁰⁾，而余公、蔡公，远者又在万里外，独执事在朝廷间，而其位差不甚贵⁽³¹⁾，可以叫呼扳援而闻之以言⁽³²⁾。而饥寒衰老之病，又痼而留之⁽³³⁾，使不克自至于执事之庭⁽³⁴⁾。夫以慕望爱悦其人之心，十年而不得见，而其人已死，如范公、尹公二人者。则四人者之中，非其势不可遽以言通者，何可以不能自往而遽已也？

执事之文章，天下之人莫不知之，然窃自以为洵之知之特深，愈于天下之人。何者？孟子之文，语约而意尽⁽³⁵⁾，不为峭刻斩绝之言⁽³⁶⁾，而其锋不可犯。韩子之文⁽³⁷⁾，如长江大河，浑浩流转，鱼鼋蛟龙，万怪惶惑⁽³⁸⁾，而抑遏蔽掩，不使自露，而人望见其渊然之光，苍然之色，亦自畏避，不敢迫视⁽³⁹⁾。执事之文，纡余委备⁽⁴⁰⁾，往复百折，而条达疏畅，无所间断，气尽语极⁽⁴¹⁾，急言竭论，而容于闲易⁽⁴²⁾，无艰难劳苦之态。此三者⁽⁴³⁾，皆断然自为一家之文也。惟李翱之文，其味黯然而长⁽⁴⁴⁾，其光油然而幽⁽⁴⁵⁾，俯抑揖让⁽⁴⁶⁾，有执事之态；陆贽之文，遣言措意，切近的当⁽⁴⁷⁾，有执事之实。而执事之才，又自有过人者。盖执事之文，非孟子、韩子之文，而欧阳子之

文也。夫乐道人之善，而不为谄者，以其人诚足以当之也⁽⁴⁸⁾。彼不知者⁽⁴⁹⁾，则以为誉人以求其悦己也。夫誉人以求其悦己，洵亦不为也。而其所以道执事光明盛大之德，而不自知止者，亦欲执事之知其知我也。

虽然，执事之名，满于天下，虽不见其文，而固已知有欧阳子矣。而洵也不幸，堕在草野泥涂之中⁽⁵⁰⁾，而其知道之心，又近而粗成，欲徒手奉咫尺之书⁽⁵¹⁾，自托于执事，将使执事何从而知之⁽⁵²⁾、何从而信之哉？洵少年不学，生二十五岁，始知读书，从士君子游。年既已晚，而又不遂刻意厉行⁽⁵³⁾，以古人自期，而视与己同列者，皆不胜己，则遂以为可矣。其后困益甚，然后取古人之文而读之，始觉其出言用意，与己大异。时复内顾⁽⁵⁴⁾，自思其才，则又似夫不遂止于是而已者⁽⁵⁵⁾。由是尽烧其曩时所为文数百篇，取《论语》《孟子》、韩子及其他圣人、贤人之文，而兀然端坐⁽⁵⁶⁾，终日以读之者，七八年矣。方其始也，入其中而惶然，博观于其外而骇然以惊⁽⁵⁷⁾。及其久也，读之益精，而其胸中豁然以明，若人之言固当然者，然犹未敢自出其言也⁽⁵⁸⁾。时既久，胸中之言日益多，不能自制，试出而书之。已而再三读之，浑浑乎觉其来之易矣，然犹未敢以为是也⁽⁵⁹⁾。近所为《洪范论》《史论》凡七篇⁽⁶⁰⁾，执事观其如何？嘻！区区而自言⁽⁶¹⁾，不知者又将以为自誉，以求人之知己也。惟执事思其十年之心，如是之不偶然也而察之⁽⁶²⁾。

【注释】(1)欧阳内翰：欧阳修，时任翰林学士。"内翰"是翰林学士的别称。唐玄宗开元二十六年(738)改翰林供奉为学士，别置学士院，掌起草诏书、批答表疏，类似皇帝的秘书长。第一书：《上欧阳内翰书》是投赞求荐性文字，这类文字至少须两通：第一通书介绍自己，献上诗文(也有让对方派人来抄写的，如李白)；接见之后，有第二通书。求荐心切者在第一书后还会不时投第二、第三书催促，如韩愈有"三上宰相书"。李白《与韩荆州书》止一通，第二通或散佚未收，或是李白兴之所至，未得结果便兴尽而罢。书作于宋仁宗嘉祐元年(1056)，时苏洵送苏轼兄弟应礼部秋试入京。 (2)执事：

左右侍从。为表示尊敬，不敢直呼对方名讳，用左右侍奉之人代称对方。是旧时书信的格式。　（3）穷居：僻居一方。穷，穷乡僻壤之"穷"。　（4）有叹：有，字头，无意。　（5）合必离，离必合：有所合必有所离，有所离必有所合。天下人不皆贤，当朝中不贤者当政，贤者会要求或被挤出朝（离），贤者当政，贤者自动或应诏还朝（合）。　（6）治：与"乱"相对应。政治清明安定。往者，具体指庆历初年。天子，指宋仁宗。　（7）范公：范仲淹。庆历三年（1043），范仲淹为枢密副使（掌军队调遣与给养的副长官）、参知政事（副宰相）。　（8）富公：富弼，字彦国，河南（今洛阳）人，庆历三年任枢密副使，受命与范仲淹共掌西北边事。　（9）余公：余靖，字安道，曲江（今广东韶关）人。庆历三年任右正言。正言是对皇帝规讽进谏的谏官。蔡公：蔡襄，字君谟，仙游（今福建仙游）人，庆历三年知谏院（谏台长官）。　（10）尹公：尹洙，字师鲁，河南人。庆历初知泾州（治在今甘肃泾川）、渭州（治在今甘肃陇西）兼泾原路经略部署。泾、渭州是当时对付西夏侵扰的前线。　（11）毛发丝粟：形容才能小、才能平凡。　（12）退：退还故里。苏洵庆历初曾赴京应考，落第而归。　（13）幸：希望。见：同"现"，出现。　（14）范公西：庆历四年（1044）六月，因夏竦排挤，范仲淹不安，自请按察西边，出为陕西、河东宣抚使。　（15）富公北：富弼因夏竦排挤自请宣抚河北。　（16）分散四出：庆历五年（1045）欧阳修出知滁州，蔡襄出知福州，余靖出知吉州。　（17）尹公亦失势：尹洙因与边臣有争论，徙知庆州、晋州、潞州。后被御史刘湜参劾，贬崇信军节度副使，徙监均州酒税。　（18）忽忽：迷惑不解的样子。　（19）以为荣：以之（道）为荣。荣，荣身。　（20）始：具体指庆历三年。今，指庆历五年。焉：于此。间：离间，挑拨。　（21）处：隐居。　（22）浩浩：博大壮阔。

（23）曩者：昔日，过去。　（24）成功于南方：宋仁宗皇祐四年（1052）五月，侬知高破邕州，称大南国仁惠皇帝。宋遣广西路安抚使余靖南下助宣徽使狄青进剿，皇祐五年（1053）正月，广南平。　（25）相继登于朝：至和元年（1054）欧阳修丧服满入京，受命主修《唐书》，次年，为翰林学士。蔡襄至和二年（1055）迁龙图阁直学士，知开封府。　（26）入为宰相：至和二年召擢富弼同中书门下平章事（宰相）。　（27）粗成：有粗略的成就。　（28）向之：过去。　（29）潸然出涕：《诗·大雅·大东》："潸焉出涕。"潸，涕下貌。尹洙，卒于庆历七年（1047），范仲淹卒于皇祐四年（1052）。　（30）遽：立即。

通:到达。　　（31）差:比较。　　（32）扳援:攀引。　　（33）痼:病久而难治。
　　（34）不克:不能。（35）约:简约。尽:(表达)完善。　　（36）嶙刻斩绝:嶙刻,山石险绝之状。斩,通"崭"。斩绝,山高险之貌。　　（37）韩子:韩愈。唐代文学家,古文宗师。　　（38）惶惑:令人惶惑。　　（39）迫:逼近。　　（40）纡余委备:纡,曲折。余,丰饶。委,委婉。备,详备。纡、委,侧重于"文"。余、备,侧重于"意"。（41）气尽语极:气,文气。尽、极,极至,顶点。　　（42）容于闲易:从容平易。容于,通作"容与",从容也。急言:仓卒间必须完成的文字。急,疾速。竭论:初看似乎无法展开的议论,竭,穷尽。苏洵对欧阳修之文"急言竭论而容于闲易"的评价和欧阳修自己的看法不一致,欧阳修自言作文"迟缓""慎重""不斗速"(见欧阳修《与杜诉论祈公墓志书》)。　　（43）三者:孟子、韩愈、欧阳修之文。　　（44）李翱:字习之,唐德宗贞元十四年(798)进士。古文家。黯然:深黑的样子。此指情味厚重。长:(回味)悠长。

　　（45）光:和"味"相对,指辞采。油然:舒缓之貌。幽:宁静,安闲。　　（46）俯仰揖让:古时宾主相见时的礼节。此喻文章立意遣词。　　（47）陆贽:字敬舆,苏州人,大历六年(771)进士。德宗时为翰林学士,甚见亲任,虽外有宰相主大议,陆贽常居中参裁可否,时号"内相"。朝廷重要公文,多出陆贽之手。卒谥"宣"。有《宣公奏议》十二卷,《翰苑集》十卷。的当:确切恰当。苏氏父子很推重陆贽之文。下文"实",指文章的主旨之意。陆贽之文多四六骈体,和古文形式上不同。但"遣言措意,切近的当"上和欧阳修之文无别。　　（48）诚:确实。　　（49）知:同"智"。　　（50）草野泥涂:平民(农夫)生活和工作的环境。《管子》:"野人居野。""野"即郊野,草野。《左传》襄公三十年:文伯精天文而役于绛邑,赵孟召之而谢过曰:"武(赵孟)不才,任君之大事,以晋国之多虞,不能由(用)吾子,使吾子辱在泥涂久矣。""辱在泥涂"即沦为农夫的委婉说法。　　（51）咫尺之书:《汉书·韩信传》:"发一乘之使,奉咫尺之书。"颜师古注:"八寸曰咫,咫尺者,言简牍(书札)或长(度如)咫,或长(度如)尺,喻轻率也。"　　（52）将:又,且。　　（53）刻意厉行:峻立意志,砥砺德行。刻,峭峻。厉,同"砺"。　　（54）内顾:审视内心。　　（55）止于是而已者:是,指代"同列皆不胜己"。已,停止。　　（56）兀然:不动的样子。（57）"方其始也"三句:此是自韩愈以来古文家常说的学道为文三境中的第一境:对圣贤之文所载之道(中)无所解,惊喜于圣贤之文古朴典重的形式

（外）。　（58）"及其久也"五句：古文家学道为文的第二境：由悦圣贤之文进至体认圣贤之道。"胸中豁然以明"，即韩愈《答李翊书》所谓"识古书之正伪，与虽正而不至焉者，昭昭然白黑分矣。而务去之，乃徐有得也。"（59）"时既久"七句：古文家学道为文第三境：道醇文肆。　（60）《洪范论》：对《尚书·洪范》的阐释。《史论》，对历史事件或人物的评论。《史论》不是单篇文章的题目，而是同类题材文章的总称。　（61）区区：谦词。微不足道（之人）。　（62）不偶然：经过了"方其始""及其久也"工夫所达"浑浑"之说，是自然而然会发生的升华，不是偶然侥幸所能得。

【今译】内翰执事：我苏洵一介平民，僻居穷乡，常私下感叹，认为天下人不可能都是贤人，也不可能都是不贤，所以贤人君子在社会上，有会合于上一定有四散于下，有四散于下一定有会合于上。庆历初，天子有意开创太平，范公仲淹任副宰相，富公弼任枢密副使，执事和余公靖、蔡公襄任谏官，尹公洙驰骋上下，在兵事频繁的西北边郡效力。正当这个时期，天下的细微平凡的人才，纷纷被起用，贤人君子合而为一。我苏洵却自我测度他那愚笨粗野无用之身，能力不足以奋发在他们中间，退归故里来学道养心，希望那道如果有所成就，就能再出现在当代贤人面前。不幸道未学成，范公却官任西北，富公官任河北，执事和余公、蔡公分散四出，尹公也失去权势，在小官职上调来调去。我苏洵当时在京城，目睹这些事件，迷惑地仰天叹息，认为这些人离开朝廷，道即便有所成就，不再能凭它来荣身了。叹罢又自己想，过去众君子进用于朝廷，起初一定有善人在朝中推动，现在离朝也一定有小人在朝中挑拨。当今时代不再有善人呢，就罢了，如果不是这样，我担心它什么呢？暂且养心治性，让那道大有成就来等待君子在朝中掌权，有什么坏处？退归故里又隐居十年，尽管不敢自称那道已有所成就了，但胸中博大开阔，似和过去不一样。余公又恰好立功于南方，执事和蔡公又相继任职朝廷，富公又从外郡召入朝廷，拜为宰相，那情势君子将又合而为一。我为这种形势欢欣又自我庆贺，认为道已粗有成就之后，又真的将有发挥它的条件了。喜贺罢又回过头想以往倾慕向往敬爱悦服的，有六个人，现在将要去拜会他们了。但六人里，已有范公、尹公逝世了，就又因此而悲伤得潸然出涕。呜呼！二人不可能再出现了。但凭借抚慰这颗心的，还有四个人，就又因此

唐宋八大家文观止

而自我宽解。想那倾慕向往敬爱悦服的只有四个人了，就又急切地想认识。来倾吐他心中想说的话。但富公是天子的宰相，远方寒士，不能立即把话传到他面前，余公、蔡公，远的又在万里以外，只有执事在朝中官位不太尊贵，可以凭叫呼攀援就把话说给他听。但饥寒衰老的"病"，又久缠不离，使我不能亲自到执事门庭。凭着倾慕向往敬爱悦服那些人的心，十年却不得见，那些人里如范公、尹公已逝世，那留下的四个人中，执事又不是威势不能立即把话传到面前的，怎么可以因不能自己前往就突然停止呢？

执事的文章，天下人没一个不了解的，但私下自认为我苏洵的了解最深入，超过天下人。为什么这么说？孟子的文章，语言简约却意旨详尽，不用险峭的言词，但文章的锋芒却不容冒犯。韩愈的文章，像长江大河，浑浑浩浩，奔流回旋，鱼鼋蛟龙，万怪迭出，令人惶惑，却通过抑遏蔽掩，不让它们妄自展露，但人望见它深远的思想光焰，苍郁的辞采，也自然而然要敬畏回避，不敢近观。执事的文章，曲折委婉，丰饶详备，往还百折，却条理顺畅，没有间断的地方，文章的气势、语言达到登峰造极，仓率而就的文字，别人觉得难展开的议论，却从容平易，不见一点艰难劳苦的样子。这三家，都异常鲜明地自成一家之文。李翱的文章，情味厚重悠长，辞采舒缓安闲，有执事文章的风度；陆贽的文章，立意贴近现实，遣词确切恰当，有执事文章的实质。但执事的器识，又自然超过前人。执事的文章，不在孟子、韩愈文章风格范围之内，是欧阳风格的文章。乐于称说别人的长处，却不落入诌媚的原因，是那人确实足够担当得起称誉。那些不清楚这一点的糊涂人，就把它看作是想用称誉别人来让别人喜欢自己。称誉别人来让别人喜欢自己，我苏洵不会做的。称说执事光明盛大德行，又不能自止的原因，是想让执事了解我的思想、了解我。

虽说如此，但执事的名声满于天下，即便不见那些文章，就本来已经知道有欧阳子了。我苏洵不幸，落入平民百姓之中，但那学道体道的心愿，又接近粗略完成，想不靠任何别的，奉上简率书札，自愿依靠执事，又让执事从哪里了解这一点，凭什么相信这一点呢？我苏洵少年不知学，二十五岁才知道读书，与士君子交往。二十五岁始知读书已经为时过晚，却不能做到潜心学习，砥砺德行，以古人为榜样自我要求，而是看那些和自己同一档次的人，都不如自己，于是就认为可以了。其后窘迫得更厉害，然后取古人的文章来读，才觉得古人立意遣词，和自己大不相同。时时又审视内心，自想自己的才器，却又像不是达到这个水平上就到顶的。因此尽烧以往所写文章几百篇，取出《论语》《孟子》、韩愈和其他圣人、贤人的文章，端坐不动，整日来读有七八年了。在开始时，进入文章所说明的道中就惶恐不安，博观明道之文就惊骇不已。至时间长了，读得越来越精细，胸中豁然洞明，那人的议论本来就该如此说，那人的言辞本来就该如此写，但还不敢写文章。时间久了之后，胸中的话一天比一天多，不能自我抑制，试着写出来。写罢再三读它，觉得奔涌文思来得不难。但还不敢认为这就圆满正确了。近来写的《洪范论》《史论》一共七篇，执事看它达到了怎样的水平？嘻！卑微如我又自己介绍自己，不了解的人又将会认为这是自我夸誉来求人知道自己。执事考虑那十年倾慕向往、十年体道不止的心，似那样的不偶然，就明察这些了。

【点评】《上欧阳内翰书》作于宋仁宗嘉祐元年（1056）。时苏洵年已四十有七，觉道已有成，并有心入仕，却不愿以近"知天命"之身，被人像考儿子辈一样考来考去，他想走"荐举"之路——这是李白、杜甫当年一心想走的路。《上欧阳内翰书》就是试图敲开"荐举"幸运之门的重要"敲门砖"。在那时，自托于达官贵人并不是件丢人的事，至少请托者本人觉得这也是"行道""求仁"的措施之一。但自荐书却很难写。既是请托自荐，不免要介绍自己不凡的才识抱负，称誉对方过人的德行文章。介绍自己而不流于夸矜，称誉对方而不落入媚谀，是每一位请托自荐者都要遇到的难题。《上欧阳内翰书》为这一类题材树立了一种不卑不亢的风范。苏洵有树立风范的条件：他最喜战国文，而战国时纵横家以言词耸动诸侯有独到的成就；他请托的是欧阳修，欧阳修德行文章，名满天下，无论怎么夸赞都不显得过分。但苏洵利用这些条件时十分节制。节制是锤炼优美文章的砥石。

作者从诸贤或离或合远远写来，千回百折，始落到请托对象欧阳修身上。这样就使文章有一个较高的立意点，使文章有一种高屋建瓴的气势。有"离""合"作依托，自己的"出""处"就都具备了坚实的根据。十年前"君子四散"，自己退居乡里，养心待时——"处"得高洁；十年后"势合为一"，自己挺身而出，顺时行道——"出"得慷慨。就使信上说的一切话都带上了士大夫独有的"弘毅"色彩：介绍自己，是当仁不让，问心无愧；称誉对方，是欲

人之善，受之当然。

作者很善于积蓄波澜。开头从贤人四散写起，既表达了对欧阳修的倾慕，又流露了对时机丧失的惋惜，"退而养心"就是题中应有之义。这是第一层波澜。峰回路转，贤人又"合而为一"，自己恰恰"道已粗成"。这是第二层波澜。不幸六人中二人已逝，一人骤贵，二人远任，欲请托而不能，这是第三重波澜。一波三折之后，请托欧阳修，从文势上讲已是势在必行；欧阳修受托，从情理上讲已是义不容辞。文章命势，如开渠引水，水到渠成，如群星辉耀，拱卫北辰。很有些战国文的风采。

苏洵文中对自己学道为文经历的追述，虽无出韩愈《答李翱书》的范围，对欧阳修文章的"纡余委备"之评，却独得欧阳修文章的精髓。《上欧阳内翰书》并不是人人都可做得。

苏洵有《仲兄字文甫说》，倡言优秀文章应如"风行水上，自然成文""自然成文"与其说是苏洵的创作实践，不如说是苏洵的创作理想。《上欧阳内翰书》的抑遏掩映之势，一波三折之妙，就不是"风行水上"可达。

顺便说，这一纸《上欧阳内翰书》，使苏洵最终免除了各种考试之苦，官拜校书郎，留下了一百卷《太常因革礼》，以及"礼典"是否也应按史书"不择善恶"原则编写的有趣争论。

【集说】此书凡三段：一段历叙诸君子之离合，见己慕望之切；二段称欧阳公文，见己知公之深；三段自述平生经历，欲欧阳公之知之也；而情事婉曲周折，何等意气，何等风神。（茅坤《唐宋八大家文钞》）

老苏先生第一书。无一字一句非韩柳妙处，以此傲欧阳之所无。（储欣《唐宋八大家类选》）

从诸贤之或离或合，千回百折，折到欧阳公身上，极转换脱卸之妙。以下称欧公之文，并自道所得。末以一语收拾通篇，何等章法。（沈德潜《唐宋八大家文读本》）

又汪曰："茅评固然，然尤妙在第一段中。历叙诸君子离合，即将自己于道之成未成夹叙，既为第一段之线，又为第三段之根。则十年慕望爱悦诸君子之心，即十年求道之心，首尾融洽，打成一片矣。若第一段中只叙诸君子离合，见己慕望之切，不将己之于道预为插入，至第三段乃始更端自叙，其于

法不已疏乎？"（高步瀛《唐宋文举要》）

（梁道礼）

辨奸论⁽¹⁾

事有必至，理有固然⁽²⁾。惟天下之静者⁽³⁾，乃能见微而知著。月晕而风⁽⁴⁾，础润而雨⁽⁵⁾，人人知之。人事之推移，理势之相因，其疏阔而难知⁽⁶⁾，变化而不可测者，孰与天地阴阳之事⁽⁷⁾？而贤者有不知，其故何也？好恶乱其中，而利害夺其外也⁽⁸⁾。

昔者，山巨源见王爷衍⁽⁹⁾，曰："误天下苍生者，必此人也。"郭汾阳见卢杞⁽¹⁰⁾，曰："此人得志，吾子孙无遗类矣。"自今而言之，其理固有可见者。以吾观之，王衍之为人，容貌言语，固有以欺世而盗名者，然不忮不求⁽¹¹⁾，与物浮沉。使晋无惠帝⁽¹²⁾，仅得中主⁽¹³⁾，虽衍百千，何从而乱天下乎？卢杞之奸，固足以败国，然而不学无文，容貌不足以动人，言语不足以眩世。非德宗之鄙暗⁽¹⁴⁾，亦何从而用之？由是言之，二公之料二子，亦容有未必然也⁽¹⁵⁾。

今有人⁽¹⁶⁾，口诵孔老之言，身履夷⁽¹⁷⁾齐之行⁽¹⁸⁾，收召好名之士、不得志之人，相与造作言语，私立名字，以为颜渊⁽¹⁹⁾孟轲⁽²⁰⁾复出，而阴贼险狠，与人异趣，是王衍、卢杞合而为一人也，其祸岂可胜言哉？夫面垢不忘洗⁽²¹⁾，衣垢不忘浣⁽²²⁾，此人之至情也。今也不然，衣臣虏之衣⁽²³⁾，食犬彘之食⁽²⁴⁾，囚首丧面⁽²⁵⁾，而谈《诗》《书》，此岂其情也哉？凡事之不近人情者，鲜⁽²⁶⁾不为大奸慝⁽²⁷⁾，竖刁、易牙、开方是也⁽²⁸⁾。以盖世之名，而济其未形之患，虽有愿治之主，好贤之相，犹将举而用之。则其为天下患，必然而无疑者，非特二子之比也。

孙子曰⁽²⁹⁾："善用兵者，无赫赫之功⁽³⁰⁾。"使斯人而不用也，则吾言为过，而斯人有不遇之叹。孰知祸之至于此哉！不然，天下将

被其祸,而吾获知言之名,悲夫!

【注释】(1)王安石变法在北宋历史上起过积极的作用。但由于它触犯了大地主阶层的利益,所以遭到保守派的极端仇视。这篇文章最早见于邵伯温(1057—1134)所写的《昭氏闻见录》。邵伯温说:"《辨奸》一篇,为荆公发也。"苏洵在王安石变法之前三年便死了,本文显系伪托,冒苏洵之名,以攻击王安石。 (2)理:情理。 (3)静者:即达到了这种修养的人。静,清净、冷静。 (4)月晕:月亮周围的光环。 (5)础:柱子下面的石磉。(6)疏阔:宽大广阔。这里有渺茫难以捉摸的意思。 (7)天地阴阳之事:指自然界的一切现象。阴阳:中国古代哲学的一对基本范畴,指自然界两种对立又互为消长的物质势力,并以此解释一切现象的变化。 (8)夺:干扰,牵制。 (9)山巨源见王衍句:山巨源,名涛,晋初人,曾任吏部尚书、太子少傅等官职,据《晋书·王衍传》记载,王衍少时秀美,去见山涛,山涛很称赏他的神情风度,但又说:"将来贻误天下苍生的,恐怕就是这个人!"晋惠帝时王衍任宰相,终日清谈,不理国事,后被石勒所杀。 (10)郭汾阳见卢杞:郭汾阳,即郭子仪,以平定安史之乱有功,被封为汾阳郡王。卢杞:字子良。据《旧唐书·卢杞传》记载,郭子仪病,卢杞去看望他,郭氏让姬妾都回避,独自等候。事后家人问他为什么不让姬妾见客,郭子仪说:卢杞容貌丑陋,心地险恶,姬妾见了他必定会发笑,这样他怀恨在心,必定要报复,将来他掌权,我的子孙就要被他铲除净尽了。 (11)忮(zhì):忌恨。 (12)惠帝:指晋惠帝司马衷,290—306年在位,以昏庸愚蠢出名。在位期间,由其妻贾后专权,酿成"八王之乱"。相传306年被东海王司越毒死。 (13)中主:中等才能的皇帝。 (14)德宗:指唐德宗李适。在位期间曾采取过一些改革措施,企图加强中央集权,增加财政收入。对藩镇割据势力开始想采取抑制政策,但又猜忌有功大臣,信任卢杞等人,因此朝政混乱,没有什么成效。藩镇反叛时,唐德宗一再逃命,对藩镇采取姑息迁就政策。 (15)容:或许。(16)有人:此指王安石。 (17)履:实践。 (18)夷、齐:夷,伯夷。齐,叔齐。两人都是商朝末年孤竹国(今河北卢龙)国君的儿子,相传孤竹国国君死后,兄弟互相推让,都不肯继位,一同逃往周地。后武王伐纣,二人叩马而谏,商亡后他们足不踏周地,口不食周粟,饿死在首阳山。他们的行为为后代儒家所推崇。 (19)颜渊:孔子的得意学生。 (20)孟轲:即孟子,战国中期儒家代表人物。 (21)垢:肮脏。 (22)浣:洗濯。 (23)臣虏:奴仆。 (24)彘:小猪。 (25)囚首丧面:形容不注意修饰。囚首,指头发散乱,如同囚犯。丧面,好像居丧的人的面孔。 (26)鲜:少。 (27)奸慝:慝(tè),奸邪。 (28)竖刁、易牙、开方:春秋时齐桓公的三个宠臣。据《史记·齐世家》记载,齐桓公问管仲,三人中谁可接他的相位,管仲逐一回答说:"易牙烹自己的儿子给国君吃;开方本是卫国贵公子,背离父母来齐国侍奉国君,其父死了也不归国;竖刁甘当太监,入宫侍奉国君。这三人的行为都是不近人情的,不可亲信。"齐桓公没有听管仲的话,反而信任他们,使他们专权。齐桓公死后,三人果然作乱。 (29)孙子:名武,齐国人。战国时杰出的军事家,著有《孙子兵法》13篇。 (30)善用兵者,无赫赫之功:此二句不见于今本《孙子兵法》《孙子兵法·形篇》:"善战者胜也,无智名,无勇功。"曹操注:"敌兵形未成,胜之,无赫之功也。"古代论战功,根据斩首多少来评定。孙子以为,善于用兵的人往往退敌于未临,所以从表面上看没有显著的战功。

【今译】事情有必然发展到这一步的原因,情理有必定如此的根源。只有那天下最有修养的人,才能从细微的变化中预知事情的明显后果。月的周围出现了光环,预示着要刮风,柱子下面的石礩潮湿,预示着要下雨,这是众所周知的。人世间事情的发展变化,道理情势的相互因循,渺茫而允以捉摸,变化而不可推测的,哪里比得上天地阴阳变幻的渺茫难知?可是贤能的人却有所不知,这是什么缘故呢?这是因为喜好或厌恶的感情搅乱了他们的内心,而利害得失的考虑又影响了他们的行为。

从前,山巨源见了王衍,说:"将来使天下百姓遭殃的,一定是这个人。"郭汾阳见了卢杞,说:"此人一旦得志,我的子孙后代将会一个也留不下来。"就今天的事情说来,的确有可以预见的道理。不过依我看来,王衍的为人,他的容貌言语,确实有欺世盗名的地方,但是他既不忌恨别人,也不过分贪求,只是随波逐流。假如晋朝当时没有惠帝,而只是一个中等才能的皇帝当政,即使有千百个像王衍这样的人,又怎么会使天下大乱呢?卢杞的奸邪,固然足以使国家衰败,但是他不学无术,容貌既不足以动人,言谈也不足以

唐宋八大家文观止

弄昏人的头脑。如果不是碰上唐德宗这样品质低劣的昏庸皇帝，又怎么会得到重用呢？这样说来，山、郭二公对王、卢二人的预言，或许未必一定如此。

现在有个人，嘴上讲的是孔子、老子的话，亲身实践的是伯夷、叔齐的行为，收罗了一些追求功名的人和一些不得志的人，聚在一起制造舆论，自我标榜，自以为是颜渊、孟轲再生。可是内心却阴险狠毒，志趣和一般人大不一样。这真是合王衍、卢杞于一身了，他所造成的灾难，难道是可以用语言来形容的吗？脸脏了不忘洗净，衣服脏了不忘洗涤，这是人之常情。现在这个人却不是这样，穿的是奴仆的衣服，吃的是猪狗的食物，头发蓬乱，像囚犯一样，满面尘垢像居丧者一般，可是却大谈《诗》《书》，这难道合乎情理吗？凡是做事不近人情的人，很少不是大奸贼的，竖刁、易牙、开方就是这类人。以盖世的名望来助成他潜在的祸患，虽然有想要励精图治的君主，以及喜爱贤才的宰相，也还是要提拔并重用他的。那么他会给天下带来祸患，那种必然无疑的情况，就不是王衍、卢杞所能比拟的了。

孙子说："善于用兵的人，没有显赫的战功。"假使这个人不被重用，那么，人们就会认为我的话是错的，而这个人就会有怀才不遇之感叹。如果这样，又有谁能知道他所造成的祸患将会达到这种严重地步呢？如果不是这样，天下就将遭受他的灾难，而我个人则会获得远见卓识的美名，那就太可悲了！

【点评】文章以"见微而知著"立论，认为人世间事情的发展变化是可以预知的，但又认为人的内心受着喜好或厌恶的感情干扰，而人的行为又受着利害得失的影响。接着用历史上山巨源预言王衍、郭汾阳预言卢杞的方法，说明王安石是一个追求功名、自我标榜、制造舆论、蓬头垢面的不近人情的大奸贼，将会像历史上的竖刁、易牙、开方一样，如果受到想励精图治的君主所重用，那么必定会给天下带来比王衍、卢杞更大的祸患。文章结尾引用孙子的话，进一步指出王安石如不被重用，那么作者本人的话就是错误的，人们也会认为王安石怀才不遇。如果天下遭到王安石的灾难，而作者本人就会获得远见卓识的美名，作者由此发出了"太可悲"的感叹。实际上，"见微知著"，从某些自然、社会现象来说，是有一定道理的，但本文从一个人的衣著、生活习惯，便断定这个人将来一定是大奸的说法，则是牵强附会，毫无道理的。何况王安石并不是"大奸"，只不过由于变法触犯了当时封建大官僚、大地主集团的利益罢了。由此观之，作者并非是一个远见卓识者。但若就文章而论，这篇文章论点鲜明，论据有力，说理透辟，论证严密、逻辑性强，特别是语言精练、犀利泼辣、富有词采，议论纵横恣肆，气势雄伟，与苏洵文章风格相近，所以长期以来，人们都以为是苏洵所作。其实，这篇文章是邵伯温为达到政治上的目的，对王安石进行人身攻击而假托苏洵之名所作。

【集说】(唐)荆川尝读《韩非子·八奸篇》，谓是一面照妖镜，余于老泉此论亦云。(茅坤《唐宋八大家文多钞》)

士君子一入仕途，则好恶厉害，求为静者而不可得矣。起段讥切欧阳诸公，洞中底里，非独论安石也。(储欣《唐宋八大家类选》)

荆公之奸，从不近人情看出，千古卓见。然古往今来，亦多以近人情而曲行其奸者，不可不知。(沈德潜《唐宋八大家文读本》)

介甫名始盛时，老苏作《辨奸论》，讥其不近人情。厥后新法烦苛，流毒寰宇，见微知著，可为千古观人之法。(吴楚材等《古文观止》)

(范奎山)

木假山⁽¹⁾记

木之生或蘖而殇⁽²⁾，或拱而夭⁽³⁾。幸⁽⁴⁾而至于任为梁栋则伐。不幸而为风之所拔，水之所漂，或破折，或腐，幸而得不破折，不腐，则为人之所材⁽⁵⁾，而有斧斤之患。其最幸⁽⁶⁾者，漂没汩没于湍沙⁽⁷⁾之间。不知其几百年，而其激射啮食⁽⁸⁾之余或仿佛于山者，则为好事者⁽⁹⁾取去，强⁽¹⁰⁾之以为山，然后可以脱泥沙而远斧斤。而荒江之濆⁽¹¹⁾，如此者几何？不为好事者所见，而为樵夫野人所薪者⁽¹²⁾，何可胜数？则其最幸者之中，又有不幸者焉。

予家有三峰⁽¹³⁾。予每思之，则疑其有数⁽¹⁴⁾存乎其间。且其蘖而不殇，拱而不夭；任为梁栋而不伐；风拔水漂而不破折，不腐；不破折，不腐，而不为人所材，以及于斧斤；出于湍沙之间，而不为樵

著、生活习惯，便断定这个人将来一定是大奸的说法，则是牵强附会，毫无道理的。何况王安石并不是"大奸"，只不过由于变法触犯了当时封建大官僚、大地主集团的利益罢了。由此观之，作者并非是一个远见卓识者。但若就文章而论，这篇文章论点鲜明，论据有力，说理透辟，论证严密、逻辑性强，特别是语言精练、犀利泼辣、富有词采，议论纵横恣肆，气势雄伟，与苏洵文章风格相近，所以长期以来，人们都以为是苏洵所作。其实，这篇文章是邵伯温为达到政治上的目的，对王安石进行人身攻击而假托苏洵之名所作。

【集说】(唐)荆川尝读《韩非子·八奸篇》，谓是一面照妖镜，余于老泉此论亦云。(茅坤《唐宋八大家文多钞》)

士君子一入仕途，则好恶厉害，求为静者而不可得矣。起段讥切欧阳诸公，洞中底里，非独论安石也。(储欣《唐宋八大家类选》)

荆公之奸，从不近人情看出，千古卓见。然古往今来，亦多以近人情而曲行其奸者，不可不知。(沈德潜《唐宋八大家文读本》)

介甫名始盛时，老苏作《辨奸论》，讥其不近人情。厥后新法烦苛，流毒寰宇，见微知著，可为千古观人之法。(吴楚材等《古文观止》)

(范奎山)

木假山[1]记

木之生或蘖而殇[2]，或拱而夭[3]。幸[4]而至于任为梁栋则伐。不幸而为风之所拔，水之所漂，或破折，或腐，幸而得不破折，不腐，则为人之所材[5]，而有斧斤之患。其最幸[6]者，漂没汩没于湍沙[7]之间。不知其几百年，而其激射啮食[8]之余或仿佛于山者，则为好事者[9]取去，强[10]之以为山，然后可以脱泥沙而远斧斤。而荒江之濆[11]，如此者几何？不为好事者所见，而为樵夫野人所薪者[12]，何可胜数？则其最幸者之中，又有不幸者焉。

予家有三峰[13]。予每思之，则疑其有数[14]存乎其间。且其蘖而不殇，拱而不夭；任为梁栋而不伐；风拔水漂而不破折，不腐；不破折，不腐，而不为人所材，以及于斧斤；出于湍沙之间，而不为樵

夫野人之所薪,而后得至乎此,则其理⁽¹⁵⁾似不偶然也。然予之爱之,则非徒爱其似山,而又有所感焉。非徒感之,而又有所敬焉。予见中峰魁岸踞肆⁽¹⁶⁾,意气端重,若有以服其旁之二峰。二峰者,庄栗刻峭⁽¹⁷⁾,凛乎不可犯,虽其势⁽¹⁸⁾服于中峰,而岌然⁽¹⁹⁾若无阿附意。吁! 其可敬也夫! 其可以有所感也夫!

【注释】(1)木假山:取陈年枯木残段形状似山者,或置几上,或树庭中,以供欣赏的工艺品。 (2)蘖:树始抽枝。殇:未成年而死。有长殇、中殇、下殇、无服之殇的名目。8岁以下死者称无服之殇,"蘖而殇"之殇,义取于此。(3)拱:树长到对把(两手合围)粗。夭:少壮而死。 (4)幸:幸运,侥幸。下文"不幸"是和"幸"相对而言,幸运里面不幸运者,不包括"蘖而殇""拱而夭"。 (5)材:取作材料。 (6)幸:有庄学中"幸"的意味:尽其天年。(7)湍:急流。沙:江中的沙洲、江边的沙岸。湍沙之间:江边。 (8)啮食:指沙的腐蚀。啮,咬。把水对物的侵蚀形象化地称作"咬",今人仍矜为新奇,如杨朔《雪浪花》。 (9)好事者:有闲心的人。 (10)强:《老子·第二十五章》:"强字之曰'大'"之"强",勉强。称陈年枯木为"山""假山",只是人为规定的符号,"山""假山"之名丝毫反映不出陈年枯木之实,故曰强。(11)荒江:僻远江段。濆:江边。 (12)薪:拿去当柴。野人:农夫。野(郊原)是农夫工作和居住的地方。 (13)三峰:借代木假山。 (14)数:天定的命运;事物之理,规律。苏氏父子著作中的"数"多指后者。此是特例,义取前者。不过,"疑其有数存乎其间"只是兴到笔纵之辞,并非真信命数。(15)理:事理。"有数存其间"虽是一时兴到之辞,苏洵在这里却不幸而言中了他两个儿子尤其是苏轼后半生的命运。苏轼少年得志,如"任为梁栋而不伐";中年以后迭遭打击,如"风拔水漂";在逆境中仍保持自己的人格,如"不破折不腐",这倒饶有趣味。 (16)踞肆:势壮之貌。踞,高坐于上。肆,放恣。魁,高大。岸,高傲。魁、踞状中峰之形,岸、肆状中峰之态。中峰:苏洵自况。 (17)庄栗:庄重严肃。此状二峰之态。刻峭:峻峭。此状二峰之形。二峰是苏洵对二子的期待。 (18)势:形状。 (19)岌然:高耸的样子。

【今译】树木的生长，有的刚抽条就死了，有的刚长到对把粗就死了。幸运的长到能作房梁屋柱便被砍倒。幸运中不幸的被风刮倒，被水漂走，有的枝折干破，有的被水沤烂，有的侥幸能不破不折未被沤烂，那么便被人拿去作材料，有斧劈锯解的灾祸。那些最幸运的，顺水漂浮沉没掩埋在江边，不清楚过了几百年，水浸沙蚀剩下来有形状好像山的，就被有闲心的人拿去，勉强把它当作山，这样以后可以脱离泥沙腐蚀又远离斧劈锯解的灾祸。但是，僻远江段的水边，像这样的有几个？未被有闲心的人发现，却被打柴的种地的拣去当柴烧的，怎么能数得清？那么，最幸运的树里，还有不幸运的在里面。

我家的木假山有三个山峰。我每次想到它，我怀疑那里面有天定的命数。而且它抽枝发芽时没死，长到对把粗时没夭折；能做栋梁了没被砍倒，风刮倒它水漂走它却没折没破没腐烂；没折没破没腐烂，却没被人拿去作材料，因而受斧劈锯解之灾；从江边露出来，却没有被打柴的种地的拣去当柴烧，这以后能来到我家，那么这事理就似乎不是偶然的。但我喜爱木假山，却不仅仅喜爱它像山，而且还有被它感触的成分在里面。不仅受它感触，而且还有敬重它的成分在里面。我见木假山的中峰魁伟孤傲，高高在上，意态峻直，神气凝重，似乎有股令旁边二峰折服的威严。旁边二峰，庄重肃穆高峻挺拔，凛然不可侵犯，尽管它们所处地位折服于中峰，但它们那山势高耸的样子，一点也没有迎合依赖的神气。呵，多么可敬呀！它多么可感呀！

【点评】这是一篇借物言志的佳作。全文虽分两段，却一气呵成，上段以"幸""不幸"，归本"数"字，将物引向人；下段以"可感""可敬"，承接"理"字，将人引向物。全文物我交融，句句都是写物，又句句都是作者自况。这种文章境界，不是靠技巧侥幸能达到。苏洵自身经历略似木假山。苏洵幼而怠学，壮始发愤，犹如木之"不殇""不夭""幸而至于任为栋梁"；场屋受挫，铩羽而归，犹如"风拔水漂"；归蜀后益发愤，自强不息，犹如"不破折不腐"；读书养气，静以候时，犹如"激射啮食"；终于受知于欧阳修，被朝廷破格聘用，犹如"为好事者取去，脱泥沙而远斧斤"。古人云："惟其有之，是以似之"；苏洵曾说过：天下至文应如"风行水上，自然成文"，二语移状《木假山记》风采，再恰当不过了。

唐宋八大家文观止

【集说】前段言三峰之幸,后段言三峰之可敬。(明·唐顺之《文编》)

即木假山看出许多幸、不幸来,有感慨,有态度。(茅坤《唐宋八大家文钞》)

身世间幸不幸,俱作如是观。(储欣《唐宋八大家类选》)

前以幸、不幸,归本"数"字,后从"数"字转出"理"字。极变幻中,自成章法。(沈德潜《唐宋八家文读本》)

(梁道礼)

送石昌言使北引⁽¹⁾

昌言举进士时,吾始数岁,未学也。忆与群儿戏先府君侧⁽²⁾,昌言从旁取枣栗啖我⁽³⁾;家居相近,又以亲戚故⁽⁴⁾,甚狎⁽⁵⁾。昌言举进士,日有名。吾后渐长,亦稍知读书,学句读、属对、声律⁽⁶⁾,未成而废。昌言闻吾废学,虽不言,察其意,甚恨。后十余年,昌言及第第四人,守官四方⁽⁷⁾,不相闻。吾日益壮大⁽⁸⁾,乃能感悔,摧折复学⁽⁹⁾。又数年,游京师,见昌言长安,相与劳苦如平生欢⁽¹⁰⁾。出文十数首,昌言甚喜称善。吾晚学无师,虽日为文,中甚自惭⁽¹¹⁾;及闻昌言说,乃颇自喜。今十余年,又来京师,而昌言官两制⁽¹²⁾,乃为天子出使万里外强悍不屈之虏庭⁽¹³⁾,建大旆⁽¹⁴⁾,从骑数百⁽¹⁵⁾,送车千乘⁽¹⁶⁾,出都门,意气慨然⁽¹⁷⁾。自思为儿时,见昌言先府君旁,安知其至此? 富贵不足怪,吾于昌言独有感也! 丈夫生不为将,得为使,折冲口舌之间足矣⁽¹⁸⁾。

往年彭任从富公使还⁽¹⁹⁾,为我言曰:"既出境,宿驿亭。闻介马数万骑驰过⁽²⁰⁾,剑槊相摩⁽²¹⁾,终夜有声,从者怛然失色⁽²²⁾。及明,视道上马迹,尚心掉不自禁⁽²³⁾。"凡虏所以夸耀中国者,多此类也。中国之人不测也⁽²⁴⁾,故或至于震惧而失辞,以为夷狄笑⁽²⁵⁾。呜呼! 何其不思之甚也! 昔者奉春君使冒顿,壮士大马,皆匿不见,是以有平城之役⁽²⁶⁾。今之匈奴⁽²⁷⁾,吾知其无能为也。孟子曰:"说大人,则藐之⁽²⁸⁾。"况于夷狄! 请以为赠。

【注释】(1)石昌言:石扬休,字昌言,官至工部员外郎。仁宗嘉祐元年八月(1056),受命为契丹国母生辰使。出发前,苏洵写了这篇短文送别,以壮行色。这种文章,本应叫"序"或"赠序",因苏洵的父亲叫苏序,故讳之,改作"引"。　(2)先府君:府君本是汉代以后郡守的专称,到了晋代任其他官职者也称府君,到宋代,府君只用来称无官职者。先府君,指死去的父亲。(3)啖(dàn):此为使……吃。　(4)亲戚:苏、石两家是亲戚。苏轼《苏廷评(苏序的字)行状》:"女二,幼适石扬言。"扬言、扬休是兄弟俩。　(5)狎:亲近。　(6)句读、属对、声律:句读(dòu):断句。句,句子。读,不成文句而需停顿处为"读"。书面上在行间用圈(句号)和点(读号)来标记。属对,在诗文中撰成对偶句。属,撰写。声律,诗词中声韵、平仄等格律。　(7)守官四方:到各地去做官。守官,做官。　(8)日:一天天。　(9)摧折:改变志向。　(10)平生:从来,过去。　(11)中:内心。　(12)两制:唐宋中书舍人与翰林学士的总称,中书为外制,翰林为内制,都是与闻机务、接近君主之重要职任。　(13)虏:敌虏,对敌方的蔑称。另本"虏"后有"庭"字。(14)斾(pèi):古代旗边上下垂的装饰品,泛称大旗。　(15)从骑(jì):随从的马队。　(16)乘:指马车。　(17)慨然:情绪激昂的样子。　(18)折冲:制敌取胜。折,挫败。冲,冲锋的战车。　(19)彭任从富公还:富公,富弼,字彦国。据《宋史·仁宗纪》:"庆历二年夏四月庚辰,知制诰富弼报史契丹"。彭任,字有道,曾跟从富弼出使契丹。　(20)介马:披挂铁甲的战马。(21)剑槊相摩:剑和长矛两种武器相撞击。槊(shuò),古代兵器,长矛。(22)怛(dá):惊恐。　(23)尚心掉不自禁:还不能控制惊恐的心情。心掉,心里震惊骇怕。不自禁,自己不能控制自己。　(24)测:估计,预料。(25)夷:我国古代称东方的民族。狄:我国古代称北方的民族。　(26)昔者句:奉春君:汉朝人刘敬,号奉春君,原姓娄,刘邦赐姓刘。冒顿(dú):汉时匈奴君主之名。匿:隐藏。见:同"现"。《史记·刘敬叔孙通列传》:"(娄敬)赐姓刘氏,拜为郎中,号为奉春君。汉七年,韩王信反,高帝自往击之,至晋阳,闻信与匈奴欲共击汉。上大怒,使人使匈奴,匈奴匿其壮士肥牛马,但见老弱及羸畜。使者十辈来,皆言匈奴可击。上使刘敬复往使匈奴,还报曰:两国相击,此宜夸矜见所长,今臣往,徒见羸瘠老弱,此必欲见短,伏奇兵以

唐宋八大家文观止

争利。愚以为匈奴不可击也。'上怒，骂刘敬曰：'齐虏！以口舌得官，今乃妄言沮吾军。'械系敬广武，遂往至平城。匈奴果出奇兵，围高帝白登，七日然后得解。"（27）今之匈奴：此处特指契丹。《旧五代史·外国传》："契丹者，匈奴之种也。"（28）"说大人，则藐之"句：说(shuì)，游说，劝说。大人，大人物，诸侯王公等。此句引《孟子·尽心下》，意为"面对诸侯国王谈话，就轻视他"。

　　【今译】石昌言被推荐应考进士时，我才几岁，还没开始学习。记得与一群小孩子在先父的身边嬉戏时，昌言在一边拿枣儿和栗子给我吃；两家居住得相距很近，又因为是亲戚的缘故，所以昌言与我既亲近又随便。昌言因被推荐应考进士，名声一天比一天大。后来我渐渐长大，也稍微懂得读书，学习断句、对仗和平仄声律，没学成就放弃了。昌言听说我放弃了学习，虽然没有说些什么，但看他的意思，是很感遗憾的。此后过了十多年，昌言考中进士第四名，到各地去做官，彼此也就断了音讯。我一天天地长大，这才懂得悔恨自己，于是痛改前非重新学习。又过了几年，游学京城，在长安见到昌言，互相慰劳问候，像过去那样高兴。我拿出了十几篇文章，昌言很高兴，说写得好。我学得晚，又没有老师，虽然天天写文章，但心里总是自觉惭愧；等听到昌言的评价，于是感到很高兴。现在过了十几年，又来到京城，此时昌言身居两制要职，作为天子使者，前去万里之外强大凶悍、不肯顺服的契丹朝廷。出发的时候，竖起大旗，带着几百骑兵侍从，欢送的车子有一千辆，走出京城大门，意气风发，慷慨激昂。我回想起小时候，在先父身旁见到昌言，那时怎么会料知他能到今天这个地步呢？富贵并不足以奇怪，可是我对昌言唯独有所感触啊！大丈夫在生之时，不能做个将军，能做个出国使臣，凭借言辞锋利，在外交场合中制服敌人，就足够了。

　　几年前彭任跟随富弼出使契丹回国后，曾对我说："出了国境以后，夜间住宿在驿站宾馆，听见身挂铁甲的马队几万奔驰过去，宝剑与长矛互相撞击，彻夜响声不绝，随从出使的人吓得惊慌失色。等到天亮了，看见道上马蹄印儿，还止不住心惊肉颤。"大凡契丹用来向中国炫耀武力的手段，大多就是这一类。中国去的使者，没有识破他们这类手段，所以震惊害怕，以致张目结舌，说不成话，被契丹人耻笑。唉！他们为什么不用心思考呢！当年奉春君刘敬出使匈奴,匈奴把强健的士兵、肥壮的马匹都藏起来,不让使者看见,汉高祖刘邦没有识破敌人的计谋,结果在平城之役中遭到敌军围困。现在的匈奴,我看出他们没有什么本领了。孟子说:"面对诸侯国君谈话,就轻视他。"何况外族酋长?把这些作为临别赠言吧。

【点评】文章一开始就追述石昌言从"举进士"后直到出使契丹前几十年间的为官简历,却并没有写他的政绩或其他活动,只是处处将作者本人的废学——摧折复学——学而有得的过程牵合进去。粗看这种写法,似乎与文章正题无关,其实它从侧面说明了作者本人与石昌言的亲密关系,以及石昌言对他的关怀和鼓励,写出了作这篇赠言的缘由,并由此抒发了"丈夫生不为将,得为使,折冲口舌之间足矣"的感慨。文章接着说契丹虚张声势的目的是向我们夸耀武力,其实并不可怕,并用刘邦当年平城被围的历史教训,劝石昌言要用孟子"说大人,则藐之"的方法,敢于正视敌人,不辱使命。文章迂回曲折,散落有致,行文如叙家常,亲切感人,同时,语言明快,笔力简劲,字里行间充满大义凛然的爱国主义精神。

(范奎山)

唐宋八大家文观止

曾巩

曾巩(1019—1083),字子固,建昌南丰(今属江西)人。宋仁宗嘉祐二年(1057)举进士。历任太平州司法参军,馆阁校理集贤校理,越州通判,济州、福州知州,史馆修撰等,官至中书舍人。他在各地任地方官期间,政绩显著,关心民生疾苦,注意救灾治疫,深受百姓爱戴。任职史馆时,曾整理校勘《战国策》《列女传》《说苑》《新序》等古籍,有一定贡献。曾巩死后谥"文定",世称南丰先生。

曾巩是北宋仅次于欧阳修的著名文学家,深为王安石所推许。他积极参加古文革新运动,为"唐宋古文八大家"之一,其为文章,沉静雅重,雍容平易,讲求文法,能穷事理,反对形式主义,主张文以卫道,甚得欧阳修称赏。其文章风格与欧阳修相近,时人以为欧阳修门下士中,以巩独得其真传,曾以"欧曾"并称。《宋史·曾巩传》称其"为文章,上下驰骤,愈出而愈工,本原六经,斟酌于司马迁、韩愈,一时工作文辞者,鲜能过也"。著有《元丰类稿》50卷。

战国策目录序[1]

刘向所定《战国策》三十三篇[2],《崇文总目》称第十一篇者阙⁽³⁾。臣访之士大夫家⁽⁴⁾，始尽得其书，正其误谬⁽⁵⁾，而疑其不可考者⁽⁶⁾，然后《战国策》三十三篇复完⁽⁷⁾。

叙曰：向叙此书⁽⁸⁾，言周之先，明教化，修法度，所以大治；及其后，谋诈用而仁义之路塞⁽⁹⁾，所以大乱。其说既美矣⁽¹⁰⁾。卒以谓此书战国之谋士度时君之所能行⁽¹¹⁾，不得不然。则可谓惑于流俗，而不笃于自信者也⁽¹²⁾。

夫孔孟之时，去周之初⁽¹³⁾，已数百岁，其旧法已亡⁽¹⁴⁾，旧俗已熄久矣⁽¹⁵⁾。二子乃独明先王之道⁽¹⁶⁾，以为不可改者，岂将强天下之主以后世之所不可为哉⁽¹⁷⁾？亦将因其所遇之时⁽¹⁸⁾、所遭之变⁽¹⁹⁾，而为当世之法⁽²⁰⁾，使不失乎先王之意而已。

二帝三王之治⁽²¹⁾，其变固殊，其法固异，而其为国家天下之意，本末先后，未尝不同也。二子之道，如是而已。盖法者，所以适变也⁽²²⁾，不必尽同；道者，所以立本也⁽²³⁾，不可不一⁽²⁴⁾：此理之不易者也。故二子者守此，岂好为异论哉⁽²⁵⁾？能勿苟而已矣⁽²⁶⁾，可谓不合乎流俗，而笃于自信者也。

战国之游士则不然，不知道之可信⁽²⁷⁾，而乐于说之易合⁽²⁸⁾；其设心注意⁽²⁹⁾，偷为一切之计而已⁽³⁰⁾。故论诈之便而讳其败⁽³¹⁾，言战之善而蔽其患⁽³²⁾，其相率而为之者，莫不有利焉⁽³³⁾，而不胜其害也⁽³⁴⁾；有得焉，而不胜其失也。卒至苏秦、商鞅、孙膑、吴起、李斯之徒⁽³⁵⁾，以亡其身；而诸侯及秦用之者，亦灭其国，其为世之大祸，明矣。而俗犹莫之寤也⁽³⁶⁾。惟先王之道，因时适变，为法不同，而考之无疵⁽³⁷⁾，用之无弊。故古之圣贤，未有以此而易彼也⁽³⁸⁾。

或曰："邪说之害正也⁽³⁹⁾，宜放而绝之⁽⁴⁰⁾，则此书之不泯，其可乎？"对曰："君子之禁邪说也，固将明其说于天下，使当世之人，皆知其说之不可从，然后以禁，则齐⁽⁴¹⁾；使后世之人，皆知其说之不可为，然后以戒，则明。岂必灭其籍哉？放而绝之，莫善于是。是以孟子之书，有为神农之言者，有为墨子之言者，皆著而非之⁽⁴²⁾。至于此书之作，则上继《春秋》，下至楚汉之起，二百四五十

年之间，载其行事，固不可得而废也。"

此书有高诱注者二十一篇[35]，或曰三十二篇。《崇文总目》存者八篇，今存者十篇云。

【注释】(1)《战国策》：战国国别史。是一部记载战国时游说之士的策谋和言论的历史散文总集。西汉末刘向整理校订，编定为三十三篇，并确定书名为《战国策》。此书宋时已有散佚，曾巩遍访各家藏本，予以补充修订。此文是曾巩为他整理校勘后的《战国策》一书所写的序文。　(2)刘向：本名更生，字子正，沛（今江苏沛县）人，西汉经学家、目录学家、文学家。　(3)《崇文总目》：宋代国家藏书的目录，仁宗时诏翰林学士王尧臣等撰成。因藏书在崇文馆，故名。阙：同"缺"。　(4)臣：作者自称。士大夫：指有地位和声望的读书人。　(5)正：纠正。　(6)疑：质疑。考：考查、考订。　(7)完：完整。　(8)向叙此书：即刘向所作《战国策书录》。向，刘向。　(9)用：采用。塞：堵塞。　(10)其说既美矣：这种说法已经很好了。　(11)卒：最后、结果。以谓：以为。谋士：出谋划策的人。度（duó）：揣摩、推测。　(12)笃：坚定。　(13)去周之初：距离周朝初始之时。　(14)亡：消失。　(15)熄：灭，消亡。　(16)二子：即孔子、孟子。先王之道：指尧、舜、禹、汤、文、武的治道。　(17)将：要。强：强迫。　(18)因：依照、根据。　(19)遭：逢、遇。变：变化。　(20)为当世之法：采取适应当时社会情况的办法。　(21)二帝：指尧、舜。三王：三代之王。一说指夏禹、商汤、周文王；一说指夏禹、商汤、周文王、周武王。　(22)适变：随着时代改变。　(23)立本：立国的根本。　(24)一：同一、一致。　(25)好（hào）：喜爱。　(26)勿苟：不苟且。　(27)道：指先王之道。　(28)说：说法、主张。　(29)设心注意：居心用意。设，置。注，措、用。　(30)偷为一切之计：苟且作一时权宜的策略。偷，苟且。一切，一时权宜，不经常。　(31)败：输、失利。　(32)善：好处。蔽：掩盖。患：祸害、灾难。　(33)相率：互相轻率。指不加思索，而争先为之。　(34)胜（shēng）：尽。　(35)苏秦：字季子，战国时东周洛阳人，纵横家的代表人物。曾历仕燕、赵、韩、魏、齐、楚等国，主张合纵抗秦，一人佩六国相印，后被齐人所杀。商鞅（yāng）：姓公孙，名鞅，战国时卫国人，又名卫鞅。曾辅佐秦孝公变法十年，秦国富强，被封于商，所以也称为商鞅。

后来秦惠王当政，商鞅被车裂而死。孙膑（bìn）：战国时齐国人，大军事家孙武之后，著名军事家。他的同学庞涓妒忌他的才能，骗他到魏国，处以膑刑（剔去膝盖骨），故称孙膑。吴起：战国时卫国人，魏文侯良将，著名军事家。后入楚，辅佐楚悼王变法图强。悼王死后，被旧贵族所杀。李斯：战国时楚国人，后入秦，辅佐秦始皇统一六国，为丞相。秦始皇死后，为赵高所谗，被腰斩于咸阳。　（36）寤：通"悟"，觉悟，明白。　　（37）考：考察。疵：毛病，过失。　（38）易：更改、改变。　（39）邪说：不正当的主张和说法。此处指战国游士之说。　（40）放、绝：抛弃、断绝。　（41）齐：统一、一致。（42）"是以"四句，指孟子曾著录农家和墨家的言论观点，并加以批驳。详见《孟子·滕文公上》。著：录写、记载。非之：驳斥他们的主张。　（43）高诱：东汉涿郡（今河北涿州）人。曾作《战国策注》，今残。

【今译】刘向所编定的《战国策》一书，共有三十三篇，《崇文总目》上说第十一篇缺。我访求于士大夫家中，才全部得到这些篇目，纠正其中的谬误，对那些无法考订的作品进行了质疑，这样，《战国策》三十三篇就完整了。

序文如下：刘向曾经陈述此书，说周朝以前，倡明教化，修治法度，所以天下大治；到了周朝以后，图谋欺诈得到采用，阻隔了仁义的实行，所以天下大乱。这种说法已经很好了，但最后以为这本书是写战国时谋士们揣摩各国君主所能够做到的事情，所以不得不这样做。这种说法可以说是为流俗所惑，没有坚强的自信心了。

孔孟在世的时候，距离周朝初年已经好几百年了，周朝的旧有法度已不复存在，旧的习俗也已消亡很久了。孔孟唯独要倡明尧、舜、禹、汤、文、武先王的治道，认为不可改变，难道是要强迫后世天下的人主不能有所作为吗？只不过是要根据他们所处的时代，所遇到的变化，而采取适应当时社会情况的办法，使之不至于丧失先王的思想原则而已。

二帝三王治理国家时，他们所遭遇的变化本来不相同，他们所采取的办法也必定有所区别，而他们为治理好国家天下的思想原则，安排主次先后，就未必不相同了。孔孟所倡导的先王之道，不过如此罢了。因为治国的办法，是随着时代的变化而变化的，不必都相同；治国的思想，是立国的根本，就不可以不一致；这是道理上所不能更易的。因而孔孟坚守这一点，难道是

213

唐宋八大家文观止

喜爱发表奇谈怪论吗？是他们能够不苟且于人罢了。可以说是不为流俗所惑，而有坚定的自信心。

战国时的游说之士则不是这样，他们不知道先王之道可信仰，而是只喜欢他们的说法和主张能投人君之所好；他们的居心用意，只是苟且作一时权宜的策略而已。所以只注重谈论欺诈的便利，而讳言其失利；讲说战争的好处，而掩盖其祸害。他们这种交互轻率的行为，莫不是为了能得到一点好处，然而却产生了无尽的害处；虽有所得，但却不能弥补其所失。结果苏秦、商鞅、孙膑、吴起、李斯这些人，都因此而丧命；而诸侯及秦国启用这些人，也导致国家灭亡，他们是世上的大祸害，已经很明显了。可是流俗还是没有醒悟。只有先王之道，能因时适变，虽然采取的办法不同，然而考察起来没有毛病，使用之后也无弊端。所以古代的圣贤，从没有因时代的变化而改变先王之道的。

有人说："邪说有害于正道，应该予以弃绝，那么《战国策》这本书不把它消灭还行吗？"回答说："君子禁止邪说，必定要把他们的主张让天下人明了，使当世的人们都知道他们的主张不可趋从，然后加以禁止，就能达到意见一致；使后世的人们，都知道他们的主张不可实行，并且以此为戒，大家就很明白了。何必要消灭他们的书籍呢？弃绝邪说，最好是这样来做。因此孟子的著作中，有农家的言论，也有墨家的言论，他都把它们记载下来，并对他们的观点进行驳斥。至于《战国策》这部书，记载着上承《春秋》、下至楚汉之初，二百四五十年间的事情，是一定不可废弃的。"

这部书有东汉高诱的注本二十一篇，又说三十二篇。《崇文总目》只存八篇，现存十篇。

【点评】刘向曾在他所作的《战国策书录》中评价《战国策》一书是"战国之谋士度时君之所能行，不得不然"。曾巩对此大不以为然，特在序文中予以驳斥。他指出刘向的错误是在于他"惑于流俗，而不笃于自信"。并且认为战国游士背离儒道，言战尚诈，其结果只能是亡身亡国，害多利少，实在是世之大祸。于是，他进一步提出了"盖法者，所以适变也，不必尽同；道者，所以立本也，不可不一"的著名论断。

本文某些观点，体现了曾巩思想的进步性。如"法以适变，道以立本"的观点,与他在《洪范传》一文中所提出的"有常有变"的思想是一致的,不仅符合儒家维护其封建道统的原则,在当时具有进步意义,而且还具有朴素的辩证法思想因素。关于禁止邪说,本文亦有独到的见解。作者认为最好的办法是"明其说于天下""使当世之人,皆知其说之不可从""使后世之人,皆知其说之不可为",并不一定要"灭其籍"。这种观点,至今仍有一定的意义。但作者毕竟是站在儒家道统的立场上,以儒家的伦理观念和道德标准来评价历史人物和事件,有些观点不免偏颇。如对商鞅、李斯等法家人物予以彻底否定,把秦国以及诸侯国的最终灭亡,归咎于启用这些变法人物以及实行变法,这就犯了历史唯心主义的错误。

　　本文从内容上看,可分三个部分。开头结尾两自然段是对《战国策》一书整理校订有关事项的交代说明。中间五自然段分为两部分:前四段是驳斥刘向的观点,为全文重点;后一段则是就这本书整理的意义谈自己的看法,切中本题。其间驳论部分是本文最精彩且最具特色之所在。作者于未驳之前,行欲擒先纵之法,以简洁的文字隐括刘向《战国策书录》文意,肯定他所说的"周之先,明教化,修法度,所以大治,及其后,谋诈用,而仁义之路塞,所以大乱"是"其说既美",如此略作褒扬之后,随即陡转入痛抑,正面否定刘向所谓"战国之谋士度时君之所能行,不得不然"的观点。但作者并没有顺着文势穷追猛打,继续正面讨伐。而中借孔孟"独明先王之道"的事实来阐明"法以适变,不必同;道以立本,不可改"的儒家思想原则。然后以战国游士作对比,指出他们"不知道之可信",只一味逞口辩以迎合人君,其居心用意,都是只顾一时之利,而作苟且权宜之计,最后只落得个"亡其身""灭其国"的悲惨结局,害己又害人,这都是他们背弃先王之道所酿成的大祸。这两处,作者在行文时,都相应地采用暗收法。如论述孔孟之处的结论是"可谓不惑于流俗,而笃于自信者也"。论战国游士处的结论是"而俗犹莫之寤也"。这两处结语其实都是暗中打着刘向,与前面正面斥责刘向"惑于流俗,而不笃于自信"是呼应唱和、一气相承的。此所谓旁敲侧击,藏锋不露之法,表面从容和缓,内里咄咄逼人,决不宽贷。全文思路明晰,文气跌宕多姿,结构层次谨严,考校详尽精密,实为目录序之上品。

　　【集说】南丰之文,长于道古,故序古书尤佳,而此篇及《列女传新序》目

录序尤胜,淳古明洁,所以能与欧、王并驱,而争先于苏氏也。"(高步瀛《唐宋文举要》引方苞语)

曾子固为目录之序,至有条理。(林纾《春觉斋论文》)

此篇节奏从容和缓,且有条理,又藏锋不露。(吕祖谦《古文关键》卷二)

(李　明)

赠黎安二生序

赵郡苏轼[1],余之同年友也[2]。自蜀以书至京师遗余,称蜀之士黎生、安生者。既而黎生携其文数十万言,安生携其文亦数千言,辱以顾余[3]。读其文,诚闳壮隽伟,善反复驰骋,穷尽事理,而其才力之放纵[4],若不可极者也。二生固可谓魁奇特起之士[5],而苏君固可谓善知人者也。

顷之[6],黎生补江陵府司法参军[7],将行,请予言以为赠。余曰:"余之知生,既得之于心矣,乃将以言相求于外邪?"黎生曰:"生与安生之学于斯文[8],里之人皆笑以为迂阔[9],今求子之言,盖将解惑于里人。"余闻之,自顾而笑。夫世之迂阔,孰有甚于予乎?知信乎古而不知合乎世[10],知志乎道而不知同乎俗,此余所以困于今而不自知也。世之迂阔,孰有甚于予乎?今生之迂,特以文不近俗,迂之小者耳,患为笑于里之人。若余之迂大矣,使生持吾言而归,且重得罪[11],庸讵止于笑乎[12]?然则若余之于生,将何言哉?谓余之迂为善,则其患若此;谓为不善,则有以合乎世,必违乎古,有以同乎俗,必离乎道矣。生其无急于解里人之惑,则于是焉,必能择而取之。遂书以赠二生,并示苏君,以为何如也?

【注释】(1)赵郡苏轼:据苏洵《苏氏族谱》:眉山苏氏是唐代苏味道之后。味道,赵郡人,武周圣历(689—700)中贬为眉州刺史,迁益州长史,未行而卒。有子一人,不能归,遂家眉州。后苏轼自称"赵郡苏轼"。赵郡,北魏置,唐因之,改曰赵州、滦州。宋升为庆源府,治在今河北赵县。　(2)同年友:同榜登第者互称。曾巩和苏轼皆嘉祐二年(1057)进士,时苏轼正在蜀中故里为母程夫人服丧。 (3)顾:访问。 (4)放纵:不循常规,豪放纵逸。 (5)魁奇特起:突出非凡。 (6)顷之:经过不长时间。 (7)江陵府:汉南郡地,唐置江陵府,宋因之。治在今湖北江陵县。司法参军:府一级掌刑狱的属官。 (8)斯文:儒者、文士、儒学的代称。 (9)里:古代最基础的行政区划。此指邻里。笑:嘲笑。宋嘉祐之前,沿晚唐五代之陋,文尚险怪奇涩,号"太学体"。嘉祐二年,欧阳修知贡举,痛抑险怪奇涩之文,士子曾因此聚众闹事。"迂阔"即笑黎、安二生所学儒家平凡之理、平易之文不合潮流,无法求仕。 (10)古:自古以来恒存之理,即古道。世:当世。 (11)重:又,再一次。 (12)庸讵:怎么。

【今译】赵郡苏轼,是我的同榜登第学友。他从蜀中送信到京师给我,夸赞蜀中士子黎生和安生。不久,黎生带着他的文章几十万字,安生带着他的文章几千字,屈尊前来看我。阅读这些文章,确实开阔壮伟俊秀,善于反复论说,纵横驰骋,穷尽事情物理,而那才力的不循常规,似乎是不能达到的。黎、安二位儒生本来就可称作突出非凡之士,而苏君本来就可称作善于察识人才的人呵!

经过不长时间,黎生补任江陵府司法参军,临走时,请我写几句话作为临别赠言。我说:"我了解二位,已从心底了解到了,还用借语言相求于外吗?"黎生说:"我与安生学儒,邻里的人都嘲笑我们,认为我们迂阔,现在求先生写几句话,来消解邻里人的迷惑。"我听了,自己对着自己笑起来。当世的迂阔,有谁还比我更厉害呢?知道相信古理却不知道迎合当世,知道一心行道却不知道混同流俗。这是我窘迫于当今却又自己不觉察的原因。当世的迂阔,谁还比我更厉害?现在二位儒生的迂阔,仅因为文章不近时俗,是迂阔中微小的而已,害处是受到邻里之人的嘲笑。像我的迂阔,大得很了,假如二位儒生拿我写的文字回乡,将再一次获罪邻里,怎么止息邻里人的嘲笑呢?如果是这样,那么像我对二位儒生,打算说什么呢?称我的迂阔好,它的害处就如此;称我的迂阔不好,那就有迎合当世的理由,必定有违背古理的后果;有混同流俗的理由,必定有乖离儒道的后果。二位儒生如果不着急着去消解邻里人的迷惑,那就在这两者里,一定能择善而取。就写下这些

话来赠给二位儒生，并请拿给苏君看，二位儒生认为怎样？

【点评】这是一篇"送序"——朋友同道间的临别赠言。"送序"很容易落入堆砌辞藻典故、罗列陈言俗套的窠臼。《赠黎安二生序》一洗陈言俗套，直道心中事。作者从黎生企图借作者的光焰消除里人之惑——在作者看来，黎生"急于解里人之惑"本身就是一种"惑"——生发开去，正话反说，循循善诱地道出了当时士大夫的处世原则："信乎古而不合乎世，志乎道而不同乎俗"。文章组织得很精巧：简约叙述二生求序由来之后，巧借"以解里人之惑"转入议论。"迂"之大小的辨析，反衬出作者"信乎古"的坚定、"志乎道"的执着。"迂"之善否的议论，洋溢着作者循循善诱的期待。在一篇篇幅狭小的应酬文字里，纵横自如地展开议论，显示出作者驾驭文章的功力。

作者矜然为自己"信乎古而不合于世，志乎道而不同于俗"而自豪。这种信念也许应该尊重，但"古理"虽高，拘守只会祸民；儒道虽妙，高谈只能误国；世俗虽卑，却是超脱不了的。包括曾巩在内的多数宋代文人儒士未曾梦到的后果，变成了现实：变法失败、党争不休、中原沦丧、江山易色。这是宋人"信乎古而不合乎世，志乎道而不同乎俗"所付出的惨痛代价。今天读来，仍让人心潮难平。

（梁道礼）

寄欧阳舍人书

巩顿首再拜，舍人先生[(1)]：去秋人还[(2)]，蒙赐书，及所撰先大父墓碑铭[(3)]。反复观诵，感与惭并[(4)]。夫铭志之著于世，义近于史[(5)]，而亦有与史异者。盖史之于善恶，无所不书；而铭者，盖古之人有功德材行志义之美者[(6)]，惧后世之不知，则必铭而见之[(7)]，或纳于庙，或存于墓，一也。苟其人之恶，则于铭乎何有？此其所以与史异也。其辞之作，所以使死者无有所憾，生者得致其严[(8)]。而善人喜于见传[(9)]，则勇于自立；恶人无有所纪，则以愧而惧。至于通材达识，义烈节士，嘉言善状[(10)]，皆见于篇，则足为后法。警劝之道[(11)]，非近乎史，其将安近？

及世之衰⁽¹²⁾，为人之子孙者，一欲褒扬其亲⁽¹³⁾，而不本乎理⁽¹⁴⁾。故虽恶人，皆务勒铭，以夸后世。立言者既莫之拒而不为，又以其子孙之所请也。书其恶焉，则人情之所不得，于是乎铭始不实。后之作铭者，常观其人⁽¹⁵⁾。苟托之非人，则书之非公与是⁽¹⁶⁾，则不足以行世而传后。故千百年来，公卿大夫至于里巷之士，莫不有铭，而传者盖少⁽¹⁷⁾。其故非他，托之非人，书之非公与是故也。

然则孰为其人，而能尽公与是欤？非畜道德而能文章者，无以为也⁽¹⁸⁾。盖有道德者之于恶人，则不受而铭之，于众人则能辨焉⁽¹⁹⁾。而人之行，有情善而迹非⁽²⁰⁾，有意奸而外淑⁽²¹⁾，有善恶相悬而不可以实指⁽²²⁾，有实大于名，有名侈于实⁽²³⁾。犹之用人，非畜道德者，恶能辨之不惑，议之不徇⁽²⁴⁾？不惑不徇，则公且是矣！而其辞之不工，则世犹不传，于是又在其文章兼胜焉⁽²⁵⁾。故曰非畜道德而能文章者，无以为也。岂非然哉？

然畜道德而能文章者，虽或并世而有⁽²⁶⁾，亦或数十年或一二百年而有之。其传之难如此，其遇之难又如此⁽²⁷⁾。若先生之道德文章，固所谓数百年而有者也⁽²⁸⁾。先祖之言行卓卓⁽²⁹⁾，幸遇而得铭，其公与是，其传世行后无疑也。而世之学者，每观传记所书古人之事，至其所可感，则往往𢙌然不知涕之流落也⁽³⁰⁾，况其子孙也哉？况巩也哉？其追睎祖德⁽³¹⁾，而思所以传之之由，则知先生推一赐于巩，而及其三世⁽³²⁾，其感与报，宜若何而图之⁽³³⁾！

抑又思若巩之浅薄滞拙，而先生进之⁽³⁴⁾；先祖之屯蹶否塞以死⁽³⁵⁾，而先生显之。则世之魁闳豪杰不世出之士，其谁不愿进于门⁽³⁶⁾？潜遁幽抑之士，其谁不有望于世⁽³⁷⁾？善谁不为，而恶谁不愧以惧？为人之父祖者，孰不欲教其子孙⁽³⁸⁾？为人之子孙者，孰不欲宠荣其父祖⁽³⁹⁾？此数美者，一归于先生，既拜赐之辱，且敢进其所以然⁽⁴⁰⁾？所谕世族之次，敢不承教而加详焉⁽⁴¹⁾？愧甚，不宣，巩再拜。

【注释】(1)舍人:曾巩此信写于宋仁宗庆历七年(1046)。时欧阳修任知谏院、知制诰。知制诰负责草拟皇帝诏令,这项工作在唐代是由中书省属官中书舍人担当,故称欧阳修为欧阳舍人。 (2)去秋:庆历六年 (1046)秋。当年夏,曾巩派专人进京,请欧阳修为其祖父曾致尧撰墓碑墓铭。人,即进京送信给欧阳修的人。 (3)墓碑铭:墓碑文和墓铭文。碑文刊石,立于墓前。铭文刊石,随葬墓中。先大父:已故的祖父。指死去的曾致尧。

(4)并:同,齐。此处为共生,齐来。 (5)义近于史:《文心雕龙·诔碑》:"夫属碑之体,资乎史才,其序则传,其文则铭。"《文心雕龙·铭箴》:"铭兼褒赞""其取事也必核以辩,其摘文也必简而深"。碑铭形式上是记事的,类史中的"传";在写法上要求核实、简明,类史家"直书其事"原则;在功能上具有"褒赞""深"意,类史家向往的"旨远""义微",故云"近乎史"。义:道理。

(6)功德材行志义:功业道德材力品行思想行为。义:恰当的行为。美:按文体规范,碑是"序盛德"的,"铭兼褒赞"。碑铭正体都是褒美而不书恶。

(7)铭而见之:铭,勒铭。见:同"现",彰显。 (8)致:表达。严:尊敬。

(9)善人:为善的人。下文"恶人":作恶的人。 (10)义烈节士:义士、烈士、节士即行义之士、建功立业之士、有节操之士。嘉:美,善。状:行状,业绩。 (11)警劝之道:警恶劝善的原则。"惩(警)恶劝善"是从春秋时中国史家就标榜的史的功能。 (12)世之衰:世道衰微。 (13)一欲:竟欲。一,竟,乃。 (14)理:文理,即碑铭文"取事必核以辩""序盛德""兼褒赞"等文体规范。"褒亲而不本乎理"风气可从东汉末年碑铭大手笔蔡邕自述看出。《后汉书·郭泰传》:"郭泰死,四方同志立碑刻石。蔡邕为其文。既而谓涿郡卢植曰:'吾为碑铭多矣,皆有惭德,惟郭有道(泰)无愧耳。'" (15)其人:指作铭者。 (16)公与是:公平和准确。非人:不适当的人,指背文理、惭文德的作铭者。 (17)里巷之士:平民士绅。盖:表示揣测的虚词。

(18)畜:同"蓄",积蓄。无以:没有能力。"以"表凭借的工具、能力、理由等。 (19)不受而铭之:"不"字否定的是"受"与"铭之"两项行为。即"拒铭之"。辨:分,区别。 (20)情:内心情性。迹:外现的行为。非:非善。"情善而迹非"是好心办错事。 (21)意:心思。外:外表。淑:善,美。"意奸而外淑"是伪善。 (22)善恶相悬:善恶互相交错,善中有恶,恶中有善。悬,牵挂。实指:确切指出哪些是善,哪些是恶。 (23)实:实际言行。名:

所得名声。侈：过分。 （24）用人：择能选官。恶（wū）：同"何"，怎么。不惑：不被"情善""外淑""名"等迷惑。不徇：不曲从于"迹非""意奸""侈名"等。除"恶人"外，众人皆在可铭之列。不过，要明辨铭主的善恶，只书其善。

（25）兼胜：蓄道德之后同时擅长。于是：对传不传说来。是，指代"辞之不工则世犹不传"。 （26）并世：同一时代。指铭主和铭文作者。 （27）传之难：之，指代人"功德材行志义之美者"。 （28）固：确实。（29）卓卓：优异，突出。曾巩祖父曾致尧，字正臣，宋太宗太平兴国（976—984）进士。为两浙转运使时，魏庠凭太宗旧恩知苏州，致尧劾之。太宗曰："曾致尧乃敢治魏庠，可畏也！"遂罢魏庠。迁致尧礼部郎中。致尧有《广中台志》《清边前要》《西陲纪要》《直言集》等。《宋史》有传，称其"性刚直，好言事"。 （30）盡（xì）然：伤痛的样子。 （31）追晞：追慕。晞，慕也。 （32）推：送。一赐：一次恩赐，指撰曾致尧墓碑铭。三世：祖、父、曾巩三代。及：恩及。祖以碑铭"得显"，父、巩得"致其严"，故云"及三世"。 （33）图之：谋划报答与感激。 （34）进：奖掖。进之：使之进。欧阳修把曾巩收入门下，据《诚斋诗话》：嘉祐二年（1057）"欧阳公知举，得东坡之文惊喜，欲取为第一人；又疑为门人曾子固（巩）之文，恐招物议，抑为第二"。 （35）屯蹶否塞：境遇不顺利。屯，艰难。蹶，颠扑。否，塞，不通。曾致尧后遭贬谪。 （36）魁闳：壮伟。不世出：不是每个时代都能出现，即不寻常。进于门：被选拔置于门下。

（37）潜遁幽抑之士：指隐逸之士。潜遁，隐逸。幽抑，隐秘不显扬。望：期望。 （38）教：遗教。用自己的丰功美德遗教。 （39）荣宠：荣耀光显。此处指使其父祖荣宠。 （40）拜赐之辱：即"拜辱赐"。拜，拜受。辱赐，指撰碑铭。敢：即不敢。"敢进其所以然"，规范写法应是"敢不进其所以然"。（41）世族之次：世系。碑铭撰者写到碑主世系例如祖、父名讳职官，子、孙名讳职官，例用"某"替代，待刊石时由立碑人如实填写。

【今译】巩顿首再拜舍人先生：去年秋天送信人回来，承蒙赐予回信和撰写的已故祖父墓碑铭文。反复阅读朗诵，感激与惭愧齐生。铭志彰明于世，道理和史书接近，但也有和史书不同的地方。史书对于人的善恶，没有不记录的；而铭，是古代人在事业道德才能品行思想行为上有美的地方，恐怕后代不了解，就一定作铭来彰显它们，有的藏在家庙，有的存于墓中，用意是一

唐宋八大家文观止

样的。假如这个人是恶人，那还有什么可铭？这是铭文与史书不同的原因。作铭词，是用来让死去的没有遗憾，让活着的能表达自己对死者的尊敬。为善的人很高兴被记载流传，就果敢地自觉建树；作恶的人没有可记载的东西，就因而感到羞愧和畏惧。至于才识通达的人，解难扶危、建功立业、节操高尚的人，美好的言论和事迹，都表现在铭志中，就足以成为后代的楷模。铭志文体现出的警恶劝善原则，不和史著相近，那又与什么相近？

到了世道衰微的时候，为人子孙的，竟想褒扬父祖，却不以铭文之理为根本。所以尽管是恶人，都作铭刻石，来向后世夸耀。写文章的人既没有什么理由拒绝不作，又因为是死者子孙请托的，记那恶言恶行于铭文，碍于人情又不能够，从这儿起铭才名不符实。后来请人作铭的，常考察作铭的人。假如把作铭的任务托给不适合作铭的人，那写来就不公正不准确，就不足来流传于当代和后世。所以千百年来，从官宦到平民士绅，没一个没有铭，但流传下来的似乎不多。那原因不是别的，把作铭任务托付给不适合作铭的人，铭文写得不公正不准确的缘故。

如果是这样，那么谁是适合作铭的人，谁又能圆满地体现"公正"和"准确"的原则呢？除了积蓄道德又擅长文章的人，是没有能力承当的。有道德的人对于恶人，则拒绝接受为他作铭，对一般人就能分析区别。人的行为，有情性善但行为不善，有心志奸险却外表和善，有善、恶交错又不能确定哪一点是善哪一点是恶，有实际行为大于所得名声，有所得名声超过实际行为。就好像朝廷择能选官，除了积蓄道德的人怎么能区别它而不被它迷惑，分析它而不曲从它？不迷惑不曲从，就公正又准确了！但铭辞不精致，社会上仍然不能流传，传与不传又在于积蓄道德的人又同时擅长文章。所以说，除了积蓄道德又擅长文章的人，没有能力承担。难道不是这样吗？

但是，积蓄道德又擅长文章的人，尽管有时当代就有，也有时几十年、有时几百年才出现，作铭达到理正辞工困难到这种程度，遇上能坚持理正达到辞工的人困难又到这种程度。像先生的道德文章，确实是所谓几百年才出现的。先祖言行优异卓越，有幸遇上并得先生之铭，那公正与准确，那流行于当代传播于后世是无可怀疑了。社会上的学者，每当阅读传记所记古人的事迹，读到感人处，就往往伤痛得不自觉流下眼泪，何况他们的子孙呢？何况我曾巩呢？追念祖宗功业，又考虑使祖宗功业传于后世的原因，就知先生赐撰先大夫碑铭给我,恩惠却施到祖、父和我三代,那感激与报答,应如何来筹划!

而且又想到像我曾巩这样浅薄愚笨,先生却奖掖置于门下;先祖境遇不顺而死,先生却使他的功业得到彰显。那当代壮伟豪杰,不寻常的人士,还有谁不希望被置于先生门下?隐逸不出无意用世的人士,还有谁不期望在社会上效力?善,谁不去做,而恶谁不羞愧而畏惧?作为人的父祖的,谁不想把自己的善言善行遗教子孙?作为人的子孙的,谁不想使他的父祖荣宠光耀?这多种美事,全归功于先生。拜受了赐撰的先大父碑铭,又岂敢不陈说获得这多种美事的理由?来信指示的世系,岂敢不按先生的指示更加详备?惭愧得很,有说不完的话,巩再拜。

【点评】这是一封格调高雅的感谢信。高雅表现在他不像一般感谢信那样,堆砌溢美之词,平衍直露地表达谢忱,而是着眼于铭体文章写作之难,要求之高,漫纵巧收,一层深一层,徐徐落在要感谢的对象欧阳修身上。作者先写铭文和史著同样具有庄严的"警劝"功能;次写"警劝"功能能否发挥,权柄握在铭文作者之手;再写铭文作者需要具备较一般文章和史著作者更高明的德、识、才,而德识才齐备即道德文章兼胜的人物往往是几十年甚至几百年才出现一个;最后,用一句"先生之文章,固所谓数百年而有者也",轻松自由地收到欧阳修身上。作者随即轻轻宕开,不去直接写欧阳修铭文作得高明,而是用一连串设问句渲染欧阳修所撰铭文可能产生的深入广泛的庄严效果。读者初读这篇文章,会觉得笔笔都在说它事;读完,顿明笔笔都是表谢忱。清人沈德潜"逐层牵引,如春蚕吐丝,春云出山,不使人览而易尽"(《唐宋八大家文读本》)之评,颇得此文疏放跳荡、曲尽题旨的风致。文忌直,人忌曲,古人云"无曲不文星",此文提供了一种风范。

碑志在东汉末蔡邕手里成为一种独立的文体,同样也在蔡邕手里涣散了记事核而实的精神。韩愈在提高碑志文的表现力上下过功夫,对收拾被涣散的核实精神不多留意。到欧阳修、曾巩,才把这个问题作为碑志立世扬名、传远示后的核心,详加探讨,对碑志作者的德、才、识提出具体而全面的要求。欧阳修、曾巩的碑志文,凝重有余,开阔不足,稍逊蔡邕、韩愈,但二人对碑志文的理性反思,却远超蔡、韩。陆九渊很欣赏王伯顺这句话:"本朝百

唐宋八大家文观止

事不及唐,然人物议论远过之。"为宋人长于思考的幽淡沉静精神风貌自豪。曾巩此文,为王伯顺那些话的正确性提供了一个小小的证据。

【集说】此书纡徐百折,而感慨呜咽之气,博大幽深之积,溢于言外。较之苏长公谢张公为其父墓铭书,特胜。(茅坤《唐宋八大家文钞》)

张英曰:"以蓄道德而能文章,归美欧阳,足见作铭之不易。以此一文,回旋转折,洒洒洋洋,极唱叹游咏之致,想见其行文乐事。"(乾隆编《唐宋文醇》)

铭近于史。而今人之作,每不逮古人。须俟诸蓄道德而能文章者。逐层牵引,如春蚕吐丝,春云出山,不使人览而易尽。(沈德潜《唐宋八家文读本》)

(梁道礼)

墨池记(1)

临川之城东(2),有地隐然而高(3),以临于溪,曰新城。新城之上,有池洼然而方以长(4),曰王羲之之墨池者(5)。荀伯子《临川记》云也(6),羲之尝慕张芝(7),临池学书,池水尽黑,此为其故迹。岂信然邪(8)?方羲之之不可强以仕(9),而尝极东方(10),出沧海,以娱其意于山水之间,岂有徜徉肆恣(11),而又尝自休于此邪?羲之之书,晚乃善;则其所能,盖亦以精力自致者,非天成也。然后世未有能及者,岂其学不如彼邪?则学固岂可以少哉!况欲深造道德者邪(12)?

墨池之上,今为州学舍(13)。教授王君盛恐其不章也(14),书"晋王右军墨池"之六字于楹间以揭之(15)。又告于巩曰:"愿有记。"推王君之心,岂爱人之善,虽一能不以废,而因以及乎其迹邪?其亦欲推其事以勉其学者邪?夫人之有一能,而使后人尚之如此(16),况仁人庄士之遗风余思(17),被于来世者如何哉!

庆历八年九月十二日曾巩记(18)。

【注释】(1)选自《元丰类稿》卷十七。墨池：相传为王羲之学书洗笔砚的水池。　(2)临川：宋代江南西路抚州治所，即今江西抚州。　(3)隐然：高起的样子。　(4)洼然：低深的样子。　(5)王羲之：字逸少，东晋琅邪临沂（今山东临沂）人，著名书法家。官至右军将军，会稽内史，世称王右军。

(6)荀伯子：南朝宋颍川颍阴（今河南许昌）人，在临川内史任上，曾作《临川记》六卷，其中载有王羲之的墨池。　(7)张芝：字伯英，东汉弘农（今河南灵宝）人。擅长草书，有"草圣"之称。　(8)信然：确实，可靠。　(9)方：当。强(qiǎng)以仕：勉强他做官。　(10)极：游遍。　(11)徜（cháng）徉（yáng）：游逛。肆恣：放纵不羁。　(12)深造道德：在道德修养上达到很高造诣。　(13)州学舍：指抚州官学的校舍。　(14)教授：宋朝路学、州学中主管教育的官员。章：同"彰"。　(15)楹（yíng）：厅堂的前柱。揭：悬挂。

(16)尚：推崇。　(17)遗风余思：指留存于后人心目中的典范德行。
(18)庆历八年：公元1048年。庆历，宋仁宗赵祯的年号。

【今译】临川城的东边，有块地方高高隆起，靠近小溪，叫作新城。新城上有个低洼的长方形的池子，叫作王羲之的墨池。荀伯子《临川记》上说，王羲之曾仰慕张芝，在池旁练习书法，池水全被染黑，这就是他的遗迹，难道真是这样吗？当王羲之不愿做官的时候，曾游遍东方诸郡，泛舟沧海，娱情于山水之间，莫非他纵情游逛时，又曾在这里停留过吗？王羲之的书法，到晚年才登峰造极，那么他的技能，大概也是靠精神和毅力学成的，不是上天赋予的。而后世没有人能赶上他，想必是因为不如他那样勤学苦练的缘故吧？那么勤学苦练本来就是不可缺少的啊！(练字尚且如此)何况想在道德修养上达到很高造诣的呢？

墨池的上边，现在是州学的校舍。教授王盛先生恐怕它被湮没不彰，写了"晋王右军墨池"六个大字悬挂在楹柱之间，又告诉我说："希望能作篇记。"推究王先生的意思，难道是喜爱别人的优点，即使一技之长也不让埋没，因而连带喜爱他的故迹吗？还是想推广王羲之勤学苦练的故事来勉励他的学生呢？人有一技之长，尚且被后人如此推崇，何况仁人志士的遗风懿范，其影响于后世将不知会怎么样啊！

唐宋八大家文观止

庆历八年九月十二日曾巩作记。

【点评】本文名为《墨池记》，却不重在记叙，而借事立论，生发、开掘出层层深意。全文分两段，都是以记起，以议收，记少议多。首段开始根据荀伯子《临川记》和有关传说，简略交代墨池的位置、环境、形状以及得名由来，接着追叙王羲之脱离官场后的一段漫游生活，用"又尝自休于此邪"的设问句，推测王羲之曾在临川学书的可能性及墨池传说的真实性。然后由记入议，指出王羲之书法艺术的卓越成就，"盖亦以精力自致者，非天成也"，从正面托出题旨，又从反面指出后人赶不上王羲之的原因，在于"学不如彼"，从而阐明勤学苦练的重要。最后加以引申，由学习书法推及道德修养，进一步拓深了题旨。二段在此基础上首先简要交代了墨池的变迁和作记的原因，然后又转入议论，用两个问句推出州学教授王盛请他作记的用心：一是彰先贤，二是勉后学。特别是后者，这实际上更是作者写作本文的用意所在。最后又进一步引申，由书法技艺推及"仁人庄士之遗风余思"，勉励人们努力进修，刻苦深造，使主题再次得到升华。文中虽表现了一定的正统、卫道思想，但作者所阐述的业精于勤的道理，无疑有其积极意义。本文以议为主，以记为附，叙议交错，浑然相生，不粘不离，顺理成章，因小及大，小中见大，写法新颖别致，不落窠臼。又多用设问句、反问句和感叹句，为这篇短文平添了低回唱叹的情韵，确是大家手笔。

【集说】看他小小题，而结构却远而正。（茅坤《唐宋八大家文钞·宋曾文定公文钞》卷八）

寥寥短章，而使人味之隽永。（乾隆编《唐宋文醇》卷五十六）

小中见大。又：用意或在题中，或出题外，令人徘徊赏之。（沈德潜《唐宋八大家文读本》卷二十八）

右军之书，以精力自致，此题中所有也；因右军学书，而勉人以深造道德，此题中所无也。既发本题所有，又补本题所无，尺幅之间，云霞百变，熟此可无窘笔。（孙琮《山晓阁曾南丰文选》）

能与学两层到底。因其地为州学舍，而求文记之者即教授，故推而论之，非若今人腔子之文也。又：此篇放笔数千言，即无味矣。词高旨远，后人

无此雄厚。(何焯《义门读书记》)

因墨池会得羲之学书,从此着想,便为大有关系文字。以其为州学舍,故"学"字粘得上。其通篇命意,不过借羲之学书以勉学者,若论羲之为人善书,固有飘飘凌云之致,执定印板字字拘之,则腐矣。(王符曾《古文小品咀华》)

池为绩学之证,学舍为聚学之地,教授为董学之人,面面关通故切。徒曰小中见大,直扪钥揣形耳。(浦起龙《古文眉诠》卷七十二)

(刘生良)

越州赵公救灾记[1]

熙宁八年夏[2],吴越大旱[3]。九月,资政殿大学士、右谏议大夫、知越州赵公[4],前民之未饥[5],为书问属县[6]:"灾所被者几乡[7]?民能自食者有几[8]?当廪于官者几人[9]?沟防构筑,可僦民使治之者几所[10]?库钱仓廪,可发者几何[11]?富人可募出粟者几家[12]?僧道士食之羡粟书于籍者,其几具存[13]?"使各书以对,而谨其备[14]。

州县吏录民之孤老疾弱不能自食者,二万一千九百余人以告[15]。故事,岁廪穷人,当给粟三千石而止[16]。公敛富人所输[17],及僧道士食之羡者,得粟四万八千余石,佐其费[18]。使自十月朔[19],人受粟日一升[20],幼小半之。忧其众相蹂也[21],使受粟者男女异日,而人受二日之食。忧其且流亡也,于城市郊野,为给粟之所,凡五十有七,使各以便受之,而告以去其家者勿给[22]。计官为不足用也[23],取吏之不在职而寓于境者,给其食而任以事[24]。不能自食者,有是具也[25]。

能自食者,为之告富人,无得闭粜[26];又为之出官粟[27],得五万二千余石,平其价予民[28],为粜粟之所,凡十有八,使籴者自便如受粟[29]。

又僦民完城四千一百丈⁽³⁰⁾，为工三万八千，计其佣与钱⁽³¹⁾，又与粟再倍之⁽³²⁾。民取息钱者⁽³³⁾，告富人纵予之，而待熟，官为责其偿。弃男女者，使人得收养之。

明年春，大疫。为病坊，处疾病之无归者⁽³⁴⁾。募僧二人，属以视医药饮食，令无失所恃⁽³⁵⁾。凡死者，使在处随收瘞之⁽³⁶⁾。

法⁽³⁷⁾，廪穷人，尽三月当而止⁽³⁸⁾。是岁尽五月而止。事有非便文者⁽³⁹⁾，公一以自任，不以累其属。有上请者，或便宜，多辄行⁽⁴⁰⁾。公于此时，蚤夜备心力不少懈⁽⁴¹⁾，事细巨必躬亲，给病者药食，多出私钱⁽⁴²⁾。民不幸罹旱疫⁽⁴³⁾，得免于转死⁽⁴⁴⁾；虽死，得无失敛埋，皆公力也。

是时，旱疫被吴越，民饥馑疾疠死者殆半⁽⁴⁵⁾，灾未有巨于此也。天子东向忧劳⁽⁴⁶⁾，州县推布上恩⁽⁴⁷⁾，人人尽其力。公所拊循⁽⁴⁸⁾，民尤以为得其依归⁽⁴⁹⁾。所以经营绥辑，先后终始之际，委曲纤悉，无不备者⁽⁵⁰⁾。其施虽在越⁽⁵¹⁾，其仁足以示天下⁽⁵²⁾；其事虽行于一时，其法足以传后。盖灾沴之行⁽⁵³⁾，治世不能使之无，而能为之备⁽⁵⁴⁾。民病而后图之⁽⁵⁵⁾，与夫先事而为计者，则有间矣⁽⁵⁶⁾；不习而有为，与夫素得之者，则有间矣⁽⁵⁷⁾。予故采于越⁽⁵⁸⁾，得公所推行，乐为之识其详⁽⁵⁹⁾。岂独以慰越人之思？将使吏之有志于民者⁽⁶⁰⁾，不幸而遇岁之灾，推公之所已试⁽⁶¹⁾，其科条可不待顷而具⁽⁶²⁾。则公之泽，岂小且近乎⁽⁶³⁾？

公元丰二年，以大学士加太子少保致仕⁽⁶⁴⁾，家于衢⁽⁶⁵⁾。著其直道正行，在于朝廷⁽⁶⁶⁾，岂弟之实在于身者，此不著⁽⁶⁸⁾。著其荒政可师者⁽⁶⁹⁾，以为《越州赵公救灾记》云。

【注释】(1)越州：宋代州名，治所在今浙江绍兴市。赵公：名抃(biàn)，字阅道，宋衢州西安(今浙江衢州市)人。宋仁宗景祐初，任殿中侍御史，弹劾不避权幸，人称"铁面御史"。后官至参知政事，死后谥"清献"。　(2)熙宁八年：公元1075年。熙宁，宋神宗年号。　(3)吴越：今江苏南部、浙江北部一带地区。 （4）资政殿大学士、右谏议大夫：官衔名，这是赵抃在朝廷中的官衔。《宋史·职官志》曰："资政殿大学士为正三品。"知越州：主持越州政务的地方长官。 （5）前民之未饥：在老百姓还没有闹饥荒之前。 （6）为书问属县：写公文询问下属各县。 （7）被：蒙受、遭受。 （8）能自食者：自己有钱粮能够度过饥荒的。 （9）当廪于官者：应当由官仓发给粮食的。廪：粮仓。此处指由官仓供给粮食。 （10）"沟防"句：壕沟、城墙等建筑工程可以雇佣民工来修建的有几处？僦（jiù）：雇。 （11）库钱：公库的存款。仓粟：官仓的存粮。 （12）可募出粟者：可以劝募捐出粮食来的。 （13）"僧道士"二句：和尚道士口粮中的余额，登记入账而确实保存的有多少？羡：余。籍：账簿。具存：实存。 （14）"使各"二句：使各县都分别统计上报，以便周密地作好救灾的准备。对：回答，报告。 （15）不能自食者：自己没有能力度过饥荒的。 （16）"故事"三句：按照惯例，每年救济穷人，应当在发完三千石粮食后便停止。故事：向来的例规。石（dàn）：旧时容量单位，一石等于十斗。 （17）敛：收集，聚集。输：缴纳。 （18）佐其费：添补救灾的费用。（19）朔：农历每月初一日。 （20）人受粟日一升：每人每天领米一升。 （21）忧其众相蹂也：担心领米的人很多，互相拥挤，践踏。蹂，践踏。

（22）而告以去其家者勿给：并通告规定，离家到外地流亡的就不发给粮食。 （23）计官为不足用：估计到发粮放赈的官吏不够用。 （24）"取吏"二句：临时征用那些没有实职而又寓居在越州境内的公务人员，发给他们口粮，让他们分别担任赈灾的事务。 （25）有是具也：有这种办法救济。具，指具体救灾措施。 （26）无得闭粜：不准囤粮不卖。粜（tiào），卖出粮食。

（27）出官粟：开放官仓公粮。 （28）平其价予民：降低价格卖给百姓。（29）"使籴者"句：使买米的人就近去买，像领取粮食那样便利。籴（dí）：买进粮食。 （30）完城：修筑城墙。完，修整，修治。 （31）计其佣与钱：按照出工的天数付给钱。 （32）又与粟再倍之：又给他们加倍的粮食。 （33）取息钱：借取要付利息的钱。 （34）"为病坊"二句：设置临时病院，收治无处奔波的病人。病坊：临时设立的病院。 （35）属（zhǔ）：通"嘱"，托付。恃：依靠。 （36）在处：所在之处。瘗（yì）：埋葬。 （37）法：指官府的规定。 （38）尽三月当止：满三个月就要停止。 （39）非便文者：不便于见之公文的，即不能随便处理的。 （40）"有上请者"三句：有些需要向上级请示

229

唐宋八大家文观止

的事情,只要对救灾有利的,多数是不待批示,就立即执行。便宜:方便。辄(zhé):立即。 (41)"蚤夜"句:不分早晚,竭尽全力,不敢有一点懈怠。蚤:同"早"。愆:乏,用尽。少:稍。 (42)私钱:指赵公自己的钱。 (43)罹(lí):遭遇。 (44)得免于转死:得以避免流离死亡。转:流离辗转。(45)"民饥馑"句:老百姓因饥饿疾病而死的,将近半数。饥馑(jǐn):《尔雅·释天》:"谷不熟为饥,蔬不熟为馑。"殆:将近。 (46)天子东向忧劳:皇帝望着东方的吴越,忧虑劳心。东向,北宋建都汴京(今河南开封),吴越在汴京东南,故曰"东向"。 (47)州县推布上恩:州县的官吏门都广布皇帝的恩泽。上:皇帝。 (48)拊循:抚慰。 (49)依归:依附。 (50)"所以"四句:所有筹划事情,安抚人民,确定先后,有始有终等诸方面,都详尽周到,无不圆满完备。绥辑:安抚聚集。委曲:曲意求全。纤悉:细微详尽。 (51)施:施行、实施。 (52)示:昭示、显示。 (53)灾沴(lì):灾害、疾疫。(54)为之备:预先做好准备。 (55)病:此处指遭受灾害。图:图谋,此处指设法挽救。 (56)间:距离、差别。 (57)"不习"三句:没有经验而办理事物,与平素已经熟习了的,那当然也有不同。习:习惯,指经验。 (58)故采于越:曾经在越州访询考察。 (59)识(zhì):记录。 (60)吏之有志于民者:有心为人民做好事的官吏。 (61)推:采用。 (62)科条:法规条令。此处指办法。具:完备。 (63)泽:恩泽。小:指地域而言,非小。意承上文"其仁足以示天下"。近:就时间而言,非近。意承上文"其法足以传后"。(64)元丰二年:公元1079年。元丰,宋神宗年号。太子少保:加官,非实职。致仕:辞官退休。 (65)家于衢:在衢州安家。 (66)直道正行:为人正直的行为。 (67)岂弟:即恺(kǎi)悌(tì),平易近人。实:品德。 (68)荒政:救济灾荒的施政措施。师:效法。

【今译】宋神宗熙宁八年夏天,吴越一带遭受特大旱灾。这年九月,资政殿大学士、右谏议大夫、主政越州的地方官赵抃,在百姓闹饥荒之前,写了公文去询问属下各县:"遭受灾害的有哪几乡? 百姓自己有粮食度过饥荒的有多少人? 必须由官仓发粮救济的有多少人? 壕沟、城墙等建筑工程可以雇佣民工来修建的有几处? 国库里的粮食可以用来发放救灾的有多少? 富庶人家可以劝募捐出粮食的有多少家? 和尚、道士口粮中的余额、登记入账而确实保存的有多少?"令各县把这些数字分别统计上报,以便周密地做好救灾的准备。

州县的官吏统计出百姓中孤老病弱不能养活自己的,共有二万一千九百多人,具呈上报。按照以往的惯例,每年官府救济穷人,规定最多以发米三千石为限。赵公收集富人们所交纳的粮食以及和尚、道士的余粮,共得四万八千多石,以添补救灾的费用。从十月初起,使不能自食的灾民每人每天领米一升,儿童减半。他担心领米时人多拥挤,互相践踏,于是规定领米者按男女区别,分日领取,每人每次领取两天的口粮。又担心灾民可能会流亡外地,就在城市、郊外共设立发粮的处所五十七个,使人们能就近便利地领取。并发出布告规定:凡是离家外流的就不发粮食。估计到发粮的官吏不够用,就临时征用那些没有实职而又寓居在越州境内的公务人员,发给他们口粮,委派他们担任有关救灾的事务。那些自己无粮、不能维持生活的人,就用这种办法救济他们。

那些自己有能力度过灾荒的人,便替他们告诫拥有粮食的富户人家,不准囤积不卖。又对他们开放官仓公粮,得粮五万二千多石,减低价格卖给他们。共设立卖米的处所十八个,使买米的人能就近买到,像领取粮食的人那样便利。

又雇用民工修筑城墙四千一百丈,耗费工日三万八千个,按照各人做工多少发给工钱,又发给他们加倍的粮食。老百姓要借用计息的钱,就通告富人放心地借给他们,等到庄稼成熟后,由官府负责督促借款人偿还。被抛弃的男女婴儿,也安排人收养起来。

第二年春天,瘟疫流行。赵公又设置临时病院,安置无处投奔的病人。又招募了两名和尚,委派他们照料病人的医药饮食,使病人不至于没有依靠。凡是死了的人,使人随处予以收埋。

按照官府以往的规定,由公家发给粮食救济穷人,满了三个月就要停止,而这年满五个月才停止,而有些不能随便处理的事情,赵公一概亲自担当起来,不因为这些事情而牵累他的下属。有些需要向上司请示的事情,有些比较方便的,大都就直接斟酌处理了。赵公在这段时间内,不分早晚,用尽全部精力,不敢有一点懈怠,大小事情,总要亲自处理。给病人的医药、饮食,大多是赵公自己掏钱。老百姓不幸遭受旱灾和瘟疫,得以避免流离死

亡;虽然死了,也不至于无人收埋,这全是赵公的力量。

当时,旱灾和瘟疫遍及吴越,老百姓因饥饿疾病而死的人差不多有半数,以往的灾荒再没有比这次更严重的了。皇帝望着东南方受灾的吴越地区忧虑劳心,州县的官吏们都广布皇帝的恩泽,人人都在为救灾尽力。赵公的抚慰,使老百姓感到有了依靠。他所有筹划的事情,如安定人民,确定先后,有始有终等方面,都详尽周到,无不圆满完备。他所施行的救灾方略虽然只在越州,但他仁爱的美德足以昭示天下。他救灾的事情虽然只施行于一时,但他救灾的办法足以流传后世,为后世所借鉴。灾害、疾病的流行,太平盛世也无法避免,但是人们能预先做好准备。如果等到老百姓遭受了灾害才去设法挽救,与事前早有准备,那就有差别了。没有经验而办理事务,与平时就已熟悉的,那当然也有不同。我以前曾在越州访询考察,得知赵公当时所推行的办法,愿意把它们详细地记录下来。岂止是为了宽慰越州人民对赵公的思念?更重要的是使那些有心为百姓做好事的官吏,一旦不幸遭遇灾年,也可以采用赵公试行过的各种办法,这样救灾的章程和办法,用不了多少时间就可以完备了。那么赵公的恩泽,难道只限于一时一地吗?

赵公于宋神宗元丰二年以大学士加太子少保的官衔辞官退休,在衢州家居。他在朝廷中的正直行为,以及他个人修养中平易近人的美德,这里就不记述了。只记述他那些可以效仿的救济灾荒的施政措施,写成了这篇《越州赵公救灾记》。

【点评】文章详细记述赵公救灾的具体经过和办法,旨在为其他官吏于荒年施政时提供参考和效法的依据,为荒政史留下一份珍贵的原始材料。同时对赵公的德行,文章亦极力予以褒扬。全文条理清晰,不蔓不枝,详而不赘,繁而不乱。先以赵公"为书问属县"的救灾准备写起,次写赵公具体的救灾办法,再由救灾之法写到救灾之人,又由赵公救灾之事,升华出"荒政可师"的意义,直接表明作者的写作意图,最后卒章点题。行文步步递进,井然有序,全文剪裁精密,详略得当,圆满周至,浑然天成。体现了曾巩散文古雅平正,稳重沉着的特点。

【集说】赵公之救灾,丝理发栉无一遗漏。而曾公之记其事,亦丝理发

栉,无一不入于机杼及其綮总,救灾者熟读此文,则于地方之流亡如掌股间矣。(茅坤《唐宋八大家文钞》)

救灾之法,井井有条,不但可行于一方一时,实天下万世之利也。清献实政,得此文传出。后之为政者,可仿而行之。经济赖文章以传,不得视为两事。(沈德潜《唐宋八家文读本》)

叙琐事而不俚,非熟于经书及管、商诸子,不能为此等文。(高步瀛《唐宋文举要》引方苞语)

详悉如画,有用之文,起处用《管子问篇》文法,极古。(高步瀛《唐宋文举要》引刘大櫆语)

(李　明)

洪渥传[1]

洪渥,抚州临川人[2]。为人和平[3]。与人游,初不甚欢[4],久而有味[5]。家贫,以进士从乡举,有能赋名。初进于有司[6],辄连黜[7]。久之,乃得官。官不自驰骋[8],又久不进[9]。卒监黄州麻城之茶场以死[10]。死不能归葬,亦不能还其孥[11]。渥里中人闻渥死[12],无贤愚皆恨失之[13]。

予少与渥相识,而不深知其为人。渥死,乃闻有兄,年七十余。渥得官时,兄已老,不可与俱行[14]。渥至官,量口用俸[15],掇其余以归[16],买田百亩,居其兄[17],复去而之官,则心安焉。渥既死,兄无子,数使人至麻城抚其孥,欲返之,而居以其田。其孥盖弱,力不能自致[18]。其兄益已老矣,无可奈何,则念辄悲之。其经营之犹不已,忘其老也。渥兄弟如此,无愧矣。渥平居若不可任以事,及至赴人之急,早夜不少懈[19]。其与人真有恩者也。

予观古今豪杰士传,论人行义不列于史者,往往务撎奇以动俗[20],亦或事高而不可为继[21],或伸一人之善而诬天下以不及[22]。虽归之辅教警世[23],然考之中庸[24],或过矣。如渥之所存,盖人之所易到,故载之云。

233

唐宋八大家文观止

【注释】(1)洪渥:宋代小吏,生卒年不详。 (2)抚州临川:今江西临川。 (3)和平:和气,平易近人。 (4)欢:令人高兴,喜欢。 (5)味:趣味。 (6)有司:主管科举考试的官员。 (7)辄连黜:连续多次被刷除名。(8)官不自驰骋:做官不得意。驰骋,纵马疾驰,此处引申为得意。 (9)久不进:许久不被提拔。进,进升。 (10)监(jiān):古代官名,主管检察方面的事务。黄州麻城:今湖北麻城。 (11)孥:妻子、儿女的统称。 (12)里中人:家乡的人。里,乡里。 (13)恨:遗憾,惋惜。 (14)不可与俱行:不能与他一起去赴任。 (15)量口用俸:按家中人口需要使用经费。意为节约开支。量(liáng),计量。口,人口。俸,俸禄。 (16)掇其余以归:把节约下来的钱聚集起来拿回家去。掇:聚集。 (17)居其兄:安顿好他的哥哥。(18)力不能自致:自己力所不能及。 (19)早夜不少懈:白天、晚上都不肯有一丝懈怠。少:同“稍”。 (20)摭奇以动俗:摘取那些奇异的事情,用来感动世俗。摭,选取。 (21)事高而不可为继:事迹太高尚了,使人无法学习仿效。继,仿效。 (22)诬:诬蔑;否定。 (23)辅教警世:辅助教育,警诫世人。 (24)中庸:指儒家提倡的中庸之道。即待人接物不偏不倚,调和折中的态度。

【今译】洪渥是抚州临川人。他为人和气,平易近人。与人交往,开始时不很令人喜欢,但时间久了,便觉得他很有趣。他家道贫寒,由乡里贡举,到京城参加进士科考试,有善于作赋的名气。连续多次参加考试,都是起初被考官选中,但立即又被除名。好久以后,才做了官。做官又不得意,久久不能升迁,最后在黄州麻城县的茶场做了个小小的检察官一直到死。死了以后,又不能搬回故乡去安葬,也无力把妻儿送回故乡去。故乡的人听说洪渥死了,无论贤者或愚者都为失去了他而感到惋惜。

我小时候与洪渥认识,但对他的为人不很了解。到洪渥死了以后,才知道他有个哥哥,年纪有七十多岁了。洪渥做官的时候,他的哥哥已经老了,不能和他一起到任上去。洪渥做官以后,尽量节约开支,把积攒下来的钱聚集起来,拿回家去,买了一百亩田,安顿好他的哥哥以后,才回到任所去,这样,他做官才安心了。洪渥已死,他的哥哥没有儿子,几次使人到麻城抚慰他的妻儿,想把他们接回去,以那些田产把他们安居下来。洪渥的妻儿单弱,自己没有能力经营。他的哥哥已经越发老了,无可奈何时,想念起洪渥来,就为他感到悲痛。于是,他勉力经营,好像忘记自己已经老了。洪渥兄弟情谊如此,可以说是无愧了。洪渥平时住在家里,好像不能担当什么事情,等到别人有急事请他去帮忙时,他不分昼夜,丝毫也不懈怠。他对别人是真正有恩德的人。

我读到古今许多豪杰人士的传记,其中议论到他们的人品以及叙述他们的侠义行为而不能或不够条件载入史传的,往往摘取那些奇异的事情来感动世俗,或者所写的事迹太高尚了,使人无法学习仿效,或者是夸大某一个人的好处,而否定世上所有的人,认为都不如他。这样虽然归根到底是为了辅助教育和警诫世人,然而若用中庸之道来衡量,或许是过分了。像洪渥的所作所为,大概是人人都容易做得到,所以我特意把它们记载下来。

【点评】洪渥屡试不第,久之乃得一小官,然其孤兄已老矣,需赡养之。而洪渥亦为官清廉,凭节约积攒,才得买田居兄。渥又早死,遗其妻儿。兄感弟恩而为抚其孥,以其田居,惨淡经营,虽老而犹忘其老也。渥兄弟情谊厚笃如此,可谓孝悌忠信之至矣。渥位卑人微,其所作所为亦非惊天动地,不过人人所能及者,故不载于正史,然却合乎圣经贤传,事虽平凡,却能见其品德之高尚。为弘扬儒家思想,继承儒家道统,故曾巩感其事特为之作传,予以褒扬之。且为人忠厚,为官清廉,兄弟和睦,乐于助人,亦是我们今天所应大力提倡的。从小事做起,平凡中见伟大,洪渥是也。

曾巩散文写人,常常能抓住那些人家不予注意、而生活中最为常见的平凡小事。以传神写貌,人物形象最具生动感和真实性。本文主要写洪渥"量口用费",买田居兄,及渥死后,兄抚其孥的事情,事虽小,却感人至深。作为人物传记,全文仅四百字,可谓短矣。然其既叙人物的生平身世、仕途经济,又写人物的具体事迹,还要展开议论,面面俱到,又可谓全矣。首段简括洪渥身世,次段详写其兄弟情谊,末段扼要发表议论,阐明作意,升华主题,文章虽短,然而详略有别,层次井然。尤其末段的议论,扼要精致,恰到好处,点铁成金,题旨昭然,充分显示了曾巩散文善于议论的特点。

唐宋八大家文观止

【**集说**】曾文穷尽事理,其气味尔雅深厚,令人想见硕人之宽。(刘熙载《艺概·文概》)

（李　明）

王安石

王安石（1021—1086），字介甫，号半山，临川（今江西临川县）人。二十二岁中进士，任地方官十多年，有政绩。仁宗嘉祐三年（1058）他目睹时弊，上万言书，倡导改革。宋神宗即位后曾任宰相，实行变法，轰动一时。因受到以地主富商为代表的反对派的阻挠，变法失败。熙宁九年（1076）辞职，晚年闲居江宁（今南京市），忧愤而死。

王安石是宋代杰出的政治家、文学家，也是"唐宋八大家"之一。王安石为文师法孟子，极力学习韩愈。他注重文章的社会性，主张为文应"有补于世"，认为"巧且华不必适用""适用亦不必巧且华"。其文语言简练，雄健峭拔；说理透彻，逻辑性强；还长于勾绘山水游记，借景抒怀。刘熙载评得好："半山文瘦硬通神""只下一二语便可扫去他人数大段，是何等简贵。"（《艺概》）传世有《临川先生文集》100 卷。

答司马谏议书⁽¹⁾

某启⁽²⁾：昨日蒙教，窃以为与君实游处相好之日久⁽³⁾，而议事每不合，所操之术多异故也⁽⁴⁾。虽欲强聒⁽⁵⁾，终必不蒙见察⁽⁶⁾，故

略上报,不复一一自辩。重念蒙君实视遇厚[7],于反复不宜卤莽[8],故今具道所以,冀君实或见恕也。

盖儒者所争,尤在于名实[9]。名实已明,而天下之理得矣。今君实所以见教者,以为"侵官""生事""征利""拒谏",以致天下怨谤也[10]。某则以谓受命于人主,议法度而修之于朝廷[11],以授之于有司[12],不为"侵官";举先王之政,以兴利除弊,不为"生事";为天下理财,不为"征利";辟邪说,难壬人[13],不为"拒谏"。至于怨谤之多[14],则固前知其如此也。人习于苟且非一日,士大夫多以不恤国事,同俗自媚于众为善。上乃欲变此[15],而某不量敌之众寡[16],欲出力助上以抗之,则众何为而不汹汹?然盘庚之迁[17],胥怨者民也。非特朝廷士大夫而已。盘庚不为怨者故改其度[18],盖度义而后动,是而不见可悔故也[19]。

如君实责我以在位久,未能助上大有为,以膏泽斯民[20],则某知罪矣。如曰今日当一切不事事[21],守前所为而已,则非某之所敢知。

无由会晤,不任区区向往之至[22]!

【注释】(1)司马谏议:司马光,时任右谏议大夫、翰林学士、御史中丞。苏轼《司马温公神道碑》:"及王安石为相,始行青苗助役农田水利,谓之新法。公首言其害,以身争之。当时士大夫不附安石,言新法不便者皆倚公为重。"王安石《答司马谏议书》即是对司马光攻击新法言论的答复。 (2)某启:古代书信抬头格式。正式信件"某"字处要填上写信人名字,书札原稿此处例用"某"字代替。启,书函。某启,即某人致书。 (3)君实:司马光的字。 (4)术:方法。王安石与司马光所争者政见,所持者皆是儒道。当新法盛行时,司马光说"安石诚贤,但性不晓事而愎";当"元祐更化"时,苏轼骂司马光一概否定"新法"是"司马牛!司马牛!"安石与司马之争是两位信念异常诚挚的"拗相公"间的对立,而无"君子""小人"色彩。 (5)聒:在耳边絮叨。 (6)见察:被体察。 (7)视遇:对待。厚:厚重。司马光反对王安石新法,对王安石的人品始终是尊重的。"元祐更化",旧党上台,王安石逝世,司马光仍力主谥给安石一切高贵的荣衔。 （8）反复：书信来往。为争新法，王安石与司马光交换过三次书信。 （9）名实：名分和实际，概念和概念表述的内涵。孔子曰："必也正名""名不正则言不顺"。"正名分"是儒学的一个原则。 （10）侵官：司马光《与王介甫书》谓安石"财利不以委三司而自治之"是"侵官乱政"，即侵犯他官的权限，搞乱行政程序。生事：谓变法是"生事扰民"，即制造事端，骚扰百姓。征利：谓安石"为政尽夺商贾之利""收天下之息"，即从商贾手中夺取财利。拒谏：拒绝守旧派对变法的指责和非难。致：招来。谤：背后议论。 （11）修：订立。 （12）有司：主管部门。 （13）壬（rén）人：善以巧言献媚的人。难：责问，诘难。 （14）诽：毁谤。 （15）上：指宋神宗。 （16）量：估测。 （17）盘庚之迁：据《尚书·盘庚》：商代君主盘庚决定把国都由商（今河南商丘）迁到亳（今河南偃师），遭到普遍的反对。 （18）度：谋划，考虑。 （19）义：宜，合适，恰当。是：对，正确。 （20）膏：滋润。泽：雨露。膏泽，喻恩惠。 （21）事事：做事。第一个"事"是动词。 （22）不任：不胜。区区：自称的谦词。

【今译】某启：昨日承蒙来信教诲，私下认为和君实同游共处、彼此友好的时间很长了，但议论政事意见常常不一致，是因为坚持的治国方法多有不同的缘故。尽管想在您耳边强行絮叨，最终想必也不会被您体察，所以略作答复，不再一一地自辩。又想到君实待我深厚，对于书信往还不应该草率鲁莽，所以现在我详细陈述我这么做的理由，希望君实或许会谅解。

一般说来，儒者争论的，最主要的问题是名分和实际。名分和实际间的关系搞清楚了，天下的道理就弄明白了。如今君实教诲我的原因，是认为我执政"侵官""生事""征利""拒谏"，因而招来天下人怨恨和毁谤。我则认为从皇帝那里接受命令，在朝廷上商议制定法令制度，把它交给主管部门执行，不叫"侵官"；施行古来圣明君主的政治主张、行政措施，来兴利除弊，不叫"生事"；替天下管理财政，不叫"征利"；驳斥不正确言论，诘难巧言善辩的人，不叫"拒谏"。至于怨恨毁谤很多，本来就预料到会这样。人们习惯于苟且不是一天两天了，士大夫多把不顾惜国家大事、混同流俗、讨好众人作为美德。皇上这才打算改变这种风气，而我不考虑对抗者的多少，打算出力辅佐皇上抵御这种风气，那么众人怎能不喧闹不安呢？但是，盘庚迁都，互发怨气的是百姓，不只是朝廷士大夫而已。盘庚不因为有人怨恨的缘故而改

唐宋八大家文观止

变迁都计划，考虑理由恰当而后行动，做对了，就看不出有什么可后悔的。

假如君实批评我在相位久，未能辅佐皇上有大的举动来恩惠万民，那我知罪。假如说当今应该一切事不做，墨守前规旧法就可以了，那就不是我敢领教的了。

没有机会会面晤谈，不胜倾慕向往到极点！

【点评】明代的杨慎说："王半山之文，愈短愈妙。"而文字简约，常常是思想精当的表征。所谓"精"，是切中问题的实质；所谓"当"，是能对问题做恰如其分的处理，前者需要敏锐，后者需要坦诚和勇气。这些，《答司马谏议书》全都具备。作者首先拈出"儒者所争，尤在名实"，无疑敏锐地捕捉住了他与司马光政见难合的核心；一切谈话都须以一种"公共语言"为前提，失去这个前提，谈话就像聋子之间的对话一样毫无意义。这是王安石"不复一一自辩"的原因，也是王安石用寥寥数语即轻松驳回——未必是驳倒——司马光来信中旁征博引、细密指斥的"侵官""生事""征利""拒谏"的原因。那四个"不为"口气的决断，"固前知其如此"口气的轻松，显示了这"拗相公"信念诚挚、处事果断的本色。"人习于苟且非一日"一节，把文章提升到一个新境界："求仁""行义"的境界，这是王安石"执拗"的原因，坦诚的基础，也是王安石勇气的泉源。王安石这篇文章能写得堂堂正正，言简而意深，原因就在这里。包括司马光在内的王安石的政敌对王安石的新法嫉之如仇，对王安石的人品却始终敬之如故，原因也在这里。

但人品在政治斗争中并不是重要资本。熙宁六年（1073），新法已普遍施行，王安石觉得大局已定，决定退居二线缓和新法与旧党的矛盾。接班的是难以胜任的曾布和面善心恶的章惇，新法渐见危机。熙宁八年，王安石再度出山，也未能挽此颓局。熙宁九年，王安石心力交瘁，请求退休。新法任由章惇、吕惠卿折腾。终于导致了旧党的全面复辟——史称"元祐更化"。王安石当时已是衰惫的老人，在最后一项改革措施也被无情否定掉的消息声中，老人悲愤地合上了眼睛。这令人想起当代哲人说过的一句话："在中国，就是移动一把椅子，也是要流血的。"

也许能令人稍加宽慰的是，列宁曾夸赞说王安石是"中国十一世纪的改革家"。

原　过⁽¹⁾

天有过乎⁽²⁾？有之⁽³⁾,陵历斗蚀是也⁽⁴⁾。地有过乎？有之,崩驰竭塞是也⁽⁵⁾。天地举有过⁽⁶⁾,卒不累覆且载者何⁽⁷⁾？善复常也⁽⁸⁾。人介乎天地之间⁽⁹⁾,则固不能无过⁽¹⁰⁾,卒不害圣且贤者何⁽¹¹⁾？亦善复常也。故太甲思庸⁽¹²⁾,孔子曰 勿惮改过⁽¹³⁾;扬雄贵迁善⁽¹⁴⁾,皆是术也⁽¹⁵⁾。

予之朋有过而能悔⁽¹⁶⁾,悔而能改。人则曰⁽¹⁷⁾:"是向之从事云尔⁽¹⁸⁾。今从事与向之从事弗类⁽¹⁹⁾,非其性也⁽²⁰⁾,饰表以疑世也⁽²¹⁾。"夫岂知言哉⁽²²⁾？

天播五行于万灵⁽²³⁾,人固备而有之⁽²⁴⁾。有而不思则失,思而不行则废。一日咎前之非⁽²⁵⁾,沛然思而行之⁽²⁶⁾,是失而复得,废而复举也。顾曰非其性⁽²⁷⁾,是率天下而戕性也⁽²⁸⁾。且如人有财,见篡于盗⁽²⁹⁾,已而得之⁽³⁰⁾。曰:"非夫人之财,向篡于盗矣。"可欤?不可也。财之在己,固不若性之为己有也⁽³¹⁾。财失复得,曰非其财,且不可;性失复得,曰非其性,可乎?

【注释】(1)原过:探讨、推究人之过失的缘由。原,推其本原,究其缘由。过,过失,差错。　(2)过:此指天体的缺失。　(3)之:语助词,凑音节,无义。　(4)陵历斗蚀:指日蚀、月蚀、流星、彗星等天文变化现象。　(5)崩驰竭塞:指山崩、河竭、泥石流等地理变化现象。　(6)举:全,都。　(7)卒:终,最终。累:牵累、带累。覆且载:即覆载,指天地养育及包容世间万物。(8)复常:恢复常态。常,指平常原状,正常状态。　(9)介:处在二者之间。乎:犹"于",介词。　(10)固:本来。　(11)害:损害;此指影响、妨碍。(12)太甲:商朝帝太丁的儿子,初立无道,被伊尹放逐,三年改过归正,复位

于亳。思庸：思图归正。庸，正常之道。 （13）勿惮：不要害怕。《论语·子罕》："过则勿惮改。" （14）扬雄：字子云，西汉著名文学家、哲学家，著有《法言》等书。 （15）术：方法，办法。 （16）朋：同门师兄弟。 （18）向之从事：过去做事情；指过去做犯了过失的事。向，往昔，以往。 （19）弗类：不一样。 （20）性：真性，本性。 （21）饰表：矫饰外表。疑世：欺骗世人。 （22）知言：懂得道理。言，指人情世理。 （23）五行：古人以"五行说"解释世界，在天地曰"金、木、水、火、土"，在人曰"仁、义、礼、智、信"。 （24）备：与生具备。 （25）咎(jiù)：憎恨，仇视。前之非：从前的错误。 （26）沛然：迅速的样子。 （27）顾：反而，却。 （28）率：带领、率领。戕(qiāng)：残害。 （29）见篡(cuàn)：被夺取。篡，非法地夺取、劫取。（30）已而：随即，不久后。 （31）已有：自己本身具有的。此意指财为身外之物，性是与生俱来的，故云"己有"。

【今译】 天有缺失吗？有的，日食、月食；流星、彗星等这些天文现象就是。地有缺失吗？有的，山崩、河竭、泥石流等这些地理变化就是。天和地都有过失，最终并不累及它（天地）养育和包容世间万物，这是什么道理呢？这是它善于恢复正常状态的缘故。人类处在天与地之间，那么本来就不能没有过失，然而最终不妨碍人们成为圣贤，这是什么道理呢？也是善于恢复正常状态的缘故。所以太甲思图归正；孔子说：不要害怕改正过失；扬雄看重向善的方面转化，都是这一类的办法。

我的同门朋友有过失而能醒悔，醒悔后又能改正。有人却说："这人过去做的事说是这样，现在做事与过去做事不一样，这不是出于他的本性，是矫饰外表来欺骗世人。"这难道是知晓道理的话吗？

老天撒播五行在人间万灵中，人本来就具备而拥有（仁、义、礼、智、信）的。拥有它却不去思考它，那么就会丧失它；思考它却不去实行它，那么就会废弃它。一天（醒悟了）憎恨过去的错误，迅速地开始思考并实行（五行），这是失去而又重新获得，废弃而又重新实行。（有人）却说不是他的本性，这是率领天下人来残害人的本性。而且，譬如说一个人有财富，被盗贼夺去了，不久后得到了。如果说"这不是那人的财富，它从前被盗贼夺去过了"可以吗？不可以的。财富在自己手上，不像性格品行存在于自己身上。财富失去后又重新获得，说不是他的财富，尚且不可以；本性失去后又重新获得，说不是他的本性，可以吗？

【点评】这是一篇短小精悍的议论文，用意是对朋友悔过而能改予以助威、鼓励。文章观点鲜明，说理透彻，语言简洁有力，比喻奇特新颖，很能体现王安石政论文"简洁峭拔""理足气盛"的艺术特色。

文章先以"天地举有过"为例，直探"过"之"原"。设想奇特，目光犀利，思想深刻。天地为万物之母，天地都有过失，人自然不能无过。起笔有千钧之力，气势足大，压倒了一切蝉鸣蝇哼式的谬论，说服力很强。接下由天及人，撇宾入主，揭橥主旨：人生天地之间，不能无过，有过改了就好。作者又连举古人三个例子，证明改过的重要性；话语很简洁，而例子的内容实际上很丰富：三个例子各有侧重，身份也各异，有君王，有圣人，有学者。因此，寥寥数字，竟有不可驳疑的强劲说服力。一气而三折，论点已从正面牢固竖立。

第二段切入现实，也是命篇用意所在。朋友有过，能悔而改之，有的人却以其前后言行发生了根本变化，断言其前后不一乃"非其性，饰表以疑世也"。作者于叙述过程中拈出反面观点，自然妥帖，要言不烦。随后展开批驳，攻势凌厉。先以儒家性本善为论据，驳斥"非其性"之荒谬。既而指出：过而能改，是恢复本性；以"非其性"否定人的改悔之心，是率天下人残害自己的本性。一正一反中，深刻剖析出"非其性"谬论的严重危害性。见微知著，上纲上线，正是有远见政治家的过人处，也是论驳的力量所在。逻辑严密，层层深入。最后进一步以财失而复得为喻，证明"性失复得曰'非其性'"的荒谬可笑。比喻通俗浅显，道理不言可明。结句止于简洁的反问，滔滔雄辩戛然收束于一丝会心的微笑，严肃的驳论中于是平添了轻松的幽默，机警精敏，隽永有味。大政治家的风度和自信，也隔纸传真，入木三分。

三百多字的短文，一气呵成又转折多层，全得益于语言简洁、理足气盛。"束千百言、十数转于数行中""篇无余话，语无余字"，正是王安石政论中的突出特点。

唐宋八大家文观止

宋

【集说】茅鹿门曰："文不踰三百字,而转折变化无穷。"(姚鼐《古文辞类纂》)

（王　涤　周少雄）

龙　赋⁽¹⁾

龙之为物⁽²⁾,能合能散,能潜能见⁽³⁾,能弱能强,能微能章⁽⁴⁾。惟不可见,所以莫知其乡⁽⁵⁾;惟不可畜,所以异于牛羊。变而不可测,动而不可驯,则常出乎害人,而未始出乎害人⁽⁶⁾,夫此所以为仁。为仁无止,则常至于丧己⁽⁷⁾,而未始出乎丧己,夫此所以为智。止则身安,曰惟知几⁽⁸⁾;动则物利,曰惟知时。然则龙终不可见乎?曰:与为类者常见之⁽⁹⁾。

【注释】(1)这是杂说类的文章。作者借龙为喻,发挥议论,陈述救时济世的抱负。　(2)物:指神物。　(3)见:同"现"。　(4)章:大材叫作"章";此指庞大,与"微"相对而言。《瑞应图》:"黄龙者,四龙之长,四方之正色,神灵之精也。能巨细,能幽明,能短能长,乍存乍亡。"本文上述龙之特征用其意。　(5)乡:故乡,家乡。　(6)未始出乎害人:开始出来曾有害人的动机。意为害人不是龙的本心,常出于无意。　(7)丧己:丧失自己;指牺牲自己。　(8)知几:知察几微之事。　(9)与为类者:与(龙)是同一类的。

【今译】龙作为一种神物,能聚合也能分散,能潜藏也能显现,既赢弱也能强壮,能细小也能巨大。只因为不可看见,所以没有人知道它的故乡;只因为不可畜养,所以它与牛羊不同。变化而不可测度,活动而不可驯服,就常出来时给人带来危害,然而它初始出来并不曾有害人的动机,这就是仁。仁无止已,就常常会导致牺牲自身,然而它初始出来并不曾要牺牲自身,这就是智。休止了就自身安恙,这叫作洞察微几;活动就有利万物,这叫作知晓时节。那么龙始终不可见吗?(作者)说:只有与龙是同属一类的才能常常见到它。

【点评】龙为五虫之长,神灵之精,变化莫测,乘云行雨,在古代文化思想中,常作为人主之象征。然而,"龙者,非独人君,人臣亦可以言龙也"。(宋人《闻见近录》)诸葛亮人称"卧龙",苏轼诗求"蛰龙"(见其《王复秀才所居双桧》诗)。王安石抱负远大,以济苍生治天下为己任,好以"蟠龙"自居,其诗有云:"天下苍生待霖雨,不知龙向此中蟠。"(见《苕溪渔隐丛话》)《龙赋》中"龙"的形象,就是力革时弊、果毅敢行、为仁为智、不避"丧己"的一代改革者的自我写照。

"龙之为物",凭空起势,喝出神威,照面即切入题旨;跟进下一连串八个"能"字,对举呼应,写尽龙之变化多端,满纸烟云幻相,令人瞠目。神灵如此,无怪乎世人不可知之,两个"惟"字句,点出其"不可见""不可畜"的特点,流露了神物不同凡物的桀骜不驯的个性,暗逗出不为世俗理解的一丝怅然。接下以"变""动"顶接上段善变多相之说,翻出下意:龙变化莫测,飞动不驯,这就常生危害;然而其心为仁,本性无恶,始出于天真所秉。这儿反映出王安石仁者天性,"天播五行于万灵,人固备而有之(指人类生而具有'仁、义、礼、智、信'之五行本性)"(《原过》)的性善论思想。龙好仁无止,呵云泽雨,往往会丧亡自身;然而其非不智,始出并不是不知爱身,仁而忘己,实天性所至。一代名相投身变革事业的隐秘心态;无心而生害的歉意,死而后已、奋不顾身的献身精神,于句外仔细品咂,不难体会。善于"知几"且能保"身安",如"动"而"不止",唯求"利物",这就是龙的精神:知时布雨,仁施天下。反复申诉中,龙的品德、风神,毕现无遗,光耀鉴人。最后在末二句打转:"龙终不可见乎? 曰:与为类者常见之。"让出正意,戛然而止,硬折入"与为类者"之深心。龙不为人见的时代苦闷和与龙为类的远大抱负,掩卷良久,犹如可见。

唐代韩愈也有一篇"龙说",就是他的《杂说四首》第一篇"龙嘘气成云"。韩氏"龙说",重心在说龙与云的相从相依,意指君臣相从相依,抒吐穷士不平之气。虽是千古妙文,然非真正的"龙说";就思想高度而言,还是没有脱出前人以龙喻君、以云喻臣的思想窠臼。王安石的《龙赋》,刻意写龙,重在品神,以神龙喻奇士,托神龙吐心志。立意高远,自作新唱,清奇伟昂,夺人耳目。字字写龙,笔笔在人,一语双关,虚实两到,是一篇真正的"龙说"。它与韩愈的"龙说"璧立唐宋,各标风骚,实为华夏族龙文学、龙文化中

唐宋八大家文观止

的两朵奇葩。

（王　涤　周少雄）

读孟尝君传⁽¹⁾

　　世皆称孟尝君能得士⁽²⁾，士以故归之⁽³⁾，而卒赖其力以脱于虎豹之秦⁽⁴⁾。嗟乎！孟尝君特鸡鸣狗盗之雄耳⁽⁵⁾，岂足以言得士！不然，擅齐之强⁽⁶⁾，得一士焉，宜可以南面而制秦⁽⁷⁾，尚何取鸡鸣狗盗之力哉？夫鸡鸣狗盗之出其门，此士之所以不至也。

　　【注释】(1)《孟尝君传》：指《史记·孟尝君列传》。孟尝君：即田文，战国时齐国贵族，善招纳贤士，有食客三千人，是战国以养士著名的四公子之一。(2)得士：得到人才。　(3)归：投奔。　(4)卒赖其力以脱于虎豹之秦：终于依赖士的力量逃离了像虎豹一样的秦国。秦昭王囚禁孟尝君想杀他，孟尝君派人向秦昭王爱姬求救，爱姬要狐白裘，于是他的门客有能为狗盗者，夜潜宫中，偷得狐白裘，贿赂昭王爱姬。孟尝君被放后，连夜逃到函谷关，秦兵来追，而城门到鸡鸣才开，食客中有一个善学鸡鸣的，骗得守关的人开了门，孟尝君才得以逃出秦境回到齐国。卒，终于。　(5)特：只不过。雄：头子，首领。　(6)擅齐之强：据有齐国的强大力量。擅，据有，凭借。(7)宜可以南面而制秦：应该促使秦国的国王向齐国的国王朝拜称臣。宜，应该。南面，古代国君坐北向南，臣在对面朝见。

　　【今译】世人都称赞孟尝君能够招致人才，人才因此都愿投奔他，孟尝君也终于依靠那些人的力量，逃离了凶如虎豹的秦国。唉！孟尝君只不过是鸡鸣狗盗之徒的头子罢了，怎么说得上他能招致人才呢！如果不是这样，他凭借着齐国的强大，完全可以在这里得到一个真正的人才，应该是促使秦国的国王向齐国的国王朝拜称臣的。何必取用鸡鸣狗盗之徒的力量呢？鸡鸣狗盗之徒经常出入于他门下，这就是真正的人才不到他那儿去的原因啊！

　　【点评】这是一篇言简意赅的读后感，颇具作者个人见地。他提出本文主旨：只有经世济时之才，才是真正的“士”，而鸡鸣狗盗之徒实则为“人才”进身的障碍，否定了“孟尝君能得士”的传统说法，文章论证有力，紧扣主题，层层推论，句句相扣，令人折服。第一层就“孟尝君能得士”提出问题。第二层以“嗟呼”二字逆转，加以论证，认为孟尝君得以脱险是因为他是鸡鸣狗盗之首，不是得“士”所致。第三层又以“不然”二字再转，反面论证，说明孟尝君没有得到“士”，否则，他还用鸡鸣狗盗之徒干什么？这是对世说的反驳。第四层鲜明地得出结论，孟尝君之所以得不到“士”的相助，是因为鸡鸣狗盗之徒常出入其门户所致。全文短小精悍，论证严密，一气呵成。

【集说】语语转，字字紧，千秋绝调。（沈德潜《唐宋八大家读本》）

一篇得意之处，只是“擅齐之强，得一士焉，宜可以南面而制秦，尚何取鸡鸣狗盗之力哉？”先得此数句，作此一篇字。（《文章轨范》引宋谢枋得语）

文不满百字，而抑扬吞吐，曲尽其妙。（吴楚材《古文观止》）

（朱　曦）

伤仲永

金溪民方仲永⁽¹⁾，世隶耕⁽²⁾。仲永生五年，未尝识书具⁽³⁾，忽啼求之。父异焉，借旁近与之⁽⁴⁾，即书诗四句，并自为其名⁽⁵⁾。其诗以养父母、收族为意⁽⁶⁾，传一乡秀才观之⁽⁷⁾。自是指物作诗立就⁽⁸⁾，其文理皆有可观者。邑人奇之⁽⁹⁾，稍稍宾客其父⁽¹⁰⁾，或以钱币乞之。父利其然也⁽¹¹⁾，日扳仲永环谒于邑人⁽¹²⁾，不使学。

余闻之也久。明道中⁽¹³⁾，从先人还家⁽¹⁴⁾，于舅家见之，十二三矣。令作诗，不能称前时之闻⁽¹⁵⁾。又七年，还自扬州，复到舅家，问焉。曰：“泯然众人矣⁽¹⁶⁾！”

王子曰⁽¹⁷⁾：“仲永之通悟，受之天也⁽¹⁸⁾。其受之天也，贤于材人远矣。卒之为众人⁽¹⁹⁾，则其受于人者不至也⁽²⁰⁾。彼其受之天也，如此其贤也，不受之人，且为众人。今夫不受之天，固众人，又不受之人，得为众人而已邪？”

唐宋八大家文观止

【注释】(1)金溪:今江西省金溪县。 (2)世隶耕:世代种田。隶:属于。 (3)书具:文具,即笔、墨、纸、砚。 (4)借旁近与之:从附近借来给他。 (5)自为其名:自己写上名字。 (6)养父母:奉养父母。收族:团结同宗族的人。 (7)传一乡秀才观之:在全乡秀才中传播。 (8)自是:从此以后。 (9)邑人:同乡人。 (10)稍稍宾客其父:渐渐用宾客的礼节接待他的父亲。稍稍,渐渐。 (11)利其然:贪图这样的好处。 (12)扳(pān):挽引。环谒:四处拜见。 (13)明道:宋仁宗年号(1032—1033)。(14)先人:祖先,这里指作者死去的父亲。 (15)不能称前时之闻:同以往有关他的天才的传闻不相称了。称(chèn),相当。 (16)泯然:完全消失,散失。 (17)王子:作者自称。 (18)受之天也:承受了先天的禀赋。(19)卒之为:终于成为。 (20)受于人者:指受人力的教育培养。不至:不足,不够。

【今译】金溪县人方仲永,家中世代种田。仲永五岁时,还未曾见过纸、墨、笔、砚,有一天忽然哭着要这些文具。父亲觉得很诧异,从附近借来给他。他立即写了四句诗,并且写上自己的名字。这首诗是以奉养父母和团结同宗族人为内容的,一乡的秀才都争着传阅。从此以后他指物作诗,很快就能完成,其诗的文采和道理都有供欣赏的价值。同乡人都把他当作奇才,渐渐用宾客的礼节接待他的父亲,有的还拿钱来求见仲永。他父亲想借他获利,每天领着他到同乡家里去拜访,却不让他学习。

我听说这件事已很久了。宋仁宗明道年间,随家父回家,在舅舅家见到了他,他已是十二三岁了。我叫他作诗,已经同以往有关他的天才的传闻不相称了。又过了七年,我从扬州回家,又到舅舅家去,问到他的情况。舅舅说:"他的禀赋已经完全消失,成为普通人了。"

我说:"仲永之所以聪明,是承受于先天的禀赋。他的承受于先天禀赋,比一般有才智的人要好得多。但最终成为一个普通人,这是因为受人力的培养教育不足的缘故。他承受了先天的禀赋,有这样高的才能,没有人力的培养教育,尚且成为普通人,而现在那些没有承受先天禀赋的人,自然是普通人,又没有人力的培养教育,恐怕连普通人也不如啊!"

这是一篇杂文体散文。作者围绕方仲永由早期的"通悟"向后期的平庸发展的事实,指出人的才能并非禀赋造出,后天的人力培养教育也是重要的一环。全文虽为"伤仲永",但全文无一"伤"字,"伤情"潜伏于作者叙事议论之中,让人寻味,妙在不言中;巧用对比手法,全文着意将方仲永由"神童"向平庸的转化,归咎为"不使学"之故,再把这一现象同今天的世人天资平凡,又不受教育,理当成为普通人的道理联系对比,深化哲理,突出作品的警世意义。

【集说】劝学之意,婉转切至,为子弟者所宜诵。然学何学乎? 宜先辨志矣。(乾隆编《唐宋文醇》)

伤仲永,不独为仲永也。聪明子弟,宜悬为座右箴铭。(沈德潜《唐宋八大家文读本》)

介甫之文,以盘折胜,末段用天人比较,极言天之不可恃。天不可恃,恃学耳。仲永唯不学,所以并没有天。逼进一层,既无天资,复不恃学,并众人亦不得为。造语极危悚,又极精切。(林纾选评《古文辞类纂》)

(朱　曦)

游褒禅山记

褒禅山,亦谓之华山[1]。唐浮图慧褒始舍于其址[2],而卒葬之,以故其后名之曰褒禅[3]。今所谓慧空禅院者,褒之庐冢也[4]。距其院东五里,所谓华山洞者,以其乃华山之阳名之[5]也。距洞百余步,有碑仆道[6],其文漫灭[7],独其为文犹可识[8],曰花山。今言"华",如"华实"之"华"者,盖音谬也。

其下平旷,有泉侧出,而记游者甚众[9],所谓前洞也。由山以上五六里,有穴窈然[10],入之甚寒,问其深,则其好游者不能穷也,谓之后洞。予与四人拥火以入,入之愈深,其进愈难,而其见愈奇。有怠而欲出者,曰:"不出,火且尽。"遂与之俱出。盖予所至,比好游者尚不能十一[11],然视其左右,来而记之者已少。盖其又深,则

其至又加少矣。方是时⁽¹²⁾，予之力尚足以入，火尚足以明也。既其出，则或咎其欲出者⁽¹³⁾，而予亦悔其随之，而不得极夫游之乐也⁽¹⁴⁾。

于是予有叹焉。古人之观于天地、山川、草木、虫鱼、鸟兽，往往有得，以其求思之深，而无不在也⁽¹⁵⁾。夫夷以近⁽¹⁶⁾，则游者众；险以远，则至者少。而世之奇伟瑰怪非常之观，常在于险远，而人之所罕至焉。故非有志者，不能至也；有志矣，不随以止也⁽¹⁷⁾，然力不足者，亦不能至也；有志与力，而又不随以怠，至于幽暗昏惑而无物以相之⁽¹⁸⁾，亦不能至也。然力足以至焉，于人为可讥⁽¹⁹⁾，而在己为有悔⁽²⁰⁾；尽吾志也而不能至者，可以无悔矣，其孰能讥之乎？此予之所得也。

余于仆碑，又以悲夫古书之不存⁽²¹⁾，后世之谬其传而莫能名者⁽²²⁾，何可胜道也哉⁽²³⁾！此所以学者不可以不深思而慎取之也。

四人者⁽²⁴⁾：庐陵萧君圭君玉⁽²⁵⁾，长乐王回深父⁽²⁶⁾，余弟安国平父⁽²⁷⁾、安上纯父⁽²⁸⁾。至和元年七月某日⁽²⁹⁾，临川王某记。

【注释】(1)褒禅山：在今安徽省含山县北。 (2)唐浮图慧褒：唐代的和尚慧褒。浮图：梵文(古印度语)音译，即佛教徒或佛塔，此指僧人。 (3)禅：梵语"禅那"的省称，是佛教徒的一种修养方法，后泛指与佛教有关的人、事。 (4)庐冢(zhǒng)：即房舍和墓地。 (5)以其乃华山之阳名之也：因为它在华山的南面，就叫"华山洞"。阳：山的南边叫阳。 (6)仆道：倒在路旁。 (7)漫灭：受磨损或侵蚀后，变得模糊不清。 (8)为文：单个的文字，指碑上残存的文字。 (9)记游者：在石壁上题字以记游的人。 (10)窈(yǎo)然：幽深的样子。 (11)不能十一：不到十分之一。 (12)方是时：当从洞里退出之时。 (13)或咎其欲出者：有人责怪那个要想出来的人。咎，责怪、责备、怪罪。 (14)极夫：尽。夫，语气词。 (15)以：因为。求思：探求，思考。 (16)夷以近：指道路平坦而又近。 (17)不随以止：不跟着别人而停止不前。 (18)幽暗昏惑：看不清楚弄不明白之处。无物以相之：没有外物辅助他。相(xiàng)，辅助。 (19)于人为可讥：这对别人来说是可笑的。 (20)在己为有悔:自己应该后悔。 (21)悲夫:感慨的意思。 (22)后世之谬其传而莫能名者:后人以讹传讹,弄不清真相。 (23)何可胜道:怎么说得完。 (24)四人者:同游的四个人。 (25)庐陵:今江西吉安。萧君圭:字君玉。 (26)长乐:今福建长乐。王回深父:王回,字深父,宋代理学家,王安石的朋友。 (27)安国平父:王安国,字平父。 (28)安上纯父:王安上,字纯父。 (29)至和元年:公元1054年。至和:宋仁宗年号。

【今译】褒禅山,也叫华山。唐代和尚慧褒起初在这地方盖房居住,死后又葬在这儿,因此,后人把它叫作"褒禅"。现在所说的"慧空禅院",就是当时慧褒住的房舍和死后安葬的墓地。距离禅院东五里,人们称为"华山洞"的,是因为它在华山的南面而得名。距离华山洞一百多步,有块石碑倒在路旁,碑文因受磨损而变得模糊不清,只有碑文上单个的文字字迹还可以辨认,是"花山"。现在读"华",读得像"华实"的"华",大概是字音读错了。

华山洞下平坦而空旷,有泉水从旁边流出,在石壁上题字以记游的人很多,这是"前洞"了。沿着山向上走五六里,有个幽深的山洞,走进洞去非常寒冷,打听它的深度,就是那些喜欢游山玩水的人也没法走到尽头,这是"后洞"。我和四人打着火把进去,走进去越深,就越难前进,可是看见的景致就越奇妙。有个困倦了想出去的人,说:"再不出去,火把就快要灭了。"我们就跟他一起出来。大概我走到的地方,比起喜欢游玩的人来还不到十分之一,但是看洞的左右两边,进来并作题记的人已很少了。看来洞的更深处,到的人就更加少了。当从洞里退出之时,我的体力还足以再深入,火把也还够照明。已经出洞后,有人责怪那个要想出来的人,而我也很后悔跟他们出来,没能尽情地享受游览的乐趣。

于是我有了感慨。古人对天地、山川、草木、虫鱼、鸟兽进行观察,往往有心得,因为他们思考探求的问题很深刻,而且又广泛周密的缘故。道路平坦又近的地方,游人就多;道路艰险又遥远,到的人就很少。而世上奇妙雄伟壮丽不平常的景致,常常出现于艰险遥远的地方及人们很少到达的地方。所以说,不是有理想的人,是不能走到的;有理想,不跟别人而停止不前,但是体力不够,也不能走到的;有了理想和体力,又不跟从别人停止不前,可是

251

唐宋八大家文观止

到了幽深、黑暗、迷茫、困惑之处，没有外力来帮助他，也是不能走到的。但是体力完全可以走到的却没有走到，这对别人来说是可笑的，对于自己也应该后悔；尽了自己努力还不能达到目的，可以不后悔了，又有谁会来讥笑呢？这就是我从中得到的启发。

我对于倒在地上的那块石碑，又感叹古代文字没能留存下来后来的人以讹传讹，没有弄清真相的，怎么能说得完呢！这就是读书人不能不深刻思考，慎重地选用的原因啊。

同游的四个人有：庐陵人萧君圭，字君玉；长乐人王回，字深父；我弟弟安国，字平父；安上，字纯父。宋仁宗至和元年七月某日，临川王安石记。

【点评】 这是一篇说理性记游散文，名为"游记"，实则在说理。本文主旨有二：一则从游褒禅山的见闻入手，托物言志，因事论理，提出人要追求远大抱负，在学问上要有所作为，需练就百折不挠的精神，加之外力的条件（物质的），才能有所成就，达到"奇伟瑰怪非常之观"的境地。二则借碑文"漫灭"的事实，提出议论。认为对古代文迹，需采取"深思而慎取"的态度。浑然一体。

通篇文章，以记游和议论相交织，有虚有实，重在说理，有"宋代尚理"的风貌。记游是虚，议论创业、治学之道是实，以虚引实，耐人寻味。结构也十分严谨，前后呼应，环环相扣。第一段记游为第二段议论作伏笔，第二段议论又结合游览的经历、见闻来阐发，都有呼应之处，行文缜密，不愧为大家手笔。

【集说】 意之所至，笔亦随之，逸兴满眼，余音不绝，可谓极文章之乐。（吴楚材等《古文观止》）

借游华山洞，发挥学道，或叙事、或诠解、或摹写、或道故。（吴楚材等《古文观止》）

（朱　曦）

送胡叔才序[1]

叔才，铜陵大宗[2]，世以赀名[3]。子弟豪者[4]，驰骋渔弋为己事⁽⁵⁾；谨者⁽⁶⁾，务多辟田以殖其家⁽⁷⁾。先时，邑之豪子弟有命儒者⁽⁸⁾，耗其千金之产，卒无就⁽⁹⁾。邑豪以为谚⁽¹⁰⁾，莫肯命儒者，遇儒冠者⁽¹¹⁾，皆指目远去⁽¹²⁾，若将浼己然⁽¹³⁾，虽胡氏亦然。独叔才之父母不然，于叔才之幼，捐重币，逆良先生教之⁽¹⁴⁾。既壮可以游⁽¹⁵⁾，资而遣之无所靳⁽¹⁶⁾。居数年，朋试于有司⁽¹⁷⁾，不合而归⁽¹⁸⁾。邑人之訾者半⁽¹⁹⁾，窃笑者半。其父母愈笃不悔⁽²⁰⁾，复资而遣之。

叔才纯孝人也，悱然感父母所以教己之笃⁽²¹⁾，追四方才贤，学作文章，思显其身以及其亲⁽²²⁾。不数年，遂能衰然为材进士⁽²³⁾，复朋试于有司，不幸复诎于不己知⁽²⁴⁾。不予愚而从之游⁽²⁵⁾，尝为予言父母之思，而惭其邑人，不能归。予曰："归也。夫禄与位⁽²⁶⁾，庸者所待以为荣者也。彼贤者道弸于中⁽²⁷⁾，而襮之以艺⁽²⁸⁾，虽无禄与位，其荣者固在也。子之亲，矫群庸而置子于圣贤之途⁽²⁹⁾，可谓不贤乎？或訾或笑而终不悔，不贤者能之乎？今而舍道德而荣禄与位，殆不其然⁽³⁰⁾！然则子之所以荣亲而释惭者，亦多矣！昔之訾者窃笑者，固庸者尔，岂子所宜惭哉？姑持予言以归为父母寿⁽³¹⁾，其亦喜无量⁽³²⁾，于子何如？"因释然寤⁽³³⁾，治装而归⁽³⁴⁾，予即书其所以为父母寿者送之云尔。

【注释】 胡叔才：王安石门下的一位学生，以儒为业，游学多年。叔才在外思亲欲归，临行又有点犹疑，为仕途数试无进而愧于见邑人。于是王安石写了这篇序为他送行，鼓励他归去。　(2)铜陵：宋代隶属池州，在今安徽境内。大宗：大族、望族。　(3)世以赀(zī)名：世代以财产富有而闻名。赀，财货。　(4)豪者：豪放不羁的人。　(5)驰骋渔弋：指骑射渔猎一类游乐玩好之事。　(6)谨者：小心谨慎的人；指恪守祖业的子弟。　(7)辟田：扩增田地。辟，开辟，拓展。殖其家：繁孳他的家产。殖，繁殖，指添增、扩大。　(8)命儒：受命从事儒学，指去读书。　(9)卒无就：最终没有成就。(10)谚：谚语。此处指话柄。　(11)儒冠者：指书生装束的人。古代儒生，皆危冠(帽)正襟，后称儒生的帽子为儒冠。　(12)指目：指点侧目，指议论、轻看

唐宋八大家文观止

等不尊敬的样子。 （13）浼(měi)：污染，玷污。 （14）逆：迎。 （15）壮：指成年。 （16）靳(jìn)：吝惜。 （17）朋试：群试；指与许多学子一起应试。有司：指主管考试的官吏。 （18）不合：不合其意；指没有考取，落第。 （19）訾(zǐ)：毁骂、非议。 （20）笃：指笃志于儒学，意专一不变，坚定。 （21）悱然：指凄恻伤感的样子。 （22）显：光耀，显耀；即光宗耀祖之意。 （23）裒(póu)然：备受赞扬的样子。材进士：宋代进士的一种，由举子优异者中推荐。 （24）诎：败退，失败。不己知：即不知己。 （25）不予愚：即不愚予。（26）禄：俸禄。位：地位，官位。 （27）弸(péng)于中：充满心中。弸，充满。 （28）襮 (bó)：暴露、现露。艺：六艺，指儒家的学问。 （29）矫：匡正、纠正。圣贤之途：学习圣贤的道路，指从事儒学。 （30）殆(dài)：几乎，差不多。 （31）为父母寿：祝父母长寿。"为寿"，古人多作捧觞祝酒的颂词，此指为父母劝酒，含孝养之义。 （32）无量：无法计数；此指欢喜无尽。(33)释然：顾虑全消的样子。 （34）治装：整理行装。

【今译】 叔才，是铜陵的大家族子弟，他的宗族世代都以财产富有而闻名。子弟中豪纵不羁的人，以骑射渔猎为己事；小心谨慎的人，多一心扩增田地来增添自己的家产。早先，县里的豪家子弟有听命去读书的，耗费了他的千金家产，最终毫无成就。县中豪族都把这事当作话柄，没有人肯叫子弟去读书，遇到读书人，都指指点点，侧目相视，离得远远的躲开，好像会弄脏了自己，就是胡氏族人也这个样。唯有叔才的父母不这样，在叔才还小的时候，花了很高的聘金，迎请来好老师教他。等到他长大成年，可以远游时，又毫不吝啬地给他资金叫他出去游学。过了几年，叔才和许多学子一起参加官府考试，没被录取后回到家乡，县里的人一半责骂他，一半偷偷讥笑他。他的父母更加坚定，不后悔，又资助他让他去远游。

叔才是个很孝顺的人，对他父母执着地教他读书的一片苦心，内心非常感动，他追寻四方的才士贤人，学习做文章，思图显耀自己来使他的双亲荣光。没过几年，就能饱受赞誉而成为材进士，又与众人同试于考官，不幸又因未获知赏而落第。叔才不以为我愚笨而随从我游学，曾对我说起对父母的思念，然而又羞愧面对他的县里人，不能归去。我说："回去吧。那个俸禄和地位，是庸俗的人所追求而把它当作荣耀的东西。那些贤人心中充满着道行,而通过学问显露出来,虽然他们没有俸禄和职位,那个荣耀却是本来就存在的。您的父母,匡正那群庸人的做法而把您放置在学习圣贤的道路上,难道可以说不贤吗?尽管有的人责骂,有的人讥笑,他们却始终不懊悔,不贤的人能这样做吗?如今却舍弃道德而以俸禄和官位为荣耀,恐怕不会这样吧!这样说,那么您用来荣耀父母并且消除羞愧的东西(指道德文章),也很多了。从前的那些责骂的人、窃笑的人,本来就是庸人,岂是您应该感到对之羞愧的人?您姑且拿了我的话回家去孝养父母,或许他们也会欢喜不尽的,您以为怎么样?"叔才因此顾虑全消而醒悟,整理行装回家去,我就写了他孝养父母的道理为他送行。

【点评】文章叙事颇见章法技巧。作者要说的是胡叔才"思归而不能归"这么一件事,倘直白陈述,则平淡无味。文章绕开"归"字而选择在"出"字上下功夫,着意刻画其"出"之不寻常。先交代家世:铜陵大宗,富家子弟。这样人家的出身,肯心向儒学自非容易。次交代乡风族风:莫肯读书,视儒者为异物。这绝非读书学儒的社会环境。再描写其父母行为:自幼教读,壮而资游,落第而不悔,复资而遣之。顶着巨大的社会压力而送子学儒出游,读书的不易,其"出"的不寻常,经过逐层的铺垫,着意的氛围渲染,极深刻地表现出来。环境背景与人物行动如此巨大的反差,不第的胡叔才自然是"不能归"。浓墨四围,烘托中央,用笔平易而老成。接下第二段着意写其"纯孝":发愤求学,思报亲情;久游在外,思亲日浓。这样的人物禀性,又自然逼出"思归"的心曲。"思归"与"不能归"的矛盾痛苦中,遂洋洋洒洒引出作者一段议论,最后解决了矛盾,人物登上归程。文章叙事条理分明,有始有终。始于"出",落于"归",首尾一贯,气脉流注自如。但又不是平铺直叙,而是曲笔烘染,暗用对比,构成一组组矛盾,使叙事波澜起伏,引人入胜。作者记叙人物行为,文笔朴实,摒弃浮华,然而由于一直置之于矛盾冲突中,虽用墨不多,而个性鲜明、形象生动。

(王 涤 周少雄)

255

唐宋八大家文观止

苏　轼

　　苏轼(1037—1101)，字子瞻，又字和仲，号东坡居士，眉州眉山(今四川眉山)人。与父洵、弟辙号称"三苏"。宋仁宗嘉祐二年(1057)举进士，任河南福昌主簿，陕西凤翔判官。英宗治平二年(1065)回京任殿中丞。神宗时，因反对王安石新法，出为杭州通判，后徙密州、徐州、湖州等地。又因写诗讽刺新法，被捕至京，入御史台狱，是为"乌台诗案"。神宗元丰三年(1080)二月，到达黄州，寓居定慧院，躬自耕种，亦自号"东坡居士"。哲宗即位，司马光旧党执政，苏轼被召回任礼部郎中等职，但仍不为重用，乃出知杭州。元祐八年　(1093)哲宗亲政，复用新党，苏轼先后被贬到惠州、琼州、昌化。徽宗即位，被召回，居常州卒，谥文忠。

　　苏轼是北宋多才多艺的作家，其文汪洋恣肆，为"唐宋八大家"之一。尤擅长诗词，词的境界阔大，开创豪放词派；诗的风格雄浑，语言奔放，挥洒自如，想象丰富，具有浓厚的浪漫主义色彩。此外，在书画方面也有很深的造诣。著有《东坡文集》。

留侯论[1]

　　古之所谓豪杰之士者，必有过人之节[2]。人情有所不能忍者，匹夫见辱[3]，拔剑而起，挺身而斗，此不足为勇也。天下有大勇者，卒然临之而不惊[4]，无故加之而不怒，此其所挟持者甚大[5]，而其志甚远也。

夫子房受书于圯上之老人也[6]，其事甚怪[7]，然亦安知其非秦之世，有隐君子者出而试之[8]？观其所以微见其意者[9]，皆圣贤相与警戒之义。而世不察，以为鬼物[10]，亦已过矣。且其意不在书[11]。当韩之亡，秦之方盛也，以刀锯鼎镬待天下之士[12]，其平居无罪夷灭者[13]，不可胜数，虽有贲、育，无所复施[14]。夫持法太急者，其锋不可犯，而其势未可乘[15]。子房不忍忿忿之心，以匹夫之力，而逞于一击之间[16]。当此之时，子房之不死者，其间不能容发[17]，盖亦已危矣。千金之子[18]，不死于盗贼，何者？其身之可爱，而盗贼之不足以死也[19]。子房以盖世之才，不为伊尹、太公之谋[20]，而特出于荆轲、聂政之计[21]，以侥幸于不死，此固圯上老人所为深惜者也。是故倨傲鲜腆而深折之[22]，彼其能有所忍也，然后可以就大事。故曰："孺子可教也。"

楚庄王伐郑，郑伯肉袒牵羊以逆。庄王曰："其君能下人，必能信用其民矣。"遂舍之[23]。勾践之困于会稽而归，臣妾于吴者[24]，三年而不倦。且夫有报人之志，而不能下人者，是匹夫之刚也。夫老人者，以为子房才有余，而忧其度量之不足，故深折其少年刚锐之气，使之忍小忿而就大谋。何则？非有平生之素[25]，卒然相遇于草野之间，而命以仆妾之役[26]，油然而不怪者[27]，此固秦皇帝之所不能惊，而项籍之所不能怒也。

观夫高祖之所以胜，而项籍之所以败者，在能忍与不能忍之间而已矣。项籍唯不能忍，是以百战百胜，而轻用其锋[28]；高祖忍之，养其全锋，而待其弊[29]，此子房教之也。当淮阴破齐而欲自王，高祖发怒，见于词色。由此观之，犹有刚强不忍之气，非子房其谁全之[30]？

太史公疑子房以为魁梧奇伟，而其状貌乃如妇人女子[31]，不

唐宋八大家文观止

称其志气⁽³²⁾。呜呼，此其所以为子房欤⁽³³⁾！

【注释】(1)本文是宋仁宗嘉祐六年（1061）苏轼应制科考试时所上的《进论》之一。张良字子房，汉建立后，以功封留侯。事见《史记·留侯世家》。　(2)节：节操，操守。　(3)匹夫见辱：一个普通的人受到侮辱。(4)卒(cù)：同"猝"。　(5)挟持：此处指抱负。　(6)子房受书于圯(yí)上之老人：老人，指黄石公。据《史记·留侯世家》载："良尝闲从容步游下邳圯上。有一老父，衣褐，至良所，直堕其履圯下。顾谓良曰：'孺子，下取履！'良愕然，欲殴之，为其老，强忍，下取履。父曰：'履我。'良业为取履之。父以足受，笑而去。良殊大惊，随目之。父去里所，复返，曰：'孺子可教矣！后五日平明，与我会此。'"但张良前两次均迟到，受老人责备，第三次提前于半夜等在桥上，老人大喜，送他一部《太公兵法》。张良靠这部兵书，帮助刘邦夺得天下。　(7)其事甚怪：《史记·留侯世家》："太史公曰：'学者多言无鬼神，然言有物。至如留侯所见老父予书，亦可怪矣。'"　(8)隐君子：隐士高人。(9)观其所以微见(xiàn)其意者：意谓观察一下老人隐约地表露出用意的做法。　(10)以为鬼物：王充《论衡·自然》："张良游泗水之上，遇黄石公，授太公书。盖天佐汉诛秦，故命令神石为鬼书授人，……黄石授书，亦汉且兴之象也。妖气为鬼，鬼象人形，自然之道，非或为之也。"(11)其意不在书：指圯上老人的意图不在于授书给张良，而是要试试他的忍耐性。　(12)以刀锯鼎镬(huò)待天下之士：谓秦王残杀成性，以刀锯杀人，以鼎镬烹人。　(13)平居：平常。夷灭：抄斩。　(14)贲(bēn)、育：孟贲、夏育，皆古时勇士。　(15)其势未可乘：意谓形势有利于秦，还没有可乘之机。　(16)逞于一击：《史记·留侯世家》载，秦灭韩后，张良为韩报仇，用重金求得刺客，乘秦始皇东游之机，于博浪沙（今河南原阳）行刺，误中副车，事败未成。逞，逞能，冒险之意。(17)其间不能容发：比喻情势极其危急。枚乘《上书谏吴王》："系绝于天，不可复结，坠入深渊，难以复出，其出不出，间不容发。"　(18)千金之子：指富贵人家的子弟。《史记·越王勾践世家》："吾闻千金之子，不死于市。"　(19)不足以死：不值得因之而死。　(20)伊尹、太公之谋：意谓安邦定国之谋略。伊尹辅佐汤建立商朝。太公（即吕望）是周朝开国功臣。　(21)荆轲、聂政之计：意谓行刺之下策。荆轲为燕太子丹谋刺秦王，聂政为严仲子刺杀韩相侠累。事见《史记·刺客列传》。
(22)倨傲鲜腆(tiǎn)：傲慢无礼。鲜，少，乏。　　(23)"楚庄王伐郑"六句：《左传》宣公十二年载楚庄王围郑，"克之，入自皇门，至于逵路，郑伯肉袒牵羊以逆，曰：'孤不天，不能事君，使君怀怒，以及敝邑，孤之罪也。敢不唯命是听！……'左右曰：'不可许也，得国无赦。'王曰：'其君能下人，必能信用其民矣，庸可几乎？'退三十里，而许之平。"杜预注："肉袒牵羊，示为臣仆。"肉袒，袒衣露体。　　(24)勾践之困于会(kuài)稽而归，臣妾于吴者：勾践，春秋时越国国王。会稽，今浙江绍兴。归臣妾于吴，谓投降吴国为其臣妾。事见于《左传·哀公元年》《国语·越语下》。　　(25)非有平生之素：犹言素昧平生(向来不熟悉)。　　(26)仆妾之役：指圯上老人命张良取履之事。
(27)油然：指和顺的样子。　　(28)"项籍唯不能忍"三句：谓项籍迷信武力足以征服天下，多方树敌，虽能百战百胜，但兵力消耗太甚，卒致失败。详见《史记·项羽本纪》。　　(29)"高祖忍之"三句：汉高祖刘邦在强大的楚军面前，常常采取守势，以保持军队的实力与锐气。(30)"当淮阴破齐而欲自立王"六句：据《史记·淮阴侯列传》载，韩信攻破齐地，欲请为"假齐王"，刘邦见韩信使者至，大声怒骂。张良、陈平附耳晓喻利害，刘邦猛醒，改口道："大丈夫定诸侯，即为真王耳，何以假为！"就派张良往立韩信为齐王，并征其兵击楚。韩信后降封为淮阴侯，故称为淮阴。　　(31)"太史公疑子房以为魁梧奇伟"二句：《史记·留侯世家》："太史公曰：'余以为其人计魁梧奇伟，至见其图，状貌如妇人女子。'"　　(32)不称(chèn)：不相称、不相当。　　(33)此其所以为子房：意谓子房志气宏伟而内涵不露，貌似柔弱，正是他独特过人之处。

【今译】古时候，称作英雄豪杰的人，必定有超凡脱俗的节操。人常常有些不能忍受的事情，如一个普通的人被侮辱，往往拔剑而起，挺身而斗，这不足以算是勇敢。天下有一种大智大勇的人，遇到突然的事变而不惊慌，受到无缘无故的侮辱而不震怒。这是因为他抱负宏伟，志向远大。

子房从圯上老人那里接受兵书，这件事似乎很怪诞，然而又怎么知道那不是在非难秦朝的时代，有隐士高人出来考验他呢？观察老人隐隐约约地表露出用意的做法，都包含着圣贤给予警告劝诫的深义。可是世人不能明

唐宋八大家文观止

辨,认为圯上老人是神异鬼怪,也是误解了。况且老人的真正意图不在授书(而是要试试子房有无大的气度)。当韩国灭亡,秦国正强盛的时候,秦朝用严法酷刑对待天下的士人,安居无罪的人惨遭杀戮,数也数不清,即使有孟贲、夏育那样的勇士,他们的才能也得不到施展。秦朝滥施刑法,很难正面触犯,当时情势也无可乘之机。子房却忍耐不住报仇之心,凭他个人的勇气,而冒险去行刺。那个时候,子房虽然没有被杀,但离死却十分近,情况是极其危险了。富贵人家的子弟,不会死在与盗贼的拼搏上,是什么原因呢?因为他们珍惜自己的性命,认为不值得死在盗贼手里。子房拥有盖世的才能,不能像伊尹、吕望那样筹划安邦定国之策,而采取荆轲、聂政谋刺的行动,侥幸逃命,实在是圯上老人深为痛惜的事情。因此,老人故意装出傲慢无礼的样子来尽量折服他,他如果能忍住这种侮辱,将来就可以成就事业。所以老人说:"你这后生值得培养。"

楚庄王攻打郑国,郑襄公脱去上衣裸露身体,牵着羊去迎接,庄王说:"郑国国君能屈己下人,一定能得到他的百姓的信任和拥护。"就放弃了灭亡郑国的计划。越王勾践在会稽受围困时,向吴国称臣投降,并和妻妾做吴国的奴仆,坚持多年毫不松懈。有报仇雪耻的决心,却不能屈己低头,那只是莽汉的刚烈。圯上老人认为子房才气有余而担心他的气度不大,故意狠狠地抑制他的年轻气盛,使他忍住一时小的怨忿而成就大的抱负。为什么呢?老人与子房并没有过交往,偶然在乡野中碰见,老人命令他干奴仆的低贱之事,子房驯服而不埋怨,这正是秦始皇的残忍不能吓倒他,项羽的凶暴不能激怒他的原因。

推究高祖刘邦取胜,而项羽失败的原因,在于一个能忍一个不能忍罢了。项羽不能忍,因此尽管百战百胜,却过快地耗费了兵力;高祖刘邦能够忍耐,养精蓄锐,静待项羽用兵的薄弱时机,这是子房给他出的计谋。当淮阴侯韩信攻破齐地想自立为王的时候,高祖怒气冲冲,出言大骂。由此可见,高祖也还有难以压抑的火气,除了子房,谁能成全他呢?

司马迁曾猜测子房身材高大壮实,而看到他的画像上的形貌却像个女人似的,认为与他的凌云壮志颇不相符。唉,这正是子房的独特过人之处啊!

【点评】《留侯论》是苏轼脍炙人口的散文名篇。作者从圯上老人授书张良一事入手，扫陈见，翻出新意，着重围绕"能忍不能忍"一点，提出自己的观点，评论张良一生。此文的主要特色是立意新颖，构思巧妙，辨析严密，气势恢宏。

自《史记》以来，张良受书于圯上老人一向传为神话。苏轼勇于摆脱传统俗见，认为张良帮助刘邦取得天下，主要是因为他是一个能"忍"的豪杰之士。将"能忍不能忍"作为立意谋篇的骨架，表现了他的超见卓识，就此而言，此文与王安石《读〈孟尝君传〉》有异曲同工之妙。可以说，这也是年轻时的苏轼在见识与创作上追求逆向思维的生动例证。"忍小忿而就大谋"不只是一个历史人物张良的独特气质，它还一直引导着后来的有志之士在道德修养上追求更高境界的广阔之路，至今仍有重要的认识意义和思想价值。

此文的成功，还表现为作者卓越的艺术匠心和高超的表现技巧。作者的构思非常巧妙。"忍"字是文眼，贯穿始终。文章开头，劈空发论，造成悬念，提出"不能忍者"即"不足为勇"，而大勇者则为能忍，提出主题，笼含全文。随势引出张良受书之事，对子房进行评议。子房先是不能忍，才有刺秦王之举，为老人所深惜，故命以"仆妾之役"以"深折其少年刚锐之气，使之忍小忿而就大谋"，并且以历史上郑伯、勾践之事来说明"忍"的具体内容。之后折笔，再以刘邦、项羽之事，说明"忍"的巨大作用，点明正是张良才成全了刘邦建立大业。结尾收笔，引出张良相貌之议，肯定张良已经成为"忍"的化身。作者在"能忍不能忍"的一意反复中，运用交错的手法。文章在提出中心论题后，马上以张良从不忍到忍为例证来说明，是顺笔。但张良能忍后，苏轼并没有继续论证"忍"对张良的作用，而是以郑伯、勾践这些能忍的人为例证，这是逆笔。然后，又插入高祖例证，看似节外生枝，但读完此段，恍然大悟，仍然是紧扣张良来进行论证。结尾收笔，点出张良形貌，理中含趣，韵味无穷。这样，文章忽断忽接，忽出忽入，忽浅忽深，极尽曲折之妙，而又显得结构谨严。在严谨的结构中，一股气势流贯其中。作者高屋建瓴，纵览古今，腾挪变化，深得文章操纵之妙。文风犀利，荡人心胸，催人肺腑。表现出巨大的震慑力和感染力。

【集说】能忍不能忍是一篇主意。

唐宋八大家文观止

又：主意谓子房本大勇之人，惟少年气刚，不能涵养忍耐，以就大功名，如用力士提铁锤击始皇之类，皆不能忍；老父之圮下，始命取履纳履，与之期五更相会，数怒骂之，正以折其不能忍之气，教之以忍也。（谢枋得《文章轨范》卷三）

意实翻空，辞皆征实。读者信其证据，而不疑其变幻。（徐乾学等《古文渊鉴》卷五十）

刘大櫆云：忽出忽入，忽主忽宾，忽浅忽深，忽断忽接，而纳履一事，止随文势带出，更不正讲，尤为神妙。（王文濡《评校音注古文辞类纂》卷四）

（张清水）

南行前集序[1]

夫昔之为文者，非能为之为工[2]，乃不能不为之为工也[3]。山川之有云雾[4]，草木之有华实，充满勃郁而见于外[5]，夫虽欲无有，其可得邪？自少闻家君之论文[6]，以为古之圣人有所不能自已而作者。故轼与弟辙为文至多，而未尝敢有作文之意。己亥之岁，侍行适楚[7]。舟中无事，博弈饮酒，非所以为闺门之欢[8]。而山川之秀美，风俗之朴陋，贤人君子之遗迹，与凡耳目之所接者，杂然有触于中，而发于咏叹。盖家君之作，与弟辙之文皆在，凡一百篇，谓之《南行集》。将以识一时之事[9]，为他日之所寻绎。且以为得于谈笑之间，而非勉强所为之文也。时十二月八日，江陵驿书[10]。

【注释】(1)《南行前集》：宋仁宗嘉祐二年（1057）四月，苏轼殿试中进士乙科，母程夫人讣闻至，侍父苏洵携弟苏辙入蜀奔丧。二十七个月服满，侍父携弟由眉山登舟南行，出三峡，经荆州还朝。《南行集》即苏洵、苏辙沿江而下时作诗文的结集。称之曰"前"，是因沿江水路仅是"南行"的前半段。由荆州至东京，还有一大段陆路要走。　(2)为之为工：为了文章的工巧而工巧。之，指代文字工巧。　(3)不能不为之为工：自然而然达到工巧。此与"为之为工"是文学技巧的两种境界；"为之为工"不是真工巧，它还受规矩的约束，时俗的限制，如苏轼《牡丹记叙》所云："此花见重于世，三百余年，穷妖极丽,以擅天下之观美,而近岁尤复变态百出。务为新奇,以追逐时好者,不可胜记,此草木之智巧便佞者也。"　"不能不为之为工"才是工巧的最高境界,它已在规律中获得了自由,随心所欲不逾矩,如苏轼《杂说》所言"随物赋形而不可知"。　(4)山川之有云:陶渊明《归去来辞》:"云无心而出岫。"岫,有穴之山峰。　(5)勃郁:积蓄勃发。见,同"现",表现。　(6)家君:对人父、己之父的代称。苏洵"古之圣人有所不能自己而作者"的思想见其《太玄论》。　(7)己亥:嘉祐四年(1059),岁次己亥。适:到……去。　(8)闺门之欢:儿女之欢。闺门:内室之门。古时女子居内室。此次还朝,是举家搬迁。苏轼兄弟各携夫人同行。　(9)识:记。　(10)江陵:府名,治所在今湖北江陵县。驿:驿站,官府为来往官员提供住行方便的招待所。

【今译】古代写文章的,不是为了文章的工巧而工巧,而是自然而然达到工巧的。像山川有云雾,草木开花结果一样,充满积蓄勃发就表现于外,尽管想让它无云、不开花、不结果,难道能做到吗?从小听尊敬的父亲谈论文章,认为古代圣人是有自己不能抑制的思想情感才写诗作文的。所以,苏轼和弟弟苏辙写文章很多,却未曾敢有作文的念头。己亥年,侍奉父亲南行到楚地去。船中无事可做,下棋饮酒,并不是用它来求儿女之欢。沿途山川的秀美,风俗的纯朴简单,贤人君子的遗迹,和一切耳闻目睹到的,交错触发心灵,表现在咏叹中。尊敬的父亲的作品和弟弟苏辙的诗文都在,一共一百篇,命名为《南行集》。用它来记一时之事,供他日寻找南行的行踪趣味。而且认为这些诗文产生于谈笑之间,而不是勉强写出的文字。十二月八日,江陵驿写。

【点评】这是一篇精致的学术小品,作者用不满三百字的篇幅娓娓道出一个文学创作的大问题:有生命力的作品不是用笔雕琢出来的,而是健康心灵的自然流露,文学创作的飞跃有待从事文学创作的人心灵的提升。少做作,勿卖弄,说真话,抒实情,"不能不为之为工"的追求,对时下矫情文风仍有针砭作用。花架子背后掩饰着的总是空虚无聊。

(梁道礼)

唐宋八大家文观止

稼　说⁽¹⁾

　　盍尝观于富人之稼乎⁽²⁾？其田美而多，其食足而有余。其田美而多，则可以更休而地力得全⁽³⁾；其食足而有余，则种之常不后时⁽⁴⁾，而敛之常及其熟⁽⁵⁾。故富人之稼常美，少秕而多实，久藏而不腐。今吾十口之家，而共百亩之田。寸寸而取之⁽⁶⁾，日夜以望之，锄耰铚艾⁽⁷⁾，相寻于其上者如鱼鳞⁽⁸⁾，而地力竭矣。种之常不及时，而敛之常不待其熟，此岂能复有美稼哉！

　　古之人，其才非有以大过今之人也⁽⁹⁾。其平居所以自养而不敢轻用以待其成者⁽¹⁰⁾，闵闵焉如婴儿之望长也⁽¹¹⁾。弱者养之以至于刚⁽¹²⁾，虚者养之以至于充⁽¹³⁾。三十而后仕，五十而后爵。信于久屈之中⁽¹⁴⁾，而用于至足之后⁽¹⁵⁾，流于既溢之余⁽¹⁶⁾，而发于持满之末⁽¹⁷⁾。此古人之所以大过今人，而今之君子所以不及也。

　　吾少也有志于学，不幸而早得，与吾子同年⁽¹⁸⁾。吾子之得，亦不可谓不早也。吾今虽欲自以为不足，而众且妄推之矣⁽¹⁹⁾。呜呼！吾子其去此而务学也哉！博观而约取⁽²⁰⁾，厚积而薄发⁽²¹⁾，吾告子，止于此矣。

　　子归过京师而问焉⁽²²⁾，有曰辙子由者，吾弟也，其亦以是语之⁽²³⁾。

【注释】(1)此文为赠朋友张琥而作。说，是一种说明性的文体。　(2)盍(hé)：何不。　(3)更休：轮作，或改茬。　(4)后时：误农时。　(5)"而敛之"句：收获庄稼也能等到成熟。　(6)寸寸而取之：每一点土地都不能使它空闲，以致地力枯竭。　(7)耰(yōu)：古代农具名，形如榔头。铚(zhì)艾(yì)：收割庄稼。艾，同"刈"。　(8)"相寻"句：如鱼鳞似的挨着一茬茬在田里耕种。　(9)大过：远远超过。　(10)"平居"句：日常努力自我修养而不轻易地等待成果自己到来的缘故。自养：自我修养。　(11)"闵闵焉"句：小心翼翼地像期待婴儿健康成长。闵闵：担心，小心。望长：期望丰收。《左传·昭公三十二年》:"闵闵焉如农夫之望岁。" （12）刚:刚强。 （13）充:丰富。 （14）"信于"句:在长期的压抑滞塞中得以伸展。信,通"伸"。（15）"而用于"句:极为充足之后才能应用。 （16）"流句于":已经满得绰绰有余才能外流。 （17）"而发于"句:把弓拉到尽头箭发有力。持满:弓拉到圆形。 （18）"不幸":不幸早早地同张琥同年（嘉祐二年）考中进士。得:这里是考中的意思。吾子:即张琥,苏轼的好友。 （19）妄推:不切实际地推荐。妄:胡乱。 （20）"博观"句:广泛地博览而要简要地吸取。（21）"厚积"句:丰富地积累而要精当地表达。 （22）京师:京城。 （23）是:这,这些。

【今译】何不看看富有人家是怎么种庄稼的呢？他们的田地多而肥美,他们的粮食充足而有余。他们的田肥美而且多,那么可以使田地轮作而使地力得以保全;他们的粮食足而有余,那么种庄稼时常常不误农时,收获庄稼也能等到成熟。所以富有人家的庄稼常常很好,秕子少而颗粒饱满的多,长时间贮存也不腐坏。现在我十口的人家,田地只有百十来亩。每一寸土地都不能使它空闲,日日夜夜盼望着庄稼生长,用锄耰收割,如鱼鳞似的挨着一茬茬在田里耕种,那么地力就枯竭了。种庄稼常常不及时,而收割时常常又不能等到庄稼成熟,这怎么会有好的收成呢！

古代的人,他们的才华并不远远超过现今人。他们只是日常努力自我修养而不轻易地等待成果自己到来的缘故,小心翼翼地就像期待婴儿的成长。软弱的人自我修养以达到刚强,虚空的人自我修养以达到充实。三十岁以后走上仕途,五十岁以后而进爵位。在长期的压抑滞塞中得以伸展,极为充足后才能应用,已经满得绰绰有余才能外流,把弓拉到尽头箭发才有力。这就是古人远远地超过现在的人,现在的人赶不上古人的原因。

我年少时也有志于学问方面的努力,不幸早早地和你同年考中进士。你考中进士,也不能不说很早啊。我现在虽然自己认为自己不足,但是众人已不切实际地推荐了。哎！你离开这里将要努力于学问了！ （一定要好好用功）一定要广泛地博览而要简要地吸取,丰富地积累而要精当地表达。我告诫你的,就是这些了。

你回去经过京城问问有个名叫苏辙字子由的人,他是我弟弟。你也把

唐宋八大家文观止

这些告诉他。

【点评】这是一篇比较典型的杂文。《稼说》从题目上看似乎说的是种庄稼,其实讲的是治学修业之道。不过,为了把理说透,且能引人入胜,作者采用了形象性的笔法来说理论事。

巧于借喻,加强印象,使人易于理解。《稼说》以种庄稼的事做比喻,以所谓"富人"种庄稼因"田美而多",收种及时,所以粮食"少秕而多实";而"吾家"(苏轼自称)种地"寸寸而取之",收种不及时,所以没有"美稼"。在两相对比中,因地不同,种法不同,收获也就不同。虽未涉及治学的主旨,但言在此,意在彼,是非得失,已泾渭分明。

广泛联系,缘事论理。为了说理深刻,达到触类旁通深思彻悟的效果,作者有目的地杂取不同类型的材料,从不同角度,由远及近,由浅入深地逐步逼近说明的中心。《稼说》的写法就是这样,在引用种庄稼一例之后,又举"古之人""其才"大小在于"自养"的例子,说明人的才学,不是天生就有,而是有一个发展过程,由弱到强,由虚到实,以至于到达"至足""既溢""持满"的程度,这完全是自养的结果。作者还现身说法,以自身的体会,说明"有志于学"的重要。这样就事论理,深入阐发,提出对"吾子"叮嘱的"务学"之理——"博观而约取,厚积而薄发"。至此,道,缘事而出;理,随文而成,收到了使人心领神会、自勉自励的效果。

【集说】《日喻》与《稼说》二作,长公皆根极道理,确非漫然下笔。宋儒谓其文兼子厚之愤激,永叔之感慨,而发之以谐谑。如此等文,殆不然矣。(杨慎《三苏文范》卷十六引)

以稼喻学,字字名言。(张孝先《唐宋八大家文钞》三)

(施　军)

喜雨亭记

亭以雨名,志喜也[1]。古者有喜,则以名物,示不忘也。周公得禾[2],以名其书;汉武得鼎[3],以名其年;叔孙胜敌[4],以名其子,其喜之大小不齐,其示不忘一也。

予至扶风之明年[5],始治官舍[6]。为亭于堂之北[7],而凿池其南,引流种树,以为休息之所。是岁之春,雨麦于岐山之阳[8],其占为有年[9]。既而弥月不雨[10],民方以为忧[11]。越三月[12],乙卯乃雨。甲子又雨[13],民以为未足。丁卯大雨[14],三日乃止。官吏相与庆于庭,商贾相与歌于市,农夫相与忭于野[15],忧者以喜,病者以愈。而吾亭适成[16]。于是举酒于亭上[17]以属客,而告之[18],曰:"五日不雨可乎?"曰:"五日不雨则无麦。""十日不雨可乎?"曰:"十日不雨则无禾。""无麦无禾,岁且荐饥[19],狱讼繁兴而盗贼滋炽,则吾与二三子虽欲优游以乐于此亭[20],其可得耶[21]?今天不遗斯民[22],始旱而赐之以雨,使吾与二三子得相与优游而乐此亭者,皆雨之赐也,其又可忘耶?"

既以名亭,又从而歌之曰:"使天而雨珠[23],寒者不得以为襦[24],使天而雨玉,饥者不得以为粟。一雨三日,伊谁之力[25]?民曰太守,太守不有[26],归之天子。天子曰不然,归之造物[27]。造物不自以为功,归之太空[28]。太空冥冥,不可得而名,吾以名吾亭。"

【注释】(1)志:记录。 (2)周公得禾:《尚书·周书·微子之命》云,周成王命唐叔(周成王之弟,封于唐,"叔"是排行,老三)所献禾赐予率兵东征的周公。"周公既得命禾,旅(宣扬)天子之命,作《嘉禾》。"《嘉禾》是周公颁布的庆祝天子赐禾的布告,用后方丰收激励前方将士多打胜仗,原文已逸。(3)汉武得鼎:《史记·孝武本纪》云,汉武帝元狩七年(前116)夏六月,得宝鼎于汾水,遂改年号为元鼎,得鼎之年为元鼎元年。鼎,古代炊具,同时是天子权力的象征:"协于上下以承天体"。故周定王派王孙满访楚,楚子问鼎之轻重大小,王孙满避而不答。见《左传·宣公二年》。 (4)叔孙胜敌:叔孙,叔孙得臣。《左传·文公十一年》:狄人侵鲁,鲁文公命叔孙得臣迎击。大败敌军,俘敌将侨如。得臣之子宣伯名侨如,服虔《左传》注云:"得臣获侨如以名其子,使后世识其功。" (5)扶风:凤翔府,唐为扶风郡。苏轼嘉祐六年(1061)来任凤翔府节度判官。 (6)治:修建,整治。 (7)堂:正房,坐北向

唐宋八大家文观止

南。指签判廨。　（8）雨麦：天上像下雨一般落下麦粒。阳：山的南坡。岐山：在凤翔府岐山县（今陕西岐山）境内。　（9）占：命数。其，指"雨麦"。年，五谷丰登。　（10）弥月：整整一个月。弥，满。　（11）以为忧：以（天雨麦）为令人担忧的凶兆。　（12）三月：三月份。越：到了。　（13）甲子：甲子日。上下文的"丁卯""乙卯"仿此。嘉祐七年三月乙卯是三月初七日，甲子日是乙卯日后的第九天。三月十六日。　（14）丁卯：甲子日后的第四天。三月二十日。　（15）忭（biàn）：欢欣，喜悦。　（16）适成：恰好落成。（17）举酒：置办酒席。举，兴办。　（18）属：会聚。　（19）荐饥：连年饥荒。荐，接连。饥：五谷不熟。且：表示未定的语助词。　（20）优游：从容自如。（21）其：通"岂"。　（22）天：上天。三月初，苏轼曾率员到太白山清宫求雨。三月十六日雨后，又派人到太白山许愿：将奏请朝廷为太白山神晋爵，求再下雨以解旱情。　（23）使：假设。"雨珠""雨玉"和"雨麦"对照。珠、玉虽贵，无益饥寒。　（24）襦（rú）：短裙、短袄。　（25）伊：发语词，无义。（26）不有：不敢自有。太守，宋远，字子才，荥阳人，嘉祐八年（1063）调离。（27）造物：指"天"，万物的创造者。（28）太空：即太虚。气，中国哲学中构成万物的元质。

【今译】亭子用"雨"来命名，记下了一段喜庆。古人有了喜庆，就用它来命名事物，表达永志不忘的心情。周公收到成王的赐禾，用"嘉禾"来作为文章的篇名；汉武帝得到宝鼎，用"元鼎"作年号；叔孙得臣打了胜仗，用战俘的名字给他的儿子取名，喜庆大小尽管不同，表达不忘的心情是一样的。

　　我到凤翔的第二年，着手整治官舍。在签判府北边搭了一个亭子，在亭子南边挖了个池塘，引来池水，种上树，把这地方当作休息的场所。这年春天，岐山阳坡，天下了阵麦雨，命数是今年五谷丰登。那以后整整一个月未下雨，百姓这才把"雨麦"这件事看作是令人担忧的凶兆。到了三月初七，才下雨。三月十六又下雨。百姓认为雨量不足解除旱情。三月二十日下起大雨，三天才停。官吏们一起在院子里道贺，商人们一起在集市上欢歌，农夫们一起在田间欢呼雀跃，发愁的因此而高兴起来，愁出病的因此而好转过来。我那亭子到这时候正好落成。于是在亭子里置办了酒席邀来客人，举杯对他们说："五天不下雨行吗？"客人说："五天不下雨，麦子就没收成。"

"十天不下雨行吗?"客人说:"十天不下雨,谷子没收成。"我说:"没麦没谷,年成大概要饥荒,刑狱诉讼会增多,盗贼会滋生猖獗,那么,我和诸位尽管想在这亭子悠闲自得地宴乐,难道可能吗?现在,上天未丢下它的百姓不管,开始旱又赐给我们雨水。让我与诸位能一起悠闲自如地在这亭子里宴乐,都是这场雨的恩赐呀!难道可以遗忘吗?"

以"雨"来命名亭子之后,又随着歌颂这场喜雨:"即使天上下雨般落下珍珠,受冻的百姓也不能拿它当袄穿;即使天上下雨般落下美玉,挨饿的百姓也不能拿它当饭吃。一场喜雨连下三天,是谁的力量所致?百姓说是太守,太守不敢当,归功于天子。天子说不是这样,归功于造物主。造物主不认为是自己的功德,归功于太空。太空虚渺深邃,不是语言能说清的。我用'喜雨'来为我的亭子命名。"

【点评】这篇文章篇幅短小,却波澜层生。起笔用"亭以雨名,志喜也"点明题意,然后以亭、雨、喜为线索,错综写来。建亭之始,恰逢年丰吉兆,喜也。百日无雨,喜化为忧。天从人愿,就在盼雨之心近乎绝望之际,雨沛然而降。"乙卯,乃雨""甲子又雨""丁卯大雨",虽不言喜,但喜雨之情透纸而出。忧化为喜,而亭恰成,更喜上加喜。短短百余字,将喜、雨、亭三事融合得如此自然,又将亭、雨、喜三事交代得如此清晰,非"了然于心,了然于口与手"者不能达。酣畅抒写得雨之喜之后,笔锋陡转,在"庆雨"时反写不雨之忧。有此反笔衬托,喜雨的分量得以加重。结以"喜雨歌",歌中拿世间最珍贵的珠、玉和世间最平凡的雨作比较,点出雨可喜的原因,将喜雨之情从一时一地提升到更广阔深远的境界。古人云:"唯其有之,是以似之。"只有那些与民共休戚的仁人志士,才能写出与民共休戚的文章。古人云:"文似看山不喜平。"《喜雨亭记》不仅使我们领略到苏轼仁人的胸怀,而且也可以使我们领悟结构文章的技法。

【集说】公之文好为滑稽。结尾又云:乐终余音。   (茅坤《唐宋八家文钞》)

从亭上看出喜雨意,掩映有情。(储欣《唐宋八大家类选》)

只就"喜雨亭"三字,分写、合写、倒写、顺写、虚写、实写,即小见大,以无

化有。意思愈出而不穷,笔态轻举而荡漾,可谓极才人之雅致矣。(吴楚材等《古文观止》)

(梁道礼)

凌虚台记[1]

国于南山之下[2],宜若起居饮食与山接也。四方之山,莫高于终南[3]。而都邑之丽山者[4],莫近于扶风[5]。以至近求最高,其势必得[6]。而太守之居[7],未尝知有山焉。虽非事之所以损益[8],而物理有不当然者,此凌虚台之所为筑也。

方其未筑也,太守陈公杖履逍遥于其下[9]。见山之出于林木之上者,累累如人之旅行于墙外而见其髻也[10],曰:"是必有异。"使工凿其前为方池,以其土筑台,高出于屋之危而止[11]。然后人之至于其上者,恍然不知台之高[12],而以为山之踊跃奋迅而出也。公曰:"是宜名'凌虚'。"以告其从事苏轼,而求文以为记。

轼复于公曰:"物之废兴成毁,不可得而知也。昔者荒草野田,霜露之所蒙翳,狐虺之所窜伏。方是时,岂知有凌虚台耶!废兴成毁,相寻于无穷[13],则台之复为荒草野田,皆不可知也。尝试与公登台而望,其东则秦穆之祈年、橐泉也[14],其南则汉武之长杨、五柞[15],而其北则隋之仁寿[16]、唐之九成也[17]。计其一时之盛,宏杰诡丽[18],坚固而不可动者,岂特百倍于台而已哉!然而数世之后[19],欲求其仿佛,而破瓦颓垣无复存者,既已化为禾黍荆棘丘墟陇亩矣,而况于此台欤?夫台犹不足恃以长久,而况于人事之得丧,忽往而忽来者欤?而或者欲以夸世而自足[20],则过矣[21],盖世有足恃者,而不在乎台之存亡也。"既已言于公,退而为之记。

【注释】(1)《凌虚台记》:苏轼嘉祐八年(1063)在凤翔府任节度判官时,奉知凤翔府事的长官陈希亮之命撰写的纪念凌虚台落成的文字。希亮字公弼,天圣进士,眉山人,乡里行辈属苏轼的祖父辈。嘉祐八年自京东转运使移任知凤翔府事,对苏轼要求甚严。时苏轼年少气盛,颇多不耐。二人关系很紧张。苏轼便借奉撰《凌虚台记》之机,把隐忍在心的对陈希亮的诸多不满,化作冷嘲热讽倾泻出来。离开凤翔,经历了宦海浮沉,苏轼才觉得希亮绝不是一个坏长官。希亮冤死之后,苏轼写了篇《陈公弼传》,传中追悔当年言行不当:"方是时,年少气盛,愚不更事,屡与公事议,至形于言色,已而悔之。"苏轼以行政干练著称,后来,人问其因,苏轼真诚回答:"吾得之于陈公也。"　(2)国:城邑,指凤翔府府治(在今陕西凤翔县)。苏轼嘉祐六年(1061)来任节度判官,治平元年(1064)调离。南山,关中平原南侧山的泛称。　(3)终南:又叫太一山、太白山,在陕西武功县南。是南山中最秀杰者,俗云:"武功太白,去天三百。"　(4)丽:偶,成对。此言对应。都邑,指凤翔周边的州治、府治。山,终南山。　(5)扶风:凤翔府府治在扶风县(今陕西凤翔县),又称扶风郡。　(6)势:事物之理。　(7)居:住处。此处隐指陈希亮太守的生活环境,学问眼界。全句是嘲讽语。　(8)事:指终南山最高、凤翔距终南最近这件事。损益,指"山高""距离近"事实并不会改变。全句有苏轼的牢骚。　(9)逍遥:悠闲自得的样子。杖、履,皆用作动词,拄着杖、拖着鞋。　(10)累累(léi léi)连缀不断。比喻很生动,但很夸张,夸张背后有明显的嘲讽意味:有眼不识泰山。　(11)危:屋脊。　(12)恍然:糊里糊涂的样子。全句写登台览山很传神,但夹带着恶意的嘲讽:登台人(陈希亮)以我为中心的狂妄。　(13)相寻:相接相继。　(14)祈年、橐(tuó)泉:秦宫室名。在雍地(今陕西凤翔县东南)。《汉书·地理志》:"祈年宫,(秦)惠公起。"《水经注·渭水》"南流经胡城东,俗名也。盖秦惠公之故居所谓祈年宫也。孝公谓之为橐泉。"按,惠公宜是战国初简公之子、孝公之祖秦惠公(前399—前387年在位),上距秦穆公卒年已222年。改名"橐泉",应在孝公迁都咸阳之后。苏轼所谓"秦穆之祈年橐泉"之说,可能是苏轼把《汉书·地理志》正文与《汉书·地理志》崔骃注文"秦穆公冢在橐泉宫祈年观下"记混淆了。　(15)长杨、五柞:汉武帝的行宫,在盩厔县(今陕西周至)。长杨宫在县之东南,宫有长杨树,因以得名;五柞在县西,宫有五柞树,因以得名,二宫相距八里。见《三辅黄图》《水经注》卷十九。　(16)仁寿:隋文帝行宫,开皇十三年(593)建,在麟游县西(今陕西麟游)。　(17)九成:唐太宗改隋仁寿宫为九成宫,为避暑行宫,常春往冬还。　(18)诡丽:特别壮丽。诡:特

异。　(19)世：三十年为一世。代，时代。　　(20)或者：有的人。隐指太守陈希亮。　　(21)过：错误。全段皆冷嘲热讽。据邵博《邵氏闻见后录》说，陈希亮当时就看出文中的情绪。"公弼览之笑曰：'吾亲苏明允(洵)犹子也，某(指苏轼)犹孙子也。平日故不以辞色假之者，以其年少暴得大名，惧夫满而不胜也，乃不吾乐耶？'不易一字，丞命刻之后。"

【今译】凤翔府治在南山的下面，应该是衣食住行都与山有关系。四边的山，没有高过终南山的。周边州府所靠，又没有比凤翔府治更近的。凭离终南最近的条件探看南山最高峰，按理说一定能探看到。但陈太守在他那居处环境里，从来不知道有座终南山。尽管终南山的高度没有降低，但事理是有偶然性的，这是建凌虚台的根由。

没有修凌虚台的时候，陈太守拄着手杖，拖着鞋，在凌虚台下悠闲自得地漫步，看到树林梢上露出的山头，连缀不断，就像人走在墙外墙头上只露出一个个发髻一样，说："这里一定有不同寻常的地方。"派工匠在前面挖一个方池，把挖来的土筑成台，比屋脊高就停止了。筑成台后，上到台上的人，糊里糊涂地不觉得是台抬高了人，反认为是山向上跳起飞速地涌现出来。陈太守说："这台应命名为'凌虚'。"又通知下属苏轼，要他写一篇文章作为刊石文字。

苏轼回禀太守说："事物的衰败、兴旺、生成、毁灭，有无法预料的原因。过去这里是长满荒草的野地，是霜遮露盖、狐窜蛇伏的地方。在那时，哪里知道这里会有座凌虚台呢！事物的衰败和兴旺、生成和毁灭之相接继、循环无穷尽，那么凌虚台重新变成长满荒草的野地，都是无法预料的。试着和太守登上凌虚台来远望，东面有秦穆公的祈年宫、橐泉宫，南面有汉武帝的长杨宫、五柞宫，北面有隋文帝的仁寿宫、唐太宗的九成宫。回想它们一时的兴盛，宏伟壮丽，坚固又不可动摇，难道仅仅是凌虚台的一百倍而已吗！然而，几代以后，想探寻它们的大致模样，却破瓦断墙都没有留下来，全都变成长满禾黍或荆棘的田地或废墟了，更何况这个凌虚台呢？台还不能够依靠它来求长久，更何况人事的得失穷达，突然降临又突然失去呢？有人想借外物向社会、历史夸耀来满足自己虚幻的心理，那就错了。因为社会历史有自己依照的定律在，并不在于台的存在还是毁灭。"对太守说完，苏轼回去就写成这篇《凌虚台记》。

【点评】这是一篇意含嘲讽的文字。千百年来,读者浑不察文中时隐时现的意气用事,赏玩不已,大约有三个原因:第一,这篇文章堪称"记"体的典范,开头娓娓道出台的来历,然后借古伤今,将人引入一种情味悠长的精神境界,此正是"记"这种文体理想的文境;第二,这篇文章的语言素朴有味,描写从林梢看到的山头所用"累累如人之旅行于墙外而见其髻"的比喻,新警创阙,状登台恍然不知台之高,而以为山之踊跃奋迅而出的感觉,如在目前;第三,也是最主要的原因,是嘲讽的锋芒主要藏在文章后半部分的借古伤今之中,嘲讽的对象太守陈希亮虽不系苏轼当时认为的是一个一叶障目、两耳塞豆、趣劣识下的人物,但借古伤今所得——"废兴成毁相寻于无穷",外物不足恃,只有不倦提升心灵,才是立身处世的基础——都是千古不易之理,而这道理并不是寻常人能体会得到的。读者读至这淋漓的借古伤今,都会精神一振,沉浸在人和历史这悠长的寻味中,浑忘文外夹带的嘲讽之意。

【集说】李贽:太难为太守矣。一篇骂太守文字耳。文亦好,亦可感。(杨慎《三苏文范》引)

登高望远,人人具有此情,唯公所发诸语言文字耳。"世有足恃"云云,自是宋人习气,或云自负所有,揶揄陈太守者,非也。(储欣《唐宋八大家类选》)

发明废兴成毁,湍澜洄洑,感慨欷歔,后归于不朽之三,不止作达观旷识,齐得丧、忘古今也。杨升庵谓是讥太守文,储在陆又谓是宋人习气,俱未必然。(沈德潜《唐宋八大家文读本》)

(梁道礼)

超然台记

凡物皆有可观[1]。苟有可观,皆有可乐,非必怪奇玮丽者也[2]。哺糟啜醨[3],皆可以醉[4];果蔬草木,皆可以饱。推此类也,吾安往而不乐?

唐宋八大家文观止

夫所谓求福而辞祸者，以福可喜而祸可悲也。人之所欲无穷，而物之可以足吾欲者有尽。美恶之辨战乎中，而去取之择交乎前，则可乐者常少，而可愁者常多，是谓求祸而辞福。夫求祸而辞福，岂人之情也哉！物有以盖之矣(5)。彼游于物之内(6)，而不游于物之外；物非有大小也(7)，自其内而观(8)之，未有不高且大者也。彼挟其高大以临我(9)，则我常眩乱反覆，如隙中之观斗(10)，又乌知胜负之所在？是以美恶横生，而忧乐出焉；可不大哀乎！

予自钱塘移守胶西(11)，释舟楫之安，而服车马之劳(12)；去雕墙之美，而蔽采椽之居(13)；背湖山之观，而适桑麻之野。始至之日，岁比不登(14)，盗贼满野，狱讼充斥；而斋厨索然，日食杞菊(15)，人固疑予之不乐也(16)。处之期年(17)，而貌加丰(18)，发之白者，日以反黑。予既乐其风俗之淳，而其吏民亦安予之拙也(19)，于是治其园圃，洁其庭宇，伐安丘、高密之木(20)，以修补破败，为苟完之计。而园之北，因城以为台者旧矣(21)；稍葺而新之，时相与登览，放意肆志焉。南望马耳、常山(22)，出没隐见，若近若远，庶几有隐君子乎！而其东则卢山(23)，秦人卢敖之所从遁也。西望穆陵(24)，隐然如城郭，师尚父、齐桓公之遗烈(25)，犹有存者。北俯潍水(26)，慨然太息，思淮阴之功(27)，而吊其不终(28)。台高而安，深而明，夏凉而冬温。雨雪之朝，风月之夕，予未尝不在，客未尝不从。撷园蔬，取池鱼，酿秫酒，瀹脱粟而食之(29)。曰：乐哉游乎！

方是时，余弟子由适在济南(30)，闻而赋之，且名其台曰"超然"。以见余之无所往而不乐者，盖游于物之外也。

【注释】（1）观：观赏。 （2）必：一定。 （3）哺（bǔ）糟啜（chuò）醨（lí）：哺，食。啜，小口饮。糟，酒糟。醨，薄酒。 （4）醉：醉人。下文"饱"，仿此。 （5）盖：遮蔽。 （6）游于物之内：游，交往。与外物交往时陷于外物中不能自拔。此与"游于物之外"是两种完全不同的处世方法。 （7）大小：绝对的大、绝对的小。《庄子·秋水》："细大之不可为倪（标准、度量）。"

"以差(相对性)观之,因其所大(就其大的方面)而大之(就可以以它为大),则万物莫不大;因其小而小之,则万物莫不小。" (8)观:观察。 (9)临:居上视下。 (10)隙:裂缝。此指门缝。 (11)钱塘:杭州。胶西:指密州,治所在今山东诸城。熙宁七年(1074),苏轼从杭州通判调任密州知州。(12)服:使用。 (13)蔽:遮挡;遮蔽。此指栖居。下文"采椽",以柞木作屋椽,不加斫雕。采,柞木。 (14)岁比不登:岁,收成。比,一年接一年。登,丰收。此指苏轼到任以前的情况。 (15)日食杞菊:苏轼《后杞菊赋序》:"余仕宦十有九年,家日益贫,衣食之奉,殆不如昔者。及移门胶西,意且一饱,而斋厨索然,不堪其忧。日与通守刘君廷式,循古城废圃,求杞菊食之,扪腹而笑。"杞菊,枸杞、菊花的嫩苗。可食。 (16)固:一定。 (17)期年:一周年。 (18)丰:厚,丰满。 (19)拙:不高明。此指"催科政拙"即催粮收税的手段不高明。 (20)安丘、高密:密州的属县。 (21)因:依凭。下文"城",城墙。旧:年久、破旧。 (22)马耳、常山:马耳山在诸城县西南。因其有两座山峰秀削如马耳而得名。常山,在诸城县南,马耳山以东三十里。 (23)卢山:在诸城县南三十里。原名故山,传说秦始皇遣博士卢敖入海求羡门子高从此山出发,故名卢山。 (24)穆陵:著名关隘,在诸城西近百里的大岗山上,左有长城岭,右有书案岭,中间仅容一车通过。 (25)师尚父:周文王得姜子牙于渭滨,尊为师尚父。武王灭纣,封姜子牙于齐。烈:功业。《左传·僖公四年》:齐伐楚,楚责问齐伐楚之由。管仲对曰:"昔召康公命我先君大公曰:'五侯九伯,女(汝)实征之,以夹辅周室!'赐我先君履(践履之界,即征伐范围):东至于海,西至于河,南至于穆陵,北至于无棣。……""遗烈"即指"征伐以夹辅周室"。按,杨伯峻《春秋左传注》疑"南至于穆陵"之"穆陵"非诸城西之穆陵关,乃时在楚域的今湖北麻城与河南光山县、新县交界处的穆陵关。杨说可信。 (26)潍水:深出潍山,东流经诸城县东北,北折,经高密、安丘、潍县、昌邑入渤海。 (27)淮阴之功:韩信征齐,以囊沙壅潍水,待驰援的楚军渡河时决水灌之。大破楚军,杀楚将龙且,擒齐王广。 (28)吊:悲伤,其,指韩信。韩信功高盖主,于汉高祖十一年(前196),被吕后、萧何诱杀。 (29)瀹(yuè):用水煮物,粗熟而捞出。(30)子由:苏辙的字。

唐宋八大家文观止

【今译】一般说，外物都有能观赏的方面。假如有能观赏的方面，就都有能愉悦人的地方，并不一定怪奇伟丽的外物才使人愉悦。吃酒糟，喝薄酒，都能使人醉；水果蔬菜、草根树叶，都能够让人饱。以此类推，我到哪里会不乐呢？

人们之所以追求幸福，避开灾祸，是因为幸福能使人欢喜，灾祸能使人悲伤。人的欲望没有穷尽，外物能用来满足我们欲望的却有限度。美恶的辨析在心头搏斗，取舍的选择在眼前交织，那么，能愉悦人的外物就常常稀少，能使人悲的外物就常常繁多，这叫作追求祸谢绝福。追求祸谢绝福，难道是人的常规心理吗？外物有遮蔽人的作用呀。那种和外物交往时陷于外物之中，却不能超然于外物之外；外物并没有绝对的大或绝对的小，身陷外物之中来观察外物，外物没有不高又大的。那些依仗高大来俯视我的，让我就常常昏乱忧郁，像从门缝里看人搏斗，又怎么能洞察胜败的原因？所以计较美恶的念头充分展露，忧忧、乐乐的情绪就在美恶计较的心里滋生出来。能不为这种生活态度而悲哀吗！

我从杭州通判转任密州太守，放弃舟船的安逸，却使用麻烦的车马；离开雕墙的华屋，却栖居在简陋的官舍；丢开湖光山色的景致，却跑到遍地桑麻的乡野。刚到密州的时候，年成连年歉收，盗贼遍布乡间，狱讼堆满书案。官厨又空空无物，每天挖枸杞根、掐野菊苗下饭，别人一定猜测我不快活。住满一年，我的面庞却更丰满，白头发也一天天变黑。我已喜欢这里风俗的淳朴，密州吏民也因我催粮逼税手段不高明感到安宁。于是整治官衙的花园菜圃，清扫官衙的院落房舍，砍伐安丘、高密的树木，来修补破旧败坏，作暂且居住的打算。花园的北面，借城墙修成的台年久破败了，略微收拾了一下使它有点新面貌。时不时和人一起登台远眺，在这里开解受束缚的心情意绪。向南望，马耳山、常山，时隐时现，若近若远，大概有君子隐居在那里吧！常山东面是卢山，秦朝派出的求仙博士卢敖，就是从这座山消失的。西望穆陵关，隐隐约约像城郭，师尚父、齐桓公的功业，还有存在的。向北俯视潍河，不禁感慨叹息，想到当年韩信全歼龙且的事业，又悲伤韩信不得善终。台高峻却安稳，幽深却敞亮，夏凉却冬暖。在雨落雪飞的早晨，风清月白的晚上，我从没有不在这里，宾客也从没有不随我到这里。采来园中的果蔬，捞取池中的鲜鱼，配上米酒，就着粗米捞饭来吃。说：多么快活的消遣啊！

在那时,我的弟弟子由正好在济南做官,听说这情形写了一首赋,又给这座台取名"超然",以说明我无往而不乐的原因,是与外物交往时能超然于外物。

【点评】"超然"是庄子倡导的一种人生态度,台名"超然"显示出苏轼的人生选择。记的是台,全部笔墨却从台名"超然"生发,先写超然则乐,次写不超然则哀,最后写因超然而有台,有台又得超然之乐,笔致错落,无一笔不与台有关,无一笔不是苏轼旷达超然情怀的展示。前人说,苏轼为文,最善"无中生有",此是一例。

【集说】吕雅山云:此篇不唯文思温润有余,而说安遇顺性之理,极为透彻,此坡公生平实际也。故其临老谪居海外,穷愁颠越,无不自得,真能超然物外者矣。(杨慎《三苏文范》)

子瞻本色。与《凌虚台记》,并本之庄生。(茅坤《唐宋八大家文钞》)

通篇含超然意,末路点题,亦是一法。登台四望一段,从习凿齿与桓秘书文脱化而出。(沈德潜《唐宋八家文读本》)

是记先发超然之意,然后人事。其叙事处,忽及四方之形胜,忽入四时之佳景,俯仰情深,而总归之一乐。真能超然物外者矣。(吴楚材等《古文观止》)

(梁道礼)

放鹤亭记

熙宁十年秋[1],彭城大水[2],云龙山人张君天骥之草堂[3],水及其半扉。明年春,水落,迁于故居之东,东山之麓。升高而望,得异境焉[4],作亭于其上。彭城之山,冈岭四合,隐然如大环[5],独缺其西一面,而山人之亭,适当其缺[6]。春夏之交,草木际天[7];秋冬雪月,千里一色。风雨晦明之间,俯仰百变。山人有二鹤,甚驯而善飞。旦则望西山之缺而放焉,纵其所如[8],或立于陂田,或翔于云表,暮则素东山而归[9],故名之曰放鹤亭。

郡守苏轼，时从宾客僚吏往见山人，饮酒于斯亭而乐之，揖山人而告之曰："子知隐居之乐乎？虽南面之君，未可与易也。《易》曰：'鸣鹤在阴，其子和之[10]。'《诗》曰：'鹤鸣于九皋，声闻于天[11]。'盖其为物，清远闲放，超然于尘垢之外[12]，故《易》《诗》人以比贤人君子。隐德之士[13]，狎而玩之，宜若有益而无损者，然卫懿公好鹤则亡其国[14]。周公作《酒诰》[15]，卫武公作《抑》戒[16]，以为荒惑败乱无若酒者，而刘伶、阮籍之徒[17]，以此全其真而名后世[18]。嗟夫，南面之君，虽清远闲放如鹤者，犹不得好，好之则亡其国，而山林遁世之士，虽荒惑败乱如酒者，犹不能为害，而况于鹤乎！由此观之，其为乐未可以同日而语也。"山人欣然而笑曰："有是哉。"乃作放鹤招鹤之歌曰：

鹤飞去兮，西山之缺。高翔而下览兮择所适[19]。翻然敛翼[20]，婉将集兮[21]，忽何所见，矫然而复击[22]。独终日于涧谷之间兮，啄苍苔而履白石。鹤归来兮，东山之阴[23]。其下有人兮，黄冠草履，葛衣而鼓琴[24]。躬耕而食兮，其余以汝饱。归来归来兮，西山不可以久留。元丰元年十一月初八日记[25]。

【注释】（1）熙宁：宋神宗年号。十年当公元 1077 年。　　（2）彭城：徐州州治，在今江苏铜山。熙宁九年年底，苏轼由密州团练副使迁知徐州，十年初到任。九月，河决澶渊（今河南濮阳西），水灌淮泗。徐州城下水深二丈八尺，七十余日，洪水始退。　　（3）天骥：姓张，名师厚，字天骥，号云龙山人，隐士。　　（4）异境：特别的地界。　　（5）隐然：气势威重的样子。大环，状冈岭四合的山势。苏轼《答吕梁仲屯田》："乱山合沓围彭门。"　　（6）当：对着。（7）际：连，接。　　（8）纵：放任。　　（9）素：通"傃"，向着。　　（10）"鸣鹤在阴，其子和之"：《易·中孚·九二》爻辞。中孚卦兑下巽上☲，九二爻是从下往上数第二划。九二阳爻，在六三、六四两阴爻之下，故爻辞以"鸣鹤在阴"喻示。九二和九五爻（第五划）相应（从程颐说），故爻辞用"其子和之"来喻示。《系辞传》云孔子说这两句爻辞的含意是："君子居其室，出其言善，则千里之外应之，况其迩者乎？"苏轼"《易》比贤人君子"说本此。　　（11）"鹤鸣于九皋,声闻于天":《诗经·小雅·鹤鸣》第二章中句。毛传:"皋,汉也。言身隐而名著也。"郑笺:"皋,泽中水溢出所为坎。自外数至九,言深远也。"苏轼"《诗》比隐德之士"本此。　(12)尘垢:庄、佛对现实世界的称呼。尘,言其细微无价值。垢,言其丑恶无价值。尘垢,一作"尘埃"。　(13)隐德之士:道德高尚、识见卓绝却不愿外彰的人,隐士。　(14)卫懿公好鹤:《左传·闵公二年》:"卫懿公好鹤,鹤有乘轩者。将战,国人受甲者(军人)皆曰:'使(派)鹤(去打仗)!鹤实有禄位,余焉能战!'"卫国终被狄人攻破。轩:轩车,卿的用车。"鹤有乘轩者"谓用相当于卿的俸禄养鹤。　(15)周公:周武王之弟姬旦,周是其采邑。周公伐管、蔡,将殷之遗民封康叔,作《酒诰》,告诫康叔牢记殷纣灭亡的教训,警惕酗酒误国。　(16)卫武公:康叔的第八世孙。据《国语·楚语》云,卫武公九十五岁了,犹勤政不倦,号召国人监督他,纠正他,不要因为他年纪大就放松对他的要求。并作《懿戒》以自儆。据《国语》注者韦昭说,《懿戒》即《诗经·大雅》收录的《抑》。　(17)刘伶、阮籍:正始名士。用酒在乱世中全真保身的典型。按严格说,苏轼学刘伶、阮籍作例子并不恰当。阮籍等与"山林遁世之士"并不是一流人。"山林遁世之士"认为世事不足为,于是"乐山悦水",在山水中自放;阮籍对世事是有为而不能为,故借酒排遣,片刻麻醉过后是悠长深沉的苦闷的熬煎。"山林遁世之士"是在乐中得宁静,阮籍是在苦中得宁静。　(18)真:人的自然本性。(19)所适:去的地方。　(20)翻然:迥飞之貌。　(21)婉:盘旋。集:鸟落。　(22)矫然:矫健的样子。击:拍打翅膀。　(23)阴:山的北坡。(24)黄冠:道士之冠。　(25)元丰:宋神宗年号。元年当公元1078年。

279

唐宋八大家文观止

【今译】熙宁十年秋季,彭城遇到大洪水。云龙山人张天骥的住所,水深达到半个门扉。第二年春天,洪水退后,迁到旧居的东边,东山山根。登高来望,找到一处特别的地界,在上面修了座亭子。彭城的山,冈岭四面聚拢,气势威重地像硕大的圆环,只缺彭城西那一面,云龙山人的亭子正好对着西面那缺口。春夏之交,草木接天,秋冬雪天月夜,千里一色。风雨晦明,瞬时百变。山人养了两只鹤,很驯顺又善飞。早晨,朝着西山的缺口放,任它们向想飞的地方飞,有时它们站在陂田里,有时它们高翔在云外,晚上,它们向着东山飞回来。所以把亭子叫作"放鹤亭"。

　　彭城太守苏轼,当时让宾客僚吏跟随着去访问山人,在那亭子里饮过酒,很喜欢那亭子。向山人致礼对他说:"先生理解隐居的乐处吗?即便是天子,也不能与它交换。《易经》里说:'鸣鹤在阴,其子和之。'《诗经》里说:'鹤鸣于九皋,声闻于天。'鹤这动物,神气清远,体态闲放,超然在俗世之外,所以《易经》《诗经》拿它比拟贤人君子。道德高尚的隐士,亲近玩赏鹤,应该是有益无害的,但卫懿公喜欢鹤却使他的国家灭亡。周公作的《酒诰》,卫武公作的《抑》戒,认为使人荒淫、迷乱、败德、乱政没有像酒那样厉害的,但刘伶、阮籍一类人却靠酒保全天性,传名后世。呵,天子就是清远闲放像鹤的也不能爱好,爱好就使他的国家灭亡;山林隐士就是荒惑败乱像酒的也不能生害,又何况鹤呢?从这方面看,天子之乐、隐士之乐,不能同日而语呀。"山人高兴地笑着说:"有这样的道理啊!"就唱起放鹤招鹤的歌,歌词是:

　　鹤飞去了,向着西山的缺口。高高飞往下看,寻找它能去的地方。盘旋着收起羽翼,看着要落地了呵,突然见到了什么,又猛地飞起,拍打着翅膀。只整天踩着白石啄着青苔,在山谷里涧水旁。鹤飞回来了,向着东山的北坡。那下面住着个人呵,头戴黄冠脚穿草鞋,身披葛衣弹着琴。他亲自耕地,种粮食吃,其余的来喂你。飞回来吧飞回来吧,西山不是你能久住的地方。

　　元丰元年十一月初八日记。

　　【点评】记的是放鹤亭,却结在招鹤歌,读来全无突兀的感觉,反而得到意外的满足,是那"隐居之乐,虽南面之君,未可与易也"的别开生面的议论使全篇生辉。刘熙载《艺概·文概》说:"东坡之文长于生。……生,故赡""东坡最善于没要紧底题说没要紧底话,未曾有底题说未曾有底话"此文为刘熙载的说法提供了一个生动的例证。

　　【集说】疏旷爽然,特少深沉之思。(茅坤《唐宋八大家文钞》)

　　记放鹤亭,却不实写隐士之好鹤,乃于题外寻出酒字,与鹤字作对。两两相较,真见得南面之乐,无以易隐居之乐。其得心应手处,读之最能发人文机。(吴楚材等《古文观止》)

(梁道礼)

文与可画《筼筜谷偃竹》记⁽¹⁾

竹之始生，一寸之萌耳⁽²⁾，而节叶具焉；自蜩腹蛇蚹⁽³⁾，以至于剑拔十寻者⁽⁴⁾，生而有之也。今画者乃节节而为之，叶叶而累之，岂复有竹乎⁽⁵⁾？故画竹必先得成竹于胸中，执笔熟视，乃见其所欲画者，急起从之⁽⁶⁾，振笔直遂⁽⁷⁾，以追其所见，如兔起鹘落，少纵则逝矣⁽⁸⁾。与可之教予如此。予不能然也，而心识其所以然。夫既心识其所以然，而不能然者，内外不一⁽⁹⁾，心手不相应，不学之过也⁽¹⁰⁾。故凡有见于中而操之不熟者，平居自视了然而临事忽焉丧之⁽¹¹⁾，岂独竹乎？子由为《墨竹赋》以遗与可曰⁽¹²⁾："庖丁，解牛者也，而养生者取之⁽¹³⁾；轮扁，斫轮者也，而读书者与之⁽¹⁴⁾。今夫夫子之托于斯竹也，而予以为有道者，则非耶？"子由未尝画也，故得其意而已。若予者，岂独得其意，并得其法⁽¹⁵⁾。

与可画竹，初不自贵重，四方之人，持缣素而请者⁽¹⁶⁾，足相蹑于其门⁽¹⁷⁾。与可厌之，投诸地而骂曰⁽¹⁸⁾："吾将以为袜！"士大夫传之，以为口实⁽¹⁹⁾。及与可自洋州还，而余为徐州⁽²⁰⁾。与可以书遗余曰："近语士大夫：'吾墨竹一派，近在彭城⁽²¹⁾，可往求之。'袜材当萃于子矣⁽²²⁾。"书尾复写一诗，其略曰："拟将一段鹅溪绢⁽²³⁾，扫取寒梢万尺长⁽²⁴⁾。"予谓与可："竹长万尺，当用绢二百五十匹。知公倦于笔砚，愿得此绢而已！"与可无以答，则曰："吾言妄矣，世岂有万尺竹也哉！"余因而实之，答其诗曰："世间亦有千寻竹，月落庭空影许长。"与可笑曰："苏子辩矣⁽²⁵⁾！然二百五十匹绢，吾将买田而归老焉！"因以所画《筼筜谷偃竹》遗予，曰："此竹数尺耳，而有万尺之势。"筼筜谷在洋州，与可尝令予作《洋州三十咏》《筼筜谷》其一也⁽²⁶⁾。予诗云："汉川修竹贱如蓬⁽²⁷⁾，斤斧何曾赦箨龙⁽²⁸⁾。料得清贫馋太守，渭滨千亩在胸中⁽²⁹⁾。"与可是日与其妻

唐宋八大家文观止

游谷中,烧笋晚食,发函得诗,失笑喷饭满案。

元丰二年正月二十日,与可没于陈州⁽³⁰⁾。是岁七月七日,予在湖州曝书画⁽³¹⁾,见此竹,废卷而哭失声。

昔曹孟德祭桥公文,有"车过""腹痛"之语⁽³²⁾,而予亦载与可畴昔戏笑之言者,以见与可于予亲厚无间如此也。

【注释】(1)文与可:名同,字与可,北宋著名画家,尤长于画竹,与苏轼为世交,与苏辙为儿女亲家。筼(yún)筜(dāng)谷:在今陕西洋县西北,因谷中盛产竿粗而长的筼筜竹得名。偃竹:倒伏而生的竹子。《筼筜谷偃竹》是文与可送给苏轼的一幅画。 (2)萌:植物的芽。 (3)蜩(tiáo)腹蛇蚹(fù):蜩:蝉子。蜩腹:指蝉子后腹上的横纹。蚹:蛇腹下的横鳞。蜩腹蛇蚹比喻竹笋,因竹笋表面紧包着一层层形状与之相似的箨(tuò)(俗称笋壳)。(4)寻:八尺。 (5)"今画者"三句:米芾《画史》说,苏轼作墨竹,从地一直画至顶,一笔呵成,并不逐节分画。累:堆砌。 (6)从:追随,跟从,引申为"捕捉"。 (7)遂:完成。 (8)少:同"稍"。 (9)内外:内指心里想的,外指手上画的。 (10)学:学习,此指画竹实践。 (11)忽焉:恍惚,把握不住的样子。 (12)遗(wèi):赠送。 (13)"庖丁"三句:"庖丁解牛"这个寓言故事出自《庄子·养生主》,讲庖丁因为十分了解牛的筋骨脉络结构,宰牛不仅快而且不伤刀,游刃自如。梁惠王看了他宰牛后,从中悟出要顺应自然的养生之道来。 (14)"轮扁"三句:"轮扁斫(zhuó)轮"出自《庄子·天道》,讲齐桓公在堂上读书,轮扁从堂下经过,说齐桓公读的书不过是古人留下的糟粕。桓公听了十分生气,轮扁便以自己造车轮为例,说明学习做一件事要靠实践和经验,即使是自己的子孙后代,口授的也是没有用的。桓公认为他说得有理,很赞赏。轮:指造车轮的工匠。扁:匠人的名字。斫:砍。与(yù):赞同。 (15)并得其法:苏轼画墨竹的方法出自文同,画苑中,常以文、苏并称,苏轼的画跟文同的画一样受人珍视。 (16)缣、素:丝织品,都叫绢。洁白的叫素,带黄色的叫缣,古人用来写字作画。 (17)蹑:踩。(18)诸:"之于"。 (19)口实:话柄。 (20)"及与可"二句:文与可熙宁八年(1075)任洋州(今陕西洋县)知州,熙宁十年冬回到京师。苏轼于熙宁十年四月知徐州,元丰二年(1079)三月离任。 (21)彭城:即徐州。

(22)萃:丛生的草,引申为汇聚。　　(23)鹅溪:地名,在今四川省盐亭县西北,出产名绢,十分珍贵,唐宋时常作贡品。　　(24)寒梢:指竹竿。竹子与松柏、梅花共称"岁寒三友"。　　(25)辩:善辩,口才好。　　(26)"与可尝令"二句:今存苏轼集中有《和文与可洋州园池三十首》,下面所引《筼筜谷》是其中之一。　　(27)汉川:汉水。此指洋州。汉水经过洋州。　　(28)斤:斧头。赦:免罪,放过。箨龙:竹笋。　　(29)渭滨:陕西渭水边上。《史记·货殖列传》有"渭川千亩竹"语,此借渭滨比喻洋州。　　(30)"元丰"二句:文同于元丰元年十月任湖州知州,从开封出发赴任,至陈州宛丘驿时病逝。　　(31)曝:晒。　　(32)"昔曹孟德"二句:桥公指桥玄,对青年时代的曹操(字孟德)多有奖助。桥玄曾与曹操约言:他死了之后,曹操路经他的坟墓如不以鸡、酒相祭,那么"车过三步,腹痛勿怪"。事见《三国志·武帝纪》裴注。

【今译】竹笋刚开始生出的时候,只是一寸多长的嫩芽,但竹节和竹叶都具备了。从蝉肚蛇皮一样的竹笋,长成几丈高,像剑一样挺拔的竹子,天生就有竹节和竹叶。如今画竹的人,却一节一节地勾勒竹节,一叶一叶地堆砌竹叶,哪里还有活灵活现的竹子呢?所以画竹一定要事先在心中有个完整的竹子形象,握着笔,反复认真审视,才能把握住要画的竹子形象,然后立即起笔捕捉它,每笔径直画成,以此再现心中想见的形象。这个过程就像兔子刚跑出来,鹘鸟就急速落下来抓它,稍一放松,一切都会消逝。与可就是这样教我画竹的。我还不能做到这种程度,但心里懂要这样画竹的道理。既然心里懂得这样的道理,但又不能这样做,想的和做的不一致,心和手不能相互配合,是没有实践造成的缺陷。因此,每每心里有正确的认识,做起来都不熟练,平常自以为很明白了,临到具体做事就恍恍惚惚地把握不住,哪里仅是画竹才这样呢?子由曾作《墨竹赋》赠给与可,其中写道:"庖丁,是个宰牛的人,但梁惠王却从他那里悟得了延年益寿的道理;轮扁,是个造车轮的人,但齐桓公却赞成他说的读书道理。现在你寄托在画竹上的,我认为是深合大道的,不是吗?"子由不曾作画,却懂得与可的画意。至于我呢,岂止懂得他的画意,同时也懂得了他的画法。

　　与可画的竹子,本来并不自以为珍贵,但四面八方拿着绢来请他画竹的人,在他门前都脚踩脚了。与可对此感到讨厌,把那些绢扔在地上骂道:"我

将用它们做袜子！"士大夫传开去，成了话柄。到与可从洋州返回京城时，我正做徐州知州。与可写信给我说："近来我告诉士大夫们说：'我们墨竹画派，最近在徐州，可以去那儿求画。'做袜子的材料应当汇集到你那儿去了！"信末还写了一首诗，有这样两句："准备在一段鹅溪绢上，画出万尺长的寒竹。"我对与可说："竹子万尺长，应当用二百五十匹绢画，我知道你懒于动笔墨，不过想得这些绢而已。"与可无从回答，就说："我的话夸张了，世上哪有万尺长的竹子呢？"我于是证实有，回答他的诗云："世上有千寻长的竹子，月落时的庭中竹影也许有这么长。"与可笑着说："你说倒会说，但二百五十匹绢不会给您，我要用来买田养老了。"于是与可把他画的《筼筜谷偃竹》送给我，说道："这竹子不过几尺长而已，但却有万尺长的气势。"筼筜谷位于洋州，与可曾叫我作《洋州三十咏》，《筼筜谷》诗是其中一篇。我的诗写道："汉水的长竹像蓬草一样多得很，斧头哪会放过那些竹笋？想来清贫口馋的文太守，渭水边上的千亩竹笋已被你吃尽。"与可这天和他的妻子在山谷游玩，正煮竹笋吃晚饭，打开信看见我的诗，不禁大笑，嘴里的饭喷得满桌都是。

元丰二年正月二十日，与可在陈州病逝。这年七月七日，我在湖州晒书画，看见与可这幅《筼筜谷偃竹》，不禁放下画失声痛哭起来。

过去曹孟德悲悼桥公的文章里，有"车过三步，腹痛勿怪"的话，而我也记下与可过去开玩笑的话，以表明与可与我也是这样亲密无间。

【点评】这是一篇说理精辟而有见识的文艺随笔。作者首先对作画的规律提出了自己的主张。在作画之前，必须先把握住事物的总体形象和精神实质，做到了然于心，然后一鼓作气，振笔直书，才能把它活生生地再现出来。反之，如果仅仅注意细节，点点滴滴地进行机械的描绘，就无从表现事物的神韵。这里讲到的"画竹必先得成竹于胸中"，与《庄子·庖丁解牛》的"目无全牛"一样，既符合艺术工作的特点，也反映了人类一切创造性劳动的普遍规律。此外，关于重"神似"的艺术观点，关于熟能生巧的体验，对我们也有借鉴意义。

文章还记叙了苏、文之间的亲切交往和彼此深厚的友谊，生动地再现了文与可的音容笑貌。如"发函得诗，失笑喷饭"八字，就极为传神。中间穿插诙谐幽默的笔墨,使它愈发妙趣横生。行文洋洋洒洒,不拘成法,体现了苏文"常行于所当行,常止于所不可不止"的自然奔放的艺术风格。作者曾自称作文得益于《庄子》,这篇文章正是他善学《庄子》散文的一个例证。

【集说】前后"曰"字凡八见,是虚处着力。

前以数"曰"字翻波澜,此又以笑与哭生游戏。(以上皆见王水照《苏轼选集》引自《三苏文范》卷十四)

中多诙谐之言,而论画竹入解。(王水照《苏轼选集》引《宋大家苏文忠公文抄》卷二十四语)

(施　军)

石钟山记

《水经》云[1]:"彭蠡之口[2]有石钟山焉。"郦元以为下临深潭[3],微风鼓浪,水石相搏,声如洪钟。是说也,人常疑之。今以钟磬置水中,虽大风浪,不能鸣也,而况石乎?至唐李渤始访其遗踪[4],得双石于潭上,扣而聆之,南声函胡[5],北音清越。枹[6]止响腾,余韵徐歇,自以为得之矣。然是说也,余尤疑之。石之铿然有声者,所在皆是也,而此独以钟名,何哉?

元丰七年六月丁丑[7],余自齐安舟行适临汝[8],而长子迈将赴饶之德兴尉[9],送之至湖口[10],因得观所谓石钟者。寺僧使小童持斧,于乱石间择其一二扣之,硿硿焉,余固笑而不信也。至暮夜月明,独与迈乘小舟至绝壁下。大石侧立千仞,如猛兽奇鬼,森然欲搏人,而山上栖鹘,闻人声亦惊起,磔磔云霄间[11];又有若老人咳且笑于山谷中者[12],或曰:"此鹳鹤也。"余方心动欲还,而大声发于水上,噌吰如钟鼓不绝[13]。舟人大恐。徐而察之,则山下皆石穴罅,不知其深浅,微波入焉,涵澹澎湃而为此也[14]。舟回至两山间[15],将入港口,有大石当中流,可坐百人,空中而多窍,与风水相吞吐,有窾坎镗鞳之声[16],与向之噌吰者相应,如乐作焉。因

285

唐宋八大家文观止

笑谓迈曰:"汝识之乎? 噌吰者,周景王之无射也[17];窾坎镗鞳者,魏庄子之歌钟也[18]。古之人不余欺也!"

事不目见耳闻,而臆断其有无,可乎? 郦元之所见闻,殆与余同,而言之不详。士大夫终不肯以小舟夜泊绝壁之下,故莫能知;而渔工水师虽知而不能言。此世所以不传也;而陋者乃以斧斤考击而求之[19],自以为得其实。余是以记之,盖叹郦元之简,而笑李渤之陋也[20]。

【注释】(1)《水经》:记述中国河流的地理书,三卷,旧题西汉桑钦撰。(2)彭蠡之口:彭蠡泽(鄱阳湖)与长江的交汇处,在江西省湖口县。县治南有上钟山,北有下钟山,即此文的石钟山。 (3)郦元:郦道元,字善长,北魏人,《水经注》的作者。按,遍检王国维用宋刊残本(含记洞庭湖以下江水的38—40卷)校勘过的《水经注校》"江水"诸卷,未见苏轼文中所引《水经》文及郦道元的注文。疑苏轼开头这段文字是沿唐李渤《辨石钟山记》之文,并未检《水经注》。有关辞书"石钟山""彭蠡泽"诸条所引《水经》文、郦注文,皆转引自苏轼,也未核原书。 (4)李渤:洛阳人,唐宪宗元和年间做过江州刺史,曾撰《辨石钟山记》。 (5)南声:南边那块石头的声音。下文"北音"仿此。函胡:厚重模糊。 (6)枹(fú):鼓槌。 (7)元丰:宋神宗年号(1078—1085)。七年:即公元1084年。丁丑:即该月初九日。元丰七年正月,即黄州团练副使苏轼移汝州团练副使。三月诏下,四月,苏轼别黄州,沿江东下赴任。 (8)齐安:黄州,唐时称齐安郡。临汝:汝州州治,今河南汝州市。 (9)迈:苏轼长子,字伯达。饶:饶州鄱阳湖,治在今江西鄱阳县。德兴是饶州的属县。 (10)湖口:饶州属县。治在长江、鄱阳湖交会处。 (11)磔磔(zhé):鹘鸟的叫声。 (12)咳且笑:咳嗽着笑。 (13)噌(cēng)吰(hóng):洪亮的钟声。 (14)涵澹澎湃:涵,吞吐。澹,摇动。澎湃,水波相击的声音。 (15)两山:上钟山、下钟山。 (16)窾坎镗鞳:窾(kuǎn)坎,东西撞击之声。镗(táng)鞳(tà),钟鼓之声。 (17)无射(yì):周景王所铸大钟之名。 (18)魏庄子:春秋时晋大夫魏绛谥庄子。《国语·晋语》:晋悼公二十年伐郑,郑人献女乐、歌钟,悼公赐魏绛歌钟一列。 (19)考:敲。(20)笑:认为(李渤之陋)可笑。按,事实证明,苏轼以自己一时目见耳闻而笑人"简""陋"，日后又成为别人"笑"的对象。曾国藩《求阙斋读书录》："上钟岩与下钟岩，其下皆有洞，可容数百人，深不可穷，形如复钟。乃知'钟'山以形言之，非以声言之。郦氏、苏氏之言，皆非事实。"

【今译】《水经》说："彭蠡泽和长江交汇处，有座石钟山。"郦道元认为石钟山下对深潭，微风鼓起水浪，水浪和山石相搏击，声音像洪亮的钟声。这个说法，人们常怀疑。现在把钟磬放在水中，尽管有大风掀浪，也不能鸣，何况山下的石头呢？至唐代，李渤第一次探求发声的踪迹，在潭上发现一对石头，敲击它们来听，南边那石头声音沉浊模糊，北边那块声音清脆激越。随着敲击，声音从石头中飞出来，慢慢地才止息，李渤自己认为找到了原因。但这种说法，我十分怀疑。石头铿锵发出声音，到处都这样，但这座山却以"钟"来命名，为什么呀？

元丰七年六月初九，我从黄州坐船到临汝，大儿子苏迈将要到饶州德兴县任县尉，送他到鄱阳湖口，顺便有机会游览称作"石钟"的山。山寺僧人派小和尚拿着斧子在散乱的石头里选一二块敲击，发出"硿硿"样的声音，我一再笑着表示不相信这就是山名为"钟"的原因。到了那天夜里，月光明亮，只和苏迈乘小船到绝壁下面。大石倾斜着站在百丈之高，像猛兽怪鬼一样阴沉幽暗地想扑人。山上栖息的鹘鸟，从下面听到人声也迅速飞起，在云霄间"磔磔"叫着。山谷中又传来像年纪大的人咳嗽着笑的声音，有人说："这是鹳鹤的叫声。"我心惊正打算回去，宏大的声音却从水面发出来，"噌—吰，噌—吰"，像钟鼓声一样不停。驾船人十分害怕。慢慢观察，原来山下都是石窟窿、石缝，不清楚它们的深浅，微波进入石窟窿、石缝，石窟窿、石缝吞吐摇荡水波，水波相击，就发出"噌—吰，噌—吰"的声音。船回到上下钟山之间，将要进入港口，有一块大石正对主流，能坐百来人，中间是空的，又多窟窿，和风、水互相吞吐，发出"窾—坎、窾—坎"的撞击声"镗—鞳、镗—鞳"的钟鼓声，和前面那"噌—吰，噌—吰"声相互应和，像音乐奏起一样。我就笑着对苏迈说："你听清了吗？'噌—吰'，是周景王的无射；'窾—坎，镗—鞳'，是魏庄子的歌钟。古人没有欺骗我们。"

事物不经过耳闻目见，就臆断它的有无，行吗？郦道元听到的见到的，差不多和我一样，但叙述得不详细。士大夫到了也不肯驾小船夜泊绝壁下，

所以没一个人能了解山名为"钟"的真正原因。打鱼的驾船的,尽管了解却又说不出个道理,这是社会上的山名为"钟"的真正原因失传的缘故。见解浅陋的人却用斧头敲击来探求山名为"钟"的原因,还自认为找到了真正的原因。我因此将我的游览写一篇游记,出于感慨郦道元求知的简率,又以李渤的浅陋为可笑。

【简评】本文倡导一种遇事不盲从,不轻信,开动脑筋去思考,迈开双脚去调查的精神,反对主观臆断、浅尝辄止的习气。千年之后,对唯上是从、唯书是从、肩膀上架个脑袋只能啖饭的人来说,仍是一剂清热解毒的良药。"月下绝壁"那几句描写,寥寥数笔,声、色、情、味俱足,可见苏轼熔铸形式、驾驭语言、创造境界的功力。

【集说】通篇记山水之幽胜,而中较李渤、寺僧、郦道元之简陋,又辨出周景王、魏庄子之钟音,其转折处,以人之疑起己之疑,至见中流大石,始释己之疑,故此记遂为绝调。(杨慎《三苏文范》)

记山水,并悟读书观理之法,盖臆断有无,而或简或陋,均非可以求古人也。通体神行,末幅尤极得心应手之乐。(沈德潜《唐宋八家文读本》)

世人不晓石钟命名之故,始失于旧注之不详,继失于浅人之俗见。千古奇胜,埋没多少!坡公身历其境,闻之真,察之详,从前无数疑案,一一破尽,爽心快目。(吴楚材《古文观止》)

(梁道礼)

方山子传

方山子,光、黄间隐人也[1]。少时慕朱家、郭解为人[2],闾里之侠皆宗之。稍壮,折节读书[3],欲以此驰骋当世,然终不遇。晚乃遁于光、黄间,曰岐亭[4]。庵居蔬食,不与世相闻。弃车马,毁冠服,徒步往来山中,人莫识也。见其所著帽,方屋而高[5],曰:"此岂古方山冠之遗像乎[6]?"因谓之方山子。

余谪居于黄,过岐亭,适见焉[7]。曰:"呜呼,此吾故人陈慥季常也⁽⁸⁾，何为而在此?"方山子亦矍然，问余所以至此者⁽⁹⁾。余告之故。俯而不答，仰而笑，呼余宿其家。环堵萧然⁽¹⁰⁾，而妻子奴婢皆有自得之意⁽¹¹⁾。余既耸然异之⁽¹²⁾。

独念方山子少时，使酒好剑⁽¹³⁾，用财如粪土。前十有九年，余在岐下⁽¹⁴⁾，见方山子从两骑⁽¹⁵⁾，挟二矢，游西山。鹊起于前，使骑逐而射之，不获。方山子怒马独出⁽¹⁶⁾，一发得之。因与余马上论用兵及古今成败，自谓一世豪士。今几日耳⁽¹⁷⁾！精悍之色，犹见于眉间，而岂山中之人哉!

然方山子世有勋阀⁽¹⁸⁾，当得官，使从事于其间，今已显闻。而其家在洛阳，园宅壮丽，与公侯等。河北有田，岁得帛千匹⁽¹⁹⁾，亦足以富乐。皆弃不取，独来穷山中⁽²⁰⁾，此岂无得而然哉⁽²¹⁾?

余闻光、黄间多异人，往往阳狂垢污⁽²²⁾，不可得而见，方山子傥见之欤⁽²³⁾!

【注释】(1)光、黄:光州(治定城，即今河南潢川县)、黄州(治黄冈，即今湖北黄冈)。 (2)朱家、郭解:西汉著名的游侠，事见《史记·游侠列传》。二人专门济人之急，解人之危。 (3)折节:改变原来的志节和行为。 (4)岐亭:镇名，在今湖北麻城西南。 (5)方屋:方形之屋，此状帽子的形状。(6)方山冠:唐宋间隐士喜戴的帽子。汉时祭祀时儒生着此冠。 (7)适:碰巧。苏轼《岐亭》叙:"元丰三年正月，余始谪黄州，至岐亭北二十五里，山上有白马青盖来迎者，则余故人陈慥季常也。为留五日，赋诗一篇而去。"(8)故人陈慥:陈慥是凤翔太守陈希亮之子，苏轼嘉祐八年(1063)官凤翔签书节度判官时就与之订交。 (9)矍然:惊讶相看的样子。 (10)环堵萧然:室内空无所有。堵，屋墙。 (11)意:神态。 (12)耸然:辣然，尊敬的样子。异之:以之为异。 (13)使酒好剑:借酒意狂放自恣，好剑术。(14)岐下:凤翔。凤翔在岐山西南。 (15)以两骑:以两骑作随从。(16)怒马:受鞭策而飞奔的马。 (17)今几日耳:距今几日耳。言时间之短。 (18)勋阀:功绩。古有得荫制，子弟可由父祖勋得官。故下文有"当得官"。 (19)岁得:每年田租收入。帛千匹，是收粮食等折合成帛计算。

289

唐宋八大家文观止

(20)穷山:偏僻的山。 (21)无得:无缘获得。陈希亮遇荫任机会,总先与族人,陈慥终未得一官。陈慥本人也志不在官。全句旨在说方山子来穷山不是出于不得已,而是在富乐和清苦之间做出的自觉选择。 (22)阳狂垢污:阳,通"佯",诈也。阳狂,装作颠狂。垢污,抹脏自己。"阳狂垢污"并非实指,意为混迹社会底层,避世逃名。 (23)傥:倘,或许。全句意旨说方山子和避世逃名的异人属同一类人,故曰一般人发现不了的异人,方山子或许能见到。

【今译】方山子,是光州、黄州一带隐姓埋名的人。年轻时向往西汉大侠郭解、朱家的为人,民间侠士都拥戴他。年龄稍大一些后,改变原来慕侠的志行,一心读书,打算凭学问在社会上干一番事业,但最终也没碰上机会。后来就隐名埋姓到光、黄一带叫岐亭的小镇,住草房,吃素食,不和社会打交道。丢掉过去乘坐的车马,毁掉过去穿戴的衣冠,徒步在山里来来去去,这里人没一个人认出他。看到他戴的帽子,像方形的屋子,高高的,说:"这难道不是古代方山冠的遗制吗?"因此用"方山子"称呼他。

我贬官到黄州,路过岐亭,碰巧在岐亭见到了,说:"哎呀,这是我的老朋友陈慥陈季常呀,为什么在这里?"方山子也惊讶地看着我,问我到这里的原因。我告诉了到这里的缘由。方山子低下头不言语,又仰起头笑起来,请我到他家住。他家空无所有,但妻、子、奴婢都流露着很满足的神气。我不禁肃然起敬,认为方山子和方山子一家人很不一般。

却想起方山子年轻时借酒使气,好剑术,用钱财像粪土一样不顾惜的情形。十九年前,我在凤翔,遇上方山子让两名骑士做随从,挟两只箭,游西山。喜鹊在前面飞起,方山子让随从骑士追着射喜鹊,未射中。方山子催马飞出,一箭就射下来了。顺便和我骑着马谈论用兵之道和古今胜败战例,自认为是一代豪士。这情形好像刚过去不久,精明强悍的神气,还从他眉宇间溢出,难道已是隐居山中与世无争的人了吗!

然而方山子家世代有功绩,应该有官给他做,假若方山子走做官这条路,现在官已做大了。方山子家定居在洛阳,园子、宅第的壮丽,和公侯之家一样。河北有田庄,每年田租收入值千匹帛,不做官也足够让他过上富足快乐的日子。他都丢下不要,却来到这偏僻的山里,这难道是无缘获得才这样的吗!

我听说光、黄一带有不少非凡人物,他们常常潜身社会底层,避世逃名,一般人不能够发现他们,方山子或许见过他们吧!

【点评】本文轻描淡写,却将方山子须眉毕现。这得益于作者对传主理解的深刻,细节选择的准确,语言描写的精当。例如"俯而不答,仰而笑",短短七字,神态毕现。且半世沧桑,今日情怀,尽在不言中。"呼余宿其家",用"环堵萧然,而妻子奴婢皆有自得之色"侧笔点染,将方山子精神不群鲜明凸现出来。中国人物传记,十分讲求"言简而意丰",《方山子传》堪为典范。当然,这种纯用细节渲染的白描手法,用来传山林隐逸之士,特见精彩,用来传立功建德之人,便只能用作辅助手段。

【集说】袁宏道云:"方山子小有侠气耳,因子瞻用笔,隐见出没形容,遂似大侠。"(杨慎《三苏文范》)

奇颇跌宕,似司马子长。又云:此篇《三苏文粹》不载,余特爱其烟波生色处。往往能令人涕洟,故录入之。(茅坤《唐宋八大家文钞》)

隐字、侠字,一篇骨子。又云:始侠而今隐,侠处写得豪迈,须眉生动,则隐处益复感慨淋漓,传神手也。(储欣《唐宋八大家类选》)

(梁道礼)

亡妻王氏墓志铭[1]

治平二年五月丁亥[2],赵郡苏轼之妻王氏卒于京师[3]。六月甲午,殡于京师之西[4],明年六月壬午,葬于眉之东北彭山县安镇乡可龙里先君先夫人墓之西北八步[5]。轼铭其墓曰:

君讳弗,眉之青神人[6],乡贡进士方之女,生十有六年而归于轼,有子迈。君之未嫁,事父母;既嫁,事我先君先夫人,皆以谨肃闻。其始,未尝自言其知书也。见轼读书,则终日不去,亦不知其能通也。其后,轼有所忘,君辄能记之,问其它书,则皆略知之。由是始知其敏而静也。从轼官于凤翔[7],轼有所为于外,君未尝不问

知其详。曰："子去亲远，不可以不慎。"日以先君之所以戒轼者相语也。轼与客言于外，君立屏间听之。退，必反复其言曰："某人也，言辄持两端⁽⁸⁾，惟子意之所向，子何用与是人言？"有来求与轼亲厚甚者，君曰："恐不能久。其与人锐，其去人必速⁽⁹⁾。"已而果然。将死之岁，其言多可听，类有识者。其死也，盖年二十有七而已。始死，先君命轼曰："妇从汝于艰难，不可忘也。他日汝必葬诸其姑之侧⁽¹⁰⁾。"未期年，而先君没。轼谨以遗令葬之。铭曰：

君得从先夫人于九泉，余不能。呜呼哀哉！余永无所依怙⁽¹¹⁾，君虽没，其有与为妇何伤乎？呜呼哀哉！

【注释】(1)王氏：王弗，四川省青神县乡贡士王方之女。宋仁宗至和元年(1054)，东坡19岁，迎娶为妻，是为原配。 (2)治平二年：治平，宋英宗年号。治平二年(1065)，东坡三十岁。 (3)郡：古代的行政区域。 (4)殡(bìn)：停放灵柩。 (5)彭山县：四川省县名。 (6)青神：县名，故城在今四川青神县南二十里。 (7)凤州：即今陕西凤县。 (8)持两端：比喻言之圆滑。(9)锐：尖锐。此处可引申为苛刻之意。 (10)姑：此处指婆婆。即苏轼之母。 (11)怙(hù)：依仗，凭借。

【今译】宋英宗治平二年五月丁亥时，赵郡苏轼的妻子王弗在京城去世，六月甲午，灵柩停于京城的西面，第二年六月壬午，葬在眉州的东北彭山县安镇乡可龙里离先父先母墓地西北方向八步的地方。苏轼为她写墓铭如下：

妻子名王弗，眉州青神人，是乡贡进士王方的女儿，十六岁时嫁给苏轼，现有一儿子名叫迈。妻子未出嫁的时候，在家侍奉父母；出嫁后，又侍奉我的父母。都以谨慎恭敬闻名。她一开始，并没说她懂得识字读书。看见我读书时，却终日不离开，也不知道她能通晓。后来，我偶尔有忘了的地方，她却能一一记得，问她其他书，也都略微知道一些。从此才知道她敏慧而娴静。跟从我到凤州做官，我在外面处理公务或做其他事情，她总要详细询问知道事情的全部。并说："你离亲属远，不能不谨慎。"每天拿我父亲告诫我的话来劝告我。我与客人在外间房子谈话，妻子总要站在屏风间听听。客人走后,她总要反复揣度别人的话,说:"这个人,说话圆滑,总按你的意思来奉承,你哪里用得着跟他说话?"有来想同我结交的人,妻子说:"恐怕不能长久。这个人为人苛刻,跟你好得快,恼得也快。"结果真是这样。妻子将要临死的日子里,她的话多有道理,很有见识。她死的时候,才不过27岁罢了。刚死的时候,先父对我说:"你妻子跟你患难与共,不能忘了她,将来你一定要把她葬在父母亲墓的边上。"妻子逝世还不到一周年,先父去世。我按照父亲的遗言来葬我的妻子。作其墓铭如下:

你能跟从先母到九泉之下,我不能,好悲伤啊!我永远失去支持和依靠了。你虽然死了,但还能做母亲的好儿媳,有什么悲伤的呢?哎,好悲痛啊!

【点评】这是一篇苏轼哀悼亡妻王弗的墓志碑文。写于宋英宗治平三年(1066)。文章以简洁的笔法,叙述了亡妻"谨肃"的道德修养与"敏而静"的禀赋气质。文笔落处,不事雕琢,哀思绵延中,寄寓了坡公对亡妻贤惠淑德的无限追思和感怀。

第一段起笔,苏轼用通常惯用的志文笔法,略述了亡妻王弗的丧葬事宜,交代了亡妻死、殡及葬的时间、地点。第二段,作者以不带韵的散文形式,"铭"记王弗的十一年为轼妻的行状。突出其"谨肃"的品德。接下来,苏轼以四件小事描写王弗"敏而静"的禀赋气质。第三段,作者以寥寥三十七字的铭文,委婉道出了苏轼对亡妻的深爱之情。

(施 军)

潮州韩文公庙碑⁽¹⁾

匹夫而为百世师,一言而为天下法⁽²⁾。是皆有以参天地之化,关盛衰之运⁽³⁾。其生也有自来,其逝也有所为矣。故申、吕自岳降⁽⁴⁾,而傅说为列星⁽⁵⁾,古今所传,不可诬也⁽⁶⁾!

孟子曰:"我善养吾浩然之气⁽⁷⁾。"是气也,寓于寻常之中,而塞乎天地之间。卒然遇之⁽⁸⁾,则王公失其贵⁽⁹⁾,晋、楚失其富,良、平失其智,贲、育失其勇,仪、秦失其辩⁽¹⁰⁾,是孰使之然哉?其必有不依形而立,不特力而行,不待生而存,不随死而亡者矣⁽¹¹⁾。故在天

为星辰,在地为河岳,幽则为鬼神,而明则复为人。此理之常,无足怪者。

自东汉以来,道丧文弊,异端并起。历唐贞观、开元之盛[12],辅以房、杜、姚、宋而不能救[13]。独韩文公起布衣,谈笑而麾之[14],天下靡然从公[15],复归于正。盖三百年于此矣[16]。文起八代之衰[17],而道济天下之溺;忠犯人主之怒[18],而勇夺三军之帅[19]。此岂非参天地,关盛衰,浩然而独存者乎!

盖尝论天人之辨[20],以谓人无所不至,惟天不容伪。智可以欺王公,不可以欺豚鱼;力可以得天下,不可以得匹夫匹妇之心。故公之精诚,能开衡山之云[21],而不能回宪宗之惑[22];能驯鳄鱼之暴[23],而不能弭皇甫镈、李逢吉之谤[24];能信于南海之民,庙食百世,而不能使其身一日安之于朝廷之上[25]。盖公之所能者,天也;所不能者,人也。

始潮人未知学,公命进士赵德为之师。自是潮之士,皆笃于文行,延及齐民[26],至于今,号称易治。信乎孔子之言:"君子学道则爱人,小人学道则易使也[27]。"潮人之事公也,饮食必祭,水旱疾疫,凡有求必祷焉。而庙在刺史公堂之后,民以出入为艰。前太守欲请诸朝作新庙,不果。元祐五年[28],朝散郎王君涤来守是邦[29],凡所以养士治民者,一以公为师。民既悦服,则出令曰:"愿新公庙者,听[30]。"民欢趋之。卜地于州城之南七里,期年而庙成[31]。或曰:"公去国万里而谪于潮,不能一岁而归。没而有知,其不眷恋于潮也,审矣。"轼曰:"不然!公之神在天下者,如水之在地中,无所往而不在也。而潮人独信之深,思之至,焄蒿凄怆[32],若或见之。譬如凿井得泉,而曰水专在是,岂理也哉!"

元丰七年,诏封公昌黎伯[33]。故榜曰:昌黎伯韩文公之庙。潮人请书其事于石,因为作诗以遗之,使歌以祀公。

其词曰:公昔骑龙白云乡[34],手抉云汉分天章[35]。天孙为织云锦裳[36],飘然乘风来帝旁,下与浊世扫秕糠。西游咸池略扶

唐宋八大家文观止

桑⁽³⁷⁾，草木衣被昭回光。追逐李杜参翱翔⁽³⁸⁾，汗流籍湜走且僵⁽³⁹⁾，灭没倒景不可望。作书诋佛讥君王⁽⁴⁰⁾，要观南海窥衡湘。历舜九嶷吊英皇⁽⁴¹⁾，祝融先驱海若藏⁽⁴²⁾。约束鲛鳄如驱羊，钧天无人帝悲伤⁽⁴³⁾，讴吟下招遣巫阳⁽⁴⁴⁾，爆牲鸡卜羞我觞⁽⁴⁵⁾，于粲荔丹与蕉黄⁽⁴⁶⁾。公不少留我涕滂，翩然披发下大荒⁽⁴⁷⁾。

【注释】（1）韩文公：韩愈。"文"是韩愈的谥号。唐宪宗元和十四年（819），命迎法门寺"佛指骨"到京师，供人瞻礼。韩愈上《谏迎佛骨表》，力陈朽骨不足信。宪宗大怒，欲处韩愈以极刑，赖裴度等疏救，贬韩愈潮州刺史。次年，移袁州。韩愈在潮州虽不满一年，但给潮州百姓留下了深刻印象，死后，潮州立庙纪念他。庙原在刺史公堂后面，宋元祐五年（1090），为便民祷祀，徙庙城南。苏轼碑文即为新庙落成而作。潮州治所在今广东潮安。（2）匹夫：平民。一言：一句话。这两句不是专说韩愈，而是概括自古以来包括韩愈在内的用精神泽及后世的圣贤。　（3）天地之化：天地对万物的化育。（4）申、吕：周宣王的舅舅申伯，周穆王时的吕侯。《诗经·大雅·崧高》说，二人诞生时都有岳神降临的吉兆。　（5）傅说：殷高宗的贤相。《庄子·大宗师》说傅说死后，精神"乘东维（星）、骑箕尾（星）而比于列星"。　（6）不可诬：《左传》襄公十四年："定姜曰：无神何告？若有，不可诬也。"诬：欺骗。

（7）浩然之气：见《孟子·公孙丑上》。指充满天地之间又潜在于每一个人心灵中的仁义礼智道德精神。　（8）卒然遇之：卒，同"猝"。按孟子的说法，每一个个体必须不倦修养，到一定程度，人心之"气"才浩然充沛，与天地之"气"融会贯通。此时欲仁则仁，欲义则义。这个境界是在不倦修养中自然而然形成的，有时连个体本人也觉得突然。遇，是自然相逢，不是有意寻觅。有意寻觅是"假道学"，自然形成的才是精神真境界。　（9）失：被剥夺。从另一个标准看才丧失。曾子曰："晋楚之富，不可及也；彼以其富，我以吾仁；彼以其爵，我以吾义，吾何慊乎哉！"（《孟子·公孙丑下》）可见本文"失"字真谛。（10）良、平：张良、陈平，汉高祖的谋士。贲、育：孟贲、夏育，古代著名的勇士。仪、秦：张仪、苏秦，战国著名的辩士，"连横""合纵"方针的设计人。

（11）恃：仗仰。待：依靠。依：凭借。形：物质。力：势力。四句形容"浩然之气"。　（12）贞观：唐太宗年号，凡23年（627—649）。开元：唐玄宗年号，

凡29年(713—741)。皆历史上少有的"盛世"。 (13)房、杜、姚、宋:唐太宗时贤相房玄龄、杜如晦,唐玄宗时贤相姚崇、宋璟。救:指挽回"道丧文弊,异端并起"的局面。异端:指唐太宗所佞之佛和唐玄宗所媚之道(家)。文弊:指脱离政治的骈体文、艳情诗的盛行。 (14)麾:指挥。之:指起弊救衰、攻乎异端的事业。 (15)靡然:顺从的样子。 (16)三百年:韩愈至苏轼时重振儒道的三百年。 (17)八代:汉、魏、晋、宋、齐、梁、陈、隋。这八代是艳情诗、骈体文崛起、兴盛成为文学主流的时期,用古文家的标准,这八代是"道丧文弊"的衰敝期。 (18)忠犯人主之怒:指韩愈上表斥宪宗佞佛之非而遭贬窜。 (19)勇夺三军之帅:夺,折服。指韩愈宣抚王庭凑乱军事。唐穆宗长庆元年(821)年七月,镇州都知兵马使王庭凑杀节度使田弘正,自立为留后。朝廷发兵征讨,无果。长庆二年(822),改征为抚。二月,诏兵部侍郎韩愈为宣抚使前往镇州宣抚王庭凑乱军。至,庭凑拔刃弦弓以迎之,甲士罗于庭。韩愈严斥王庭凑,对镇州将士晓以大义。"庭凑恐众心动,麾之使出。……因与愈宴,礼之使归。"(《资治通鉴》长庆元年、二年) (20)天:自然。人:人为。 (21)开衡山之云:韩愈《谒衡山南岳庙》诗:"我来正逢秋雨节,阴气晦昧无清风。潜心默祈若有应,岂非正直能感通。须臾尽扫众峰出,仰天突兀撑晴空。" (22)不能回宪宗之惑:指因谏迎佛骨而被贬潮州。

(23)驯鳄鱼之暴:鳄鱼为潮州患,韩愈撰《祭鳄鱼文》投之于溪。据说是夕暴震曳起溪中,数日水尽涸,鳄鱼西徙六百里。 (24)皇甫镈、李逢吉之谤:宪宗得韩愈潮州谢表,颇感悔,欲复用之。户部侍郎皇甫镈馋之,奏改袁州刺史。长庆三年(823)韩愈为京兆尹、御史大夫,宰相李逢吉有意挑起韩愈与御史中丞李绅争"台参",文移往来,互相攻讦,结果,李绅、韩愈俱落职。

(25)不能使其身一日安于朝廷之上:韩愈德宗贞元十二年(796)以观察推官入仕,在汴州宣武节度使处任职四年。贞元十六年(800)回来任四门博士、监察御史,贞元十九年(803)因上疏请为京畿受灾百姓免税坐贬阳山。唐宪宗元和初还朝,元和十二年(817)以行军司马随裴度平淮西。元和十四年(819)因谏迎佛骨贬潮州,移袁州。穆宗长庆元年(821)还朝,次年,为宣慰使宣慰镇州乱军。 (26)齐民:平民。 (27)"君子学道"两句:见《论语·阳货》。(28)元祐五年:1090年。元祐,宋哲宗年号,凡九年(1086—1094)。 (29)朝散郎:宋为突出中央集权,地方州县长官一律以京官身份知州县事。朝散郎是王涤任潮州知州时所带京官官衔。 （30）听：听命。

（31）期年：一周年。 （32）焄（xūn）蒿凄怆：焄，香气。蒿，上升的状态。《礼记·祭义》："众生必死，死必归土，……其气发扬于上为昭明焄蒿凄怆，此百物之精也，神之著也。"言送丧时情形，死者的精气沿燃起的烟上升，生者的情感有凄有怆。此文指祭祀。 （33）元丰：宋神宗年号，凡八年（1078—1085）。伯：五等爵位的第三等。昌黎：汉郡名。宋追封韩愈的封地。 （34）骑龙白云乡：韩愈《调张籍》谈到自己的诗歌境界时说："精诚忽交通，百怪入我肠。刺手拔鲸牙，举瓢酌天浆。腾身跨汗漫，不著织女襄。"此即"骑龙白云乡"之所本。 （35）分天章：《调张籍》："顾语地上友，经营无太忙。乞君飞霞珮，与我高颉颃。"天章，天上的星辰云霞。云汉：天河。

（36）天孙：织女。 （37）咸池、扶桑：《淮南子》上说的日落之处和日升之所。 （38）参翱翔：《调张籍》："李杜文章在，光焰万丈长。……我愿生两翅，捕逐出八荒。" （39）籍、湜：韩愈的诗友张籍，文友皇甫湜。二人虽是韩愈的同道，但张籍诗近白居易之浅，缺韩愈诗磅礴之气，皇甫湜之文有韩愈文词采之壮丽，缺韩愈文思想之深沉，故苏轼有"汗流走且僵"却连韩愈的"倒影"都赶不上之谰。景：即"影"。（41）作书：指《谏迎佛骨表》。 （41）英皇：舜妃女英、娥皇。 （42）祝融：中国神话中南方的主神。海若：若，海神之名。 （43）钧天：中央之天。 （44）巫阳：《山海经》中的神巫，善筮。（45）爘牲鸡卜：用鸡骨卜吉时，用爘牛作祭神之牲。此是岭南祭祀方式。爘牛，岭南产的一种牛。 （46）粲：色彩鲜明。 （47）被发下大荒：韩愈《杂访》："翩然下大荒，被发骑麒麟。"

【今译】一介平民却成了百代宗师，一句话却成了普天下共遵不替的规矩，这有他们参与天地对万物的化育、攸关社会盛衰命运的缘由。他们生，有生的缘故；死，有死的作为。所以，岳神降临，生下了申伯、吕侯；傅说死后，升天成为星辰。古今流传的，是不能欺哄的。孟子说："吾善养吾浩然之气。"这种"气"，寄寓在每一个平常人的心灵之中又充满于天地之间。一个平常人心灵之"气"和天地之"气"突然相遇贯通，那王公的高贵就不再算是贵，晋、楚的富足就不再算是富，张良、陈平的多谋就不再算是智，孟贲、夏育的猛悍就不再算是勇，张仪、苏秦的巧言就不再算是辩。什么使它这样呢？

它一定有不依靠有形之物就能树立、不仰仗权势力量就能实行，不凭个体生命的生而存在，不随个体生命的死而灭亡的伟大精神。所以，在天上展作星辰，在地上凝成江河山岳，阴间唤作鬼神，阳世又称作人，这是常理，没有什么值得奇怪的。

自东汉以来，儒家思想原则丧失，文章学术凋敝，佛老思想一时兴起，虽经过唐代贞观、开元那样的盛世，房玄龄、杜如晦、姚崇、宋璟为辅佐大臣，都不能扭转这种局面。只有韩文公以普通士大夫的身份挺身而起，轻松自如地指挥着扶敝救衰，天下人心悦诚服跟随着韩文公，又回到了正确道路。重振儒学的三百年历史从此开始了。论文，韩文公振起了八代的文章凋敝；论道，韩文公拯救出沉浸在释老中不能自拔的天下人；论忠，韩文公为坚持“道统”敢触犯人主的狂怒；论勇，韩文公为维护统一能折服三军统帅，这难道不正是参与天地化育、攸关社会盛衰、博大刚正、独立不倚、充满天地人心的精神吗！

我曾分析过“本性”和“人为”间的区别，而认为“人为”什么都能做到，只有本性容纳不下一点人为。智巧骗得了王公，用它骗不了豚鱼；势力能夺得天下，靠它征服不了普通百姓的心。所以，韩文公的精诚，能感动天，让衡山阴而放晴，却不能扭转迷惑于佛教的宪宗；能使残暴动物鳄鱼驯服，却不能止息皇甫镈、李逢吉一类人的毁谤；能取信于潮州人民，百代之后仍立庙纪念，却不能让自身在朝廷平平安安地过一天。韩文公能做到的是循天道本性行事，做不到的是背天道本性的“人为”呵。

起初潮州人不知道学习儒道，韩文公任命进士赵德做他们的老师，从此潮州读书人都专心于文章德行，影响到普通百姓，至今潮州号称容易治理。孔子“君子学道则爱人，小人学道则易使”的说法，正确无误。潮州人对待韩文公，合族谋事一定祭祀，有水旱疾疫一定祈祷求福祐，但庙在刺史大堂后面，百姓认为出入很不方便。前任知州打算向朝廷申请盖新庙，没有实行。元祐五年，朝散郎王涤做潮州知州，一切培养士子治理百姓的举措，完全以韩文公作楷模。百姓悦服之后，就发布政令说：希望新盖文公庙的百姓听命，百姓欢呼着追随政令。在潮州城南七里选得吉祥之地，一年就盖成了新庙。有人可能会说：“韩文公离京师万里，贬谪潮州，不满一年就调回去了。死后即使有知觉，他不眷恋潮州是清清楚楚的。”苏轼说：“不对。韩文公的精神在天下，就像水在地下，没有什么地方不在。但潮州人却信仰他最深挚，思念他最真切，祭祀时可能有时见到韩文公神灵，就像打井碰到水眼，就说水专在这地方，难道是道理吗？"

元丰七年，朝廷下诏封韩文公为"昌黎伯"，所以庙门上额称"昌黎伯韩文公之庙"。潮州人请我记韩文公事迹于碑，顺便作诗来送给他们，让他们唱这首诗来祭祀韩文公。诗是：

您是天神，骑龙游白云帝乡

从天帝身边飘然而下

乘着风，穿着织女织的云锦衣裳

引一脉璀璨天河

替浊世扫荡文章秕糠

您是太阳，东升西落

把光和热给草木分享

您是凤凰，奋翔高飞

追逐李杜，和诗仙诗圣共同翱翔

谁也赶不上您，张籍皇甫湜

汗流尽腿跑僵，影儿都赶不上

您诋佛讽君，一贬万里

仿佛天公作美，有意请您

观南海、游九嶷、吊英皇

五览衡皇撑天，湘水苍茫

大神祝融开道，海若率怪潜藏

您命令鲛鳄勿害百姓

鲛鳄迁徙，如赶牛羊

天庭无人，上帝悲伤

讴吟招您，派来巫阳

卜得吉日，献上牲、醴酒

香蕉与荔枝，鲜红又金黄

您不稍留，百姓哀伤

祝您披发骑麒麟，翩然来享

唐宋八大家文观止

【点评】此文工于取势。开头从古来圣贤远远想入，高屋建瓴，把韩愈放在"道统"这文化大背景上来评价，集中表彰韩愈担负起"社会良心"，独立不倚的精神，化民成俗的业绩，维护一统的气概。"道统"因韩愈捍卫才得以重振，韩愈因捍卫"道统"才成为楷模，把韩愈放在"道统"的文化大背景上，才能确保把握韩愈事业的真精神，展示韩愈一生的光辉点。

此文又精于炼句。作者善于把深刻的思想、复杂的事实熔铸在言简而意深、平淡而有味的句子里，驭重若轻，他人踯躅难言者，本文一语而尽。如展示"道统"万世不磨的"匹夫而为百世师，一言而为万世法"；概括韩愈一生辉煌的"文起八代之衰，道济天下之溺"；叙述韩愈尴尬命运的"精诚能开衡山之云，而不能回宪宗之惑"等，皆片言居要，满篇生辉。

另外，此文有意选择和碑主韩愈诗文神味相似的语言色调撰韩愈之碑，也风格别具。例如本文有韩愈的浑灏壮恣之气，诗有韩愈怪奇瑰丽之神，令人读之倍感亲切。

【集说】黄震云：《韩文公庙碑》，非东坡不能为此，非韩公不能当此，千古奇观也。（杨慎《三苏文范》引）

予览此文不是昌黎本色，前后议论多漫然，然苏长公气格独存，故录之。（茅坤《唐宋八大家文钞》）

王世贞曰：此碑自始至末，无一字懈怠，佳言格论，层见叠出。太牢悦口，夜明夺目，苏文古今新推，此尤其最得意者。（乾隆编《唐宋文醇》引）

文亦以浩然之气行之，故纵横挥洒，而不规规于联络照应之法。合以神，不必合以迹也。（沈德潜《唐宋八家文读本》）

（梁道礼）

答谢民师书⁽¹⁾

近奉违⁽²⁾，亟辱问讯⁽³⁾，具审起居佳胜⁽⁴⁾，感慰深矣。轼受性刚简⁽⁵⁾，学迂材下⁽⁶⁾，坐废累年⁽⁷⁾，不敢复齿缙绅⁽⁸⁾。自还海北⁽⁹⁾，见平生亲旧，惘然如隔世人⁽¹⁰⁾，况与左右无一日之雅⁽¹¹⁾，而敢求交乎？数赐见临，倾盖如故⁽¹²⁾，幸甚过望，不可言也。

所示书教及诗赋杂文⁽¹³⁾，观之熟矣。大略如行云流水，初无定质，但常行于所当行，常止于所不可不止⁽¹⁴⁾，文理自然⁽¹⁵⁾，姿态横生。孔子曰："言之不文，行而不远⁽¹⁶⁾。"又曰："辞达而已矣⁽¹⁷⁾。"夫言止于达意，即疑若不文⁽¹⁸⁾，是大不然。求物之妙，如系风捕影⁽¹⁹⁾，能使是物了然于心者⁽²⁰⁾，盖千万人而不一遇也。而况能使了然于口与手者乎⁽²¹⁾？是之谓辞达。辞至于能达，则文不可胜用矣⁽²²⁾。扬雄好为艰深之辞⁽²³⁾，以文浅易之说⁽²⁴⁾，若正言之⁽²⁵⁾，则人人知之矣。此正所谓"雕虫篆刻"者⁽²⁶⁾，其《太玄》《法言》，皆是类也⁽²⁷⁾，而独悔于赋，何哉？终身雕篆，而独变其音节⁽²⁸⁾。便谓之"经"，可乎？屈原作《离骚经》，盖风雅之再变者⁽²⁹⁾，虽与日月争光可也⁽³⁰⁾。可以其似赋而谓之雕虫乎⁽³¹⁾？使贾谊见孔子⁽³²⁾，升堂有余矣⁽³³⁾，而乃以赋鄙之，至与司马相如同科⁽³⁴⁾，雄之陋，如此比者甚众，可与知者道，难与俗人言也⁽³⁵⁾；因论文偶及之耳。欧阳文忠公言⁽³⁶⁾：文章如精金美玉，市有定价，非人所能以口舌定贵贱也。纷纷多言，岂能有益于左右，愧悚不已。

所须惠力"法雨"堂字⁽³⁷⁾，轼本不善作大字，强作终不佳，又舟中局迫难写，未能如教⁽³⁸⁾。然轼方过临江⁽³⁹⁾，当往游焉。或僧有所欲记录⁽⁴⁰⁾，当为作数句留院中，慰左右念亲之意⁽⁴¹⁾。今日已至峡山寺⁽⁴²⁾，少留即去，愈远⁽⁴³⁾。惟万万以时自爱⁽⁴⁴⁾。不宣。

【注释】(1)谢民师：名奉廉，民师为其字，新淦（今江西新干）人，元丰八年(1085)进士。时官广州。 (2)违：离别。"奉"是敬词。 (3)亟：屡次。辱：谦词，意近"承蒙"。 (4)具审：完全了解。 (5)受性：天性，禀赋。(6)材：才器，先天的资质。 (7)坐废累年：苏轼于绍圣元年(1094)以"讥斥先朝"罪罢官，谪居惠州、儋州。至元符三年(1100)始蒙诏"徙内郡"。写此信时，苏轼正在以舒州团练副使身份赴永州贬所途中。坐，获罪。废，罢官。累年，多年。 (8)齿：并列。缙绅：缙，插。绅，古代官吏的服装。古代官吏插笏（朝见时所执以备记事的手板）于绅，后以缙绅指代士大夫。 (9)还海北：苏轼元符三年(1100)蒙诏"徙内郡"，六月渡海北归。 (10)如隔

世人:苏轼窜流岭海,前后七年,契阔死生,丧亡九口。身虽北还,人非昔人。(11)左右:左右侍从之人。此是敬语,实代谢民师。雅:交往。 (12)倾盖如故:邹阳《狱中上梁王书》引古谚"倾盖如故"。意为虽初次见面却如同故友。倾盖:两人途中相遇,停车交谈,车盖倾斜靠拢。据《孔子家语·致思》:孔子遭程子,"倾盖而语,终日甚相亲"。别,命子路取束帛赠之。子路不悦,曰:"士不中间见,女嫁无媒,君子不以交,礼也。"孔子曰:"诗不云乎,'有美一人,清扬婉兮,邂逅相遇,适我愿兮'。今程子天下贤士也。于斯不赠,则终身弗能见也。" (13)书教:公事文件。书指呈上的书启,教指对下的文告。书、教皆萧统《文选》三十八体中的文体名。杂文:诗赋碑铭诔吊章表奏启檄移诸体之外文的总称,如《七发》《客难》《连珠》《解嘲》之类。 (14)"大略如行云流水"四句:苏轼《文说》:"吾文如万斛泉源,不择地而出,在平地滔滔汨汨,虽一日千里无难。及其与山石曲折、随物赋形而不可知也。所可知者,常行于所当行,常止于不可不止,如是而已矣。""初无定质"即"随物赋形"。此境是苏轼理想中和实践着的文章境界,不是读谢民师书教诗赋杂文所得感觉。 (15)自然:自然而然,毫无做作。 (16)言之不文,行之不远:《左传》襄公十二五年:"仲尼曰:志(古书)有云:'言以足志,文以足言。'不言,谁知其志? 言之无文,行之不远。"不文,没有文采。 (17)辞达而已矣:见《论语·卫灵公》。达,达意。意为言词表达了心中意旨就可以了。

(18)不文:不须修饰。文,修饰使有文采。 (19)系风捕影:苏轼在别处又把"求物之妙"比喻作追捕逃犯:"作诗急如追亡逋,清景一失不再来。"比喻作"兔起鹘落"。求物之妙,既须"成竹在胸"的素养,又须"兔起鹘落"的笔力。 (20)了然于心:即苏轼《文与可画筼筜谷偃竹记》所言"成竹在胸"。

(21)了然于口与手:即何薳《春渚纪闻》记苏轼告刘景文:"意之所到,则笔力曲折,无不尽意。" (22)文不可胜用:苏轼《与王庠书》:"辞至于达,止矣,不可以复加矣。" (23)扬雄:字子云,西汉学者。艰深之辞:指扬雄作《太玄》《法言》喜用过时的句法和不再用或无人识的古字。 (24)文:修饰掩盖。北齐颜之推《颜氏家训·文章》:"《太玄》今竟何用,不啻复酱瓿而已。"宋苏洵《太玄论》:《法言》《太玄》"自附于夫子而无得心者也"。

(25)正言:直截了当地表达。 (26)雕虫篆刻:扬雄对诗赋的蔑称。《法言》:"或曰:'吾子少而好赋?'曰:'然。童子雕虫篆刻。'俄而曰:'壮夫不为也.’"虫书、刻符是西汉童子启蒙时所习的两种字体。雕虫篆刻即童子雕琢虫书,篆写刻符,比喻辞赋是思想不成熟的人玩的小把戏。　（27）是类:类是。是,指代"雕虫篆刻"。《汉书·扬雄传》:雄"欲求文章成名于后世,以为经莫大于《易》,故用《太玄》;传莫大于《论语》,故作《法言》。"《太玄》是粗具体系的哲学著作。《法言》是问答体的扬雄语录。　（28）变其音节:扬雄早年喜为赋,后改模圣人,用散体写文章。"独变音节便谓之经",正如《法言》嘲讽的:"或曰:有人焉,自云姓孔而字仲尼,入其门,升其堂,伏其几,袭其裳,则可谓仲尼乎? 曰:其文是也,其质非也。"　（29）风雅之再变者:风、雅是《诗经》三体中的两种诗体。按《毛诗序》的看法:"风"是"言一国之事"的,"雅"是"言天下之事"的。待"王道衰,礼义废,政教失,国异政,家殊俗",诗开始"伤人伦之废,明得失之迹,吟咏情性",这批诗称"变风变雅"。但"变风"虽"发乎情",还是"止乎礼义"即抒发的仍是家、国之情。《离骚》是"介渺志之所惑兮,窃赋诗之所明""志憾恨而不逞兮,抒中情而属诗"即以个人的身份抒发个人的喜怒哀乐,故曰:"风雅之再变者。"　（30）虽与日月争光可也:这是淮南王刘安《离骚传》中对《离骚》的评价,说《离骚》兼有国风、小雅之长,"推其志,虽与日月争光可也"。司马迁采入《屈原列传》。

(31)似赋:《文心雕龙·诠赋》:"赋也者,受命于诗人,拓宇于《楚辞》也。"苏轼所谓似,指辞采音节形式上相似。　（32）贾谊:河南洛阳人。十八岁时汉文帝召为博士,一年三迁,欲置之于公卿之位,为周勃、灌婴中伤所阻,出为长沙王傅。后抑郁而死。有《新书》十卷。能赋,为《文心雕龙·诠赋》所谓"辞赋英杰"十家之一。　（33）升堂有余:此针对扬雄而发。《法言》:"如孔氏之门用赋也,则贾谊升堂,相如入室矣。"堂,是正厅。室:内室。升堂之后始可入室,孔子《论语·先进》首先用"升堂"和"入室"来比喻学术思想的两种不同境界。苏氏父子很推重贾谊的《新书》,并不把他当辞赋家看待。

(34)与司马相如同科:把贾谊看作与司马相如同一门类的辞赋家。司马相如,两汉辞赋的代表作家,武帝时人。科,学术门类。　（35）比:类。知,同"智"。　（36）文忠:欧阳修的谥号。"文章如精金美玉"比喻苏轼很喜欢,首用于《太息一首送秦少章》,再用之于《答毛滂书》,三用于此书。　（37）惠力:惠力寺,在临江(今江西清江),宋神宗熙宁间建。惠,通作"慧"。

(38)教:命。(39)临江:临江军,治清江(今属江西)。军:宋代行政区划,与

303

唐宋八大家文观止

州、府、监同隶属于路(相当于今天的省)。 (40)记录:记录于石,如塔铭、方丈记、罗汉赞、佛相颂之类。 (41)念亲之意:谢民师托苏轼写"法雨"堂匾,估计是施舍于慧力寺来为父母求福的,故云。亲:父母。 (42)峡山寺:在广东清远。少留即去:当时有吴子野、何崇道等从番追到清远峡为苏轼送行。 (43)愈远:离谢民师愈远。 (44)时:四季节候。

【今译】近来我们分别后,屡蒙问讯,全知您一切美好,感慰得很。我天性刚直简率,学问迂阔,才器低下,获罪罢官多年,不敢再自列于士大夫。自从海南还归北土,会见平生亲朋故友,不知所以,如同隔世人样,况且和您没有一天的交往,就敢求结交吗? 您多次光临,倾盖如故,荣幸十分,过于希望,不是语言能表达的。

交给我看的书教以及诗赋杂文,已经读熟了。大略像飘飞的云流动的水,自在活泼,原无一定的形状,却常是行于应该行的地方,止于不能不止的地方,谨严如合规矩,文理自然而然,姿态充溢。孔子说:"言之不文,行而不远。"又说:"辞达而已矣。"语言的功能在于表达心中意旨,就猜测似乎不需要文采,这是很不正确的。捕捉事物的微妙之态、深妙之理,像系风捕影一样,能让这个事物在心头一清二楚的,大约千人万人中难遇到一个,更何况能把这类事物说得和写得一清二楚呢? 心头、口里、笔下都一清二楚叫作"辞达"。言辞达到通达无憾于心、传达无碍于人,那文采的作用就发挥到不能再发挥的地步了。扬雄喜欢用艰深难解的言辞,来修饰掩盖他浅显平凡的思想,如果直截接了当表述,那就人人都解了。这正是扬雄所谓的"雕虫篆刻"的小把戏,他的《太玄》《法言》,都是这一类。但他却只对早年所作赋感到追悔,这是为什么呀? 一辈子在"雕虫",而仅仅变骈体为散体,就称作"经",能够吗? 屈原写《离骚经》,是风雅的进一步发展,它的思想辞采的光芒,就是比作和日月争光也是恰当的。能够因为它音节像赋就称它作"雕虫"吗? 假如贾谊能见到孔子,按孔子的标准,文章学术"升堂"绰绰有余了,但扬雄却凭贾谊的赋就鄙视贾谊,以致把贾谊看作与司马相如同一门类的辞赋家,扬雄的浅陋,似这样的很多,竟然到此地步,这一点只能与聪明人谈论,无法对一般人说清;这里不过是借讨论文章的机会偶尔提到罢了。欧阳文忠公说,文章就像精金美玉在市场上有定价一样,不是某个人能凭口说决定贵还是贱的。写得又絮叨又乱，哪能对您有用，实在惭愧又诚恐。

须我写的惠力寺"法雨"堂两个字，我原不善写大字，勉强写终究写得不好；再加上船上地方狭小，难写大字，未能如命。但我将要经过临江，当去惠力寺游览。或许僧人有什么打算记录在石，遇到就替他们写数句留存寺中，来安抚您思念双亲之意。今天到达峡山寺，稍事停留就离开，愈行愈远，惟请万万顺时自己多珍惜。

【点评】这是苏轼遇赦北还途中写给并不很熟的崇拜者的一封信，作者推心置腹，以诚恳的态度，向对方吐露了自己从事文学五十年里积累起来的文学经验。苏轼指出，"自然"是文学的最高境界。欲达此境，需要多方面的修养，但语言是最基本的功夫。对于以文学为职业的作家说来，"达意"是语言运用最起码的要求。但作家不能停留在"达意"上，还要进一步追求语言的精辟、新警，追求个人运用语言的风格。所以，检验一个作家语言功夫是否到家的标准是，是否"了然于心"，是否"了然于口"，是否"了然于手"。即是否做到了胸中情思透彻玲珑，笔下形象呼之欲出？是只能用一种语言风格写作，还是在语言运用上如"行云"样自由，"初无定质"，如"流水"样活泼，"随物赋形"？苏轼坚信最优秀的语言是自然的语言，最高明的语言境界是自然而然的境界。雕琢是语言的大敌，玩弄语言花样是思想贫乏的开始。苏轼的这些认识，今天仍有警世益人之用。在"矫情"习气弥漫于各种文学样式的今天，不是更应高倡"自然"吗？苏轼对扬雄"好为艰深之辞以文浅易之说"的一针见血的批评，不仅能使扬雄在九泉之下无言对答，而且能令今天一些"作家"独处默想时怦然心动。

【集说】李光地曰：同时王荆公、曾子固、司马温公，皆尊扬子，品题至在孟、荀之上，坡公遂显攻之。朱文公论文亦曰：子云《太玄》《法言》，盖亦长杨校猎之流，而粗变其音节，直用坡公此语也。（乾隆编《唐宋文醇》）

贬扬以伸屈、贾，议论千古。前半行云流水数言，即东坡自道其行文之妙。（沈德潜《唐宋八大家文读本》）

东坡《答谢民师书》谓扬雄："好为艰深之辞，以文浅易之说。"子固《答王深甫论扬雄书》云："巩自度每有所进，则于雄书每有所得。"曾、苏所见不

同如此。介甫《与王深甫书》亦盛推雄，如所谓"孟子没，能言大人而不放于老、庄者，扬子而已"是也。（刘熙载《艺概·文概》）

（梁道礼）

日　喻

　　生而眇者不识日[1]，问之有目者。或告之曰："日之状如铜盘。"扣盘而得其声，他日闻钟，以为日也。或告之曰："日之光如烛。"扪烛而得其形[2]，他日揣籥[3]，以为日也。

　　日之与钟、籥亦远矣，而眇者不知其异，以其未尝见而求之人也。道之难见也甚于日[4]，而人之未达也[5]，无以异于眇。达者告之，虽有巧譬善导，亦无以过于盘与烛也。自盘而之钟，自烛而之籥[6]，转而相之[7]，岂有既乎[8]？故世之言道者，或即其所见而名之，或莫之见而意之，皆求道之过也。然则道卒不可求欤？苏子[9]曰："道可致而不可求[10]。"何谓"致"？孙武曰："善战者致人，不致于人[11]。"子夏曰："百工居肆，以成其事，君子学以致其道[12]。"莫之求而自至，斯以为"致"也欤[13]！

　　南方多没人[14]，日与水居也，七岁而能涉，十岁而能浮，十五而能没矣。夫没者，岂苟然哉？必将有得于水之道者。日与水居，则十五而得其道；生不识水，则虽壮，见舟而畏之。故北方之勇者，问于没人，而求其所以没，以其言试之河，未有不溺者也。故凡不学而务求道，皆北方之学没者也。

　　昔者以声律取士，士杂学而不志于道；今者以经术取士，士知求道而不务学。渤海吴君彦律[15]，有志于学者也，方求举于礼部[16]，作《日喻》以告之。

【注释】（1）眇（miǎo）：眼瞎。　（2）扪（mén）：抚摸。　（3）揣籥（yuè）：摸着籥。籥：状如笛子的乐器。　（4）道：指儒家传统的政治思想、学术思想及道德规范等，是一个内涵极为丰富的概念。译文中不另译。　（5）

达:通达、通晓。　　(6)之:到。　　(7)转:辗转。相(xiàng):形容、比喻。(8)既:尽、完。　　(9)苏子:作者自称。　　(10)致:使……(自)至(到)。(11)"孙武"句:孙武,春秋时齐国军事家,著《孙子兵法》。　　(12)"子夏"句:子夏,孔子的弟子。引语见《论语·子张》。肆:作坊。　　(13)斯以为致:即"以斯为致"。　　(14)没(mò)人:能潜水的人。　　(15)渤海:郡名,今山东阳信县。吴君彦律:吴琯,字彦律。苏轼任徐州知州时,吴彦律任该州正字官。　　(16)礼部:宋代中央官署,主管科举、教育、礼制等事务。

【今译】生下来就眼瞎的人没有见过太阳,向看得见的人打听太阳的形状。有人告诉瞎子说:"太阳就像个铜盘。"瞎子敲敲铜盘,听到了它发出的声响,有一天瞎子听见钟声,就把钟当成了太阳。还有人告诉瞎子:"太阳光就像蜡烛燃烧的光。"瞎子摸摸蜡烛,记住了蜡烛的形状。有一只瞎子摸到了一支笛子,就把笛子当成了太阳。

太阳与钟和笛子比较起来相差也太远了,但瞎子不明白它们的差异,因为瞎子不曾见过这些东西,只是求人告诉他们罢了。道比太阳更难于看见,而人不能通晓明白道,与瞎子不能认识太阳没有什么不同。靠通晓道的人告诉什么叫道,即便比喻巧妙而又善于引导,也没法超过铜盘和蜡烛的比方。从盘子联想到钟,从蜡烛联想到笛子,辗转形容下去,难道有个完吗?所以说当今谈论道的人,有的仅是就自己的一孔之见来阐发说明,有的什么也没见过就凭空猜测,这都是错误的求道方法。既是如此,那么道最终都不可求得吗?我的回答是:"道可致不可求。"什么叫作"致"呢?孙武说:"善于打仗的人能使敌人归顺自己,而不被敌人左右。"子夏说:"各种工匠只是在作坊里,完成他们的工作,君子却在工作学习中接近道。"不去特意寻求,而是自然而然地达到,这就叫作"致"吧!

南方有很多善于潜水的人,因为他们天天与水为伴,所以七岁就能从水中走过,十岁就能游泳,十五岁就能潜水了。他们能潜水,难道是偶然的吗?这一定是他们已经谙熟了水性。如果天天和水在一起,十五岁就能掌握水性;如果生下来从未见过江河的水,即使到了壮年,见了船也会害怕的。因此北方那些勇敢的人,向长于潜水的人请教,想懂得潜水的道理,再照着潜水人的话在河里试着潜水,没有不被淹着的。所以凡是不认真学习实践而

唐宋八大家文观止

专门求人告诉他道的人，都与那些学潜水的北方人一样。

过去凭考试讲究声韵格律的诗赋来录用读书人，读书人就学得很杂，而不立志求道；现在凭经学考试录用读书人，读书人就只知求"道"，而不注重实学。渤海郡的吴彦律，是有志于实学的人，正求荐举到礼部参加考试，我就写了《日喻》告诫他。

【点评】这是一篇饶有情趣的说理性散文。首先，作者以一个盲人识日的生动事例做比喻，侃侃而谈，从对"道"的感知上，让人琢磨其中的含义。接着从比喻导入正题，指出"道之难见也甚于日"，即抽象的"道"，比有形的太阳还难捉摸。因为难，人们难免存在着求道的弊病和错误，应当予以纠正，寻求一种正确的途径。第三层，以设问自答的方式，连用两个历史典故，有理有据地论述"道可致而不可求"。作者所说的道，是他所崇尚的孔孟仁义之道，带有唯心的神秘色彩。第四层又深入一步，以一个"没者"在长期"没水"的实践中"得道"的比喻，说明"致道"要像"没者"潜水那样，反复实践，长期学习，才能掌握"道"的规律。文中强调的"求道"的方法和过程，有其合理的一面，是接近朴素唯物观点的。最后指出读书人"求道"和"务学"的偏颇，交代写作此文的目的。

文中活用比喻，将抽象的道理说得生动具体、明白易懂。"眇者识日"的比喻，强调了深入实地调查，获得直接经验的重要性。"北人没水"的比喻则说明了实践的重要，要学会本领，必然反复实践，如果只凭"达者告之"，轻率从事，势必像"北方之勇者"那样成为"溺者"。这两个比喻贴切而通俗，使文章内容深入浅出，读来令人回味无穷。

另外，文章论证方法灵活多变。或用比喻，或阐述事例，或反面贬斥，或正面疏导，或引用历史典故，使文章充满生机。

【集说】此明学道也。起语设问日者，说明道不可过求；后设学问没水一段话，明道不可不学，有据之论。（陆贞山《三苏文范》卷十六）

两喻俱有理趣，思之令人警目。（张伯行《唐宋八大家文钞》卷八）

东坡雄杰，轶出凡近，吾读其《日喻》一篇，亦不无可疑处。入手以钟籥喻日，妙语天下。及归宿到言道处，宜有一番精实之言；乃曰："莫之求而自至", 则过于聪明, 不必得道之纲要; 大概类庄子所言"同乎无知, 其德不离; 同乎无欲, 是谓素朴"者, 非圣人之道也。朱子言坡文雄健有余, 只下字亦有不贴实处。不贴实, 正其聪明过人, 故有此失。(林纾《春觉斋论文·忌虚枵》)

(施 军)

书《孟德传》后⁽¹⁾

　　子由书孟德事见寄⁽²⁾。余既闻而异之⁽³⁾, 以为虎畏不惧己者, 其理似可信。然世未有见虎而不惧者, 则斯言之有无⁽⁴⁾, 终无所试之。

　　然曩余闻忠、万、云安多虎⁽⁵⁾。有妇人昼日置二小儿沙上而浣衣于水上者⁽⁶⁾。虎自山上驰来, 妇人仓皇沉水避之⁽⁷⁾。二小儿戏沙上自若⁽⁸⁾。虎熟视久之⁽⁹⁾, 至以首觝触⁽¹⁰⁾。庶几其一惧⁽¹¹⁾, 而儿痴, 竟不知怪, 虎亦卒去。意虎之食人, 必先被之以威⁽¹²⁾, 而不惧之人, 威无所从施欤? 世言虎不食醉人, 必坐守之, 以俟其醒⁽¹³⁾; 非俟其醒, 俟其惧也。有人夜自外归, 见有物蹲其门, 以为猪狗类也, 以杖击之, 即逸去⁽¹⁴⁾。至山下月明处, 则虎也。是人非有以胜虎, 其气已盖之矣⁽¹⁵⁾。

　　使人之不惧, 皆如婴儿、醉人与其未及知之时, 则虎畏之, 无足怪者。故书其末, 以信子由之说⁽¹⁶⁾。

　　【注释】(1)本篇写作时间不详。苏辙曾作《孟德传》, 记孟德在秦州时, 与其妻离婚, 将儿子送与人, 避居华山, 采草根木实而食, 不惧猛兽。以此事引申出有道之人必须无所畏惧, 强者才不敢侵犯。本文是《孟德传》的跋, 对人何以不惧虎之理加以引申。　(2)子由: 苏辙, 字子由。　(3)异之: 以之为异。　(4)斯言: 指苏辙关于孟德不惧老虎等猛兽的说法。　(5)曩(nǎng): 从前。忠: 忠州, 今重庆忠县。万: 万州, 今重庆万州区。云安: 今重庆云阳县以北的云安镇。　(6)浣(huàn): 洗涤。　(7)仓皇: 慌张、勿忙。

309

唐宋八大家文观止

(8)自若:像平常一样若无其事。 (9)熟视久之:反复看了很久。
(10)至以首骶(dǐ)触:直到用头去触摸。 (11)庶几其一惧:希望其中一个
害怕。庶几,表现在上述情况下实现某种打算。 (12)被:施加。 (13)俟
(sì):等待。《诗经·邶风·静女》:"静女其姝,俟我于城隅。" (14)逸:奔
跑,逃跑。《国语·晋语五》:"马逸不能止。" (15)是人非有以胜虎,而气
已盖之矣:意谓此人不是具有战胜老虎的特异技能,而是因为气势已经把它
压倒了。 (16)信(shēn):舒展,伸张,引申。通"伸"。《易·系辞下》:"尺
蠖之屈,以求信也。"

【今译】苏辙写信告诉我有关孟德不怕老虎等猛兽的事情。我读过后觉
得很奇怪,认为老虎恐惧那些不怕它的人,道理上似乎可以相信。但是,世
界上没有碰见老虎而不恐惧的人,于是,苏辙的这种说法有没有根据,似乎
始终无法证明。

然而,我以前曾经听说过忠州、万州、云安等地老虎很多。一天,有位妇
女把两个小孩放在沙滩上而自己在水中洗衣服。突然,老虎从山上跑来,妇
人慌忙沉到水里躲避它的攻击。而那两个小孩却仍然像平常一样玩着沙
子。老虎反复看了很久,直到用头去碰小孩,希望其中有一个会害怕,可是
小孩幼小无知竟然全不晓得惊讶,老虎终于离开了。推测老虎吃人,必定要
首先把它的威力施展出来,而不怕老虎的人,老虎的声势又如何施加呢? 世
上传说老虎不吃喝醉了的人,一定要坐着守住他,等待他酒醒之后再吃;不
是等待他酒醒,而是等待他感到恐惧。有个人夜晚从外面回来。看见一个
怪物蹲在他家门前,误以为是猪狗之类,就用手杖击打它,它立刻逃走了。
等逃到山下月亮能照着它的地方,才发现它原来是一只老虎。这个人并没
有打败老虎的特别勇力,但是,他表现出来的气势已经把老虎镇住了。

假如都像婴儿与喝醉了酒的人那样,以及还不知道那就是老虎的时候,
人不害怕老虎,那么老虎害怕人,就没有什么值得奇怪了。因此,将这篇文
章附在《孟德传》之后,来申论苏辙的论说。

【点评】人怕虎与否,似乎难以解答,因为"无所试之"。作者对此不是进
行理论上的演绎和推理,而是运用三个奇特的例子,予以巧妙地回答。综观

这些例子,有个共同之处:不怕虎。小孩年幼无知不怕虎,醉人未醒无所谓怕虎,夜归者未知而不怕虎。相反,老虎被不怕它的人的气势所镇住了。当然,作者的目的,并不在于怕不怕虎的论证,而是采用比喻论证的方式,对苏辙在《孟德传》中提出的立身处世之道加以引申和强调。世上有道之人,应该像孟德那样,无所顾忌(无所畏惧,无所向慕),这样,强者才不敢或者说无法侵犯。

作者老于世故,明于人情。文章生动具体,笔调诙谐有趣。

(张清水)

书《六一居士传》后⁽¹⁾

苏子曰:“居士可谓有道者也⁽²⁾。”或曰:“居士非有道者也。有道者,无所挟而安⁽³⁾,居士之于五物⁽⁴⁾,捐世俗之所争⁽⁵⁾,而拾其所弃者也。乌得为有道乎?”

苏子曰:“不然。挟五物而后安者,惑也⁽⁶⁾。释五物而后安者,又惑也。且物未始能累人也⁽⁷⁾。轩裳圭组⁽⁸⁾,且不能为累,而况此五物乎?物之所以能累人者,以吾有之也。吾与物俱不得已,而受形于天地之间,其孰能有之?而或者以为己有,得之则喜,丧之则悲。今居士自谓‘六一’,是其身均与五物为一也。不知其有物耶,物有之也⁽⁹⁾?居士与物均为不能有⁽¹⁰⁾,其孰能置得丧于其间⁽¹¹⁾?故曰:居士可谓有道者也。”

虽然,自“一”观“五”,居士犹可见也。与“五”为“六”,居士不可见也。居士殆将隐矣⁽¹²⁾。

【注释】(1)熙宁三年(1070)七月,欧阳修由知青州改知蔡州,九月至蔡(州治在今河南汝阳),自号六一居士。作《六一居士传》以明改号之由:“客有问曰:‘六一,何谓也?’居士曰:‘吾家藏书一万卷,集三代以来金石遗文一千卷,有琴一张,有棋一局,而常置酒一壶。’客曰:‘是为五一尔,奈何?’居士曰:‘以吾一翁,老于此五物之间,是岂不为六一乎?’”此文即《六一居士

传》之跋。 （2）道：此处主要指隐逸之道。 （3）无所挟而安：不需倚重外物而心安理得。挟，倚仗。 （4）五物：即"五一"，参见注（1）。 （5）捐：舍弃。 （6）惑：困惑，疑惑。 （7）累：带累，使受害。 （8）轩裳圭组：官员的车马、服饰、印信等，借指官场的事务。 （9）不知其有物耶，物有之也：不知道是他拥有外物呢，还是外物拥有他？ （10）居士与物均为不能有：意谓居士与外物已经融合为一体，不能说互相拥有，推而言之，人与物都是由"道"所生。 （11）其孰能置得丧于其间：那谁能够把得失放在其中考察呢？

（12）居士殆将隐矣：意谓居士几乎要隐居起来了，即差不多得"道"了。隐，隐伏，归隐。

【今译】苏轼说："居士可以称作悟道的人啊！"有人却说："居士不是一个悟道的人。悟道的人，不倚重任何外物而安然自得，居士对这五物来说，只是舍弃了世俗纷争的，而又拾起了众人放弃的。哪能算得是有道之人呢？"

苏轼回答说："并非如此。认为依靠五物才能心安的，那是一种迷识。认为放下五物才能安心的，又是一种不开明。况且外物并不一定使人受累，官场的车马、服饰、印信等，尚且不能带累人，又何况这五物呢？外物之所以能使人烦扰，是因为我们要拥有它。我们与外物都不得已用一定的方式存在于天地之间，那怎么能够拥有呢？可是有的人认为自己应占有外物，所以，得到了就高兴，失去了就悲伤。现在居士自号为'六一'，这是他本人全部与五物融为一体了。不知道是他拥有外物呢，还是外物拥有他？居士与外物都不能互相拥有，那谁能够把得失放在其中考察呢？所以说：居士可以称得上悟道的人。"

尽管如此，自"一"来观照"五"，居士还能够体现出来。居士与"五"合为"六"，居士就看不到了。居士大概要隐居起来了。

【点评】文章一开始就拉开了论争的架势：居士可不可称作有道之人？

苏轼一反常人之见，指出两种迷识："挟五物而后安者，惑也。""释五物而后安者，又惑也。"认为人与外物共存于天地之间，有道之人不会因为外物的有无而使身心受累，官场俗事不能累形，琴棋雅趣更不会累心，这里，分明折射出苏轼在认同欧阳修隐逸思想的同时,他本人在追求一种心灵上的"绝对自由",即超脱凡尘,走向"圣境"。这既是官场多次磨难后的"痛定思痛",又是作者佛老思想的曲折流露,显得玄奥而诱人。文章句句有法,字字尽心,不能增之一字,不能减之一字,是题跋中的精品。

【集说】本庄生齐物我见解,而篇末类滑稽可爱。(茅坤《唐宋八大家文钞》)

(张清水)

记游定惠院

黄州定惠院东小山上,有海棠一株,特繁茂。每岁盛开,必携客置酒,已五醉其下矣。今年复与参寥师二三子访焉,则园已易(1)主。主虽市井人,然以予故,稍加培治(2)。山上多老枳(3)木,性瘦韧,筋脉呈露,如老人项颈,花白而圆,如大珠累累,色香皆不凡。此木不为人所喜,稍稍伐去(4);以予故,亦得不伐。既饮,往憩于尚氏之第(5)。尚氏亦市井人也,而居处修洁,如吴越间人;竹林花圃皆可喜。醉卧小板阁上,稍醒,闻坐客崔成老弹雷氏琴,作悲风晓月,铮铮然(6),意非人间也。晚乃步出城东,鬻大木盆,意者谓可以注清泉、瀹瓜李(7)。遂夤缘小沟(8),入何氏、韩氏竹园。时何氏方作堂竹间(9),既辟地矣,遂置酒竹阴下。有刘唐年主簿者(10),馈油煎饵(11),其名为"甚酥",味极美。客尚欲饮,而予忽兴尽,乃径归。道过何氏小圃,乞其丛橘(12),移种雪堂之西。坐客徐君得之(13),将适闽中,以后会未期,请予记之,为异日拊掌(14)。时参寥独不饮,以枣汤代之。

【注释】(1)易:更换。 (2)市井:市镇。培治:培育治理。 (3)枳(zhǐ):落叶灌木,春天开花,花为白色。果实黄绿色,可入药。 (4)稍稍伐去:略微砍去一点。稍稍,略微。 (5)憩(qì):休息。第:住宅。 (6)铮铮

唐宋八大家文观止

然:清脆有力的样子。 (7)鬻(yù):卖。这里为买的意思。瀹(yuè):浸。 (8)夤(yín)缘小沟:沿着小沟岸而行。 (9)时何氏方作堂竹间:当时何氏人家正在竹林间盖房子。作堂,盖房子。 (10)主簿:宋代县衙主管文字工作的小官。 (11)饵:糕饼。 (12)丛橘:一丛橘树。 (13)徐君得之:徐大正,字得之,黄州知州徐大受之弟。 (14)拊掌:拍手。

【今译】黄州定惠院东边的小山上,有一株海棠,非常繁荣茂盛。每年海棠花开的时候,一定带着客人置办酒席,我已在海棠花下醉了五次。今年又同参寥等两三个人到这里游玩,但园圃已换了主人。这个新主人虽说是市镇人,然而因为我的缘故,所以对这园子还能培育整治。山上有很多老枳树,木的质地坚韧,形体瘦削,枳树的筋脉都历历可见,就像老年人的脖子,枳树花白而圆,就像颗颗珍珠叠加在一起,颜色、香味都不同于一般。但这树不被人们喜爱,往往被人们稍微砍去一部分;但由于我的原因,这树还能不被砍伐,得以保存。大家喝过酒,去到姓尚的住宅外休息。姓尚人家也是市镇人,但住处却整洁、宽敞,就如南方吴越人家一般;此处的竹林花园都令人喜爱。我们醉睡在小板楼阁上,微微醒来,只听得来作客的崔老成弹奏着雷琴,一会儿如悲风乍起,一会儿如晓月初升,琴声清脆有力,意境深远,好像并非人间。晚上于是走出城东,买了大木盆,意思是可以用它来盛水、浸瓜和李子。接着,沿着小沟岸而行,到了姓何和姓韩家的竹园。当时姓何的人家正在竹林间盖房子,地基已开辟好了,于是在竹园下摆起了酒席。有个主簿叫刘唐年的,送来油煎的糕饼,名字叫"甚酥",味道美极了。客人似还想饮酒,而我忽然兴致全无,于是径直归去。路过姓何的小园圃,要了一丛橘树,移种在雪堂西边。一起来作客游玩的徐得之,即将到福建去了,以后能否见面很难预料,于是要求我记下这次游玩的经历,为了使他日后见面拍掌而笑有个纪念。当时就参寥子一人不喝酒,只是用枣汤代酒。

【点评】这是一篇情景交融的记游散文。作者先写海棠花,虽没浓笔重染花的美丽,但通过已"五醉其下"的交代,点明了作者对海棠花的钟爱。次写老枳,作者以枳树的形体、筋脉、花的色形味等多方面比喻描写,突出了枳树的不凡,但作者笔锋一转,指出"此木不为人所喜,稍稍伐去",这就为下文作者"忽兴尽"的失望情绪埋下了伏笔。接着写尚氏住宅,通过"醉卧板阁"的侧面描写,点明了尚氏竹林、花圃及环境的优雅与清静。然而如悲风晓月般的琴声,则再次打破了作者宁静的心情,"意非人间也",正是其心绪的写照。最后写何氏、韩氏竹林,这里主要通过何氏作堂于竹间、竹阴下置酒的描写,突出了何、韩两家竹林的面积大与繁茂。然而此时,作者都已游兴全无,"径归"而去了。于是作者被贬黄州时的失落与懊恼之情跃然纸上。在文章的结尾处,作者交代了写作此文的目的。

　　文章线索清楚,通过移步换景描写了定惠院的花、树、宅第、竹林等景物。作者对景物的描写,或正面渲染,如写枳树;或惜墨如金,从侧面衬托,如写竹。而贯注于行文之中的情感却含而不露,使读者读来回味无穷。

(施　军)

记承天寺夜游⁽¹⁾

　　元丰六年十月十二日夜,解衣欲睡,月色入户,欣然起行⁽²⁾。念无与为乐者,遂至承天寺,寻张怀民⁽³⁾。怀民亦未寝,相与步于中庭。

　　庭下如积水空明,水中藻荇交横⁽⁴⁾,盖竹柏影也。

　　何夜无月,何处无竹柏,但少闲人如吾两人者耳。黄州团练副使苏某书。

【注释】(1)此篇为元丰六年(1083)苏轼贬官黄州时作。承天寺在黄州城南。　(2)欣然:高兴、喜悦的样子。　(3)张怀民:名梦得,清河(今属河北)人,当时也谪居黄州,在住宅西南建快哉亭,苏辙为作《黄州快哉亭记》。(4)藻:水藻。荇:荇菜,亦水生植物。

【今译】元丰六年十月十二日晚上,我解开衣服,想要睡觉,但明媚的月光照入窗户,我非常高兴地起来散步。想到没有人同我一起游乐,于是来到承天寺,寻访张怀民。怀民也还没有睡,我们就一起在庭中漫步。

　　庭中地下好像积满了水,清澈透明,水中好像充满了水藻和荇菜,原来

是竹子和柏树的影子。

　　哪个晚上没有月亮，哪个地方没有竹子和柏树，只是缺少像我们两个这样的闲人罢了。黄州团练副使苏轼记。

　　【点评】这篇记游短文，先写他和张怀民都夜不能寐，到承天寺散步；次写景，月光如水，竹影纵横，给人以清冷孤寂之感。最后发出明月竹柏处处有，但少闲人欣赏的感慨。全文仅八十余字，但作者却以淡雅的笔触，把叙事、写景、抒情融为一体，描绘出一幅月色如水，竹影婆娑，月下游寺的图画。同时也抒发了作者贬官黄州表面轻松而实际苦闷已极的心情，可以说是一篇精练的耐人寻味的抒情散文诗。

　　【集说】仙笔也。读之觉玉宇琼楼，高寒澄澈。（储欣《唐宋十大家全集录》）

（施　军）

唐宋八大家文观止

苏辙

苏辙（1039—1112），字子由，号颍滨遗老，又号栾城，眉州眉山（今属四川）人，苏洵之子，苏轼之弟。宋仁宗赵祯嘉祐二年（1057），苏辙十九岁，与兄轼同中进士。在政治上，大体同其兄轼一样，趋于保守。"青苗法"初行，苏辙上书王安石，力加劝阻、极言此法不可行，触怒了王安石，因而屡遭贬谪。哲宗（赵煦）即位，保守派重新得势，苏辙被召回京师，元祐元年（1086）除右司谏，后又拜尚书右丞，进门下侍郎，官显一时。徽宗（赵佶）即位后，又遭贬谪。晚年罢居许州颍滨（今河南许昌），自号"颍滨遗老"。死后追复端明殿学士，谥"文定"。

苏辙与父洵、兄轼并称"三苏"，又有"小苏"之称。其文虽不如父兄，但亦委曲明畅，疏宕高伟，颇有气度。"汪洋澹泊，浑醇温粹，似其为人"。（刘大漠《栾城集序》）著有《栾城集》五十卷，《后集》二十四卷，《三集》十卷，《应诏集》十二卷。

上枢密韩太尉书⁽¹⁾

太尉执事：辙生好为文，思之至深。以为文者，气之所形⁽²⁾。

然文不可以学而能,气可以养而致[3]。孟子曰:"我善养吾浩然之气[4]。"今观其文章,宽厚宏博,充乎天地之间,称其气之小大[5]。太史公行天下[6],周览四海名山大川,与燕赵间豪俊交游,故其文疏荡,颇有奇气[7]。此二子者,岂尝执笔学为如此之文哉?其气充乎其中,而溢乎其貌,动乎其言,而见乎其文,而不自知也。

辙生十有九年矣。其居家所与游者,不过其邻里乡党之人,所见不过数百里之间。无高山大野,可登览以自广;百氏之书,虽无所不读,然皆古人之陈迹[8],不足以激发其志气。恐遂汨没,故决然舍去[9],求天下奇闻壮观,以知天地之广大。过秦汉之故都,恣观终南、嵩、华之高,北顾黄河之奔流,慨然想见古之豪杰。至京师,仰观天子宫阙之壮,与仓廪、府库、城池、苑囿之富且大也,而后知天下之巨丽。见翰林欧阳公[10],听其议论之宏辩,观其容貌之秀伟,与其门人贤士大夫游[11],而后知天下之文章聚乎此也。

太尉以才略冠天下,天下之所恃以无忧,四夷之所惮以不敢发[12],入则周公、召公[13],出则方叔、召虎[14],而辙也未之见焉。且夫人之学也,不志其大,虽多而何为?辙之来也,于山见终南、嵩、华之高,于水见黄河之大且深,于人见欧阳公,而犹以为未见太尉也。故愿得观贤人之光耀,闻一言以自壮,然后可以尽天下之大观[15]而无憾者矣。

辙年少,未能通习吏事[16]。向之来,非有取于升斗之禄,偶然得之,非其所乐。然幸得赐归待选[17],使得优游数年之间,将归益治其文[18],且学为政。太尉苟以为可教而辱教之,又幸矣。

【注释】(1)韩太尉:韩琦,字稚圭,安阳人。宋仁宗嘉祐元年(1056),官拜枢密使。宋之枢密使掌军队调遣与给养,权限类两汉职官中的太尉,故别称枢密使为"太尉"。 (2)气:原是生理学概念:维持生命的元质(《黄帝内经》);哲学范畴:道德精神(孟子)。曹丕引入文论,指先天气质(《典论·论文》)。韩愈承之。指由于作者道德思想升华而激发出的情绪(《答李翱书》)。此文之"气"与上述有联系也有区别,指作家的精神素养。　(3)"文不可以学而能"二句:前句是曹丕的结论:先天气质在文学创作中占主导地位,先天气质有"清"有"浊",是后天学习之力也无法改变的,气清则文清,气浊则文浊,即便是父兄,也无法教"浊气"的子弟写出"清"文。苏辙只承认曹丕说的现象,不同意解释这一现象的理论。后句是苏辙对这一现象的解释:文学创作需要的精神素养却可以通过不倦的开发养护来达到。二句意思是:诗文不是靠学诗文就能写好的。写好诗文需要的精神素养能培养达到。(4)孟子曰:见《孟子·公孙丑》。　(5)称:符合。　(6)太史公行天下:司马迁《史记·太史公自序》:"(年)二十南游江淮,上会稽,探禹穴,阚(窥)九嶷,浮于沅、湘,北涉汶、泗,讲业齐、鲁之都,观孔子之遗风,乡射邹峄,厄困鄱、薛、彭城,过梁楚以归。"司马氏世为太史,司马迁称其父司马谈为"太史公",后人亦以"太史公"称司马迁。　(7)奇气:非凡的气势。奇:异于常。疏荡:洒脱跌宕。　(8)古人之陈迹:《庄子·天道》:"桓公读书于堂上。轮扁斫轮于堂下,释椎凿而上问桓公曰:敢问公之所读为何言耶? 公曰:圣人之言也。曰:圣人在乎? 公曰:已死矣。曰:然则君之所读者,古人之糟粕已夫!"百氏:诸子百家。　(9)决然:果断地。舍去:舍去狭小的生活环境。汩没:沉没,指志气消沉。嘉祐元年,苏辙随父兄应礼部秋试,北上出川,经陕西入京。下文即沿途所经过的名山大川。　(10)欧阳公:欧阳修,宋仁宗至和元年(1054)任翰林学士,是苏辙兄弟这一榜的主考官。　(11)门人:门生。嘉祐二年,欧阳修命门生晁端彦与苏轼定交。贤士大夫:指秋试考官梅挚、王珪、范镇、韩绛、梅尧臣等。　(12)四夷:古时中国对境外人的称呼。惮:畏忌。　(13)周公召公:周公旦和召公奭。二人是辅佐周成王的重臣。喻韩琦入朝则为弼辅重臣。　(14)方叔召虎:周宣王时征伐立功的名将。喻韩琦出朝则威震一方。(15)大观:盛大壮观。此指山川景物、社会文化、人物风采的大观。　(16)吏事:行政管理事务。　(17)赐归:苏辙进士及第后,以自己年轻,不愿立即为官,朝廷批准了他暂回故里。待选:等待选拔。宋制,秋试入选,殿试合格之后,立即授官,不再如唐朝还要经过吏部考试,合格者才授官。苏辙不愿为官,是因为兄弟双双及第而父母在堂,假如双双为官,远离父母,便无人尽孝。四年后,嘉祐六年任苏辙为商州团练使,苏辙同样因父苏洵官京师,兄苏轼官凤翔,父前无人尽孝而拒不赴任。　(18)

唐宋八大家文观止

治:从事某种工作。

【今译】太尉执事:我苏辙生来喜欢写文章,对写文章思考得很深。认为文章,是作者精神素养的外化。文章不是凭学习就能写好的,但写好文章需要的精神气质却可以通过培养来达到。孟子说:"我善养吾浩然之气。"现在审视他的文章,宽厚,恢宏,博大,充满天地之间,和他的精神气质相符合。太史公司马迁周游天下,遍览天下的名山大川,与燕赵之地的豪俊之士交往,所以他的文章洒脱跌宕,很有非凡的气势。这二位,难道曾经执笔伏案学过写这样的文章吗?是那些精神素养充盈心灵,流露在风度举止上,涌动在言论思想中,又表现在文章里,但他们自己并未察觉。

我苏辙年已十九岁了。在家交往的人,不超过邻里乡党的范围,在家看到的,不超过几百里范围。家乡没有雄伟的山脉,广袤的原野能供登览来开拓胸襟;百家作品,尽管没有什么没有读过的,但那里写的都是古代人的往事,不够用它来激发我的志气。害怕终于沉没,所以果断地舍去了狭小的生活环境,追求天下非凡的闻见、壮丽的景观,来了解天地的广大。访秦汉故都咸阳、长安,饱览终南、嵩、华等名山,北望奔流不息的黄河,激昂地想象在这块土地上活动过的古来豪杰。到达京师,观览了天子宫阙的壮丽,和仓廪充满、库府丰饶、城市池深、苑美囿大,而后才了解天下的雄伟壮丽。谒见了翰林学士欧阳公,聆听他宏辩的议论,瞻仰他秀伟的风采,和他的门生、贤士大夫交往,而后才了解到天下文章集聚在这里。

太尉凭才略为天下第一,天下人仰仗您的才略免除忧患,四夷畏忌您的才略不敢蠢动,您入朝就是周公、召公一样的辅弼,您出镇就是方叔、召虎一样的柱石,我苏辙却没机会谒见。人从事学问,不倾心于那些伟大的方面,即便学得很多却又有什么用?我苏辙来京,于山见到了高峻的终南山、嵩山、华山,于水见到了宽阔渊深的黄河,于人见到了欧阳公,却还认为未见到太尉。所以希望能一瞻贤人的光耀,聆听几句话来拓宽自己的襟怀,这以后才算尽览天下盛大壮伟的景观,而无遗憾了。

我苏辙年轻,没有能通晓行政管理事务。前时来京应试,并不是想获得个官做,偶然得到了,也不是我乐于追求的。但庆幸的是蒙准赐归故里,等待选拔,假如能有几年从容的工夫,将回到故里,更加深入地从事文章事业,并且要学习行政管理。太尉假如认为我值得调教又愿意屈尊教诲，再荣幸不过了。

【点评】《上枢密韩太尉书》今天读来，还能感触到其中活跃着的年轻人的热情、率真、求知欲和自信心。这篇文章在修身上开拓出一种新视野，陈言故纸只能汩没人的灵性，只有迈开双脚，到现实生活中去，让山川灵气来陶冶，受英雄豪杰感染，才能激发志气，完善心灵。这篇文章给文学指出一条自新之道：心灵的提升才是文学飞跃的保证。这些，正是宋人修身及宋代文学最缺少的。对照阅读清人颜元对宋人的评价，即能看到《上枢密韩太尉书》的价值："书之病天下久矣！使生民被读书者之祸，读书者自受其祸。而世之名为'大儒'者，方且要读尽天下书，方且要每篇读三万遍以为天下倡（按：指朱熹）。历代君相，方且以爵禄诱天下于章句浮文之中，此局非得大圣贤大豪杰，不得破矣！"可惜那个时代限制了苏辙，使他无法如愿。

【集说】楼昉曰："胸臆之谈，笔势规橅从司马子长《自叙》中来。欧阳公转韩太尉身上，可谓奇险。"（杨慎《三苏文苑》）

养气之说发于孟子，昌黎、柳州论文亦以气为主，眉山父子得力尤深，其文遂雄视百代。此书自道所见，固大而非夸也。（储欣《唐宋八大家类选》）

虽以孟子、司马迁并举，然通篇文字，多从太史公周游天下数语生出，一往疏宕之气，亦如公之评太史公文。（沈德潜《唐宋八大家文读本》）

意只是欲求见太尉，以尽天下之大观，以激发其志气，却以得见欧阳公，引起求见太尉；以历见名山大川京华人物，引起得见欧阳公；以作文养气，引起历见名山大川京华人物。注意在此，而立言在彼，绝妙奇文。（吴楚材等《古文观止》）

（梁道礼）

武昌九曲亭记⁽¹⁾

子瞻迁于齐安，庐于江上⁽²⁾。齐安无名山，而江之南武昌诸山，陂陁蔓延⁽³⁾，涧谷深密⁽⁴⁾，中有浮图精舍⁽⁵⁾，西曰西山，东曰寒

溪⁽⁶⁾,依山临壑,隐蔽松枥,萧然绝俗,车马之迹不至⁽⁷⁾。每风止日出,江水伏息,子瞻杖策载酒,乘渔舟,乱流而南⁽⁸⁾。山中有二三子,好客而喜游,闻子瞻至,幅巾迎笑⁽⁹⁾,相携徜徉而上⁽¹⁰⁾。穷山之深⁽¹¹⁾,力极而息⁽¹²⁾,扫叶席草⁽¹³⁾,酌酒相劳⁽¹⁴⁾,意适忘返⁽¹⁵⁾,往往留宿于山上。以此居齐安三年⁽¹⁶⁾,不知其久也。

然将适西山⁽¹⁷⁾,行于松柏之间,羊肠九曲而获小平⁽¹⁸⁾,游者至此必息。倚怪石,荫茂木⁽¹⁹⁾,俯视大江,仰瞻陵阜⁽²⁰⁾,旁瞩溪谷,风云变化,林麓向背⁽²¹⁾,皆效于左右⁽²²⁾。有废亭焉,其遗址甚狭,不足以席众客,其旁古木数十,其大皆百围千尺,不可加以斤斧⁽²³⁾。子瞻每至其下,辄睥睨终日⁽²⁴⁾。一旦大风雷雨,拔去其一,斥其所据⁽²⁵⁾,亭得以广。子瞻与客入山视之,笑曰:"兹欲以成吾亭耶⁽²⁶⁾?"遂相与营之⁽²⁷⁾。亭成而西山之胜始具⁽²⁸⁾,子瞻于是最乐。

昔余少年,从子瞻游。有山可登,有水可浮,子瞻未始不褰裳先之⁽²⁹⁾。有不得至,为之怅然移日⁽³⁰⁾。至其翻然独往,逍遥泉石之上,撷林卉,拾涧实,酌水而饮之,见者以为仙也⁽³¹⁾。盖天下之乐无穷,而以适意为悦。方其得意⁽³²⁾,万物无以易之;及其既厌,未有不洒然⁽³³⁾自笑者也。譬之饮食,杂陈于前,要之一饱⁽³⁴⁾,而同委于臭腐,夫孰知得失之所在?惟其无愧于中,无责于外,而姑寓焉⁽³⁵⁾。此子瞻之所以有乐于是也。

【注释】(1)这篇文章写于宋神宗元丰五年(1082),时苏轼已谪居黄州三年,苏辙前往看望,二人同游武昌西山,均有记游的诗文,本文即其中之一。武昌,县名,即今湖北鄂城。九曲亭:在今鄂城西九曲岭上。 (2)子瞻句:苏轼于宋神宗元丰三年(1080)春被贬黄州,先住在定惠寺,后移居大江边上的临皋亭。齐安:即黄州。庐:结庐。 (3)陂(pō)陁(tuó)蔓延:山势起伏、连绵不断。 (4)深密:形容涧谷多而幽深。 (5)浮图精舍:佛教徒居住的屋子。浮图:此指"和尚"。精舍,修行人所住的房子。 (6)西山:即樊山,此指西山寺。寒溪:指寒溪寺。 (7)萧然:清静的样子。 (8)乱流:横渡。乱,横截水流而渡。 (9)幅巾:用绢一幅裹头。 (10)徜徉:自由自在,无拘无束。 　(11)穷山之深:走尽山的深处。穷,尽。 　(12)极:尽。
(13)席草:以草地为席而坐。 　(14)劳:慰劳。 　(15)适:舒适畅快。
(16)居齐安三年:苏轼谪居黄州共五个年头(元丰三年到七年)。苏轼写此
文时,已有三年。 　(17)适:往。 　(18)小平:小块平地。 　(19)荫:掩蔽。
　(20)阜:土山。 　(21)林麓向背:树林和山脚,有的面对这块小平地,有的
背朝这块小平地。麓(lù),山脚。 　(22)效:呈献。 　(23)斤斧:斧头。
(24)睥睨:斜着眼睛看。此为"观察"的意思。 　(25)斥其所据:开拓了那棵
树所占的地方。斥,开。 　(26)兹欲句:这是要我能建成我的亭子的吧!
(27)营:营造。 　(28)胜:名胜。 　(29)褰(qiān)裳:把衣裳提起来。
(30)移日:多时。 　(31)翩然:轻快的样子。撷(xié):摘取。 　(32)得意:
舒适畅快。 　(33)洒(sǎ)然:吃惊的样子。 　(34)要之:总之。要,归付。
(35)外:外人。姑:姑且。寓:寄托。

【今译】苏轼谪居黄州,住在大江边上的临皋亭。黄州没有什么名山,但
大江南面的武昌诸山,山势起伏,连绵不断,沟壑纵横,其间有许多庙宇房
舍,西边的叫西山寺,东边的叫寒溪寺,且依山临壑,隐蔽在松树和栎树之
间,幽静超俗,车马游人很少到来。每当风和日丽,江水平缓的时候,苏轼就
拄着手杖带着酒,乘坐渔船横渡大江向南而去。山中有二三个青年人喜好
交游,听说苏轼来了,马上束起头发面带笑容前去迎接,然后拉起手来,自由
自在,无拘无束地向上攀登游玩。直到走尽了山的所有深处,筋疲力尽了就
停下来休息,以草地为席而坐,互相斟酒慰劳,开怀畅饮,以至于心情舒畅,
忘了回家,经常就在山寺庙里住宿。这样在黄州生活三年,也没有感觉到时
间长久。

前往西山寺,沿路在松柏茂密的树林中穿行,在曲折的羊肠小道上,找
到小块平地,游山的人到了这里肯定要停下来休息。这时可以靠在嶙峋的
石头上,把自己掩蔽在茂盛的树荫下,向下可以俯瞰大江,抬头可以向上观
赏丘陵土山,耳边可以欣赏到溪水山谷间的风云变化,树木山峰千姿百态,
不停地变幻着,在身边显现。那边有一座破败的废旧亭子,亭基十分狭小,
容不下多数人坐。亭基的旁边是十几株参天古树,棵棵都有百尺粗,千尺
高,根本不可能用斧头将它砍倒,苏轼每次到树下,都要久久地观察一番,考

虑是否能够伐树拓地。一天风雨大作，电闪雷鸣之后，一棵树被劈断，这样便开拓了那树所占的地方。苏轼便与朋友一起上山前往观看，高兴地说："这大概是老天想成全我重修亭台吧?"于是就带领人们一起重新开始营造亭子。亭子修建起来以后，西山的美景才算完备了。苏轼对此十分高兴。

过去我年轻的时候，经常跟随苏轼一起游玩。无论是登山还是过河，苏轼总是提起衣服走在前面。如果有不能到达的地方，苏轼便因此而长时间不高兴。当他一个人独自欣然前去的时候，或者在泉水中踩着石头嬉戏，或者悠闲地在树林中采摘花草，在山谷中拾取坠落的果实，渴了便用手掬起泉水而饮，看见他这样子的人还以为他是神仙呢。所以说天下快乐的事情是无穷无尽的，但只有符合自己意趣的事情才是最快乐的。当他心里舒畅的时候，任何东西都无法与它替换;等到他对快乐的事情开始厌倦的时候，没有不对此吃惊而自我嘲笑的。就拿饮食来做个比喻吧，各种好吃的东西掺杂起来都摆在面前，总不过是一饱，而吃下去以后都要变成臭腐，那谁还能知道享用的在哪里，没享用的在哪里呢? 只要无愧于心，又不受外人谴责，而姑且寄托自己的心意于此，那就可以了。这就是苏轼之所以能够经常保持快乐的原因。

【点评】作为一篇游记文，作者没有详细的描写修亭的时间、过程、盛况，也没有对九曲亭做什么过多的介绍，而是注重描写了苏轼在修亭前的急迫心情，"每至其下，辄睥睨终日"和亭成后的高兴心情，突出了苏轼对自然山水美的眷恋和自由自在不愿受束缚的纯真心理。

文章情景交融，有叙有议，委婉动人，很有说服力。

【集说】情兴心思，俱入佳处。（茅坤《唐宋八大家文钞》）

笔墨翛然。后半言乐，因乎心而不因乎境，虽未道出孔、颜之乐，而与子瞻《超然台》意，已两心相印矣。当时四海一子由，不洵然耶。（沈德潜《唐宋八大家文读本》）

（高世华）

黄州快哉亭记

江出西陵⁽¹⁾，始得平地，其流奔放肆大。南合沅、湘⁽²⁾，北合汉、沔⁽³⁾，其势益张。至于赤壁之下⁽⁴⁾，波流浸灌，与海相若。清河张君梦得⁽⁵⁾谪居齐安⁽⁶⁾，即其庐之西南为亭，以览观江流之胜，而余兄子瞻名曰"快哉"。

盖亭之所见，南北百里，东西一舍⁽⁷⁾。涛澜汹涌，风云开阖。昼则舟楫出没于其前，夜则鱼龙悲啸于其下。变化倏忽，动心骇目⁽⁸⁾，不可久视。今乃得玩之几席之上，举目而足。西望武昌诸山⁽⁹⁾，冈陵起伏，草木行列，烟消日出，渔夫樵父之舍，皆可指数⁽¹⁰⁾。此其所以为快哉者也。至于长洲之滨，故城之墟⁽¹¹⁾，曹孟德、孙仲谋之所睥睨⁽¹²⁾，周瑜、陆逊之所骋骛⁽¹³⁾，其流风遗迹，亦足以称快世俗。

昔楚襄王从宋玉、景差于兰台之宫⁽¹⁴⁾，有风飒然至者，王披襟当之，曰："快哉此风！寡人所与庶人共者耶？"宋玉曰："此独大王之雄风耳，庶人安得共之！"玉之言盖有讽焉⁽¹⁵⁾。夫风无雄雌之异，而人有遇不遇之变⁽¹⁶⁾。楚王之所以为乐，与庶人之所以为忧⁽¹⁷⁾，此则人之变也，而风何与焉？士生于世，使其中不自得⁽¹⁸⁾，将何往而非病？使其中坦然，不以物伤性，将何适而非快？今张君不以谪为患，窃会计之余功⁽¹⁹⁾，而自放山水之间⁽²⁰⁾，此其中宜有以过人者。将蓬户瓮牖⁽²¹⁾无所不快，而况乎濯长江之清流⁽²²⁾，揖西山之白云⁽²³⁾，穷耳目之胜以自适也哉⁽²⁴⁾！不然，连山绝壑，长林古木，振之以清风，照之以明月，此皆骚人思士之所以悲伤憔悴而不能胜者⁽²⁵⁾，乌睹其为快也哉？

元丰六年十一月朔日⁽²⁶⁾，赵郡苏辙记⁽²⁷⁾。

【注释】(1)西陵：长江三峡之一，在湖北宜昌西北。下水船至此出峡，上

黄州快哉亭记

江出西陵[1]，始得平地，其流奔放肆大。南合沅、湘[2]，北合汉、沔[3]，其势益张。至于赤壁之下[4]，波流浸灌，与海相若。清河张君梦得[5]谪居齐安[6]，即其庐之西南为亭，以览观江流之胜，而余兄子瞻名曰"快哉"。

盖亭之所见，南北百里，东西一舍[7]。涛澜汹涌，风云开阖。昼则舟楫出没于其前，夜则鱼龙悲啸于其下。变化倏忽，动心骇目[8]，不可久视。今乃得玩之几席之上，举目而足。西望武昌诸山[9]，冈陵起伏，草木行列，烟消日出，渔夫樵父之舍，皆可指数[10]。此其所以为快哉者也。至于长洲之滨，故城之墟[11]，曹孟德、孙仲谋之所睥睨[12]，周瑜、陆逊之所骋骛[13]，其流风遗迹，亦足以称快世俗。

昔楚襄王从宋玉、景差于兰台之宫[14]，有风飒然至者，王披襟当之，曰："快哉此风！寡人所与庶人共者耶？"宋玉曰："此独大王之雄风耳，庶人安得共之！"玉之言盖有讽焉[15]。夫风无雄雌之异，而人有遇不遇之变[16]。楚王之所以为乐，与庶人之所以为忧[17]，此则人之变也，而风何与焉？士生于世，使其中不自得[18]，将何往而非病？使其中坦然，不以物伤性，将何适而非快？今张君不以谪为患，窃会计之余功[19]，而自放山水之间[20]，此其中宜有以过人者。将蓬户瓮牖[21]无所不快，而况乎濯长江之清流[22]，揖西山之白云[23]，穷耳目之胜以自适也哉[24]！不然，连山绝壑，长林古木，振之以清风，照之以明月，此皆骚人思士之所以悲伤憔悴而不能胜者[25]，乌睹其为快也哉？

元丰六年十一月朔日[26]，赵郡苏辙记[27]。

【注释】(1)西陵：长江三峡之一，在湖北宜昌西北。下水船至此出峡，上

水船从此入峡。　（2）沅湘:沅江、湘江。湖南省主要河流,北流注入洞庭湖,在湖南岳阳市汇入长江。　（3）汉沔:汉水。上流称沔水,汉中以下称汉水。东南流,在武汉市汇入长江。　（4）赤壁:湖北黄冈的赤鼻矶。苏轼《赤壁饮酒》:"黄州西山麓,斗(突出)入江中,石色如丹,传云曹公败处,所谓赤壁者,或曰非也。"　（5）张君梦得:苏轼《记承天寺夜游》中的张怀民。梦得,其字。　（6）齐安:黄州。唐为齐安郡。　（7）舍:三十里为一舍。（8）动心骇目:使心目惊骇。动心,使心惊。　（9）武昌诸山:湖北鄂城西的樊山。武昌,县名,治所在今湖北鄂城。　（10）指数:(清晰得可以)扳着指头一一地数。　（11）故城之墟:三国吴都武昌遗址。孙权于魏黄初元年(220)由湖北公安迁至鄂城,更名武昌,次年称帝。　（12）睥睨:斜视,不可一世的样子。　（13）周瑜、陆逊:东吴名将。瑜字公瑾,赤壁之战的组织者、指挥者。逊字伯言,孙策的女婿,曾破曹休、擒关羽、败刘备。东吴黄龙元年(229),孙权迁都建业(今南京),命陆逊辅太子孙和镇武昌。后为荆州牧、吴丞相,领武昌事如故。　（14）楚襄王:战国楚君顷襄王,前298至前263年在位。所引见于宋玉《风赋·序》。　（15）讽:讽谏。　（16）遇:得志,碰上机会。　（17）"楚王之所以乐"二句:《风赋》称,"大王之雄风""宁体便人""庶人之雌风""造热生病"。　（18）中:内心。　（19）余功:余事。剩余时间。会计,张怀民的职事。张怀民似和苏辙一样,也贬作州税务官。　（20）自放:自我解脱。　（21）将:表假设的连词,倘然,如果。　（22）濯长江之清流:左思《咏史》状隐居、高蹈之士的情怀:"振衣千仞冈,濯足万里流。"（23）揖:迎来送往。　（24）自适:自适其适,率性自然。在庄学中,自适是解除一切世俗束缚,完全顺应人性自然发展而达到的充满宁静之乐的精神境界,见《庄子·大宗师》。　（25）骚人思士:坎坷失俗、多愁善感的人。胜:堪。能消受。　（26）元丰:宋神宗年号,六年当公元1083年。时苏辙为脱苏轼乌台诗案之狱,自请纳官赎罪,元丰三年(1080)被贬为筠州监酒。筠州治所在今江西省高安县。　（27）赵郡:眉山苏氏的本贯。据苏洵《苏氏族谱》云,眉山苏氏为唐苏味道之后。味道于武则天圣历初贬官眉州刺史,迁益州长史,未行而卒。有子一人,贫不能归,遂家眉州。苏味道赵郡(今河北赵县)人。

【今译】长江流过西陵峡，才到平地。江流奔放扩展，南边汇合沅江、湘江，北边汇合汉水，流势更猛。到赤壁矶下，流波灌溉，和大海相似。清河张梦得，贬官黄州，在他住所的西南方盖了座亭子，来观赏江流的美景，我兄长苏子瞻把亭子命名为"快哉"。

亭中看到的，南北一百里，东西三十里。波涛汹涌，风云变幻。白天，舟楫在亭前出没；晚上，鱼龙在亭下悲哀地叫。瞬间变化，令人心惊目骇，不能久看。现在却可以凭几卧席，从容玩赏，抬眼就能满足。向西看，樊山冈陵起伏，草木成行成列，烟消日出的时候，渔夫樵父的住处，清晰得可以扳着指头一一点数。这大概就是把亭子称为"快哉"的原因吧。至于江洲沿岸，吴都遗址，曹孟德、孙仲谋争夺天下的不可一世的气概，周瑜、陆逊雄姿勃发创下的功业，他们传下来的精神、留下来的事业，也足够让世俗之人感到心畅神快。

古时宋玉、景差在兰台宫侍从楚襄王，一阵风吹来，飒飒作响，襄王解开衣襟，迎着风，说："好舒服的风啊！这是寡人和百姓所共同享受的吧？"宋玉说："这风只是大王的雄风，百姓怎能够与大王共享！"宋玉的话里有讽谏楚王的意思。风并没有雄或雌的区别，但人却有得志不得志的不同。楚王以为风令人快活，与百姓认为风使人忧愁的原因，是人的处境不同，与风有什么关系呢？士生活在社会中，假如内心不满足，那么到哪儿不痛苦？假如内心坦荡，不用物欲戕害本性，又到哪儿不快活？现在张君不把贬官当作值得忧虑的事情，自己利用工余时间，到山水赏玩中自我解脱，这说明他内心应有超过一般人的地方。如果在蓬户瓮牖的清苦生活中，没有什么不快活，又何况让长江的清波洗除俗念，迎送西山飘来飞去的白云，穷尽耳目的美景来率性自然呢！不是内心有超过一般人地方的话，清风穿拂的连山绝壑，明月辉映的长林古木，这些都是让失意不平、多愁善感的人悲伤憔悴而不能受用的景观，怎么能发现它们是令人心快神畅的对象呢？

元丰六年十一月初一日，赵郡苏辙记。

【点评】苏辙《黄州快哉亭记》和苏轼《超然台记》机杼全同，在苏辙诗文中，这绝不是唯一的特例。但仔细体味《黄州快哉亭记》和《超然台记》，仍可发现二苏的差别。《超然台记》情绪昂扬，偏重于外物之"惬心"；《黄州快哉

唐宋八大家文观止

亭记》词气沉稳，偏重于外物之"快目"。这个差别，应根源于大苏好庄而小苏喜老。庄子旷达，故好庄者偏于爽朗自放；老子静守，故喜老者偏于深湛自守。

【集说】入宋调，而其风旨自佳。（茅坤《唐宋八大家文钞》）

上太尉书，高奇豪迈。快哉亭记，汪汪若千顷波。皆次公集中第一乘文字。（储欣《唐宋八大家类选》）

金玉锦绣，五鼎大烹，焉往非病，中无自得之实也。空室蓬户，蔬食饮水，焉往非乐，不亏天性之真也。子由虽未几此，而见能及之，借题发挥，真觉触处皆是。（沈德潜《唐宋八大家文读本》）

吴至父（汝纶）曰："此文后幅实为超妙，而前之叙次颇繁。"（姚鼐《古文辞类纂》）

（梁道礼）

六国论(1)

愚读六国世家(2)，窃怪天下之诸侯(3)，以五倍之地(4)，十倍之众，发愤西向，以攻山西千里之秦(5)，而不免于灭亡。常为之深思远虑，以为必有可以自安之计，盖未尝不咎其当时之士，虑患之疏(6)，而见利之浅(7)，且不知天下之势也(8)。

夫秦之所与诸侯争天下者，不在齐、楚、燕、赵也，而在韩、魏之郊；诸侯之所与秦争天下者，不在齐、楚、燕、赵也，而在韩、魏之野。秦之有韩、魏，譬如人之有腹心之疾也(9)。韩、魏塞秦之冲(10)，而蔽山东之诸侯(11)，故夫天下之所重者(12)，莫如韩、魏也。昔者范雎用于秦而收韩(13)，商鞅用于秦而收魏(14)；昭王未得韩、魏之心(15)，而出兵以攻齐之刚、寿(16)，而范雎以为忧。然则秦之所忌者可以见矣(17)。秦之用兵于燕、赵，秦之危事也。越韩过魏而攻人之国都，燕、赵拒之于前，而韩、魏乘之于后(18)，此危道也(19)。而秦之攻燕、赵，未尝有韩、魏之忧，则韩、魏之附秦故也。夫韩、魏，诸侯之障⁽²⁰⁾，而使秦人得出入于其间，此岂知天下之势邪？委区区之韩、魏，以当强虎狼之秦⁽²¹⁾，彼安得不折而入于秦哉⁽²²⁾？韩、魏折而入于秦，然后秦人得通其兵于东诸侯⁽²³⁾，而使天下遍受其祸。

夫韩、魏不能独当秦，而天下之诸侯藉之以蔽其西⁽²⁴⁾，故莫如厚韩亲魏以摈秦⁽²⁵⁾。秦人不敢逾韩、魏以窥齐、楚、燕、赵之国⁽²⁶⁾，而齐、楚、燕、赵之国因得以自安于其间矣。以四无事之国，佐当寇之韩、魏⁽²⁷⁾，使韩、魏无东顾之忧，而为天下出身以当秦兵。以二国委秦⁽²⁸⁾，而四国休息于内，以阴助其急⁽²⁹⁾，若此，可以应夫无穷，彼秦者将何为哉？不知出此，而乃贪疆场尺寸之利⁽³⁰⁾，背盟败约⁽³¹⁾，以自相屠灭，秦兵未出，而天下诸侯已自困矣。至使秦人得间其隙，以取其国，可不悲哉！

【注释】(1)六国指战国时的韩、魏、赵、齐、楚、燕，又称"关东六国"，后来都被秦国消灭。　(2)世家：西汉司马迁著《史记》，把主要是记述诸侯王世系的传记称作"世家"，六国历史载在《世家》中。　(3)天下之诸侯：此指关东六国。　(4)以：凭。五倍：约数，不是实指。下文的"十倍""千里"，与之相同。　(5)山西：秦时指崤山或华山以西的地区，秦国在山西，故也常特指秦国。　(6)未尝不：不得不。咎：归咎，责备。　(7)浅：短浅、浅薄。(8)且：而且。　(9)腹心之疾：比喻根本的祸害。　(10)韩魏塞秦之冲：韩国魏国的位置堵塞住了秦国的要冲。冲，要冲，军事或交通上的重要地方。(11)蔽：遮蔽，掩护。山东：指崤山以东。　(12)重：重要。此指举足轻重的意思。　(13)昔者：从前。范雎（jū）：字叔，战国时魏人，秦昭王时为秦相。收韩：收服韩国。　(14)商鞅：姓公孙，战国时卫国的贵族，又称卫鞅。后入秦国，辅佐秦孝公实行变法，国大治。　(15)昭王：秦国君主昭襄王。(16)刚、寿：战国时齐国地名。刚，在今山东兖州附近。寿，寿张，在今山东东平县北。秦昭王三十六年（前271）秦攻齐，取刚、寿地。　(17)然则：既然如此，那么……　(18)乘之：乘秦之危。　(19)危道：危险的策略。道，此指策略、方针。　(20)障：屏障。　(21)委：委弃、丢弃。　(22)折：折转、反转。入：加入。此处指投靠。　(23)得：得以，能够。东诸侯：崤山以东的

唐宋八大家文观止

诸侯各国。　　（24）藉：依靠。　　（25）厚：厚待、厚善。摈（bìn）：同"摒"，排斥，弃绝。　　（26）窥：窥测、窥伺。指暗算。　　（27）佐：辅佐、帮助。当寇：面对敌国。　　（28）委秦：对付秦国。委：应付、对付。　　（29）阴助：暗中援助。（30）疆埸（yì）：国界。埸，疆界。　　（31）败：指毁坏，背弃。

【今译】我读《史记》上的六国世家，私下很奇怪天下的诸侯各国，凭着五倍的国土和十倍的人力，发愤向西进军，来攻打崤山以西不过千里大的秦国，却不能免于灭亡。我常常为他们深思远虑，认为他们一定有可以用来自安的方略，因而不得不责怪六国当时的谋臣考虑国家祸患的疏忽，看待利益的短浅，并且不了解天下的大势。

秦国与诸侯六国争夺天下的要害地方，不在齐、楚、燕、赵，而在韩、魏二国的城郊；诸侯与秦国争夺天下的要害之地方，不在齐、楚、燕、赵，而在韩、魏二国的野外。秦国有韩、魏二国为邻，就好像人有腹心的毛病。韩、魏阻塞住了秦国的军事要道，又遮蔽着崤山以东的各诸侯国，所以天下最重要的地区，没有比得上韩、魏两国的。从前范雎受秦国重用后，就收服了韩国。商鞅受秦国重用后，就建议收服魏国。秦昭王在没有收得韩、魏的诚心降服时，就出动军队去攻打齐国的刚、寿两邑，范雎以之为担忧之事。既然如此，那么秦国所顾忌的事情就可以看出来了。秦国对燕、赵用兵，这是秦国最危险的事情。越过韩、魏去攻打别国的国都，燕、赵二国在前面抗拒他，而韩、魏二国在背后乘机截击他，这是危险的战略。然而秦国攻打燕、赵时，却不曾有韩、魏从背后截击的忧患，那是韩、魏归附了秦国的缘故。那韩、魏二国，是山东诸侯各国的屏障，却使秦人能够在他们中间进进出出，这难道可以说那些谋臣是了解天下的大势吗？丢弃小小的韩、魏二国，让他们独自去抵挡强悍得如虎似狼的秦国，他们怎么能不转身去投靠秦国呢？韩、魏转身去投靠秦国，这样以后秦人就能在韩、魏通过他的军队到达崤山以东的诸侯各国，从而使天下人普遍蒙受他的祸害。

那韩、魏不能独自抵挡秦国，而天下的诸侯各国却要依靠他们来掩护自己的西翼安全，所以没有比亲善厚结韩、魏来共同抗秦的战略更为高妙了。秦人不敢越过韩、魏来暗算齐、楚、燕、赵各国，而齐、楚、燕、赵各国也因此能够在这中间获得自安了。拿四个没有战事的国家，去帮助面对敌人的韩、魏二国,使韩、魏没有来自东方的后顾之忧,从而能够为天下人挺身而出,去抵挡秦国的军队。用二国来对付秦国,而其他四国在后方休养生息,来暗中援助韩、魏的危难,像这样,就可以应付得了任何情况,那个秦国又将能干什么呢?不懂得做出这样的策略,却贪图边境尺寸土地的利益,背弃盟约,自相残杀,秦国的军队还没有出去,而天下的诸侯就已经自己陷入困境了。致使秦人得以乘虚而入,来攻取他们的国家,难道不可悲吗?

【点评】苏辙的这篇《六国论》,与其父《六国论》一样,是后世众多先秦历史论文中的优秀篇章之一。

苏洵的《六国论》,归结六国破灭的原因是"弊在赂秦",借古喻今,指出屈服求和必定自取灭亡。苏辙这篇则把六国灭亡的原因,归结为"当时之士,不知天下之势",看不到韩、魏二国重要的战略地位,结果见利忘义、背盟败约,失去了战略缓冲地韩、魏,一亡而俱亡。这是通过议论历史,为北宋当权者出谋划策:欲求国家自安,应审知天下之势,"以夷制夷",联盟抗敌,精诚团结,"若此,可以应夫无穷"。父子各持一端,灼见警世,都具有裨补时世的现实意义;雏凤鸣声,洵觉清越。

文章结构严谨,逻辑性强,层层铺开,步步深入,如剥茧抽丝,剖析透彻。立论独具慧眼,论述纵横捭阖,短小精悍而雄辩滔滔,具有战国策士之风。

【集说】是论只在"不知天下之势"一句。苏秦之说六国,意正如此。当时六国之策,万万无出于亲韩、魏者。计不出此,而自相屠灭,六国之愚,何至于斯!读之可发一笑。(吴楚材、吴调侯《古文观止》)

(王　涤　周少雄)

孟德传⁽¹⁾

孟德者,神勇之退卒也⁽²⁾。少而好山林⁽³⁾,既为兵⁽⁴⁾,不获如志⁽⁵⁾。嘉祐中戍秦州⁽⁶⁾,秦中多名山,德出其妻⁽⁷⁾,以其子与人,而逃至华山下⁽⁸⁾,以其衣易一刀十饼⁽⁹⁾,携以入山,自念:"吾禁军也⁽¹⁰⁾,今至此,擒亦死,无食亦死,遇虎狼毒蛇亦死,此三死者吾不

复恤矣⁽¹¹⁾。"惟山之深者往焉⁽¹²⁾，食其饼既尽，取草根木实食之⁽¹³⁾。一日十病十愈⁽¹⁴⁾，吐利胀懑无所不至⁽¹⁵⁾。既数月，安之如食五谷⁽¹⁶⁾，以此入山二年而不饥。然遇猛兽者数矣⁽¹⁷⁾，亦辄不死⁽¹⁸⁾。德之言曰："凡猛兽类能识人气⁽¹⁹⁾，未至百步辄伏而号，其声震山谷。德以不顾死⁽²⁰⁾，未尝为动⁽²¹⁾。须臾⁽²²⁾，奋跃如将搏焉⁽²³⁾，不至十数步则止而坐，逡巡弭耳而去⁽²⁴⁾。试之前后如一。"

后至商州⁽²⁵⁾，不知其商州也，为候者所执⁽²⁶⁾。德自分死矣⁽²⁷⁾。知商州宋孝孙谓之曰⁽²⁸⁾："吾视汝非恶人也，类有道者⁽²⁹⁾。"德具道本末⁽³⁰⁾，乃使为自告者置之秦州⁽³¹⁾。张公安道适知秦州⁽³²⁾，德称病得除兵籍为民，至今往来诸山中，亦无他异能⁽³³⁾。

夫孟德可谓有道者也⁽³⁴⁾。世之君子皆有所顾⁽³⁵⁾，故有所慕，有所畏。慕与畏交于胸中未必用也⁽³⁶⁾，而其色见于面颜，人望而知之。故弱者见侮⁽³⁷⁾，强者见笑，未有特立于世者也⁽³⁸⁾。今孟德其中无所顾⁽³⁹⁾，其浩然之气发越于外⁽⁴⁰⁾，不自见而物见之矣⁽⁴¹⁾。推此道也，虽列于天地可也，曾何猛兽之足道哉⁽⁴²⁾？

【注释】(1)本文是苏辙的人物传记名篇之一。孟德，是驻防秦州禁军中的一名逃兵。　(2)退卒：退伍士兵。　(3)好山林：爱好山林。指志趣在山水林木间。　(4)既：已经。　(5)如志：如愿。　(6)嘉祐：宋仁宗年号，首尾八年(1056—1063)。戍秦州：驻守秦州。秦州：今甘肃天水一带。　(7)出其妻：休弃妻子。　(8)华山：在今陕西华阴南，是五岳中的西岳。　(9)易：交换。　(10)禁军：又称禁兵。本指皇帝的亲兵，此指北宋正规军。(11)恤：害怕，忧虑。　(12)惟山之深者往焉：只顾朝山的深处走。惟，只是。往，去，走去。　(13)木实：树木的果实。　(14)十病十愈：多次生病又多次病好。十，虚指多次。　(15)吐利胀懑：吐泻胀闷，指各种病症。利，痢的假借字，指拉泻。胀，肚子胀。懑，心胸闷。　(16)五谷：此指称粮食。(17)数：多次，屡次。　(18)辄：总是。　(19)类：类似，好像。人气：人的气息、气概。　(20)不顾死：不怕死。顾，关心，引申为当心、害怕。　(21)

动:指心动,谓害怕而变色。 （22）须臾:片刻,一会儿。 （23）搏:搏击、捕捉。 （24）逡巡:倒退、退走。弭耳:帖耳,耷拉耳朵。 （25）商州:今陕西商洛一带。 （26）为候者所执:被侦察的人抓获。候者:侦察兵。 （27）自分(fèn):自己忖想。分,料想,估摸。 （28）知商州:知商州事。宋代官名,为州一级地方长官。 （29）有道者:得道的人,指道行修养很高的人。 （30）具道本末:详细地道说了事情的始末。 （31）自告者:自己告案自首的人。 （32）张公安道:张方平(1007—1091),字安道,号乐全居士,北宋名臣,官至参知政事。《宋史》有传。适:正好,恰巧。 （33）他异能:其他特别的能力。 （34）夫:发语词。放在句首,表示将发议论。 （35）顾:顾念、眷恋。 （36）用:用世,指实际去行。 （37）见侮:被欺侮。 （38）特立:独立、岸然挺立。特,杰出,突出。 （39）其中:他的心中。 （40）浩然之气:盛大刚直之气,指充沛的正气。《孟子·公孙丑上》:"我善养吾浩然之气。"发越:勃发披显。外:体外,身外;与"中"(心中、内中)相对而言。 （41）物:身外之物。指前面所说的猛兽等。 （42）何猛兽之足道哉:即"猛兽何足道哉"的倒装。

【今译】孟德,是一位神奇勇敢的退伍士卒。年轻时喜爱山林之乐,当了兵后,不能得以遂心如愿。嘉祐中驻守秦州,秦州地区中有许多名山,孟德休弃了他的妻子,把他的儿子送给了别人,而后潜逃到华山下。用他的衣服换了一把刀和十个面饼,携带着进入山去。他自忖:"我是禁军的一员,如今到这种地步,被擒拿也是死,没有食物也是死,遇上虎狼毒蛇也是死,这三种死我都不再考虑了。"他只是朝山的深处走去,带的面饼完了,就寻来草根野果吃。一天病倒多次却又多次痊愈,吐泻胀闷,什么病症都出现过。过了几个月后,就坦然无事如同吃五谷一样,因此进山两年而从不感到饥饿。然而他遇到猛兽的次数很多,也总没有死。用孟德的话来说:"凡是猛兽都好像能辨识人气,没来到人前百步远总是伏下身子吼号,吼声震荡山谷。我孟德因为不顾惜死,所以不曾被它惊吓失色。过了片刻,猛兽奋然跃起好像就要捕击我,不到十几步就停下蹲坐下来,最后倒退着耷拉着耳朵离开。我试过这事,每次前后过程都一模一样。"

　　后来孟德走到商州,不知道这是商州地界,结果被侦候的人抓获,孟德

自己认为必死无疑了。商州知州宋孝孙对他说："我看你不是坏人，倒像一位有道行的人。"孟德把事情的始末一一说出来，（宋知州）就让他作为投案自首的人，把他安置在秦州。恰好张安道公任秦州知州，孟德便称言生病，获准除脱兵籍，当了老百姓，至今在群山中来来往往，也没有什么其他的特异功能。

那孟德可以称得上是有道行的人。世上的君子都有所顾恋，所以也就有所追慕，有所畏惧，追慕和畏惧交织在心胸之中不一定就做出事来，但他的神色表现在脸面上，别人一看就了解了。所以软弱的人就会被欺侮，强大的人就会被取笑，没有人能卓然独立于世上。如今孟德他的心中没有顾恋的东西，那浩然之气勃发溢越到身体外，他自己看不到，然而外物看见了。按这样的道理去推论，就是把他同天地并立也可以，那凶猛的野兽难道还值得挂齿吗？

【点评】这是一篇奇文，人奇、事奇、志奇、经历曲折离奇，连作者的评价也奇特不群，悖于流俗。读来引人入胜，意趣盎然。

文章叙议结合，浑然一体。一、二段叙事，第三段评议。开章明义，一锤定音："孟德者，神勇之退卒也。"点出身份的同时，突出"神勇"之评语，定下全文基调，笔墨由此二字放开，"退卒"而谓"神勇"，殊不寻常，悬念顿生。接下叙述其事迹，精心运笔，刻意塑造人物形象。"好山林"，意指其向往自由生活，此志之奇；不得已当兵，事与愿违，此数之奇。奇志与奇数的撞击，必然产生奇事。寥寥数语，要言不烦，揭橥现实与理想的矛盾，为下文暗伏事根。文心缜密，是苏辙散文的一大特征。为爱秦中名山，出妻送子，不计后果逃离军营，洵属一大奇闻。甘冒三死（被擒、无食、遇虎狼毒蛇），毅然决然入华山，乃又一奇闻。深山二年，食草根木实如五谷；数遇猛兽，猛兽竟为人气所慑退，更是一大奇闻。文章扣住"奇"字作文章，奇中生奇，险象迭出，扣人心弦，人物的"神勇"形象也在层层渲染中饱满鲜明起来。孟德的结局也是个奇遇：商州被捕，却幸以自首者得安置秦州；秦州逢张安道，又幸除兵籍为百姓。反世俗、违法律的开端，却有一个喜剧性的结局，这充满传奇色彩的一笔，意在突出社会上有识鉴者对孟德的评语："非恶人，类有道者。"既洗刷了孟德身上"逃兵"的恶名，又自然地给第三段的发议论预做了导向性的铺垫。为追求自由自在的山林生活而甘冒社会与自然的大风险,孟德终于能"往来诸山中",获得了自由生活,第二段结句以遥射开端的呼应文墨,结束了孟德事迹的叙述,构成一个完整的故事情节。下一段转入议论。作者扣住上文"有道者"的观点大加发挥,阐述自己的见解。孟德面对"三死"而终以"三不死",表现出超越常人的神勇气概,作者以为足以压倒"世之君子"。君子皆有所顾;孟德的惊人神勇归结到孟子所倡导的"浩然之气"上,推许说:"一个人如果具备了这种浩然正气,就可以无所畏惧而列于天地。"这段议论识鉴卓荦,是点睛之笔,使孟德事迹经点化后而获得了哲学意味的升华,也点醒了作者命篇立意之本旨;全篇传记由此形神交融,意境顿觉高远。议论深化叙事而不游离叙事之外;叙事具化议论而深含议论之神。情节完整而生动离奇,其间奇峰叠起,环环紧扣,山穷水尽,复又柳暗花明,故事性很强,明显受到当时民间口头文学的影响。

(王　涤　周少雄)

唐宋八大家文观止

图书在版编目（CIP）数据

唐宋八大家文观止/张学忠本书主编. —— 西安：陕西人民教育出版社，2019.1

（中国古典文学观止丛书/尚永亮主编）

ISBN 978 – 7 – 5450 – 6404 – 9

Ⅰ.①唐… Ⅱ.①张… Ⅲ.①唐宋八大家 – 古典散文 – 散文评论 Ⅳ.①I207.62

中国版本图书馆 CIP 数据核字（2019）第 001548 号

中国古典文学观止丛书

唐宋八大家文观止

张学忠　主编

出　　版	陕西新华出版传媒集团	
	陕西人民教育出版社	
发　　行	陕西人民教育出版社	
地　　址	西安市丈八五路 58 号	
责任编辑	符　均　董方红	
装帧设计	张　田	
经　　销	各地新华书店	
印　　刷	北京市松源印刷有限公司	
开　　本	787 mm×1092 mm　1/16	
印　　张	21.5	
字　　数	330 千字	
版　　次	2019 年 1 月第 1 版	
印　　次	2019 年 1 月第 1 次印刷	
书　　号	ISBN 978 – 7 – 5450 – 6404 – 9	
定　　价	128.00 元	